KAI MEYER

FAUSTUS

Historischer Roman

BASTEI LÜBBE

BASTEI LÜBBE TASCHENBUCH
Band 15 633

1. Auflage: Februar 2007

Vollständige Taschenbuchausgabe

Bastei Lübbe Taschenbücher in der Verlagsgruppe Lübbe

Titelillustration: akg-images/Pirozzi
Umschlaggestaltung: Guido Klütsch, Köln
Satz: hanseatenSatz-bremen, Bremen
Druck und Verarbeitung: Ebner & Spiegel, Ulm
Printed in Germany
ISBN 978-3-404-15633-7

Sie finden uns im Internet unter
www.luebbe.de

Der Preis dieses Bandes versteht sich einschließlich
der gesetzlichen Mehrwertsteuer.

Der Engelspakt

Die neue Historia des Doktor Faustus

BASTEI LÜBBE

Zum Spaß
&
Für Björn

Prolog

Die Dunkelheit ist ein seltsames Ding: Was, so frage ich Euch, hat es mit ihr auf sich, dass sie uns wieder und wieder mit Furcht erfüllt, Nacht für Nacht, Leben für Leben? Ich kann Euch ehrlichst versichern, ich selbst habe mein Teil an durchwachten Nächten erlebt, an halsbrecherischen Fluchten im Finstern und an Morden, ausgeführt von den schwärzesten Seelen. Ich war dabei, als die Sonne vom Himmel verschwand, obgleich es noch mitten am Tage war, und ich kenne den Qualm brennender Städte, der sich über die Länder legt und mit seinem Schatten die Menschen frisst. Doch obgleich mir all diese Dunkelheiten wohlvertraut sind, so habe ich doch nie ihr Geheimnis durchschaut, und selbst mein Meister, der große Doktor Faustus, ist zuletzt daran gescheitert.

Ich sah die Horden des Suleiman durch die Schießscharten der Wiener Tore, und die Knie haben mir geschlottert vor Angst. Und doch spüre ich dieselbe Furcht, wenn das Licht verlöscht und die Geister der Toten an den Türen rütteln.

Jeder weiß, weshalb ihn das Säbelrasseln der Türken beeindruckt (seit jenem Tag im Jahre 1529 trage ich eine unschöne Narbe an der Kehle). Warum uns aber die Nacht mit ihrer Dunkelheit verängstigt, das weiß keiner ganz genau. Zumindest hat es mein Meister nicht gewusst, und Ihr wollt nicht behaupten, Ihr wüsstet mehr als er, nicht wahr? Gut, das will ich meinen.

Mein Meister, o ja, von ihm will ich berichten. Ihr müsst wissen, er ist nicht mehr unter uns. Der Teufel besuchte ihn des Nachts in seiner Kammer und schlug ihm den Leib in Stücke. Ich selbst war nicht dabei, das muss ich gestehen, doch der gute Doktor nahm es mir nicht übel: Er wusste wohl, dass ihm das letzte Stündlein schlug, und so schrieb er zuvor seinen Willen nieder und bedachte einen gewissen Christof Wagner mit all seinem teuren Besitz.

Und Christof Wagner, das bin ich.

Erlaubt mir einen Einschub: Ein lieber Freund von mir versucht sich gleichfalls an der Niederschrift von Faustens Leben. Er ist bald am Ende damit, doch wir wissen beide, dass er mehr mit Fantasie denn mit wahrem Wissen von den Dingen berichtet. Deshalb will ich versuchen, Euch die Wirklichkeit zu schildern, ganz so, wie ich sie am eigenen Leibe erfuhr. In einem allerdings ist mir mein Freund mit seiner *Historia von D. Johann Fausten* voraus: Er weiß genau, wie mein Meister verstarb, und er war dumm genug, mir davon zu erzählen (unter dem Siegel der Verschwiegenheit, versteht sich). Daher will ich, bevor ich aus Faustens Leben erzähle, zuerst von seinem Tode sprechen.

Mein Meister, der längst ahnte, dass sein Sterben nahte, hatte im Jahre 1540 im Dorfe Rimlich Quartier bezogen. Dies nun liegt eine halbe Meile Wegs vor Wittenberg (wo – welch Ironie des Schicksals – meine Geschichte ihren Anfang nimmt). Zwischen zwölf und ein Uhr nachts hob ein furchtbarer Wind an, der den Gasthof von allen Seiten umtobte, sodass selbst der Wirt seinen Besitz Besitz sein ließ und jammernd zu den Nachbarn floh. Zugleich drang aus der Kammer des Doktors ein grauenvolles Lärmen. (Mein

Freund schreibt: »... als ob das Haus voller Schlangen, Nattern und anderer schädlicher Würmer wäre.« Nun, hier ist der gute Wille sicher mit ihm durchgegangen, denn in seinem schlichten Gemüt gehören Schlangen ebenso zum Satan wie Wein in die Schreibstube, wenn Ihr versteht, was ich meine ...)

Man habe den Doktor in Todesangst schreien hören, so heißt es. Falls dem wirklich so war, es würde mir das Herz zerreißen – allerdings will ich auch dieses Detail bezweifeln. In all den Jahren an der Seite meines Meisters habe ich ihn niemals in Todesangst erlebt, erst recht nicht, dass sie ihn zum Schreien brachte (obwohl er vom Schreien was verstand – etwa, wenn ich den Schwefel verlegte).

Nun, ganz gleich, ob er schrie oder nicht, es wurde schließlich Tag, und Totenstille kehrte ein. Der Wirt trollte sich zurück in seinen Gasthof und pochte an des Meisters Tür. Als dieser keine Antwort gab, ließ der Wirt den Riegel zerbrechen. Drinnen bot sich ihm ein entsetzlicher Anblick. Boden, Wände und Decke waren voll von Blut, und das kluge Hirn des Meisters klebte wie eine zerquetschte Fliege an der Wand. Auch lagen seine Augen und etliche Zähne umher. Es heißt, der Teufel habe ihn von einer Wand zur anderen geschlagen, wie ein Waschweib den Teppich. Seine Leiche fand man schließlich draußen auf dem Misthaufen, übel zugerichtet, wie Ihr Euch denken mögt.

Ihr fragt Euch nun: Was ist das für ein Erzähler, der das Ende an den Anfang setzt? Und ich antworte: Urteilt nicht über Dinge, von denen Ihr nichts versteht! Glaubt Ihr, ich will auf der Streckbank enden? Die Geschichte, die nun folgt (und alle anderen, die ich Euch später berichten will) ist voll von Mord und Blutvergießen, von Untaten und Blasphemie, von Verbrechen wider die Menschlichkeit – und die ein oder andere hübsche Maid. All das gut vermengt zu einem Garn, wie man es nur noch selten findet. Und Letzteres hat seinen Grund, denn Kirche und Obrigkeit sehen es nicht gern, wenn man von ihren Übeln erzählt – es sei denn, die Geschichte hat eine solide Moral. Und eine Moral sollen sie bekommen, die feisten Pfaffen und Klunkerjunker.

Kurzum: Faustens Tod (mögen seine Umstände der Wahrheit entsprechen oder nicht) gehört dazu, sonst bekämt Ihr den Rest nicht zu lesen. Und um sicherzugehen, dass all die tumben Kirchensklaven und Königstreuen diese Moral auch verstehen, steht sie gleich am Anfang:

Wer mit dem Teufel paktiert, den holt derselbe!

Das klingt nicht schön und lässt auch an Weisheit zu wünschen übrig, doch muss es wohl sein. Bitte schön, ihr hohen Herren und edlen Damen, eure Moral! Auf dass sie euch zum Gefallen reiche!

Womit wir uns dieser Pflicht entledigt hätten und uns den wahren Werten meiner Geschichte zuwenden können. Wie gesagt, es geht um Mord und um Weiber und um ein böses Geheimnis – aber das merkt Ihr selbst noch früh genug.

Ihr seht, ich bin vorsichtig. Ich habe zu viele in den Folterkammern brüllen hören, habe zu viele gesehen, die ihr Leben auf Rad und Scheiterhaufen ließen. Oft genug schmorte ich selbst im Kerker und erfuhr die zweifelhaften Freuden des Prangers. (Habt Ihr je den Inhalt eines Nachttopfs im Gesicht gespürt? Dabei lernt Ihr das Alltägliche des Lebens von einer völlig neuen Seite kennen.) Ich habe jetzt ein schönes Alter erreicht, und sterben will ich nur noch im Bett, nicht vor den Augen des geifernden Pöbels.

Mit einem Mann auf dem Scheiterhaufen beginnt auch diese Geschichte. Und auch verbrannt wird jemand gleich zu Anfang.

Ein und derselbe, sollte man meinen.

Weit gefehlt.

Kapitel 1

Der Scheiterhaufen stand bereit, und bereit war auch Faustus. Der Strick, mit dem ihn der Henkersknecht an den Pfahl fesselte, war mit Wasser getränkt, damit er in der Hitze nicht nachgab. Faustus spürte, wie die Feuchtigkeit aus dem Hanf durch seine Kleidung drang. Angesichts der Umstände war ihm die kühle Nässe nicht unangenehm; nicht mehr lange, und sie würde samt seiner selbst zu Rauch verdampfen.

Der Pfahl ragte aus einem hölzernen Podest, das man in der Mitte des Platzes errichtet hatte. An die dreihundert Menschen hatten sich an jenem Pfingstmontag des Jahres 1515 vor dem Wittenberger Schloss versammelt, um der Hinrichtung beizuwohnen. Die Aufregung war groß. Landsknechte hielten die Männer und Frauen im Zaum. Hier und da schlüpften Kinder zwischen den Beinen und Hellebarden der Soldaten hindurch und tanzten frech vor ihnen umher, bis einer sie einfing und zurück zu den fluchenden Eltern brachte. Händler boten getrocknetes Obst und süßes Backwerk feil. Ein Wirt hatte ein Bierfass herangerollt; der Andrang übertraf seine Erwartung bei Weitem, und so schickte er seinen Knecht, ein zweites Fass zu holen.

Verbrennungen im Auftrag der Heiligen Inquisition waren keine Seltenheit, doch Faustus galt als Berühmtheit, als Schwarzkünstler von Rang, und keiner wollte sein Ende missen. Nicht, weil man ihn derart verabscheute, keineswegs; die

Menschen wären in gleicher Zahl herbeigeströmt, hätte Faustus ihnen eine Kostprobe seiner Zauberkünste versprochen. Man wollte unterhalten werden, ganz gleich um welchen Preis. Ob durch falschen oder Feuerzauber war nicht wichtig. Allein das Spektakel zählte. Die Menge war nicht wählerisch.

Freilich war die frohe Stimmung nicht allein der Ausdruck guter Laune. Vielmehr mochte manch einer fröhlicher scheinen, als ihm in Wahrheit zumute war. Wer Mitleid mit einem Häretiker zeigte, lief Gefahr, selbst als Nächster in den Flammen zu sterben. Der Pöbel war durchsetzt von Spionen und Spitzeln. Die Ohren der Inquisition waren allgegenwärtig, und ihre Augen lauerten auf Zeichen des Verrats.

»Doktor Johannes Faustus«, rief eine Stimme über den Schlossplatz hinweg, und schlagartig verstummte die Menge. Die Ausgelassenheit wich angespannter Erwartung. Manch einer mochte frösteln, einem anderen das Herz ein wenig schneller schlagen. Die meisten aber harrten stumm und ergeben des weiteren Geschehens.

Der Sprecher, ein großer, knöcherner Mann in den schwarzen Gewändern der Inquisition, stand auf einem ähnlichen Podest wie Faustus selbst ihm gegenüber vor der Fassade des Schlosses. Statt mit Reisigbündeln war seine Tribüne jedoch mit Seide geschmückt, statt eines Pfahls stand obenauf ein gepolsterter Sessel. Konrad von Asendorf, Inquisitor im Auftrag des Heiligen Vaters, trat einen Schritt nach vorn bis an den Rand der Plattform. Dräuend stand er über den Köpfen des Volkes. Ein Windstoß bauschte seinen Mantel auf, und so manchem entfuhr ein erschrockenes Keuchen. Es sah aus, als wolle sich der Inquisitor auf Rabenschwingen in die Luft erheben.

»Johannes Faustus«, wiederholte Asendorf mit schnarrender Stimme, »der du dich selbst den Quellbrunn der Nekromanten nennst, den Zweiten unter den Magiern, Astrologe, Chiromant und … und …« Er verstummte und blickte wütend nach hinten zu seinem Zwergendiener, der ihm wieselflink ein Papier überreichte. »Chiromant, Aeromant, Geomant, Pyromant und Hydromant«, las er ab und schleuderte das Papier dann über die Schulter nach hinten. »Du, Johannes Faustus, der du die Heilige Kirche lästerst, dich Schwarzer Magie bedienst und den Verkehr mit dem Bocksfüßigen pflegst …« Er hielt inne und horchte zufrieden auf das erschrockene Raunen der Menge. »Du bist angeklagt, ein Ketzer zu sein und anders zu glauben und zu lehren als die römische Kirche. Das Gericht der Heiligen Inquisition hat dich deshalb zum Tode auf dem Scheiterhaufen verurteilt. Nimmst du deine Strafe an?«

Hunderte Augenpaare schwenkten aufgeregt zu Faustus hinüber, der eng verschnürt dastand und seinen Blick nicht einen Moment von der schwarzen Gestalt seines Widersachers nahm. Sein schmales Gesicht verzog sich zu einem freundlichen Lächeln, doch seine Lippen blieben geschlossen.

Der Henkersknecht trat von hinten an ihn heran und raunte ihm weithin hörbar zu: »Du musst antworten ›Ich danke der Obrigkeit für diese Gnade‹.«

Faustus lächelte eine Spur breiter.

Der Henkersknecht grunzte zornig, zückte ein Messer und hielt es an die entblößte Kehle des Doktors. »Antworte, Ketzer!«

Faustus sagte kein Wort.

Der Knecht blickte hinüber zu Asendorf, der ihm mit einem Wink zu verstehen gab, er solle das Messer sinken lassen. »Wir wissen seine Dankbarkeit zu schätzen«, sagte der Inquisitor gleichgültig. Dann rief er lauter: »Vollstreckt jetzt das Urteil!«

Der Henkersknecht sprang eilig vom Scheiterhaufen, während sich gleichzeitig vier Fackelträger aus der Menge lösten und von allen Seiten auf das Podest zutraten. An den Ecken der Plattform angelangt, blieben sie stehen, hielten die Fackeln mit gestreckten Armen über ihre Köpfe und drehten sich einmal um sich selbst. Die Zuschauer starrten gebannt auf die zuckenden Flammen. Das erwartungsvolle Raunen wurde lauter.

(Erlaubt mir, verehrter Leser, an dieser Stelle eine kurze Unterbrechung im Ablauf der Ereignisse. Es gibt etwas, das Ihr über diesen besonderen Fall einer Ketzerverbrennung wissen solltet. Natürlich ist Euch klar, dass dies keine Hinrichtung wie jede andere war, einfach weil Faustus kein Mann wie jeder andere war. Für gewöhnlich vergingen zwischen Verhaftung des Delinquenten und der Vollstreckung seines Urteils mindestens vier Wochen – manchmal gar mehrere Jahre. Während dieser Zeit wurde er verhört, oftmals gefoltert und schließlich vor das hohe Gericht der Inquisition gestellt. Währenddessen kündigten die Pfaffen den Gläubigen das bevorstehende Schauspiel an, luden mit Nachdruck zur Teilnahme ein und versprachen jedem Zuschauer einen Ablass von zehn bis vierzig Tagen. Einen Tag vor der Hinrichtung schmückte man den Platz, wo der Scheiterhaufen errichtet wurde, mit Fahnen und Girlanden, stellte Blumen in die umliegenden Fenster und Balkone und erbaute eine standesgemäße Tribüne für hohe Gäste. Am Morgen des Hinrichtungstages zog die Gemeinde in einer Prozession durch die Straßen, an ihrer Spitze eine Kongregation des heiligen Petrus des Märtyrers, eines erschlagenen Hexenjägers aus Verona, den der Papst zum Schutzheiligen der Inquisition erkoren hatte. Dumpfe Glockenschläge begleiteten das festliche Geschehen, die Verurteilten wurden rasiert und geschoren, in weiße Gewänder gekleidet und unter viel Brimborium auf den Scheiterhaufen geführt.

Im Falle des Doktor Faustus lagen die Dinge jedoch ein wenig anders. Das mochte teils daran liegen, dass Wittenberg eine Kleinstadt war, zwar stolzer Sitz einer Universität, doch klein und ländlich nichtsdestotrotz.

Wichtiger jedoch war das Bestreben Konrad von Asendorfs, sein Opfer so schnell wie möglich den Flammen zu überantworten, sodass zwischen Verhaftung und Urteilsvollstreckung kaum ein ganzer Tag verstrich. Es hatte kein echtes Verhör gegeben, keine Folter und keine Verhandlung. Asendorf hatte sein Urteil gesprochen, und in der gleichen Stunde wurden die Flammen geschürt.

Ihr müsst wissen, Faustus und Asendorf kannten einander schon lange. Der Inquisitor jagte den Schwarzkünstler seit Jahren durchs ganze Land, von einer Grenze des Heiligen Römischen Reichs zur anderen. Es würde an dieser Stelle zu weit führen, Euch die Hintergründe dieser persönlichen Feindschaft zu schildern – doch verzagt nicht, Ihr werdet später davon hören. Vorerst soll die Feststellung genügen, dass der Inquisitor den Faustus zu seiner Nemesis erkoren hatte, seinem Erzfeind, den es um jeden Preis zu vernichten galt. So also kam es, dass die Hinrichtung an jenem Pfingstmontag mit erstaunlich niedrigem Aufwand, ohne prächtigen Blumenschmuck und Prozession vonstatten ging. Selbst der übliche Gottesdienst vor Vollstreckung des Urteils hatte sich auf wenige Gebete und ein verkürztes *Kyrie eleison* beschränkt.

Doch hört nun, wie es weiterging:)

Während die Fackelträger noch mit erhobenen Armen rund um den Scheiterhaufen Aufstellung bezogen, winkte ein Geistlicher einige Kinder herbei. Es waren drei Jungen und drei Mädchen, und alle trugen festliche Gewänder mit aufgestickten Kreuzen. In ihren Händen hielten sie schwere Bücher. Mochte der Teufel wissen, wo der Pfaffe sie aufgetrieben hatte, denn es handelte sich um Exemplare des Talmuds und Korans, um Werke der Katharer, Manichäer und Nestorianer.

Ehrenvolle Aufgabe der Kinder war es, die ketzerischen Schriften später in die Flammen zu werfen. Der Pfaffe, der die Darbietung offenbar als überraschende Gefälligkeit für den Inquisitor geplant hatte, versicherte sich mit einem Seitenblick der Gunst Asendorfs. Der Hexenjäger lächelte erfreut und schenkte dem Priester ein huldvolles Nicken.

Der Henkersknecht gab seinen Männern ein Zeichen. Alle vier senkten die Fackeln.

Ein gellender Schrei zerriss die Stille.

»Die Pest!«, kreischte eine Stimme. *»Die Pest ist da!«*

Das erste Reisigbündel fing knisternd Feuer.

Aller Augen rasten herum. Die Menschenmenge geriet in Bewegung. Selbst Asendorf nahm den Blick vom Scheiterhaufen seines Gegners und blickte zur Quelle des Aufruhrs.

Durch das Stadttor an der Westseite des Schlossplatzes kamen zwei Wachleute herbeigestürmt. Sie hatten ihre Spieße fallen gelassen und mischten sich unter die gaffenden Menschen. In einer einzigen Wellenbewegung strömten die Männer und Frauen auf sie zu.

»Die Pest ist da!«, schrie der eine noch einmal. »Flieht, Leute, flieht! Die Seuche holt uns alle!«

Wittenbergs Bürgermeister sprang von seinem Platz am Fuße des Inquisitor-Podests und hob an, die Menschen zur Ruhe zu gemahnen. Sein Versuch scheiterte, bevor er überhaupt den Mund öffnen konnte.

Im gleichen Moment ertönte ein Knirschen, laut und immer lauter, dann schob sich ein Pferdekarren durch das Stadttor. Seine hölzernen Scheibenräder quietschten und krachten, während sie mühsam über das Pflaster holperten. Ein einziger Klepper hing im Geschirr und kämpfte wacker mit dem Gewicht seiner Last.

Hinten auf dem Wagen lagen Leichen. Mindestens ein halbes Dutzend. Ihre starren, verwinkelten Glieder waren mit schmutzigen Tüchern umwickelt. Eiter und dunkles Blut tränkten die Stoffe. Dort, wo die Haut der Toten zu sehen war, prangten schwarze, hässliche Flecken.

Eine krumme Gestalt, ebenfalls in Tücher gehüllt, die alleine Augen und Nase frei ließen, führte das Pferd am Zügel. Sie hielt den Rücken gebeugt, keuchte bei jedem Atemzug und verfiel in ein entsetzliches Husten, würgte Schleim hoch und spie ihn angewidert aufs Pflaster – gleich vor die Füße der vorderen Zuschauer.

Die Menge schien zu explodieren. In einer einzigen, unwirklichen Eruption aus Panik und Geschrei strömte der Pöbel auseinander, sternförmig, fort von dem Karren und seiner tödlichen Fracht. Brüllend flohen die Männer und Frauen, rannten sich gegenseitig über den Haufen, kreischten und heulten, als sei ihnen der Leibhaftige selbst auf den Fersen. Bürgermeister und Stadtrat ergriffen die Flucht, ebenso die Landsknechte, der Henker und seine Leute.

Asendorf blickte sich fassungslos um und musste mit ansehen, wie ihn sein Gefolge im Stich ließ. Er zögerte einen Augenblick, halb zornig, halb verwirrt, dann entschloss er sich selbst zur Flucht. Mit wehenden Gewändern sprang er vom Podest und rannte mit einigen der Stadtoberen durch eine Seitentür ins Schloss.

Es schienen kaum wenige Herzschläge vergangen, dann war der Platz geräumt – bis auf den gefesselten Faustus und den Pesttransport. Die Menschen waren in ihre Häuser geflohen, die Obrigkeit hatte hinter den Mauern des Schlosses Zuflucht gefunden. Als Letzter warf der Priester das Tor der Schlosskirche hinter sich zu. Er suchte mit dem halben Dutzend Kinder Schutz unter dem Mantel des Herrn. Die häretischen Bücher lagen achtlos im Schmutz vor dem Scheiterhaufen, manche aufgeklappt, andere zerfleddert. Lose Seiten flatterten im Wind.

Faustus starrte voller Erstaunen auf den Pestkarren, der sich mit knirschenden Rädern über den Schlossplatz quälte. Die Gestalt an den Zügeln würdigte ihn keines Blickes, als sie den Scheiterhaufen passierte. Einen Moment lang hatte Faustus geglaubt, Verbündete seien ihm unverhofft zu Hilfe gekommen, doch je weiter sich der Karren von ihm fortbewegte, desto geringer wurde seine Zuversicht. Als der Leichenwagen schließlich vor der Schlosskirche zum Stehen kam, war Faustus klar, dass dies keine List seiner Freunde darstellte. Man war keineswegs gekommen, um ihn zu retten.

Schlimmer noch: Einer der Fackelträger hatte vor seiner

Flucht Feuer an den Scheiterhaufen gelegt. Rechts von Faustus brannte das Reisig lichterloh, und es war allein eine Frage der Zeit, ehe die Flammen auf den Rest des Podests übergreifen würden. Schon spürte er die brüllende Hitze auf der Haut, fühlte, wie sich seine Kleidung erwärmte und ihm der Schweiß in Strömen aus den Poren schoss. Er hatte sich geschworen, vor Asendorfs Augen kein Zeichen von Furcht oder Reue zu zeigen. Doch, zum Teufel damit, der Inquisitor war geflohen; er würde nicht mit ansehen können, wie sein Opfer sich gegen den Tod auflehnte.

Mit aller Kraft stemmte Faustus sich gegen die Fesseln. Erst gaben sie einen Fingerbreit nach, dann aber hielten sie straff und stramm seiner Gegenwehr stand. Die Flammen loderten höher und höher. Immer lauter wurde ihr Knistern und Fauchen, immer heißer ihre tödliche Glut. Die Hitze begann wehzutun.

Der krumme Pferdeführer umrundete derweil sein Gefährt. Plötzlich gerieten die Leichen in Bewegung. Glieder wurden gestreckt, Gesichter gehoben. Blitzschnell sprangen die sechs Gestalten von dem Karren und rannten hinüber zur Kirchentür. Zwei von ihnen warfen sich kraftvoll dagegen, und sogleich flog das Portal krachend nach innen. Auch der Pferdeführer straffte sich, entwickelte mit einem Mal erstaunliche Behändigkeit und folgte den Übrigen ins Innere des Gotteshauses. Innerhalb weniger Atemzüge stand der Karren verlassen da, und die eben noch Toten waren in der Kirche verschwunden.

Faustus bemerkte es aus den Augenwinkeln, doch er hatte bei Weitem andere Sorgen. Das Reisig brannte jetzt in einem Halbkreis um den Scheiterhaufen. Schon bald würde sich der

Flammenring schließen. Und doch blieb alles Zerren und Ziehen an den Fesseln ohne Wirkung. Faustus klebte wie festgeschmiedet am Pfahl.

Aus dem offenen Kirchentor ertönte Geschrei, dann stürmten die Kinder mit wehenden Gewändern ins Freie. Heulend rannten sie davon und verschwanden in einer nahen Gasse.

Wenige Herzschläge lang herrschte Stille. Dann sprangen sechs der insgesamt sieben Gestalten aus dem Tor. Hinter ihnen drang Rauch durch das Portal. So schnell sie konnten überquerten die Maskierten den Platz und verließen die Stadt durch das Westtor.

Verzweifelt sann Faustus nach Rettung. Seine Gedanken tobten. Irgendeinen Weg musste es geben, irgendein Mittel, der Feuersbrunst zu entkommen. Die Enden des Flammenkreises rückten unerbittlich aufeinander zu. Es blieb kaum noch Zeit. Die Hitze wurde unerträglich. Es roch nach Verschmortem, und es dauerte einen Augenblick, ehe Faustus begriff, dass sich seine Haare zu kräuseln begannen. Die Welt um ihn herum zerfloss allmählich zu einem trüben Gemisch aus Licht und Schatten.

Mit einem Schrei stürmte die siebte Gestalt aus der Kirchentür. Die Tücher, die sie sich um den Kopf geschlungen hatte, brannten lichterloh. Keuchend zerrte sie an den Bandagen. Das Letzte, was Faustus erkannte, war, dass es sich um eine junge Frau handelte, der Statur nach eher ein Mädchen. Dann raubte ihm die Hitze für einen kurzen Moment die Besinnung.

Augenblicke später war er wieder bei Bewusstsein, und nichts hatte sich an seiner Lage geändert. Die Flammen tobten unvermindert. Höchstens ein Schritt weit trennte den Flammenring um den Scheiterhaufen von seiner Bestimmung.

Da bemerkte Faustus, wie sich seine Fesseln lösten. Das Mädchen huschte neben ihm übers Podest, in einer Hand ein blitzendes Messer. Ihr Kopf war eine rauchende Brandwunde. Ein Wunder, dass sie nicht die Besinnung verlor. Sie sprang vom Rand der Plattform hinab aufs Pflaster und folgte ihren Gefährten stolpernd durchs Stadttor, ohne ein Wort, ohne sich umzusehen. Faustus blieb keine Zeit, über das Wunder nachzudenken. Mit letzter Kraft schüttelte er die Fesseln ab, löste sich vom Pfahl und taumelte vom Podest in die Freiheit. Hinter ihm schloss sich mit einem Fauchen der Flammenring. Der Scheiterhaufen verwandelte sich in ein Inferno aus Höllenhitze und berstendem Holz. Das Knistern wurde zum Brüllen, das Feuer zum Fanal.

Faustus schleppte sich strauchelnd davon, gleichfalls in die Richtung des Stadttors, als plötzlich noch etwas geschah.

Der Priester taumelte kreischend aus der Kirche. Sein Gewand brannte lichterloh, ebenso seine Haare, seine Hände, sein Gesicht. Wie ein heidnischer Feuergott tanzte er in irren Verrenkungen vor dem Portal, sein Körper eine einzige Zuckung, geschüttelt von der grausamen Qual, mit der die Flammen seine Glieder verzehrten. Schließlich brach er leblos zusammen und verbrannte.

Faustus blieb keine Zeit, darüber nachzudenken. Irgendjemand musste vom Schloss aus das Geschehen beobachtet haben. In wenigen Augenblicken würden sich die Ersten ins Freie wagen, zumal immer mehr Rauch aus der Kirche drang. Im Inneren des Gebäudes tobte ein Feuer. Die maskierten Brandstifter hatten ganze Arbeit geleistet.

Bis zum Stadttor waren es nur noch wenige Schritte. Faustus bewältigte sie nur langsam, viel zu langsam. Er war nicht wirklich verletzt, aber die Hitze hatte seinen Körper geschwächt und ihn all seiner Kräfte beraubt. Er taumelte durch den Torbogen und blickte hinaus in die weite Landschaft. In der Ferne glaubte er sieben Gestalten auf Rössern zu sehen, die über die Felder davongaloppierten. Die Pferde mussten hier draußen bereitgestanden haben. Faustus wünschte sich mit aller Kraft, dass auch auf ihn eines wartete, doch seine Hoffnungen wurden enttäuscht. Kein Pferd weit und breit. Seine Befreiung war nicht geplant gewesen. Das Mädchen hatte nur Mitleid mit ihm gehabt.

Wenn er fliehen wollte, so musste er es allein tun. Ganz auf sich gestellt. Ohne weitere Hilfe.

Es war nicht das erste Mal, dass er aus Asendorfs Fängen entkam. Doch nie zuvor war er seinem Schicksal so knapp entronnen. Der Inquisitor hatte ihn schon früher gefangen und eingekerkert, ihn sogar dem hochnotpeinlichen Verhör – der Folter – unterzogen. Trotzdem war Faustus stets der letzten aller Strafen entgangen. Und wieder war es ihm gelungen. Es fragte sich nur, wie lange.

Faustus schlug sich seitwärts ins Gebüsch, das an dieser Stelle bis an die Stadtmauer wucherte. Äste und Dornen stachen in seine Haut, doch der Schmerz, den sie verursachten, war nichts gegen die qualvolle Glut des Scheiterhaufens.

Auf der anderen Seite des Tores wurden Rufe laut. Offenbar hatte man den Schwindel bemerkt und die Leiche des Priesters entdeckt. Jemand schrie nach Wasser, um das Feuer in der Kirche zu löschen. Zugleich ergoss sich ein Dutzend bewaffneter Landsknechte aus dem Stadttor, um die Täter zu fassen. Wütend und verwirrt blickten sie sich um, als niemand zu sehen war.

Faustus beobachtete sie durch die Zweige: Eine stetig wachsende Zahl von Männern in geschlitzten bunten Pluderhosen, breiten Kuhmaulschuhen und kurzen, engen Ärmeljacken. Auf den Köpfen trugen sie Kappen und federgeschmückte Barette, und da war keiner, der nicht mit Schwert, Spieß oder gar einer Handbüchse bewaffnet war.

Faustus befand sich in keiner beneidenswerten Lage. Asendorfs Schergen wussten, dass ihn die Flucht vom brennenden Scheiterhaufen geschwächt haben musste. Seine einzige Hoffnung war, dass sie annehmen würden, er sei gemeinsam mit den Brandstiftern zu Pferd entkommen. Vielleicht würden sie darauf verzichten, die nähere Umgebung zu durchsuchen.

Doch seine Zuversicht wurde von Neuem enttäuscht. Einer der Landsknechte, offenbar ihr Hauptmann, schrie lautstark Befehle, und sogleich schwärmten die Soldaten in alle Richtungen aus. Mit grimmigen Mienen und gezückten Waffen stampften sie durch Wiesen und Geäst, stachen mit ihren Klingen in verdächtiges Buschwerk und blickten misstrauisch hinter jeden Baum. Faustus sah mit Erschrecken, wie gleich vier von ihnen schnurstracks auf sein Versteck zukamen. Einen Augenblick lang erwog er, ob es gelingen könnte, sie alle kraft seines Geistes zu beeinflussen, doch er wusste, dass der Versuch zum Scheitern verurteilt war. Er war schwach, außer Atem und beim besten Willen nicht in der Lage, sich in diesem Zustand zugleich auf vier fremde Geister einzustellen. Alles, was ihm blieb, war die Flucht.

So leise wie möglich drehte er sich um und hastete gebückt durchs Gebüsch. Es war nur eine Frage der Zeit, bis sie ihn bemerken würden, und der gefürchtete Moment kam schneller, als ihm lieb sein konnte. Einer der Landsknechte schrie auf, zeigte mit dem Schwert auf ihn und rief die anderen herbei. Die vier Männer, die Faustus am nächsten waren, setzten sich sogleich auf seine Spur, und auch die übrigen kamen eilig herbeigerannt.

Sein Vorsprung war nicht groß, zwanzig, höchstens dreißig Schritte, und obgleich seine Beine lang waren, fehlte ihnen jetzt doch die Kraft, den Verfolgern davonzulaufen. Es war aussichtslos. Keuchend hetzte er durchs Unterholz, schlug Zweige und Blattwerk beiseite, rannte entlang der Stadtbefestigung nach Norden und wusste doch, dass er den Männern nicht entkommen konnte. Fraglos würden sie sich aufteilen und versuchen, ihn einzukesseln. Er hatte keinen Zweifel, dass es ihnen gelingen würde.

Er hörte ihre Rufe erst hinter, dann auch in einigem Abstand neben sich. Baumstämme und Äste verbargen sie vor seinen Augen, was seine Ungewissheit nur noch erhöhte. Er hatte das Gefühl, dass sie überall um ihn waren, und etwas sagte ihm, dass dieser Eindruck nicht täuschte. Die Jagd war längst entschieden. Das Wild saß in der Enge.

Er wollte nach links ausweichen, fort von der Stadt, durch die Bäume hindurch und hinaus ins freie Land, doch von dort waren die Schritte und Flüche seiner Verfolger nur allzu deutlich zu hören. Rechts von ihm befand sich die Stadtmauer. Die einzige Fluchtmöglichkeit war demnach geradeaus, und dort würden sie ihm früher oder später den Weg abschneiden. Ebenso gut konnte er gleich stehen bleiben und sich geschlagen geben.

Während er diese Möglichkeit noch erwog, kam das Ende

früher als erwartet. Plötzlich brachen vor ihm zwei Gestalten aus dem Gebüsch. Es gelang ihm eben noch, seine Schritte zu bremsen, sonst wäre er in ihre ausgestreckten Klingen gerannt. Wortlos blieb er stehen, rang sich ein bitteres Lächeln ab und ließ sich widerstandslos festnehmen. Überall um ihn herum traten Landsknechte aus dem Unterholz und richteten ihre Waffen auf ihn. Einige beschimpften ihn lautstark, doch er ließ ihre Tiraden wirkungslos von sich abprallen und hoffte nur, dass sie ihn nicht auf der Stelle töten würden. Der Hauptmann erreichte ihn als Letzter und gab schneidend Befehl, ihn unversehrt in die Stadt zu bringen. So nahmen ihn die Soldaten widerwillig in ihre Mitte und führten ihn unter manchen Stößen und Beschimpfungen zurück zum Stadttor.

Auf dem Schlossplatz hatten sich wieder zahlreiche Bürger eingefunden, die verstört auf die lodernden Reste des Scheiterhaufens und durch das rußige Kirchentor blickten. Das Feuer im Inneren war offenbar gelöscht, es konnte nicht groß gewesen sein. Die Leiche des Priesters lag verborgen unter einer Decke. An ihren Rändern kräuselte sich dürrer Rauch empor.

Man schenkte Faustus und dem Trupp der Landsknechte kaum Beachtung. Einige Frauen standen weinend in der Nähe des toten Pfaffen, andere bemühten sich, einen Blick ins Innere der Kirche zu erhaschen. Nur einige Kinder, die ihre Fröhlichkeit viel schneller als die Erwachsenen zurückerlangt hatten, hüpften ausgelassen vor den Füßen der mürrischen Soldaten und schnitten Faustus Grimassen.

Die Landsknechte führten ihn durch eine lange Straße zum Rathaus auf dem Marktplatz. Drinnen erwarteten ihn der Inquisitor und sein Gefolge. In einem hölzernen Saal mit Deckenleuchter und großen, hellen Fenstern saß Konrad von

Asendorf auf einem hochlehnigen Stuhl, strich sich unablässig übers Kinn und musterte seinen Gefangenen aus dunklen, grundlosen Augen. Sein Zwergendiener saß im Schneidersitz neben ihm am Boden und hielt eine geschlossene Bibel in den kleinen Händen. Das Buch war fast so groß wie sein Oberkörper. In jeder anderen Lage hätte Faustus gelächelt; seit er Asendorf kannte, ließ sich der Hexenjäger von dem kleinen Mann die Heilige Schrift nachtragen, ganz gleich, wo er sich aufhielt. Der Bibelzwerg, ein hässlicher Kerl mit knorrigem Gesicht und feuerrotem Haar, schien mit dieser Aufgabe vollauf zufrieden.

Hinter dem Inquisitor standen weitere seiner Gefolgsleute, darunter einige, die ihn stets begleiteten, und andere, die sich für die Zeit seines Besuchs aus der Wittenberger Bürgerschaft rekrutierten. Da war ein hagerer Vikar, der für Asendorf die lästige Pflicht der Nachforschungen über die Lebensumstände eines Angeklagten übernahm; es gab zwei Qualifikatoren, Männer des Rechts, deren Aufgabe es war, die Urteile des Inquisitors so vorzuformulieren, dass sie der weltlichen Gesetzgebung nicht widersprachen; dazu kamen ein Notar, der mit seiner Unterschrift die Aussagen des Beschuldigten bestätigte, ein Prokuror, der als Mönch während der Verhandlung die Rolle des kirchlichen Anklägers übernahm, außerdem drei weitere Männer und Frauen – zweifellos Familiares, geheime Denunzianten, welche die Angeklagten zum Geständnis überreden sollten. Sie waren von allen Knechten des Hexenjägers die schlimmsten, denn die Familiares unterstanden keinem Gericht, genossen völlige Straffreiheit und verfuhren mit dem gemeinen Volk nach eigenem Gutdünken. Oft genug erpressten sie reiche Bürger mit der Androhung, sie auf den Scheiterhaufen zu bringen; wer nicht zahlte, starb in den heiligen Flammen.

Zu Faustus' Überraschung gab Asendorf seinem Anhang einen Wink, zu verschwinden. »Lasst mich einen Augenblick mit dem Angeklagten allein«, befahl er leise und doch eindringlich genug, dass niemand zu widersprechen wagte. Es war ungewöhnlich, dass ein Inquisitor das geheime Gespräch mit einem Beschuldigten suchte. Vor allem bei den beiden Rechtsgelehrten musste dieses Vorgehen auf stillen Widerspruch stoßen, denn Asendorf zeigte damit nur zu deutlich, wie wenig er sich um die Gesetze scherte.

Die Prozession der Männer und Frauen verschwand schweigend durch die Tür. Faustus blieb mit dem Hexenjäger zurück. Allein der Bibelzwerg saß noch reglos zu Asendorfs Füßen auf dem Parkett, als gehöre er zum Mobiliar der Halle. Der Befehl des Inquisitors schien für den Kleinen nicht zu gelten.

Asendorf, immer noch in seine schwarzen Gewänder gehüllt, den Kopf mit einer Kappe bedeckt, lehnte sich in seinem Stuhl zurück und betrachtete Faustus mit scharfem Blick. Man hatte dem Gefangenen beide Hände auf den Rücken gebunden. Sein schmächtiges Gesicht war rußverschmiert, die einfache Kleidung schmutzig. Bei jedem anderen hätte Faustus den Versuch unternommen, den Willen seines Gegenübers kraft seiner Gedanken zu brechen. Doch an Asendorf war er mit derlei schon bei früheren Begegnungen gescheitert. Der Hexenjäger sprach, wie zudem die meisten Menschen, nicht auf geistige Beeinflussung an. Das letzte Mal, als Faustus diese Fertigkeit erfolgreich hatte einsetzen können, lag über ein Jahr zurück. Einem zahlenden Publikum mochte er diesen Trick noch gelegentlich vorgaukeln können – meist mit gedungenen Helfern, die sich als beeinflusste Opfer ausgaben –, doch in Wahrheit war es mit seinen Kräften nicht allzu weit her.

»Du bist des Todes, mein Sohn«, sagte Asendorf und presste die blutleeren Lippen aufeinander. Er mochte dies für ein Lächeln halten. »Du weißt es, und ich weiß es. Du stehst im Bund mit dem Widersacher. Du bist ein Verführer zum Bösen und ein Betrüger, wie es keinen anderen geben mag.«

Faustus hob die Schultern und schwieg. Es hatte keinen Sinn, dem Inquisitor zu widersprechen. Vielmehr war er neugierig, was Asendorf ihm zu sagen hatte. Weshalb ordnete er nicht gleich eine erneute Hinrichtung an?

»Dein Tod ist seit langem beschlossene Sache, und ich muss dir nicht sagen, dass es eigentlich nichts geben dürfte, das mich von seiner Vollstreckung abhalten sollte.« Asendorf stützte sich mit dem rechten Ellbogen auf die Armlehne und begann erneut, über sein Kinn zu streichen. Mit der anderen tätschelte er dem Bibelzwerg den Kopf, der daraufhin eilig die Heilige Schrift aufschlug und mit tonlosen Mundbewegungen zu rezitieren begann. Kein Wort kam dabei über seine Lippen. Der Kleine war keinesfalls stumm, das wusste Faustus; offenbar wollte Asendorf seiner eigenen Rede durch das stille Bibelzitat religiöses Gewicht verleihen.

»Ich weiß, du bist ein gelehrter Mann«, fuhr der Hexenjäger fort. »Und ich glaube, du bist klug genug zu begreifen, welch günstiges Angebot ich dir machen will.«

Hier horchte Faustus auf, doch er tat es insgeheim, ohne Asendorf den Triumph seiner Aufmerksamkeit zu gönnen. Schweigend harrte er alles Weiteren.

»Du hast gesehen, was auf dem Schlossplatz geschehen ist«,

sagte der Inquisitor. »Ich weiß, dass manch einer glaubt, du selbst stecktest hinter dem feigen Anschlag auf das Haus Gottes und das Leben des armen Priesters«, – demütig schlug er ein Kreuzzeichen –, »doch ich glaube nicht daran. Man mag dir vieles vorwerfen können, Faustus, doch Rachsucht an einem Unschuldigen gehört meines Erachtens nicht dazu. Ich bin nicht sicher, weshalb man dich trotzdem aus deiner misslichen Lage befreit hat, doch damit mag ich mich später beschäftigen. Jetzt geht es mir um etwas anderes.«

Faustus begann zu ahnen, dass die Ereignisse vielleicht noch eine Wende zum Besseren nehmen mochten, vielleicht Kerkerhaft statt Feuertod. Doch was Asendorf dann sagte, übertraf seine kühnsten Erwartungen:

»Ich werde dich frei lassen.«

Faustus schenkte ihm einen zweifelnden Blick und sprach zum ersten Mal, seit ihn die Soldaten hierhergebracht hatten. »Aus welchem Grund solltet Ihr das tun?«

Der Inquisitor verzog das Gesicht zu einem gequälten Grinsen. »Oh, glaube ja nicht, dass mir diese Entscheidung leichtfällt. Und sei versichert, keinesfalls bewahrt sie dich vor weiterer Verfolgung durch die Heilige Inquisition. Im Gegenteil: Hast du erst erreicht, was ich von dir verlange, werde ich meine Anstrengungen, deiner habhaft zu werden, vervielfachen. Ich jage dich bis ans Ende der Welt, wenn es sein muss, und ich schwöre dir hier, im Angesicht des Herrn, dass du brennen wirst, Faustus. Du *wirst* brennen.«

Er seufzte tief und presste sein Kinn mit Daumen und Zeigefinger so fest zusammen, dass jede Farbe daraus entwich. »Doch bis dahin verlange ich deine Unterstützung. Ich will wissen, wer das Feuer in der Kirche gelegt hat, bei dem der

Priester ums Leben kam. Und du bist der Mann, der mir seine Mörder ausliefern wird.«

Faustus schwieg, während der Bibelzwerg mit seiner lautlosen Lesung fortfuhr.

»Du kennst dich aus in Ketzerkreisen«, fuhr Asendorf fort. »Es wird dir nicht schwerfallen, herauszufinden, wer hinter dem Anschlag steckt. Ich will alles von dir: Namen, Gründe, Verbindungen zu anderen häretischen Zirkeln. Alles, verstehst du?«

»Ich kann Euch nicht helfen«, widersprach Faustus ruhig. Selbst wenn er gewollt hätte – und davon war er weit entfernt –, er wusste nicht, wie er das Gewünschte erfahren sollte. Und keinesfalls würde er irgendjemanden an die Inquisition ausliefern, ganz gleich, welches Verbrechen er begangen hatte.

Asendorf schüttelte unwillig den Kopf. »Ich könnte dir drohen, Faustus. Ich könnte dir erklären, was meine Leute mit dir anstellen werden, wenn du nicht tust, was ich verlange. Doch ich weiß, wie wenig ich dich mit Worten beeindrucken kann. Deshalb werde ich zu einem anderen Mittel greifen, dich zu überzeugen. Sag mir, Faustus, wo ist der Hund, an dem dein Herz so hängt?«

Faustus stand da wie vom Blitz getroffen. Er gab sich Mühe, weiterhin unbeteiligt und gleichgültig zu erscheinen, doch dem Hexenjäger konnte nicht entgangen sein, wie seine Züge bei der Erwähnung Mephistos gefroren. Faustus hatte geglaubt, der Hund sei davongelaufen, als Asendorfs Schergen ihn festnahmen.

Der Inquisitor brachte das erste ehrliche Lächeln zustande. »Nun, du kannst es dir denken, nicht wahr? Um ehrlich zu sein, meine Leute wollten die Bestie erschlagen – sie hat einigen von ihnen böse Bisswunden zugefügt –, doch es gelang mir, sie davon abzuhalten. Und als ob das nicht Grund genug wäre, mir dankbar zu sein, will ich dir das Tier sogar zurückgeben – sobald du mir alle Namen nennst! Habe ich mich klar genug ausgedrückt, *Doktor* Faustus?«

Faustus gab keine Antwort. Asendorfs Drohung mochte auf ihre Weise lächerlich erscheinen. Ein Hund im Tausch gegen Menschenleben – die Entscheidung sollte so schwer nicht fallen. Doch mit Mephisto hatte es auf vielerlei Art besondere Bewandtnis (von der Ihr, geduldiger Leser, später mehr erfahren sollt).

»Du wirst herausfinden, wer hinter dem Tod des Priesters steckt«, sagte Asendorf scharf und beugte sich vor. Dabei stieß seine Hand gegen den Kopf des Bibelzwergs, der daraufhin erschrocken keuchte und einen Augenblick lang um Fassung rang. Der Inquisitor bemerkte, dass die Bibellesung stockte, und schenkte dem Zwerg einen drohenden Blick. Der hässliche Kerl begann am ganzen Körper zu zittern und beeilte sich, in hündischer Ergebenheit fortzufahren.

»Warum liegt Euch ausgerechnet an diesen Ketzern so viel?«, fragte Faustus, nachdem er seine Beherrschung wiedererlangt hatte. »Sicher verärgert Euch nicht allein, dass sie Euer kleines Schauspiel von vorhin verdorben haben.«

Asendorf bohrte seinen Blick in Faustus' Augen. »Dies war nicht der erste Vorfall dieser Art. Sie schlagen überall zu, im ganzen Reich. Der Heilige Stuhl sieht es nicht gern, wenn man seine Statthalter verbrennt.«

Da musste Faustus mit einem Mal lachen. »Herrgott, Asendorf, heißt das, man gab Euch den Auftrag, diese Menschen zu fassen? Ist es das, was Euch in solche Verzweiflung treibt, dass Ihr sogar mich dafür laufen lasst?«

Der Inquisitor zuckte zurück, als hätte Faustus ihm ins Gesicht geschlagen. Er ließ sich gegen die Stuhllehne fallen und krampfte seine Finger um die Armstützen. »Was interessiert es dich, selbst wenn dem so wäre?«

Faustus lachte noch immer, wohl wissend, wie sehr er den Hexenjäger damit erzürnte. Asendorf mochte ein paar Jahre älter sein als er selbst – Faustus zählte zum Zeitpunkt dieser Begebenheit dreißig Lenze –, doch was der Inquisitor ihm an Erfahrung voraushatte, machte Faustus durch eine gehörige Portion Dreistigkeit wett. Mein Meister war schon damals einer, der selbst im Angesicht des Satans zu lachen vermochte, und ich bin sicher, er tat genau das, als der Bocksfüßige ihn schließlich zu sich holte.

Asendorf, der es trotz aller Macht und Grausamkeit an Imposanz nicht mit dem Leibhaftigen aufnehmen konnte, musste den Spott des Schwarzkünstlers hilflos über sich ergehen lassen. Denn mein Meister – der damals freilich noch nicht mein Meister war – wusste nun, wie sehr der Inquisitor auf ihn angewiesen war. Und Faustus gedachte, seinen Vorteil gnadenlos auszuspielen. Er wollte Asendorf winseln sehen.

Doch so weit ließ der Inquisitor es nicht kommen. »Du wirst über mein Angebot nachdenken, Faustus. Heute Nacht, im Kerker. Morgen erwarte ich deine Antwort – und du weißt, welche ich meine.«

Damit schlug er vor Faustus ein nachlässiges Kreuzzeichen, als wolle er ihn für die Nachtruhe segnen, rief nach den Wachen und ließ den Gefangenen abführen.

»Steckt ihn ins Verlies!«, rief er hinter ihnen her und schlug zugleich seinem Bibelzwerg auf den Schädel. »Lasst ihn hungern und lasst ihn frieren! Lasst ihn leiden wie seinen Hund!«

Es muss ihn mehr als gekränkt haben, dass Faustus selbst da noch schallend lachte.

Kapitel 2

Dies war der Punkt, an dem ich selbst die große Bühne betrat. Ich schlitterte mitten ins Spielgeschehen, ohne einen Schimmer, was mich erwarten mochte. Und, glaubt mir, ich tat es nicht ohne Getöse. Ja, in der Tat, die Kulissen erbebten ob dieses Augenblicks, und Ihr, die Damen und Herren in den vorderen Rängen, Ihr solltet Euch in Acht nehmen, denn meine Anwesenheit in dieser Geschichte ist nicht ohne Folgen. Passt auf, dass Euch keine wirbelnde Schwertspitze streift. Und, Pardon, es mag vorkommen, dass meine Büchse sich in die falsche Richtung entlädt. Duckt Euch, wenn Ihr könnt.

Es ist an der Zeit, ein paar Worte über mich selbst zu verlieren. Meinen Namen verriet ich Euch bereits, doch hier ist er noch einmal: Christof Wagner. Merkt ihn Euch gut. Ihr mögt auch außerhalb dieser Zeilen noch von ihm hören.

Ich ward geboren zu Wittenberg, so sagte man mir im Waisenhaus, und dort wuchs ich auf. Meine Kindheit war ereignislos, genauso meine Jugend – bis zu jenem Tag, da ich meinen Meister traf.

Gestattet mir trotzdem in aller Kürze, von meinem Leben *vor* diesem entscheidenden Tag zu berichten. Ich bin Waise, so lang meine Erinnerung zurückreicht. (Man hat mir vorgeworfen, ich sei der Sohn einer Hündin, was nicht möglich ist – sicher hätte ich mich dann besser mit des Meisters Töle, mit

Mephisto, verstanden. Unser Verhältnis aber war zeitlebens, nun, nennen wir es – gespalten.)

Ich weiß nicht, wer mein Vater war, und auch an meine Mutter fehlt mir jedes Andenken. Früh ging ich bei einem Mönch in die Lehre, doch lernte ich von ihm nicht das Rezitat frommer Bibelsprüche und Kirchenlieder, sondern vielmehr die Kunst des Bierbrauens. Er war alt und fett, an einer Hand fehlten ihm zwei Finger, und seine größte Sorge war weniger sein Seelenheil (oder gar das meine) als sein unmäßiger Stuhlgang, der ihn mindestens sechs- bis siebenmal am Tag von seiner Arbeit fortriss. Da war es nötig, dass jemand während dieser Zeit seine Aufgaben übernahm, und dieser jemand war ich.

Es gab noch einen zweiten Knecht in seinen Diensten, einen mürrischen Mann, viel älter als ich selbst. Er behauptete, er habe mit den Spaniern die Mauren aus Granada vertrieben und an der Seite Vasco da Gamas das Kap der Guten Hoffnung umschifft. Was immer davon auch der Wahrheit entsprach – er verstand es meisterlich, mit Schwert und Dolch umzugehen. Stets, wenn der alte Mönch sich zur Verrichtung seines leidigen Geschäfts in die Wälder schlug, berichtete mir mein Gefährte von seinen Abenteuern in fremden Ländern, an der Seite großer Heroen und in den Armen schöner Frauen. Sicher entstand damals schon der Wunsch in mir, es ihm einmal gleichzutun. Schließlich fasste ich mir ein Herz und bat ihn, mich in der Kunst des Kampfes zu unterweisen, und zu meiner Freude willigte er ein. So lernte ich leidlich, mit der Klinge zu spielen, mit dem Bogen zu schießen und mich auf dem Rücken eines Pferdes zu halten. Letzteres wohl nur mit Vorbehalt: Zur Übung diente mir des Mönchs Brauereigaul, ein lahmes, behäbiges Tier, das selbst die Großmutter des Kaisers Maximilian hätte reiten können.

Ein guter Bierbrauer wäre nie aus mir geworden, doch der Mönch zahlte mir zwei Gulden im Monat, mehr, als mancher Handwerksknecht von seinem Meister erhielt. Davon lebte ich und konnte stets ein paar Kreuzer beiseitelegen. Mehr noch: Der gute Mann war so freundlich, mir ein kleines Vermögen von dreißig Gulden zu hinterlassen – mit der Auflage allerdings, mir davon ein Studium an der Universität zu Wittenberg zu finanzieren. Der Alte war ein guter Freund eines hiesigen Doktors der Theologie, und jener nahm mich unter seine Fittiche, zahlte mir monatlich einen Teil meines Erbes aus und sorgte dafür, dass ich meine Zeit tatsächlich mit dem Lesen kluger Schriften verbrachte, statt mit Kumpanen durch die Schänken zu ziehen und mich an den Freuden des Lebens zu ergötzen. Heute weiß ich dies zu schätzen, damals aber verging kein Tag, an dem ich meinem Gönner nicht Pest und Syphilis an den Hals wünschte. Freilich war ich dankbar genug, um zu erkennen, dass er es gut mit mir meinte, und im Großen und Ganzen kam ich all meinen Pflichten nach. So wurde aus Wagner, dem Waisenkind und Bierbrauer, Wagner, der Studiosus.

Doch genug davon. Ich spanne Euch auf die Folter (ein Wortspiel, übrigens, mit dem gerade ich nicht spaßen sollte, geriet ich doch selbst oft genug in die Fänge derselben).

Ihr wollt wissen, wie es dem Faustus erging?

So höret denn von meinem heldenmütigen Versuch, ihn aus dem Kerker zu befreien.

* * *

Das Gefängnis lag unweit des Augustinerklosters im Osten Wittenbergs, eingelassen in die Stadtbefestigung. Es war ein grobgemauerter, zweigeschossiger Bau, in dessen oberem Stockwerk der Hauptmann der Stadtwache residierte. Auf ebener Erde gab es einige Zellen mit vergitterten Luken, doch der Hauptteil der Kerkeranlagen lag unterirdisch, besaß keine Fenster und war, wie ich schon bald erfahren sollte, ein ganz und gar unleidlicher Ort.

Es gibt wenig, womit ich meinen heillosen Leichtsinn entschuldigen kann. Denn wer ist unter gewöhnlichen Umständen schon so dumm, einen Gefangenen der Inquisition aus einem bewachten Stadtkerker befreien zu wollen? Nun, genau das war mein Plan – das heißt, weniger der meine als jener meines damaligen Mäzens. Tatsächlich war ich dem guten Mann zu einigem Dank verpflichtet, wiewohl ich niemals mein Leben für ihn aufs Spiel gesetzt hätte – unter gewöhnlichen Umständen, wie gesagt. Leider waren eben die Umstände gegen mich. Tatsächlich erpresste mich der alte Sack – Gott erbarme sich seiner Seele! – und drohte mir, das Erbe meines Lehrherrn einzubehalten, falls ich ihm nicht mit einer kleinen Gefälligkeit zur Seite stünde. Diese kleine Gefälligkeit war, wie Ihr Euch denken könnt, Faustens Befreiung. Nichts weiter als das.

Mir liegt nicht viel an Reichtum und Besitz, und ich liebe das Leben. Zweifellos hätte manch anderer in meiner Lage seinen Hut genommen und wäre von dannen gezogen, ohne Geld und ohne Segen, doch dafür mit der Aussicht, noch einige Jahre länger unter den Lebenden zu weilen. Ich aber war jung und übermütig und glaubte, einer wie der Faustus würde sich zweifellos dankbar erweisen – mit einem magischen Sack voll Gold, beispielsweise, einem, der sich vielleicht von alleine nachfüllt …

Nun müsst Ihr wissen, dass über Faustus ein ganzer Berg von Gerüchten umging. Es hieß, er könne alles vollbringen, was auch Christus vollbrachte, so oft und wann er wolle. Man munkelte, er habe einige der wichtigsten Zauberbücher verfasst, etwa Teile des *Picatrix* und das *Secreta secretorum*, das lange Zeit dem Aristoteles zugeschrieben wurde. Selbst am *Buch der Geheimnisse* sollte er beteiligt gewesen sein, was sich allerdings später als Unsinn erwies. Fest steht, er war ein Meister der Kabbala, kannte sich aus in den Lehren der Gnosis und unterhielt freundschaftliche Beziehungen zu zahllosen Gelehrten und Alchimisten jener Zeit.

Man erzählte sich, er sei als Sohn armer Bauern zur Welt gekommen, die ihn in ihrer Not dem reichen Bruder seines Vaters in Verwahrung gaben. Jener lebte zu Weimar und hatte selbst keine Nachkommen, sodass er ihn zum Erben seines Reichtums machte und nach Ingolstadt auf die hohe Schule schickte. Faustus sollte dort Theologie studieren, kam aber in unselige Verbindung zu umherreisenden Zigeunern und Tataren, lernte von ihnen das Handlesen und vielerlei weitere Zauber und verlegte sein Studium sodann auf die Astronomie und Astrologie. Auf anderem Gebiet brachte er es gar bis zum doctor medicinae. Faustus galt als ausgesprochener Epikureer und besserte, nachdem er sein Erbe verprasst hatte, durch Jahrmarktsgaukelei und den ein oder anderen Zauber seinen Geldbeutel auf. Gelegentlich nahm ihn ein Landesfürst auf und erhoffte sich von ihm magischen Beistand gegen Feinde, in Regierungsgeschäften und, allzu oft, im Liebeswerben.

Viel wurde später über seinen Pakt mit dem Teufel geredet.

Faustus, der es durchaus genoss, das eine oder andere Gerücht durch Taschenspielertricks und unheilschwangere Aussprüche zu nähren, äußerte sich niemals dazu, er stritt nichts ab und bestätigte nichts. Nachdem ich ihn eine Weile kannte, hörte ich auf, ihm Fragen darüber zu stellen, denn sie führten zu nichts, außer dass sich seine Stirn umwölkte und ich sein Gepäck tragen musste. Was keinesfalls heißt, dass ich die Wahrheit nicht doch noch erfuhr.

Dies also war das, was man sich über meinen künftigen Meister erzählte, abends am Feuer oder bei der Arbeit auf den Feldern. Sein Name geisterte durch Studierzimmer und Gelehrtenstuben, durch Thronsäle und Fürstengemächer. Man kannte ihn im Norden wie im Süden, und die Pfaffen predigten seine Verdammnis von den Kanzeln. Er war Doktor Faustus – Chiromant, Aeromant, Pyromant und Hydromant –, und ich bin stolz auf jedes Jahr, das ich an seiner Seite verlebte.

Freilich, bis es so weit war, musste ich ihn erst aus dem verflixten Kerker befreien. Damals versprach ich mir von meinem Gelingen wahrlich nicht mehr als ein paar Gulden und die ein oder andere magische Gefälligkeit.

So erinnerte ich mich denn an das, was mein Gefährte in den Diensten des Braumeisters mich gelehrt hatte, besorgte mir einen scharfen Dolch, nahm all meinen Witz und Wagemut zusammen und machte mich auf, mein Vorhaben in die Tat umzusetzen.

Ich erwähnte schon, dass das Gefängnis an die Stadtmauer grenzte. Am Fuße ihrer Außenseite fiel der Boden für einige Schritte steil ab, war bedeckt von dichten Ginsterbüschen und mündete in ein wild wucherndes Geflecht von Hecken und

Sträuchern. Von einem Studienkameraden, einem aufstrebenden Mediziner, der einige Jahrzehnte später in der Schlacht zu Mühlberg die Wunden des Herzogs Alba kurieren sollte, hatte ich erfahren, dass es einen schmalen Schacht gab, der vom Gefängnis aus unter der Stadtmauer hindurch bis in eben jenes Buschwerk führte. Dort endete er an einem engen Eisengitter. Mein Freund stand während seiner Studien einem örtlichen Medicus zur Seite, der sich ab und an um die Gesundheit der Gefangenen kümmerte. Bei solchen Besuchen im Kerker hatte er erfahren, dass die Wärter alle Abfälle – vom Nachttopf bis zu Körperteilen – in ein Loch im Boden warfen. Von hier aus gelangte der Müll durch den Schacht bis hinaus an die Außenmauer, wo sich die Flüssigkeiten in die Büsche ergossen, die größeren, festen Bestandteile sich aber im Gitter verfingen. Zweimal im Jahr mussten unglückliche Gefangene in den Schacht hinabsteigen und die entsetzlichen Reste beiseiteschaffen.

Dabei war unter den Eingekerkerten bekannt geworden, dass sich das Eisengitter durch die jahrzehntelange Nässe und Fäulnis gelockert hatte. Rost hatte die Stangen zerfressen, und es genügte – so zumindest hieß es – ein starker Tritt, um das Gitter zu zerbrechen. Den Gefangenen nutzte dies wenig, denn es war unmöglich, aus ihren Zellen zu entkommen und den Fluchtweg nach außen zu nutzen. Umgekehrt aber mochte es einem Mann durchaus gelingen, von der Außenseite nach innen zu gelangen – ein Vorhaben, das freilich niemand vorhersah.

Diesen Mangel an Weitsicht gedachte ich mir zunutze zu machen. Ich schlich also nach Anbruch der Dunkelheit durchs Stadttor, schlug mich seitwärts in die Büsche und suchte, bis ich die angegebene Stelle entdeckte. Um ehrlich zu sein – und obgleich das meine Leistung schmälern mag –, dauerte diese Suche nicht allzu lang, denn der Gestank, den der schreckliche Pfuhl verbreitete, lastete weithin über der Gegend.

Das Gitter glotzte wie ein rundes schwarzes Auge aus dem Hang. Es maß etwa die Spanne meines Oberkörpers. Davor waren in einem Umkreis von ein bis zwei Schritten sämtliche Pflanzen abgestorben. Mochten Bauern auch Mist auf ihre Felder karren, damit ihre Saat gut gedieh – zu viel des Guten behagte offensichtlich keinem Gewächs. Der Anblick, der sich mir bot, belegte dies zur Genüge.

Der Boden vor dem Gitter war mit dunkler, ranziger Schlacke bedeckt, ein widerlicher Schlamm aus menschlichen Ausscheidungen, Essensresten und manch totem Aasfresser, den der Genuss des fauligen Morasts das Leben gekostet hatte. Der Gestank spottete jeder Beschreibung. Wohlweislich hatte ich mir ein Halstuch eingesteckt, das ich mir nun vor Mund und Nase band. Es schmälerte die Tortur nur unerheblich.

Des Weiteren hatte ich mir von einem Nachbarn ein Paar hoher Stulpenstiefel entliehen, als dieser sie abends zum Lüften vor die Tür stellte. Zweifelsohne würde er sich am Morgen wundern, wie sie *nach* der Lüftung rochen, denn nun stieg ich mit ihnen mitten in die blasige Brühe. Fäden ziehend und mit schlürfenden Lauten stiefelte ich vorwärts bis zum Gitter.

Immer wieder rief ich mir die Drohung meines Oheims ins Gedächtnis: Brachte ich Faustus nicht wohlbehalten zum vereinbarten Treffpunkt, sähe ich keinen müden Kreuzer mehr. Die Aussicht, fortan auf alle Bequemlichkeit verzichten und für mein Auskommen arbeiten zu müssen, trieb mich schleunigst vorwärts. Der alte Schweinehund hatte mich vollends in seinen geizigen Klauen.

Ich erreichte das Gitter und umfasste es mit beiden Händen (die Handschuhe hatte ich am Nachmittag auf dem Markt, nun ja, erstanden). Ich zerrte und ruckte, der Schweiß quoll mir aus allen Poren, doch schließlich gaben die ersten Eisenstreben nach. Mit einem hässlichen Knirschen brach das durchrostete Gitter aus seiner Verankerung. Ich stemmte es verächtlich zur Seite und blickte angstvoll in den Schacht, der sich dahinter auftat. Zwei Ratten sprangen aufgescheucht zur Seite.

Vor mir lag eine enge Röhre, annähernd rund und einen guten Schritt im Durchmesser. Sie führte ziemlich steil nach oben, doch die Wände waren grob und kantig, sodass sie Fingern und Füßen reichlich Halt bieten mochten. Andererseits waren sie fingerdick mit fettigem Auswurf und allerlei Pilzen bedeckt, was jeder Kletterei zuwiderwirkte. Bevor ich aber auch nur den Versuch wagen konnte, mich durch den Schacht in die Höhe zu schieben, musste ich erst über einen kniehohen Haufen von Unrat steigen, der sich hinter dem Gitter verfangen hatte. Ich wagte nicht, seine Bestandteile genauer zu betrachten. Die Versuchung, meinen Wohlstand fahren zu lassen, unverrichteter Dinge umzukehren und meinem Vormund zu erklären, wohin er sich seine Gulden schieben könne, war übermächtig. Trotzdem ging ich weiter.

Im Schacht herrschte völlige Dunkelheit. Es gelang mir tatsächlich, mich mühsam entlang der Schräge in die Höhe zu schieben, wenngleich mir die Enge und der wahrlich teuflische Gestank zu schaffen machten. Jeden Augenblick erwartete ich, dass man von oben eine weitere Ladung von Nachttöpfen über mich entleeren würde. Doch – welch Glück im Unglück! – der gefürchtete Moment blieb aus.

Schließlich schien mir trübes Fackellicht entgegen, gelblich und zuckend, und da wusste ich, dass ich zumindest die erste Hälfte meines Weges bewältigt hatte. Die Vorstellung, dieselbe Strecke wieder zurückklettern zu müssen, stimmte mich nicht eben hoffnungsvoll.

Das letzte Stück des Schachtes führte senkrecht nach oben, doch schließlich erreichte ich trotz aller Widrigkeiten eine ummauerte Öffnung im Boden des Kerkerkellers. Eine hüfthohe Brüstung umschloss das Loch. Als ich vorsichtig darüber hinwegblickte, sah ich zu meiner Erleichterung, dass die Kammer leer war. Der Gestank des Schachtes kam mir erstmals zugute; kein Wächter wollte sich in seiner Nähe aufhalten. Langsam und lautlos kletterte ich über die Brüstung, zog das Tuch vom Gesicht und schnappte nach Atem. Die abgestandene, stickige Luft des Verlieses erschien mir herrlich erfrischend und klar.

Ich zog den Dolch. Und obgleich ich nicht gedachte, ihn wirklich einzusetzen, beruhigte mich doch sein Gewicht in meiner Hand. Behutsam, nun wieder durch das Tuch maskiert, schlich ich zur offenen Tür der unterirdischen Kammer und blickte hinaus auf einen Korridor. Rechts und links davon lagen die Zellen der Gefangenen hinter schweren Holztüren. In jeder gab es eine kleine Öffnung, durch die man ins Innere schauen konnte. Ich zählte ein Dutzend Türen. Faustus konnte hinter jeder davon hocken. Ich lauschte auf die Stimmen der Kerkerwächter und hörte ihr rohes Gelächter. Unmöglich, abzuschätzen, wie viele es waren. Ihr Lärmen drang aus einer offenen Tür am anderen Ende des Gangs.

Zwei Fackeln tauchten die Umgebung in flackerndes Halblicht. Ein letztes Mal erwog ich die Möglichkeit umzukehren, dann nahm ich all meinen Mut zusammen und trat in den steinernen Flur. Bei jedem Schritt behielt ich den Durchgang zur Wächterkammer im Blick. Ich trat an die erste Verliestür und sah durch die Öffnung hinein. Der Raum dahinter war dunkel und offenbar unbelebt. Weiter zur nächsten Tür. Dort saß ein bärtiger Kerl und starrte blicklos ins Leere. Noch eine Tür und noch eine.

Hinter der siebten schließlich fand ich jenen, den ich suchte. Faustus stand aufrecht in der Kerkerkammer, als sei er bereit zum sofortigen Aufbruch. Er rührte sich nicht, sah mir aber direkt in die Augen, als ich durch das Guckloch ins Innere blickte. Ein Schauer kroch mir über den Rücken. Hatte er wissen können, dass ich kam? Ahnte er, dass man ihn retten wollte, oder wusste er es gar? Er war ein Magier, natürlich, und Magier vermögen in die Zukunft zu blicken. Folglich musste er den Ausgang meines Befreiungsversuchs längst kennen.

Er stand da wie erstarrt, kerzengerade, ein Lächeln auf den Lippen. Er trug weite schwarze Kleidung, die an einigen Stellen zerrissen war. Weitere Anzeichen davon, dass er dem Scheiterhaufen nur mit Mühe und Not entgangen war, gab es nicht. Offenbar hatte man ihm Gelegenheit gegeben, sich Ruß und Schmutz vom Leib zu waschen.

Die Zellentür war von außen versperrt. Ich schob den Riegel beiseite und verfluchte insgeheim das schabende Geräusch, das ich dabei verursachte. Aus der Kammer der Wächter erklang grölendes Gelächter. Keiner schien etwas bemerkt zu haben.

Ich zog die Tür auf und erschrak. Faustus stand gleich dahinter, kaum eine Fingerlänge von mir entfernt. Ich spürte seine Nähe wie einen plötzlichen Wechsel von Wärme zu Kälte. Er hatte schneeweiße Haut, und sein Gesicht war lang und kantig wie ein Eiskristall. Sein ganzer Körper schien mir ebenso hoch wie zerbrechlich, leicht wie eine Wasserspinne. Pechschwarzes Haar wuchs in einem wirren Wust über seiner Stirn und fiel hinab bis auf die Schultern. Er war viel jünger, als ich erwartet hatte. Auf dem Scheiterhaufen hatte ich ihn nur aus der Ferne gesehen, doch da war er mir sehr viel älter erschienen. Vielleicht lag das daran, dass ein wahrer Magier schlichtweg alt sein *musste*; ein langer Bart und tiefe Falten gehörten ebenso dazu wie ein Zauberstab. Faustus besaß nichts von alldem.

Vielleicht, so überlegte ich, hielt er sich auf übernatürliche Weise jung. Möglicherweise war es gar der Teufel selbst, der ihm die ewige Jugend geschenkt hatte. Instinktiv wich ich einen Schritt nach hinten.

Faustus schien die Bewegung so zu verstehen, dass ich Platz für ihn machte, doch tatsächlich hatte ich nur Angst. Er trat an mir vorbei auf den Gang und wandte sich wortlos zu jenem Durchgang, durch den ich gekommen war. Seine Schritte wirkten weder erhaben noch allmächtig; stattdessen strebte er mit allzu menschlicher Eile dem Fluchtloch entgegen.

Ich drückte die Tür zu und legte den Riegel vor. Wieder das verdammte Geräusch. Faustus war bereits in der Kammer am Ende des Flurs verschwunden, als ich mich gleichfalls umdrehte und ihm nachfolgen wollte.

Im selben Moment ertönte hinter mir ein lauter Schrei:

»Der Gefangene flieht!«

So schnell ich konnte, rannte ich los, ohne mich umzusehen, den Gang hinunter, an den Zellentüren vorbei. In den

Kammern erwachten die Gefangenen aus ihrer Erstarrung. Einige begannen, an den Türen zu rütteln. Mit einem Mal war das ganze Verlies von ohrenbetäubendem Lärm erfüllt.

Als ich den Raum erreichte, sah ich gerade noch, wie Faustus' schwarzer Haarschopf hinter der Brüstung des Abfalllochs untertauchte. Hinter mir ertönten weitere Rufe. Rüstzeug klirrte. Stiefel schepperten über Stein. Einer der Verfolger war direkt hinter mir. Ich spürte ihn mehr, als dass ich ihn sah. Er schrie mir irgendetwas in den Nacken; in der Hetze des Augenblicks verstand ich kein Wort.

Ohne mich zu vergewissern, ob Faustus bereits in Sicherheit war, schwang ich mich über die Brüstung und verschwand mit einem wilden Aufschrei im Schacht. Ich schabte an den Wänden vorüber, holte mir in einem einzigen Augenblick eine ganze Fülle von Abschürfungen und blauen Flecken und rutschte dann den gewundenen Tunnel hinab. Ich riss die Arme vor den Kopf, um ihn vor abstehenden Steinkanten zu schützen, und sauste brüllend in die Tiefe.

Mit einem widerlichen schmatzenden Laut klatschte ich schließlich in die Schlackepfütze am Fuße des Schachts. Benommen und mit schmerzenden Gliedern blieb ich einen Moment lang liegen. Ich erwartete, dass Faustus, wenn ich die Augen aufschlug, bereits aufrecht dastehen würde, mit sauberer Kleidung und ungeduldigem Blick. Doch als ich endlich zu mir kam und mich umsah, da saß der große Magier ebenso erbärmlich wie ich selbst inmitten schwarzen Schlamms.

Murrend und stöhnend rappelten wir uns auf.

»Wir müssen uns beeilen«, keuchte ich. »Die Soldaten werden bald hier sein.«

Faustus nickte und fragte: »Wer seid Ihr, junger Freund?«

Ich nannte ihm meinen Namen.

»Und wer schickt Euch?«

Ich schüttelte unwillig den Kopf und machte mich daran, durch Ginster und Dornensträucher einen Weg zu bahnen. »Später«, gab ich ihm zur Antwort. »Folgt mir, dann werdet Ihr Euren Wohltäter treffen.«

Er eilte mit großen Schritten hinter mir her. »So wie ich es sehe, seid erst einmal Ihr selbst mein Wohltäter.«

»Später ist genug Zeit, um sich dafür erkenntlich zu zeigen«, entgegnete ich und gratulierte mir selbst für meinen einfühlsamen Hinweis auf die erwartete Belohnung.

Wir zwängten uns wortlos durchs Geäst. Hinter uns wurden Stimmen laut. Auf den Zinnen der Stadtmauer regte sich etwas, Fackeln huschten in der Dunkelheit hin und her. Die Bahn, die wir ins Buschwerk schlugen, war nicht zu übersehen. Unser einziger Vorteil war der Vorsprung, den wir vor unseren Verfolgern hatten.

Nach einer Weile erreichten wir einen schmalen Pfad, der schon bald im Wald verschwand. Ihm folgten wir, dann wandte ich mich rechterhand ins Unterholz. Faustus folgte mir bereitwillig. Wir kamen an einen schmalen Bach, kaum mehr als ein Rinnsal, dessen eiskaltes Wasser mir gerade bis zu den Knöcheln reichte. In der Hoffnung, die Strömung würde unsere Spuren verwischen, liefen wir durchs Wasser nach Norden, immer auf der Hut, auf dem kiesigen Grund nicht den Halt zu verlieren. Ich war sicher, dass man Hunde zu unserer Verfolgung einsetzen würde, doch auch sie würden im Wasser Mühe haben, unsere Fährte aufzunehmen. In der Ferne hörte ich bereits ihr Kläffen und Winseln.

Wir mochten eine halbe Meile durch den Bach gelaufen sein, als ich Faustus zuzischte, die Böschung zur Rechten zu erklimmen. Dahinter lag eine Waldlichtung, auf der ich am Nachmittag zwei Pferde bereitgestellt hatte. Ich hatte sie im Auftrag meines Vormunds von einem durchreisenden Händler kaufen müssen (von seinem Geld, versteht sich). Daran mag man erkennen, wie viel dem alten Bastard an Faustus' Freiheit lag.

Auf den Pferden galoppierten wir entlang eines Waldweges weiter gen Norden, bogen am Waldrand in westliche Richtung und ritten von dort aus eine ganze Weile geradeaus über weite, gewellte Wiesen, bis wir ein einsames Haus erreichten. Es thronte auf einem kahlen Hügel, weithin sichtbar im Mondschein. Das Gebäude besaß zwei Stockwerke. Das Dach war an einer Seite zusammengesackt und hing durch wie ein Stück Zeltplane. Die Fenster waren winzig klein, die Haustür zweiflügelig. An der Südseite des Hauses kauerte ein niedriger Schuppen; er lehnte sich schief gegen die Mauer wie ein altes Weib nach einem mühsamen Gang zum Marktplatz.

Der Hügelkuppe selbst entsprossen ein paar einsame Halme und wiegten sich lautlos im Wind. Der Westhang endete in weiteren dichten Wäldern, die tief hinein ins Nachtdunkel reichten.

Vor dem Eingang zügelten wir die Pferde. Darüber hing ein Holzschild mit eingebranntem Schriftzug: *Siechenhaus.*

»Stellen wir die Tiere im Schuppen unter«, sagte ich, »sonst sieht man schon von ferne, dass wir hier sind.«

Faustus lächelte, als belustige es ihn ungemein, dass ich hatte annehmen können, er käme nicht selbst auf diesen Einfall. Wir brachten die Pferde in den Schuppen, wo bereits ein drittes Tier an einem Balken festgemacht war. Mein Patron war also schon hier.

Eilig liefen wir zur Haustür, und zum ersten Mal beobachtete ich bewusst, wie Faustus sich bewegte. Mehr noch als bei seinem ersten Anblick schien er mir nun wie eine große Heuschrecke, mit seinen langen, dünnen Gliedern, die sich ungewöhnlich flink voranbewegten. Ich wusste nicht, ob Magier auch mit dem Schwert umzugehen verstanden, doch Faustus' augenfällige Gewandtheit war die beste Voraussetzung für einen geschickten Fechter.

Ich wollte eben die Tür öffnen, als sie von innen her aufgerissen wurde. Mein Vormund stand im Rahmen, ein schwarzer Scherenschnitt gegen das Licht einer einsamen Kerze. Seine Tonsur glänzte wächsern.

»Los, herein mit euch!«, raunte er uns zu und trat zur Seite.

Faustus und ich traten ein, und mein erpresserischer Mäzen warf die Tür hinter uns zu. Dann kam er auf Faustus zu, schüttelte ihm die Hand und umarmte ihn. Der Doktor erwiderte die Geste ohne Vorbehalt.

»Luther«, sprach Faustus voller Wärme, »ich ahnte, dass Ihr dahintersteckt.«

Es war ungewöhnlich, dass er ihn beim Familiennamen nannte. Ich kannte ihn nur als Bruder Martinus, Halter des Lehrstuhls für Theologie an der Universität zu Wittenberg. Ihn hatte der selige Braumeister zu meinem Vormund bestimmt. Sicher, Martinus meinte es gut mit mir. Doch änderte das nichts an der schmachvollen Tatsache, dass er mich aufs Übelste genötigt hatte, mein eigenes Leben für das des Doktors aufs Spiel zu setzen. Jetzt erst wurde mir klar, wie gefährlich nah ich selbst am Scheiterhaufen vorbeigeschlittert war – vorausgesetzt, Asendorfs Schergen hätten nicht gleich kurzen Prozess mit mir gemacht.

Martinus hatte eine ausgeprägte, weit vorgewölbte Stirn, die seinem Blick stets etwas Finsteres verlieh. Seine Nase war groß und bucklig, die Wangenknochen scharf. Er hatte ein tiefes Grübchen unterhalb der Unterlippe, sodass es aussah, als verziehe er den Mund immerzu im Trotz. Sicherlich ging das nicht allzu nah an der Wahrheit vorbei: Sein Widerstand gegen alles und jeden, vor allem aber gegen den Heiligen Stuhl, war eines seiner hervorstechendsten Merkmale. Manch einer sagte ihm eine große Zukunft voraus. Ich selbst aber glaubte damals viel eher, dass auch er eines Tages zu weit gehen und bei der Inquisition in Ungnade fallen würde. Stets und ständig schwafelte er davon, das Übel an seiner Wurzel zu packen und die Kirche von Grund auf neu zu gestalten; ein Traum, den insgeheim so mancher hegte, wenngleich keiner wagte, ihn so deutlich auszusprechen, wie Bruder Martinus dies tat. Nein, dachte ich damals, mit einem wie ihm musste es ein ungutes Ende nehmen – freilich wurde ich bald schon eines Besseren belehrt.

»Ich bin froh, Euch wiederzusehen«, polterte Martinus und wischte sich Schweiß vom kahl rasierten Kopf. Allein ein dunkler Haarkranz war ihm von seiner einstigen Lockenpracht geblieben (an die zu erinnern er nie müde wurde). Ein paar Jahre später kehrte er der Tracht der Augustinermönche den Rücken und ließ sein Haar wieder wachsen, was ihm, wie ich fand, weitaus besser zu Gesichte stand.

»Ihr seid ein wahrer Freund in der Not, Luther«, entgegnete Faustus und löste sich aus der Umarmung des Mönchs. »Aber verratet mir, wer dieser mutige Junge ist, den Ihr zu meiner Rettung entsandt habt.«

Martinus blickte mich an, lächelte breit und schlug mir so kräftig auf die Schulter, dass ich fast zu Boden ging. »Der treue Wagner, mein Mündel. Er studiert die Theologie, genau wie einst Ihr selbst. Ein guter Junge – allerdings mit einem eigenen Willen. Ich musste ihn, nun, überreden, Euch aus dem Kerker zu holen.« Dabei lachte er schallend.

Überreden! Der Hundsfott!

»Ein eigener Wille ist ein kostbares Gut«, sagte Faustus, nickte mir anerkennend zu und ließ sich dann auf den nächstbesten Stuhl fallen. Das Holz knirschte nicht einmal, so leicht war der Körper des Doktors. Vor ihm auf dem Tisch stand die einzige Kerze im Raum. Das Licht zuckte über Faustus' Kalkgesicht und ließ es noch eingefallener erscheinen.

Aus dem Gespräch, das sich nun zwischen den beiden entspann, erfuhr ich, woher ihre Bekanntschaft rührte: Im Julius des Jahres 1505, recht genau vor einer Dekade also, hatte der Doktor meinen Vormund in der Nähe von Erfurt vor einem Blitzschlag gerettet. Während des Dialogs im Siechenhaus blieb mir der genaue Ablauf jenes Ereignisses verborgen, später aber erfuhr ich am eigenen Leib, wie Faustus es verstand, durch magische Kräfte den Weg eines Blitzes von seinem Opfer fortzulenken. Auch mein Leben rettete der Doktor auf diese Weise, wenngleich es mich keinesfalls dazu bewegte, sogleich in die Arme der Kirche zu fliehen und das Schicksal des dicken Martinus zu teilen.

Faustus erzählte uns, wie sich die Schergen der Inquisition seiner bemächtigt hatten: In einem nahen Dorf hatte er vor zwei Tagen auf dem Marktplatz die Wurzel eines Galgenbaumes freigelegt, um zwischen ihren Strängen nach jungen Alraunen zu suchen. Er gestand ein, dass er dabei unvorsichtig vorgegangen sei, denn die empörten Dorfbewohner hatten ihn – wohl in Aussicht auf einen kirchlichen Ablass – hinterrücks niedergeschlagen und der Inquisition überantwortet. Konrad von Asendorf, der sich durch Zufall oder Fügung ganz in der Nähe aufhielt, frohlockte angesichts dieses Glücks, beanspruchte die Gefangennahme für sich und verurteilte sein Opfer innerhalb weniger Stunden zum Tod in den Flammen.

Martinus schüttelte sich vor Lachen, als Faustus von seinem Missgeschick auf dem Dorfplatz erzählte, wechselte dann aber abrupt die Stimmung und fluchte lautstark über die Ablasspolitik der Kirche. »Heutzutage kann sich jeder Dummkopf durch Geld oder Gefälligkeit von seinen Sünden freikaufen«, wetterte er und hängte einen tief empfundenen Sermon über den Niedergang des Christentums hintan. Weder Faustus noch ich unterbrachen ihn, nickten vielmehr an den nötigen Stellen und verbargen unsere Ungeduld hinter Masken höflicher Aufmerksamkeit.

Nachdem Martinus geendet hatte, ergriff Doktor Faustus eilends das Wort: »Mir scheint, wir sollten bald von diesem Ort verschwinden«, sagte er. »Asendorfs Männer werden die Umgegend absuchen. Mein Leben ist dem Inquisitor teuer, in seiner jetzigen Lage mehr denn je.«

Daraufhin berichtete er uns, wie es ihm seit seiner Flucht vom Scheiterhaufen ergangen sei. Vor allem beim Gespräch mit Asendorf ging er freimütig in jedes Detail. Da erst begriff ich, von welchem Ausmaß das Verbrechen war, das ich mit

Faustens Befreiung begangen hatte. Der Inquisitor war auf die Hilfe des Doktors angewiesen, da es sonst keine Spur zu den Mordbrennern zu geben schien. Wenn Faustus ihm nicht half, die schuldigen Ketzer aufzudecken, würde Asendorf vor dem Heiligen Stuhl ganz buchstäblich »zu Kreuze kriechen« müssen. Ich erwähnte dies treffliche Wortspiel, doch keiner der beiden Älteren lachte; vergrätzt hielt ich mich fortan mit solcherlei Späßen zurück.

Was die Flucht aus dem Wittenberger Land anging, waren die beiden Freunde einer Meinung. »Asendorf wird nicht davon ablassen, Euch zu jagen«, bestätigte Martinus. »Sicher wäre es gut, wenn Ihr für eine Weile ganz aus den Augen der hiesigen Obrigkeit verschwändet.«

Faustus nickte. »In der Tat. Und wie ich Euch kenne, lieber Luther, wisst Ihr bereits eine Möglichkeit.«

Bruder Martinus, dem diese Worte sichtlich schmeichelten, lächelte beschämt. »Nun«, begann er gedehnt, »sicher wäre es kein Zeichen von Klugheit, hätte ich Euch befreit, nur um Euch sogleich wieder schutzlos den Klauen der Kirche auszuliefern.«

Ich kochte innerlich vor Wut über die Worte des Mistkerls. Ich war es, der Faustus befreit hatte, nicht er. Allein die Vorstellung, wie sich Martinus mit seinem Wanst durch den Schacht gequält hätte, besserte meine Laune augenblicklich; ich sah ihn vor mir, mit wedelnden Beinen, keuchend und schimpfend, wie er in dem Loch steckte gleich einem Weinpfropf. Ja, dieser Gedanke gefiel mir in der Tat.

»Traft Ihr je mit Sachsens Kurfürst zusammen?«, fragte Martinus an Faustus gewandt.

»Mit Friedrich?«, fragte dieser. »Nein, niemals.«

Martinus schmunzelte zufrieden. »Der Alte ist mir wohlgesonnen. Wir unterhielten uns einst über das verruchte Wesen der Kirche …« Hier spare ich Martinus' übliche Rede zu seinem Lieblingsthema aus, mit der er uns selbst in diesem Augenblick nicht schonte.

Anschließend sagte er: »Wie dem auch sei, Friedrich steht auf meiner Seite und hat mir mehr als einmal angeboten, in schlechten Zeiten den Schutz seiner Mauern zu suchen. Als ich erfuhr, dass Ihr, Faustus, Euch in dieser Gegend aufhaltet, sandte ich vorsorglich einen Brief an meinen Gönner. Er sollte ihn spätestens übermorgen erreichen. Darin erwähnte ich, dass es nötig sein könnte, einem guten Freund und Kampfgefährten Unterschlupf zu gewähren – Ihr seht, meine Voraussicht war nicht unbegründet. Friedrich hält sich zurzeit auf der Wartburg auf. Ihr kennt sie sicher: Sie reckt ihre Türme über Eisenach, unten an der Grenze zum Hessischen, fünf Tagesritte von hier.«

Martinus erhob sich von seinem Stuhl, trat an ein Bündel, das in einer Ecke des Raumes lag, und zog ein gefaltetes Papier hervor. »Friedrich schrieb mir schon vor Monaten diesen Passierschein. Mein Name steht darin, doch weiter südlich kennt niemand mein Gesicht. Es sollte Euch keine Schwierigkeit bereiten, damit bis zur Wartburg zu gelangen. Sagt allen, die Euch fragen, Euer Name sei Luther, und zeigt Ihnen dieses Papier. Man wird glauben, Ihr reist unter dem Schutze des Kurfürsten. Ich bin sicher, Friedrich wird Euch auf der Burg warmherzig empfangen, denn er hasst die Allmacht der Pfaffen. Ich bürge für Euch mit meinem Namen, allein das wird ihm genügen.«

Faustus nahm den Passierschein zögernd und mit sichtlicher Rührung entgegen. »Ich weiß nicht, ob ich Euer Angebot annehmen kann, lieber Freund.«

»Ach was!«, rief Martinus aus. Seine wegwerfende Geste verriet Großmut, die der alte Knauser mir gegenüber nie hatte walten lassen. »Die Stunde, in der ich selbst Friedrichs Hilfe benötigen werde, wird noch lange nicht schlagen. Und bedenkt: Ihr könnt meine Unterstützung nicht ablehnen, denn der Kurfürst erwartet Euch bereits – spätestens dann, wenn mein Brief bei ihm eintrifft.«

Nun, wir alle wissen, wie es tatsächlich kam: Im Jahre 1521, sechs Jahre später, verhängte der Reichstag zu Worms eine Ächtung über den aufmüpfigen Mönch. Seine reformerische Lehre wurde verboten, ihm selbst drohten Kerker und Schlimmeres. Damals entschloss sich Kurfürst Friedrich zum Eingriff und gewährte Martinus Unterschlupf auf der Wartburg. Dort residierte er als »Junker Jörg« und begann mit der Übersetzung des Neuen Testaments. In jenem Jahr traf ich ihn wieder, wir saßen lange beisammen und leerten so manchen Becher (wobei sich sein Geiz als der alte erwies, denn die Zeche überließ er mir).

Im alten Siechenhaus bei Wittenberg ahnte freilich keiner von uns, was die Zukunft bringen würde – Faustus vorsichtig ausgenommen. Bruder Martinus griff erneut in sein Bündel und zog zwei Kutten der Augustinermönche hervor.

»Nehmt sie, sie werden Euch während der Flucht von Nutzen sein«, sagte er.

Man mag es mir als Dummheit auslegen, doch zu jenem Zeitpunkt glaubte ich noch, beide Kutten seien für Faustus. Ich wunderte mich allerdings, weshalb mir die eine kürzer als die andere erschien, zog es jedoch vor, zu schweigen.

Faustus nahm auch die Kleidungsstücke an sich, doch seine Miene blieb voller Zweifel. »Und Ihr denkt, Friedrich wird einem gesuchten Ketzer Einlass gewähren?«

Martinus nickte eilig. »Glaubt mir, mein Wort bedeutet ihm viel. Ich habe Euch als vortrefflichen Gelehrten geschildert, und freilich wird er Euren Namen längst kennen. Friedrich ist ein großzügiger Mann, mit dem Herzen am rechten Fleck.«

Tatsächlich wurde später im gemeinen Volk behauptet, zu Friedrichs Sterbestunde seien überall im Land Regenbögen erstrahlt, und Martinus selbst sollte berichten, im Augenblick von Friedrichs letztem Atemzug sei »ein Kind zu Wittenberg ohne Haupt geboren und noch eines mit umgekehrten Füßen«. Luther blieb bis zuletzt ein Mann starker Worte.

Ich ahnte, dass sich das Gespräch dem Ende entgegenneigte, und noch immer war kein Wort über meine Belohnung gefallen. Daher mühte ich mich redlich, den Augenblick des Aufbruchs hinauszuzögern. »Was aber«, so fragte ich, »wenn auf dem Weg Asendorf selbst des Doktors habhaft wird? Sicher wird er sich durch keinen Passierschein der Welt beeindrucken lassen.«

Faustus runzelte die weiße Stirn. »Dem gilt es durch Eile entgegenzuwirken.«

»Das ist wahr«, bestätigte Martinus. »Das Schreiben des Fürsten kann euch nur vor Übeln auf dem Weg bewahren, nicht aber vor Asendorfs Männern. Wenn sie euch einholen, seid ihr allein aufeinandergestellt.«

Aufeinander? Ich war nicht ganz sicher, wie er das meinte. Fraglos konnte er nicht wirklich glauben, ich würde mich Faustus anschließen!

»Ganz richtig«, sagte Martinus lachend, als er meine Gedanken erriet. »Du, bester Wagner, wirst mit dem Doktor gehen.«

Ich sprang auf, mit solcher Heftigkeit, dass der Stuhl hinüberkippte. »Keinesfalls!«, entfuhr es mir lautstark. »Ich bin kein Ketzer und will keiner sein. Ich habe mein Leben einmal zu oft aufs Spiel gesetzt. Das muss genügen!«

»Ich fürchte, dir bleibt keine andere Wahl«, widersprach Martinus. »Bleibst du in Wittenberg, wird man dir zweifelsohne auf die Spur kommen. Vergiss nicht, du hast einen gesuchten Ketzer befreit.«

Plötzlich begriff ich, dass er all das von Anfang an geplant hatte. Schnaubend vor Wut ballte ich die Fäuste, um auf ihn loszugehen. »Ihr habt mich in mein Verderben laufen lassen! Ihr seid ein schöner Vormund! Erst droht Ihr mir, mein Geld zu rauben, dann zerstört Ihr mein Leben!«

Martinus wich meinem zornigen Angriff mit erstaunlicher Behändigkeit aus und bückte sich dann hinab zu seinem Bündel, ganz so, als sei er sicher, dass ich es kein zweites Mal versuchen würde. »Dein Geld, das habe ich hier. Gut, dass du mich daran erinnerst.«

Damit zog er einen ledernen Beutel hervor, in dem es versöhnlich klimperte. »Ich habe deinen Besitz verdoppelt, mein junger Freund«, sagte er und hielt mir den herrlichen Schatz entgegen. »Nicht, weil ich deine Dienste kaufen will, sondern weil das Studium an der Seite eines Mannes wie Faustus Unbehaglichkeiten mit sich bringt, die man mit klingender Münze wenigstens zum Teil beheben kann.«

»Studium?«, fragte ich überrascht und griff dabei eilig nach dem Beutel, bevor Martinus seine Meinung ändern konnte.

Ich war sicher, dass die Aufregung ihn in einen Zustand zeitweiliger Umnachtung gestürzt hatte; wie sonst ließ sich seine plötzliche Freigebigkeit erklären?

»Ja, mein Lieber. Faustus wird fortan dein Lehrer sein«, entgegnete Martinus. »Vorausgesetzt, er ist einverstanden.« Damit wandte er sich erwartungsvoll an den Doktor.

Es fiel schwer, dessen Miene richtig zu deuten. Es war offensichtlich, dass ihn der Gedanke an einen Klotz am Bein nicht freudig stimmte. Andererseits stand er gleich in zweifacher Schuld: Zum einen bei Martinus, der seine Rettung veranlasst, zum anderen bei mir, der sie ausgeführt hatte. Offenbar galt ihm Dankbarkeit so viel, dass er Martinus' Bitte nicht von vornherein ablehnte – wenngleich ich mir genau das wünschte. Hatte ich mich nicht eben erst an das gesicherte Dasein gewöhnt? An das geruhsame Leben, das Studium der Bücher? Sollte ich all das jetzt aufgeben, allein für die Aussicht auf unstete Wanderschaft? An der Seite eines verurteilten Ketzers noch dazu!

Faustus ließ sich Zeit, ehe er zur Antwort anhob. Und selbst dann noch dauerte es eine Weile, bis sein Mund die Worte formte: »Meinethalben soll er mitkommen«, sprach er und wandte sich dann direkt an mich. »Bist du gelehrig, sollst du mein Schüler sein. Bist du es nicht, trennen wir uns auf der Wartburg.«

Der Höflichkeit halber hätte er ein »Einverstanden?« anfügen können, doch das tat er nicht. Für ihn waren seine Worte Beschluss.

Auch Martinus gab sich damit zufrieden, und mich selbst fragte ohnehin keiner mehr. Ich öffnete den Mund, um zu widersprechen, als Faustus plötzlich den Zeigefinger an seine

Lippen hob und lautlos vom Stuhl sprang. Eilig löschte er die Kerze und huschte ans Fenster. Ich sah unsicher zu Martinus hinüber, doch in der Dunkelheit war sein Gesicht kaum mehr als ein Schemen. Mit einem Mal überkam mich Furcht. Sollte das bedeuten –

»Wir sind entdeckt!«, zischte Faustus.

Er starrte angestrengt hinaus in die Nacht. Martinus und ich traten an ein Fenster auf der anderen Seite des Eingangs und taten es ihm gleich. Vor den trüben Scheiben war nichts als mitternächtliche Schwärze. So sehr ich mich auch bemühte, etwas zu erkennen, Gestalten vielleicht oder nur eine Regung – ich sah nichts außer Finsternis. Martinus und ich wechselten einen Blick, er zuckte mit den Schultern. Gemeinsam schauten wir fragend zu Faustus hinüber.

Der Doktor war indes in hektische Betriebsamkeit geraten. Er sprang zum Tisch und schob ihn von innen gegen die Haustür.

»Glaubt Ihr, dass sie das aufhalten wird?«, wagte ich zweifelnd anzumerken.

Faustus schenkte mir einen zornigen Blick. »Helft mir lieber, statt sinnlos herumzureden!«

Dabei drehte er den Tisch auf die Seite, sodass die Platte an der Tür lehnte. »Den Schrank, dort drüben!«, befahl er. Martinus und ich beeilten uns, ihm ohne Widerspruch beizustehen. Gemeinsam schoben wir einen schweren Eichenschrank mit zerbrochenen Türen gegen den Tisch. Noch immer zweifelte ich: Was half es, die Tür zu versperren, wenn allein im Erdgeschoss ein halbes Dutzend Fenster nach außen wiesen?

»Und nun?«, fragte ich.

Draußen in der Nacht erklang ein gedämpfter Schrei. Es mochte ein Tier gewesen sein oder auch ein verstelltes Kommando. Mit einem Mal glaubte ich Faustus aufs Wort: Asendorfs Männer hatten den Hügel umstellt. Wahrscheinlich rückten sie schon in geschlossener Formation den Hang herauf, leise, gebückt, die Waffen gezogen. Die Erkenntnis der Tragweite meines Bubenstücks durchmischte sich jetzt mit dem Begreifen, dass der einzige Weg heraus geradewegs auf den Scheiterhaufen führte. Wer Ketzer unterstützte, war selber einer. Das Gesetz der Heiligen Inquisition ließ in dieser Hinsicht keine Fragen offen.

Plötzlich packte Faustus mit einer seiner knochigen Hände Martinus' Oberarm. »Wo ist die Falltür?«, fragte er.

Falltür? Was meinte er?

Martinus deutete auf die Feuerstelle des offenen Kamins, die groß genug war, dass vier Menschen nebeneinander darin hätten Platz finden können. »Dort vorn«, sagte er, löste sich von Faustus und eilte hinüber. Mit dem Fuß begann er, kalte Asche vom Boden der Feuerstelle zu scharren. Darunter kam eine eiserne Platte zum Vorschein. Als Martinus mit der Ferse darauf pochte, ertönte ein hohler, dumpfer Klang.

»Woher wusstet Ihr, dass es hier eine Falltür gibt?«, fragte ich Faustus verblüfft.

Der Doktor eilte zu Martinus und zog mit ihm an einem rostigen Haltering im Boden. Erst als ich den beiden zu Hilfe kam, gelang es mit vereinten Kräften, die geheime Öffnung freizulegen.

Martinus wandte sich noch einmal um und griff nach seinem Bündel. Es war lang und sperrig, als bewahre er darin Eisenstangen oder Schwerter auf. Er warf es in die dunkle

Tiefe, und schon nach einem Herzschlag hörten wir den Aufprall. Martinus sprang todesmutig hinterher.

Ich war der Nächste, doch bevor ich mich an der Kante herablassen konnte, hielt Faustus mich für einen Moment an der Schulter zurück. »Merk dir gut: Bei geheimen Treffen wie diesem wähle immer einen Ort, an dem es mehr als einen Ausgang gibt.«

»Dann wusstet Ihr, dass Ihr Euch auf Martinus verlassen könnt«, stellte ich erstaunt fest.

Faustus nickte. »Er wäre niemals so dumm gewesen, uns beide und sich selbst in eine Falle zu locken. Wenn er dieses Haus als Ort unserer Zusammenkunft wählte, musste es einen geheimen Fluchtweg geben. Abgesehen davon: Viele Siechenhäuser im ganzen Land besitzen unterirdische Keller und Katakomben. Während der großen Pestepidemien war keine Zeit, die Leichen der Kranken, die hier zusammengepfercht wurden, von einem Ort zum anderen zu transportieren. Man warf sie einfach durch Falltüren hinab in die Tiefe, bahrte sie bestenfalls dort unten auf.«

Ich nickte, beeindruckt, wie viel von diesem Mann zu lernen war. Vielleicht war der Wechsel meines Lehrherrn doch zu meinem Besten.

Ich sprang wagemutig in die Tiefe und spürte bereits im nächsten Augenblick harten Boden unter den Füßen. Eilig trat ich zur Seite, um auch meinem neuen Meister den Zutritt zur Unterwelt der Pestleichen zu ermöglichen. Es dauerte einen Moment, dann sprang er hinter mir hinab. Ich fragte mich, was er oben noch getan haben mochte, das seine Flucht verzögert hatte; dann erkannte ich das Seil, dessen eines Ende er in Händen hielt. Die andere Seite musste er an einen zweiten Ring an der Unterseite der Eisenplatte befestigt haben. Zu dritt zogen wir daran und schlossen so den Zugang hinter uns. Einen winzigen Moment bevor die Platte zurück in ihre Fassung krachte, hörte ich, wie oben im Haus die Fenster zersplitterten. Asendorfs Männer strömten herein. Unser Vorsprung war denkbar gering.

Martinus zog aus seinem Bündel eine Fackel und entzündete sie. In ihrem Schein erkannten wir, dass wir uns am oberen Ende eines abschüssigen Tunnels befanden. Rechts und links von uns waren Gittertüren im Gestein eingelassen. Die gesamte Umgebung ähnelte verblüffend den unterirdischen Kerkergewölben, aus denen ich Faustus befreit hatte.

Der Doktor band das Ende des Seils eilig um eines der Gitter, zog es straff und vertaute es mit einer Reihe komplizierter Knoten. Asendorfs Männer würden nun auf gehörige Schwierigkeiten stoßen, wenn sie versuchten, die Falltür zu öffnen.

»Was sind das für Verliese?«, fragte ich, während wir den finsteren Gang hinabeilten.

Martinus, der mit seiner Fackel voranlief, gab mir die Antwort: »Keine Verliese«, sagte er knapp. »Hier unten wurden jene Pestkranken eingesperrt, die der Schwarze Tod grässlich entstellt hatte. Hätte man sie oben im Haus behalten, hätten alle Neuankömmlinge, bei denen zum Teil nur der Verdacht auf Krankheit bestand, unweigerlich die Flucht ergriffen. So landeten die schweren Fälle hier unten, damit es oben nicht zur Rebellion kam.«

Das schien mir Sinn zu machen. Die Pest war noch lange nicht besiegt, immer wieder flackerte sie überall in Europa von Neuem auf. Im Wittenberger Land lag die letzte verheerende Seuche bereits Jahrzehnte zurück. Aus jener Zeit stammte diese Anlage. Siechenhäuser gab es Hunderte im ganzen Reich; ihr einziger Zweck war es, die Kranken an einem Ort zusammenzupferchen, um so zu versuchen, die Gefahr der Ansteckung in den Städten gering zu halten – mit mäßigem Erfolg.

Der Gang führte in einem lang gestreckten Bogen nach unten. Ich hoffte, dass unter den Wittenberger Landsknechten, die Asendorfs Truppe zweifellos verstärkten, keiner war, der den geheimen Ausgang kannte.

Nach einer Weile blieben die Gittertüren hinter uns zurück. Zu beiden Seiten des Tunnels waren nun Nischen aus dem massiven Stein der Wände gehauen. In vielen moderten spröde Gebeine.

»Können wir uns daran nicht mehr anstecken?«, fragte ich ängstlich; Vorsicht ist bis heute eine meiner vordersten Tugenden geblieben.

»Wir wollen es nicht hoffen«, gab Faustus zur Antwort. Ich vermochte nicht zu erkennen, ob er die Worte ernst meinte oder vielmehr nur meine Unwissenheit belächelte. Ich entschied mich vorsorglich für letztere Möglichkeit. Trotzdem spürte ich am ganzen Leib ein entsetzliches Jucken. Ich war dankbar für die Dunkelheit; ansonsten hätte ich kaum der Versuchung widerstehen können, meine Haut nach schwarzen Blasen abzusuchen.

Wir eilten weiter den Gang hinab, während hinter uns das Pochen auf der Falltür heftiger wurde.

»Werden sie uns folgen können?«, fragte ich.

Faustus schüttelte den Kopf. »Das glaube ich nicht. Sie werden stattdessen in die Umgebung ausschwärmen. Auch sie können sich denken, dass dieser Gang nicht endlos ist. Irgendwo müssen wir wieder hinaus ins Freie. Wenn wir Pech haben, erwarten sie uns dort.«

Meine Hoffnung auf einen glücklichen Ausgang unserer Flucht verrauchte ins Nichts. Asendorf und die seinen waren nicht zu unterschätzen; wir waren nicht die ersten Menschen, auf die der Inquisitor Jagd machte.

Der Geheimgang endete an einer Mauer. Über unseren Köpfen befand sich eine weitere Falltür, die nach oben führte. Martinus stieß mit der Fackel danach, doch die einzige Folge war, dass sich ein Funkenregen auf unsere Häupter ergoss.

Faustus hielt ihn zurück. »Bevor wir dort hinaufsteigen und vielleicht keine Zeit zum Gespräch bleibt, muss ich Euch um etwas bitten, Freund Luther.«

»So bittet«, erwiderte Martinus ungeduldig.

»Der Priester«, sagte Faustus. »Der Priester, der von den Ketzern in seiner Kirche verbrannt wurde, kanntet Ihr ihn?«

Martinus hob die Schultern. »Flüchtig. Wir unterhielten uns das eine oder andere Mal. Aber ich besuche die Messe im Kloster, nicht die in der Schlosskirche. Weshalb wollt Ihr das wissen? Wenn Asendorf uns fängt, wird er Euch sein Angebot kaum ein zweites Mal machen.«

»Ich brauche sein Angebot nicht«, entgegnete Faustus geheimnisvoll. »Gab es irgendwelche Besonderheiten im Lebenswandel des toten Priesters?«

Martinus trat rastlos von einem Fuß auf den anderen; es war ihm nicht recht, noch länger hier unten aufgehalten zu werden. »Er kam vor gut zehn Jahren nach Wittenberg. Er war schon alt, und er machte auf mich den Eindruck eines gelehrten, weit gereisten Mannes. Es hieß, er habe eine Weile im

Ausland gelebt, doch ich weiß nicht, was davon der Wahrheit entspricht. Es wird so vieles gefaselt, so vieles, das ohne jede Bedeutung ist. Dabei ist es doch die Kirche, um die es gehen sollte, denn allein sie –«

»Ja, ja«, unterbrach Faustus ihn unhöflich. »Fällt Euch sonst noch etwas zur Person des Toten ein?«

Martinus schüttelte gekränkt den Kopf. »Nein.«

Mein neuer Meister seufzte, dann legte er seinem Freund die Hand auf die Schulter. »Nichts für ungut«, bat er und wandte sich dann an mich: »Steig auf die Schultern dieses wertvollen Mönches. Vielleicht gelingt es dir, die Falltür zu öffnen. Aber gib Acht, dass keiner von Asendorfs Männern obendrauf steht.«

Martinus entrang sich ein Lächeln und bückte sich, damit ich seine breiten Schultern besteigen konnte. Ich war damals achtzehn Jahre alt und beileibe kein Federgewicht. Ich war größer als Martinus (wenn auch nicht so lang wie Faustus), und es muss kein Leichtes für ihn gewesen sein, mich in die Höhe zu stemmen. Er tat es trotzdem ohne Murren, auf dass ich schon Augenblicke später beide Hände gegen das kalte Eisen der Falltür pressen konnte.

Mit einem Keuchen gelang es mir in der Tat, die Platte aus ihrer verkrusteten Verankerung zu lösen. Durch einen schmalen Spalt, kaum so breit wie mein kleiner Finger, drang mir frische Luft entgegen. Da erst wurde mir klar, wie erbärmlich es in dem unterirdischen Grabtunnel stank. Ich drückte fester, jetzt in groben, rhythmischen Stößen, bis die Platte sich vollends anheben und zur Seite schieben ließ. Mühevoll versuchte ich, die Dunkelheit mit Blicken zu durchdringen. Breite Farnwedel bedeckten von außen die Öffnung.

»Zieh dich nach oben«, raunte Faustus hinauf und löschte zugleich die Fackel, damit ihr Schein uns nicht verriet.

Ich tat, wie mir geheißen, stieß mit dem Kopf durch Farnblätter und zog schließlich auch den Rest meines Körpers ins Freie. Vorsichtig sah ich mich um, von der Schulter abwärts immer noch von den Pflanzen verborgen. Um mich waren Wald und dichtes Unterholz. Es war immer noch stockfinster. Durch die Äste konnte ich die funkelnden Sterne am Nachthimmel erkennen. Zwanzig Schritte weiter zu meiner Rechten schien der Wald zu enden; dahinter erhob sich in einiger Entfernung, eher zu erahnen als wirklich zu sehen, der Hügel mit dem Siechenhaus. Von dort erklangen die Rufe unserer Verfolger. Fackeln huschten über die Hänge, Irrlichter in der kühlen Nacht.

»Ihr könnt heraufkommen«, flüsterte ich über die Schulter in den Einstieg hinab. Dann bahnte ich mir so geräuschlos wie möglich einen Weg aus dem Dickicht. Nach einer Weile wunderte ich mich, warum keiner der beiden anderen nachkam. Schließlich erreichte mich das leise Rufen meines Meisters. Ich eilte sogleich zurück und bemerkte, dass der Doktor zwar bereits inmitten der Farnsträucher saß, es ihm aber nicht gelang, den schweren Martinus allein durch die Öffnung zu ziehen.

Unwillig sah er zu mir auf. »Du musst noch viel lernen, mein Junge.«

Ich verkniff mir ein Grinsen und hockte mich neben ihn. Martinus reichte mir von unten das schwere, sperrige Bündel entgegen, ich nahm es und legte es beiseite. Dann zogen wir den Mönch mit vereinten Kräften ins Freie.

Martinus sah aus, als wolle er mich mit einer ganzen Fülle

von Flüchen bedenken, zog es aber angesichts der Gefahr für uns alle vor, zu schweigen.

Als wir schließlich außerhalb des Farndickichts standen, entrollte Martinus am Boden sein Bündel, und zum Vorschein kamen ein Schwert und zwei mannslange Holzstäbe. Die Klinge stak in einer einfachen Scheide. Ihr Griff war durch einen verschnörkelten Gitterkorb geschützt. Es war zweifellos eine wertvolle Waffe.

Umso erstaunter war ich, als Martinus sie mir achtlos entgegenhielt. »Hier, das ist für dich«, sagte er. »Du kannst doch damit umgehen, nicht wahr?«

Ich konnte mein Glück kaum fassen und entrang mir ein fades »Leidlich«. Eine solche Waffe, ganz für mich allein! Sollte ich Martinus all die Jahre über fälschlich des Geizes bezichtigt haben? Die vergangenen Stunden stellten das Bild, das ich mir von ihm gemacht hatte, vollends auf den Kopf.

»Und diese beiden«, sagte der Mönch und nahm die Kampfstäbe zur Hand, »sind wohl uns beiden angemessen.« Dabei überreichte er einen an Faustus, der ihn prüfend in den Händen wog. Schließlich nickte er zufrieden.

Außer den Waffen befanden sich in dem Bündel noch zwei weitere Fackeln und ein zugezurrter Beutel, kindskopfgroß, den Martinus Faustus übergab. »Das eine oder andere darin mag Euch von Nutzen sein. Es wird nicht die Dinge aufwiegen, die Asendorf Euch abnahm, aber es war alles, was ich in der Eile besorgen konnte.«

Faustus band sich den Beutel an den Gürtel, dann schüttelte er Martinus warmherzig die Hand. »Ich danke Euch noch einmal«, flüsterte er.

Wir machten uns auf den Weg und gelangten nach einigem

Umherirren auf einen schmalen Pfad. Hinter uns waren noch immer die Rufe unserer Jäger zu hören. Immer häufiger hörte ich es von allen Seiten im Unterholz knistern. Mancher Laut mochte von Tieren herrühren, doch ich bezweifelte nicht, dass Asendorfs Männer längst den Wald durchkämmten.

Nach einer Weile erreichten wir einen kleinen Tümpel inmitten hoher Tannen. Hier erwarteten uns drei weitere Pferde. Martinus hatte in der Tat an alles gedacht. Ich bewunderte ihn dafür, dass er in der Kürze der Zeit solch aufwändige Vorbereitungen hatte treffen können.

So schnell es der enge Pfad durch die Wälder zuließ, galoppierten wir davon. Es gab keinen Anhaltspunkt dafür, welche Himmelsrichtung wir einschlugen, doch Martinus wies uns kundig den Weg. Mir schien eine kleine Ewigkeit vergangen, ehe wir endlich den Waldrand erreichten. Von dort aus folgten wir einem Weg durch offene Felder, der uns schließlich bis zu einem Kreuzweg unter einer hohen, weit gefächerten Linde führte.

Martinus zügelte sein Ross, wir anderen taten es ihm gleich.

»Von hier aus müsst ihr den Weg allein finden«, sagte er.

Ich begriff, dass die Stunde des Abschieds gekommen war. Und was ich nie für möglich gehalten hätte, geschah: Ich spürte Trauer darüber. Mochte ich den groben Mönch auch noch so oft verflucht haben, so hatte ich ihn doch über die Jahre hinweg lieb gewonnen.

Faustus und er schüttelten sich erneut die Hände. »Denkt an die Kutten«, empfahl Martinus. Meine eigene steckte noch zusammengeknüllt hinter meinem Gürtel. Das Schwert hatte ich am Sattel des Pferdes befestigt. »Ihr seid jetzt Augustinermönche«, flachste mein scheidender Vormund.

»Wird man Euch in Wittenberg nichts Übles wollen?«, fragte ich.

Martinus schüttelte den Kopf. »Keiner hat mich hier gesehen. Niemand wird mich verdächtigen. Und falls man mich fragt, was aus dir geworden ist, werde ich sagen, du seist bei Nacht und Nebel fortgegangen. Sicher werden sie irgendwann, was dich betrifft, die richtigen Schlüsse ziehen, aber mir droht keine Gefahr. Hab also keine Angst um mich, mein Junge.«

Wir umarmten uns in aller Eile, dann ritt er mit zum Gruß gerecktem Arm davon, ohne ein weiteres Wort, ohne sich umzusehen.

Faustus schenkte mir ein aufmunterndes Lächeln. Ich nickte ihm stumm zu, zog mir die Kutte über den Kopf und bemühte mich, an all die guten Dinge zu denken, die vor mir liegen mochten. Es gab viele liebe Bekannte, aber kaum einen engen Freund, den ich in Wittenberg zurückließ, und selbst der Krämerstochter, die mir manch heißen Blick geschenkt hatte, weinte ich nicht nach. Nein, die einsame Träne, die ich vergoss, galt Bruder Martinus.

Nachdem auch Faustus die Mönchskutte übergestreift hatte, ließ er sein Pferd wenden.

»Nach Süden«, rief er munter, trat seinem Tier in die Flanken und sprengte eilends voran.

Ich ritt an seiner Seite, ebenso schnell, ebenso aufgeregt, doch in Gedanken ganz woanders.

Kapitel 3

Wir ritten die Nacht hindurch bis in den späten Vormittag. Als die Sonne ihren höchsten Stand erreichte, überschritten wir die Grenze zum Mansfelder Land. Vor uns lag der Harz. Von einem Hügel aus sahen wir, wie er sich wuchernd nach Süden und Westen erstreckte: eine wilde, bergige Landschaft, bedeckt von schwarzen Forsten, die sich bis ins Unendliche dehnten. Die Hänge waren hoch, mitunter steil und felsig, die Täler grundlos und dunkel. Eisige Bäche schossen geschwind in die Tiefe, und die kargen menschlichen Ansiedlungen zu beiden Seiten unseres Weges wurden seltener und verschwanden schließlich ganz. Die unheimlichen Wälder schienen sich vor uns zu öffnen und wieder zu schließen, nachdem wir sie einmal betreten hatten. Ein Gefühl angstvoller Beklemmung beschlich mich, während wir auf engen, unbelebten Pfaden vorwärtsritten.

Ich war überzeugt, dass uns hier von Asendorfs Seite aus keine Gefahr mehr drohte. Faustus aber erging sich in düsteren Warnungen, den Feind niemals zu unterschätzen.

»Ich bin sicher«, sagte er, »Asendorf wird uns weiterhin jagen. Er wird uns hetzen bis ans Ende seiner Tage, da besteht kein Zweifel.«

»Dann glaubt Ihr, er ist noch hinter uns?«, fragte ich eingeschüchtert.

Faustus nickte unheilschwanger. »Ganz bestimmt sogar.

Wir sehen ihn nicht, aber jeder Moment des Verschnaufens kann unser letzter sein. Ich kenne den Hexenjäger – er ist beharrlich in seinem Streben.«

So zogen wir weiter durch die Wälder, ohne eine menschliche Seele zu treffen. Nach einer Weile bemühte ich mich, der urwüchsigen Gegend eine natürliche Schönheit abzugewinnen, doch es blieb bei dem hehren Versuch. Selbst zwitschernde Vögel schienen mir hier wie die Vorboten kommenden Unglücks. Hinter jedem Baumstamm, jenseits jeder Kehre mochten die Geister des Waldes auf uns lauern. Ich erinnerte mich an all die Legenden von grausamen Hexen und Harzer Riesen, an Kobolde, Wichtel und Erdgespenster. Ich war stets ein Mann, der Aberglauben von Wahrheit zu unterscheiden wusste, doch auf jener Flucht, gejagt von den Schergen des Inquisitors und gefangen in einer Landschaft, die so eindeutig nicht für uns Menschen gemacht war, zitterten mir die Knie vor Angst.

Ich beschloss, mich von den bösen Ahnungen abzulenken und das Gespräch mit Faustus zu suchen.

»Meister – wenn ich Euch fortan so nennen darf –, warum habt Ihr Bruder Martinus nach dem toten Priester befragt?«

Der Trab seines Pferdes ließ die zurückgeschlagene Kapuze des Doktors auf und nieder wippen. Er blickte starr geradeaus, als könnten seine Augen durch die Mauer des Waldes hindurchblicken, nach Süden, in freundlichere Lande.

Schließlich erwiderte er: »Ich wollte wissen, ob es einen Grund für die Mordbrenner gab, den Pfaffen zu töten. Dafür aber musste ich mehr über sein Leben erfahren, mehr über seine Vergangenheit.«

»Und?«, fragte ich weiter. »Wisst Ihr nun mehr?«

»Du hast es doch selbst gehört, Wagner, der Priester war ein gescheiter, weltgewandter Mann.«

»Aber das reicht nicht aus, um mehr über seinen Tod herauszufinden«, widersprach ich.

»So, glaubst du? Nun, wie wäre es dann mit dem Hinweis, dass er einst im Ausland lebte?« Das Frage-Antwort-Spiel schien ihn zu belustigen.

Ich hob schweigend die Schultern und wich einem tief hängenden Fichtenzweig aus.

»Warten wir ab«, sagte Faustus. »Es mag die Zeit kommen, da uns dieser Hinweis und manch anderer ein Bild der Wahrheit vermitteln wird.«

»Ich nahm an, Ihr wolltet dem Inquisitor gerade deshalb entkommen, um ihn nicht in dieser Sache unterstützen zu müssen?« Die Beharrlichkeit meines Meisters erstaunte mich. Wozu das alles?

Faustus schüttelte den Kopf. »Ich werde keinen Finger krümmen, um Asendorf zu helfen. Doch was spricht dagegen, herauszufinden, was mit diesem und den anderen Priestern geschah?«

»Über die Ihr alle nichts wisst«, wagte ich einzuwenden und erwartete sogleich eine Schelte.

Doch Faustus verzichtete darauf, mich zu maßregeln. Vielleicht gefiel es ihm gar, dass da einer war, der ihm trotzte. »*Noch*, mein guter Wagner, noch weiß ich nichts darüber.«

»Dann wollt Ihr die Sache wirklich weiterverfolgen?«

»Hast du etwas Besseres vor?«

Das hatte ich in der Tat, wenngleich ich mich nicht getraute, es laut auszusprechen: Ich wollte von Faustus lernen, in Laboratorium und Lesesaal. Keineswegs stand mir der Sinn danach, ihm als Handlanger bei solcherlei Unsinn zur Seite zu stehen.

Faustus schien in meinem Innersten zu lesen: »Du solltest dich mit dem Gedanken vertraut machen, dass eine Lehre bei mir nicht damit getan ist, sich die Nase mit dem Staub alter Bücher zu pudern. Siehst du hier irgendwo eine Bibliothek? Oder auch nur ein Bücherregal? Eben, mein Bester. Ein Studiosus unter Doktor Faustus lernt sein Geschäft mit den Händen im Schmutz, beim Pflücken von Wunderwurzeln und in der Walpurgisnacht hoch auf dem Blocksberg. Die brave Zeit des Sitzens ist vorbei. Von heute an wirst du die wahren Geheimnisse erlernen, jene, die in keinem Folianten geschrieben stehen – zumindest nicht in solchen, wie du sie aus Wittenberg kennst. Sei bereit für Neues, Wagner, und sei in Teufelsnamen *offen*.«

Seine Worte waren nicht ohne Wirkung, wenngleich sie mich ein wenig kränkten. Ich war keiner, dessen Füße unterm Studienpult verstaubten, von morgens bis abends, sommers wie winters. Hatte ich ihm nicht meine Tatkraft bewiesen? War nicht ich es gewesen, dem er sein Leben verdankte?

»Das weiß ich alles«, sagte er, ohne dass ich meine Gedanken in Worte gefasst hätte. Herrgott, konnte er wahrlich in meinen Schädel blicken? »Du besitzt Wagemut und ein gewisses Geschick«, fuhr er fort, obgleich ihm mein Erschrecken kaum entgangen sein konnte. »Das waren die Voraussetzungen, aufgrund deren ich dich in meine Dienste nahm. Nun aber gilt es, dich auch für die höheren Dinge als tauglich zu erweisen. Nicht allein Witz ist gefragt, sondern Weisheit.«

Daraufhin schwieg ich und tat wohl auch gut daran, denn Faustus trieb sein Pferd plötzlich zur Eile, galoppierte bis zur nächsten Biegung und blieb dort stehen. Aufmerksam schien er in die Wälder zu lauschen.

Ich blieb eine Weile zurück, um ihn nicht zu stören, dann schloss ich auf. Noch immer wagte ich nicht zu sprechen.

Ein Knirschen und Knarren zerriss die Stille, ein lang gezogener, jammervoller Laut wie von berstendem Holz. Vor meinen Augen erstand das dämonische Bild eines Riesen, der sich mit Pranken und Füßen einen Weg durch die Wälder bahnte. Fauchend und zornig trampelte der Gigant eine Schneise ins friedliche Grün. Vögel stoben auf und stiegen flatternd gen Himmel. Baumstämme knickten wie Grashalme.

Und tatsächlich illustrierte mein Hirngespinst das andauernde Knirschen aufs Trefflichste. Ich zweifelte nicht, dass ich mit meiner Ahnung richtig lag. Wir hatten einen der Geister des Waldes geweckt. Nun kam er, um grausame Rache zu nehmen.

Faustus trieb sein Tier weiter vorwärts. Ich wollte ihn zurückhalten, wagte aber nicht, mich als Feigling zu erweisen. So ritt ich todesmutig hinter ihm drein, verkrampft vom Kinn bis zur Sohle, bebend und bereit, mit meinem Leben abzuschließen.

(Euch, kopfschüttelnder Leser, sei versichert, dass auch ich gelernt habe, dass es weder Riesen noch Waldgeister gibt. Aber bedenkt meine angstvolle Lage: hinter uns der sichere Tod in Gestalt der Heiligen Inquisition, um uns das unerforschte Waldland, und vor uns eine Quelle übler Laute. Bedenkt gefälligst Eure eigene Verfassung in solch einem Augenblick, ehe Ihr die meine verurteilt!)

Langsam ritten wir weiter den Waldpfad entlang. Ich mühte mich, einen heimlichen Blick in Faustus' Gesicht zu werfen, doch er befand sich vor mir, und sein schwarzer Haarwust machte es unmöglich, seine Züge zu erkennen. Das Geräusch hielt an, es knirschte ohne Unterlass. Und je weiter wir ritten, desto lauter wurde es.

Die Sonne hatte fast ihren höchsten Stand erreicht. Sie tauchte den geschlängelten Weg zwischen den Bäumen in helles Frühlingslicht. Ihr gleißender Schein verdrängte meine Verzweiflung ein wenig. Ich hob das Gesicht, um es von dem feurigen Glutball erwärmen zu lassen. Schon spürte ich, wie meine furchtsame Anspannung nachließ. Funken tanzten hinter meinen geschlossenen Lidern. Die Wärme prickelte wohlig auf meiner Haut.

Plötzlich war mir, als schiebe sich etwas vor die Sonne. Ein kühler Schatten huschte über mein Gesicht. Als ich die Augen öffnete, waren sie von der Helligkeit betäubt, und einen panischen Moment lang war ich völlig geblendet. Erst als sich meine Blicke klärten, erkannte ich, dass die Sonne unverändert am blauen Himmel hing. Auch Faustus verriet keine Sorge. Hatte ich mich getäuscht?

Keineswegs, denn im selben Augenblick verdunkelte erneut ein mächtiger Schatten das glühende Gestirn. Hoch erhob er sich über die Wipfel der Bäume, lang und schwarz, seine Form von den gleißenden Strahlen verzerrt. Erschrocken keuchte ich auf und riss mit aller Kraft am Zügel des Pferdes. Wiehernd bäumte es sich auf, ich spürte noch, wie ich den Halt verlor, dann stürzte ich hinterrücks ins Leere und prallte schmerzhaft auf den Waldweg. Wie betäubt taumelte ich auf die Füße, hörte erneut das furchtbare Knirschen, sah mich um – und erblickte Faustus, der sich schüttelte vor Lachen.

»Was, mein lieber Wagner, bezweckt Ihr mit dieser amüsanten Darbietung, wenn die Frage gestattet ist?« Sein Gesicht hatte zum ersten Mal einen Hauch von Farbe bekommen, so sehr belustigte ihn mein Sturz vom Pferd.

»Ich … nun …« Weiter kam ich nicht, denn wieder schob sich ein Schatten über den Weg und verdunkelte die Sonne.

Nun erkannte ich freilich, was ihn verursachte. Vor uns, auf einer Erhebung im Wald, stand eine Mühle. Sie war von hier aus nicht zu sehen, doch ragten ihre Flügel über die Bäume hinaus, und bei jeder Drehung schoben sich ihre Enden nacheinander vor die Sonne. Von ihnen rührte auch das erbärmliche Knirschen, denn der Wind ließ die hölzernen Gewinde ächzen.

Kleinlaut enthielt ich mich jeder Erklärung, packte mein Pferd am Zügel und schwang mich stumm zurück in den Sattel. Mein Hintern schmerzte, ebenso mein Rücken, doch gab ich mir alle Mühe, mein Leid zu überspielen. Ein schöner Zauberlehrling war ich; witterte ich doch schon hinter den Flügeln einer Mühle magische Gefahren.

Griesgrämig kauerte ich im Sattel und blickte starr auf Faustus, der nun wieder vor mir ritt und gelegentlich fröhlich vor sich hin lachte. Mürrisch stellte ich fest, dass der Mann mehr Humor besaß, als erwartet – wenn auch zum falschen Zeitpunkt. Ha, warte nur, dachte ich, es kommt der Moment, an dem ich über dich lache! Um nichts in der Welt hätte ich dies laut ausgesprochen; wenngleich mir Faustens Fähigkeit einfiel, meine Gedanken zu lesen. Doch falls er es wirklich vermochte, so hielt er sich nun zurück. Wahrscheinlich beschäftigten ihn längst ganz andere Dinge.

Wir kamen um eine Wegkehre, ritten einen ansteigenden Pfad hinauf, und plötzlich stand die Mühle vor uns. Sie war nicht allzu groß, ein hässlicher Kegel aus grobem Stein, an dessen Vorderseite sich das riesige Kreuz der Windflügel drehte. Es gab einen niedrigen Anbau, über dessen Tür ein hölzernes Schild in der Brise schaukelte. *Zur schönen Müllerin* stand darauf in liebloser Handschrift. Der Besitzer unterhielt neben seiner Mühle auch die einzige Schänke diesseits der Berge – eine Verbindung, die keinesfalls selten war. Viele Müllersleute im ganzen Land nutzten den Umstand, dass alle Bauern der Umgebung gezwungen waren, die Ernte bei ihnen mahlen zu lassen. So wurden die Mühlen überall zum Treffpunkt, und nicht wenige betrieben einen Ausschank. Oftmals war damit mehr zu verdienen als mit dem schlichten Getreidemahlen.

Vor dem Gasthaus standen zwei Pferdewagen, beladen mit vollen Mehlsäcken. Aus einem offenen Fenster erklangen Stimmen. Offenbar nutzten die Bauern den Besuch beim Müller für ein paar Krüge Bier, von denen ihre Weiber nichts ahnten.

Wir banden unsere Pferde vor dem Eingang an. Bevor wir eintraten, zischte Faustus mir zu: »Denk daran, wir sind Augustinermönche auf dem Weg nach Süden. Überlass mir das Reden.«

Innerlich rümpfte ich die Nase ob dieses Misstrauens, tat aber, was mein Meister verlangte.

Die schöne Müllerin, die das Türschild versprach, entpuppte sich als feister Kerl mit buschigen schwarzen Augenbrauen und schweißglänzender Glatze. Seine riesigen Hände sahen aus, als mahle er das Korn mit den Fingern; der Bierkrug, den sie hielten, verschwand fast völlig darin. Er saß mit zwei Bauern und ihren vier Knechten an einem runden Tisch und war allein an seiner ledernen Schürze zu erkennen. Als wir eintraten, verstummte das Gespräch der Männer, und der Müllerwirt stand auf.

»Seid willkommen«, sagte er freundlich, wohl, weil man in dieser Gegend gläubig war und unsere Mönchskutten Eindruck machten.

Faustus erwiderte den Gruß. »Bruder Martinus«, stellte er sich vor und ließ mich selbst außer Acht. Na schön, dachte ich mir, verschwinde ich halt in seinem Schatten, wenn er es will. Sollte er sich beim nächsten Mal doch selbst befreien.

Mein Meister bat um eine Mahlzeit und zwei Krüge mit klarem Wasser (Wasser! Ich traute meinen Ohren nicht!). Außerdem fragte er, ob es möglich sei, für einige Stunden zu ruhen.

Der Wirt erwiderte, er habe in seinem Haus keine Gastzimmer, wolle zwei Dienern Gottes aber gern seine eigene Kammer zur Verfügung stellen. Faustus nahm das Angebot an und sagte, der Segen des Herrn sei dem guten Mann dafür sicher. Die Bauern verabschiedeten sich, und wir blieben allein mit dem Müller zurück. Er beeilte sich, uns ein karges Mahl aufzutragen – Brot, Butter und paar Scheiben fetten Käse –, und setzte sich dann wie selbstverständlich zu uns an den Tisch. Da seine Kundschaft fort war, blieb ihm offenbar keine Arbeit zu tun.

»Gestattet mir die Frage«, bat Faustus, »aber woher nehmen die Bauern das Getreide, das sie Euch bringen? Mir scheint, es gibt hier nur Wald und keine Felder.«

Der Müller grinste und entblößte sein lückenhaftes Gebiss. »Überm Hügel gibt's ein Tal, wo ein kleines Dorf liegt. Die Leute dort haben schon vor Generationen ein paar von den Hängen gerodet. Aber Ihr habt recht, Bruder, mein Geschäft läuft nicht gut. Das wenige Korn, das die kleinen Felder abwerfen, lastet mich kaum aus. Mir bleibt gar nichts anderes übrig, als Bier und Wein auszuschenken. Das stärkt mir ein wenig den Rücken, wenn ich so sagen darf.«

Faustus nickte verständnisvoll. Wir hatten beide während der ganzen Zeit unsere Kapuzen hochgeschlagen, um uns nicht durch die fehlende Tonsur zu verraten. Faustus schwarze Mähne quoll trotzdem darunter hervor. Den Müller schien dies nicht zu stören. Er war sichtbar glücklich, ein paar neue Gesichter zu sehen. Trotz seiner plumpen Gestalt besaß er ein sanftes Gemüt.

»Sagt, wie ist Euer Name?«, fragte mein Meister. »Friedbert«, entgegnete der Mann, lehnte sich zurück und nahm vom Nachbartisch, an dem zuvor die Bauern gesessen hatten, seinen halb vollen Bierhumpen.

Faustus schob sich ein großes Stück Käse in den Mund und sagte kauend: »Sicher erhofft Ihr Euch von zwei Durchreisenden Neuigkeiten aus der weiten Welt.« Tatsächlich war es üblich, dass man als Gast von dem berichtete, was man an kleinen und großen Ereignissen auf seinem Weg geschaut hatte. In abgelegenen Landstrichen wie diesem war das für die Einheimischen die einzige Möglichkeit, zu erfahren, was im übrigen Reich vor sich ging.

Der Müller lächelte und nahm einen Schluck von seinem Bier. »Schön wär's, wenn Ihr Neues zu erzählen wüsstet, Bruder Martinus. Hier bei uns tut sich so wenig, dass man ganz krank wird vor Einsamkeit.«

»Ich fürchte leider, ich muss Euch enttäuschen«, sagte Faustus. »Wir erfahren selbst nur wenig von dem, was außerhalb unserer Klostermauern geschieht. Und auf dem Weg lässt uns das Gebet wenig Zeit, nach rechts und links zu schauen.«

Die scheinbare Leichtigkeit, mit der er dem armen Tropf die Hucke volllog, stimmte mich ärgerlich. Zugleich aber wusste ich natürlich, dass uns keine Wahl blieb. So verlockend es auch war, dem einsamen Müller ein Stück der Wahrheit zu offenbaren und ihm so als Dank für seine Gastfreundschaft eine Freude zu bereiten, so gefährlich war es auch. Faustus hatte vollkommen recht: Kein Unbeteiligter durfte in diese Sache gezogen werden. Unsere Feinde waren keine Räuber und Banditen; nein, wir flohen vor den Schergen der Kirche, und nirgends war deren Macht so groß wie unter der unbedarften Landbevölkerung.

Der Müller verzog traurig den Mund, zuckte aber dann mit den Schultern. »Vieles weiß ich ohnehin schon von den Gauklern, die gestern bei mir haltmachten.«

»Gaukler?«, fragte Faustus scheinbar gleichgültig, doch ich bemerkte am Zucken seiner Brauen, dass er hellhörig wurde.

Friedbert nickte gefällig. »Ein Wanderzirkus. Lagert unten im Dorf. Nur eine kleine Truppe, doch was für eine, sage ich Euch!«

»Erzählt«, bat mein Meister und grub die Zähne tief ins Brot.

So erfuhren wir, dass am gestrigen Tag vier bunte Planwagen vor der Mühle gehalten hatten. Herunter sprang eine Horde ungewöhnlicher Gesellen, Männer wie Frauen. »Lieber Himmel, die hättet Ihr sehen müssen«, schwärmte Friedbert begeistert. »Da war ein Weib mit einem Bart, der ihr bis über die Titten – verzeiht, Bruder – bis zum Bauchnabel reichte. Ein anderer hatte drei Arme und nur ein einziges Auge auf der Stirn. Geschaudert hab ich, als ich das sah, Gott ist mein Zeuge! Dann waren da zwei junge Weibsbilder, die an den Leibern zusammengewachsen waren, genau hier …« Er stand auf und zeigte auf sein breites Gesäß. »Ein Mann war so dünn wie ein Gerippe, aber gesoffen hat er wie ein Brotbäckerknecht. Hat 'ne Menge Münzen springen lassen. Und sein Weib hättet Ihr sehen sollen, dreimal so fett wie ich selbst. Himmelherrgott, zwei Kerle haben sie aus dem Wagen heben müssen. Fast blieb sie in meinem Eingang stecken! Es waren auch viele Normale dabei, sahen aus wie ich und Ihr. Feuerschlucker und Musikanten, denk ich mal. Hatten auch 'ne Tänzerin dabei, ein ganz junges Ding, zart wie eine Waldelfe, aber das war eher ein trauriger Anblick: Die Kleine hatte wohl 'nen Unfall. Musste eine Ledermaske tragen, überm ganzen Kopf. Hat sich irgendwo das Gesicht verbrannt, hat mir der Dürre erzählt.«

Faustus und ich hatten dem erregten Vortrag des Müllers höflich und mit gelinder Neugier zugehört, doch man mag sich vorstellen, dass wir bei seinen letzten Sätzen fast am Brot erstickten. Wir wechselten einen hastigen Blick; ich war stolz darauf, dass wir beide den gleichen Gedanken hatten. Ein Mädchen mit verbranntem Gesicht! Sicher, es mochte Zufall sein, doch lag es nicht nahe, an ein ganz bestimmtes Mädchen zu denken? An jenes, dessen Kopfwickel sich bei der Flucht aus der brennenden Kirche entzündet hatten? Jenes Mädchen, das Faustus vom Scheiterhaufen befreit hatte?

(Nun kann ich ahnen, dass Ihr, strenger Leser, mir so viel Willkür des Schicksals schwerlich abnehmen mögt. Und Ihr habt recht: Auch ich selbst vermochte kaum an eine solche Fügung zu glauben. Doch war es in Anbetracht der Umstände nicht mehr als recht und billig, Näheres über jenen Wanderzirkus erfahren zu wollen? Haltet also Eure Häme im Zaum, bis Ihr die Hintergründe kennt.)

»Und diese Truppe lagert noch immer im Dorf?«, fragte Faustus mit äußerster Ruhe.

Der Müller nickte. »Jawohl. Zwei Tage wollten sie bleiben und ein paar Kröten mit ihrer Gaukelei verdienen. Und morgen dann weiterziehen zum nächsten Ort.« Er lachte bitter. »Ich hab denen gesagt, dass sie hier in den Wäldern wenig Glück haben werden. Es gibt kaum Dörfer hier. Aber vielleicht wollen die ja auch nur für 'ne Weile ungesehen bleiben, irgendwo fernab der Straßen.«

Mein Meister krauste die Stirn. »Wie kommt Ihr darauf?«

»Na ja«, sagte Friedbert, »ich hatte so den Eindruck, dass sie Sorgen haben. Weiß nicht genau, warum. Aber die Anführerin von denen hat mich gefragt, ob hier oft Landsknechte vorbeiziehen.«

»Und was habt Ihr erwidert?«, wollte Faustus wissen.

Der Müller sah ihn erstaunt an, und ich fragte mich, ob Faustus die Bauernschläue seines Gegenübers nicht unterschätzte. Sicher mochte Friedbert nun ahnen, dass auch uns nur wenig an einer Begegnung mit Soldaten lag. »Tja, ich hab gesagt, manchmal kommen welche her, aber nur ganz selten. Und dass sie nichts zu befürchten haben, wenn sie hier eine Nacht oder so bleiben. Hoffe, ich hab da nichts Falsches gesagt. Würde mich traurig machen, wenn denen was passieren täte.«

Ich sah Faustus an und wartete auf das, was er antworten würde, doch im selben Augenblick begriff ich, wie Friedbert seine Worte gemeint hatte: Der Müller vermutete *uns* als mögliche Verräter. Sicher, wir hatten weder Frauen mit Bart noch saufende Gerippe vorzuweisen. Zudem glaubte er, wir seien Geistliche. Fürchtete er, wir seien im Auftrag der Inquisition hinter den Gauklern her? Es wäre nicht das erste Mal gewesen, dass die Kirche Zirkusleute als Ketzer verbrannte.

Faustus rettete die Lage mit gehörigem Geschick: Er machte seinerseits ein Eingeständnis und zerstreute so die Zweifel des Müllers. »Uns liegt selbst wenig an einem Zusammentreffen mit Landsknechten«, sprach er aus, was Friedbert längst ahnen musste. So trat er nichts an Boden ab und gab dem Müller trotzdem das Gefühl, ihn zu einem Eingeweihten zu machen. Damit musste er erheblichen Eindruck schinden.

Und in der Tat – Friedbert lehnte sich vertraulich zu uns herüber und flüsterte: »Hab gleich geahnt, dass Ihr keine Mönche seid, Ihr beiden. Seid selbst auf der Flucht, was? Na klar, wer sonst kommt schon in unsere Gegend. Aber keine Angst, von mir habt Ihr nichts zu befürchten. Bin immer auf der Seite derer, die den Obrigen eins auswischen.« Er lachte rau. »Und darauf einen Schluck!« Damit stemmte er seinen Krug an die Lippen und leerte ihn in einem einzigen Zug.

Faustus und ich nippten zaghaft an unserem Wasser. Ach, wie hätte ich mir gewünscht, selbst mit feinem Wein oder Bier auf den neuen Vertrauten anzustoßen! Aber nein, wir mussten ja beim Wasser bleiben. Wieder einmal verfluchte ich meinen neuen Meister. Kreuzbrave Zeiten schienen meiner zu harren. Himmel, der Kerl war keuscher als der gottesfürchtige Bruder Martinus; der hatte zumindest einem guten Trunk nicht widerstehen können.

»Wie steht's nun mit der Kammer?«, fragte Friedbert und erhob sich. »Ich will Euch gleich zwei Liegen bereiten.«

»Später, mein Freund«, sagte Faustus zu meinem Erschrecken. Waren mir nicht wenigstens ein paar Stunden Schlaf vergönnt? Wir hatten pausenlos im Sattel gesessen, die ganze Nacht und den Morgen hindurch.

»Mein Freund und ich wollen noch ein paar Schritte durch die Wälder laufen und in uns gehen«, sagte Faustus augenzwinkernd zum Müller.

Friedbert grinste. »Aber sicher können Eure Pferde zu fressen vertragen, oder? Hafer ist keiner da, aber Heu könnt Ihr haben.«

Faustus nickte. »Habt Dank.« Er griff unter seine Kutte und zog einen Gulden hervor. »Hier, für die Zeche«, sagte er und reichte dem Müller die Münze.

Der starrte sie ungläubig an. »Aber, Herr, das ist zu viel …«

Allerdings, das fand ich auch – von einem Gulden konnte ein Knecht seine Frau und sich selbst zwei Wochen lang ernähren!

Faustus schüttelte den Kopf und drückte Friedbert die Münze in seine haarige Pranke. »Nehmt und seht nach den Pferden. Ihr seid ein braver Mann und habt entsprechende Entlohnung verdient.« Damit stand er auf und gab auch mir das Zeichen zum Aufbruch.

Wir ließen den glücklichen Riesen stehen und traten ins Freie. Bei den Pferden verharrten wir kurz. »Nehmen wir die Waffen mit?«, fragte ich und fügte missmutig hinzu: »Wohin wir auch immer gehen mögen …«

Faustus lächelte und legte mir eine Hand auf die Schulter. »Sei nicht wütend«, sagte er.

»Bin ich nicht.«

»Natürlich bist du's.«

»Keineswegs.«

»Aber sicher.« Faustus lächelte noch immer. »Und was die

Waffen betrifft: Wir lassen sie hier. Zwei Mönche, die mit Schwert und Knüppel in ein Dorf marschieren, könnten mehr Aufsehen als nötig erregen.«

»Dann wollt Ihr ins Dorf?«

»Natürlich«, entgegnete er, »wohin sonst?«

Ich selbst hätte mich für die dumme Frage ohrfeigen mögen. Das Mädchen mit der Ledermaske. Wir mussten erfahren, was es mit ihr auf sich hatte. Und wo sonst als im Lager der Gaukler hätten wir die Wahrheit herausfinden können?

So liefen wir den Waldweg talwärts, den auch die Bauern mit ihren Karren genommen hatten. Nach wenigen Schritten wandte ich mich erneut an meinen Meister:

»Herr, erlaubt mir eine Frage.«

»Seit wann so zurückhaltend?«

»Nun«, begann ich zögernd, »ich wundere mich bereits seit unserer Flucht aus dem Siechenhaus über etwas, das Ihr im Zusammenhang mit Eurem Gespräch mit Asendorf erwähntet.«

»Und das wäre?«

»Ihr spracht von einem Hund, der Euch viel bedeutet. Und doch habt Ihr ihn seither nicht mehr erwähnt, ja, Ihr scheint ihn nicht mal zu vermissen.«

Faustus blieb ruhig. »Woraus schließt du das?«

Ein wenig verdattert dachte ich darüber nach, dann erwiderte ich: »Ihr verliert kein Wort über ihn. Sicher, Euer Leben bedeutet Euch mehr als das eines Hundes, aber …«

»Nein«, unterbrach er mich barsch, »du bemühst dich zu folgern, siehst aber nur eine einzige Möglichkeit, jene, die du sehen willst.«

Ich verstand nicht, was er meinte. »Aber, Meister, Ihr …«

Wieder fiel er mir ins Wort. »Du urteilst vorschnell, Wagner. Ich spreche nicht über Mephisto – denn das ist sein Name –, aber das bedeutet nicht, dass mein eigenes Leben von höherem Wert ist als das seine.« Er klang jetzt fast ein wenig ungehalten.

»Ich wollte Euch nicht zu nahe treten«, entschuldigte ich mich.

»Wähle jetzt nicht den einfachsten Weg«, sagte er und sah mich düster an. Ich fragte mich verwirrt, was ich falsch gemacht hatte. »Bleib bei deinen Thesen«, fuhr er fort. »Aber argumentiere! Du stellst nur vage Behauptungen auf, doch wo sind die Begründungen?«

Jetzt begriff ich, dass dies die erste Lektion meines neuen Lehrherrn war. Das beruhigte mein schlechtes Gewissen ein wenig, schmälerte jedoch kaum meine Verwirrung. »Ich weiß nicht«, stammelte ich und verdammte mein mangelndes Sprachgeschick. »Ich glaubte einfach, dass Ihr den Hund aufgegeben habt, im Austausch gegen Eure eigene Rettung.«

Faustus schloss einen Herzschlag lang die Augen und seufzte. »Lieber Wagner«, sagte er schließlich, »du musst noch so viel lernen. Wie soll je ein wahrer Gelehrter aus dir werden, wenn du an Aufgaben wie dieser scheiterst. Hör zu: Die Tatsachen sind zweierlei. Zum Ersten: Mephisto befindet sich in Asendorfs Gewalt und dient ihm als Geisel. Und zum Zweiten: Ich habe während des ganzen Weges nicht davon gesprochen. Deine Schlussfolgerung ist, dass ich das arme Tier aufgegeben habe – wobei deine Überzeugung daher rührt, dass Mephisto eben *nur ein Tier* ist. Diese Gewissheit aber verstellt dir den Blick auf andere mögliche Wahrheiten. Streich das vorgefasste Urteil aus deinem Gedächtnis, und überlege erneut.«

Ich gab mir Mühe, seinen Gedankengängen zu folgen, und grübelte, während wir den Weg ins Tal fortsetzten, über weitere Möglichkeiten nach. Schließlich sagte ich: »Es wäre denkbar, dass Asendorf den Hund gar nicht einfing, denn er gab Euch keinen Beweis dafür.«

Faustus' Antwort verriet weder Ablehnung noch Zustimmung. »Hätte ich dann über die Annahme seines Angebotes nachgedacht?«

»Aber ja«, entgegnete ich schnell. »Ihr zeigt große Anteilnahme an dem Fall des verbrannten Priesters. Und obgleich ich die Gründe nicht kenne, scheinen sie mir doch für Euch selbst von Wichtigkeit zu sein. Denn selbst wenn Ihr die Lösung des Rätsels, also die Täter, enthüllen könntet, könntet Ihr kaum damit zu Asendorf zurückgehen; er würde Euch mit oder ohne die Mordbrenner töten lassen. Also habt Ihr einen Grund für Eure weiteren Nachforschungen, der über das Schicksal des Hundes hinausgeht.«

Nun lächelte mein Meister. »Siehst du, so gefällst du mir besser. Jetzt versuchst du, den Dingen auf den Grund zu gehen, und lässt dich nicht allein von vagen Eindrücken leiten. Trotzdem: Denk weiter nach. Fällt dir noch eine dritte Begründung für meine Teilnahmslosigkeit gegenüber Mephisto ein?«

»Nun, dass Euch das Tier am Herzen liegt, habt Ihr bereits zugegeben. Einverständnis mit seiner Gefangenschaft kann also kein Grund für Euer Verhalten sein.«

»Das ist richtig.«

»Dann weiß ich nur noch eine einzige Möglichkeit«, sagte ich. »Es wäre durchaus möglich, dass –«

»Halt!«

Faustus' Befehl riss mich aus dem fein geschliffenen Bogen meiner Argumentation. Einen Moment lang glaubte ich, er hätte einen erneuten Fehler in meiner Gedankenfolge entdeckt. Dann aber sah ich, dass er stehen blieb. Im selben Augenblick packte er mich schon an der Schulter, riss mich zurück und zog mich mit sich ins Dickicht. Dort fielen wir hinter einem Gebüsch auf die Knie.

Ich öffnete den Mund, um zu fragen, was geschehen sei, doch Faustus brachte mich mit barscher Geste zum Schweigen.

»Dort vorn!«, flüsterte er beinahe lautlos und deutete mit dem Zeigefinger durch den Wald.

Hinter den Stämmen erkannte ich das Tal und mit ihm die Hütten des Dorfes. Wir mochten kaum mehr hundert Schritte entfernt sein. Zahlreiche Bäume verstellten uns die Sicht (verstellten *mir* die Sicht, muss es richtig heißen, denn Faustus hatte längst gesehen, was zwischen den Häusern vor sich ging).

Mein Meister deutete weiter nach rechts, wo der Weg eine Schleife machte, bevor er an unserem Versteck vorüberführte. Kurz hinterm Ortsausgang entdeckte ich ein halbes Dutzend Landsknechte, die vom Dorf hinauf zur Mühle ritten.

Natürlich!, schoss es mir durch den Kopf; die Bauern hatten geplaudert. Die Soldaten hatten sie nach uns befragt, und sicher hatten die Männer nichts Eiligeres zu tun gehabt, als von den beiden Mönchen oben in der Mühle zu berichten. Dies wiederum bedeutete, dass das Dorf schon in der Hand des Hexenjägers war.

»Sie müssen direkt hinter uns gewesen sein, ohne dass wir sie oder sie uns bemerkten«, zischte Faustus unbehaglich. Er war es nicht gewohnt, dass er seinen Feinden allein durch

Glück entging. »Während wir beim Müller saßen, müssen sie uns überholt haben.«

Alles Weitere war offensichtlich: Nachdem Asendorfs Männer im Dorf Erkundigungen eingeholt hatten, ritten einige nun zurück zur Mühle, um dort nach den beiden Mönchen zu suchen. Noch aber konnten sie nicht sicher sein, dass sich Faustus und ich unter deren Kutten verbargen.

»Was nun?«, fragte ich leise. Die schreckliche Erkenntnis, wie knapp wir der Gefangennahme entgangen waren, war mir tief in die Knochen gefahren.

Faustus gab mir mit einem Wink zu verstehen, ihm zu folgen. Er schob sich weiter durchs Unterholz, dem gegenüberliegenden Waldrand entgegen. Es dauerte nicht lange, da blickten wir verborgen hinter den äußeren Stämmen ins Tal hinab. Wir befanden uns auf einer felsigen Klippe, von der aus wir beste Sicht auf das Geschehen im tiefer liegenden Dorf hatten.

Ein gutes Dutzend Landsknechte lagerte auf dem Dorfplatz, um den herum an die zwanzig, höchstens dreißig Hütten und Häuser standen. Es war eine klägliche Ansiedlung, und die Menschen, die dort lebten, mussten am Rande der Armut vegetieren. Auf der anderen Seite der Ortschaft breiteten sich an einem Hang mehrere Felder aus. Rings um Dorf und Äcker schloss sich der tiefe, dunkle Forst.

Außer den Soldaten befand sich auf dem Dorfplatz ein Großteil der Bewohner, aneinandergerückt zu einem furchtsamen Pulk aus Frauen, Männern und Kindern. Sie wurden nicht bedroht oder gar mit Waffengewalt in Schach gehalten, doch es war allzu ersichtlich, dass die waffenstarrende Truppe sie ängstigte. Landsknechte waren für viele der einfachen

Menschen gleichbedeutend mit Plünderung, Schändung und Mord – eine Erfahrung aus zahllosen Kriegen und Scharmützeln, die immer wieder zwischen einzelnen Fürstentümern und Landstrichen entflammten.

Freilich stand dem Anführer der Soldaten der Sinn nach Höherem. Konrad von Asendorf saß im Sattel seines Pferdes, einem prächtigen Hengst, der so schwarz war wie die Gewänder seines Herrn. Er unterhielt sich mit einem bärtigen Mann, offenbar dem Sprecher der Dorfbewohner. Asendorf sah zornig aus. Auf einem Pony an seiner Seite hockte der hässliche Bibelzwerg.

Neben dem Inquisitor stand ein zweiter Reiter in der prunkvollen Kleidung eines Kirchenfürsten. Er trug weite, goldbestickte Gewänder und eine passende Haube auf dem Kopf. Sein Ross war mit einem wertvollen Sattel und glitzerndem Gehänge geschmückt.

Ich deutete auf den Mann. »Wer ist das?«

Faustus, der neben mir auf der Klippe lag und über den Rand hinweg in die Tiefe starrte, schwieg erst eine Weile, dann ließ er sich zu einer Antwort herab. »Ortwin DeAriel, Kardinal im besonderen Auftrag des Heiligen Stuhls. Papst Leo betraut ihn in der Regel mit Aufgaben, die ein gewisses Maß an Geheimhaltung erfordern. DeAriel hat es durch geschicktes Taktieren innerhalb der Kirchenhierarchie verstanden, über vier Päpste hinweg im Amt zu bleiben. Er hat heute noch dieselbe Macht inne wie unter der Regentschaft Alexanders VI., mehr noch sogar. Wo andere Kardinäle mit den Heiligen Vätern kommen und gehen, ist es DeAriel gelungen, von Papst zu Papst an Einfluss zu gewinnen.«

»Wenn sogar Leo im fernen Rom an uns gelegen ist und er

einen seiner mächtigsten Männer schickt, besteht dann überhaupt noch Hoffnung?«, fragte ich niedergeschlagen.

Faustus schüttelte den Kopf und lächelte bitter. »Es würde mir schmeicheln, wäre DeAriel wegen uns im Land. Aber das wäre zu viel der Ehre. Nein, der Kardinal überwacht die Nachforschungen in der Sache der toten Priester. Papst Leo muss sehr an der Aufklärung dieser Morde gelegen sein.«

»Was aber sucht er dann unten im Dorf?«

»Asendorf wurde beauftragt, die Ketzer, die für die Anschläge verantwortlich sind, ausfindig zu machen und zu richten«, erklärte Faustus. »Er scheint nach wie vor zu glauben, dass ich ihn auf die Spur der Täter führen kann. So macht er Jagd auf uns und hofft, zugleich auch die Morde aufzuklären. DeAriel wird den nötigen Druck auf ihn ausüben.« Nun grinste er fast schadenfroh. »Der arme Asendorf sitzt ganz schön in der Klemme.«

»Bedeutet das nicht, dass Asendorf seine Anstrengungen verstärken wird?«

»Genau«, gab Faustus zur Antwort. »Doch sieh nur, was jetzt geschieht …«

Meine Augen folgten seinem Blick ins Tal. Tatsächlich gerieten die Reihen der Landsknechte in Bewegung. Auf einen Befehl Asendorfs hin sprangen einige auf ihre Rösser und preschten auf den Tieren quer durchs Dorf bis zu einer Wiese am anderen Ende der Ortschaft. Dort standen vier kunterbunte Planwagen, um die sich einige Männer und Frauen in ebensolcher Kleidung scharten. Außer den Pferden, welche die Wagen zogen, graste nahebei noch ein halbes Dutzend weiterer Tiere.

Die Landsknechte bezogen in einem weiten Kreis um das

Lager der Zirkusleute Aufstellung. Keiner stieg vom Pferd. Asendorf, sein Bibelzwerg und DeAriel folgten in gemächlicherem Trab. Sie passierten den Ring der Soldaten, der sich nun mit jedem Schritt, den sich die beiden Anführer der Gauklertruppe näherten, enger zusammenzog.

Faustus stieß mich an. »Komm mit, wir müssen dort hinunter!«

»Was?«, entfuhr es mir viel zu laut. »Das kann nicht Euer Ernst sein.«

»Schweig still und folge mir!«, gebot er unwillig und machte sich daran, verborgen hinter Büschen und vereinzelten Bäumen den Steilhang hinabzuklettern.

Ich zitterte vor Angst. Meine Kleidung unter der groben Kutte war schweißgetränkt. Faustus war mein Lehrherr; ich musste tun, was er verlangte. Und wohin sonst hätte ich auch gehen können? An der Mühle erwartete mich das gleiche Schicksal wie unten im Dorf. Mir blieb gar keine andere Wahl, als dem Doktor zu folgen.

Ich hatte Mühe, auf lockerem Geröll und zwischen vorspringenden Felsnadeln mit ihm Schritt zu halten. Faustus erwies sich als geschickter Kletterer, und es dauerte nicht lange, da kauerte er im Buschwerk am Fuße des Abhangs und wartete ungeduldig, dass auch ich unten eintraf.

Gemeinsam näherten wir uns schließlich dem Dorf, schnell, gebückt, immer darauf bedacht, nicht ins Blickfeld der Landsknechte zu geraten. Wir schlugen einen Bogen um die äußeren Hütten und Ställe, nutzten ein paar verdutzte Rinder als willkommenen Schutz vor Entdeckung und gelangten endlich bis auf etwa zwanzig Schritte an das Lager der Gaukler. Die Wiese, auf der die Planwagen standen, grenzte an den Wald, und so verbargen wir uns am äußeren Rande des Unterholzes. Von hier blickten wir durch Zweige und Laub direkt auf die Gauklertruppe, die Landsknechte und die beiden Klerikalen. Mit Mühe konnten wir Teile ihrer Worte verstehen.

Für die Zirkusleute sprach eine junge Frau, höchstens dreißig Jahre alt, mit langem schwarzen Haar und dunklen, feurigen Augen. Sie trug lederne Hosen und ein weißes Hemd mit brauner Weste. Mit bewundernswertem Mut trat sie Hexenjäger und Kardinal höflich, aber nicht demütig entgegen. Ihre Worte klangen fest und furchtlos.

Die übrigen Gaukler standen unsicher und erwartungsvoll hinter ihrer Anführerin. Nun sah ich auch, was der Müller gemeint hatte: Da war eine Frau, fett wie ein Weinfass, die einen dürren, knochigen Kerl an der Hand hielt. Im Hintergrund standen die beiden verwachsenen Mädchen, und auch das bärtige Weib war in der Gruppe zu erkennen. Hinzu kam ein gutes Dutzend weiterer exotischer Gestalten; die meisten verdankten ihre Auffälligkeit jedoch eher Farbe und Schnitt ihrer Kleidung, bunte Gecken in Flickenmänteln, weiten Glitzerstoffen, einer gar mit Turban. Auch sah ich einen, der nur ein Auge besaß, das beachtlich weit auf die Stirn gerückt war; das andere war zugewachsen. Einen dritten Arm, wie Friedbert berichtet hatte, entdeckte ich wohl nicht an ihm. Auch von dem Mädchen mit der Ledermaske war von meinem Platz aus nichts zu sehen.

Kardinal DeAriel überließ das Reden dem Inquisitor. In seiner Stellung war er nur dem Heiligen Vater verpflichtet. Es war nicht seine Aufgabe, sich mit minderem Volk abzugeben.

Das Gespräch zwischen Asendorf und der Gauklerin war

bereits weit fortgeschritten, als wir unbemerkt unser Versteck bezogen. Offenbar verdächtigte der Hexenjäger die Zirkusleute, zwei Ketzern Unterschlupf zu gewähren – keine Frage, wen er damit meinte. Die junge Frau stritt alle Vorwürfe ab. Asendorf wurde ihrer Unschuldsbeteuerungen allmählich müde und gab seinen Leuten einen Wink. Der Ring der Landsknechte brach auseinander, als die Männer von ihren Pferden sprangen und sich daranmachten, die Planwagen zu durchsuchen.

Ein Gaukler wollte ihnen den Weg verwehren, doch einer der Soldaten holte mit dem Schwert aus und versetzte dem Mann im Narrenkostüm einen Hieb mit der flachen Klinge. Obwohl der Schlag nicht tödlich war, ging der Mann blutend zu Boden. Die Waffe hatte ihn über dem Ohr getroffen, und ein roter Schleier legte sich über seine Züge. Ein lautstarkes Murren ging durch die Reihen der Gaukler, doch keiner wagte, sich den Landsknechten zu widersetzen. Asendorf war im Recht; die Jagd nach Ketzern rechtfertigte vor dem Gesetz selbst die schmutzigsten Mittel. Die Gaukler konnten froh sein, wenn der Inquisitor ihnen die Folter ersparte, um Faustus' und meinen Aufenthaltsort zu erfahren.

Auch die Anführerin der Gaukler hielt sich mühevoll zurück. Ihr war anzusehen, mit welcher Wut und Verachtung sie das Tun der Soldaten erfüllte, doch sie war klug genug, nicht zu widersprechen. Stattdessen ging sie mit zweien ihrer Gefährten neben dem Verletzten in die Knie und lenkte sich mit seiner Pflege vom brutalen Treiben der Landsknechte ab.

Asendorfs Männer nahmen sich jeweils zu dritt einen Planwagen vor, warfen Kleidung und Utensilien der Gaukler ins Freie und wüteten wie Barbaren. Im letzten der Wagen wurden sie offenbar fündig, denn einer stieß einen Ruf aus, und sogleich eilten ihm zwei andere zu Hilfe. Gemeinsam zerrten sie eine schlanke Gestalt ins Freie.

Es war ein junges Mädchen, gekleidet nur in ein leinenes Nachtgewand. Sie sackte sogleich zusammen, als ihre Füße das Gras berührten. Ihr Kopf war vollständig von einer engen dunkelbraunen Ledermaske bedeckt. Weder Haar noch Gesicht waren zu erkennen. Allein ihre zierlichen Arme und die sanften Rundungen unter dem Hemd verrieten Jugend und Geschlecht.

Zweifellos war dies die verletzte Tänzerin, von der Friedbert gesprochen hatte. Ich blickte zu Faustus hinüber, doch er zuckte mit den Schultern. Er vermochte selbst nicht zu erkennen, ob dies das Mädchen vom Wittenberger Schlossplatz war. Offenbar war es mit der Gedankenleserei des Doktors doch nicht so weit her, wie ich bislang vermutet hatte.

Die Anführerin der Gaukler ließ jetzt von dem Niedergeschlagenen ab und trat schützend vor das Mädchen mit der Maske.

»Ihr sucht Männer, oder?«, rief sie den Landsknechten wütend entgegen. »Selbst ihr müsst erkennen, dass dies kein Mann ist. Und ganz sicher ist sie nicht Doktor Faustus.« Sie hatte beide Hände zu Fäusten geballt und sah aus, als wolle sie sich jeden Augenblick auf den erstbesten der Soldaten stürzen.

»Er ist ein Gestaltwandler«, behauptete einer der Landsknechte, wohl in der niederen Absicht, einen Blick unter das Hemd des Mädchens zu werfen.

Die Anführerin erkannte sein Trachten. »Wagt es nicht!«, brüllte sie ihm ins Gesicht.

Der Kerl packte eines ihrer Handgelenke, wollte sie an sich reißen und hatte die Zähne schon zum Triumph gefletscht, als ihm das Lachen abrupt verging. Blitzschnell und mit dem Geschick einer Schlange entwand sich die schwarzmähnige Frau seinem Griff, zog ihm mit der anderen den Dolch aus dem Gürtel, sprang flink um ihn herum und hielt ihm die Klinge an die Kehle.

Um sie herum rissen die Landsknechte ihre Schwerter aus den Scheiden. Einige brachten ihre Büchsen in Anschlag. Sofort waren die Frau und ihr Opfer umringt.

Da tat Asendorf etwas, das ich ihm nicht zugetraut hätte; es passte schlichtweg nicht in das Bild des finsteren Unholds, das ich mir von ihm gemacht hatte.

Der Hexenjäger schwang sich vom Pferd und trat mitten unter die Soldaten.

»Haltet ein!«, rief er vermittelnd. Dann beugte er sich zu der mordlustigen Gauklerin hinüber und raunte ihr einige Worte ins Ohr. Zögernd ließ sie den Dolch sinken und gab den Gefangenen frei. Sogleich wollten sich mehrere Männer auf sie stürzen, doch Asendorf hielt sie mit einem scharfen Befehl zurück. Offenbar hatte er jeden Geschmack an den Gauklern verloren. Er wollte die Ketzer, nicht eine Horde dummer Zirkusgecken – dies waren in der Tat seine Worte.

Kardinal DeAriel sah erst auf Asendorf, dann auf die Planwagen; seine Miene verriet nicht, was in ihm vorging. Schließlich wendete er wortlos sein Pferd und ritt zurück zum Dorfplatz. Die Lage entspannte sich. Der Inquisitor stieg auf sein Ross, und die Landsknechte kehrten den Gauklern murrend den Rücken. Augenblicke später standen die Zirkusleute allein auf der Wiese, während sich der kriegerische Tross zurück zur Dorfmitte wälzte.

»Was habt Ihr nun vor?«, fragte ich meinen Meister.

Faustus blickte starr auf das Mädchen mit der Maske. »Ich muss mit ihr sprechen.«

»Aber wie wollt Ihr das anstellen?«, fragte ich verzweifelt; ich fürchtete, dass er uns nur noch tiefer ins Unglück stürzen würde.

Der Doktor dachte eine Weile lang nach, dann schüttelte er den Kopf, als führten seine Gedanken zu keiner vernünftigen Lösung. »Es hilft alles nichts«, sagte er schließlich, »wir müssen zu ihnen gehen. Die junge Frau, mit der Asendorf sprach, schien dem Inquisitor nicht allzu wohlgesonnen.«

»Natürlich nicht«, sagte ich leise und mehr zu mir selbst, »sie verbrennt schließlich Priester.«

»Das bleibt abzuwarten«, widersprach Faustus. »Zumindest wird sie nicht versuchen, uns an Asendorf auszuliefern.«

»Was macht Euch da so sicher? Weshalb sollte sie die Gefahr eingehen, sich selbst und ihre Leute ans Messer zu liefern? Ich für meinen Teil würde zwei wildfremde Ketzer durchaus der Obrigkeit melden, wenn ich dadurch das Leben meiner Gefährten retten könnte.«

Faustus lächelte. »Du bist auch kein Gaukler.«

Erst später, nachdem ich auf anderen Reisen mehr über das Wesen der fahrenden Spielleute erfahren hatte, sollte ich die Worte meines Meisters gänzlich begreifen. Gaukler lebten in einer eigenen Welt. Regeln und Gesetze des gewöhnlichen Volkes hatten für sie keine Gültigkeit. Wohin sie ihr Weg auch führte, verbreiteten sie Fröhlichkeit und Freude, doch sie wussten sehr wohl, dass das Publikum sie hinter der Maskerade aus Gelächter und Geschrei verachtete. Ihr Berufsstand galt als lasterhaft und liederlich, oft wurden ihnen Diebstahl und Raub vorgeworfen. So kam es, dass die Zirkusleute ihren Zuschauern zwar nach außen hin zu Diensten waren, sie aber insgeheim aus tiefstem Herzen hassten. Und mehr noch als für Bürger und Bauern galt dies für die Männer, die sie regierten. Kirche und Kaiser waren ihnen aufs Höchste zuwider.

Faustus, den seine Wege schon durch viele Länder und Städte geführt hatten, wusste das. So erachtete er die Gefahr, von den Gauklern ausgeliefert zu werden, als denkbar gering. Freilich statt mir dies mitzuteilen, zog er es vor, zu schweigen, und ließ mich in meinen Befürchtungen schmoren. Auch dies war eine Seite meines Meisters, jene des listigen Schwarzkünstlers, der es liebte, andere in Angst und Schrecken zu versetzen.

Wir warteten ab, bis sich die Landsknechte zurückgezogen hatten. Dann umrundeten wir die Wiese, bis sich die Planwagen zwischen uns und dem Dorf befanden. Von dort aus überquerten wir das offene Gelände. Vom Waldrand bis zum Lager war es nicht weit, fünfzehn, höchstens zwanzig Schritte, doch die Strecke schien mir unendlich. Mir war, als versänken meine Füße im weichen Erdreich, so ängstigte mich die Vorstellung, den schützenden Wald zu verlassen und ins Freie zu treten. Ich betete zu Gott, dass Asendorf die Gauklerwagen nicht von den Hängen aus beobachten ließ. Andernfalls war unser Schicksal besiegelt.

Ungehindert erreichten wir den ersten Wagen und pressten uns eng an seine Rückseite. Die Stimmen der Gaukler waren von hier aus deutlich zu vernehmen. Sie planten einen eiligen Aufbruch.

Plötzlich bemerkte ich neben mir eine Bewegung. Ich sah zur Seite – und blickte direkt ins Gesicht eines Jungen. Er war wohl dabei gewesen, die Unordnung, welche die Landsknechte angerichtet hatten, aufzuräumen, als er uns durch Zufall entdeckte. Er starrte uns aus großen Augen an, ich starrte zurück – und handelte. Blitzschnell packte ich ihn und presste meine Hand auf seinen Mund. Er begann zu strampeln und um sich zu schlagen, doch war er viel jünger als ich und entschieden zu schwach, um es mit mir aufzunehmen. Schließlich gab er nach. Zumindest glaubte ich das bis zu jenem Moment, da ich bemerkte, dass Faustus vor mich getreten war. Streng blickte er dem Jungen in die Augen. Und da begriff ich, weshalb der Kleine seinen Widerstand aufgab. Mein Meister hatte ihm allein durch Geisteskraft seinen Willen aufgezwungen; offenbar gelang ihm bei Kindern durchaus, was ihm mit Älteren nicht glücken wollte.

Stumm gab er mir ein Zeichen, den Jungen loszulassen. Ich tat es, und der Kleine machte sogleich einen Schritt von mir fort, blieb dann aber stehen und sah Faustus erwartungsvoll an. Der Doktor flüsterte ihm einen Befehl zu, worauf der Junge um den Wagen herum zu den anderen rannte.

Augenblicke später kehrte er zurück. An seiner Hand führte er die Anführerin der Gaukler. Aus der Nähe wirkte sie noch bezaubernder, wenngleich ihr Gesicht eine kämpferische Härte aufwies, ungewöhnlich für eine junge Frau wie sie. Ihr schwarzes Haar war zerzaust. Sie schien in Eile zu sein; es gefiel ihr nicht, dass der Junge sie von wichtigeren Geschäften abhielt. Faustus hatte ihm befohlen, ihr zu sagen, er habe etwas Ungewöhnliches entdeckt, das sie sich unbedingt ansehen müsse.

Nun stand sie vor uns, und obgleich sie bei unserem Anblick leicht zusammenzuckte, verschlug er ihr doch keineswegs die Sprache.

»Sieh an«, sagte sie, »wenn das nicht die beiden Ketzer sind.«

Faustus lächelte zaghaft. »Das sind sie, in der Tat. Verzeiht die ungewöhnliche Weise, in der wir Bekanntschaft schließen, doch es schien mir klüger, nicht gleich Euer ganzes Lager in Aufruhr zu versetzen. Zumal Asendorfs Männer sicher ein Auge auf Eure Leute haben.«

Sie sah ihn lange an, als wolle sie sich jeden Fingerbreit seiner Züge einprägen, dann tat sie dasselbe mit mir. Schließlich sagte sie: »Folgt mir in den Wagen. Hier draußen ist es zu unsicher.«

Faustus nickte, und die junge Frau stieg hinauf in den Planwagen. Im Vorbeigehen gab Faustus dem Jungen den Befehl, zurück zu seinen Leuten zu laufen. Nachdem der Kleine sich abgewandt hatte, schnippte der Doktor hinter ihm mit den Fingern. »Er hat bereits alles vergessen«, erklärte er, als ich ihn fragend ansah.

»Könnt Ihr mich das auch lehren?«

Er beugte sich hinab an mein Ohr. »Nun, um ehrlich zu sein, bin ich schon froh, wenn es mir selbst ab und an gelingt.«

Mit einem mysteriösen Lächeln stieg er hinauf in den Wagen, und ich folgte ihm enttäuscht. Niemand bemerkte uns. Die Gauklerin ließ die Plane hinter uns zufallen und setzte sich auf eine Truhe. Wir selbst gingen ihr gegenüber in die Hocke. Der Wagen war von oben bis unten angefüllt mit Taschen und Beuteln, mit Gauklerutensilien, zerknüllten Kleidungsstücken und allerlei buntem Gerümpel. Durch den dicht gewebten Stoff der Plane drang bräunliches Zwielicht.

»Ihr seid also Doktor Faustus«, sagte die Gauklerin. Ein Hauch von Anerkennung lag in ihrer Stimme. »Unser Zauberkünstler würde sicher ein Wort mit Euch schätzen.«

Faustus nickte, sagte aber nichts.

»Ich bin Lady Lara, und ich spreche für diesen Haufen dort draußen. Was wollt Ihr von uns?«

»Mein Adlatus Wagner und ich befinden uns in einer üblen Lage«, entgegnete Faustus und fügte hinzu: »Wie Ihr Euch nach dem Besuch des Hexenjägers sicher denken könnt.«

Lady Lara nickte. »Er scheint ganz besessen davon, Eurer habhaft zu werden. Aber ich will nicht wissen, was Ihr ihm angetan habt, und ich will nicht, dass Ihr von seinen Schandtaten sprecht. Tatsächlich will ich weder über Euch noch ihn irgendetwas erfahren. Ihr bringt uns alle auf den Scheiterhaufen, wenn Ihr Euch länger in unserem Lager aufhaltet.«

»Wir bitten Euch nicht um Hilfe, Lady.«

»Was wollt Ihr dann?«, fragte sie mit düsterer Miene.

»Wir haben gesehen, was eben geschah«, entgegnete Faustus. »Ihr habt ein junges Mädchen bei Euch, es trägt eine Maske aus Leder. Was ist mit ihr geschehen?«

Lara runzelte die Stirn. »Ich wüsste nicht, was das zu Eurer Angelegenheit macht.«

Faustus gab keine Antwort. Als ich ihn erwartungsvoll ansah, bemerkte ich, dass sein Gesicht erstarrt war. Sein Blick fesselte den der Gauklerin. Einen Augenblick schien es, als gelänge ihm das Kunststück von vorhin ein zweites Mal, denn Laras Züge wurden wächsern, ihre Augen groß und rund. Dann aber blinzelte sie plötzlich, schüttelte den Kopf und fuhr meinen Meister giftig an: »Versucht das niemals wieder, Doktor Faustus!«

Ich erwartete angstvoll, dass sie uns sofort davonjagen oder gar dem Inquisitor ausliefern würde. Mit einem Mal aber verzog sich ihr Gesicht, und sie begann herzlich zu lachen.

»Ich kann in Euren Augen lesen, Faustus. Ihr seid verärgert. Verärgert über Euch selbst.«

»In der Tat«, gestand er. »Ich glaubte schon, mein altes Talent sei zurückgekehrt.«

Lady Lara schüttelte immer noch lachend den Kopf. »Der Kleine, bei dem es Euch eben gelang, ist ein Medium. Zumindest behauptet das sein Vater, unser Magier und Geisterbeschwörer. Das Kind ist empfänglich für allerlei geistigen Einfluss, stärker als jeder andere Mensch, den ich kenne. Wahrscheinlich wäre er selbst dem Blick Eures Schülers erlegen.«

Was daran war nur so spaßig, dass selbst Faustus jetzt in ihr Gelächter einfiel?

Schließlich, nachdem beide wieder zu sich kamen (und wohl mein galliges Gesicht bemerkten), sagte Faustus: »Gestattet Ihr mir, mit dem Mädchen zu sprechen?«

Lara seufzte. »Sie spricht nicht. Mit niemandem. Die Kleine scheint stumm zu sein. Wir wissen nicht, ob es an ihren Verletzungen liegt.«

»Dann ist sie noch nicht lange bei Euch?«, fragte Faustus.

»Wir lasen sie vor zwei Tagen am Wegesrand auf.«

»Wo war das?«

»Östlich von hier, nahe der Elbe.«

»Und sie lag einfach auf der Straße?«, fragte Faustus ungläubig.

Lara blickte zu Boden. Ein Lächeln, fast verschämt, erschien auf ihren Lippen. »Ihr werdet mir nicht glauben, wenn ich Euch die genauen Umstände schildere.«

Mein Meister holte tief Luft. »Glaubt mir, ich habe schon Dinge gesehen, die mich gelehrt haben, alles zu glauben – oder umgekehrt: nichts für unmöglich zu halten.«

Lara sah erst mich, dann wieder ihn an und strich sich eine schwarze Haarsträhne aus dem Gesicht. »Nun«, begann sie zögernd, »da Ihr so unvermittelt nach dem Mädchen fragt, werdet Ihr wohl Eure Gründe haben. Ihr ahnt etwas, nicht wahr? Ich will Euch ein Geschäft vorschlagen: Ich sage Euch, was ich weiß, und Ihr helft dafür mir, mehr über die Kleine herauszufinden. Himmel, wir wissen nicht einmal ihren Namen.«

Faustus nickte zustimmend.

Lara fuhr fort: »Es war am Abend. Wir zogen entlang einer alten Pilgerstraße gen Westen und wollten noch in der Nacht die Wälder erreichen. An einem alten Kreuzweg hörten wir mit einem Mal über unseren Köpfen ein Rascheln und Stöhnen, so laut, dass es selbst die Hufe der Pferde übertönte. Gleich neben der Kreuzung stand eine alte Eiche, darunter ein Marienbild. Nun wisst Ihr selbst, wie es mit solchen Bäumen an Kreuzwegen ist: Oft wird einer darin aufgeknüpft und zappelt noch eine Weile am Strick, ehe der Sensenmann vorbeischaut. Trotzdem war mir nicht wohl bei der Sache. Es war stockdunkle Nacht, und als wir den Baum mit Fackeln beschienen, da sahen wir, dass die Laute von weit oben aus der Baumkrone kamen. Ich selbst stieg hinauf ins Geäst. Und dort fand ich sie. Die Kleine hing nackt zwischen den Ästen, völlig verrenkt, mit dem Kopf nach unten. Ihr Gesicht war verbrannt. Sie hätte tot sein müssen, und doch war noch Leben in ihr.«

Ich schenkte Faustus einen ungläubigen Seitenblick, doch er hörte immer noch aufmerksam zu.

»Das Grauenvollste aber war nicht die Brandwunde«, fuhr Lara fort. »Viel schlimmer war der Rücken des Mädchens.«

»Was ist damit?«, fragte Faustus leise.

»Ihr Rücken war voller Blut, sie musste viel davon verloren haben. Es gelang uns schließlich, sie sicher hinab auf den Boden zu heben. Bis dahin hatten wir geglaubt, man habe sie ausgepeitscht oder sonstwie gegeißelt. Doch dann entdeckten wir, dass zwei riesige Schnittwunden über ihren Rücken verliefen, nach unten hin aufeinanderzulaufend wie eine römische Fünf. Es sieht aus, als hätte man ihr zwei tiefe Streifen aus Fleisch und Muskeln herausgeschnitten.«

»Gütiger Himmel!«, entfuhr es mir schaudernd.

Faustus fasste sich schnell. »Und, habt Ihr erfahren, wie sie in diesem Zustand hinauf in den Baum gelangte?«

Lara schüttelte den Kopf. »Wir nahmen sie bei uns auf und pflegen sie seither. Sie muss vor ihrer Verstümmlung in unglaublicher Verfassung gewesen sein. Ihr habt es ja gesehen: Sie kann fast wieder auf den Beinen stehen, nur einige Herzschläge lang, doch wer von uns würde das schaffen? Keiner, das schwöre ich Euch. Dieses Mädchen muss kräftig und behände gewesen sein wie ein wildes Tier, als hätte sie ihr Leben lang nur an ihrem Körper gearbeitet, ihn geformt wie ein Kunstwerk. Deshalb erzählen wir allen, sie sei eine Tänzerin.«

»Euch fehlt also jeder Hinweis auf ihre Herkunft«, stellte Faustus grübelnd fest.

»Nicht ganz«, erwiderte Lara tonlos. »Unser Beschwörer,

der Vater des Jungen, hat die Brandwunden und die furchtbaren Schnitte an ihrem Rücken betrachtet. Er sagt, dass er weiß, wo sie herkommt.«

»Woher? So redet doch«, verlangte Faustus.

»Ihr werdet kein Wort davon glauben«, sagte die Gauklerin leise und beugte sich mit ernster Miene vor. Dann lächelte sie, als bitte sie vorab um Verzeihung.

»Er sagt, sie sei ein gefallener Engel.«

* * *

Lara verließ uns für eine Weile und bereitete ihre Leute auf unseren Anblick vor. Offenbar gab es kaum Widerspruch, denn sie kehrte schnell zurück und sagte: »Ihr müsst hierbleiben, bis der Abend anbricht. Im Schutze der Dunkelheit bringe ich Euch zu dem Wagen, in dem das Mädchen liegt.«

»Ich dachte, Ihr wolltet so schnell wie möglich abreisen«, sagte Faustus erstaunt.

»Wollten wir«, erwiderte Lara bitter, »doch die Landsknechte haben es uns verboten. Einer von ihnen war hier, während ich mit Euch im Wagen saß. Der Hexenjäger hat befohlen, dass wir bis zum Morgen bleiben müssen.« Ihre Worte klangen jetzt stockend, so, als bemühte sie sich, ihre Sorge zu überspielen. »Offenbar hat Euer Freund heute Abend noch etwas vor.«

»Denkt Ihr, er wird angreifen?«, fragte ich aufgeregt und sah meinen Kopf schon auf einem Spieß auf dem Dorfplatz.

Faustus antwortete, bevor Lara etwas sagen konnte. »Das darf er nicht. Selbst er ist an Gesetze gebunden.«

»Gesetze!«, rief Lara voller Verachtung. »Die Inquisition hat sich nie an Gesetze gehalten.«

»O doch«, widersprach Faustus. »Sie dehnt sie nur ebenso weit wie ihre Opfer auf der Streckbank. Aber Asendorf muss sich schon einiges einfallen lassen, um ein Massaker an einer ganzen Gauklertruppe zu rechtfertigen. Dafür wären Verhandlungen nötig, ein Prozess, vielleicht Absprachen mit dem Bischof. All das würde Wochen, wahrscheinlich gar Monate in Anspruch nehmen. Nein, Lady Lara, habt keine Furcht. Bis zum Morgen seid ihr sicher.«

»Er hat einen Kardinal auf seiner Seite«, gab ich zu bedenken.

»Aber einen, dem nicht an dir oder mir gelegen ist«, entgegnete Faustus, »sondern allein an den toten Priestern. Und mit denen haben die Gaukler – zumindest in seinen Augen – beileibe nichts zu tun.«

Dabei schenkte er Lara einen mehrdeutigen Blick, doch sie blieb gefasst und verabschiedete sich bis zum Abend. »Ihr wartet hier drinnen, bis ich Euch hole«, sagte sie, dann zog sie von außen die Plane zu.

»Was glaubt Ihr«, fragte ich, nachdem die Gauklerin verschwunden war, »ist das Mädchen wirklich ein Engel?«

Faustus lächelte, dann hob er die Schultern. »Warten wir ab, bis wir sie sehen.« Er lehnte sich zurück und zog sich die Kapuze weit über die Augen. »Bis dahin aber ist wohl endlich Gelegenheit, ein wenig zu schlafen.«

Und das war das Letzte, was ich bis zum Abend von ihm hörte.

Mir selbst fiel es weit weniger leicht, den lange schon nötigen Schlaf zu finden. Ich fürchtete, Asendorfs Schergen könnten zurückkehren und die Planwagen erneut durchsuchen. Einmal glaubte ich in weiter Ferne Schreie zu hören, und ich dachte an Friedbert, den Müller, der uns so bereitwillig Unterkunft gewähren wollte. Ich fragte mich, was er den Landsknechten gesagt hatte, als sie ihn nach uns befragten.

Schließlich aber muss ich doch eingeschlafen sein, denn als Lara plötzlich die Plane aufriss und uns zuraunte, wir könnten jetzt den Wagen verlassen, da war mir, als seien seit ihrem Fortgang nur Augenblicke vergangen.

Geschwind kletterten Faustus und ich ins Freie. Bleierne Dunkelheit hing über dem Tal. Die Nacht war angebrochen, doch in der Schwärze des Himmels leuchteten keine Sterne; gegen Abend mussten Wolken aufgezogen sein. Aus dem Dorf, jenseits der großen Wiese, klangen Männerstimmen und schäbiger Gesang herüber. Hinter den Umrissen der äußeren Häuser war ein flackernder Schein zu erkennen. Die Landsknechte lagerten noch immer auf dem Dorfplatz und kommandierten wahrscheinlich die Bauern herum, ihnen Speise und Trank zu bereiten. Angewidert spie ich ins Gras. Asendorfs Männer gebärdeten sich wie fremde Eroberer. Manch hübsche Bauerntochter mochte in dieser Nacht ihre Unschuld verlieren.

Lara führte uns gebückt zu einem der anderen Wagen. Um uns im Gras lagen die Gaukler und gaben vor, zu schlafen. Tatsächlich aber folgten uns ihre wachen Blicke bei jedem Schritt. Niemand sprach. Kein Feuer brannte. Vom Dorf aus musste es aussehen, als habe sich die Truppe zur Ruhe gelegt.

Die Anführerin schlug die Plane zur Seite und öffnete uns den Blick ins Innere des Wagens. Das Mädchen lag mit dem Bauch nach unten auf einem Stapel von Decken und Fellen. Sie schien zu schlafen. Neben ihr saß ein Mann in sternbesticktem Gewand, offenbar der Magier und Geisterbeschwörer des Zirkus. Er hielt einen brennenden Kerzenstumpf, der das Innere des Wagens nur unzureichend erhellte. Trotzdem erkannte ich, dass auf dem Rücken des Mädchens Blutflecken im reinen Weiß des Nachtgewands blühten. Die Wunden mussten immer noch nässen.

Faustus schwang sich hinauf, ich hinterher. Lara blieb draußen stehen und sah uns durch die geöffnete Plane aufmerksam zu.

»Ich bin Gisbrand«, sagte der Gaukler im Zaubererkostüm. Ob er tatsächlich im Magischen bewandert war oder ob es sich bei ihm nur um einen Scharlatan handelte, der den Leuten die Münzen aus den Taschen zog, blieb ungewiss. Ich vermutete aber, dass er zumindest medizinische Kenntnisse besaß, da Lara ihm das Mädchen anvertraute. Sein Gesicht war spröde und ledrig und sprach von jahrzehntelangem Leben auf der Straße.

»Wie geht es ihr?«, fragte Faustus mit Blick auf das Mädchen.

Gisbrand zuckte mit den Achseln und hielt den Kerzenstummel näher an ihren Kopf. Die Ledermaske war hinten mit drei Schnallen verschlossen. »Sie schläft, denke ich. Man kann nie sicher sein. Sie liegt den ganzen Tag über da und regt sich nicht. Ihre Schmerzen müssen entsetzlich sein.«

Faustus nickte und machte sich daran, die Maske zu öffnen.

»Was tut Ihr da?«, fragte Lara alarmiert.

»Luft muss an ihre Wunden dringen«, sagte er.

Gisbrand legte eine Hand auf Faustus' Unterarm. »Das weiß ich«, sagte er scharf.

»Warum handelt Ihr dann nicht danach?«, fragte Faustus in ebenso gereiztem Ton und schüttelte die Hand des anderen ab. Es war abzusehen, dass zwischen den beiden keine Freundschaft entstehen konnte. Offenbar fürchtete Gisbrand in meinem Meister einen Nebenbuhler um Laras Anerkennung.

»Sie ist ein Engel«, erklärte der Gaukler unheilvoll. »Niemand darf ins Antlitz eines Engels sehen.«

»Ihr seid sehr gläubig, Gisbrand«, bemerkte Faustus. Er schien dasselbe zu denken wie ich: Wie konnte sich dieser Mann mit der Schwarzen Kunst beschäftigen, wenn der Glaube an Gott so tief in ihm verwurzelt war?

Bevor der Gaukler etwas erwidern konnte, hatte Faustus bereits die letzte Schnalle geöffnet. Mit einem Wink gab er mir zu verstehen, den Oberkörper des Mädchens zu heben. Dann zog er unendlich vorsichtig die Maske herunter.

Bisher war immer nur vom verbrannten Gesicht des Mädchens die Rede gewesen; keiner hatte mich auf den Anblick ihres Hinterkopfes vorbereitet. Von ihrem Haar war nichts übrig geblieben, alles war restlos verbrannt. Ihre Kopfhaut war pechschwarz und schuppig, wie Asche in einem Lagerfeuer. Mich wunderte, wie sie mit solchen Verletzungen noch am Leben sein konnte.

Dann rollte Faustus sie behutsam auf die Seite, und ich sah ihr Gesicht.

»Allmächtiger!«, entfuhr es mir.

Ihr Züge waren eine geschwollene Masse, blasig, fast unkenntlich. Ihre Lider waren geschlossen, doch ich zweifelte, dass die Augäpfel darunter noch sehen konnten. Ihre Nase glänzte feurig rot und hatte sich mehrfach geschält, war aber wider Erwarten nicht fortgebrannt. Auch ihr Mund schien bis auf die Schwellung unversehrt. Trotzdem war ihr Anblick entsetzlich. Mitleid zerriss mir schier das Herz.

»Das arme Kind«, sagte Faustus, der durch keine Regung verriet, ob er das Mädchen vom Scheiterhaufen wiedererkannte. Ich mochte nicht glauben, dass sie es wirklich war; mit solchen Wunden wäre sie zweifelsohne kaum in der Lage gewesen, noch an das Schicksal eines anderen zu denken, geschweige denn, ihn zu befreien und zu flüchten. Andererseits war da, was Lara über ihre Zähigkeit gesagt hatte. Und sicherlich hatte sie recht: Kaum ein anderer hätte solche Verletzungen lebend überstanden.

»Könnt Ihr etwas für sie tun?«, fragte Lara.

Faustus wandte seinen Blick nicht einen Moment von dem entstellten Gesicht. »Ich weiß es nicht. Ich will es versuchen. Doch das braucht Zeit, die wir nicht haben.«

Eine Weile lang schwiegen wir alle. Ich glaubte etwas wie Erleichterung auf Gisbrands Gesicht zu entdecken: Der große Doktor Faustus vermochte nicht mehr als er selbst.

»Ich müsste ständig um sie sein, um ihr zu helfen«, sagte Faustus schließlich. »Und selbst dann weiß ich nicht, ob ich sie retten kann.«

»Aber sie hat das Schlimmste bereits überstanden«, widersprach Gisbrand. »Sie lebt, das ist das Wichtigste.«

Faustus blickte auf und funkelte ihn wütend an. »Ihr solltet wissen, dass es damit keinesfalls getan ist. Brandwunden sind tückisch. Mag sein, dass sie noch Tage lebt und dann plötzlich, von einem Augenblick zum nächsten, stirbt. Und fraglos wird sie das«, fügte er zornig hinzu, »wenn sie noch länger diese Maske trägt.«

Gisbrand kochte vor Wut. »Sie ist ein *Engel!*«

Faustus schüttelte den Kopf. »Lasst mich die Wunden auf ihrem Rücken sehen.«

Behutsam bettete er ihr Gesicht wieder auf das Kissen und sah zu, wie Gisbrand das weiße Nachthemd aufwärtsschob. Schließlich lag sie völlig entblößt da. Sie war schlank wie eine Elfe, doch unter der weißen Haut ihrer Arme und Schenkel verliefen straffe Muskelstränge.

Ihr Rücken war bandagiert, und es dauerte eine Weile, ehe Gisbrand die Verbände gelöst hatte. Er tat es widerwillig, und doch fügte er sich Faustus' Wunsch. Vielleicht, weil Lara es so wollte.

Gisbrand hatte die entsetzliche Wunde mit Kräutern und Salbe bestrichen, die den Anblick der verkrusteten, V-förmigen Verstümmelung noch scheußlicher machten. Ich sah Faustus an, doch der nickte nur stumm; er schien mit Gisbrands Behandlungsmethode einverstanden. Den Gaukler erstaunte dies offenbar noch mehr als mich selbst, denn auch er zog es vor zu schweigen. Die Überraschung hatte ihm die Sprache verschlagen.

Ich begriff jetzt, woher er seine Überzeugung nahm. Die riesige Wunde sah tatsächlich aus, als hätte jemand mit dem Geschick eines Fleischers ein Flügelpaar aus dem Rücken des Mädchens geschnitten. Faustus fuhr vorsichtig mit dem Zeigefinger über die Krusten. Ich nahm an, dass er nach einem Ansatz von Knochen oder Knorpel tastete, der beim Mensch nicht an diese Stelle gehörte. Jedoch schien er durch die fingerhohe Schicht aus Grind und getrocknetem Blut nichts fühlen zu können.

»Ihr habt die Wunde gut versorgt«, sagte er schließlich zu

Gisbrand, der das Lob nur zögernd mit einem sanften Nicken annahm und sich dann daranmachte, die Verbände zu erneuern.

Lara beugte sich zu uns in den Wagen. »Wenn Ihr wirklich Zeit braucht, um sie gesund zu pflegen, Faustus, warum schließt Ihr Euch uns nicht an?«

Das Angebot überraschte uns alle gleichermaßen. Am Nachmittag noch hatte sie das Unheil beschworen, das unsere Anwesenheit über die Gaukler bringen würde – und nun bot sie uns an, zu bleiben. Vor allem Gisbrand schien diese Vorstellung nicht zu behagen.

Faustus sprach aus, was alle dachten: »Die Gefahr für Euch wäre zu groß. Asendorf würde es erfahren, und er würde Euch ebenso gnadenlos jagen wie Wagner und mich.« Er schüttelte den Kopf. »Habt Dank, doch ich kann Euer Angebot nicht annehmen.«

Lara nickte, fast ein wenig erleichtert. Es war ihr ernst gewesen, doch sie wusste sehr wohl um die Folgen, die Faustus und ich für ihre Leute bedeuten mochten. Sie hatte allein für das Wohlergehen des Mädchens gesprochen, und das war ihr hoch anzurechnen.

»Wie Ihr wollt«, erwiderte sie leise.

»Ich habe einen anderen Vorschlag«, sagte Faustus. Neugierig sah ich ihn an, als er fortfuhr: »Vertraut uns das Mädchen an. Wir werden sie mitnehmen, und ich kann mich unterwegs um sie kümmern. Das ist die beste Lösung für uns alle – vor allem für sie.«

Dieser Meinung war ich keineswegs. »Aber, Meister, wie sollen wir es mit ihr bis zur Wartburg schaffen?«

Ich bemerkte meinen Fehler noch im gleichen Moment.

Faustus schenkte mir einen zornigen Blick. Ich hatte unser Ziel laut ausgesprochen. Herrgott, was für eine erbärmliche Dummheit! Schnell sah ich mich zu Lara und Gisbrand um, doch die beiden zeigten kein Anzeichen dafür, dass sie überhaupt zugehört hatten. Die Worte meines Meisters beschäftigten sie viel zu sehr, als dass sie auf das achteten, was sein Schüler zu sagen hatte.

»Sie wird Euch aufhalten«, wandte Lara ein. »Eine Flucht auf Leben und Tod wird sie nicht überstehen.«

»Das lasst meine Sorge sein«, widersprach Faustus. »Ich verspreche Euch, wenn sie nicht bald von einem wirklichen Mediziner betreut wird – und versteht dies bitte nicht als Beleidigung, Meister Gisbrand –, lebt sie keine vier Tage mehr. Ich kann sie mit meinem Wissen retten. Da aber ich nicht mit Euch reisen kann, muss sie mit mir kommen. Es ist die einzige Möglichkeit.«

»Ich glaube nicht, dass sie bei uns sterben wird«, fuhr Gisbrand auf. Sein Gesicht bebte vor unterdrückter Wut. »Ihr spielt Euch auf zum Herrscher über Leben und Tod, Doktor Faustus. Man hört manches über Euch, das dem zuwiderspricht. Es heißt, Ihr seid ein Quacksalber.«

Faustus sah ihn an und lächelte höflich. »Ihr schenkt nicht nur den Lehren der Kirche zu viel Glauben, sondern auch ihren Verleumdungen.«

»So es Verleumdungen sind«, entgegnete der zornige Gaukler.

Er wollte noch etwas sagen, doch im selben Moment traf Lara eine Entscheidung. »Ich bin einverstanden mit Eurem Vorschlag, Faustus«, sagte sie zu meiner und Gisbrands Bestürzung. »Ich glaube Euch, dass Ihr gewissenhaft für sie sorgen werdet. Und falls Asendorf Eurer habhaft werden sollte – nun, das Schicksal, das sie erwartet, bleibt so oder so dasselbe.«

Ich ahnte, was sie zu diesem Entschluss getrieben hatte. Sie vertraute Faustus tatsächlich, doch zugleich schien ihr Gisbrands Feststellung, das Mädchen sei ein gefallener Engel, Unbehagen zu bereiten. So war sie nur froh, sich der unheilvollen Last auf elegante und menschliche Art entledigen zu können.

Gisbrand wollte erneut etwas einwenden, als draußen im Lager plötzlich Lärm aufkam. Unruhe breitete sich in spürbaren Wellen aus, erst Gemurmel und behutsames Geflüster, dann schließlich sorgenvolle Rufe. Die bärtige Frau erschien neben Lara im Halbrund des Einstiegs. »Komm, schnell!«, sagte sie mit männlicher Stimme. »Sieh dir das an!«

Lara warf uns einen verstörten Blick zu, dann wandte sie sich ab und verschwand. Wir anderen reckten besorgt die Köpfe aus dem Wagen und blickten hinaus, in der furchtvollen Ahnung, Asendorfs Männer seien ins Lager zurückgekehrt. Doch von ihnen war keine Spur zu entdecken. Stattdessen standen nur die Gaukler zwischen den Planwagen auf der Wiese und blickten mit aufgerissenen Augen zu einem Punkt hoch über dem Tal. Trotz der Dunkelheit bemerkte ich ihre verstörten Mienen.

Als ich ihren Blicken folgte, sah auch ich, was ihre Ängste schürte.

An der Nordseite des Tals, oben auf dem Berg, stand Friedberts Mühle und war in waberndes, rotes Licht getaucht. Nur ihre Spitze und drei der vier Windflügel ragten über den Wipfeln der Fichten empor, und doch war deutlich zu erkennen, dass an ihrem Fuß ein Feuer brannte. Sein Schein tauchte den oberen Teil der Mühle von unten her in flackernde Helligkeit. Es wirkte gespenstisch, als sei die Mühle eine überirdische Erscheinung, die sich eben erst aus einer anderen Welt als der unseren manifestiert hatte.

Sie haben die Mühle in Brand gesteckt!, dachte ich voller Empörung, doch was folgte, belehrte mich eines Besseren. Mit einem Mal begannen die Flügel der Windmühle langsam nach rechts zu schwingen und sich zu drehen. Das schmerzvolle Ächzen der Gewinde war bis hinab ins Tal zu hören. Zugleich ertönte ein Schrei, der mich über die Jahre hinweg noch bis heute verfolgt: lang gezogen und hoch, so wie kein Mensch ihn ausstoßen kann – es sei denn im Augenblick höchster Qual. Es war ein Laut solcher Pein, dass selbst Faustus, der schon viele hatte sterben sehen, erstarrte und die Augen vor Entsetzen weit aufriss.

Die Flügel der Windmühle drehten sich weiter, und jetzt kam jener hinter den Wipfeln zum Vorschein, den die Bäume bislang vor unseren Blicken verborgen hatten. An seinem äußeren Ende hing Friedbert, der Müller, mit gespreizten Armen und Beinen, und er brannte lichterloh. Asendorfs Schergen hatten ihn gekreuzigt und in Brand gesteckt. Unbarmherzig drehten sich die Flügel weiter, bis der, an dem das Feuer loderte, den höchsten Punkt erreicht hatte. Zwei der Windflügel standen jetzt aufrecht, zwei waagerecht, ein gewaltiges Kreuz, Sinnbild des Christentums, an dessen Spitze der schreiende Müller brannte wie eine lebende Fackel. Hoch über dem Tal und dem schäbigen Dorf fand er sein Ende, und das glühende Fanal seiner Hinrichtung musste meilenweit über die Wälder hinweg zu sehen und zu hören sein.

Einige der Gaukler wandten sich ab, andere packten sich

an den Händen oder umarmten sich. Zorn und Angst war ihnen zugleich in die Gesichter geschrieben, und doch sprach niemand ein Wort. Es gab keine lauten Verwünschungen, keine Wutausbrüche oder Zornesgebärden. Eine unheimliche Stille lag über dem Lager. Allein aus dem Dorf war manch anfeuernder Jubellaut zu hören, fraglos von den Männern des Inquisitors.

»Ein Exempel«, flüsterte Faustus tonlos. »Asendorf statuiert ein Exempel. Um jedem zu zeigen, was geschieht, wenn er Ketzer wie uns unterstützt.«

»Aber woher wussten sie …«, begann ich und gab mir dann selbst die Antwort: »Natürlich, die Pferde. Sie haben unsere Pferde entdeckt.«

»Alles Übrige werden sie durch die Folter aus ihm herausgeholt haben«, bestätigte Faustus.

Plötzlich stand Lara neben uns. »Ihr müsst fort«, raunte sie gehetzt. »Sie werden weiter nach Euch suchen.«

Faustus nickte. »Wir brauchen neue Tiere.«

»Nehmt drei von unseren«, erwiderte die Gauklerin. Ihr Gesicht glänzte vor Erregung.

»Asendorf wird es bemerken«, gab ich zu bedenken.

»Dann habt ihr sie eben gestohlen«, widersprach sie ungeduldig.

Ich bezweifelte, dass der Hexenjäger sich damit zufriedengeben würde. Noch einmal blickte ich hinauf zur Mühle. Friedbert hatte aufgehört zu schreien. Er lebte nicht mehr. Sein lodernder Körper schwebte über dem Tal, als habe der Mond am Nachthimmel Feuer gefangen.

»Was machen wir mit ihr?«, fragte ich und deutete ins Innere des Wagens.

»Sie kommt mit«, erwiderte Faustus, »so wie abgesprochen.«

»Wir haben einen Sattel mit Rücken- und Armlehnen«, sagte Lara, »für eine unserer Pferdenummern. Wir könnten sie darin festbinden.«

»Sie muss liegen«, warf Gisbrand von hinten ein.

Faustus schüttelte den Kopf. »Eine Weile lang wird es gehen. Zumindest so lange, bis wir weit genug von diesem Tal entfernt sind.«

Lara gab einigen ihrer Leute Befehle, und wenig später standen im Schutze eines Planwagens drei Pferde bereit. Auf einem hatten die Gaukler den hochlehnigen Sattel befestigt. In ihn wurde nun das Mädchen gehoben. Sie stöhnte leise, zeigte aber kein anderes Zeichen von Leben. Die Lehne in ihrem Rücken wurde mit Decken gepolstert, dann band man sie mit Stricken fest, sodass sie nicht mehr herabfallen konnte.

»Das Pferd ist an diesen Sattel gewöhnt«, sagte Lara und zwang sich zu einem zaghaften Lächeln. »Notfalls kann es damit ein paar Kunststücke vollführen.«

»Kann es galoppieren?«, fragte Faustus.

»Eine Weile lang«, entgegnete Lara. »Aber gebt Acht damit im Wald. Denkt daran, das Mädchen kann sich nicht vor tief hängenden Ästen schützen.«

Wir sprangen auf unsere Pferde und nahmen eiligen Abschied. Faustus ergriff Laras Hand. »Habt Dank für alles«, sagte er.

Lara nickte. »Verschwindet jetzt, Doktor Faustus. Ich hoffe, wir sehen uns niemals wieder.«

Er lächelte. »Wir werden sehen.«

Dann ritten wir davon, quer durch den Wald, das Pferd

mit dem kraftlosen Mädchen in unserer Mitte. Die Gaukler, das Tal und der brennende Müller blieben hinter uns zurück. Schließlich versperrte die schwarze Mauer der Baumreihen jede Sicht auf das, was hinter uns lag.

»Man sagt, Ihr kennt die Zukunft«, rief ich Faustus zu, als wir einen Pfad erreichten und die Tiere zur Eile trieben. »Sagt, was seht Ihr da? Werden wir sie wiedertreffen?«

Faustus gab lange keine Antwort, doch als er schließlich sprach, wünschte ich mir, er hätte es nicht getan.

»Ich sehe Feuer, Wagner«, sagte er leise. »Nichts als gewaltige Feuer und vielfachen Tod.«

Kapitel 4

Zumindest in einem sollte Lara recht behalten: Das Mädchen erholte sich ungewöhnlich schnell. Seine Gesundung ging mit solch halsbrecherischer Geschwindigkeit voran, dass selbst Faustus der Mund vor Staunen offenstand, wenn er die Verbände wechselte oder die Salbe, die er aus allerlei Waldkräutern gefertigt hatte, auf die Wunden strich. Da man Faustus im ganzen Land nur allzu gut kannte und das Mädchen durch seine Entstellung zu großes Aufsehen erregt hätte, verzichtete ich freimütig auf meine Mönchskutte und hüllte sie um die Verletzte. Die Ledermaske steckte zwar in dem Bündel, das Gisbrand in aller Eile gepackt hatte, doch Faustus blieb bei seinem Entschluss, dass die Wunden Luft brauchten. Wir zogen ihr daher die Kapuze weit ins Gesicht, sodass die Verletzungen zumindest aus der Ferne nicht zu sehen waren. Wundersamerweise konnte sie sich schon nach zwei weiteren Tagen aus eigener Kraft im Sattel halten, sodass wir Arm- und Rückenlehnen abnahmen und im Unterholz vergruben.

»Ich verstehe es nicht«, gestand Faustus einmal. »Ihre Kräfte kehren schneller zurück als bei jedem anderen, den ich bisher gepflegt habe. Allein die Wunden in ihrem Rücken müssten es ihr unmöglich machen, ohne Stütze aufrecht zu sitzen, ganz zu schweigen von den Verbrennungen.«

Doch auch ihm blieb nichts weiter zu tun, als staunend den Fortschritten seiner Patientin zu folgen und sie nach jeder Veränderung gut gelaunt in ihrem Willen zu baldiger Heilung zu bestärken.

In jenen Stunden, während wir durch die grüne Hügellandschaft südlich der Harzwälder ritten und uns Schritt um Schritt unserem Ziel näherten, grübelte ich lange über die Herkunft des Mädchens nach. Zwar behauptete Faustus, er könne nicht erkennen, ob sie tatsächlich seine Retterin aus Wittenberg war, doch die Inbrunst, mit der er sich um ihre Genesung sorgte, schien mir Anhaltspunkt dafür, dass er die Möglichkeit zumindest in Betracht zog. Vielleicht wollte er, dass sie es war; vielleicht suchte er jemanden, an dem er wieder gutmachen konnte, was ihm selbst an Gnade widerfahren war. In jenen Stunden verlor Faustus immer mehr von seiner überirdischen Aura. Aus meinem Meister wurde ein Mensch.

»Ist sie nun ein Engel oder nicht?«, fragte ich ihn in der Nacht, bevor wir Eisenach erreichten.

»Wer an Engel glaubt, der glaubt an Gott«, gab er zur Antwort. »Und du verlangst wohl nicht von mir, dass ich Männern wie Asendorf Glauben schenke.«

»Das gilt auch für mich«, sagte ich eilfertig.

Faustus lächelte. »Ich würde dir nicht verübeln, wenn es anders wäre, mein Freund. Du hast jahrelang unter Bruder Martinus studiert. Auch er handelt aus Überzeugung vor Gott. Trotzdem macht ihn das nicht zu einem schlechten Menschen, und es würde auch dich zu keinem machen. Wichtig ist allein, dass du deinen Glauben vor dir selbst eingestehst.«

Ich seufzte. »Wenn das so einfach wäre …«

Er lachte und sprach nicht mehr davon.

Bei solchen und ähnlichen Gesprächen lag unsere neue Gefährtin stumm neben uns am Feuer, hielt die geschundenen

Augen geschlossen und atmete ruhig ein und aus. Was ihre vermutliche Blindheit betraf, so war meine anfängliche Befürchtung falsch gewesen. Ihre Augen waren auf wunderbare Weise unverletzt geblieben, und wenngleich sie auf vieles erst spät oder zuweilen gar nicht reagierte, so besserte sich doch auch dies von Tag zu Tag. Allein zu sprechen vermochte sie nicht; sie nickte nur dann und wann dankbar, wenn Faustus ihre Wunden versorgte oder ich ihr ein Essen bereitete.

Es war eine seltsame Verbindung, die sich da zwischen uns entspann, denn obgleich wir nichts über sie wussten, so wuchs sie uns doch durch ihre Hilflosigkeit immer mehr ans Herz. Wir überlegten sogar, ob wir ihr nicht einen Namen geben sollten, verwarfen den Gedanken aber schließlich, weil Faustus meinte, man solle keinem Menschen den wahren Namen streitig machen und es daher lieber bei Namenlosigkeit belassen.

Wider Erwarten schonte uns das Schicksal vor Asendorfs Mörderbande. Auf unserem Weg nach Südwesten mieden wir jede menschliche Siedlung, machten weite Bögen um Dörfer und Gehöfte und hofften so, keine Fährte für den Inquisitor und seine Schergen zu hinterlassen. Wenngleich wir uns nicht der Illusion hingaben, er habe die Jagd nach uns aufgegeben, so vergingen doch die Tage, ohne dass wir einen Hauch seines feurigen Atems in unseren Nacken spürten.

Während des ganzen Weges von Wittenberg nach Eisenach wusste Faustus jederzeit, in welche Richtung wir uns an Kreuzwegen und Gabelungen zu wenden hatten. Während ich selbst in den endlosen Wäldern und später auf eintönigen Hügelketten schon nach wenigen Meilen die Orientierung verlor, bereitete es meinem Meister keinerlei Schwierigkeiten, stets zu wissen, wohin wir unsere Pferde treiben mussten. Einmal fragte ich ihn danach und bekam darauf eine seiner seltsamen, unverständlichen Antworten:

»Wir reisen auf den Kraftadern der Erde, Wagner. Sie sind es, die uns den Weg weisen und uns die Stärke geben, ihn zu meistern.«

»Das verstehe ich nicht«, gestand ich kleinlaut.

»Weißt du, was man unter der Kunst der Geomantie versteht?«

»Nein, Meister.«

»Der Geomant sieht die Erde als lebendiges Wesen, das mit einem Netz von Adern und Nerven durchzogen ist«, erklärte Faustus. »Viele sind unsichtbar und können nur vom Geist ertastet werden, andere aber sind greifbar, wie mancher Wasserlauf oder die Gold- und Erzadern tief unten im Gestein. Das wussten zum Beispiel auch die Baumeister der großen Kathedralen. Sie spürten, dass sich an bestimmten Orten zahlreiche jener unsichtbaren Verbindungen trafen und so Plätze besonderer Macht entstanden. Sie behaupteten oft, der heilige Geist habe sie an jenen Stellen überkommen und ihnen die Kraft gegeben, dort ihre Dome zu errichten. Dabei war es allein die Macht der Erde, die sie spürten.«

»Aber, Herr«, gab ich zu bedenken, »glaubt Ihr nicht, dass …«

»Dass dies alles Unsinn ist?«, führte Faustus meine Frage zu Ende. »Keineswegs. Ich glaube, dass in diesen Kraftadern die wahre Macht unserer Welt verborgen liegt. Sie sind die Straßen der Erdgeister. Der Mensch, der sich dieser Wege bedient, nimmt dabei einen Teil ihrer Kraft auf. Das stärkt ihn und weist ihm die richtige Richtung.«

Um ehrlich zu sein, ich hielt die Worte meines Meisters für ziemliches Gefasel. Ich war offen für so manche Absonderlichkeit, und dies war nur eine von vielen, die ich während meiner Reisen mit ihm erlebte. Ich hörte ihm zu, wenn er dergleichen erzählte, merkte mir auch seine Worte, doch der wahre Glaube daran blieb mir verschlossen.

Tatsache allerdings ist, dass Faustus oft auf das Netz der Kraftadern zu sprechen kam und seinen Weg immer wieder nach ihrem Verlauf bestimmte. Er behauptete, er könne sie spüren und es sei wichtig, dass man den Weisungen der Erdgeister Folge leiste.

Als ich dahinterkam, wie viel ihm dies tatsächlich bedeutete, kam es zum ersten Mal zu Unstimmigkeiten zwischen uns. Kurz bevor wir unser Ziel erreichten, fragte mich Faustus mit Unschuldsmiene: »Sag mir, Wagner, wie viele Tage sind wir nun von Wittenberg bis Eisenach gereist?«

»Sieben, Herr.«

Faustus lächelte listig. »Aber sprach Martinus nicht von fünf Tagesritten?«

»Ich nehme an, er hat sich getäuscht.«

»So, so«, sagte Faustus, »das glaubst du also. Nun, ich fürchte, ich muss dir ein Geständnis machen. Wir sind einen Umweg von zwei Tagesreisen geritten.«

»Einen Umweg, Herr?«, fragte ich verblüfft.

»Ja, Wagner. Die Kraftader, der wir folgten, machte einen weiten Bogen, und ich beschloss, ihr zu folgen, statt den kürzeren Weg zu nehmen.«

»Aber warum, Herr?«, verlangte ich zu erfahren. Ich fühlte mich hintergangen, ja, ich glaubte gar, er habe unser aller Leben aufs Spiel gesetzt, nur um seinen geomantischen Spinnereien nachzugehen. Erstmals spürte ich Wut auf meinen neuen Lehrherrn.

»Wie fühlst du dich, Wagner?«, stellte Faustus eine Gegenfrage.

»Gut«, knurrte ich missmutig.

»Hat die Reise an deinen Kräften gezehrt?«

Darauf hatte ich bislang noch keinen Gedanken verschwendet, doch als ich nun in mich hineinhorchte, musste ich wohl oder übel gestehen, dass ich mich trotz aller Strapazen und Entbehrung nicht schwächer oder gar ermattet fühlte.

»Nicht wirklich«, entgegnete ich deshalb.

Er nickte zufrieden. »Grund dafür ist die Macht der Kraftadern. Es würde mich nicht wundern, wenn auch die schnelle Heilung unserer Freundin damit zu tun hätte.«

Das Mädchen saß reglos im Sattel. Ihr verbranntes Gesicht wurde vom Schatten der Kapuze verborgen. Sie verriet weder Ablehnung noch Zustimmung.

Mein Zorn blieb ungeschmälert. »Asendorf hätte uns fangen oder unseren Weg abschneiden können. Wie konntet Ihr nur eine solche Gefahr eingehen?«

»Es war nötig«, erwiderte Faustus knapp. »Die Erdgeister sind uns wohlgesonnen.«

»Warum waren dann nicht sie es, die Euch aus dem Kerker befreiten?«, fragte ich bissig, durchaus in der Absicht, ihn zu verletzen. Zwei Tage Umweg! Er musste den Verstand verloren haben.

Faustus lächelte. »Ich verstehe deine Wut, lieber Wagner. Doch auch du wirst eines Tages begreifen, weshalb es nötig ist, nicht immer gleich den schnellsten Weg zu gehen. Die Macht im Inneren der Erde ist unerschöpflich. Man muss nur verstehen, sie zu nutzen. Lass uns nicht länger streiten, und gib dir ein wenig Mühe, meine Entscheidung zu akzeptieren.«

Mürrisch gab ich nach und sprach für den Rest des Tages kein Wort mehr mit ihm.

Am späten Nachmittag endlich blickten wir von der Kuppe eines Hügel hinab auf Eisenach. In einiger Entfernung hockte die Wartburg auf einem dicht bewaldeten Bergrücken. Trutzig reckte sie ihre Mauern, Wehrgänge und Türme dem grauen Wolkenhimmel entgegen. Meine sauertöpfische Laune wich nur allmählich. Erst als ich aus der Ferne das erste Wirtshaus erblickte, hob sich meine Stimmung – um sich gleich darauf erneut zu verfinstern, denn Faustus ritt achtlos daran vorüber.

Zumindest diesmal war er im Recht. Wir durften nicht noch mehr Zeit verlieren. Erst, wenn sich die Tore der Wartburg hinter uns schlossen, waren wir vor Asendorfs Schergen in Sicherheit.

Wir umrundeten die Stadt und hielten dabei immer wieder Ausschau, ob der Hexenjäger und sein Mördertrupp uns bereits zuvorgekommen waren. Doch Straßen und Häuser wirkten friedlich, die wenigen Landsknechte, die wir aus der Ferne beobachteten, gehörten ihrer Kleidung nach zur Eisenacher Stadtgarde und hatten offenbar keine gesonderte Order bekommen, Ausschau nach zwei Ketzern in Augustinerkutten zu halten. Erstmals schöpfte ich neue Hoffnung.

Wir ließen die Häuser hinter uns und ritten durch den Wald hinauf zur Burg. Von oben musste sie in etwa die Form einer Schuhsohle haben, das schmale Ende im Norden, das breite im Süden. Klotzige Steinbauten, überdachte Wehrgänge aus Fachwerk und ein mächtiger Bergfried krönten ein schmales Felsplateau, das weit über die Wipfel der höchsten Bäume ragte. Eine steinerne Rampe führte hinauf zur Zugbrücke, neben der zwei Wachtposten mit Schwertern und Hellebarden Aufstellung bezogen hatten.

»Meldet Eurem Hauptmann, wir seien Freunde des Bruders Martinus aus Wittenberg«, bat Faustus den einen. »Wir werden erwartet.«

Der Mann gab die Worte an einen Laufburschen weiter, und eine Weile später ertönte aus dem Torhaus der Befehl, uns einzulassen. Die Blicke der Wachtposten folgten uns misstrauisch. Vor allem das Mädchen, das seinen Kopf unter der Kapuze verbarg, schien ihnen nicht geheuer.

Wir ritten unterm Torhaus hindurch und gelangten in einen engen Innenhof, der sich erst in einiger Entfernung verbreiterte und vor einer hohen Mauer endete; sie trennte den Nord- vom Südhof. Links von uns wuchs die Burgmauer empor, gekrönt von einem Wehrgang. Zu unserer Rechten stand ein zweistöckiger Fachwerkbau. Faustus und ich stiegen von den Pferden und halfen dem Mädchen aus dem Sattel. Unsicher, mit gesenktem Haupt, stand es da und hielt sich am Sattelknauf fest.

Mägde und Dienstmänner bevölkerten den Hof. Ein paar Soldaten der Burggarde saßen am Fuß der Mauer und reinigten ihre Büchsen. Kaum jemand schenkte uns Beachtung. Zwei Stallknechte eilten herbei und führten unsere Pferde davon. Gleichzeitig trat aus dem Haus rechts von uns ein untersetzter Mann mit hellgrauem Haar und ebensolchem Vollbart. Er trug teure, jedoch keine prunkvolle Kleidung: ein purpurnes Hemd, darüber ein schwarzes Wams und enge

Hosen. Seine Füße steckten in Stulpenstiefeln, der Fußbekleidung der Edelleute.

»Ich bin Hans von Berlepsch, Hauptmann der Wartburg«, sagte er und blieb zwei Schritte vor uns stehen. »Und Ihr seid –«

»Freunde Martin Luthers«, unterbrach ihn Faustus. Das war unhöflich, aber nötig – der Hauptmann hätte sonst des Doktors wahren Namen ausgeplaudert. Dabei musste doch niemand, vor allem nicht die umstehenden Dienstleute und Soldaten, erfahren, wer wir wirklich waren.

Berlepsch verstand und nickte freundlich. »Ich begrüße Euch und bitte Euch, mir zu folgen.«

Das taten wir und gelangten so ins Innere der Vogtei. Die Wände waren aus Holz, vielfach verputzt, die Böden teils aus Stein, teils aus Dielen. Durch niedrige Bogentüren gelangten wir in einen Raum, der dem Hauptmann als Arbeitszimmer diente. Es gab einen großen Tisch, auf dem allerlei Schriftstücke und Grundrisse, eine Tabaksdose und zahlreiche Federn und Griffel umherlagen. Davor standen mehrere Stühle.

Der Hauptmann bat uns, Platz zu nehmen.

Faustus blieb stehen. »Verzeiht«, sagte er, »aber unsere Gefährtin hier braucht dringend ein Bett.« Damit gab er dem Mädchen ein Zeichen, die Kapuze zurückzuziehen. Sie tat es in einer langsamen, beinah träumerischen Bewegung.

Berlepschs Mund öffnete sich, doch das Keuchen, das ihm beim Anblick der grauenvollen Brandwunden entfleuchen wollte, blieb ihm vor Mitleid und Grauen im Halse stecken. Dann, ganz plötzlich, verwandelte er sich in einen regelrechten Derwisch von Beflissenheit und Sorge.

»Warum habt Ihr das nicht gleich gesagt?«, rief er, wartete aber die Antwort nicht ab und rief sogleich durchs offene Fenster zwei Mägde herbei.

Als die beiden Frauen in die Stube eilten und die Verletzungen des Mädchen sahen, schauderten sie, sagten aber kein Wort.

»Bringt dieses arme Geschöpf in mein Gästezimmer«, ordnete der Hauptmann an. »Bettet sie gut, und gebt ihr alles, was sie verlangt.«

»Sollen wir Euren Leibarzt rufen?«, fragte die eine Magd stockend und zwang sich sichtlich, den Blick von dem Mädchen zu wenden.

Berlepsch sah Faustus an, doch der schüttelte den Kopf. »Ich werde mich selbst um sie kümmern«, sagte er.

Der Hauptmann nickte. »Ihr habt es gehört«, sagte er zu den Mägden. »Ich will, dass ihr beide an ihrer Seite wacht.«

»Aber haltet euch von ihren Verbänden fern«, fügte Faustus hinzu. »Ich selbst werde sie später wechseln.«

Die Mägde verneigten sich und führten das Mädchen hinaus. Es folgte ihnen stumm und mit langsamem Schritt. Wieder bewunderte ich es um seiner schnellen Genesung willen. Es hatte mehr Kraft als alle Männer, die ich kannte.

Die Frauen schlossen die Tür hinter sich, und wir waren allein mit dem Hauptmann.

»Ihr seid also Doktor Faustus«, sagte Berlepsch und schüttelte meinem Meister herzlich die Hand. Dann wandte er sich an mich: »Und Ihr müsst Wagner sein, der Adlatus, über den Bruder Martinus schrieb. Euer Vormund hält große Stücke auf Euch.«

Ich grinste erfreut und beschloss, den Hauptmann zu mögen. Er wirkte ehrlich, hatte eine feine Aussprache, und die prall gefüllten Bücherregale an den Wänden seiner Stube ließen auf einige Bildung schließen. Seine Händedruck war fest und kräftig, wenngleich er ein wenig kleiner war als ich selbst und eine gehörige Leibesfülle besaß. Er verbreitete eine Gemütlichkeit und Ruhe, die ich während der vergangenen acht Tage schmerzlich vermisst hatte.

Im Gespräch mit ihm erfuhren wir nun, dass Kurfürst Friedrich Martinus' Brief zwar noch empfangen hatte, sich aufgrund eiliger Regierungsgeschäfte aber nach Dresden hatte begeben müssen. Zuvor jedoch hatte er seinem Burghauptmann aufgetragen, die beiden Freunde seines Wittenberger Schützlings mit offenen Türen zu empfangen und sie für beliebige Dauer auf der Wartburg aufzunehmen. Berlepsch selbst schien keinerlei Scheu vor dem Ruf meines Meisters zu haben, vielmehr bekundete er offene Sympathie für einen so weit gereisten Schwarzkünstler – wenngleich er selbst es doch lieber mit den Lehren des Christentums hielte, wie er schmunzelnd ergänzte. Allerdings, so gestand der Hauptmann, sei auch ihm das herrschaftliche Getue der päpstlichen Pfaffen zuwider, und es sei hoch an der Zeit, die Bischöfe und Äbte von ihren prunkvollen Gütern zu vertreiben und den Päpsten in Rom die Völlerei zu verbieten. Jeder, der sich gegen die selbstherrlichen Robenträger stelle, sei ihm willkommen, und er wolle es im Rahmen seiner Möglichkeiten nicht an Unterstützung mangeln lassen.

Schließlich fragte er, was denn dem Mädchen zugestoßen sei. Faustus gab eine Halbwahrheit zur Antwort: Wir hätten sie am Wegesrand aufgelesen, in eben jenem Zustand, und es sei uns bislang nicht gelungen, auch nur ein Wort aus ihr herauszubekommen. Allerdings, so mein Meister weiter, gebiete es nicht nur die christliche Nächstenliebe, einem solchen Geschöpf zu helfen, und deshalb sei sie nun mit uns hier. Darauf beteuerte Berlepsch noch einmal, dass er alles in seinen Kräften Stehende zur Gesundung des armen Dings beitragen werde.

Dergestalt in Freundschaft übereingekommen, ließ der Hauptmann uns zwei Kammern in einem Haus an der Ostseite der Burg bereitstellen. Das Mädchen ruhe besser in seinem Gastzimmer in der Vogtei, sagte er, weil es dort trockener und auch ein wenig wärmer sei, was der Heilung sicher zugute kommen werde. Natürlich, so fügte er hinzu, könne Faustus jederzeit zu ihr und sich ihrer annehmen. Des Weiteren würde er sich glücklich schätzen, wenn wir ihm am Abend beim Essen Gesellschaft leisten würden.

Froh und zufrieden über die erfreuliche Wendung der Umstände verließen wir sodann den Hauptmann und bezogen unsere Kammern. Sie waren weder so kalt noch so feucht, wie Berlepsch angedeutet hatte, wenngleich offenbar war, dass die Räume seit Längerem nicht genutzt worden waren. Sie lagen unter dem Dach des dreistöckigen Gebäudes, und aus ihren schmalen Fenstern blickte man hinaus auf sanfte Waldhügel, die sich bis zum Horizont erstreckten.

Hier lässt es sich wahrlich eine Weile aushalten, dachte ich bei mir, warf mich glücklich aufs weiche Bett und schlief sogleich für eine Weile ein.

Heftiges Klopfen an der Tür riss mich am Abend aus dem Schlaf. Als ich die Augen öffnete, war Faustus bereits eingetreten und hieß mich, aufzustehen. Ich machte mich an einer Wasserschüssel in einer Ecke der Kammer ein wenig frisch, dann gingen wir hinüber zur Vogtei, wo Berlepsch uns schon erwartete.

»Eure Begleiterin schläft«, sagte er zu Faustus, der zufrieden nickte. Ich erfuhr, dass er sich während meines Schlafes bereits um das Mädchen gekümmert hatte, ihre Verbände gewechselt und die Wunden mit Salbe bestrichen hatte.

Zu dritt überquerten wir den Hof und traten in ein mächtiges Gebäude, dessen Fassade mit zahllosen Kapitellen geschmückt war. »Der Palas«, erklärte Berlepsch. »Einst galt er als Prachtbau und besaß eine Reihe offener Arkaden und Wandelgänge. Wegen der starken Herbst- und Winterstürme mauerten frühere Generationen die Öffnungen an der Ostseite zu. Deshalb bietet er sich heute ein wenig düster dar.«

Wir speisten in einem großen Saal im Erdgeschoss des Hauses, vor einem hohen, offenen Kamin, in dem wegen der warmen Jahreszeit nur ein kleines Feuer brannte. Nach dem deftigen Essen aus Jägerkost, einigen Bechern vom besten Wein und einem fröhlichen Gespräch mit unserem Gastgeber zogen Faustus und ich uns schließlich zurück.

Mein Meister verschwand sogleich in seiner Kammer, ich aber beschloss, noch ein wenig durch die Burg zu geistern und vielleicht ein paar Worte mit den hübschen Mägden zu wechseln, die ich am Nachmittag und während unseres Weges zum Palas beobachtet hatte.

Eine von ihnen, die ich nahe der Zisterne im Südhof traf, zeigte sich nur zu bereit, mir für eine Handvoll Heller aufs Zimmer zu folgen. Wir hatten, ich muss es gestehen, eine Menge Spaß miteinander. Sie war ein freches, heißblütiges Ding, so jung wie ich selbst, mit flammendem Haar, voller Brust und einem Hinterteil für die Götter. Wir tollten und balgten auf dem Bett umher, und ich beschloss, meinen Meister am folgenden Tag zu einem längeren Aufenthalt auf der Burg zu bereden. Die Kleine bestärkte mich in dieser Absicht (wohl auch in froher Erwartung weiterer Münzen) und zog sich schließlich in ihre eigene Unterkunft auf der anderen Seite der Burg zurück.

Danach gab ich mir alle Mühe einzuschlafen, doch die Erinnerung an die vergangenen Stunden in den Armen der Schönen ließ mir keine Ruhe. Hellwach drehte ich mich im Bett hin und her, wobei mich der Geruch unseres Treibens verfolgte und nur noch unruhiger machte. Ich wünschte mir, sie wäre noch ein wenig länger geblieben, doch sie hatte mir schelmisch erklärt, ihre Mutter, die Meisterin des Waschhauses, achte peinlich darauf, dass ihr Töchterlein sich des Nachts nicht in fremden Betten herumtreibe. Sie müsse also zurück, um den alten Drachen mit irgendeiner Lüge zu beruhigen. Wenn ich es aber wünsche, so hatte sie gesagt, wolle sie gern in der nächsten Nacht zurückkehren.

Aber die nächste Nacht war fern und ich selbst nicht zum Schlafen aufgelegt. Der Mond schien zu allem Überfluss durchs Fenster, als gelte es, seine Leuchtkraft unter Beweis zu stellen. Kalkige Helligkeit erfüllte die Kammer. Holzwürmer raschelten im Dachgebälk, und irgendwo in der Ferne kläffte ein Hund. Einsam und missmutig lag ich da, starrte hinauf zur dunklen Decke und grübelte über meine Zukunft als Zauberlehrling.

Der Hund bellte erneut. Diesmal klang es näher, als stünde er vor der Außenmauer, tief unter meinem Fenster. Ich sprang auf, weil ich ohnehin keine Ruhe finden würde, und reckte meinen Kopf ins Freie. Da das Fenster in die Dachschräge eingelassen war, konnte ich nicht erkennen, was sich unter mir befand. Zudem war es tiefste Nacht, und der Wald am Fuß des Felsplateaus war in der Dunkelheit versunken wie in schwarzem Schlamm.

Plötzlich hörte ich vor meiner Kammer leise Schritte, die eilig vorüberliefen. Neugierig eilte ich zur anderen Seite des Raumes und legte mein Ohr ans Holz der Tür. Mein Lauschen war vergebens; wer immer über den Flur gelaufen war, er oder sie war längst verschwunden.

Geräuschlos drückte ich die Klinke hinunter und trat hinaus auf den Gang. Hier horchte ich erneut, und, tatsächlich, ich vernahm leise Schritte in den Schatten am Ende des Flurs, die sich geschwind von mir entfernten. Ich sah hinüber zur Tür von Faustus' Kammer und bemerkte, dass sie nur angelehnt war. Zögernd trat ich davor und klopfte. Niemand antwortete. Mit der Fingerspitze drückte ich die Tür einen Spaltbreit auf, sehr langsam, sehr vorsichtig, aus Furcht, ich könnte den Meister bei irgendeiner nächtlichen Tätigkeit stören. Es musste kurz nach Mitternacht sein. Die Zeit der Zauberei und Rituale.

Faustus war nicht da. Sein Bett war unberührt. Auf dem Tisch lagen mehrere schwere Bücher, einige aufgeschlagen. Er musste sie sich aus der Burgbibliothek besorgt haben. Unwillkürlich fragte ich mich, ob er gehört hatte, dass ich den Abend über nicht allein gewesen war. Die Wände waren dünn, und die Laute unseres Liebesgetümmels hatten fraglos ihren Weg in Faustus' Zimmer gefunden. Der Gedanke bereitete mir Unbehagen.

Die Verlockung, seine Kammer zu betreten, war groß. Zu gerne hätte ich einen Blick in die Schriften geworfen, mit denen er die Nacht verbrachte. Waren es Zauberbücher? Magische Folianten, angefüllt mit altem Wissen? Konnte es angehen, dass sich in der Bibliothek der Wartburg solche Texte fanden?

Ich widerstand der Versuchung und beschloss stattdessen, meinem Meister zu folgen. Zweifellos war er es gewesen, der sich so eilig über den Flur gestohlen hatte. Was hatte er vor, zu so später Stunde? Verbarg er etwas vor mir?

Ich lehnte die Tür der Kammer wieder an, ganz so, wie ich sie vorgefunden hatte, und schlich dann den Gang hinunter. Faustus' Schritte waren längst verhallt. Ich eilte die Treppen hinab und gelangte ins Erdgeschoss. Ein Durchgang führte von hier aus auf die Wehrgänge. Ich warf einen Blick hinein, konnte aber in der Schwärze nichts erkennen. Der lange überdachte Schlauch lag still und offenbar verlassen da.

Ich ging zur Haustür und trat hinaus ins Freie. Keine Menschenseele war zu sehen. Ich nahm mir einen Augenblick Zeit und dachte nach. Konnte es sein, dass Faustus unterwegs war zu dem verletzten Mädchen? Die Vogtei lag am Nordende der Burganlage. Um dorthin zu gelangen, musste er den Hof überqueren. Ich lief deshalb zum Tor, das den Süd- mit dem Nordhof verband, und blickte hindurch. Sein Vorsprung war groß, doch der Hof erstreckte sich weit genug, sodass ich ihn hätte sehen müssen, wenn er diesen Weg eingeschlagen hätte. Doch auch hier war er nicht. Blieb nur die entgegengesetzte Richtung. Faustus musste sich noch im Südteil der Burg befinden.

Der Mond erhellte den freien Platz. Neben mir wuchs der Bergfried düster in den Nachthimmel. Sein langer Schatten schnitt pechschwarz über den Hof; es sah aus, als hätte sich ein tiefer Spalt im Boden aufgetan. Etwas in mir warnte mich davor, über die Ränder des lichtlosen Streifens zu treten. Das war Unsinn, natürlich, und doch schien mir eine Stimme leise ins Ohr zu säuseln: Und wenn es doch ein Abgrund ist und kein Schatten?

Ich fragte mich, ob Faustus es vermochte, mir solche Gedanken einzugeben. Wollte er mich so davon abhalten, ihm zu folgen? Nein, unmöglich. Der Rest eines Zweifels aber blieb.

Leise lief ich los, über den bedrohlichen Schatten hinweg und an der Fassade des Palas vorüber. Dahinter hatte ich freie Sicht auf die Südmauer der Wartburg. Vom Hof aus war sie nicht hoch, nicht mehr als zwei Mannslängen. Obenauf verlief ein Zinnenkranz; er war, im Gegensatz zu den Wehrgängen im Nordteil, nicht überdacht. Eine schmale Steintreppe führte hinauf.

Vor den Zinnen stand eine Gestalt und hatte mir den Rücken zugewandt. Sie blickte über die Mauer hinab in die Tiefe, weit vorgebeugt, als betrachte sie angestrengt etwas, das sich am Fuße der Felsen befand. Die langen dürren Glieder der schwarzen Silhouette ließen keinen Zweifel offen – es war Faustus. Und nun hörte ich gar, dass er sprach, ganz leise, fast murmelnd, als unterhalte er sich mit jemandem, der außerhalb der Burg im Wald kauerte.

Mir war unheimlich. Ich wagte nicht, näher heranzutreten, obgleich ich nicht verstand, was Faustus sagte. Die Gefahr, entdeckt zu werden, war zu groß.

Plötzlich hob Faustus seine Stimme und sagte laut, ohne sich umzudrehen: »Komm schon her, unstetes Nachtgespenst!«

Erschrocken fuhr ich zusammen. Faustus hatte bemerkt, dass ich ihm nachspionierte. Mir blieb nichts, als mich seinem Befehl zu beugen.

Ich trat hinter der Ecke des Palas' hervor und erklomm die Treppe zu den Zinnen. Auf der anderen Seite der Mauer erstreckte sich das schwarze Meer der Baumwipfel. Diffuse Umrisse schwebten darüber hinweg, Geister, die über den Hügeln jagten. Ich sah noch einmal hin; es war nur der Wind, der Zweige und Baumkronen erbeben ließ und die Schatten in zitternde Bewegung brachte. Es schien, als seien die Wälder in lautlosem Aufruhr.

Faustus wartete, bis ich neben ihm stand. Dann erst drehte er den Kopf und sah mich an. Sein Körper blieb weiter über die Zinnen gebeugt.

Stammelnd suchte ich nach einer Ausrede. »Ich … ich machte mir Sorgen um Euch und …«

»Natürlich«, sagte er leise. »Das ist sehr ehrenwert von dir. Schließlich wäre es möglich, dass der Hauptmann mich entführen lässt, nicht wahr?«

Ich brauchte einen Augenblick, ehe ich den Spott in seinen Worten verstand. Doch Faustus klang nicht erbost. Jetzt lächelte er sogar.

»Nun, wo du einmal hier bist, möchtest du vielleicht wissen, was ich hier draußen treibe, nicht wahr?«

»O nein«, wehrte ich eilig ab, »nicht nötig. Ich gehe einfach wieder hinauf in meine Kammer und lege mich schlafen. Alles andere geht mich nichts an.«

»Das sollte es aber«, widersprach er. »Du bist jetzt mein Schüler. Zudem hätte ich dir ohnehin davon erzählt.«

Aus dem Abgrund jenseits der Zinnen ertönte erneut das

Hundebellen, das ich bereits früher vernommen hatte. Es klang jetzt ganz nah. Da begriff ich.

Faustus sah es mir an und nickte. »Mephisto«, flüsterte er. Dann wandte er sich von mir ab und blickte wieder hinab in die Wälder.

Ich beugte mich zwischen den Zinnen hindurch und sah wie mein Meister an Mauer und Felswand hinunter. Ihr Ende verschwamm mit dem wogenden Blätterdach, das sich weit unter uns bis an die Felsen schmiegte. Falls dort unten etwas Lebendes war, so hielt es sich gänzlich im Dunkeln verborgen. Und doch: Je länger ich hinab in die Finsternis blickte, desto deutlicher wurden zwei glimmende Punkte, die mein Starren erwiderten. Glühend rot und reglos. Augen.

»Wie kommt er hierher?«, flüsterte ich leise, fast erfurchtsvoll.

»Niemand hält Mephisto gefangen«, erwiderte Faustus. »Nicht einmal die Heilige Inquisition.«

»Aber er ist nur ein Hund«, entgegnete ich.

Faustus legte einen Finger an die Lippen. »Lass ihn das nicht hören.«

»Nicht hören?«, fragte ich erstaunt. »Aber …«

»Still jetzt«, unterbrach er mich bestimmt.

Ich verstummte sofort, obgleich mir die Worte auf den Lippen brannten. Ich kannte die Gerüchte um den Hund meines Meisters. Es hieß, er sei kein Tier wie jedes andere. Die Alten erzählten sich, er könne die Farbe wechseln, wenn Faustus ihm die Hand auflegte. Manche behaupteten, er könne fliegen und sei in Wirklichkeit gar ein mächtiger Dämon, der Faustus nach seinem Pakt mit dem Teufel zur Seite gestellt worden sei.

Ich selbst aber glaubte nicht an diesen Pakt, und so hielt ich auch die Schauermär über Mephisto für blühenden Unsinn. Ein Hund war ein Hund. Auch dieser. Wenngleich mir Faustus' Benehmen und seine rätselhaften Worte Unbehagen bereiteten. Was hatte er gemeint, als er sagte, niemand halte Mephisto gefangen? Wollte er damit sagen, dass der Hund sich nie in Gefangenschaft befunden hatte? Oder dass man ihn nicht gefangen halten *könne?*

Die Antwort darauf blieb er schuldig.

Faustus blickte weiter wortlos in die Tiefe. Sein Mund schien sich sachte zu bewegen, doch kein Laut drang an mein Ohr. Dann wieder war sein Gesicht vollkommen reglos, so, als lausche er einer Antwort, die er nicht mit den Ohren vernahm.

Du bist jetzt der Schüler eines Zauberers, sagte ich mir mit Nachdruck. Du solltest dich an dergleichen gewöhnen.

Doch das war leichter gesagt als getan. Trotz aller Menschlichkeit, die Faustus im Umgang mit mir und dem Mädchen gezeigt hatte, schien er mir doch mehr als ein gewöhnlicher Mann. Wieder fragte ich mich, ob nicht doch manches an den unheilvollen Gerüchten, die man sich über ihn erzählte, der Wahrheit entsprach. Faustus, der mächtige Magicus. Faustus, der Satansdiener.

»Weshalb kommt er nicht herauf in die Burg?«, fragte ich leise.

»Weil er dort draußen sehr viel nützlicher ist«, gab Faustus zu Antwort.

Ich nahm all meinen Mut zusammen und fragte: »Spricht er zu Euch?«

Die Mundwinkel des Schwarzkünstlers verzogen sich zu einem spröden Lächeln. Sein weißes Gesicht schimmerte im

Mondlicht wie Schädel eines steinernen Götzen. »Manchmal.«

»Tut er es … jetzt?«

»Wenn du es sprechen nennen willst.«

Ich schwieg und sah wieder hinab in die Dunkelheit. Das rote Augenpaar leuchtete noch immer an derselben Stelle. Wie zwei glühende Kohlen, die jemand in die Tiefe geworfen hatte.

Dann, plötzlich, bewegten sie sich, verloschen von einem Herzschlag zum nächsten und blieben verschwunden.

Faustus richtete sich auf. Seine ungesunden Züge wirkten sorgenvoll. Seine düsteren Augen hatten sich noch tiefer ins Gesicht gegraben, als zögen sie sich von selbst zurück, wenn er andere Sinne als die menschlichen gebrauchte.

»Etwas geschieht«, raunte er vage.

»Was meint Ihr?«

»Jemand nähert sich der Burg.«

»Asendorf?«, fragte ich alarmiert. Meine Unruhe wurde zu Besorgnis, schließlich zu Angst.

Faustus nickte, ohne mich anzusehen. »Er und DeAriel. Doch nicht nur sie.«

»Wer noch?«, fragte ich tonlos.

Mein Meister blickte hinauf zum Mond und badete seine Züge im knochenfarbenen Nachtlicht. »Ich verstehe nicht, was Mephisto mir sagen will«, gestand er verwirrt und schwieg für eine ganze Weile.

Ich wartete atemlos darauf, dass er fortfuhr.

»Engel«, erklärte er schließlich. »Mephisto sagt, die Wälder seien voller Engel.«

* * *

Wir ließen den Hauptmann wecken und trafen uns mit ihm in seiner Amtsstube. Berlepsch wirkte weder müde noch ungehalten, als er uns schließlich gegenübersaß. Er ahnte wohl, dass ein Mann wie Faustus Gründe für sein Vorgehen hatte.

Mein Meister erklärte ihm, er sei sicher, dass unsere Gegner innerhalb weniger Stunden die Wartburg erreichen würden. Auf die Frage, wie er darauf komme, erwiderte Faustus nur, er wisse es eben. Berlepsch gab sich damit zufrieden.

»Wann werden sie eintreffen?«, fragte er. Nicht einen Augenblick lang verriet er Zweifel an Faustus' Fähigkeit, in die Zukunft zu blicken. Ich selbst freilich wusste es besser – wobei fraglich blieb, was unglaublicher war: Hellseherei oder ein sprechender Hund.

»Ich weiß es nicht genau«, erwiderte mein Meister wahrheitsgemäß. »Spätestens am Vormittag, wahrscheinlich noch eher.«

Berlepsch wurde kreideweiß. Als Hauptmann der Wartburg war er allein Kurfürst Friedrich zum Gehorsam verpflichtet, und doch fürchtete auch er den Zorn der Heiligen Inquisition. Es waren schon Männer in höheren Ämtern als er selbst auf dem Scheiterhaufen verbrannt. Die Grausamkeit der Hexenjäger war unberechenbar. Der Arm des Papstes reichte bis in die Thronsäle der Fürstenhäuser, und niemand, nicht einmal ein Monarch, wagte, sich offen gegen Männer wie Asendorf zu stellen.

»Wenn Ihr es wünscht, werden wir die Burg verlassen«, sagte Faustus.

Einen Augenblick lang sah es aus, als verspüre der Hauptmann ungeheure Erleichterung. Dann aber schüttelte er den Kopf. Seine Züge verhärteten sich. »Ihr seid Gäste des Fürsten. Er hat Euch in seinem Haus aufgenommen, und hier sollt Ihr bleiben. Wenn Ihr überhaupt irgendwo sicher seid, dann in diesen Mauern.«

Faustus schenkte ihm ein dankbares Lächeln. »Ihr seid ein wahrer Ehrenmann. Erlaubt jedoch, dass wir zumindest unsere Gästezimmer räumen und uns an einen weniger offensichtlichen Ort innerhalb der Burg zurückziehen. Wenn Asendorf in Euren Hallen nicht fündig wird, wird er schnell weiterziehen.«

»Ihr habt recht«, sagte Berlepsch nickend. »Ich kann ihm nicht den Zutritt verwehren. Die Gastfreundschaft gebietet, dass ich ihn einlasse, wenn er und die Seinen um Aufnahme bitten.«

»Es gibt noch etwas, das Ihr wissen solltet«, sagte Faustus. »Kardinal DeAriel reitet an Asendorfs Seite.«

Berlepsch gab sich redliche Mühe, seinen Schrecken nicht zu zeigen. Trotzdem zögerte er eine Weile, ehe er antwortete. »Nichtsdestotrotz gilt mein Wort – und das des Fürsten. Ihr bleibt hier, Doktor Faustus, und wenn der Papst persönlich vor den Toren steht.«

Faustus schmunzelte. »Ich fürchte, Leo hat alle Hände voll zu tun, das Geld der Kirche aus den Fenstern des Vatikans zu schaufeln«, erwiderte er scherzhaft. Die Verschwendungssucht des Papstes war allgemein bekannt. Innerhalb seiner zweijährigen Amtszeit hatte Seine Heiligkeit die Kasse der Stellvertreter Gottes bis auf den Grund geschröpft. Bruder Martinus hatte keine Gelegenheit ausgelassen, die Verfehlungen der Päpste lautstark zu postulieren, daher kannte ich ihre zahlreichen Schwächen nur zu gut. Papst Leo entstammte dem Geldadel der Medici, und er nutzte seinen Stand als Oberhaupt der Kirche allein dazu, seinen Verwandten und sich selbst die Taschen zu füllen.

Berlepsch erhob sich von seinem Stuhl. »Wir werden ein Versteck für Euch und Eure Begleiter finden, Faustus, dessen seid versichert.« In dem schalen Versuch, uns allen Hoffnung zu machen, fügte er hinzu: »Es gibt mehr geheime Kammern in dieser Burg, als Asendorf in einem ganzen Jahr durchstöbern könnte.«

Wir kamen überein, dass wir trotz allem die Pferde satteln lassen und die Burg zum Schein verlassen würden. Landsknechte und Bedienstete mussten glauben, dass wir in der Nacht abgereist seien, denn zu viele von ihnen wussten, dass wir Berlepschs Gäste waren. Obgleich sie unsere Namen nicht kannten, war die Gefahr zu groß, dass einige von ihnen Asendorf die richtigen Hinweise geben würden. Alles musste daher so aussehen, als hätten wir die Wartburg vor der Ankunft des Hexenjägers verlassen.

Während Faustus und ich so lautstark wie nur möglich unsere Abreise vorbereiteten und mitten auf dem Hof, gut sichtbar für jeden, unsere Taschen auf die Pferde luden, führte Berlepsch persönlich das Mädchen aus seinem Gästezimmer zu uns herab. Auf Faustus' besonderen Wunsch hin hatte man ihr eine Hose statt eines Kleides angezogen. Darüber trug sie ein weites Wams mit Kapuze, unter der sie ihr zerstörtes Gesicht verbarg.

Zu dritt ritten wir durchs Tor hinaus in die Nacht. Die Wachtposten grüßten, als wir sie im Licht ihrer Fackeln passierten. Unsere Pferde trugen uns den Weg hinab bis zum Fuß des Berges. Dort bogen wir nach links auf einen schmalen Pfad ins Unterholz. Berlepsch hatte uns diesen Weg beschrieben, und ganz wie er versprochen hatte, führte er uns in einem weiten Bogen durch die Wälder schließlich zurück zur Felswand unterhalb der Burg. Ich blickte nach oben und erkannte hoch über unseren Köpfen den Umriss des Südturms, der sich dräuend vom Himmel abhob. Wir mussten uns jetzt etwa an jener Stelle befinden, an der noch vor kurzem Mephisto gestanden hatte. Freilich war von dem Hund keine Spur zu entdecken.

Statt seiner fanden wir den Hauptmann, der plötzlich vor uns aus dem Dickicht am Fuß der Felswand emporwuchs, unerwartet wie ein hölzerner Magier aus den Tiefen einer Puppenbühne.

»Hier entlang«, zischte er uns zu und schob Büsche und Unterholz beiseite. Dahinter kam die schwarze Öffnung eines geheimen Felsengangs zum Vorschein. Es war ein Spalt, hoch genug, dass wir auf den Rücken der Pferde hätten hineinreiten können. Trotzdem stiegen wir ab und führten die Tiere an den Zügeln. Sie mussten uns notgedrungen in unser Versteck folgen.

Als wir den Gang betraten, schlug uns der muffige Geruch von feuchtem Gestein und Erdreich entgegen.

»Um ehrlich zu sein, werter Hauptmann, Eure Dachkammer schien mir behaglicher«, bemerkte ich naserümpfend.

Berlepsch entzündete eine Fackel, die er aus der Burg mit hierhergebracht hatte. Ihr Licht ließ mich die Umgebung deutlicher erkennen. Der Felsspalt verbreiterte sich nach einigen Schritten zu einer hohen, äußerst schmalen Höhle. Hier banden wir die Pferde an zwei Pfähle, die aus dem Gestein ragten, und ließen sie zurück. Vertraute des Hauptmanns würden sich später um sie kümmern. Uns selbst führte Berlepsch tiefer hinein ins Innere des Felsens. Es ging enge, aus dem

Stein gehauene Treppen hinauf, so viele Stufen, dass ich nach einer Weile das Zählen aufgab. Ich sorgte mich um das Mädchen, doch unsere verletzte Begleiterin nahm unermüdlich Absatz um Absatz.

Endlich erreichten wir eine niedrige Kammer, in deren Decke eine hölzerne Falltür eingelassen war. Wir alle mussten uns bücken, um nicht mit den Köpfen anzustoßen. Berlepschs Fackel zeichnete wirre Muster aus Ruß aufs Gestein.

»Über uns liegen die Ställe«, erklärte der Hauptmann und drückte die Falltür behutsam nach oben. Augenblicklich drang der Geruch von Stroh und Pferdedung an meine Nase.

Berlepsch sah sich vorsichtig um, dann schob er die Falltür gänzlich auf. Eilig kletterte er hindurch, ich folgte als Zweiter. Von oben streckte ich dem Mädchen die Hand entgegen, doch es zog sich aus eigener Kraft an den Rändern der Luke hinauf. Faustus verließ das Loch als Letzter und scharrte loses Stroh über die geschlossene Falltür.

»Hier entlang«, flüsterte der Hauptmann und lief gebückt durch den dunklen Stall. Einige der Pferde schnaubten leise, als wir ihm folgten.

An der Rückwand des Stalls gab es eine schmale Tür, dahinter schraubte sich eine Wendeltreppe aus Holz in die Höhe. Sie knirschte unter jedem unserer Schritte. Die Geräusche schienen mir laut genug, um jeden Bewohner der Burg aus dem Schlaf zu reißen. Doch falls einer etwas hörte, so ließ er sich nicht blicken.

Der Schacht, durch den die Treppe nach oben führte, war äußerst eng und düster, trotz der Fackel. Ich ahnte, dass er in keinem Lageplan der Burg verzeichnet war. Die Stufen führten auf einen kaum schulterbreiten Gang, der nach etwa zehn

Schritten und einer scharfen Biegung vor einer weiteren Tür endete. Eiserne Beschläge verrieten ihre Festigkeit und Stärke. Berlepsch zog einen riesigen Schlüssel aus seinem Wams und drehte ihn im Schloss. Sogleich ließ sich der Durchgang öffnen. Dahinter war nichts als Finsternis.

Der Hauptmann trat als Erster hinein und beleuchtete mit der Fackel einen Raum. »Es ist wohl ein ziemliches Loch«, sagte er seufzend und bat uns, hereinzukommen.

Wir befanden uns in einer erstaunlich geräumigen Kammer. Drei ihrer vier Wände waren schräg; der Raum musste sich im Winkel eines trapezförmigen Dachstuhls befinden, wahrscheinlich dem des Torhauses. Berlepsch bestätigte meine Vermutung.

»Diese Kammer ist seit Jahren nicht mehr genutzt worden«, fügte er hinzu. »Es gibt leider nicht einmal ein Fenster.« Er blickte sich suchend um. »Ah ja«, entfuhr es ihm schließlich, »dort vorn sind sie ja.« Er entfernte sich einige Schritte, bückte sich und hielt plötzlich eine hölzerne Kiste voller Kerzen in der Hand. »Die sollten eine Weile lang reichen«, sagte er, stellte die Kerzen ab und entzündete mehrere an seiner Fackel. Jeder von uns nahm eine zur Hand.

»Ich werde versuchen, Asendorf und DeAriel so schnell wie möglich loszuwerden – falls sie wirklich kommen«, sagte Berlepsch. »Bis dahin müsst ihr wohl mit dieser kargen Unterkunft vorliebnehmen.«

Faustus nickte. »Ich bin sicher, Ihr wisst, was Ihr tut, Hauptmann.«

Berlepsch lächelte geschmeichelt. »Ich werde Euch später einige Decken bringen, außerdem natürlich Essen und Trinken. Es soll Euch hier oben an nichts mangeln.«

Mein Meister bedankte sich, und Berlepsch wandte sich zum Gehen. Bevor er verschwand, reichte er Faustus den Schlüssel. Der nahm ihn entgegen und verschloss hinter dem Hauptmann die Tür. Dann blickte er sich mit einem Seufzer um.

»Nun, im Kerker der Inquisition ist es sicher sehr viel ungemütlicher«, sagte er und bemühte sich offenbar, das Beste aus unserer Lage zu machen.

Das Mädchen sagte wie üblich gar nichts (ich war mittlerweile überzeugt, dass sie von Geburt an stumm war – oder aber seit dem Unglück, das ihr widerfahren war). Sie hockte sich vor eine Wand und zog die Knie eng an den Körper. Ihr Gesicht schimmerte vage im Schatten der Kapuze.

Faustus schritt an allen vier Wänden entlang und betrachtete jede Unebenheit und Fuge. Während die drei Schrägen aus Holz gezimmert waren, hatte man die einzige gerade Wand aus Stein gemauert. In ihrer linken Ecke befand sich der Eingang, in der rechten auf Höhe des Bodens ein niedriges Gitter. Es war keinen Schritt breit, und seine obere Kante reichte mir kaum bis zum Knie. Die Stäbe standen so eng, dass man gerade eine Hand hindurchschieben konnte.

»Wohin führt das?«, fragte ich.

»Ein Luftschacht«, erklärte Faustus. »Dieser Raum wurde gebaut, um seinen Bewohnern für lange Zeit Schutz zu bieten. Fenster durfte es nicht geben, damit er von außen unsichtbar bleibt. Deshalb wird die Luft durch einen Schacht hereingelassen, der an einer anderen Stelle des Gebäudes an die Außenwand führt.«

Ich bückte mich und rüttelte an den Gittern, doch sie waren fest im Stein verankert und gaben nicht im Mindesten nach.

»Als Fluchttunnel untauglich«, bemerkte ich enttäuscht.

Faustus nickte. »Wir werden uns ganz auf Berlepsch verlassen müssen.«

»Ihr seht aus, als ob Euch diese Vorstellung nicht gefällt.«

»Ich weiß nicht«, sagte Faustus schulterzuckend. »Der Hauptmann verheimlicht uns etwas.«

Erstaunt sah ich ihn an. »Wie kommt Ihr darauf?«

»Es gibt noch einen weiteren Gast auf der Burg, von dem er uns nichts erzählt hat«, erwiderte mein Meister.

»Wirklich?«, fragte ich. Ich hatte nichts davon bemerkt. »Weshalb sollte Berlepsch seine Anwesenheit vor uns geheim halten?«

»Wenn ich das wüsste, wäre mir wohler.«

»Ihr hättet ihn fragen können.«

»Das werde ich – später. Wenn wir seinen Gast bis dahin nicht schon kennen gelernt haben.«

»Ihr sprecht wieder einmal in Rätseln, Meister.«

Er lächelte. »Ich bin sicher, er wird uns schon bald einen Besuch abstatten.«

»Ihr glaubt, Berlepsch verriet ihm unser Versteck?«

»Ganz sicher sogar.«

Ich verstand noch immer nicht, wollte ihn aber aus Stolz nicht weiter drängen. Nur eines verlangte ich noch zu erfahren: »Woher wisst Ihr überhaupt, dass da noch jemand ist?«

»Ich habe es im Stall bemerkt«, erklärte Faustus. »Neben unseren Pferden stand eines, das offenbar erst am Abend hier angekommen war. Es rührte sich nicht und war offenbar völlig erschöpft, wie nach einem langen oder aber überaus eiligen Ritt. Während ihr anderen vorausgingt, berührte ich es mit der Hand. Es war heiß, und sein Herz schlug schneller als gewöhnlich.«

Ich schüttelte verständnislos den Kopf. »Aber das muss nichts bedeuten. Es könnte einem Boten gehören. Oder einem Jäger, der spät von der Pirsch heimkehrte.«

»Es trug ein Brandzeichen«, widersprach Faustus. »Eines, das nicht dem Kurfürsten gehört.«

»Dann wisst Ihr, woher es stammt?«, fragte ich verblüfft.

Er lächelte und gefiel sich offenbar sehr in der Rolle des Geheimniskrämers. »Ich denke, schon. Doch lass uns abwarten. Wir werden bald Gewissheit haben.«

Gerne hätte ich ihm gesagt, was ich von seiner Art hielt, aus allem ein Rätsel zu machen. Doch welchen Sinn hätte es gehabt, in dieser Lage noch mit ihm zu streiten?

»Sagt, warum sind wir nicht einfach aus dieser Gegend geflohen?«, fragte ich stattdessen und ließ mich im Schneidersitz auf dem Boden nieder.

»Um bei jedem Laut aufzuschrecken? Um stets mit der Gefahr im Nacken zu reisen?« Erstmals hatte er seine Stimme merklich angehoben, weniger aus Zorn über mich denn aus Wut über unsere Lage. »Um immer und überall unter falschem Namen aufzutreten? Nein«, gab er sich selbst die Antwort, »unsere Flucht muss ein Ende haben.«

Da verstand ich. Oder glaubte zu verstehen. Faustus genoss es, dass die Menschen seinen Namen mit Ehrfurcht aussprachen. Er liebte es, sich unter ihren bewundernden Blicken zu bewegen, ebenso, wie er es brauchte, ihnen durch öffentliche Kunststücke das Geld abzuknöpfen. Mit Asendorf im Rücken aber war das unmöglich. Daher gab es nur zwei Möglichkeiten: Entweder, er besiegte den Inquisitor ein für alle Mal – oder aber, er brachte so viel Abstand zwischen sich selbst und den Hexenjäger, dass dieser seine Suche von Neuem beginnen musste.

Faustus hatte sich offenbar für Letzteres entschieden: abwarten, bis Asendorf gekommen und wieder gegangen war und in anderen Teilen des Reichs nach ihm suchte. Dann erst waren wir sicher vor ihm. Zumindest eine Weile lang.

Ich beschloss, ihm fürs Erste keine weiteren Fragen zu stellen. Stattdessen rückte ich neben das Mädchen. Langsam drehte sie ihr Gesicht zu mir um, und das Licht meiner Kerze fiel auf ihre verbrannten Züge. Der Anblick war noch immer entsetzlich, wenngleich die Schwellung zurückgegangen war. Nun sah es aus, als sei ihr gesamter Kopf von etwas wie Baumrinde überzogen, schorfigen Hautschuppen, zwischen denen Augen, Mund und Nase schrecklich fehl am Platze wirkten. Sie blickte mich reglos an, ohne eine Miene zu verziehen, und da erst begriff ich, dass sie es nicht konnte, selbst wenn sie gewollt hätte. Ihre Gesichtsmuskeln waren zerstört. Ihre Züge waren zu einer braunen, krustigen Maske erstarrt. Dies war das Schlimmste von allem, schlimmer noch als der Schmerz, schlimmer als der Makel ihres Anblicks: Sie würde nie wieder lächeln können.

Ergriffen tastete ich nach ihrer Hand und nahm ihre Finger in die meinen. Zu meinem Erstaunen ließ sie es geschehen. Mehr noch: Sie schloss für die Dauer einiger Herzschläge die Augen, als genieße sie die Berührung, statt sie nur zu dulden. Zum ersten Mal begriff ich die wahre Tragödie ihres Schicksals, und zugleich fühlte ich mich ihr enger verbunden denn je.

Mehr als alles andere wünschte ich mir in diesem Augenblick, ihren Namen zu kennen. Mit dem Zeigefinger schrieb ich meinen eigenen in den Staub des Bodens, in der Hoffnung, sie würde ihren danebenschreiben. Doch ebenso wie alle bisherigen Versuche, sie zum Schreiben zu bewegen, blieb auch dieser erfolglos.

Ich seufzte und wollte, wie schon so oft, auf sie einreden, doch da hob sie plötzlich die rechte Hand, streckte ihren Zeigefinger aus und setzte ihn zögernd in den Staub.

Also doch!, schrie es in mir. Sie schreibt!

Doch das tat sie keineswegs. Ihr Finger zeichnete keine Buchstaben in den Schmutz. Vielmehr begann sie, mehrere Linien zu ziehen und miteinander zu verbinden.

Als sie fertig war, hatten die groben Striche die Form zweier Symbole angenommen. Das eine war ein Quadrat, auf das sie ein Dreieck gesetzt hatte, mit der Spitze nach oben. Darauf wiederum befand sich ein Kreuz.

Die zweite Darstellung war gleichfalls ein Dreieck, an dessen Spitze ein kleiner Kreis anschloss. Neben die beiden seitlichen Schenkel hatte sie zwei weitere Dreiecke gezeichnet.

Das Ganze sah folgendermaßen aus:

Es gehörte nicht viel dazu, die erste Zeichnung als Kirche zu deuten. Und auch die zweite erschien mir eindeutig: Es war zweifellos ein Engel.

Faustus hatte sich nach unserem Gespräch auf die andere Seite der Kammer gehockt und die Augen geschlossen. Mochte der Teufel wissen, wie er trotzdem bemerkte, was vorging. Plötzlich sprang er auf, eilte auf uns zu und ging neben uns in die Knie. Die Hand des Mädchens zuckte vor, um die Zeichnung im Staub zu verwischen, doch Faustus hielt sie zurück, bis er beide Symbole lange genug betrachtet hatte. Auch ihm war sofort klar, was sie bedeuteten.

Sobald er den Arm des Mädchens losgelassen hatte, wischte ihre Hand durch den Staub und zerstörte die Zeichnungen. Einen Moment lang trafen sich unsere Blicke. Es ist schwer, aus den Augen eines anderen zu lesen, wenn sich dessen Gesicht nicht bewegt – und doch hatte ich den Eindruck, dass ein stummer Vorwurf aus ihren traurigen Augen sprach. Mir hatte sie die Symbole zeigen wollen, nicht Faustus. Ihre Enttäuschung traf mich ins Herz wie ein giftiger Dorn; sie hatte mir vertraut. Zum ersten Mal hatte sie gegenüber einem von uns etwas wie Wärme oder Nähe aufkommen lassen, doch Faustus hatte diesen zarten Moment durch sein Eingreifen zerstört. Und ich hatte nichts unternommen, um ihn aufzuhalten. Allein ich selbst trug die volle Schuld.

Ich sah sie an, versuchte verzweifelt, ihren Blick zu halten, das unsichtbare Band zwischen uns nicht reißen zu lassen. Doch das Mädchen senkte nur den Kopf und zog sich in den Schatten der Kapuze zurück. Es war ein Rückzug in sich selbst, in eine Seele, die kaum weniger verwundet war als ihr

Gesicht. Faustus hatte ihr durch seine Grobheit eine weitere Narbe verpasst.

Ich wollte auffahren, Faustus für sein mangelndes Feingefühl schelten, doch er kam mir zuvor.

»Eine Kirche«, sagte er nachdenklich. »Und ein Engel.« Zweifellos hatte er nichts von dem bemerkt, was zwischen mir und dem Mädchen geschehen war. Die Lösung des Rätsels war es, die ihn beschäftigte, nichts sonst. Herrgott, was für ein grober Klotz!

Ich fasste mir ein Herz. »Meister, ich weiß, Ihr wart dagegen«, begann ich, »und doch denke ich, es ist längst an der Zeit, ihr einen Namen zu geben. Dieses Mädchen ist ein Mensch, kein Ding, über das Ihr verfügen könnt, wann immer es Euer Verstand befiehlt.«

Ich erschrak selbst über die Schärfe meiner Worte. Und doch fürchtete ich seinen Zorn nicht mehr. Es war längst fällig, dass ich mein Selbstvertrauen unter Beweis stellte. Stillschweigendes Kuschen lag mir nicht. Ja, ich beglückwünschte mich selbst zu meinem Wagemut. Sollte ich damit seine Wut heraufbeschwören, nun gut, dann sollte es eben so sein.

Doch Faustus wurde nicht zornig. Stattdessen sah er erst mich, dann die verletzte junge Frau an. Mit einem Mal schien er zu begreifen, dass ich bereit war, mich ganz auf ihre Seite zu stellen. Seine Mundwinkel zuckten, als müsse er ein Lächeln unterdrücken (höchst unpassend, in einem solchen Augenblick, wie ich fand!). Doch er beherrschte sich und sagte nur:

»Du hast wohl recht. Wir werden ihr einen Namen geben. In Anbetracht ihrer Zeichnung und Gisbrands Verdacht – was hältst du von Angela?«

»So heißen nur Großmütter«, gab ich maulend zur Antwort.

»Nun, dann Angelina. Das bedeutet ›die Engelhafte‹.«

»Angelina?«

»Ganz richtig.«

Ich hob die Schultern. »Warum nicht …«

Faustus nickte zufrieden.

»Wir sollten sie trotzdem selbst dazu befragen«, gab ich zu bedenken.

»Und wie willst du das tun?«, fragte er belustigt.

Ich beachtete ihn nicht weiter und griff erneut nach ihrer Hand. Einen Herzschlag lang spürte ich, wie sie zusammenzuckte, so, als wollte sie ihre Finger zurückziehen. Dann aber gab sie nach und schmiegte ihre Hand in die meine. Dabei blickte sie auf und sah mich an. Ihre Augen leuchteten blau wie zwei Seen inmitten einer zerklüfteten Felsenwüste.

»Angelina?«, fragte ich und deutete auf sie.

Wieder schloss sie die Augen. Als sie sie nach einer Weile noch immer nicht geöffnet hatte, räusperte Faustus sich lautstark. Ich schenkte ihm keine Beachtung, sah nur das Mädchen an. Plötzlich öffnete sie die Lider wieder, und zum ersten Mal sah ich sie weinen. Die Tränen quollen aus ihren Augen und verloren sich in der schuppigen Oberfläche ihrer Wangen. Dann nickte sie sachte.

»Angelina?«, fragte ich noch einmal.

Sie nickte erneut, diesmal heftiger.

Ich strahlte sie an und hoffte, dass es ermutigend wirkte. Ihre Tränen rührten mich bis ins Innerste. Mein erster Gedanke war, sie ihr abzutupfen, doch ich fürchtete, ihrer zerstörten Haut damit Schmerzen zuzufügen. Warum weinte sie? Was bedeutete das Wort Engel für sie?

Faustus, in Gedanken längst einen Schritt voraus, ging vor uns in die Hocke und zeichnete die beiden Symbole aus eigener Hand noch einmal in den Staub. Angelina ließ es geschehen, ohne die Zeichnungen erneut zu verwischen.

Mein Meister deutete erst auf die grobe Engelsfigur am Boden, dann auf Angelina. Dabei sagte er kein Wort.

Das Mädchen sah ihn aus großen Augen an, beugte sich vor und zog einen Pfeil zwischen den beiden Symbolen. Er zeigte von der Kirche auf den Engel.

Was hatte das zu bedeuten? Wo war die Verbindung zwischen den beiden, abgesehen von der offensichtlichen, religiösen? Gab es überhaupt eine andere? Und wenn nicht – weshalb wies Angelina uns dann darauf hin?

»Ein Engel, der aus einer Kirche kommt«, murmelte Faustus.

»Was heißt das?«, fragte ich.

Ich weiß nicht, ob Angelina meine Worte verstand. Sicher ist, sie begriff ihren Sinn, denn sie streckte erneut den Finger aus, um die Zeichnung zu ergänzen.

Neben den einen Engel zeichnete sie nun ein halbes Dutzend weitere. Dann nahm sie sich erneut den ersten vor, jenen, den Faustus gezeichnet hatte, und verwischte seine Flügel. Sie deutete erst auf ihn, dann auf sich selbst.

»Ein Engel ohne Flügel«, sagte Faustus.

»Aber wie kann sie glauben, dass sie ein Engel ist?«

Er zuckte mit den Achseln. »Dafür kann es verschiedene Erklärungen geben«, sagte er. »Krankheit, Visionen, Rauschzustände.«

»Ihr glaubt, sie sei krank … im Geiste?«

»Ich weiß es nicht«, gestand er. »Niemand verkraftet solche Verletzungen ohne Spuren.«

Ich wollte etwas darauf erwidern, doch im selben Augenblick klopfte es an der Tür, und Hauptmann von Berlepsch bat um Einlass. Faustus öffnete ihm, während Angelina eilig die Zeichnungen verwischte. Berlepsch trat ein, mit einem großen Stapel Decken in den Armen. Offenbar vertraute er unsere Versorgung nicht einmal seinen engsten Untergebenen an.

Nachdem er seine Last abgelegt hatte, wollte er sich umdrehen und gehen, doch Faustus hielt ihn zurück. »Sagt, Hauptmann, wer ist der andere Gast, der am Abend die Burg erreichte?«

Berlepsch fuhr unmerklich zusammen. Es schien, als könne er sich nicht erklären, woher mein Meister davon wusste. »Wann habt Ihr ihn gesehen?«, fragte er statt einer Antwort.

Faustus lächelte schwach. »Gar nicht. Und doch weiß ich, dass er hier ist. Ist es jemand, über den wir Näheres wissen sollten?«

In jeder anderen Lage hätte er Berlepschs Gastfreundschaft mit solch forschem Drängen auf die Probe gestellt. Doch die Umstände sprachen für uns. Vorsicht konnte uns der Hauptmann schwerlich zum Vorwurf machen.

»Er bat mich, zu niemandem über ihn zu sprechen«, sagte Berlepsch nach kurzem Zögern. »Genauso wie Ihr selbst. Ihr solltet das respektieren.«

»Können wir mit ihm reden?«, bat Faustus.

Der Hauptmann seufzte. »Das muss er selbst entscheiden. Ich werde ihm Euren Wunsch überbringen.«

Damit wandte er sich um und ging.

»Ihr habt doch einen Verdacht, nicht wahr?«, fragte ich, nachdem Faustus hinter Berlepsch abgeschlossen hatte.

»Nicht wirklich«, gestand er. Es klang aufrichtig. »Ich glaube, dass der Mann ein Geistlicher ist, denn sein Pferd trägt das Wappen des Bischofs als Brandzeichen.«

»Also ein Knecht Asendorfs«, entfuhr es mir erschrocken.

»Nicht unbedingt. Zudem scheint der Mann wie wir auf der Flucht zu sein, wenn er solch ein Geheimnis um seinen Aufenthalt auf der Burg macht.«

»Er könnte ein Spion des Hexenjägers sein«, gab ich zu bedenken.

Faustus schüttelte den Kopf. »Berlepsch wird ihn nur unter zwei Voraussetzungen aufgenommen haben: Entweder, er kennt ihn bereits seit Längerem, oder aber er konnte ähnliche Fürsprecher aufweisen wie wir. Beides scheint mir gegen einen Spion zu sprechen. Doch lass uns erst abwarten ...«

Damit schien es ihm ernst zu sein, und ich bohrte nicht nach weiteren Antworten. Wenn Berlepschs Gast wie wir selbst ein Flüchtling war, würden wir ihn früher oder später treffen. Sicherlich gewährte der Kurfürst aufgrund seiner Abneigung gegen die Kirche allein solchen Gästen Schutz, die den Zorn Roms auf sich gezogen hatten. Was lag demnach näher, als den Unbekannten auf unserer Seite zu vermuten?

Wir breiteten die Decken aus und legten uns zur Ruhe. Tausend Gedanken wirbelten durch mein Hirn. Was hatte es mit Angelinas Zeichnungen auf sich? Wollte sie wirklich behaupten, sie selbst sei ein Engel? Und welche Kirche meinte sie mit ihrer einfachen Darstellung?

Ich fragte mich, ob Faustus über ähnlichen Dingen grübelte. Wir hatten alle Kerzen bis auf eine gelöscht. In ihrem flackernden Schein betrachtete ich meinen Meister. Er lag lang ausgestreckt auf dem Rücken und hatte die Augen geschlossen. Ich vermochte nicht zu erkennen, ob er wirklich schon schlief.

Angelina hatte sich im Gegensatz zu ihm auf die Seite gerollt und die Knie bis fast zum Gesicht gezogen. Sie wirkte hilflos und schutzbedürftig. Schatten lagen über ihren Zügen. Sie atmete ruhig und entspannt, doch je länger ich sie betrachtete, desto deutlicher durchdrang mein Blick die Dunkelheit auf ihren Zügen. Plötzlich begriff ich, dass ihre Augen offen standen. Reglos sah sie mich an. Ich bemühte mich um ein sanftes Lächeln, doch ihr erstarrtes Gesicht war unfähig, es zu erwidern. Steif wie eine Puppe, der man die Augen nur aufgemalt hatte, lag sie da und verriet keinen ihrer Gedanken.

Verunsichert versuchte ich Schlaf zu finden, doch es dauerte lange, ehe die Müdigkeit die Wirrnis aus meinem Schädel vertrieb.

Und dann – mir war, als sei ich gerade erst eingeschlafen – stand plötzlich Faustus vor mir und legte sich den schwarzen Mantel um die Schultern. In einer Hand hielt er den Schlüssel.

Erschrocken fuhr ich auf. »Wo wollt Ihr hin?«

»Schlaf weiter, Wagner«, sagte er leise, wohl, um Angelina nicht zu wecken. »Im Morgengrauen bin ich zurück.«

»Aber wohin wollt Ihr?«, beharrte ich zu wissen.

»Hinaus in den Wald.«

»In den Wald?«, fragte ich entgeistert. Doch dann begriff ich. »Wegen dem, was Mephisto gesagt hat? Ihr wollt die Engel sehen, von denen er zu Euch sprach.«

Er nickte entschlossen. »Ich will wissen, was es mit diesem ganzen Gerede von Engeln auf sich hat. Gisbrand sprach davon, dann Mephisto – von unserer Angelina hier ganz zu schweigen.«

»Und nun wollt Ihr einfach hinunter in die Wälder und nachsehen? Himmel, man wird Euch fangen. Oder Schlimmeres.«

»Keine Angst«, entgegnete er. »So leicht fängt man einen Faustus nicht.«

Ich sprang auf und trat vor die Tür, entschlossen, ihn nicht fortzulassen. »Das haben wir in Wittenberg erlebt, nicht wahr?« Zorn sprach aus meiner Stimme, nicht allein aus Sorge um ihn selbst. Vielmehr fragte ich mich, was aus Angelina und mir werden sollte, wenn Faustus erneut in die Klauen des Hexenjägers geriet. Ein zweites Mal würde Asendorf kaum zulassen, dass ihm sein verhasster Gegner entwich.

»Noch ist der Inquisitor nicht auf der Wartburg«, versuchte Faustus mich zu beruhigen. »Ich will die Stunden bis zu seiner Ankunft nutzen. Danach bleibt genug Zeit, sich hier oben zu verkriechen.«

»Nein!«, protestierte ich mit aller Schärfe. »Ihr dürft nicht gehen, Meister. Was geschieht mit Angelina, wenn Euch etwas zustößt? Sie ist auf Eure Heilkunst angewiesen.«

»Sie erholt sich aus eigener Kraft viel schneller, als meine Künste es vermögen.«

»Lasst mich gehen!«, schlug ich ihm vor.

»Dich, Wagner?«, fragte er erstaunt. »Aber du bist mein Schüler. Wie könnte ich zulassen, dass du in dein Verderben läufst?«

»Ist es denn weniger schlimm, wenn Ihr hineinlauft, Meister?«

»Ich weiß mich zu wehren.«

»Das weiß ich auch. Ich bin kein Kind mehr.«

»Sicher«, sagte er besänftigend. »Nun lass mich trotzdem gehen.« Dabei hob er die Hand, um mich zur Seite zu schieben.

Ich aber war schneller. Ehe er sich versah, hatte ich ihm den Schlüssel entrissen. Eilig fuhr ich herum, steckte ihn ins Schloss und öffnete. »Ihr bleibt bei Angelina«, sagte ich bestimmt. »Ihr Wohlergehen ist wichtiger als Mephistos Engel.«

Hätte man mir nur Stunden zuvor gesagt, dass ich in diesem Ton zu ihm sprechen würde, ich hätte es voller Empörung abgestritten. Doch jetzt ging es um mehr als die gebührende Höflichkeit. Ohne ihn war Angelina verloren, davon war ich in jenem Moment überzeugt. Was ich tat, tat ich für sie.

Faustus packte meine Schulter, doch ich entwand mich seinem Griff.

»Warte«, sagte er ungehalten.

Ich sprang bereits hinaus auf den Gang und zog die Tür hinter mir zu. Einen Augenblick später war sie verschlossen. Ich hatte meinen eigenen Meister eingesperrt.

»Wagner, sei kein Narr!«, rief er mir gedämpft durch das Holz hinterher.

»Verzeiht mir, Meister«, entgegnete ich. »Ich werde das Geheimnis der Engel für Euch lösen. Kümmert Ihr Euch um Angelina. Ihr darf nichts geschehen.«

Damit steckte ich den Schlüssel von außen aufs Schloss und machte mich auf den Weg. Am Morgen würde Berlepsch nach seinen Gästen sehen; spätestens dann würde er die Tür öffnen.

Ich wusste nicht, ob Faustus mir je verzeihen würde. Ich

hoffte inständig, dass er meine Gründe verstand, wenn er sie auch nicht nachvollziehen konnte.

Ich schlich mich hinab in den finsteren Stall. Es war immer noch tief in der Nacht. Kein Mensch war zu sehen. Einen Augenblick lang verharrte ich und überlegte, wie ich mein Vorhaben angehen sollte. Vielleicht hätte ich noch einen Moment abwarten und Faustus seine Pläne entlocken sollen. So stand ich nun allein vor der Frage, wie ich die Engel in den Wäldern aufspüren sollte. Ich entschied mich schließlich für die naheliegendste Lösung: Ich würde hinausgehen und das Unterholz nach verräterischen Spuren absuchen.

Die Wälder sind voller Engel, hatte Faustus gesagt.

Nun, wenn sie voll davon waren, sollte es nicht allzu schwierig sein, wenigstens einen davon aufzuspüren.

(Ihr, verehrter Leser, mögt mir an dieser Stelle meine Leichtfertigkeit vorwerfen. Wie kann er so dumm sein?, werdet Ihr fragen – und mir bestenfalls meine Jugend zugute halten. Ich weiß, dass Ihr so denkt, und doch kann ich es nicht ändern. Dies war die Entscheidung, die ich damals traf – aus Übermut, Unbedarftheit oder wackerem Heldentum –, und dazu muss ich stehen. Doch haltet Euch mit Eurem Urteil zurück und hört, wie sich die Dinge entwickelten.)

Ich stieg unbemerkt durch die Falltür hinab in den Geheimgang, der steil durch den Berg hinab zum Fuß der Felswand führte. Ich hatte weder Kerze noch Fackel dabei. Die lange Treppe lag in völliger Finsternis. Jede Stufe musste ich mühsam mit den Füßen ertasten. In Gedanken pries ich den Baumeister dieser Anlage für seine Weisheit, keine Abzweigungen einzuplanen. Selbst ein Blinder – und nichts anderes war ich während meines Abstiegs durch die Dunkelheit – musste so auf dem rechten Weg bleiben. Auch spürte ich keine Furcht, denn ich wusste, dass meine wahren Gegner die Burg noch nicht erreicht hatten. Gefahr drohte mir erst, wenn ich den Stollen verließ und hinaus in die Wälder trat.

Nach einer halben Ewigkeit gelangte ich unten an. Die drei Pferde schnaubten leise, als ich die Höhle betrat, von der aus der Felsspalt ins Freie führte. Augenblicke später stand ich draußen, vor mir die schwarze Wand des Waldes, über mir die mächtige Burg. Mit einem Mal kam ich mir sehr allein, sehr hilflos vor. Aber gut – ich hatte diesen Weg gewählt, nun musste ich ihn bis zum Ende beschreiten.

Ohne rechte Idee, in welcher Richtung ich meine Suche beginnen sollte, brach ich vorwärts durchs Unterholz. Falls ich es mit echten Engeln zu tun bekäme, würden wohl sie eher mich als ich sie aufstöbern. Mit wenig Vertrauen in Gott, jedoch genug in mich selbst, stiefelte ich tiefer in den Wald. Auch hier war es stockfinster, wenngleich nicht so vollkommen lichtlos wie im Inneren des Berges. Der Mond ergoss seinen fahlen Schein durch Risse im Blätterdach. Zumindest konnte ich erkennen, wohin ich meine Füße setzte.

Ich gab mir Mühe, mich so lautlos wie möglich zu bewegen, doch im dichten Unterholz war dies Vorhaben zum Scheitern verurteilt. Bei jedem meiner Schritte knackten Äste, raschelte Laub. Gelegentlich jagte knisternd ein Tier davon. Andere beobachteten mich reglos aus den Schatten, und schon nach kurzer Zeit war mir, als blickten mir von überall glühende Augen entgegen. Schmerzlich wurde mir bewusst, dass ich nicht einmal eine Waffe besaß. Ich hob einen kräftigen Stock vom Boden auf, in der schalen Hoffnung, sein Gewicht würde meine aufgewühlten Sinne besänftigen. Doch die vermeintliche Sicherheit, in der er mich wog, war gering im Vergleich zu der Furcht, die mir der Wald und seine wilden Bewohner einflößten.

Nun, Mephisto, dachte ich, wo sind deine vermaledeiten Engel? Sitzen sie in den Bäumen? Schlafen sie im Unterholz? Wo, verdammt noch mal, sind sie? Und wo überhaupt bist du?

Ich will Euch die Einzelheiten meines nächtlichen Irrwegs ersparen. Nur so viel sei gesagt: Ich umrundete den Berg ein ganzes Mal, und erst als am Horizont die Dämmerung aufstieg wie Nebeldunst an einem Herbstmorgen, wurde ich endlich fündig.

Gerade verfluchte ich zum hundertsten Male mein elendes Geschick, da vernahm ich plötzlich Laute. Ich befand mich bereits auf meiner zweiten Runde um die Wartburg und war nur noch einige Dutzend Schritte von dem Weg entfernt, der die Festung mit der Stadt verband. Der Wald schien sich dort nur widerwillig zu teilen, denn allerorts ragten vorspringende Zweige über die schmale Straße, die einem Reiter bei mangelnder Vorsicht durchaus zur Gefahr werden konnten. Ich wusste noch von unserer Ankunft her, dass sich der Weg ein ganzes Stück vor dem Burgtor gabelte. Während der eine Arm hinauf zur Rampe führte, verschwand der andere als schmaler Pfad im Dickicht. Diesen zweiten Weg mussten die sechs Männer und Frauen auf ihren Pferden eingeschlagen haben, denn ich entdeckte ihr Lager nahebei auf einer kleinen Lichtung.

Es hätte nicht viel gefehlt, und ich wäre auch ein zweites Mal achtlos daran vobeigestolpert. Was meine Aufmerksamkeit erregte, war das leise Singen, das durch die Büsche an meine Ohren drang. Mehrere Stimmen sangen unverständliche Strophen. Erst als ich näher an die Quelle des unheimlichen Singsangs heranschlich, bemerkte ich, dass die fremden Silben lateinische Worte formten. Mehr noch, es war ein Lied, das ich selbst einst in der Kirche gelernt hatte. Wer aber saß zu so früher Stunde im Wald und erging sich in frommen Gesängen?

Obgleich mein Herzschlag sofort zu rasen begann, mochte ich doch nicht glauben, dass wahre Engel, immerhin Gottes Krieger auf Erden, nichts Besseres zu tun haben sollten, als sich am Fuße der Wartburg im Unterholz zu versammeln. Noch dazu, um zu *singen*. Nein, hier musste – ganz buchstäblich – anderes im Busche sein.

Behutsam schob ich mich näher an den Rand der Lichtung, durch Dornenranken und mannshohe Farnsträucher. Schließlich teilte ich mit beiden Händen den Vorhang aus Zweigen und Blättern und blickte heimlich auf das, was sich vor mir befand.

Das halbe Dutzend Menschen kniete in einem Kreis zwischen überwucherten Baumstämmen, Findlingen und Waldbeersträuchern. Auf den ersten Blick sahen sie alle völlig gleich aus. Jeder trug schulterlanges Haar, blond, fast weiß. Ihre Körper waren überaus schlank. Sie waren in schwarze Hosen und Hemden gekleidet, auch die beiden Frauen, die ich unter ihnen erkannte. Die übrigen vier waren Männer, wenngleich es eine Weile dauerte, ehe ich die Unterschiede bemerkte. Sie alle hatten schneeweiße Haut, als hätte sie jahrelang kein Sonnenstrahl berührt.

Sie hielten die Hände gefaltet und die Augen geschlossen und waren völlig versunken in ihre Gesänge. Schließlich kamen sie zum Ende. Einer erhob seine Stimme und rief auf Lateinisch:

»Wir rufen die Diener der Elohim. Wir rufen Ghob, König der Gnomen. Wir rufen Diin, König der Salamander. Wir rufen Niksa, König der Undinen. Und wir rufen Paralada, den König der Sylphen.«

Was immer sie erwarten mochten – keiner der genannten vier spazierte aus dem Unterholz.

Stattdessen versanken die sechs Betenden nun in andächtige Stille. Ich nutzte die Zeit und sah mich aufmerksam um. Ihre Pferde standen unweit der Lichtung am Waldrand, festgebunden an Zweigen und Stämmen. An ihren Sätteln hingen lange, schmale Schwerter mit fein verziertem Handschutz, außerdem Wurfdolche und kleine, handliche Armbrüste. Es sah aus, als zögen die Reiter in einen Krieg. Dabei fiel mir etwas Ungewöhnliches auf: Obwohl nur sechs Männer und Frauen zu sehen waren, besaßen sie doch sieben Pferde. Das überzählige konnte keineswegs ein Lastentier sein, denn alle sieben waren gesattelt und mit gleicher Bewaffnung bestückt. Sogleich sah ich mich angstvoll um, ob ich etwa eine dieser Gestalten übersehen hatte, einen Wachtposten vielleicht, der sich mir nun von hinten näherte. Doch da war niemand. Der seltsame Betzirkel auf der Lichtung schien sich in Sicherheit zu wiegen. Trotzdem blieb ich vorsichtig. Es mochte gut sein, dass der Siebte lautlos durch die Wälder schlich. Und obgleich es sich bei den Männern und Frauen um fromme, gottesgläubige Menschen handeln mochte, jagte mir ihre stille Demut und der Klang der fremden Namen, die sie angerufen hatten, Furcht ein.

Wir rufen die Diener der Elohim, hatte der eine gesagt. Die

Elohim – hebräische Schöpfungsgötter, die als Teil Gottes die Welt erschufen. Die Erzengel des Herrn.

Augenblicklich fiel mir wieder Angelinas Zeichnung ein. Sieben Engel neben einer Kirche. Einer davon ohne Flügel.

Und hier auf der Lichtung: Sieben Pferde, eines ohne Reiter. Sechs Menschen, die betend am Boden saßen.

Die Wälder sind voller Engel.

Wir rufen die Diener der Elohim.

Angelina.

Sie war eine von ihnen. Es gab keinen Zweifel. Sie war die fehlende Siebte. Es war kein Verdacht, keine vage Idee. Mit einem Mal erfüllte mich völlige Gewissheit.

Wie viele waren es gewesen, die den Anschlag auf die Wittenberger Schlosskirche verübten?

Ebenfalls sieben.

Eine davon hatte sich den Kopf verbrannt, jene, die Faustus befreite.

Wieder Angelina.

Die Steine des Mosaiks fügten sich zueinander, ergaben ein erschreckendes Bild: Angelina als brandschatzender Racheengel.

Allein eine Einzelheit machte mich stutzig. Keinem dieser sechs wuchsen Flügel aus dem Rücken. Und doch hatte man Angelina verstümmelt. Irgendetwas war aus ihrem Körper geschnitten worden.

Ich betrachtete die sechs Betenden genauer. Sie alle knieten leicht vornübergebeugt, sodass sich der Stoff ihrer Hemden über den Rücken spannte. Es gab dort keinen Ansatz von Flügeln.

Trotz solcher Bedenken war ich sicher. Ich hatte Angelinas

Herkunft entschlüsselt. Sie musste einst ausgesehen haben wie diese hier: blond, hellhäutig. Sie war auf dem siebten Pferd geritten, hatte mit Schwert, Dolch und Armbrust gekämpft. Gottes Krieger auf Erden. Ein Engel.

Ich fragte mich, wie sie uns gefunden hatten. Nein, vielmehr: Waren überhaupt wir diejenigen, die sie suchten?

Falls nicht – konnte dieses erneute Zusammentreffen ein Zufall sein? Erst Wittenberg, dann die Wartburg. Was war die Verbindung?

Darauf gab es drei Antworten: Die eine war Bruder Martinus.

Die zweite Faustus.

Die dritte war ich.

Die sechs Männer und Frauen knieten immer noch mit geschlossenen Augen im Kreis. Ihre Münder bewegten sich lautlos in stummem Gebet. Mochten sie sich selbst auch für Engel halten, für die Werkzeuge des Herrn, so war doch etwas an ihnen, das mir Angst machte. Ihre Haut und ihr Haar waren so hell, als erstrahlten sie in der Dämmerung von innen heraus. Es mochte eine Täuschung sein oder auch nicht – letztlich gab es den Ausschlag, dass ich mich zum Rückzug entschloss. Ich hatte genug gesehen. Ich würde Faustus berichten können, was Mephisto mit seinen rätselhaften Worten gemeint hatte.

Zum Teufel, ich nahm es schon als selbstverständlich hin, dass ein Hund zu meinem Meister sprach wie ein Mensch! Oder nein, nicht wie ein Mensch; ihre Geister hatten zueinander gesprochen.

Wie auch immer, in jenem Augenblick beschäftigten mich andere Sorgen. Ich musste ungesehen vom Rand der Lichtung verschwinden, ohne die unheimlichen Gestalten auf mich aufmerksam zu machen. Sie sahen aus, als seien sie völlig in sich und ihre Andacht versunken. Und doch konnte ich unmöglich sicher sein, ob sie mich nicht hören würden. Vorhin, als ich hierhergekommen war, hatte ihr Gesang meine Schritte im Unterholz übertönt. Jetzt aber lag geisterhafte Stille über der Lichtung und dem angrenzenden Wald. Selbst die Tiere schwiegen. Jedes Knistern, jedes Brechen eines Astes musste weithin zu hören sein.

Es half alles nichts. Ich musste zurück zur Burg, so schnell wie nur möglich. Faustus musste erfahren, was hier vorging. Er würde abschätzen können, ob uns eine Gefahr durch die gespenstischen Krieger drohte.

Unendlich langsam zog ich die Hände zurück und sah zu, wie sich der Vorhang aus Zweigen vor mir schloss. Dann drehte ich mich vorsichtig um, machte erst einen, dann einen zweiten Schritt – und trat direkt in das Loch eines Fuchsbaus. Mein Fuß verhakte sich, ich taumelte, ruderte hilflos mit den Armen und krachte der Länge nach zu Boden. Äste splitterten unter meiner Last, und das Laub raschelte so laut, dass es mir in den Ohren sauste.

Mit einem stummen Fluch sprang ich hoch und rannte los, so schnell ich konnte. Ich sah mich nicht um. Ich musste mich nicht vergewissern, dass sie meinen Sturz bemerkt hatten.

Und dann hörte ich sie auch schon. Ein Mann rief hinter mir etwas auf Latein, dann schabte Stahl auf Stahl – Schwerter, die aus ihrer Umhüllung gerissen wurden. Ich war allein und unbewaffnet; sie aber waren zu sechst, noch dazu ausgerüstet, als gelte es, die Burg zu erobern. Mein einziger Vorteil war mein Vorsprung und die Flinkheit meiner Füße. Ich hoffte inständig, dass ihre nicht flinker waren.

Zweige schlugen mir ins Gesicht, als ich achtlos durch die Büsche brach, mich nach links wandte und in die Richtung der Burg lief. Ich musste die Höhle erreichen, koste es, was es wolle, und Faustus vor diesen Menschen (Engeln?) warnen. Mir war, als drehten sich die endlosen Reihen der Bäume vor meinen Augen, als geriete der Boden selbst ins Schwanken. Ich hatte Mühe zu atmen, als sei die Luft plötzlich zu zäh für Mund und Nase.

Hatten sie nicht die Geister der Luft und die Gnomen der Erde beschworen? Waren sie es, die mich mit einem Mal bedrängten? Alles wirbelte und drehte sich, mir stockte der Atem, und doch lief ich weiter, immer weiter, schneller, immer schneller. Der Weg durch die peitschenden Äste wurde zum Spießrutenlauf, die Bäume zu grinsenden Nachtmahren, die hämisch auf mich einschlugen. Ich wusste nicht, wo meine Verfolger waren, nicht wie nah oder fern. Ihre Schritte wurden längst vom Taumel meiner eigenen verschluckt. Ich dachte nur an meine Flucht. Ganz allein das Vorwärts zählte.

Ich erreichte die vorderen Felsen und rannte entlang der Steilwand nach Süden. Irgendwann musste ich so den Eingang zur Höhle erreichen.

Im selben Augenblick schien hinter mir das Unterholz zu explodieren. Knirschend barsten die Zweige, als zwei Gestalten aus dem Schatten der Bäume ins Freie jagten. Sie mochten noch zwei Dutzend Schritte hinter mir sein. Aus dem Augenwinkel sah ich, mit welchem Geschick sie sich bewegten, unfassbar schnell. Es war, als gerate ihr ganzer Körper in Bewegung, als rege sich jedes ihrer Glieder. Gleich wimmelnden

Ameisen schossen sie hinter mir her. Sie holten auf. Kamen näher. Angst packte mich – als wären es keine Menschen, die mir im Nacken saßen.

Und waren es denn welche?

Wir rufen die Diener der Elohim.

Vor mir klaffte in der Dämmerung ein Stück Schwärze. Der Felsspalt. Der Eingang zur Höhle.

Ihre Finsternis umfing mich mit klammer Hand. Die Pferde wieherten verstört, als ich an ihnen vorüberrannte. Eines trat unruhig nach hinten aus, doch sein Huf verfehlte meine Hüfte um mehr als einen Schritt. Bald schon erreichte ich die ersten Stufen. Das Licht vom Eingang reichte nicht mehr bis hierher. Die Furcht vor dem, was mir folgte, war größer als jene, in der Dunkelheit zu stürzen. Wie von selbst fanden meine Füße die Stufen. Die Treppe machte eine Biegung, und der helle Felsspalt in meinem Rücken verschwand. Um mich war nur noch absolute Schwärze.

Das Wiehern der Pferde wurde mit einem Mal wieder lauter. Meine Verfolger mussten die Höhle entdeckt und betreten haben. Ich wollte schneller laufen, doch in der Finsternis war das unmöglich. Eine einzige Frage raste durch meinen Schädel, immer wieder und wieder: Können Engel auch im Dunkeln sehen?

Jetzt hörte ich ihre Schritte weiter unten auf der Treppe. Sie schienen noch immer zu zweit zu sein. Offenbar waren die übrigen vier zurückgeblieben. Sie sprachen nicht miteinander, riefen sich keine Warnungen vor unsichtbaren Ecken und Kanten zu, fluchten nicht einmal. Auch sie fanden den Weg ohne Hindernisse. Ihre Schritte hallten in dem engen Steintunnel wider, schufen ein Echo, das zugleich von oben und unten zu kommen schien. Ich hätte nicht sagen können, ob sie fünf oder fünfzig Stufen hinter mir waren. Schon glaubte ich, sie in meinem Rücken zu spüren, doch es war nur die Angst, die mir eisig den Körper herabkroch.

Das Echo nahm zu. Bald schon dröhnte es in meinen Ohren, lauter noch als die Geräusche meiner eigenen Schritte. Mein Herz schlug dazu in einem jagenden Takt. Meine Lungen rasten. Jeder Atemzug war ein verzweifeltes Schnappen nach Luft, als drohte mich die Schwärze in ihrer Umarmung zu ersticken. Von überall hörte ich Laute.

Ich begriff, dass ich verloren war. Die beiden Krieger würden mich einholen. Sie waren schneller als ich, geschickter als ich. Ihre Waffen waren scharf und tödlich. Mochten sie auch vorgeben, Engel zu sein; der Sinn stand ihnen allein nach Tod und Vernichtung. Denn war Gott, ihr Herr, nicht ein Gott der Zerstörung? Hatte er nicht ganze Völker ins Elend gestürzt, sie hingeschlachtet mit einem Wink seiner Hand? Was mochte ihm da das Leben eines armseligen Zauberadepten bedeuten?

Einmal war ich sicher, dass nun tatsächlich auch von vorn Schritte auf mich zukamen. Das aber war unmöglich. Die beiden Verfolger waren hinter mir. Und wer sollte mir von oben entgegenkommen? Ein Retter? Sicher nicht. Faustus, der einzige Mensch, der mir hätte zu Hilfe kommen können, saß eingeschlossen in der geheimen Dachkammer; ich selbst hatte schließlich den Zugang versperrt. Wer noch? Berlepsch? Der hatte andere Sorgen. Angelina? Für sie galt dasselbe wie für Faustus. Außerdem: Auf welcher Seite stand sie eigentlich? Schließlich war sie eine von ihnen. Fraglich, ob sie mir überhaupt helfen *wollte*.

Ich erreichte einen Treppenabsatz, an dem der Schacht sich zu einer schmalen Kammer ausdehnte und der Grund für einige Schritte eben war. Ich bemerkte das aber erst, als mein Fuß vergeblich nach der nächsten Stufe tastete, mit vollem Schwung ins Leere stieß und mich haltlos mit sich riss. Der Boden verschwand für einen Herzschlag unter meinen Füßen, dann war er wieder da – unter meinem Kinn. Ausgesprochen hart und schmerzhaft. Der Aufprall raubte mir fast die Besinnung. Wäre ich in der Schwärze nicht ohnehin blind gewesen, mein Blick hätte sich wohl verschleiert. So aber verlor ich für einige Augenblicke gänzlich das Gefühl fürs Oben und Unten. Mir war egal, was mit mir geschehen würde. Alles wurde bedeutungslos. Ich drehte mich ununterbrochen um mich selbst, oder glaubte es zumindest. Schwindel und Schmerz verbanden sich zu einem wilden Taumel. Ich wusste, dass ich jetzt sterben würde.

Füße stießen gegen mich. Meine Verfolger. In einer Art Halbschlaf spürte ich, dass sie stehen blieben. Ich war wehrlos und keineswegs in der Lage, etwas an diesem Zustand zu ändern. Mit enormer Willensanstrengung gelang es mir zumindest, mich auf den Rücken zu rollen. Selbst das war eine gehörige Leistung angesichts meines erbärmlichen Befindens.

Ich erwartete den ersten Schlag mit der Schwertklinge wie ein Lamm auf dem Opferstein. Sollten sie mich töten. Sollten sie mich vom Erdboden tilgen. Kaum einer würde es bemerken. Was war ich schon im Angesicht dessen, der unser Handeln bestimmt?

(Ihr, staunender Leser, kennt mich mittlerweile gut genug, um zu wissen, dass dies keine üblichen Gedanken für einen wie den Wagner waren. Ihr habt mich als mutigen, tapferen

Recken erlebt, als einen, dem die Frauenherzen zuschmachten, der alles wagt, um sein Glück zu erreichen. Ihr wisst um meine Kühnheit und mein hehres Wesen ohne Fehl. Wittere ich Widerspruch? Nun, in jenem Augenblick jedenfalls, auf der geheimen Treppe unter der Wartburg, verlor ich all meine wackeren Gedanken, das muss ich zugeben. Doch bemerkt Ihr meine List? Ich gestehe eine Schwäche, um in noch hellerem Lichte vor Euch zu erstrahlen!)

Ich lag da und erwartete den Tod.

Plötzlich klirrte es über mir, kreischend laut und metallisch. Eine Handbreit vor meinem Gesicht sprühten Funken. Ihr Flackern tauchte die Kammer einen Herzschlag lang in Zwielicht. Der Augenblick war schnell vorüber. Und doch hatte ich etwas gesehen. Gleich über mir kreuzten sich Schwerter. Vor mir dräuten zwei Gestalten, wohl die beiden Engelkrieger. Hinter mir stand eine dritte Person. Jemand, der seine Klinge schützend über mich gehalten hatte, als meine Gegner zum Todesschlag ausholten.

Dann, ehe ich irgendetwas begriff, entbrannte ein wilder Schwertertanz, direkt über meinem Kopf! Klingen schlugen aufeinander, grelle Funken sprühten. Weiter Stoff rauschte mir um die Ohren. Gedankenschnell rollte ich mich zur Seite, plötzlich von neuem Lebensdrang erkühnt. Vorbei war aller Gleichmut. Leben wollte ich, wollte sehen, wie man meinen Feinden den Garaus machte – wer auch immer dabei die Waffe führte. Zugegeben, vom Sehen und vom Garaus der Feinde war ich um einiges entfernt. Noch tobte der Kampf, und noch herrschte völlige Finsternis. Mit welchen Sinnen die Kämpfer zueinanderfanden, blieb mir ein Rätsel. Alles, was ich wahrnahm, war ein Rausch aus Bewegung. Ständig streiften mich Füße und Körper. Die Funken der wirbelnden Klingen erglühten um mich her wie ein Feuerwerk. Meine größte Furcht war, dass ein verirrter Schwerthieb seinen Weg zu mir finden könnte. Doch schienen die drei Kämpfenden – zwei gegen einen – ihr Handwerk gut zu verstehen. Keiner schien blind um sich zu schlagen, in der schalen Hoffnung, einen anderen zu treffen. Nein, dieser Kampf wurde gezielt geführt, trotz der Dunkelheit, trotz der beengenden Kammer.

Inmitten dieses Wirbels aus klirrendem Tod schob ich mich auf dem Bauch bis zur nächstbesten Felswand. An ihr drückte ich mich entlang, bis ich den Treppenaufgang erreichte. Von hier aus ging es weiter nach oben. Dem Licht und dem Leben entgegen. Die Frage, wer mich gerettet hatte, brannte lodernd heiß in meinem Denken. Trotzdem bezwang ich den Drang, nach seinem Namen zu fragen. Damit hätte ich erneut die Aufmerksamkeit meiner Feinde erregt. Erst galt es, so schnell wie möglich zu verschwinden. Um Antworten konnte ich mich später bemühen.

Ich ließ die drei, die dort unsichtbar in der Schwärze aufeinanderhieben, hinter mir zurück und stürmte mit letzter Kraft die Stufen hinauf. Schließlich erreichte ich die obere Kammer und schlüpfte durch die Falltür hinauf in den Stall. Ich bemerkte wohl, dass nun viel mehr Pferde dastanden als zuvor, dachte mir aber nichts dabei. Vor dem Tor dämmerte der Morgen, und auf dem Hof war Betriebsamkeit ausgebrochen. Eilig lief ich zur Geheimtür in der Stallwand, zwängte mich unbemerkt hindurch und gelangte in den engen Treppenschacht. Als ich die Tür hinter mir schließen wollte, sah ich eben noch durch den Spalt, wie die Falltür, durch die ich gerade erst gekommen war, von unten aufgestoßen wurde.

Doch ich ließ mir nicht die Zeit, mich zu vergewissern, wer dort ans Tageslicht kletterte. Es mochte mein unbekannter Retter sein – oder auch die beiden Engelkrieger. Wieder entschied ich, mich zuerst in Sicherheit zu bringen, bevor ich mir Zeit für Fragen ließ. Ich zog also die Tür hinter mir zu und rannte die Treppe hinauf.

Gerade hatte ich den obersten Absatz erreicht, als ich hinter mir schon das Öffnen der Geheimtür hörte. Wer auch immer mir folgte, Freund oder Feind, er war nur noch wenige Schritte entfernt. Die Versuchung, abzuwarten, war groß. Und doch lief ich weiter. Ich war nicht bis hierhergekommen, um mich schließlich doch noch von den beiden Weißhaarigen erschlagen zu lassen. Erst in der Geheimkammer unterm Dach war ich sicher. Ihre Tür war massiv. Sie konnte ich versperren. Nicht einmal die geisterhaften Kämpfer würden sie überwinden können.

Ich stürmte gerade den Gang zur Kammer entlang, als mir klar wurde, dass ich verloren hatte. Ich musste die Tür erst von außen aufschließen, ein allzu langwieriger Vorgang in Anbetracht der Nähe meiner Verfolger. Was, wenn der Schlüssel fort war? Oder das Schloss klemmte? Bange Fragen wie diese trieben mich zu einer neuen Entscheidung.

Auf Bodenhöhe des steinernen Flurs befand sich in einer Wand eine Öffnung, jener ganz ähnlich, die ich in der Geheimkammer bemerkt hatte. Durch sie drang frische Luft in die verborgenen Räume. Allein durch eines unterschied sich dieses Loch von dem anderen: Es war nicht vergittert.

Blitzschnell ging ich in die Knie und schob mich kopfüber in den dahinterliegenden Schacht. Er verlief waagerecht und war eben breit genug, um mir Unterschlupf zu gewähren.

Spinnweben legten sich über mein Gesicht wie ein seidener Schleier. Trotzdem kletterte ich weiter, bis auch meine Füße vom Gang aus nicht mehr zu sehen waren. Dann blieb ich reglos liegen, wagte nicht einmal mehr zu atmen. Kein Laut durfte nach außen dringen.

Hinter mir stürmte ein Mann an der Öffnung vorüber und machte sich an der Tür der Geheimkammer zu schaffen. Entweder der Schlüssel steckte tatsächlich noch, oder aber er hatte ihn bei sich. Letzteres sprach dafür, dass es in der Tat mein Retter war, der als Sieger aus dem Kampf hervorgegangen war. Fest stand auf jeden Fall, dass es eine einzelne Person war. Noch ein Hinweis, der gegen die beiden Engelkrieger sprach.

All dies machte mir neuen Mut. Gerade wollte ich mich rückwärts wieder aus dem Schacht hinausschieben, als auf dem Gang neuerliche Schritte laut wurden. Diesmal waren es mehrere, ja, ein regelrechter Menschenauflauf schien in dem engen Flur aufzumarschieren.

»He da!«, rief eine Stimme, die nur dumpf bis zu mir in den Luftschacht vordrang. »Öffnet die Tür! Wir wissen, dass ihr euch dahinter versteckt. Und falls du es bist, Faustus, dann solltest du dich umso mehr beeilen – vielleicht lasse ich dann Gnade walten!« Diese letzten Worte, eindeutig voller Hohn und keineswegs ernst gemeint, machten mir klar, wer dort draußen auf dem Gang stand.

Asendorf hatte uns gefunden.

Was auch immer hier während meiner Abwesenheit vorgefallen war, es hatte keinesfalls eine Wendung zum Guten gebracht. Der Inquisitor musste die Wartburg am frühen Morgen erreicht haben.

Wir waren entdeckt! Der Gedanke bereitete mir solches Entsetzen, dass ich erst nach einer Weile begriff, dass er nicht völlig der Wahrheit entsprach. Faustus war entdeckt. Und Angelina. Ich aber befand mich noch in Sicherheit. Niemand wusste, dass ich in diesem Schacht steckte.

Der ganze Gang war jetzt voller Menschen. Zweifellos Asendorfs Landsknechte. Ich verfluchte mich, dass ich nicht rückwärts in den Schacht gekrochen war; dann hätte ich sie wenigstens sehen können. So aber wandte ich ihnen die Schuhsohlen zu, und eine Drehung war in dem engen Schlauch unmöglich.

»Faustus!«, rief die Stimme erneut. »Ich weiß, dass du dort drinnen bist. Glaube ja nicht, dass ich die Tür einschlagen lasse! Diese Kammer ist als Gefängnis so gut wie jede andere.«

Asendorf konnte nicht sicher sein, dass es wirklich Faustus war, der sich dort vor ihm versteckte. Es sei denn, Berlepsch hätte geplaudert. Freilich, ob er es wusste oder nur vermutete – einen Unterschied machte das nicht.

»Meine Männer werden hier draußen auf dich warten«, sagte Asendorf. »Es wird eine Weile dauern, die Scheiterhaufen für dich und deine Ketzerfreunde zu errichten. Bis dahin magst du in dieser Kammer sitzen und dein Schicksal erwarten.« Daraufhin gerieten die Männer auf dem Gang erneut in Unordnung, denn Asendorf wandte sich ab und stieg über die Wendeltreppe ins Freie. Seine Soldaten blieben zurück. Sie machten raue Scherze und lachten. Tatsächlich hatten sie allen Grund zur Freude. Der Erzfeind ihres Meisters war gefasst.

Ich selbst hatte keine Wahl. Langsam und so lautlos wie nur möglich schob ich mich tiefer in den Schacht. Ich hegte die vage Hoffnung, auf diesem Weg das Gitter zu erreichen, das in die Geheimkammer führte.

Schon nach kurzer Strecke gelangte ich an eine Gabelung. Zum einen führte der Schacht weiter geradeaus, wahrscheinlich zur Außenmauer; nach rechts aber machte er einen scharfen Knick. Mit aller Mühe gelang es mir, mich um die Ecke zu schlängeln. Der Stein schien von allen Seiten tonnenschwer auf meinen Körper zu drücken. Einen Augenblick lang bedrängte mich die entsetzliche Vorstellung, in diesem Tunnel stecken zu bleiben, weder vor noch zurück zu können, eingepfercht, hilflos, verloren. Ich würde verdursten oder von Ratten und Spinnen gefressen. Wahrhaft erbauliche Gedanken.

Trotz allem gelang es mir, weiter voranzukommen. Gleich einem Schiffsbug, der sich durch Algenschleier schiebt, stieß mein Gesicht durch hauchdünne Spinnweben. Immer wieder war mir, als krabbelten dürre Beine über meine Haut, über meine Wangen und Lippen. Ich war froh, in der Dunkelheit nichts sehen zu können. Schließlich aber quoll mir ein fahler Schein entgegen, und da wusste ich, dass ich am Ziel war.

Mit beiden Händen umfasste ich das Gitter und zog mich mit dem Gesicht heran. Von hier aus hatte ich einen Großteil der Geheimkammer im Blick. Die Kerzen tauchten sie in orangefarbenes Halblicht.

Angelina hockte unverändert an der Wand, beide Knie angezogen, das verbrannte Gesicht gesenkt. Faustus ging aufgeregt auf und ab. Zweifellos grübelte er über einen Weg, Asendorfs Häschern zu entkommen. Zudem aber befand sich eine dritte Person in dem Raum. Es war ein Mann, feist und schwer, gekleidet in die weiten Gewänder eines Priesters. Ich hatte sein Gesicht nie zuvor gesehen; es war breit und fleischig, die Lippen rote Wülste. Sein Schädel war vollkommen haarlos. Doch obwohl ich den Mann nicht kannte, wurde mir mit einem Mal klar, wer er war und was hier seit meinem Abschied geschehen sein musste (später erfuhr ich, dass ich damit goldrichtig lag).

Asendorf hatte im Morgengrauen die Burg erreicht. Deshalb brachte Berlepsch den anderen, uns unbekannten Besucher – den fetten Priester, also – hinauf in unsere Kammer, denn auch er war auf der Flucht. Der Hauptmann hoffte wohl, dass der Pfaffe ebenso wie wir hier oben sicher sein würde. Nachdem ich selbst so lange auf mich warten ließ, wurde Faustus unruhig. Er war dank Berlepsch nicht länger eingeschlossen, und so machte er sich auf den Weg, mir zu Hilfe zu kommen – was ihm ja auch im letzten Augenblick gelungen war. Er besiegte oder vertrieb die beiden Engelkrieger unten im Geheimgang und folgte mir nach oben. Ich aber versteckte mich dank meiner Dummheit vor ihm im Schacht, und Faustus eilte zurück in die Kammer, wohl weil er glaubte, ich sei bereits dort eingetroffen. Zugleich musste aber auch Asendorf oder einer seiner Männer auf ihn aufmerksam geworden sein; wahrscheinlich, als Faustus durch die Falltür den Stall betrat. Den Rest der Ereignisse hatte ich mit eigenen Ohren belauscht: Der Hexenjäger folgte meinem Meister mit seinen Soldaten und belagerte die Tür.

Da also waren wir nun: Faustus, Angelina und der Priester gefangen, ich selbst in diesem Luftschacht verborgen, ohne Aussicht, ihn lebend zu verlassen, denn an seinem Ausstieg warteten Asendorfs Schergen.

»Meister!«, flüsterte ich leise durchs Gitter.

Faustus fuhr herum. Er sah mich und lächelte sogleich. »Wagner! Du bist also frei«, entfuhr es ihm erfreut.

»Nun, wenn Ihr es so seht …«, erwiderte ich vorsichtig. Freilich schrie alles in mir danach, zu widersprechen – Freiheit stellte ich mir doch ein wenig anders vor –, doch wollte ich ihm nicht die geringe Hoffnung zerstören, die ihm die letzten Stunden versüßen mochte.

Er ging vor dem Gitter in die Hocke. Der dicke Priester gesellte sich daneben, deutlich behäbiger, und verstellte mir die Sicht auf Angelina, die mir weit wichtiger war als er. Ich hoffte, dass sie näher kommen würde, wohl weil ich wünschte, dass auch sie sich um mich sorgte. Doch Angelina kam nicht.

Bemüht, mir meine Bedrückung darüber nicht anmerken zu lassen, schilderte ich Faustus mit wenigen Worten, was geschehen war. Als ich ihm die Versammlung der Männer und Frauen im Wald beschrieb, nickte er wissend, sagte aber nichts. Stattdessen polterte der Priester:

»Das sind sie, das sind sie!«

Ich schenkte ihm einen zweifelnden Blick – er hatte sich mir noch immer nicht vorgestellt – und fuhr dann in meinem Bericht fort. Faustus erlaubte sich ein schwaches Schmunzeln, als ich erzählte, wie ich in den Schacht geraten war.

Dann berichtete er seinerseits, dass sich meine beiden Verfolger nach dem Duell mit ihm zurückgezogen hatten. Er sei nicht sicher, ob er sie tatsächlich in die Flucht geschlagen habe oder ob die Männer andere Gründe für ihren Rückzug gehabt hätten.

Endlich, nachdem wir nun beide über das Geschehene aufgeklärt waren, sagte Faustus: »Dies hier ist Pater Gregorius.«

Er nickte dem Priester aufmunternd zu: »Es hat eine Weile gebraucht, bis er endlich Vertrauen zu mir gefasst hat.«

»Ihr in meiner Lage hättet nicht anders …«, begann Gregorius, doch Faustus unterbrach ihn.

»Natürlich, Pater, natürlich.« Dann wandte er sich wieder an mich. »Gibt es von deiner Seite aus eine Möglichkeit, dieses Gitter zu öffnen?«

Ich betrachtete eingehend die dicken Eisenstangen und schüttelte den Kopf. »Sie sind fest ins Gestein eingelassen.«

Faustus nickte. »Das dachte ich mir.«

»Gibt es keine andere Möglichkeit, aus der Kammer zu entkommen?«, fragte ich entgegen besserem Wissen. Die Angst um ihn und Angelina gab mir die Worte ein, nicht der Verstand.

»Keine«, entgegnete Faustus.

»Heißt das etwa, Ihr wollt Euch geschlagen geben?«, fragte ich enttäuscht.

»Geschlagen geben kann sich nur ein Verlierer«, erwiderte Faustus rätselhaft.

Dies schien auch den Priester zu verwirren. Seine fetten Züge wellten sich empört. »Aber wir müssen irgendetwas tun!«

»Ihr seid ein Diener Gottes, Pater«, sagte Faustus. »Wie wäre es mit einem Gebet?«

Die Antwort des Paters zeugte von einer Schlagfertigkeit, die ich ihm keineswegs zugetraut hatte: »Ihr seid ein Diener Satans, Faustus. Gebt *Ihr* Euch mit Beten zufrieden?«

Mein Meister lächelte und nickte ihm anerkennend zu.

»Was ist mit Eurem Schwert?«, fragte ich aufgeregt.

Faustus hob die Schultern. »Ich werde es Asendorf aushändigen, falls er es verlangt.«

»Ohne Euch zu verteidigen?«

»Glaubst du, ich könnte es mit zwei Dutzend Landsknechten aufnehmen?« Seine Stimme klang jetzt ernster, fast ein wenig streng. Es war ein Fehler gewesen, anzunehmen, dass er den Ernst der Lage unterschätzte.

Wir mussten ein merkwürdiges Bild abgeben: Faustus und der Pater auf den Knien vor der Gitteröffnung und ich selbst dahinter, lang ausgestreckt im Schacht. Mein ganzer Körper wurde von einem grauenvollen Juckreiz befallen, doch der Schacht war so eng, dass ich mich nicht einmal kratzen konnte, und so begann ich in recht seltsamen Verrenkungen mit Rücken, Beinen und Hinterteil an der Decke und den Wänden zu reiben, um mir so zumindest ein wenig Erleichterung zu verschaffen. Das Jucken aber blieb trotzdem.

Faustus sah Gregorius an. »Warum erzählt Ihr meinem Schüler nicht, was Ihr mir und dem Mädchen eben berichtet habt?«

»Hat das noch Sinn?«, erwiderte der Pater und betrachtete mich zweifelnd in meiner armseligen Lage.

»Was meint Ihr damit?«, fragte ich beleidigt. »Zumindest stehe ich nicht mit einem Bein auf dem Scheiterhaufen wie manch anderer hier.«

Der Pater zuckte zusammen, und Faustus seufzte. »Ich bitte Euch, Gregorius, erzählt Wagner, was Ihr wisst.«

Der Dicke rümpfte pikiert die Nase und schwieg.

Die Miene meines Meisters verdüsterte sich. »Nun denn«, sagte er beherrscht, »dann muss wohl ich selbst das übernehmen.«

Und so erfuhr ich, dass der Pater aus dem nahen Gotha, östlich von Eisenach, zur Burg geflohen war. Offenbar, so hatte er Faustus erzählt, war er nur mit Not einem Anschlag auf sein Gotteshaus und das eigene Leben entkommen. Man habe ihm das Dach über dem Kopf anzünden wollen – und ihn selbst gleich mit. Die Mordbrenner hatten ihn zweifellos für tot gehalten, nur deshalb war er ihnen entwischt. Bevor er sich jedoch davongeschleppt hatte, war es ihm gelungen, einen Blick auf die Attentäter zu werfen: sechs Männer und Frauen mit hellem Haar und noch hellerer Haut, die sich untereinander in lateinischer Sprache unterhielten – ein fraglos ungewöhnlicher Umstand. Es bestand kein Zweifel, dass es sich bei den Mördern um dieselben Männer und Frauen gehandelt hatte, die ich im Wald beobachtet hatte.

»Habt Ihr sie je zuvor gesehen?«, wandte ich mich an Gregorius, nachdem mein Meister den Bericht beendet hatte.

Der Pater schien seine Abneigung gegen mich zu überwinden und erwiderte: »Nein.« Und zögernd fügte er hinzu: »Zumindest nicht nach ihrer heutigen Erscheinung.«

»Was meint Ihr damit?«, fragte Faustus erstaunt.

»Nun ja«, sagte Gregorius und fühlte sich dabei sichtlich unwohl, »möglicherweise habe ich einen von ihnen gesehen, als er noch ein Kind war.«

»Ein Kind?«, entfuhr es mir und Faustus wie aus einem Mund.

Der Pater nickte und sah dabei keinem von uns in die Augen. »Habt Ihr je vom Auszug der Erleuchteten gehört?«, fragte er.

Ich schüttelte den Kopf und sah Faustus an. Doch auch der schien nicht zu wissen, von was Gregorius sprach.

Der Pater fuhr fort: »Bis vor zwölf Jahren regierte in Rom Papst Alexander VI., das ist Euch bekannt. Sicher wisst Ihr auch um seinen Ruf, mit dem Teufel paktiert zu haben.« Dabei schenkte Gregorius meinem Meister einen vielsagenden Blick, den dieser gelassen erwiderte.

Der Pater fuhr sogleich fort, doch erlaubt mir an dieser Stelle eine neuerliche Unterbrechung. Dem unwissenden Leser will ich in wenigen Worten das sündige Leben des Papstes Alexander schildern, kommt ihm doch in Gregorius' Bericht eine wesentliche Rolle zu.

Rodrigo Borgia war im Jahre 1492 durch einen geschickten Handel mit Ämtern, die er an seine Getreuen verteilte, an die Macht im Vatikan gelangt und hatte den Namen Alexander VI. angenommen. Er hielt sich einen ganzen Stall von Mätressen und zeugte mit ihnen zahlreiche Kinder – neun, sagen die einen, neunzig, die anderen –, von denen zwei zu besonderer Berühmtheit gelangten: die Hure Lucrezia, die von ihrem Vater mehrfach verheiratet wurde, stets so, wie es seine politischen Dünkel erforderten – und Cesare, der finstere Giftmischer und Mordbube. Der Papst machte in seiner Verruchtheit kein Geheimnis aus seinem verbotenen Nachwuchs, im Gegenteil, er förderte ihn offen aus den Truhen der Kirche. Religion bedeutete ihm nichts, ebenso das Ansehen des Heiligen Stuhls. Er vergab die vatikanischen Ländereien an seine Familie und genoss es, mit Dutzenden von Dirnen ausschweifende Orgien zu feiern. Schon bald war sein Gesicht von der Syphilis zerfressen, was ihm den Ruf einbrachte, selbst ein Dämon zu sein, der sich zum Herrscher der Christenheit emporgeschwungen hatte. Bei öffentlichen Auftritten verbarg er seine entstellte Fratze stets hinter einer schwarzen Maske. Sein Schreiber berichtete kurz nach Alexanders Tod von Satansmessen und Ritualen der schwarzen Magie, die er in den heiligen

Hallen beobachtet hatte, um Feinde zu verderben und die Macht der Borgia zu mehren. Auch die schöne Lucrezia, Alexanders Tochter, stand demnach mit dem Teufel im Bunde – sie machte sich alle Männer in ihrer Umgebung zu Sklaven und galt schon bald als Hexe, die einen unheiligen Einfluss auf ihren Vater ausübte. Es kam sogar vor, dass sie in Abwesenheit Alexanders die kirchlichen Geschäfte führte – man stelle sich vor, eine Frau auf dem Heiligen Stuhl!

Man hat später viel über die Umstände von Alexanders Tod getuschelt. Der Borgia erkrankte kurz nach den Feierlichkeiten zum zwölften Jahrestag seiner Weihe und starb nur wenige Tage später unter seltsamen Umständen. Es hieß, er habe vor seiner Wahl zum Papst einen Pakt mit dem Teufel unterzeichnet und seine Seele dem Leibhaftigen versprochen – im zwölften Jahr seiner Herrschaft. Als der gefürchtete Tag nun nahte, flehte der Papst seinen höllischen Gönner vergeblich um Aufschub an. Daraufhin ergriff ihn eine tödliche Krankheit, die ihn unter entsetzlichen Qualen ans Bett fesselte. Man munkelte, sieben Dämonen hätten in der Gestalt schwarzer Affen an seiner Seite Wache gestanden, während der Papst im Todeskampf die Hände um die Brüste seiner Dirnen krallte.

Als Alexander endlich starb, begann seine Haut zu kochen, Blasen quollen ihm aus Mund und Nase, und seine Glieder schwollen an, bis nichts Menschliches mehr an ihnen war. Die Zunge, die ihm gespalten aus dem Maul hing, färbte sich schwarz und verbreitete ihre Fäulnis auf den ganzen Körper. Überall in der Stadt veranstalteten schwarze Hunde einen teuflischen Lärm, sie bellten und jaulten und weinten mit Kinderstimmen. Einige Nonnen, die sich in einer kleinen Kapelle nahe des Vatikans hatten einmauern lassen, um ihr Lebensende in freiwilliger Klausur zu verbringen, sollen daraufhin schreiend um Erlösung gebeten haben und seien, so die Gerüchte, aus ihrem gewählten Gefängnis befreit worden. Keine von ihnen fand den Weg zurück in Gottes Schoß; sie wurden zu Lustsklavinnen bösartiger Satansdiener und beschlossen ihr Dasein im tiefsten Sündenpfuhl.

Niemand brachte es über sich, den aufgequollenen Leichnam des Borgia-Papstes zu berühren. Deshalb schleppten ihn die Totengräber an Seilen aus seinen Gemächern, zwängten ihn mit Schaufeln in einen viel zu engen Sarg und verscharrten ihn in geheiligter Erde. Dann erst soll das satanische Treiben, das in jener Nacht über die Stadt gekommen war, ein Ende gefunden haben.

(Ihr, zweifelnder Leser, glaubt mir natürlich kein Wort. Ihr seht, ich kenne Euch gut! Und doch haben weisere Männer, als ich einer bin, auf dieser Schilderung beharrt. Selbst meinem Meister konnte ich kein Wort des Widerspruchs entlocken, als wir über den verfluchten Borgia sprachen. Das Jahr 1515, der Zeitpunkt meiner Erzählung, war laut Kalender das zwölfte Jahr nach dem Ende der zwölfjährigen Amtschaft Alexanders – eine Übereinstimmung, die von Bedeutung sein mochte. Nun ist die Zahl zwölf nach den Lehren der Kabbala das Sinnbild für Seligkeit und Heiligkeit – worin mir kaum ein Zusammenhang zum Borgia-Papst zu bestehen scheint. Betrachten wir aber das Todesdatum Alexanders genauer – er starb im August 1503 –, so stellen wir fest, dass unser Aufenthalt auf der Wartburg im Mai 1515 vor Abschluss des zwölften Jahres nach seiner Regentschaft stattfand. Was uns eine Zahl zurück zur Elf führt. Und die Elf, das lehrt Euch jeder

Kabbalist, ist das Sinnbild der Sünde! Wen also mag es wundern, dass das Treiben des Teufelspapstes mit einem Mal an neuer Bedeutung gewann? Es ist keine Übertreibung, wenn ich behaupte, dass seine Geisterkrallen noch aus dem Grabe nach uns griffen. Und wer glaubt, meine Rechnung prüfen zu müssen, der sollte sein Talent lieber aufs Schafezählen oder das Eintreiben von Steuern verwenden – ein wahrer Okkultist wird aus ihm nie.)

Doch wo war ich stehen geblieben? Richtig, bei Pater Gregorius.

»Im Jahre 1502 ließ Alexander einen geheimen päpstlichen Erlass an all seine Priester überstellen«, fuhr der in seiner Erklärung fort. »Darin verlangte er, dass man ihm Auskunft über bestimmte Kinder gebe – nicht irgendwelche, versteht sich. Es mussten solche sein, deren Eltern hellblonde Haare hatten und durch Schönheit, Geschick und Klugheit aufgefallen waren.«

Ich schüttelte ungläubig den Kopf, wollte ihn aber nicht durch Fragen unterbrechen.

Auch Faustus blickte verständnislos drein.

»Ihr vermögt Euch vorzustellen, dass dies keine einfache Aufgabe war«, sagte Gregorius. »Die Auswahl der Haarfarbe beschränkte die Suche auf die Länder des Nordens. Zudem bestand Alexander darauf, dass das Haar der Eltern nicht einfach ein schlichtes Blond sein durfte – nein, beinah weiß musste es sein. Denn er wollte sichergehen, dass die Kinder sich genauso entwickelten. Und was Schönheit, Klugheit und Geschick anging: Auch sie mussten im Übermaß bei beiden Eltern vorhanden sein.« Er strich sich mit dem Handrücken den perlenden Schweiß von der Stirn. »Um es kurz zu machen: Alles in allem wurden wohl einige Dutzend Kinder ausfindig gemacht. Wir Priester wurden verpflichtet, sie zu melden und fortan darüber zu schweigen. Auch ich fand ein solches Kind in meiner Gemeinde und meldete den Namen der Eltern einem persönlichen Gesandten des Papstes, der allein zu diesem Zweck durch die Lande zog. Und was glaubt Ihr, geschah? Zwei Tage später verschwand die Familie vom Erdboden.«

»Sie wurde ermordet?«, fragte ich tonlos.

Der Pater holte tief Luft. »Man fand keine Leichen und kein Blut. Alles, was blieb, war ein leeres Haus. Damals wusste ich nicht, dass anderswo ähnliche Dinge geschahen, daher nahm ich an, die Familie, die ich selbst gemeldet hatte, sei vielleicht mit dem Gesandten gezogen oder, schlimmstenfalls, vor ihm davongelaufen. Ich hatte nicht die mindeste Ahnung, was der Papst mit diesen Menschen vorhatte, aber natürlich war ich überzeugt, dass es eine gute Sache war, etwas, das zu Ehren des Herrn geschah. Erst später erkannte ich ein Stück der Wahrheit. Durch eine Reihe von Zufällen erfuhr ich, dass in anderen Gemeinden, weit verstreut über das ganze Reich, ähnliche Gesandte aufgetaucht waren. Und auch dort schien es, als habe der Boden die betreffenden Familien verschluckt. Alle verschwanden ohne eine Spur. So begann ich, mit meinen bescheidenen Mitteln Nachforschungen anzustellen, und ganz allmählich erfuhr ich, dass die Kinder von den Gesandten nach Süden gebracht worden waren – nach Rom. In den Annalen der Kirchenschreiber wird dieser Vorfall als Auszug der Erleuchteten geführt oder auch als Zug der Engel.«

Da war es wieder, das gefürchtete Wort.

Engel.

»Was geschah mit den Eltern?«, fragte Faustus. »Brachte man auch sie nach Rom?«

Der Pater senkte betreten den Blick. »All jene, mit denen ich sprach, Menschen also, die die Gesandten auf ihrem Weg beobachteten, erwähnten stets nur die Kinder. Von ihren Eltern hatte keiner etwas bemerkt. Ich glaube nicht, dass sie jemals nach Rom gelangten. Und im Lichte der neuen Ereignisse befürchte ich das Schlimmste für sie.«

»Aber … das ist unmöglich«, keuchte ich atemlos. »Der Papst mag ein Wahnsinniger gewesen sein, vielleicht gar ein Satansjünger. Aber er konnte unmöglich all diese Kinder entführen und ihre Eltern ermorden …«

»Meint Ihr?«, fragte Gregorius und sah fast ein wenig mitleidig zu mir herab. »Die Päpste haben über die Jahrhunderte hinweg ganze Städte ausrotten lassen. Sie haben Kriege geführt und ritten höchstpersönlich an der Spitze ihrer Armeen. Hunderttausende wurden getötet, gemartet –«

»– und verbrannt«, fügte Faustus trocken hinzu.

Fast hätte ich gegrinst. Nur fast.

Gregorius ließ sich dadurch nicht beirren. »Kein weltlicher Herrscher hat in den letzten fünfhundert Jahren so grausam regiert wie einige der Stellvertreter Petri. Und Alexander war einer der Schlimmsten.«

Faustus blieb gelassen. »Nehmen wir an, Ihr hättet recht mit Eurer Annahme. Was hätte der Borgia dann mit den Kindern anfangen sollen?«

Natürlich musste auch Faustus längst zu einem ähnlichen Schluss gekommen sein wie ich selbst: dass nämlich die weißhaarigen Krieger draußen im Wald niemand anders waren als eben jene Kinder, dreizehn Jahre nach ihrer Entführung durch den Heiligen Schlächter. Sie alle waren geworden wie ihre Eltern – weißhaarig und wunderschön, dazu voller Kraft und Geschicklichkeit. Nur die Entschlossenheit, mit der sie anderen nach dem Leben trachteten, musste ihnen von Alexanders Häschern eingepflanzt worden sein.

Gregorius gab die gleiche Antwort: »Der Papst hat diese Kinder zu Mördern gemacht. Mörder, die jetzt den Auftrag haben, auch die letzten Spuren ihrer Existenz zu tilgen. Deshalb wollten sie mich töten. Ich selbst und einige andere Priester sind die Einzigen, die noch vom Auszug der Erleuchteten wissen.«

»Warum aber sollten sie so lange damit gewartet haben?«, wollte ich wissen.

Es war natürlich eine dumme Frage.

Faustus bewies, dass er längst viel weiter gedacht hatte. »Sagt, Gregorius, wisst Ihr noch, wie viele Jahre das Kind zählte, das Ihr dem Gesandten gemeldet habt?«

»Nicht mehr als fünf.«

»Demnach wäre es heute achtzehn.«

»In der Tat.«

Mein Meister sah mich durch das Gitter an. »Und wie alt waren die Männer und Frauen, die du im Wald beobachtet hast?«

»Es war dunkel, und ihre Schönheit verschleierte ihr wahres Alter. Sie sahen sich alle sehr ähnlich, fast wie Geschwister. Mag sein, dass sie nicht mehr als achtzehn Lenze zählten.«

Die beiden anderen nahmen es schweigend zur Kenntnis. Wieder fügten sich einzelne Bruchstücke zu einem großen Bild zusammen.

»Trotzdem«, gab ich zu bedenken, »welchen Sinn hätte es für den Borgia gehabt, sich eine Armee hellblonder, weißhäutiger Mörder heranzuzüchten?« Nun, da ich es aussprach, schien es noch ungleich absurder.

Faustus hob die Schultern und lächelte schwach. »Lieber Wagner, eben diese Frage wird mir auf dem Weg zum Scheiterhaufen zu denken geben. Und ich fürchte, dass ich die Antwort nicht mehr erfahren werde. Eine elende Vorstellung, bei meiner Treu!«

»Sagt so etwas nicht«, bat ich flehend.

Was sollte aus mir und Angelina werden, wenn Faustus nicht mehr war?

Angelina!

Herrgott, ich hatte sie völlig vergessen.

Sie war eine der Erleuchteten! Musste das nicht bedeuten, dass auch sie –

Ich kam nicht dazu, den Gedanken zu Ende zu denken. Angelina war schneller. Plötzlich legten sich ihre weißen, schmalen Hände von hinten um den Hals des Paters. Gleichzeitig hieb sie ihm ein Knie in den Rücken. Gregorius ging mit einem heiseren Keuchen zu Boden.

Ich riss den Mund auf, doch der Schrei blieb mir im Halse stecken. Das entstellte Mädchen bildete mit Zeige- und Mittelfinger ihrer rechten Hand ein V und rammte es in die winzigen Schweinsaugen das Paters.

Faustus überwand seine Überraschung um ein Vielfaches schneller als ich selbst. Er warf sich auf Angelina und wollte sie von Gregorius zerren, doch sie entwand sich ihm mit kraftvoller Geschicklichkeit. Ihre Wunden mussten sie vor Schmerzen fast um den Verstand bringen, und doch schien ihr einziges Streben der Tod des Paters zu sein. Als hätte sie sich erst jetzt wieder an ihren eigentlichen Auftrag erinnert.

Faustus packte sie erneut, und diesmal ging er gezielter vor. Er holte aus und schlug ihr mit der flachen Hand zwischen die Schulterblätter. Ihr Zustand würde sich dadurch kaum verschlimmern, doch der Schmerz musste höllisch sein. Er *musste* sie einfach außer Gefecht setzen.

Die Rechnung ging auf.

Ehe Gregorius sein Augenlicht einbüßen musste, ließ Angelina von ihm ab und krümmte sich vor Pein. Aus ihrem Mund drang erst ein Keuchen, dann ein Schrei. Der erste Laut, den ich überhaupt von ihr hörte! Musste das nicht bedeuten, dass sie auch sprechen konnte?

Mir blieb keine Zeit, länger darüber nachzudenken, denn im selben Moment wurde von außen gegen die Tür gehämmert. Asendorfs Männer mussten den Tumult gehört haben. Der Eingang war noch immer verschlossen, und nun mochten sie erstmals bereuen, dass sie ihn nicht öffnen konnten. Mit einem Streit unter den Gefangenen hatte keiner gerechnet.

»He, was ist los?«, rief eine gedämpfte Stimme durch das Holz.

Der Soldat wartete vergeblich auf Antwort. Faustus dachte nicht daran, und Angelina und der Pater waren mit sich selbst und ihrem Schmerz beschäftigt.

Vor der Tür ertönte aufgeregtes Gerangel. Offenbar sandte man nach Asendorf. Der Inquisitor sollte entscheiden, was zu tun war.

Dabei erinnerte ich mich erstmals wieder an DeAriel. Wo war der Kardinal? Hielt er sich auch in der Burg auf? Seine

Stimme zumindest hatte ich vorhin nicht gehört. Nur die von Asendorf. Doch das musste nichts bedeuten.

Aber natürlich! DeAriel! Warum nur hatte ich nicht früher an ihn gedacht? Hatte es nicht geheißen, er selbst hätte den Auftrag, die Mordbrenner ausfindig zu machen? Welch üble List! Der Vatikan schickte mit seinen Mördern gleich denjenigen, der sie nach außen hin überführen sollte. Dabei war seine wahre Aufgabe die, das Treiben der Mordbrenner zu decken und durch falsche Ermittlungen zu vertuschen. Nur so und nicht anders war seine Anwesenheit an Asendorfs Seite zu erklären.

Doch es blieb keine Zeit, über die Hintergründe des vatikanischen Komplotts nachzudenken. So viele Fragen blieben offen: Was steckte hinter dem Plan des Borgia, sich eine Armee von Mördern mit Engelsgesichtern heranzuziehen? Und warum zeigte man in Rom selbst heute noch, dreizehn Jahre und drei Päpste später, Interesse an der Vertuschung jener Ereignisse von 1502? »Angelina«, sagte ich leise.

»Angelina, hör mir zu!«

Sie schien einen Augenblick zu zögern, dann unterdrückte sie ihren Schmerz und sah mich an. Ihr erstarrtes Gesicht verriet keinen ihrer Gedanken. Zumindest machte sie keinen weiteren Versuch, sich auf Gregorius zu stürzen.

»Du verstehst uns, nicht wahr?«, sagte ich. Es war keine wirkliche Frage. Ihr Angriff auf den Pater hatte sie verraten. Die ganze Zeit über hatte sie uns im Ungewissen gelassen, ob sie unsere Worte verstand oder nicht. Dabei hatte sie stets gewusst, über was wir sprachen. Trotzdem mochte ich nicht glauben, dass sie uns wirklich Böses wollte.

Sie nickte langsam. Ja, sie verstand nur zu gut.

»Kannst du sprechen?«, fragte ich.

Angelina schüttelte den Kopf.

»Dieses Biest!«, schrie Gregorius, der sich allmählich von dem Angriff erholte. Er hatte beide Fäuste geballt, als wollte er sich auf das Mädchen stürzen. Doch ob ihm ihre katzengleiche Attacke Respekt eingeflößt hatte oder ob er sich schlichtweg seines gesunden Menschenverstandes entsann – er zügelte sich und ließ sie in Frieden.

Was ihn freilich nicht davon abhielt, sie mit Worten anzugreifen. »Dieses Miststück hat es nur darauf abgesehen, uns alle zu verraten! Sie wird uns an ihre Brüder und Schwestern ausliefern.« Er klang jetzt ganz und gar nicht mehr wie ein Geistlicher im friedfertigen Dienste des Herrn.

»Ihr wisst, wie sie zu dem geworden ist, was sie heute ist«, versuchte Faustus ihn zu besänftigen. »Angelina trägt daran keine Schuld.«

Daraufhin schwieg der Pater und ging in sich. Vielleicht sah er ein, dass Faustus die Wahrheit sprach. War nicht sogar er selbst verantwortlich für das, was aus diesen Kindern geworden war? Hatte er nicht selbst eines von ihnen in sein Verderben geschickt – auch wenn es ohne Absicht geschah? Es gehörte nicht viel dazu, sich die Gedankengänge des Paters auszumalen. Der gequälte Ausdruck auf seinem Gesicht war keine Folge von Angelinas Attacke – es war das Spiegelbild seiner Selbstzweifel.

Angelina rollte sich zusammen wie ein hilfloses Kind. Sie schien verwirrt über ihr eigenes Benehmen. Vielleicht war ihr der Hass auf ihre auserwählten Opfer so tief eingesät worden, dass er selbst in einer Lage wie der unseren noch zur Blüte reifte. Obwohl ihr doch klar sein musste, dass sie in den Augen ihrer früheren Gefährten längst die Seiten gewechselt hatte. Spätestens in jenem Augenblick, in dem sie Faustus – aus Mitleid? – vom Scheiterhaufen befreit hatte, musste sie die anderen gegen sich aufgebracht haben. Hatten die Engel des Borgia sie deshalb so grausam bestraft? Wurde sie deshalb verstümmelt und achtlos am Wegrand liegen gelassen, um dort zu verenden wie ein Tier? War das die Strafe für ihren Verrat an der Sache des Vatikans?

Wie aber war sie dann hinauf in den Baum gelangt?

Erneutes Hämmern am Eingang. Dann ein lautes Krachen. Asendorfs Männer brachen die Tür auf. Das Holz war dick und die Beschläge massiv, trotzdem würden sie nur eine Zeit lang standhalten. Wieder warf sich jemand dagegen. Und wieder.

Faustus packte das Schwert, mit dem er die beiden Engelkrieger in die Flucht geschlagen hatte. Er legte es vor sich auf den Boden und schob es mir durch das Gitter entgegen.

»Nimm es!«, sagte er. »Du wirst es dort draußen besser gebrauchen können als ich.«

Ich wollte widersprechen, ihn bitten, damit um sein Leben zu kämpfen, doch im selben Moment flog die Tür nach innen, und Asendorfs Männer stürmten in die Kammer. Es gelang mir gerade noch, die Klinge unbemerkt in den Schacht zu ziehen, dann rissen ein halbes Dutzend Hände meinen Meister grob auf die Füße. Angelina lag immer noch zusammengerollt am Boden. Einer der Kerle machte eine bösartige Bemerkung über ihr verbranntes Gesicht, die übrigen lachten. Weitere Beachtung schenkten sie ihr nicht, ebensowenig wie Gregorius, der dasaß und die Soldaten mit glasigen Augen anstarrte. Offenbar glaubte er, auch sein Ende sei gekommen.

Doch die Landsknechte hatten es allein auf Faustus abgesehen. Er wurde durch die Tür gezerrt und fortgebracht. Zwei Soldaten blieben zurück. Sie fesselten die Hände der übrigen Gefangenen – beide ließen es willenlos über sich ergehen – und verließen dann die Kammer. Sie zogen die Tür hinter sich zu, obwohl das Schloss zerbrochen war. Ich hörte, wie die beiden draußen ihre Posten bezogen. Niemand schien Gregorius und Angelina einen Fluchtversuch zuzutrauen.

Meine Angst um das Leben meines Meisters war übermächtig. Sein Scheiterhaufen konnte noch nicht vollendet sein; wahrscheinlich würde Asendorf zuerst mit ihm sprechen oder ihn gar foltern wollen. Zugleich aber wusste ich, dass das Schicksal Angelinas und des Paters nun in meinen Händen ruhte. Ich war der Einzige, der sie jetzt noch retten konnte.

Der Rückweg durch den Schacht gestaltete sich weitaus schwieriger als der Hinweg. Aufgrund der Enge musste ich die Strecke rückwärts bewältigen, mit den Füßen voran. Vor allem die scharfe Abzweigung bereitete mir Sorgen. Ich hatte gerade meinen Unterkörper um die Ecke gebogen, als ich mit einem Mal feststeckte. Ich kam nicht vor und nicht zurück. Panik überflutete mein Denken. Plötzlich war ich sicher, nie mehr ans Tageslicht zu kommen. Ich ruckte, schob und zerrte, immer schneller, immer verzweifelter, bis es mir schließlich doch noch gelang, vollends um die Ecke zu kriechen. Dabei gab ich mir alle Mühe, keine lauten Geräusche zu verursachen, doch es war keine Frage, dass das Rascheln meiner Kleidung bis hinaus auf den Gang zu hören sein musste. Ich hoffte inständig, dass die beiden Landsknechte Ratten im Schacht vermuten würden. Ohnehin war es mir ein Rätsel, wie ich unbemerkt hinaus auf den Gang gelangen sollte, ohne dass die Soldaten bemerkten, dass sich gleich neben ihnen zwei Füße, dann Beine und schließlich ein ganzer Kerl aus der Wand schoben. Sie würden mich in aller Ruhe in Scheiben schneiden, ehe ich überhaupt bis zum Knie im Freien war.

Gemartert von bösen Vorahnungen blieb ich ausgestreckt liegen und dachte nach. Ich schmiedete allerlei unsinnige Pläne und verwarf sie wieder. Meine Schuhsohlen mussten jetzt noch etwa eine Elle von der Öffnung in der Flurwand entfernt sein. Was mir fehlte, war die rechte Gelegenheit, in der die beiden Wachmänner abgelenkt waren.

Als hätte man mein stummes Flehen erhört, ertönte plötzlich ein Schrei. Dann lautes Schimpfen und Hilferufe.

Natürlich! Gregorius! Ich wusste nicht, ob er wirklich mit Angelina stritt oder nur mein Dilemma erkannt hatte. Wie auch immer – sein Gezänk erfüllte seinen Zweck. Ich hörte, wie die Landsknechte fluchend in die Kammer stürmten.

Das war der Moment, den ich nutzte. Eilig schlüpfte ich rückwärtskriechend aus dem Schacht, in der Hoffnung, dass beide Männer mit ihren Gefangenen beschäftigt waren. Zu meinem Glück blieb ich unbemerkt. Ich packte das Schwert und sprang auf die Füße.

Der Gang war leer. Die eingetretene Tür der Geheimkammer stand offen. Ich machte einige Schritte darauf zu und blickte vorsichtig um die Ecke in den Raum. Gregorius und Angelina saßen immer noch mit gebundenen Händen am Boden. Das Mädchen trat mit beiden Füßen nach ihm, während der dicke Pater blasphemische Flüche ausstieß.

Die beiden Landsknechte standen davor und hatten mir den Rücken zugewandt. Das merkwürdige Schauspiel schien sie zu belustigen. Einer lachte leise.

Das Lachen verging ihm, als ich ihm die Schwertklinge von hinten handbreit in die Schulter hieb. Der Angriff war keineswegs ehrenvoll, doch hier ging es nicht um Anstand oder Kampfesruhm. Schreiend brach der Mann zusammen. Eine Blutfontäne schoss als roter Fächer aus der Wunde. Der andere Landsknecht fuhr herum und riss seinerseits das Schwert hoch. Viel zu langsam. Meine Klinge durchstieß seine Brust, bevor er überhaupt begriff, wie ihm geschah. Sein Blut spritzte über Gregorius' Kutte, dann brach auch er zusammen. Sein verletzter Gefährte lebte noch; er patschte ungläubig mit der linken Hand in der entsetzlichen Wunde herum und winselte um Gnade. Das Leben quoll ihm dunkelrot zwischen den Fingern hervor. Es war nicht nötig, ihn zu töten. Er würde jeden Augenblick an der Blutung sterben.

Es war das erste Mal, dass ich einem anderen das Leben nahm. Man sollte meinen, dass mich dieser Augenblick zeichnete. Dass er mich schockierte, entsetzte oder auf andere Weise berührte. Doch alles, was ich empfand, war – nichts! In meinem Kopf war nur die Angst um Angelina und die Furcht vor Entdeckung durch weitere Schergen des Hexenjägers. Alles andere blieb außen vor. Ich empfand nicht mehr, als hätte ich einen hungrigen Wolf erschlagen, der sich in den Wäldern auf mich stürzte – der Wille zu überleben nahm mir in gleichem Maße alle Furcht und mein Gewissen.

Erst viel später begriff ich die wahre Tragweite dieses Moments.

Gregorius starrte ungläubig auf das grausige Schlachtfest, dann auf die frischen Flecken im Stoff seiner Kutte. Willenlos ließ er zu, dass ich seine Fesseln durchschnitt. Ganz anders Angelina: Sie sprang sofort auf, nachdem ich sie befreit hatte, achtete nicht auf die rote Pfütze, in der ihre Füße standen, und riss den Pater auf die Beine. Offenbar war der letzte Streit zwischen den beiden doch nur gespielt gewesen; Angelina schien den Hass, den man ihr eingepflanzt hatte, überwunden zu haben. Ihr eigener Wille gewann die Oberhand.

»Los, kommt!« Ich rannte los, während die beiden anderen über die reglosen Körper der Landsknechte stolperten und mir folgten. Ungehindert gelangten wir bis zur Wendeltreppe, sprangen die Stufen hinunter und verhielten unsere Schritte erst vor der Geheimtür zum Pferdestall. Vorsichtig schob ich sie einen Spaltweit auf und blickte hinaus.

Die zahlreichen Tiere der Landsknechte schienen den Stall schier zu sprengen. Selbst auf dem Mittelgang hatte man viele von ihnen angebunden. Soldaten waren keine zu sehen, doch es wäre dumm gewesen, anzunehmen, dass sich keine Wachen vor dem Tor des Stalls befanden. Trotzdem mochten wir es im Schutz der Pferdeleiber unbemerkt bis zur Falltür schaffen.

Wir hatten keine Wahl. Ich gab Angelina und dem Pater ein Zeichen. Gemeinsam schlüpften wir durch die Tür. Sofort umwogte uns der Geruch von Tieren und Stroh. Während wir hinüber zur Falltür liefen, sah ich durch das offene Tor Asendorfs Männer. Gleich vier von ihnen standen draußen auf dem Hof, höchstens ein Dutzend Schritte entfernt, und sprachen miteinander. Zwei von ihnen stützten sich auf armlange Handbüchsen.

Eilig beugte ich mich über die Klappe im Boden und riss sie auf. Angelina begriff sofort und sprang ohne Zögern hinab in die Dunkelheit. Gregorius hatte offenbar Bedenken, doch ich stieß ihn nur wortlos an und gab ihm zornig zu verstehen, er möge sich beeilen. Mit geschlossenen Augen wuchtete er seinen fetten Körper durch die Öffnung und verschwand in der Tiefe.

Nun war die Reihe an mir, doch ich dachte nicht daran, den beiden zu folgen. Stattdessen beugte ich mich vor und flüsterte hinab ins Dunkel: »Folgt der Treppe nach unten. In einer Höhle findet ihr Pferde. Reitet in die Wälder, und versteckt euch.«

»Was ist mit Euch?«, hörte ich Gregorius leise aus dem Abgrund.

»Ich muss den Meister retten«, entgegnete ich entschlossener, als ich mich tatsächlich fühlte.

Ich hörte noch, wie der Pater zu einem Widerspruch ansetzte, dann schloss ich von außen die Falltür und streute Stroh über ihre Fugen. Ich wusste nicht, ob die Engelkrieger sich vielleicht in dem Treppenschacht aufhielten und ob die beiden dort unten wirklich in Sicherheit waren. Und doch war die Flucht durch den Berg ihre einzige Hoffnung. Erstaunt, ja fast panisch stellte ich fest, dass ich zum ersten Mal nicht an mein eigenes Wohlergehen dachte.

Das allerdings sollte sich schleunigst ändern, denn nun war ich gänzlich auf mich allein gestellt. Ich machte mir keine falschen Vorstellungen von der Unmöglichkeit meines Vorhabens. Was konnte ich alleine schon gegen Asendorfs ganze Soldatenschar ausrichten?

Ich fasste keinen wirklichen Plan, sondern beschloss vielmehr, Schritt für Schritt vorzugehen. Als Erstes musste ich erfahren, wo Faustus festgehalten wurde.

Ich schlich zwischen den unruhigen Pferden hindurch zu einem Fenster. Der Stall befand sich im Erdgeschoss der Vogtei, und ich hatte von hier aus gute Sicht über den gesamten

Nordhof. Er war voller Landsknechte, die auf Treppen und am Boden saßen, allein und in Gruppen, ihre Waffen säuberten, Karten spielten oder ihren Sold beim Würfeln einsetzten. Es war unmöglich, ungesehen an ihnen vorbeizugelangen.

Ein Scheiterhaufen war nirgends zu sehen.

Das Verbindungstor zum Südhof stand offen. Auch dort ließ nichts auf eine bevorstehende Hinrichtung schließen.

Da begriff ich, was Asendorf vorhatte. Als Inquisitor war er stets auf eine große Wirkung seiner Urteile bedacht. Weshalb also hätte er Faustus – ausgerechnet ihn – hier oben auf der Burg verbrennen sollen? Nein, Asendorf wollte Zuschauer, wollte die große Menge als Zeugen. Folglich würde er die Scheiterhaufen für Faustus, mich und die anderen in der Stadt errichten lassen, unten auf dem Marktplatz.

Obwohl dies für mich einen Zeitaufschub brachte und vielleicht sogar andere Möglichkeiten, meinen Meister zu befreien, so stellte es mich doch vor neue Schwierigkeiten. Befand Faustus sich überhaupt noch auf der Burg? Oder war er bereits auf dem Weg nach Eisenach? Mir kam nicht die Spur eines Einfalls, wie ich in diesem Punkt Gewissheit erlangen konnte.

Nur eines war gewiss: Ich musste schnellstens aus diesem Stall heraus, irgendwie – was sich in Anbetracht der gewaltigen Anzahl von Landsknechten vor seinem Tor als schwerste Hürde von allen erweisen mochte.

Gebückt schlich ich von Pferd zu Pferd und zerschnitt ihnen mit dem Schwert die Zügel. Es mochten an die drei Dutzend Tiere sein, und sie alle zu befreien nahm gehörige Zeit in Anspruch. Anschließend lief ich durch die Geheimtür zurück zur Kammer unterm Dach. Mit einer brennenden Kerze kehrte ich zurück, nahm sie zwischen die Zähne und klammerte mich mit Armen und Beinen fest an die Flanke eines der Pferde. Dann erst spie ich die Kerze in hohem Bogen ins Stroh. Die Flamme sprang sofort über, und innerhalb weniger Augenblicke loderte im hinteren Teil des Stalls ein kniehohes Feuer.

Die ängstlichen Tiere gerieten in Aufregung. Der Rauch fraß sich in ihre empfindlichen Nüstern, und die plötzliche Hitze ließ die Pferde an der Rückwand mit schrillem Wiehern vorwärtspreschen. Panik brach aus. Von einem Herzschlag zum nächsten verwandelte sich die eben noch friedliche Szene in einen brodelnden Hexenkessel. Auf dem Hof wurden Schreie laut, doch sie wurden übertönt vom Wiehern der Tiere und dem harten Schlag ihrer Hufe. Wie eine Sturzflut aus dunklen Leibern ergossen sich die Pferde ins Freie, trampelten alles nieder, was ihnen in den Weg geriet, wollten nur fort von dem Stall und dem Feuer, das sich darin in Windeseile ausbreitete.

Das Pferd, an dessen Seite ich hing wie eine Zecke, preschte als eines der letzten durchs Tor. Da waren die Menschen im Hof schon längst nicht mehr um die Tiere bekümmert, sondern vielmehr um das Feuer, das zur Bedrohung für die ganze Burg werden konnte. Eimerketten wurden gebildet, und während die ersten Wasserkübel ihren Inhalt in die Flammen ergossen, ließ ich mich nahe des Torhauses zu Boden fallen. Blitzschnell rollte ich mich zur Seite, um nicht unter den stampfenden Hufen zu enden. Mit viel Glück entging ich einem tödlichen Tritt, rappelte mich im Schutz des Tumults aus Pferdeleibern, schreienden Mägden und verwirrten Landsknechten auf und sprang zur nahen Treppe eines Wehrgangs.

Niemand schenkte mir Beachtung. So weit war meine List geglückt.

So schnell ich konnte, stürmte ich die Treppe hinauf, nahm immer drei Stufen auf einmal, bis ich mit wenigen Sätzen oben anlangte. Der überdachte Fachwerkgang war menschenleer. Alles war beim Ausbruch des Feuers hinab in den Hof gelaufen. Ich machte mir keine falschen Vorstellungen: Die Flammen sahen größer und gefährlicher aus, als sie es tatsächlich waren, und schon in Kürze würde man sie gelöscht haben. Man würde sich der Gefangenen entsinnen und in der Dachkammer nach dem Rechten sehen. Was geschähe, wenn man die beiden Leichen entdeckte, wagte ich mir nicht auszumalen. Spätestens dann musste ich die Burg verlassen oder aber ein todsicheres Versteck gefunden haben. Beides schien mir aussichtslos.

Trotzdem war es wichtig, dass ich vom Wehrgang aus einen Blick auf den Weg warf, der sich aus dem Tor, quer durch den Wald und den Berg hinunter bis in die Stadt schlängelte. Zumindest Teile davon waren von hier aus einzusehen. Falls man Faustus wirklich nach Eisenach bringen wollte, konnte er in so kurzer Zeit unmöglich dort angelangt sein. Doch die schmale Straße war verlassen, weder von Faustus noch Asendorf war etwas zu erkennen. Es sprach also einiges dafür, dass mein Meister noch hier in der Burg festgehalten wurde. Wenigstens hatte ich nun den Ort näher eingegrenzt, an dem ich nach ihm suchen musste. Freilich entfiel damit auch die Möglichkeit einer Flucht von der Wartburg. Erst galt es, Faustus zu befreien.

Ich rannte den Wehrgang hinunter nach Süden, wo er an das Wohnhaus grenzte, in dem wir die erste Nacht auf der

Burg verbracht hatten. Die Erinnerung an die hübsche Dienstmagd flimmerte mir trotz aller Eile durchs Gedächtnis, und Wehmut überkam mich bei dem Gedanken an friedlichere, lustvollere Augenblicke.

Ich riss die Verbindungstür auf und betrat das Gebäude. Auch hier war wegen des Aufruhrs im Hof niemand zu sehen. Ich war mir wohl bewusst, dass ich mich immer weiter vom Tor entfernte und mich stattdessen dem Palas näherte, jenem Bau mit seinem Festsaal, in dem der prunkverwöhnte Asendorf zweifellos residierte. Ich erhoffte mir, dass man eher in den abgelegenen Teilen der Burg nach mir suchen würde und nicht hier, in direkter Reichweite des Hexenjägers. Vielleicht nahm man an, ich hätte die allgemeine Aufregung gemeinsam mit den beiden anderen zur Flucht in die Wälder genutzt, eine Vorstellung, die mir einleuchtend schien. Die Frage war, ob Asendorf und DeAriel eine Verfolgung anordnen würden. Faustus saß gefangen, wir anderen waren im Vergleich dazu nur unbedeutende Mitläufer. Ohne ihn waren wir nichts. Möglicherweise würde der Hexenjäger uns laufen lassen.

Doch die schönsten Hoffnungen und besten Pläne taugen nichts, wenn man den Feind unterschätzt. Und eben das war der Fehler, den ich in diesem Augenblick beging.

Statt abzuwarten und zu beobachten, was Asendorf als Nächstes plante, glaubte ich, es sei am besten, gleich einen Versuch zur Befreiung meines Meisters zu unternehmen. Ich hoffte, dass auch die Wachmannschaft ihre Pflichten vernachlässigen und hinaus auf den Hof laufen würde. Man möge mir anrechnen, dass ich nie zuvor in einer ähnlichen Lage war. Bei Gefahr hatte ich stets die Flucht ergriffen und mich ihr keinesfalls, so wie jetzt, wagemutig ins offene Maul geworfen. Ich wusste nicht, wie Heerführer ihre Strategien planten, und ich hatte nicht den Schimmer einer Ahnung, wie ein Mann wie Asendorf seine Verteidigung organisierte. Allein diesem Mangel an Erfahrung war es anzulasten, dass ich wie ein Blinder ins offene Messer lief.

Ich hatte eben das Wohnhaus im ersten Stock durchquert und das anliegende Treppenhaus betreten, als mir eine breite Gestalt den Weg vertrat. Ich blickte ihr nicht ins Gesicht – stattdessen wurden meine Augen von der schwarzen Mündung der Handbüchse angezogen, die genau in meine Richtung wies.

»Wenn das nicht der kleine Zauberlehrling ist«, frohlockte eine raue Stimme, dann rammte ein harter Gegenstand in meine Seite. Ein zweiter Büchsenlauf.

Jetzt erst blickte ich auf und sah in die Gesichter meiner Gegner.

Zwei Landsknechte des Inquisitors. Und sie schienen mehr als glücklich, mir hier und jetzt den Garaus zu machen.

Der eine lachte grimmig, doch der andere blieb ernst.

»Abrakadabra«, sagte er leise.

Kapitel 5

Die Landsknechte machten sich nicht einmal die Mühe, mich in einen Kerker zu stecken. Stattdessen führten sie mich hinaus auf den Südhof, legten mir Handeisen an und ketteten mich im Freien an einen Eisenring am Fuße des Bergfrieds. Dutzende Augen beobachteten mich, wie ich mit angezogenen Knien am Boden saß und mir alle Mühe gab, einen klaren Gedanken über meine neue Lage zu fassen.

Das Feuer im Stall war offenbar erfolgreich gelöscht worden. Man hatte die Pferde im Nordhof zusammengetrieben, sodass sich die Soldaten und Dienstleute nun im Süden aufhielten. Die umstehenden Landsknechte beachteten mich kaum, wohl aber einige der Frauen und Dienstboten. Und dann, gerade als ich alle Hoffnung fahren ließ, entdeckte ich auch die hübsche Magd, die mir die erste Nacht versüßt hatte. Sie eilte schnurstracks an mir vorüber und gab sich offenbar alle Mühe, mich nicht anzusehen. Es gelang ihr nicht gänzlich, und so fing ich einen ihrer Blicke auf, der durchaus bekümmert wirkte.

Nun, dachte ich, zumindest wird jemand deinen Tod betrauern.

Ich hatte weder Faustus noch Asendorf oder gar DeAriel getroffen. Ich war niemandem gegenübergestellt und von keinem verhört worden. Dabei mussten die Schergen des Hexenjägers doch mittlerweile sicher sein, dass ich derjenige war, der die beiden Wachtposten getötet und das Feuer gelegt hatte. Oder trauten sie mir solche Entschlossenheit nicht zu?

Wahrscheinlich war es schlichtweg einerlei – ich würde so oder so verbrannt. Ob mich die Todesstrafe wegen Ketzerei oder Ermordung zweier Landsknechte ereilte, war letzten Endes gleichgültig. Ich hoffte nur, dass ich noch einige Worte mit meinem Meister wechseln durfte. Mir lag viel daran, ihm zu versichern, dass ich Angelina und Gregorius in Sicherheit gebracht hatte. Vorausgesetzt, die beiden Streithähne zerfleischten sich nicht gegenseitig.

Nach einer ganzen Weile, während der ich fantastische Fluchtpläne schmiedete und allesamt wieder verwarf, öffnete sich das Tor des Palas'. Vier Landsknechte traten ins Freie, gefolgt vom Inquisitor und seinem Bibelzwerg.

Konrad von Asendorf schenkte mir einen eisigen Blick aus seinen schmalen Augen. Sie waren von funkelndem Grün, beinah wie Edelsteine. Ich erwartete, dass er mich ansprechen würde, doch stattdessen trat er mit einem siegessicheren Lächeln an mir vorüber und ging durch das Verbindungstor zum Nordhof. Ihm folgten Kardinal DeAriel und als Letzter schließlich, umringt von einem halben Dutzend Landsknechte, mein armer Meister. Faustus trat hoch erhobenen Hauptes ins Freie, stolz, ungeschlagen, keineswegs wie einer, den nur noch der Tod erwartet. Langsam sah er sich um, als wolle er sich vergewissern, dass sein Auftritt von einem ausreichend großen Publikum verfolgt wurde. Er brachte es gar über sich, einigen Mägden ein galantes Lächeln zu schenken. Himmel, er verstand es wirklich, sich in Szene zu setzen!

Da aber entdeckte er mich, und für einen kurzen Augenblick fiel seine Maskerade in sich zusammen. Pure Verzweiflung stand ihm mit einem Mal ins Gesicht geschrieben. Es währte nicht lange, da glättete sich die Oberfläche seiner selbstbewussten Erscheinung wieder, doch der Moment hatte ausgereicht, um mich erkennen zu lassen, wie es wirklich in ihm aussah. Dabei glaubte ich nicht einmal, dass er allzusehr um sich selbst fürchtete; doch dass nun auch ich – sein schutzbefohlener Schüler – in die Hände der Inquisition gefallen war, schien ihn mehr als alles andere zu bekümmern.

Man führte ihn ebenfalls durchs Tor, wo er mit den übrigen aus meinem Blickfeld verschwand. Dann traten plötzlich zwei Landsknechte vor und befreiten mich aus meinen Ketten. Mit groben Stricken fesselten sie mir die Hände auf den Rücken und trieben mich mit Stößen und Tritten hinter Faustus, dem Kardinal und Asendorf her.

Als ich den Nordhof betrat, stand dort bereits ein offener Pferdewagen bereit, auf dem man notdürftig zwei Pfähle aufgestellt hatte. Soeben wurde Faustus an einen davon gebunden, mit dem Rücken zum Kutscher. Ich selbst wurde ebenfalls dort hinaufgetrieben und an den anderen Pfahl gefesselt, sodass mein Meister und ich uns im Abstand von zwei Schritten von Angesicht zu Angesicht gegenüberstanden. Mit uns setzten sich zwei Soldaten auf den Wagen.

Asendorf, DeAriel und ihr Gefolge bestiegen die Pferde, lenkten sie zwischen den übrigen Tieren hindurch, die notgedrungen noch immer auf dem Hofe standen, und ritten über die Zugbrücke zum Burgtor hinaus. Unser Wagen folgte ihnen. Den Abschluss der Prozession bildete ein weiterer Trupp von Landsknechten.

Es gab keinen Zweifel mehr, dass man uns hinab nach Eisenach bringen würde. Die Scheiterhaufen standen bereit.

Als der Wagen durchs Tor rumpelte, gelang es mir, einen Blick auf den Burghauptmann zu erhaschen. Berlepsch stand am Fenster seiner Vogtei und starrte uns mit leerem Blick hinterher. Was geschah und noch geschehen würde, war nicht seine Schuld. Ich zweifelte nicht, dass Kardinal und Hexenjäger all ihre kirchliche Macht aufgeboten hatten, um sich gegen den Hauptmann durchzusetzen. Ihr Glück war, dass der Kurfürst nicht persönlich auf der Wartburg weilte; Friedrich hätte ihre Pläne durchkreuzt. Berlepschs Macht allein aber reichte dazu nicht aus. Hätte ich keine anderen Sorgen gehabt, so hätte er mir leidgetan.

»Die anderen sind in Sicherheit«, zischte ich Faustus zu, als wir die Rampe hinabrollten.

Sofort gab mir einer der Landsknechte einen heftigen Stoß in den Magen. »Halt's Maul!«, fuhr er mich an.

Faustus nickte mir zu. »Das hast du gut gemacht.«

Der Soldat fuhr herum und starrte Faustus finster ins Gesicht. »Bist du taub, Ketzer?«

Einen Moment lang verhärtete sich der Blick meines Meisters, als er wieder einmal den Versuch unternahm, einem anderen seinen Willen aufzuzwingen. Doch wie so oft misslang es auch diesmal.

Der Landsknecht wandte sich mit einem Kopfschütteln ab und setzte sich neben seinen Gefährten auf den Rand des Wagens. Die Straße durch den Wald war alles andere als ebenmäßig, und beide hatten Mühe, sich an der Holzkante festzuhalten.

Meine Sicht war durch die Fesselung am Pfahl auf das beschränkt, was vor uns lag, während Faustus nur an mir vorbei nach hinten und zur Burg hinaufsehen konnte. Ich blickte auf

Asendorf und DeAriel, die sich leise miteinander unterhielten. Der Bibelzwerg saß freihändig auf seinem Pony und las wie üblich aus der Heiligen Schrift. Asendorf gab ihm schon nach kurzer Zeit einen Wink, sodass sich der Zwerg in seiner Litanei auf lautlose Mundbewegungen beschränkte. Er las weiter, doch kein Wort drang über seine Lippen.

Wieder gingen mir tausend Fragen durch den Kopf. Welche Rolle spielte Kardinal DeAriel wirklich? Sicher, er war vom Vatikan beauftragt und hatte fraglos den Oberbefehl über die Engel des toten Borgia. Diese aber hielten sich im Wald versteckt. Daher bestand kein Zweifel, dass ihr Handeln, ja selbst ihre Anwesenheit streng geheim gehalten wurden.

Und hatte Asendorf meinen Meister in Wittenberg nicht um Hilfe im Fall der verbrannten Priester ersucht? Wenn aber doch der Vatikan hinter den Anschlägen steckte, warum gab der Inquisitor sich dann solche Mühe, die Täter aufzudecken?

Darauf konnte es nur eine einzige Antwort geben:

Asendorf war in die Pläne nicht eingeweiht. Er wurde von DeAriel und seinem Herrn in Rom ebenso an der Nase herumgeführt wie der Rest der Christenheit. Schlimmer noch: Der Heilige Stuhl nutzte den Hexenjäger ohne dessen Wissen aus, um die Attentate zu verschleiern. Denn zweifellos ritt DeAriel vor allem deshalb an Asendorfs Seite, um diesen stets von Neuem in die Irre zu leiten. Nur so konnte sichergestellt werden, dass niemand die vatikanischen Mordbrenner bei ihrem Todeshandwerk störte.

Im selben Augenblick, da ich die Zusammenhänge begriff, brach ein gehässiges Lachen aus mir hervor. Asendorf war der größte Narr von allen! Papst Leo und seine Kardinäle mussten sich die Wänste halten vor Gelächter über seine vergeblichen Mühen. Und warum sollte ich ihnen darin nachstehen?

Ich lachte und lachte, lauter und lauter, bis sich selbst der Inquisitor im Sattel nach mir umwandte. Ich hätte nicht aufhören können, selbst wenn ich gewollt hätte. Faustus musterte mich erstaunt, doch ich sah es nur verschwommen durch die Tränenströme, die mir aus den Augen quollen. Herrgott, diese Ironie! Asendorf glaubte sich auf der Höhe seines größten Sieges, und doch war er nicht mehr als ein jämmerlicher Hanswurst an den Fäden des Vatikans.

Ich wollte ihm die Wahrheit entgegenschreien, ihm die größte aller Erniedrigungen zukommen lassen, hier und jetzt, vor all seinen Männern, doch ein brutaler Schlag ließ mich verstummen. Dann traf mich ein zweiter, direkt in die Magengrube, und der Schmerz löschte für eine Weile jeden anderen Gedanken aus.

Ich muss wohl zusammengesunken sein, denn als meine Sinne sich lichteten, brannten meine Handgelenke wie Feuer, so tief schnitten die Fesseln ein, an denen ich mit meinem ganzen Körpergewicht hing. Um uns erkannte ich Häuser und jubelnde Menschen. Für Faustus wiederholten sich die Ereignisse aus Wittenberg, doch für mich war *diese* Sicht einer Hinrichtung neu. Zum ersten Mal war ich selbst das Opfer, und als wir nun durch Eisenachs Gassen rollten, da wurde mir plötzlich die ganze Tragweite meines Schicksals bewusst. Ich würde nicht einfach nur sterben, nein, ich sollte brennen, die schlimmsten aller Qualen erleiden, bis mir die kochende Haut vom Gerippe tropfte.

Unser Tross erreichte den Marktplatz im Schatten schmutziger Fachwerkhäuser. Vier Scheiterhaufen waren in einem

Halbrund errichtet worden. Hatte man Angelina und Gregorius doch noch gestellt? Nein, unmöglich. Der Auftrag, die Holzgerüste aufzubauen, musste überbracht worden sein, als die beiden noch mit Faustus gefangen saßen. Das bedeutete aber auch, dass man zu jenem Zeitpunkt schon fest damit gerechnet hatte, auch meiner habhaft zu werden. In jeder anderen Lage hätte mich solche Schmach beleidigt; jetzt aber war es mir gleichgültig.

Henkersknechte stopften Reisig und Stroh in die Lücken der beiden mittleren Scheiterhaufen. Die Gerüste sahen ähnlich aus wie jenes in Wittenberg – hölzerne Plattformen mit einem Pfahl in der Mitte –, obgleich man ihnen die Eile anmerkte, in der sie errichtet worden waren.

Unsere Bewacher standen auf und lösten unsere Fesseln. Während uns die versammelte Menschenmenge neugierig anstarrte, wurden Faustus und ich vom Wagen gezogen. Das letzte Stück mussten wir zu Fuß gehen. Wir beeilten uns, trotz dessen, was uns erwartete, denn sonst hätte man uns vorwärtsgetrieben wie Vieh. Mir war weder nach ehrenvollem Auftritt noch nach sonstigen Etiketten zumute, doch die äußerliche Ruhe und die Beherrschtheit, mit der mein Meister durch die Gasse zwischen den Menschen schritt, steckte mich an. Ich bemühte mich, all mein Denken auf ihn auszurichten, als sei er eine Art Priester oder, besser noch, ein Gott, zu dem man aufblickte und dem man selbst im Augenblick des Todes nacheifern wollte.

Irgendwo wurden Trommeln geschlagen, erst langsam, dann immer schneller. Auf den Gesichtern der Männer und Frauen erschien ein Ausdruck angespannter Erwartung. Münder, Augen und Nasen verschmolzen zu einer einzigen gewaltigen Grimasse, fleischig und verzerrt, die sich lachend an unserem Elend ergötzte.

Die Henkersknechte führten uns getrennt auf die Scheiterhaufen und fesselten uns an die Pfähle.

Das Tempo der Trommelschläge steigerte sich.

Asendorf betrat ein Podest am Rande der Menge. Der Bibelzwerg ging zu seinen Füßen in die Hocke.

So also endet es, dachte ich.

Der Trommelwirbel fand seinen Höhepunkt – und verstummte.

Der Inquisitor ergriff das Wort: »Doktor Johannes Faustus, der du dich den Quellbrunn der Nekromanten nennst, den Zweiten unter den Magiern, Astrologe, Chiromant, Aeromant, Geomant, Pyromant und Hydromant! Du, und mit dir dein Diener, bist angeklagt der Ketzerei. Du bist angeklagt, anders zu glauben und zu lehren als die römische Kirche. Du bist angeklagt des Mordes an den Dienern der Kirche.«

Damit mochte er die beiden erschlagenen Landsknechte meinen oder auch die verbrannten Priester. Mir war es längst egal.

»Das Urteil der Heiligen Inquisition lautet Tod durch Verbrennung!« Asendorf bemühte sich redlich, jeden Anflug von Triumph zu unterdrücken, doch gänzlich vermochte er seinen Siegestaumel nicht zu verbergen. Nach jahrelanger Jagd hatte er seinen Erzfeind endlich dort, wo er ihn längst hatte haben wollen. Und diesmal würde es keine falschen Pestkranken geben, um die Hinrichtung zu vereiteln.

Ich zwang mich, einen klaren Gedanken zu fassen – was nahezu unmöglich war, denn jetzt tauchten die Henkersknechte ihre Fackeln in ein Feuerbecken. Der berüchtigte Anfang vom Ende.

Ich sah über die Menge hinweg, hoch über die Dächer der Häuser zu den dunkelgrünen Berghängen jenseits der Stadt. Wir hatten drei Verbündete, irgendwo dort draußen. Angelina, Gregorius und wohl auch Mephisto. Der Hund mochte mit Faustus sprechen können, wie er wollte – befreien konnte er uns nicht. Und Gregorius war vor allem anderen ein fetter Mönch, den die Furcht um das eigene Leben und die Flucht vor seiner Schuld vollkommen nutzlos machten. Blieb allein Angelina. Sie war ein verstoßener Engel des Borgia; das bedeutete, sie konnte mit Waffen umgehen, war schnell und geschickt. Doch Angelina war verletzt und schlimmer noch – allein. Gegen den Hexenjäger und seine Soldaten war sie machtlos.

Die Henkersknechte mit ihren lodernden Fackeln kamen näher.

Beide bückten sich. Hielten die Flammen an unsere Scheiterhaufen.

Die Glut sprang über.

Bis zuletzt hatte ich nicht wirklich daran geglaubt. Hatte es nicht wahrhaben wollen. Jetzt aber sah ich mit aufgerissenen Augen, wie das Holz am Fuße der Plattform Feuer fing. Der Scheiterhaufen brannte!

Mein Herzschlag raste. Mit aller Kraft bäumte ich mich gegen meine Fesseln auf. Ich hörte, wie mein Blut in den Ohren rauschte, als kochte es bereits in den Adern.

Im selben Moment sauste irgendetwas durch die Luft. Kein Pfeil oder Armbrustbolzen. Kein Dolch im letzten Augenblick. Nichts, das meine Fesseln zerschnitt. Das Ding landete vor den Flammen am Boden. Für mich änderte sich nichts. Ich war noch immer gefesselt. Das Feuer brannte weiter. Niemand beachtete das, was herangeflogen war.

Warum auch? Es sah aus wie ein Lumpenbündel. Irgendein unförmiges Knäuel, kaum größer als ein Kopf.

Und doch war da etwas, das ihm den Anschein von Bewegung gab. Es mochte an der Hitze liegen, welche die Luft erflimmern ließ. Vielleicht war es auch nur ein Wahnbild im Angesicht des Todes.

Trotzdem – je länger ich das Ding betrachtete, desto sicherer war ich, dass sich an seiner Oberfläche etwas rührte.

Ja, kein Zweifel. Etwas bewegte sich.

Noch ein Bündel flog heran. Dann ein weiteres.

Ich sah hinüber zu Faustus. Flammen tanzten um den Sockel seines Scheiterhaufens. Auch in ihrer Nähe lagen zwei der merkwürdigen Knäuel. Er sah sie an und verhielt sich vollkommen reglos.

Verdammt, was ging hier vor?

Einige der Männer, Frauen und Kinder am vorderen Rand der Menschenmenge begannen plötzlich, um sich zu schlagen. Ebenso die beiden Henkersknechte.

Asendorf blickte sich verwirrt um.

Auch DeAriel schien ratlos.

Schreie wurden laut. Immer mehr Menschen hoben die Arme, wedelten wild damit umher, sprangen auf und ab und drängten schließlich nach hinten. Innerhalb weniger Herzschläge verwandelte sich der Marktplatz in ein kreischendes Tollhaus. Fast, als griffe die Tanzwut um sich oder …

Wespen! Tausende und Abertausende!

Die Bündel waren nichts anderes als Wespennester, die irgendwer in Lumpensäcke gesteckt hatte. Beim Sturz auf den harten Boden hatten sie sich geöffnet. Die Hitze der nahen Scheiterhaufen tat das Ihre, die winzigen Tiere in einen regelrechten Blutrausch zu stürzen. Gewaltige Schwärme brachen surrend und stechend aus ihren zerstörten Nestern hervor und stürzten sich auf alles, was sich regte.

Nur Faustus und ich blieben verschont. Die Flammen, die am Fuße der Scheiterhaufen brannten, schreckten sie ab.

Die Menschenmenge brach schreiend auseinander. Es gab nun keinen Unterschied mehr zwischen Bürgern und Bauern, Landsknechten und Kirchendienern. Selbst Asendorf und DeAriel wirbelten jetzt mit den Händen um ihre Köpfe und versuchten vergeblich, sich vor den rasenden Wespen zu schützen.

Während die Männer und Frauen in alle Himmelsrichtungen davonstürzten, liefen rechts von uns aus einer Gasse mehrere vermummte Gestalten. Sie hielten Schwerter und Dolche in den Händen, einer sogar eine Armbrust, mit der er tödliche Bolzen auf die Landsknechte Asendorfs verschoss.

Der Inquisitor schrie nach seinen Männern und befahl ihnen mit schriller Stimme, für den Fortgang der Hinrichtung zu sorgen. Er selbst aber wandte sich um, sprang auf sein Pferd und preschte davon.

Da entdeckte ich zwei weitere Menschen, die inmitten des Tumultes standen, ohne zu flüchten. Es waren Angelina und Gregorius, beide in weite Kapuzenmäntel gehüllt. Einen Augenblick lang glaubte ich, sie steckten hinter der teuflischen Wespenlist, doch tatsächlich schienen sie von den Ereignissen ebenso überrascht wie alle anderen. Sie zogen sich die Ränder ihrer Mäntel vor die Gesichter und kamen wagemutig näher, der Pater nur zögerlich, Angelina aber schnell und entschlossen.

Dann verlor ich sie aus den Augen, denn im selben Moment sprangen gleich zwei der vermummten Gestalten auf mein Podest und machten sich an meinen Fesseln zu schaffen. Mit einem dumpfen Laut lösten sich die Seile, und ich war frei. Einer der beiden zog mir einen groben Leinensack übers Gesicht, in den man einen dünnen Spalt für die Augen geschnitten hatte. Dann zerrten mich meine Retter in einem weiten Satz über die Flammen hinweg und riefen mir zu, so schnell wie möglich davonzulaufen.

Das tat ich – und stieß schon nach wenigen Schritten mit Faustus zusammen, dem man offenbar denselben Rat gegeben hatte. Polternd stürzten wir übereinander. Ich riss mir den Sack vom Gesicht und bemerkte, dass die Wespen sich allmählich verteilten. Die meisten schwirrten immer noch dort umher, wo sich einige der unglücklichen Zuschauer voller Qual am Boden wälzten. Der Rest flog davon, um sich in Dachstühlen und Bäumen neue Nester zu bauen.

Auch Faustus zog sich den Sack herunter und grinste mich an.

»Lauf!«, rief er mir zu. »Ich will derweil unseren Freunden beistehen.«

»Unseren Freunden?«, fragte ich, denn ich wusste noch immer nicht, wem wir unsere Rettung verdankten.

»Ja, hast du sie denn nicht erkannt?«, erwiderte er, gab mir aber keine Erklärung, sondern rannte los zu den anderen.

Ich stand einen Augenblick lang ratlos da, dann folgte ich ihm.

Asendorfs Landsknechte hatten sich zu einem erbärmlichen

Haufen zusammengerottet. Viele hatten ihre Waffen fortgeworfen und schlugen mit bloßen Händen nach den stechenden Insekten. Einigen schwollen bereits Gesichter und Finger an, dort, wo sich die Stacheln der Wespen in ihr Fleisch gebohrt hatten. Noch dazu drangen nun die Vermummten, nicht mehr als ein knappes Dutzend, auf sie ein. Es bereitete ihnen keine Schwierigkeiten, die angeschlagenen Landsknechte gänzlich zu entwaffnen und jene, die Widerstand leisteten, niederzumachen.

Die Pferde der Soldaten irrten ziellos auf dem Marktplatz umher. Drei der Vermummten packten je ein Tier an den Zügeln, schwangen sich hinauf und folgten dem flüchtenden Asendorf. Die vorderste der Gestalten riss sich die Tücher vom Kopf. Zum Vorschein kam ein schwarzer Haarschopf, der hinter ihr wehte wie ein Schweif. Lady Lara schien mir schöner denn je.

Die Gauklerin hieb ihrem Pferd die Fersen in die Flanken und preschte stadtauswärts davon. Ihre beiden Gefährten folgten ihr. Sie waren entschlossen, Asendorfs Flucht zu vereiteln.

Faustus griff nach einem herrenlosen Schwert, zog sich gleichfalls auf ein Pferd und folgte den dreien auf der Spur des Hexenjägers. Ich wollte es ihm gleichtun, doch es gelang mir nicht, eines der panischen Pferde zu zähmen. So blieb mir nur, ihm besorgt hinterherzublicken. Er rief mir etwas zu, doch wurden seine Worte vom Lärm der Kämpfenden verschlungen. Einen Augenblick später war er fort.

Ich blickte ihm nach und zögerte noch, dann schloss ich mich mit einem Schwert in der Hand unseren Rettern an. Nach und nach entledigten sie sich ihrer Vermummung. Immer mehr bekannte Gesichter kamen zum Vorschein. Selbst der Junge, Gisbrands Sohn, war darunter. Ich sah, wie er mit dem viel zu großen Schwert ausholte und es einem wehrlosen Landsknecht in den Rücken hieb. Blut besudelte ihn vom Scheitel bis zur Sohle, und doch stieß er wieder und wieder zu. Dann erst zog ihn einer der Gaukler von dem Leichnam zurück. Gisbrand selbst, der Magier und Heiler der Truppe, war nirgends zu sehen.

Ich wusste nicht recht, an welchen der Gaukler ich mich wenden, wem ich danken sollte. Lara war die Einzige gewesen, mit der wir gesprochen hatten, die übrigen kannte ich allein vom Sehen. Ein wenig unentschieden stand ich daher einige Schritte abseits und beobachtete das Ende des Kampfes.

Die Gaukler hatten die restlichen Landsknechte zusammengetrieben. Vierzehn von Asendorfs Männern hatten den Angriff überlebt. Sie knieten jetzt entwaffnet am Boden, während die Sieger des Getümmels übermütig um sie herumsprangen, ihnen mit überzogener Gebärde drohten und das Ganze wie eine Aufführung ihrer Gaukelspiele erscheinen ließen. Die Männer und Frauen hüpften auf und ab, wedelten mit den Schwertern und schnitten Grimassen. So absurd dieser Anblick auf den Unbeteiligten auch wirken musste, die Landsknechte stürzte er in heillose Angst und Verwirrung. Solche Gegner hatten sie zweifellos noch nie erlebt. Dabei schien ihnen vor allem die Unberechenbarkeit der Gaukler zu schaffen zu machen. Immer wieder surrten Klingen nur um Haaresbreite über ihre Köpfe hinweg. Die Soldaten waren keineswegs sicher, ob die Waffen ihre Schädel absichtlich oder ungewollt verfehlten. Tatsächlich aber schienen sich die merkwürdigen Gesellen mit ihren Opfern lediglich einen wilden Spaß zu erlauben. Und wer mochte ihnen das verübeln; sie hatten gerade ihr Leben aufs Spiel gesetzt, und zwei von ihnen hatten es verloren. Die beiden Gaukler lagen niedergestreckt zwischen den Leichen der erschlagenen Landsknechte. Auf Asendorfs Seite hatten neun Männer den Kampf nicht überlebt.

Eine junge Gauklerin mit rotem Haar und einem Gesicht voller Sommersprossen hatte ihre Klinge fallen gelassen und war neben einem ihrer toten Gefährten in die Knie gegangen. Während die übrigen ihre Anspannung in gemeinen Späßen mit den Gefangenen lösten, weinte die junge Frau bittere Tränen über dem Toten.

Von schlechtem Gewissen getrieben trat ich zu ihr. Dieser Mann hatte sein Leben gelassen, um meines zu retten.

Doch als ich nun nach besänftigenden Worten suchte, um die Frau zu trösten, fuhr sie plötzlich herum und sah mich mit versteinerter Miene an. »Er starb nicht für dich«, sagte sie schluckend. »Er ließ sein Leben für Gisbrand.«

»Was ist mit Gisbrand?«, fragte ich.

Die junge Frau zerrte den Oberkörper des Toten in ihren Schoß und wiegte seinen blutüberströmten Kopf sanft hin und her wie ein Neugeborenes. Sie sah mich nicht an, als sie antwortete: »Der Hexenjäger ließ ihn foltern und töten. Asendorf hat Gisbrand ermordet.«

»Wegen uns?«, fragte ich betroffen und dachte wieder daran, mit welchem Hass der Junge den hilflosen Landsknecht erschlagen hatte.

Ein Mann legte mir von hinten die Hand auf die Schulter. Er hatte dunkle Haut wie ein Muselmane, und an seinen Ohren waren goldene Ringe aufgereiht wie Jagdtrophäen. Auch ihn kannte ich aus dem Gauklerlager. Er führte mich einige Schritte von der Trauernden fort und sagte: »Gisbrand wusste, dass ihr zur Wartburg wolltet.«

Ein Kloß in meinem Hals raubte mir den Atem. Es war also meine Schuld. Ich hatte in meiner Dummheit unser Ziel ausgeplaudert. Gisbrand und Lara hatten es beide gehört.

Ich schloss für einen Moment die Augen und überließ mich einem qualvollen Schuldgefühl. Nur dumpf, wie durch eine Wand, hörte ich die weiteren Worte des Gauklers.

»Asendorf und seine Männer kamen in unser Lager. Sie ahnten, dass wir Euch geholfen hatten. Sie drohten, uns alle zu töten. Gisbrand trat vor und nahm die ganze Schuld auf sich. Er behauptete, er hätte euch die Pferde ohne unser Wissen überlassen, da auch er ein Magier sei und deinen Meister bewunderte. Lara, die es besser wusste, musste schweigen; sonst wären wir alle getötet worden. Asendorf ließ Gisbrand fesseln und zwang uns, dabei zuzusehen, wie er ihn langsam zu Tode folterte.«

»Auch sein Sohn musste zuschauen?«, fragte ich entsetzt. Ich sah mich um und entdeckte den Jungen, wie er mit glasigen Augen in die lodernden Scheiterhaufen starrte.

»Auch er«, erwiderte der Gaukler. »Es dauerte den ganzen Morgen, dann erst war Gisbrand tot, und Asendorf wusste, wo er euch zu suchen hatte. Wir sind ihm gefolgt, um Rache zu nehmen. Dies hier« – er deutete auf die haushohen Feuer – »war die beste Gelegenheit.«

»Asendorf ist geflohen«, wandte ich ein.

»Ohne seine Männer ist er machtlos«, entgegnete der Muselmane überzeugt. »Lara und die anderen werden ihn finden und bestrafen.«

»Mein Meister reitet mit ihnen.«

»Umso besser.«

Noch immer wusste ich nichts über die wahre Natur der Feindschaft, die Faustus und Asendorf verband. Erst später sollte ich alles darüber erfahren. Doch das ist Teil einer anderen Geschichte.

»Wie ist dein Name, Freund?«, fragte ich den Dunkelhäutigen.

»Musil«, erwiderte er und schüttelte mir zögernd die Hand.

Ich schaute mich erneut um, und mit einem Mal fiel mir etwas auf. Obgleich die Männer des Hexenjägers gefangen waren, musste es weitere Landsknechte in Eisenach geben. Allein die Stadtwache musste mehr als eine Hundertschaft zählen. Doch keiner von ihnen griff uns an. Tatsächlich war der Markt noch immer in der Hand der Gaukler, und allein an seinen Rändern, an den Einmündungen der Gassen und Straßen, zeigten sich verängstigte Bürger, die das Treiben mit großen Augen beobachteten. Doch von den Soldaten ließ sich keiner sehen.

Der Grund wurde mir erst nach einigen Augenblicken klar. Berlepsch! Der Hauptmann musste den Befehl an die Stadtgarde gegeben haben, nicht in das Geschehen einzugreifen. Demnach hatte er beobachtet, was sich abgespielt hatte. Ich vermochte mir vorzustellen, dass ihn Asendorfs und DeAriels Niederlage mit grimmiger Freude erfüllte. Freilich durfte er sich nicht zeigen; später würde er beteuern, von all dem nichts gewusst zu haben. Und schließlich, so würde er zweifellos bemerken, sei eine Ketzerverbrennung Sache der Kirche und nicht der weltlichen Herrschaft.

Was für ein gerissener Hund!

Ohne Berlepschs geheime Duldung hätten die Gaukler keine lange Freude an ihrem Sieg gehabt. In ihrer Unbedarftheit tanzten sie weiter über den Marktplatz und ahnten nichts von ihrem Schutzengel. Einen besseren Zeitpunkt für ihre Rache hätte es in der Tat nicht geben können.

Jenseits der ausgelassenen Gauklerschar entdeckte ich Gregorius und Angelina. Sie kamen eilig auf mich zu. Der Pater hob die Hand zum Gruß.

Da ertönte plötzlich ein gellender Schrei.

Musil und ich wirbelten gleichzeitig herum.

Inmitten der toten Landsknechte stand Kardinal DeAriel. Seinen linken Arm hatte er um den Hals der jungen Frau gelegt, die eben noch ihren Gefährten beweint hatte. In der rechten hielt er einen Dolch, dessen Spitze unters Kinn der Gauklerin wies. Er zitterte. Gesicht und Gewänder des Kardinals waren über und über mit Blut beschmiert. Er musste sich unter den Leichen der Soldaten verborgen und auf den rechten Moment zur Flucht gewartet haben. Die Geisel erschien ihm da als ein Geschenk des Himmels.

»Ein Pferd!«, schrie er schrill. »Ich will ein Pferd!«

Musil wollte vorspringen und DeAriel angreifen, doch ich hielt ihn am Arm zurück. Er schenkte mir einen giftigen Blick, gehorchte aber.

Auch Angelina und Gregorius blieben stehen. Sie waren noch etwa fünfzehn Schritte entfernt.

»Er wird die Frau töten«, zischte ich dem Muselmanen zu.

»Das wird er so oder so«, erwiderte er.

Der Kardinal tat, als hätte er die Worte nicht gehört. Dabei standen wir ihm von allen am nächsten.

»Ein Pferd«, wiederholte er noch einmal. Der Dolch in seiner Hand war voller Blut, doch es war nicht zu erkennen, ob die Spitze die Haut der jungen Frau bereits durchstoßen hatte. Ihr Gesicht war schmerzverzerrt.

Die Gaukler machten keinerlei Anzeichen, die gefangenen Landsknechte freizulassen. Sie hatten aufgehört zu springen und zu tanzen und hatten ihre Waffen nun ihrerseits auf die Gefangenen gerichtet. Doch DeAriel schien nichts an den Männern zu liegen.

Einer der Gaukler packte jetzt ein Pferd an den Zügeln und ging damit langsam auf den Kardinal zu. Stille lag mit einem Mal über dem Platz. Nur die lodernden Scheiterhaufen knisterten und krachten im Hintergrund. Ich umfasste den Griff meines Schwertes fester. Noch zehn Schritte trennten DeAriel und den Mann mit dem Pferd voneinander.

Plötzlich blieb der Gaukler stehen und gab dem Tier einen kräftigen Schlag. Das Pferd machte einen Satz nach vorn und sprang auf den Kardinal zu. Verwirrt wollte DeAriel danach greifen und ließ dabei seine Gefangene los. Schon wollte ich mich auf ihn werfen, doch der Geistliche war schneller. Innerhalb eines Herzschlages begriff er seinen Fehler, stieß mit dem Dolch zu, rammte ihn der jungen Frau in den Rücken und fuhr gleichzeitig herum. Er ergriff den Sattelknauf des Pferdes, zog sich mit beachtlichem Geschick hinauf und galoppierte in westlicher Richtung vom Marktplatz.

Wir anderen erwachten aus unserer Erstarrung. Ein Heulen ging durch die Reihen der Gaukler, als sie sahen, wie die Frau kraftlos nach vorn fiel. Die Klinge des Dolches steckte zwischen ihren Schulterblättern. Nur der Griff war noch zu sehen. Aus dem Mund der Gauklerin schoss Blut.

Was mir vorhin nicht gelungen war, schaffte ich nun auf Anhieb: Ich griff nach den Zügeln eines der Pferde, schwang mich auf seinen Rücken und folgte DeAriel. Musil tat es mir gleich, ebenso ein anderer Gaukler. Zu dritt preschten wir über den Platz, während einige der übrigen sich um die Verletzte kümmerten. Es gab keinen Zweifel, dass ihre Wunde tödlich war.

Das Hämmern der Hufe hallte hohl zwischen den Häusern wider, als wir durch das Gassenlabyrinth der Stadt galoppierten. Niemand stellte sich uns in den Weg. Auf geraden Straßen konnten wir DeAriel in einiger Entfernung vor uns sehen, in den verwinkelten Gässchen aber war er durch seinen Vorsprung im Vorteil. Statt sich jedoch in einem Torweg oder Hinterhof zu verstecken, wie es die Vernunft geboten, ritt er weiter bis zum Stadtrand und von dort hinaus in die Wälder.

Schweigend rasten wir hinter ihm her, ungeachtet der Zweige, die unsere Gesichter peitschten. DeAriel hatte den Tod verdient, und ich war ebenso begierig, die Strafe zu vollstrecken, wie jeder meiner Gefährten. Wir sprachen kein Wort, während wir durch die Wälder preschten, immer auf der Spur des Kardinals, blind und taub für alles andere.

Da, plötzlich, zügelte Musil sein Pferd. Wir anderen bemerkten es einen Augenblick später. In einigem Abstand voneinander brachten wir die Tiere zum Stehen.

»Was ist los?«, fragte der zweite Gaukler.

Die Antwort war überflüssig.

Um uns herum geriet das Dickicht in Bewegung.

DeAriel trat als Erster zwischen den Büschen hervor, doch er blieb nicht der Einzige. In einem weiten Kreis brachen sechs Gestalten aus dem Unterholz, mit gezogenen Schwertern und den Gesichtern von Engeln.

Mein Pferd scheute leicht, als ich es sich einmal um sich selbst drehen ließ. Die sechs kamen bedrohlich auf uns zu.

Musil straffte seinen Oberkörper. Er war bereit.

»Gott im Himmel, hilf!«, entfuhr es dem zweiten Gaukler, als er die Falle erkannte.

Die Engel des Borgia hatten uns fast erreicht.

Ich schüttelte langsam den Kopf. »Schau sie dir an«, sagte ich leise. »Glaubst du nicht auch, dass Gott auf *ihrer* Seite steht?«

* * *

Mein Meister berichtete mir später, wie es ihm und den anderen erging, während sie der Spur des Inquisitors folgten.

Asendorf floh nicht blindlings in die Wälder, wie Faustus zuerst angenommen hatte. Stattdessen schlug er den einzigen Weg ein, der ihn vor der Rache der Gaukler retten konnte: Er folgte der Straße in die Berge, hinauf zur Wartburg.

Die Dämmerung breitete ihren finsteren Mantel über die bewaldeten Kuppen. Der Himmel ging von einem trüben Blau in ein ungemütliches Dunkelgrau über. Weiter südlich zog ein Gewitter auf. Spätestens in der Nacht würde sich seine Wut über der Burg und der Stadt an ihrem Fuß entladen. Der Weg, dem Asendorf und seine Jäger jetzt folgten, verwandelte sich bei starkem Regen in einen reißenden Sturzbach; seine Böschung wölbte sich steil, wenn auch niedrig nach oben. Die talwärts schießenden Wassermassen machten einen Aufstieg an solchen Tagen unmöglich. Faustus hoffte, dass ihre Jagd bis dahin ein Ende hatte.

Sollte es Asendorf gelingen, die Wartburg zu erreichen, war er in Sicherheit. Berlepsch mochte ihn noch so sehr verachten, die Aufnahme in seinen Mauern durfte er dem Hexenjäger nicht verwehren. Nicht einmal der Kurfürst hätte dem Hauptmann beistehen können, hätte sich dieser offen gegen die römische Kirche gestellt.

Also galt es, den Inquisitor einzuholen, bevor er es bis zur Zugbrücke schaffte.

Faustus hatte sich den Weg genau eingeprägt, und so vermochte er grob abzuschätzen, wie viel Zeit ihnen noch blieb. Nicht mehr viel, das war sicher. Zwar waren ihre Pferde offenbar ein wenig schneller als das Tier des Hexenjägers, doch sein Vorsprung betrug gut und gerne zweihundert Schritt. Vor allem Lara hatte in der Wahl ihres Tieres Glück gehabt; sie ritt mehrere Pferdelängen vor den anderen. Falls einer von ihnen Asendorf noch rechtzeitig einholen konnte, dann war sie es.

Zudem besaß die Anführerin der Gaukler eine kleine Armbrust, die ihr jedoch bislang keinen Nutzen gebracht hatte. Abgesehen von der Unmöglichkeit, einen Pfeil zielsicher vom Rücken eines galoppierenden Pferdes abzuschießen, verlief auch der Weg bergauf in einer Vielzahl von Biegungen und Schleifen, sodass das Schussfeld stets durch Bäume und Abhänge blockiert war.

Schon rückte die Wartburg näher und näher, und es mochten kaum noch hundert Schritt weit sein, die Asendorf vom Burgtor trennten. Da ging mit einem Mal alles so schnell, dass weder Faustus noch die anderen auf den ersten Blick begriffen, was wirklich geschehen war. Plötzlich knickte Asendorfs Pferd mit den Vorderläufen ein, strauchelte und warf seinen

Reiter in hohem Bogen ab. Mit einem Aufschrei stürzte der Inquisitor ins Unterholz.

»Vorsicht! Nicht weiter!«, schrie Faustus den anderen zu, vor allem aber Lara, die immer noch um einiges vorausritt.

Die Gauklerin brachte ihr Pferd mit einem heftigen Ruck zum Stehen und sah Faustus erstaunt an. Auch die anderen zügelten ihre Tiere.

»Seht, dort unten«, sagte Faustus und wies mit ausgestrecktem Finger vor Laras Pferd auf den Weg. Nun, da sie direkt davorstanden, sahen alle ganz deutlich, was er meinte.

Ein dünnes Seil war auf Kniehöhe über den Weg gespannt. Asendorfs Pferd war mitten hineingelaufen. Das Tier lag mit gebrochenem Vorderlauf am Waldrand. Einer der Gaukler stieg ab und befreite es von seiner Qual.

Faustus blickte hinauf zur Burg. Es war nun beinahe dunkel, und er vermochte nicht zu erkennen, ob jemand auf den Zinnen des Bergfrieds stand. Trotzdem hätte er jeden Eid darauf geschworen, dass Berlepsch von dort aus das Geschehen beobachtete. Und er war sicher, dass ihnen der Hauptmann erneut durch eine List zu Hilfe gekommen war. Als Berlepsch aus der Ferne gesehen hatte, dass Asendorf den Weg zur Burg einschlug, hatte er seinen Leuten in aller Eile befohlen, das Seil über die Straße zu spannen. Später würde er es wieder entfernen; keine Spur wies dann mehr darauf hin, dass der Abwurf des Inquisitors keine natürliche Ursache hatte. Es würde nicht schwerfallen, die Schuld auf ein Erdloch oder eine Wurzel zu schieben.

Während Faustus das Seil mit einem Schwerthieb durchtrennte, machten die Gaukler den Inquisitor ausfindig. Er lag stöhnend im Dickicht und versuchte vergeblich, seinen

Verfolgern kriechend zu entkommen. Mochte sein, dass eines seiner Beine gebrochen war. Faustus machte sich nicht die Mühe, es herauszufinden. Er wusste, was Asendorf bevorstand. Ein Knochenbruch war im Vergleich dazu ohne Bedeutung.

Die beiden Gaukler packten den Hexenjäger an den Armen und zerrten ihn tiefer ins Unterholz. Asendorf bemühte sich, zu protestieren, doch aus seiner Kehle entwich nur ein schmerzerfülltes Keuchen. Er war beinahe ohnmächtig. Auch das würden die Gaukler ändern. Der Inquisitor sollte wissen, was mit ihm geschah. Er sollte es spüren.

Nach etwa fünfzig Schritten ließen ihn die beiden Männer auf einer kleinen Lichtung ins Gras fallen. Die Dunkelheit kam nun immer schneller, und es dauerte eine Weile, ehe die Gaukler ein kleines Feuer entzündet hatten. Die ganze Zeit über lag Asendorf am Boden, stöhnte, spuckte, zuckte mit allen Gliedern und war doch unfähig zu fliehen. Die Flammen spiegelten sich als glühender Schimmer auf seinem glänzenden Gesicht. In der Ferne grollte der erste Donner.

Lara und die beiden Gaukler entledigten sich der Säcke und Stoffbahnen, die sie zum Schutz vor den Wespen um ihre Kleidung gewickelt hatten. Dann rissen sie dem Inquisitor die Gewänder vom Leib, bis er nackt und schutzlos am Boden lag. Einer von ihnen brachte in den Flammen eine Dolchklinge zum Glühen.

Faustus beobachtete das Geschehen vom Rande der Lichtung aus. Er lehnte an einem Baumstamm, kaute auf einem Grashalm und sah zu. Er wusste, dass er nichts an Asendorfs Schicksal ändern konnte. Niemand würde auf seine Einwände hören; zudem war er nicht sicher, ober er überhaupt welche hatte. Es stand außer Zweifel, dass der Inquisitor jede Unze Schmerz verdient hatte, die ihm die Gaukler zufügen konnten. Lara und ihre Leute hatten den Weg nach Eisenach und den Kampf gegen die Landsknechte allein aus Rachsucht auf sich genommen, das wusste Faustus mittlerweile. Und ihre Rache wollten sie nun nehmen. Niemand konnte ihnen das verübeln.

Sie fesselten Asendorfs Hände, hoben ihn unter den Achseln hoch und schleppten ihn zum nächstbesten Baum. Lara schlug mit dem Schwert einen der unteren Äste ab, eine Handbreit vom Stamm entfernt. Die beiden Männer rissen die Arme des Hexenjägers nach oben und hängten seine gefesselten Hände über den Aststumpf. Er war gerade niedrig genug, dass Asendorfs Zehenspitzen den Boden berührten. Er hing jetzt da, mit den Armen nach oben, den nackten knöchernen Körper angespannt, während aus seinem Mund eine ganze Flut von Keuchlauten drang, die sich allmählich zu Worten formten.

»Bitte, tut das nicht!« Seine aufgerissenen Augen hingen wie gebannt an der glühenden Klinge, die einer der Männer jetzt aus dem Feuer zog.

»Wer sollte uns daran hindern?«, fragte Lara.

»Ich gebe euch Gold. Viel Gold.«

Eine Antwort darauf war unter der Würde der Gauklerin.

»Was wollt ihr sonst? Ich tue alles, was ihr verlangt.«

»Zweifellos«, erwiderte Lara und nahm den Dolch entgegen.

»Aber das … das könnt ihr doch nicht machen!«

Lara hob die rotglühende Klinge und bewegte sie langsam

auf Asendorfs Bauchnabel zu. »Du selbst hast es doch oft genug getan.«

»Großer Gott, nein! Bitte nicht!«, winselte der Inquisitor.

Die Gauklerin legte ihre Linke auf Asendorfs Oberschenkel. Der Hexenjäger zuckte zusammen und schrie auf.

»Na?«, fragte die Gauklerin. »Sind etwa das schon Schmerzen für dich?«

Die Dolchklinge wanderte vom Bauchnabel zur rechten Brustwarze, ohne jedoch die Haut zu berühren.

»*Tut es nicht!*«, kreischte Asendorf.

Lara schob ihr Gesicht bis auf eine Fingerbreite an den Hexenjäger heran. »Erinnere dich an Gisbrand«, flüsterte sie ihm zu.

Es waren für lange Zeit die letzten Worte, die gesprochen wurden.

Faustus sah aus der Entfernung zu und schwieg. Er hatte schon Schlimmeres gesehen. Er hatte Asendorf bei der Arbeit erlebt.

Die Gaukler vergalten Gleiches mit Gleichem. Sie taten Asendorf all das an, was er ihrem Heiler angetan hatte – und vielleicht noch ein wenig mehr. Sie zerschnitten seine Brustwarzen, verbrannten seine Haare und Fußsohlen, schlugen ihm spitze Äste und Fichtennadeln unter die Nägel und rissen ihm einzelne Zähne heraus. Sie brachen seine Finger und zerrten an seinem Oberkörper, bis die Arme aus den Gelenken sprangen.

Als sie sich an Asendorfs Augen vergreifen wollten, beschloss Faustus, zurück in die Stadt zu reiten. Er hatte sich gerade abgewandt und wollte zu den Pferden gehen, als eine kleine Gestalt aus dem Unterholz brach.

»Eminenz! Eminenz!«, schrie sie mit hoher Stimme, stürmte an Faustus vorüber und rannte auf Asendorf und seine Peiniger zu.

Das Gesicht des Bibelzwergs war tränenüberströmt, und er heulte laut auf, als er sah, was die Gaukler seinem Herrn angetan hatten. Der kleine Kerl griff nach einem Stock und wollte damit auf Lara einschlagen, als ihn einer der Männer zurückhielt.

Unverständliche Laute drangen aus dem Mund des Hexenjägers, Blut und Speichel quollen hervor. Er nahm nichts mehr wahr von dem, was um ihn herum vorging.

Der Bibelzwerg entwand sich dem Griff des Gauklers, sprang auf Asendorf zu und umarmte verzweifelt seine Beine. Er sah aus wie ein Kind, das sich an den geschundenen Leib seines Vaters klammerte.

Faustus blieb stehen und beobachtete, was weiter geschah. Sollten die Gaukler dem Kleinen ein Leid antun wollen, würde er eingreifen. Asendorf hatte seine Strafe verdient, doch der Zwerg war unschuldig. Faustus war nicht sicher, welchen Einfluss der kleine Mann auf den Hexenjäger hatte und welche Rolle er in dessen Gefolge spielte; doch eine innere Stimme gebot ihm, den Zwerg zu schonen. Er mochte noch einmal von Wichtigkeit sein.

Lara zögerte einen Augenblick, dann gab sie ihren Männern ein Zeichen. »Lasst sie, alle beide!«, befahl sie. »Für Asendorf wird es schlimmer sein, weiterzuleben.«

Die Gaukler gehorchten ohne Murren, wischten sich Blut und Schweiß von den Händen und folgten ihrer Anführerin. Sogleich begann der Bibelzwerg vergeblich, auf und ab zu hopsen, um Asendorf zu befreien. Faustus zog sein Schwert, trat zwischen den Gauklern hindurch vor den Gemarterten und zerschnitt seine Fesseln. Schweigend sackte der Hexenjäger zusammen und blieb gekrümmt und zitternd am Boden liegen. Der Zwerg ließ sich neben ihm auf die Knie fallen und weinte bitterlich.

Faustus, Lara und die beiden Gaukler wandten sich ab und gingen zurück zu den Pferden. Gemeinsam ritten sie den gewundenen Weg hinab in die Stadt. Irgendwo in der Ferne bellte Mephisto.

Hinter ihnen zuckte der erste Blitz vom schwarzen Himmel.

Es begann zu regnen.

* * *

Die Engel nahmen uns in einem engen Kreis in ihre Mitte. Ihre Schwerter wiesen wie anklagende Zeigefinger aus scharfem Stahl in unsere Richtung. Im Dämmerlicht des verblassenden Tages schimmerten ihre weißen Gesichter über der schwarzen Kleidung wie blanke Totenschädel. Eine Flucht war unmöglich, ebenso jeglicher Widerstand. Wir waren zu dritt, sie zu sechst; wir waren erschöpft, sie ausgeruht, besser bewaffnet und kampfgeschult.

DeAriel trieb sein Pferd an und ritt langsam auf uns zu. Er sah noch immer aus, als hätte man ihn kopfüber in ein Fass voller Blut getaucht. Ein roter Schleier lag über seinen Zügen, seiner Kleidung, selbst seinen Händen. Das Zwielicht vertiefte die Schatten um seine Augen. DeAriel war Kardinal, einer der höchsten christlichen Würdenträger, doch in diesem Augenblick erschien er uns allen wie ein grinsender Dämon, aufgestiegen aus den Schlünden der Hölle, gebadet im Blut seiner Opfer.

»Eure Überheblichkeit ist unerträglich«, sagte er leise, während er sich näherte. »Was glaubt ihr, gegen wen ihr kämpft? Gegen mich? Gegen ein paar Landsknechte?«

Er zügelte sein Pferd jetzt außerhalb des Kreises seiner Engelkrieger. »Ihr habt euch gegen Gottes Willen aufgelehnt. Der Herr selbst ist es, gegen den ihr euch erhoben habt. Seine Macht ist es, die euch zerschmettern wird.«

Als wollte der Himmel seiner Zustimmung Ausdruck verleihen, grollte in weiter Ferne ein Donner. Ein Gewitter war im Anzug.

»Ihr lügt!«, rief ich zu meinem eigenen Erstaunen. Ich deutete auf die Schwerter der Engelkrieger. »Sind es nicht diese Klingen, die uns töten werden? Und seid nicht Ihr derjenige, der den Befehl dazu gibt?«

DeAriel verzog keine Miene. »Ich bin der verlängerte Arm des Herrn. Ich führe seine Befehle aus.«

»Die Befehle des Papstes!«

»Glaubst du das wirklich, kleiner Ketzer? Glaubst du, Papst Leo hätte mich hierhergesandt? Es gibt andere Mächte im Vatikan, die sich weit über jene des Heiligen Stuhls erheben. Mächte, die nicht schwach werden, wenn man sie mit einem Sack voll Gold besticht.«

»Alexander hat das gewusst, nicht wahr?« Ich versuchte den Augenblick unseres Todes so lange wie möglich hinauszuzögern. Auch wenn ich dabei vorgeben musste, von Dingen zu wissen, von denen ich nicht die geringste Ahnung hatte. Die Erwähnung des Borgia-Papstes schien mir so gut wie jede andere.

Zu meiner Überraschung brachte Alexanders Name DeAriel gänzlich aus der Fassung. »Was weißt du davon?«, fuhr er mich an. »Und was wissen andere?«

Ich überlegte fieberhaft, was ich darauf erwidern könnte, doch der Kardinal schien meine Ratlosigkeit als Weigerung misszuverstehen. Er starrte mich einen Augenblick lang mit versteinerten Zügen an, dann warf er plötzlich den Kopf zurück und stieß ein schallendes Lachen aus. »Du bist ein Spieler, Zauberlehrling. Ein Spieler und ein Narr. Du hast mit dem fetten Priester gesprochen, nicht wahr? Gregorius hat dir gesagt, was er während seiner lächerlichen Nachforschungen herausgefunden hat. Das ist alles. Du hast keinen Schimmer von der ganzen Wahrheit!«

»Seid Ihr da sicher?«, fragte ich mit schwankender Stimme. Meine Unsicherheit musste ihm längst verraten haben, dass er recht hatte. In der Tat wusste ich nichts, was über Gregorius' schmale Erkenntnisse hinausging.

So vieles blieb offen: Warum hatte der Borgia-Papst die Kinder vor dreizehn Jahren zu einem Trupp falscher Engel heranziehen lassen? Und welche Rolle spielte das Geheimnis, das die Ereignisse von damals umgab, bis zum heutigen Tag? Weshalb hatte DeAriel – oder wer immer hinter ihm stehen mochte – erst so viele Jahre später damit begonnen, alle Mitwisser des Auszugs der Erleuchteten zu beseitigen?

Da stieß der Kardinal mit einem Mal einen markerschütternden Schrei aus. Ganz langsam senkte er seinen Kopf und blickte mit weit aufgerissenen Augen auf den Dolch, der aus seiner Brust stak. Zitternd hob er beide Hände, legte sie um den Griff und zog ihn mit letzter Kraft heraus. Eine Blutfontäne schoss wie eine Springflut bis über das weiße Haar eines der Engel. Dann stürzte DeAriel ohne ein weiteres Wort vom Pferd und schlug mit dem Rücken auf den Waldboden. Noch im Liegen presste er seine Brust weit heraus, sein Kopf schob sich nach hinten, sein ganzer Oberkörper bildete einen Bogen. Und genau so ließ der Tod ihn erstarren, verzerrt, verkrampft, grauenvoller denn je.

Noch während der Kardinal seinen letzten Atemzug verhauchte, wirbelten die Engel des Borgia herum. Suchend fächerten ihre Blicke durch die umliegenden Bäume. Die anbrechende Dunkelheit spannte Vorhänge aus Schatten zwischen den Stämmen. DeAriels Mörder konnte sich überall versteckt halten.

Ich bezweifelte, dass selbst die Engelkrieger mit ihren geschulten Sinnen und übermenschlichem Geschick den Attentäter gefangen hätten, hätte er sich während der ersten Aufregung im Schutze des Abends davongestohlen. Einen Moment lang schienen sie uneins, ob es wichtiger sei, uns zu bewachen oder sich auf die Jagd nach dem Mörder zu machen. Aufgeregte Worte in lateinischer Sprache wurden gewechselt. Zwei von ihnen, ein Mann und eine Frau, ließen ihre Waffen sinken und knieten sich neben DeAriel auf den Boden. Eine seltsame Wandlung schien mit ihnen vorzugehen. Der Disput wurde immer heftiger, schien sich zum ausgewachsenen Streit zu wandeln. Schon schöpfte ich neue Hoffnung, als einer von ihnen den Übrigen zurief, ruhig zu sein. Darauf folgten lateinische Sätze, so schnell, dass ich nichts verstand.

Die Engelkrieger drehten sich allesamt zu uns herum. Die Entscheidung schien gefallen – offenbar zu unseren Ungunsten. So sehr sie der Tod ihres Anführers DeAriel doch verstörte, so gebunden fühlten sie sich doch an seinen letzten Befehl.

Ich hob mein Schwert, um ihnen trotz aller Sinnlosigkeit Widerstand zu leisten. Die anderen taten es mir gleich.

Das Rauschen weiter Gewänder drang an mein Ohr. Das Geräusch kam von oben. Ich blickte auf, hoch in die Baumkronen über unseren Köpfen, und da sah ich sie.

Angelina hockte sprungbereit im Geäst und blickte auf uns herab. In einer Hand hielt sie eine Armbrust, die auf einen der Engel zeigte, der sein Schwert gegen mich erhoben hatte. In der anderen lag ein zweiter Wurfdolch, ein Ebenbild jener Waffe, die DeAriel getötet hatte. Sie saß dort oben mit der Selbstverständlichkeit eines Vogels, der sich einen Moment der Ruhe gönnte. Sie hielt sich nicht fest, hockte vielmehr allein auf den Zehenspitzen auf einem Ast und behielt dabei mühelos ihr Gleichgewicht.

Auch die Engelkrieger blickten voller Erstaunen nach oben. Fraglos erkannten sie ihre einstige Gefährtin wieder. Einer von ihnen rief Angelina etwas zu, doch sie schüttelte zur Antwort nur den verbrannten Kopf – und wirbelte mit einem einzigen, sicheren Sprung zu einem anderen Ast hinüber. Sie nahm dabei keine ihrer Hände zu Hilfe, stieß sich einfach mit den Füßen ab und flog mit wehendem Umhang über unsere Köpfe hinweg in die Krone des Nachbarbaums. Dort landete sie ohne zu schwanken und hatte innerhalb eines Herzschlages wieder Armbrust und Dolch im Anschlag.

Da endlich begriff ich, wie das Mädchen damals in den Baum gelangt war, in dem Lady Lara und die Gaukler sie entdeckt hatten. Angelina war keineswegs vom Himmel gefallen, wie Gisbrand es vermutet hatte. Vielmehr musste sie sich mit letzter Kraft, trotz ihrer furchtbaren Wunden, hinauf in die Äste geflüchtet haben. Der Grund dafür konnten nicht die übrigen Engel gewesen sein – die waren fertig mit ihr, hatten sie zum Sterben am Wegesrand liegen gelassen. Es war eine gänzlich andere Furcht, die sie trieb, trotz aller Qual hinauf in den Baum zu steigen: Sie hatte Angst vor den Menschen, die sie finden mochten. Eine Angst, die größer war als die Hoffnung auf Hilfe. Es war dieselbe Menschenscheu, die auch die anderen Engel dazu trieb, sich im Wald abseits der Straßen zu verbergen und ihr Versteck nur auf ausdrücklichen Befehl zu verlassen. Die Kirche in Angelinas Zeichnung war nichts anderes als der Vatikan gewesen. Der Borgia musste die Kinder vor dreizehn Jahren im tiefsten Keller vor der Menschheit verborgen haben, und seine Nachfolger hatten die Ausführung dieses Plans zu Ende gebracht. Dafür sprach auch die Bleiche ihrer Haut. Ich ahnte nun, dass die Engelkrieger mehr Angst vor uns verspürten als wir vor ihnen. Ihnen blieb allein ihre Schulung, die sie uns allen überlegen machte. Für nichts anderes hatten sie all die Jahre gelebt.

Die Flut dieser Erkenntnis überkam mich in einem einzigen Augenblick. Angelina, die waffenstarrend oben in den Bäumen saß, hatte mir unbeabsichtigt den letzten Hinweis gegeben. Plötzlich glaubte ich, die fahlen Männer und Frauen besser zu verstehen. Und am besten von ihnen verstand ich Angelina.

Als sie Faustus beim Anschlag auf die Wittenberger Kirche befreite, musste sie zum ersten Mal eigenen Willen bewiesen haben. Dafür ließ DeAriel sie grausam durch die Hand ihrer Brüder und Schwestern bestrafen. Was immer sie ihr aus dem Rücken geschnitten hatten, es musste eine Art Zeichen sein, irgendetwas, das allen Engeln des Borgia gemein war.

Mit einem Mal taten sie mir nur noch unendlich leid.

Ausgenommen Angelina. Bei ihr wurde mein Mitleid zu einer Art zarter Zuneigung, trotz ihrer entstellten Züge und trotz der Geheimnisse, die sie umgaben.

Einer der Engel stürmte vorwärts und erklomm mit blitzschnellen Bewegungen den Baumstamm, in dessen Krone Angelina saß. In der Erinnerung scheint es mir fast, dass seine Hände und Füße wie die Beine eines Käfers an der Rinde hafteten, so schnell, so flink ging sein Aufstieg vonstatten.

Angelina wirbelte herum und schoss die Armbrust ab. Der Bolzen rammte in den schlanken Körper des Engelkriegers, gleich unterhalb seines Brustbeins, und schleuderte ihn zurück auf den Boden. Dort blieb er liegen, während ihm das Leben als schmales Rinnsal entfleuchte.

Ich erwartete, dass es zu einem Tumult kommen würde, einer Hetzjagd auf meine treue Gefährtin.

Doch zu meinem maßlosen Erstaunen blieben die übrigen Männer und Frauen vollkommen ruhig. Ich wechselte einen Blick mit Musil und dem anderen Gaukler. Fassungslos verfolgten sie das Geschehen. Sie begriffen längst nicht mehr, was wirklich um sie herum geschah, weshalb wer wen tötete.

Die Engelkrieger sahen sich untereinander an und wechselten lateinische Sätze. Ich verstand einige Bruchstücke; offenbar war ihre Verwirrung weit größer als ihr Wille, weiter gegen uns und Angelina zu kämpfen. Sie fürchteten uns nicht wirklich, natürlich nicht. Doch schien ihnen endlich die Erkenntnis zu dämmern, dass ohne DeAriel keiner mehr da war, der ihnen Befehle erteilte.

So trug zuletzt ihr Freiheitsdrang den Sieg aus diesem Kampf davon.

Ohne weiteres Blutvergießen oder kriegerische Gesten zogen sie sich zurück. Zwei hoben den toten Engel auf und nahmen ihn mit sich. Innerhalb weniger Herzschläge waren sie im Dickicht verschwunden. Nach einem Augenblick hörte ich hinter den Büschen das Hämmern von Pferdehufen, die sich eilig entfernten.

Schweigend wünschte ich ihnen Glück bei dem, was sie vorhatten. Ich nahm nicht an, dass sie zurück nach Rom gehen würden. Die Engel des Borgia waren frei, zumindest diese fünf. Wer aber wusste schon, wie viele von ihren Brüdern und Schwestern noch in den Gewölben des Vatikans auf ihren Einsatz warteten?

Die Einzige, die eine Antwort darauf kannte, war stumm und schien weder lesen noch schreiben zu können. Es würde lange dauern, mehr über sie und ihr Leben zu erfahren. Suchend sah ich mich nach ihr um, doch Angelina war nirgends zu entdecken. Ich fürchtete schon, sie hätte sich den übrigen Engelkriegern angeschlossen, als sie auf einem Pferd aus dem Unterholz brach und langsam auf mich zutrabte.

Erste Regentropfen zerplatzten auf ihrem erstarrten Gesicht, während sich um uns die Nacht aus den Wäldern erhob. Ich versuchte, durch die verkrustete Maske ihrer Brandwunden zu blicken, und suchte nach Spuren jenes verletzlichen Wesens, das sich darunter verbarg. Sie machte es mir leicht und reichte mir ihre schmale Hand. Ihre weißen Finger waren kalt, und doch drang aus ihnen eine Wärme in mein Inneres, die mich auf dem ganzen Weg bis in die Stadt begleitete. Wir ritten nebeneinander, die beiden Gaukler irgendwo hinter uns. Es war bedeutungslos, dass wir nicht miteinander sprechen konnten.

Das Mädchen, das nicht lächeln konnte.

Ich fragte mich, ob sie weiter mit Faustus und mir reisen würde, in der Hoffnung, die Lösung aller Rätsel zu finden.

Ich wusste die Antwort, auch ohne dass Angelina sie aussprach.

ENDE
des ersten Bandes

Der Traumvater

Die neue Historia des Dr. Faustus

BASTEI LÜBBE

Prolog

Gestern traf ich den Tod. In Paris hatte man zweitausend Hugenotten ermordet, deshalb war er bester Dinge. Wir sprachen über dieses und jenes, und glaubt mir, er ist ein freundlicher Geselle. Es war nicht das erste Mal, dass er mir erschien. Manchmal kommt er als Frau daher, selten gar als Kind. Meist aber belebt er ein Gerippe, denn er bricht nicht gern mit Traditionen. (Einer, der solches Pathos liebt, kann kein schlechter Kerl sein, oder?)

Es hat wenig Sinn, mit ihm über das Wetter zu sprechen. Es berührt ihn nicht. Auf den Pfaden, die er geht, gibt es keinen Regen. Und natürlich keine Sonne. Deshalb ist es manchmal schwer, mit ihm ins Gespräch zu kommen. Man muss profundere Stoffe als diesen finden, um seine Neugier zu erregen.

»Wie geht es Euch?«, ist wohl die dümmste Frage, die man ihm stellen kann; haltet Euch damit zurück, wenn Ihr ihn trefft. Denn was soll einer wie er darauf erwidern? Vielleicht: »Sterbenselend ist mir heute«? Oder: »Die alten Knochen wollen nicht mehr so wie früher«?

Sicher wisst Ihr, was ich meine.

Auch zeigt er sich wenig gesprächig, wenn man ihn zur eigenen Zukunft befragt. Er schätzt es nicht, seine Pläne zu verraten. Und Pläne, ja, die hat er – für jeden von uns.

Anders steht es mit der Vergangenheit. Denn sie ist es, worin sich der Tod als wahrhaft geschwätzig erweist. Es ist amüsant, mit ihm über alte Zeiten zu plaudern, und ich tue es, wann immer sich unsere Wege kreuzen.

Gestern also traf ich ihn wieder, und wir kamen schnell ins Gespräch. Ihr kennt das: Nichts ist erfreulicher als seichtes Geplauder über alte Bekannte. »Was macht denn eigentlich …?« – »Und wie ist es … ergangen?« – »Hat … immer noch diese Vorliebe für schweren Wein?« – »So war er schon, als er noch lebte.«

Ihr müsst wissen, ich habe all meine Freunde überlebt, jeden einzelnen von ihnen. Man sagt, ich sei uralt, und schon wird getuschelt, ich hätte ganz wie mein Meister einen Pakt mit dem Teufel geschlossen. Dabei hat es doch mit meinem Meister – dem ehrenwerten Doktor Faustus – kein gutes Ende genommen, und wenn es denn eine Lektion gibt, die tief in mein Inneres gedrungen ist, so ist es der Schrecken seines plötzlichen Hinscheidens. Ein Verkauf meiner Seele kam fortan nicht mehr infrage.

Mein Name ist Christof Wagner, meines Zeichens einstiger Zauberlehrling und Gehilfe des weltberühmten Schwarzkünstlers Doktor Johannes Faustus, Erbe seiner Schätze und Chronist seiner Taten. Man hat mich einen Schmarotzer und Nichtsnutz geschimpft, was ich selbst für verleumderisch halte. Ein wahrer Magus ist wohl nie aus mir geworden, obgleich ich mein Bestes tat, dem Meister an Können nachzueifern.

Immerhin: Ich erkenne den Sensenmann, wenn ich ihn treffe.

Während meiner Plauderei mit dem Knöchrigen ging es vor allem um zwei meiner Gefährten, die wichtigsten, und diese beiden will ich Euch vorstellen.

Der erste, Ihr mögt es ahnen, ist natürlich mein Meister selbst, der arme Doktor Faustus. Sein Ableben war kein erfreulicher Anblick. Der Teufel (oder einer, der ihm ähnlich sah) suchte ihn in seiner Kammer heim, packte ihn an den Füßen und schlug ihn wütend gegen die Wände, bis ihm das Hirn aus den Ohren spritzte. Kein schöner Tod, bei meiner Treu! (Eine Ansicht, übrigens, die der Tod mit mir teilt.)

Faustus wurde aus dem Schoß einer armen Bäuerin geboren und wuchs bei seinem wohlhabenden Onkel zu Weimar auf. Der schickte ihn schließlich zur Hohen Schule nach Ingolstadt. Doch das begonnene Studium der Theologie vermochte meinen Meister nicht zu fesseln, und so verlegte er sich auf Medizin, Astrologie und Astronomie. Er begann, ein übermäßiges Interesse an allem Magischen und Wunderlichen zu entwickeln, erlernte das Handlesen und allerlei Zaubertricks und entwickelte sich allmählich zum Meister der Schwarzen Künste. (So zumindest besagt es die landläufige Meinung; ich selbst musste während meines ersten Abenteuers an seiner Seite erkennen, dass es keineswegs allzu gut um seine angeblichen Talente bestellt war.)

Faustus beerbte den reichen Onkel, verprasste einen Großteil seiner Schätze und verlegte sich darauf, trotz seines Titels eines doctor medicinae, über die Jahrmärkte zu ziehen und das dumme Volk mit einträglicher Gaukelei zu narren. Mal schlief er im Freien, mal im Himmelbett eines Landesfürsten – denn als sich sein Ruf herumsprach, schätzten ihn die Mächtigen mehr und mehr als Berater.

Eine Weile lang konnte Faustus geruhsam solchem Lebenswandel nachgehen, dann aber wurde die Heilige Inquisition seines blasphemischen Treibens überdrüssig und erklärte ihn zum Feind der Christenheit. Vor allem ein einzelner Hexenjäger, Konrad von Asendorf, machte es sich zur erklärten Aufgabe, Faustus durch die Lande zu jagen. Mehrfach geriet mein Meister in die Klauen dieses Unholds und schmeckte seine Folterzangen. Ich selbst rettete ihn im Jahre 1515 zu Wittenberg aus Asendorfs Kerker, was ihn dazu brachte, mich als Schüler in seine Dienste zu nehmen. Ich blieb bis zu seinem Lebensende als Gehilfe an Faustus' Seite.

Eben noch geschätzter Zaubermeister und Höflingsberater, galt er mit einem Mal als Ketzer und Dämon, dessen übler Ruf bis weit über die Grenzen des Heiligen Römischen Reiches drang. Sein Leben im Luxus wandelte sich zu einem Dasein auf der Flucht, ständig im Schatten der Inquisition, gejagt, bedroht, geächtet.

Dies war seine Lage, als ich mich ihm anschloss, und trotz allen Leids und aller Mühsal bin ich froh ob dieser Fügung.

Eine weitere Person gibt es, die ich Euch vorstellen will. Faustus und ich gaben ihr den Namen Angelina, denn wie sie wirklich hieß, haben wir nie erfahren.

Angelina ist ein Engel. Oder sagen wir, sie ist einem Engel so nah, wie ein Mensch es nur sein kann. Als sie ein Kind war, wurde sie gemeinsam mit einer Vielzahl anderer Jungen und Mädchen aus ihrem Elternhaus entführt und im »Zug der Erleuchteten« nach Rom gebracht. Denn nicht Räuber und Verbrecher hatten sie verschleppt, sondern die Schergen des Borgia-Papstes Alexander VI. Angelina und die Übrigen – alle blauäugig und mit weißblondem Haar – wurden in den Gewölben des Vatikans vor der Welt versteckt und zu perfekten Kämpfern ausgebildet. Sie vergaßen ihre Herkunft und Muttersprache und erlernten das Lateinische. Heimtückische Lehrmeister zwangen ihnen den Glauben auf, sie seien Engel des Herrn, von ihm auserwählt, um Gerechtigkeit auf Erden zu verbreiten. Welche Gerechtigkeit dies war – nun, das sollte allein der Borgia-Papst entscheiden. Jener Alexander, gefürchtet für seine Satansmessen, Orgien und Massaker an braven Christenmenschen, hatte große Pläne für seine falschen Engel.

Aber auch ein Papst lebt nicht ewig, und Alexander raffte es schon 1503 dahin, ein Jahr nach dem Zug der Erleuchteten. Nach seinem Tod wurde die geheime Ausbildung der Borgia-Engel fortgeführt, zwölf Jahre lang, dann erhielten sie unter Papst Leo X. ihren ersten Auftrag: Sieben von ihnen sollten jene Priester zum Schweigen bringen, die dem Borgia einst die Kinder zugeführt hatten. Überall im Land gingen Kirchen in Flammen auf, wurden Geistliche getötet – angeblich von Ketzern, tatsächlich aber im Auftrag des Heiligen Stuhls. Die sieben Engel wüteten entsetzlich, bis Faustus und ich ihnen auf die Spur kamen, ihren Herrn, den bösartigen Kardinal DeAriel, besiegten und dem Treiben so ein Ende setzten. Fünf von ihnen entkamen in die Freiheit, einer starb – und die siebte, Angelina, wechselte die Seiten und schloss sich uns an.

Noch etwas solltet Ihr über sie wissen: Angelina wird nie wieder lächeln können. Beim Brandanschlag auf die Wittenberger Schlosskirche geriet sie ins Feuer. Die Flammen verzehrten ihr Gesicht und verwandelten ihr Engelshaupt in eine erstarrte Maske aus Narbengewebe. Neben ihrer Schönheit verlor sie dabei die Stimme. Seither ist Angelina zu ewigem Schweigen verdammt.

Faustus hat es sich zur Aufgabe gemacht, das Rätsel um die Borgia-Engel zu lösen. Weshalb wurden sie geschaffen? Was bezweckten Papst Alexander und seine Nachfolger mit dieser geheimen Engelsheerschar?

Es dauerte lange, ehe wir die Wahrheit erfuhren. Ihr, neugieriger Leser, sollt später mehr davon hören, an einem Tag, der nicht heute ist.

Das Gleiche sagte ich auch zum Tod, als er mich danach fragte.

Er war beleidigt und drohte, mich bald wieder aufzusuchen: »Dann bringe ich die Sense mit.«

Sprach's und klapperte davon.

Manchmal ist er geradezu possierlich.

Kapitel 1

Ich sah den Gehängten schon aus der Ferne. Sein lebloser Körper schaukelte schlaff im Wind, der von Westen über das Land fegte und die weiten Wiesenhügel in ein Meer aus wogendem Grün verwandelte. Die grobe Hanfschlaufe, die man um den Hals des Mannes gelegt hatte, endete am Ast einer knorrigen Weide; die herabhängenden Peitschenzweige umschlossen die Todesszenerie wie ein orientalischer Perlenvorhang. Sie raschelten und bebten, während sich der Gehängte hinter ihnen als schwarzer Scherenschnitt abhob.

Je näher wir kamen, desto deutlicher war er zu erkennen. Als wir unsere Pferde vor ihm zum Stehen brachten, erklang das Knirschen des Astes unter seiner Last als hoher, jammernder Laut. Während der Leichnam sich langsam drehte – mal nach rechts, mal nach links, um dann wieder blitzschnell zurückzuschnellen und uns das Gesicht zuzuwenden –, spürte ich, wie sich mir die Kehle zuschnürte. Es war ein scheußlicher Anblick: Die Zunge des Mannes hing aus seinem Mund bis zum Kinn herab, schwarz und pelzig; seine Augen waren weit aufgerissen und zum Himmel gewandt, als habe er in seinen letzten Momenten vergeblich um Erlösung gefleht. Er mochte wohl seit einem Tag hier hängen, während der knirschende Ast sein Trauerlied sang. Der Vorhang aus Zweigen hatte die Krähen davor bewahrt, sich seiner anzunehmen, und so war sein Körper vollkommen unversehrt geblieben.

Ich sah erst Angelina an, dann Faustus. Die hellblauen Augen des Borgia-Engels inmitten der schorfigen Narbenwüste ihres Gesichts glänzten, doch aus den erstarrten Zügen war keine Gefühlsregung abzulesen. Sie sagte kein Wort.

Faustus dagegen lächelte erfreut.

»Welch wunderbare Gelegenheit«, rief er aus, ohne seine Worte näher zu erläutern. Eine seiner üblen Angewohnheiten.

Er sprang vom Pferd, schob die herabhängenden Zweige beiseite und tänzelte spinnengleich auf seinen dürren Beinen um den Toten herum. Ein Windstoß brachte den Leichnam erneut in Bewegung. Es sah aus, als drehe er sich mit Faustus, so als wolle er ihn nicht aus den toten Augen verlieren.

Mein Meister trug wie meist seinen schwarzen Mantel. Das wilde, dunkle Haar wucherte ihm wirr bis auf die Schultern. Sein langes, knöchernes Gesicht war von unnatürlichem Weiß und hob sich daher nur noch deutlicher von seiner schwarzen Umgebung ab. Die meisten Menschen, die von Faustus gehört, ihn aber nie zuvor gesehen hatten, waren überrascht, wenn sie seiner erstmals angesichtig wurden; nicht etwa, weil sein gespenstisches Äußeres seinem Ruf nicht gerecht wurde. Nein, seine Jugend war es, die sie verblüffte. Er mochte kaum sein dreißigstes Jahr überschritten haben, doch die Gerüchte, die über ihn im Umlauf waren, ließen es erscheinen, als sei er ein Greis, der seit Jahrzehnten durch die Lande zog. Nun, sie wurden enttäuscht – von seinem Alter, nicht vom Rätsel seiner Ausstrahlung.

»Wagner«, wandte er sich an mich, »bist du bereit, etwas Neues zu lernen?«

Ich zögerte nur einen Herzschlag lang. »Natürlich, Meister.«

Knapp zwei Monate stand ich nun in seinen Diensten. Seit unseren Erlebnissen auf der Wartburg waren nur wenige Wochen verstrichen. Es war der Sommer des Jahres 1515, ich zählte neunzehn Lenze und war in der Tat begierig darauf, mein Wissen so schnell als möglich zu mehren. Der Anblick der Leiche jedoch und die üblen Ahnungen, welche die makabere Vorfreude meines Meisters in mir heraufbeschworen, ließen mich zweifeln. Ich war keineswegs sicher, ob mir ausgerechnet nach *dieser* Lektion zumute war.

Faustus schob den Weidenvorhang mit beiden Händen auseinander und sah mich auffordernd an. »Schneid ihn ab«, gebot er mir.

Ich wechselte einen letzten Blick mit Angelina, sie zuckte mit den Schultern. Dann stieg ich vom Pferd, schob meinen Dolch zwischen die Zähne und erklomm den Weidenbaum. Wenig später durchtrennte ich das Seil. Der Leichnam fiel schwer zu Boden und blieb mit verdrehten Gliedern liegen.

Faustus packte ihn an den blutleeren Händen und zog ihn unter dem Baum hervor ins Freie. Ein wenig abseits des Weges rollte er den Toten im hohen Gras auf den Rücken und rief Angelina und mich herbei. Noch einmal sah er sich prüfend um. Die umliegenden Hügel waren menschenleer. Die Weide stand einsam an der festgestampften Straße. Der Wind fuhr noch einmal durchs Geäst; die Spitzen der Zweige wiesen raschelnd nach Osten.

»Bring mir mein Besteck aus der Satteltasche«, wies Faustus mich an.

Sein Besteck! Natürlich, was sonst.

Ich lief zum Pferd, zog die kleine Ledermappe hervor,

eilte zurück zu Faustus und reichte sie ihm. Dann trat ich geschwind zwei Schritte zurück. Der Leichnam schien mich vorwurfsvoll anzustarren. Der Tag hatte so hoffnungsvoll begonnen, mit einem kräftigen Frühstück nach einer Nacht im Gasthof. Das war ungewöhnlich, denn meist mieden wir die Herbergen am Wegesrand und schliefen in Heuschobern und unter Brücken. Zum ersten Mal seit Wochen war ich ohne die Angst vor Verfolgern erwacht.

Und nun das!

Du bist jetzt ein Zauberlehrling, redete ich mir aufmunternd zu. Besser, du gewöhnst dich an dergleichen.

Faustus zog ein scharfes Messer aus der Mappe und ließ es im Sonnenlicht aufblitzen. »Habt Ihr je das Innere eines Menschen gesehen?«, fragte er.

Zu meinem Erstaunen nickte Angelina. Dann begriff ich, woher ihr Wissen rührte: Sie musste mehr als einen Menschen aufgeschlitzt haben, vielleicht schon während der Jahre ihrer Ausbildung, gewiss aber in den vergangenen Wochen. Ihr zierlicher Körper täuschte über die Kraft hinweg, die sich darin verbarg. Nie zuvor hatte ich jemanden getroffen, der so geschickt mit den verschiedensten Waffen umging wie die falschen Engel des Borgia. Nicht einmal Faustus, gleichfalls geübt im Umgang mit dem Schwert, hätte es mit einem von ihnen aufzunehmen vermocht, auch nicht mit der schmalen, so zerbrechlich wirkenden Angelina.

Faustus lächelte sie an. »Vielleicht kannst du trotzdem noch etwas lernen. Und du, Wagner, schau genau zu …«

Mit diesen Worten riss er dem Toten das schmutzige Hemd vom Leib und führte einen tiefen Schnitt vom Brustbein bis zur Scham. Er rammte beide Hände in die Wunde und brach mit einem angestrengten Keuchen den Rippenkäfig auseinander. Ein furchtbarer Geruch stieg auf und betäubte meine Sinne. Ganz zu schweigen von dem Anblick, der sich mir bot.

Faustus öffnete den Oberkörper zur Gänze und begann ungerührt, ein Organ nach dem anderen zu entnehmen. Prüfend wog er sie in der Hand und gab weitschweifige Erklärungen über Namen und Aufgaben im menschlichen Körper. Einmal forderte er mich auf, einen blasigen, glitzernden Fleischklumpen zu berühren. Zum ersten Mal widersetzte ich mich seinem Willen, auch auf die Gefahr einer Rüge hin, doch Faustus lächelte nur und legte das Organ beiseite.

»Ich fürchte, Wagner, du weißt dein Glück gar nicht zu schätzen«, sagte er und wühlte weiter in dem Leichnam. »Du hast keine Vorstellung, wie erbärmlich solche Lektionen an den Hohen Schulen durchgeführt werden. Der Lehrer steht hoch auf dem Podium und doziert mit sichtlicher Verachtung über Tatsachen, die er aus eigener Erfahrung nicht kennt, denn ein anderer, der Bader, muss derweil die Sektion der Leiche vornehmen. Die Lehrer machen sich die Finger nicht schmutzig, sie haben ihr Wissen aus Büchern gelernt und beten es demgemäß trocken herunter. Schlimmer noch, viele lesen ihre Stoffe nur ab. Die Bader aber, welche die Autopsie durchführen, sind so unwissend, dass sie nicht in der Lage sind, den Schülern die präparierten Teile zu zeigen und zu erklären. Und da der Lehrer die Leiche nicht berührt, der andere aber die lateinischen Bezeichnungen nicht kennt, arbeitet jeder auf eigene Faust, was zu einem schrecklichen Durcheinander in der Reihenfolge des Vortrags führt. Auf diese Weise wird der Unterricht zum schlechten Scherz, und der Student lernt weniger, als ein Metzger den Professor lehren könnte.«

Ich nickte und tat, als stimmte ich Faustus in allem zu. Freilich zweifelte ich nicht an seinen Worten; und doch wäre mir die Weite eines Vorlesungssaales zwischen mir und der Leiche lieber gewesen, als gleich danebenzustehen, während mein Meister sie zerlegte.

Nachdem Faustus seine fachmännische Ausschlachtung beendet hatte, stand er auf und sagte: »Du kannst das jetzt forträumen.«

»Forträumen, Herr?«, fragte ich hilflos.

Er nickte ernsthaft. »Leg alles zurück in den Körper. Und dann begrabe ihn. Der gute Mann hat uns einen Dienst erwiesen, damit hat er sich ein anständiges Begräbnis verdient.«

Erst glaubte ich, mein Meister erlaube sich einen Scherz, dann aber begriff ich, dass er seine Worte todernst meinte. Stöhnend blickte ich hinab auf das, was von dem Leichnam übrig geblieben war, und auf den rotbraunen Haufen, den mein Meister daneben aufgeschichtet hatte.

Faustus ging zurück zu den Pferden, ohne sich noch einmal nach mir umzusehen. Still vor mich hinfluchend machte ich mich ans Werk. Voller Todesverachtung begann ich, die Eingeweide mit bloßen Händen zurück in den offenen Leichnam zu schaufeln. Zu meinem Erstaunen ging Angelina neben mir in die Knie und half mir. Ohne Zögern griff sie in die feuchte Masse und hob sie in die Wunde. Dann schabten wir Dreck und Gras zusammen und verteilten beides über dem Toten, bis er notdürftig bedeckt war.

Faustus saß schon im Sattel, als wir den Weidenbaum erreichten. Unsere Hände und Arme waren über und über mit

Blut und Erde beschmutzt. Wir stanken zum Steinerweichen. Ich schaute mich suchend um, doch ein Bach oder Tümpel war in der weiten Graslandschaft nirgends zu entdecken. Wir würden wohl oder übel ungewaschen weiterreiten müssen. Mein Meister, kaum sauberer als wir, trieb sein Pferd voran, und wir folgten.

Eine Weile lang sprach niemand ein Wort, dann aber fragte ich: »Es scheint keine Siedlung weit und breit zu geben. Wer hat den Mann dort aufgeknüpft?«

»Wegelagerer«, erwiderte Faustus trocken.

»Wegelagerer?« Entsetzt raste mein Blick über die Hügel. Doch da war niemand. Keine rauen Gesellen, die uns ans Leben wollten. Keine Räuber, verborgen im hohen Gras. Schlichtweg keine Menschenseele.

»Sie sind längst fort«, erklärte Faustus, nachdem er mein Erschrecken mit zufriedenem Lächeln ausgekostet hatte.

»Was macht Euch da so sicher?«

»Dazu braucht es wenig Spürsinn, lieber Wagner. Kaum ein Mensch reitet hier vorüber. Für gewöhnlich müssten sie Tage warten, bis ihnen jemand ins Netz ginge. Nein, sie haben ihr Opfer gefunden, und nun sind sie fort. Mag sein, dass sie sich in die Wälder zurückgezogen haben.«

»Wälder?«, fragte ich zweifelnd. Ringsum gab es nichts dergleichen.

»Warte ab«, entgegnete mein Meister. »Hinter dem nächsten Hügel siehst du, was ich meine.«

So war es in der Tat. Nach der Wegkehre öffnete sich vor unseren Augen ein weites Waldgebiet, hingestreckt von Horizont zu Horizont. Ein Ozean aus buschigem Grün und Braun, dampfend in der Glut der Sommersonne.

Wie mancher Mensch trug auch der Spreewald in seinem Herzen ein Geheimnis, verborgen, noch unsichtbar: Faustus' Ziel.

Das Schloss des Schlangenkönigs.

* * *

Es begann einige Tage zuvor. Etwas geschah.

Bis dahin war es unser Plan gewesen, den Weg nach Süden einzuschlagen und auf der Spur der Erleuchteten nach Rom zu reiten.

Rom! Das bedeutete eine weite, aufregende Reise durch allerlei fremde Gebiete. Obgleich mich der Gedanke durchaus Bange machte, so wollte ich mich doch der Herausforderung stellen. Ich wusste nicht, was Faustus plante, als er sagte, es gebe einen Mann im Vatikan, der uns – Angelinas Vergangenheit betreffend – weiterhelfen könne. Ihn gelte es aufzusuchen.

Gewiss, ich dachte daran, wie gefährlich es sein mochte, dem Gegner in die Arme zu laufen, ja, ihn direkt in seiner Heimstatt aufzusuchen. Doch Faustus war guter Dinge und zerstreute meine Sorgen. Es gebe viele Besucher in den Hallen des Papstes, sagte er, drei mehr oder weniger würden dort nicht auffallen. All das klang, als sei er bereits dort gewesen, und als ich ihn fragte, bestätigte er meinen Verdacht. Natürlich ohne Näheres zu verraten, wie üblich.

Dann aber kam alles ganz anders.

Ohne dass Angelina oder ich es bemerkten, muss sich etwas ereignet haben, das Faustus umstimmte, buchstäblich über Nacht. Plötzlich bestand er darauf, statt nach Süden in östliche Richtung zu reiten. Man erwarte ihn dort, behauptete er und hüllte sich fortan in Schweigen.

Diesmal jedoch bestand ich auf Erklärungen, da ich glaubte, Angelina verlieren zu müssen, wenn wir uns nicht wie versprochen nach Rom begaben. Sie schien mehr als begierig, den Ort, an dem sie all die Jahre über eingesperrt gewesen war, erneut aufzusuchen.

Doch so sehr ich auf Einzelheiten über das Vorhaben meines Meisters drängte, desto schweigsamer wurde er. Unser Ziel sei der Spreewald, verriet er einsilbig, und darin die Ruine eines Schlosses. Die Menschen, die in den Wäldern lebten, raunten, einst habe dort der legendäre Schlangenkönig gehaust.

Angelina fügte sich. Sie verriet keine Enttäuschung, erst recht keine Wut. Sie schien Faustus zu vertrauen, und zähneknirschend folgte ich ihrem Beispiel. Ich war nur ein Schüler, und was blieb mir schon, als dem Willen meines Meisters Folge zu leisten?

Nach Osten, also.

So näherten wir uns allmählich den Ausläufern des Waldes. Immer häufiger legten sich die Schatten der Erlen über unseren Weg, bis er schließlich zur Gänze in ihnen ertrank.

»Dies ist ein merkwürdiges Land«, brach Faustus das Schweigen. Um uns rauschten die Bäume, raschelten Tiere im Unterholz. »Nirgendwo sonst in den Ländern diesseits des Mittelmeeres gibt es ein Gebiet wie dieses.«

»Wie meint Ihr das, Herr?«, fragte ich neugierig, wenngleich die Furcht vor den Wegelagerern mehr und mehr mein Denken beherrschte. Die Dämmerung brach an.

»Die Wälder erstrecken sich über viele Meilen, durchzogen

von einem weitläufigen Netz von Wasseradern. Hunderte von Bächen, Flüssen und Gräben durchkreuzen das Land, und die Menschen, die hier leben, befahren sie mit Kähnen und Gondeln. Die Einwohner dieses Landstrichs sind seltsame Menschen. Der alte Aberglaube ist tief in ihnen verwurzelt. Sie glauben, der Nix lebt auf dem Grund der Gewässer, ein Wassergeist, dem sie Opfer bringen, um ihn gnädig zu stimmen. Es heißt, Irrlichter führten den Fremden ins Verderben. Selbst die Schlangen, die sich durch die feuchten Wälder winden, haben ihre eigenen Legenden.«

Dies mochte die Gelegenheit zu einem Vorstoß sein. »Ihr meint den Schlangenkönig?«

»Auch ihn.«

»Was hat es damit auf sich? Ich habe nie von ihm gehört.«

Faustus, mit einem Mal in redseliger Stimmung, ließ seinen Blick durch die Baumreihen geistern. »Die Schlange ist ein magisches Tier, so viel entspricht der Wahrheit. Eine Schlange im Rauchfang eines Hauses kann seinem Besitzer seherische Kräfte geben. Pulver, aus ihrem Körper gewonnen, dient zu manch mächtigem Zauber, und einige sagen, wer Schlangenfleisch isst, vermag sich unsichtbar zu machen. Nun, ich habe es versucht.«

»Und?«, fragte ich aufgeregt.

»Mir wurde schlecht, und ich lag tagelang darnieder. Höchst sichtbar, übrigens. Ein peinlicher Vorfall.«

Ich nickte enttäuscht. Unsichtbarkeit wäre eine feine Sache gewesen.

»Die Menschen des Spreewaldes füttern die Schlangen mit Milch und Fleisch«, fuhr er fort. »Dadurch erhoffen sie sich Glück und Gesundheit. Oft wohnt ein Schlangenpaar unter der Hausschwelle. Stirbt der Hausvater oder die Hausmutter, ist auch die entsprechende Schlange des Todes.«

»Ihr glaubt, das ist die Wahrheit?«

»Nein. Aber das ist es, was man sich erzählt. Es mag ebenso ein Hirngespinst sein wie die Berichte vom Schlangenkönig. Es heißt, er habe in früheren Zeiten in einem alten Schloss gelebt, dessen menschliche Bewohner schon vor Jahrhunderten ausgestorben sind. Die Sagen beschreiben ihn als gewöhnliche Schlange, nicht größer als jede andere, die aber auf ihrem Haupt eine goldene Krone trägt. Diese Krone ist von unschätzbarem Wert, so heißt es, und manch einer hat versucht, sie an sich zu bringen. Bis auf einen starben alle am Gift der Schlangen, die das Schloss und den König bewachten. Eines Tages aber gelang es einem Förster, in das Anwesen einzudringen. Lange Zeit irrte er durch die gewaltigen Säle und Flure, bis sein Blick durch ein Fenster hinaus auf die Schlosswiese fiel. Dort entdeckte er den Schlangenkönig, wie er mit seinem Gefolge in der Sonne tollte. Die Krone hatte er abgenommen, sie lag am Rande der Wiese im Gras.«

Faustus verhielt einen Augenblick und horchte misstrauisch hinaus in die Abenddämmerung. Erstaunen erschien einen Herzschlag lang auf seinem fahlen Gesicht, dann aber nahm er den Faden wieder auf: »Der Förster schmiedete einen verwegenen Plan. Am nächsten Tag kehrte er zurück zu jener Stelle, an der die Schlangen zu spielen pflegten, und legte ein durchsichtiges Netz dorthin, wo der Schlangenkönig seine Krone ablegen würde. Tatsächlich tat er es auch diesmal wieder und – ungeschickt genug – achtete nicht auf das Netz. Der Förster aber hatte einen Faden daran befestigt und zog Netz und Krone zu sich ins Dickicht. Er ahnte, dass die Schlangen auf

Rache sinnen würden, deshalb hatte er sein Pferd bereitgestellt und ritt darauf eiligst von dannen. Doch trotz des schnellsten Galopps zischelten die Sklaven des Königs hinter ihm her und drohten, ihn einzuholen. Da schleuderte er ihnen seinen Mantel entgegen, und in ihrer haltlosen Wut verbissen sie sich darin. So konnte er entkommen und die Krone für sich behalten. Den Mantel fand man Tage darauf zerfetzt und durchlöchert am Wegesrand.«

»Und Ihr glaubt, die Legende hat einen wahren Kern?«, fragte ich erstaunt, denn eine Schlange mit Krone auf dem Kopf schien mir vielmehr albern als bedrohlich.

»Mag sein«, gab Faustus zur Antwort. »Das Schloss zumindest existiert, wenngleich nur Eingeweihte wissen, wo sie danach suchen müssen.«

»Was aber führt uns dorthin?«

Darauf verstummte Faustus für eine ganze Weile, ehe er sich schließlich besann, uns zumindest einen Teil des Rätsels zu offenbaren. »In jener Nacht, vor einigen Tagen, überbrachte mir ein gefiederter Bote eine Nachricht: Es wird eine Zusammenkunft geben, von Menschen, die ich zum letzten Mal vor vielen Jahren traf.«

»Im Schloss des Schlangenkönigs?«

»Eben dort.«

»Warum aber macht Ihr so ein Geheimnis aus einem Treffen mit alten Freunden?«

Er zögerte einen Augenblick mit der Antwort. »Es sind keine Freunde«, sagte er dann.

Als er keine Anstalten machte, weiterzusprechen, ließ ich mein Pferd missmutig ein, zwei Schritte zurückfallen. Wieder hatte er mir einige Krumen hingeworfen, meinen Appetit auf mehr angeregt und ließ mich nun mit leerem Magen stehen. So war er, mein Meister. Manchmal fiel es schwer, ihn zu lieben.

Schon nach kurzer Zeit überquerten wir die erste Wasserader. Eine knarrende Bohlenbrücke führte darüber hinweg. Ich blickte vom Pferd hinab auf die trübe Oberfläche und stellte mir vor, wie der Nix darunter seine Bahnen zog. Dann schalt ich mich einen Narren: Das Wasser war hier kaum einen Schritt tief; der Nix hätte ein wahrhaft winziger Geist sein müssen, um ungesehen auf dem Grund zu wandeln.

Immer tiefer in die Wälder führte uns der Weg, über weitere Bäche und Flüsse hinweg, die wir mal über Brücken, mal durch schlammige Furten passierten. Der Wald selbst war nicht dunkel. Erlen, Eschen und Eichen standen weit verteilt und luftig, ihr Laubdach war keineswegs dicht. Dunkel war allein die anbrechende Nacht, die mit jedem unserer Schritte weiter über das Land kroch und mein Herz mit Beklemmung erfüllte. Ich wünschte mir, Faustus hätte nicht von giftigen Schlangen erzählt. Ich glaubte, sie überall in den Schatten zischen zu hören, glaubte zu sehen, wie sie sich wanden und drehten und ihre Köpfe mit den spitzen Zähnen an den Läufen meines Pferdes emporreckten.

»Wollen wir nicht die Nacht über rasten, Meister?«, fragte ich zaghaft.

Faustus schüttelte den Kopf. »Für den, der den Weg kennt, ist es nicht weit bis zum Schloss, ganz gleich, von welcher Seite man die Wälder betritt.«

Erwähnte ich schon, dass mein Meister nichts so sehr liebte wie den Hauch des Mysteriums, mit dem er sich umgab?

So ritten wir weiter, schweigend, grübelnd. Der Tag war

warm gewesen, heiß sogar, doch die Nacht verschlug mir den Atem mit drückender Schwüle. Wir erreichten ein neuerliches Ufer, das elfte oder zwölfte, als Faustus plötzlich an den Zügeln seines Pferdes riss. Mit einem erschrockenen Wiehern blieb es stehen. Auch wir anderen verharrten.

Faustus starrte gebannt nach rechts. Meine Augen folgten seinem Blick.

Eine schmale Gondel mit spitzem, hochgezogenem Bug und flachem Heck glitt lautlos über das schmale Gewässer. Sie war aus dunklem Holz und hob sich kaum von der Oberfläche ab. Das Wasser lag da wie ein Stück funkelnder Nachthimmel. Die Gondel entfernte sich langsam von uns und bog beinah im selben Augenblick, da ich sie entdeckte, um eine enge Flussbiegung. Ehe sie aber verschwand, besah ich mir den Mann, der aufrecht in ihrer Mitte stand. Er hatte uns den Rücken zugewandt und war vollkommen nackt. Sein heller Körper war schmal, beinahe knöchern. Ein fremdartiges Muster bedeckte seinen Rücken, aufgemalt oder eingestochen. Ich konnte nicht erkennen, was es darstellte. Er stand da mit leicht gespreizten Beinen und vor der Brust verschränkten Armen. Obgleich er die Gondel weder mit Ruder noch Stock nach vorne schob, entglitt sie meinen Blicken. Es gab keine Strömung; das Wasser schimmerte glatt und reglos, ein Spiegel aus schwarzem Glas. Mochte der Teufel wissen, was die Gondel vorwärtstrieb.

Der Teufel – oder Faustus.

»Wer war das, Herr?«, fragte ich atemlos, nachdem der Unheimliche fort war. »Jemand, den Ihr kennt?«

Faustus wandte sich nach mir um, doch sein Blick schien durch mich hindurchzusehen. Nachdenklich hob er die Schultern. »Mag sein, ich bin nicht sicher.«

»War es der Wassergeist?«

Da schmunzelte Faustus. »Nein, Wagner, der war es bestimmt nicht.«

»Wer dann? Ihr habt doch einen Verdacht …«

»Ich weiß es nicht«, erwiderte er leise, »nicht wirklich. Ich muss abwarten. Geduld, nur ein wenig Geduld.«

Die letzten Worte hatte er mehr zu sich selbst als zu einem von uns gesprochen. Er klang, als beschäftigte etwas seine Gedanken, das keinerlei Ablenkung duldete. Er trieb sein Pferd an und trabte ans andere Ufer. Wieder blieb uns beiden nichts übrig, als einen mürrischen Blick zu wechseln und ihm zu folgen. Seine Geheimniskrämerei, seine ständige Schweigsamkeit zur falschen Zeit, entwickelte sich allmählich zur Belastung für uns alle. Wenn ich mich schon einer Gefahr aussetzte, dann war es mir lieber, ich wusste um ihre Natur. Die Ungewissheit aber machte alles nur noch schlimmer. Faustus schien das nicht zu begreifen. Wahrscheinlich stand er weit über solcherlei Sorgen.

Der Weg führte schnurgerade durch ebenes Gelände. Sterne und Halbmond erhellten sanft, was vor uns lag, doch jenseits der vorderen Baumreihen versank der Wald in Finsternis. Mit einem Mal galt meine Furcht weniger den allzu irdischen Wegelagerern als vielmehr jener unwirklichen Gestalt, die wir auf der Gondel beobachtet hatten.

Warum trug der Mann keine Kleidung? Weshalb bewegte sich sein Boot wie von Geisterhand? Und was hatten die fremdartigen Muster auf seinem Rücken zu bedeuten?

Obgleich sich mir doch sein bedrohlicher Anblick tief hätte einprägen müssen, gelang es mir nicht, in meinem Gedächtnis mehr als verschwommene Schemen auszumachen. Es war fast, als verblasste die Erinnerung selbst zu groben, vergänglichen Schatten.

(An dieser Stelle, schaudernder Leser, ist eine kurze Erklärung vonnöten. Ihr wisst, da ich dies niederschreibe, sind all die dargestellten Ereignisse längst vorüber und bedeutungslos; allemal bedeutungsloser jedenfalls, als sie mir damals erschienen. Man sollte meinen, vieles habe sich über die Jahrzehnte hinweg aus meinem Geist verflüchtigt. Der eine oder andere mag gar vermuten, dass ich die Lücken mit Erdachtem fülle. Doch Euer Misstrauen ist unbegründet. Es ist seltsam, doch die Jahre, die ich an der Seite des Doktors verbrachte, stehen mir noch heute klar und scharf umrissen vor Augen, als habe sich all das Geschehene erst gestern zugetragen – ganz im Gegensatz zu meiner Kindheit, übrigens, und allem, was nach Faustus' Tod geschah. Umso ungewöhnlicher ist es, dass meine Erinnerung an den Mann auf der Gondel tatsächlich getrübt ist. Mag sein, dass ich damals viel mehr von ihm sah als eben beschrieben. Vielleicht sah ich sein Gesicht, vielleicht begriff ich gar, was die Zeichnung auf seiner Haut bedeutete. Doch wenn dem so war, so kann ich mich dessen heute nicht mehr entsinnen. Obgleich man alles auf vernunftvolle Weise erklären könnte, was damals geschah, so habe ich doch meine Zweifel daran, dass die Vernunft bei dem, was uns bevorstand, eine Rolle spielte. Die Vernunft am allerwenigsten.)

Wir kamen jetzt in ein Gebiet, in dem es keine Brücken gab. Die Wege waren unbefestigt und wohl seit Jahren kaum benutzt. Oft endeten sie vor einer der zahllosen Wasseradern, die wir zaghaft auf unseren Pferden durchritten. Nicht selten reichte den Tieren dabei das Wasser bis zum Bauch, und mir war mehr als unwohl, wenn meine Beine in schwarzem Gewässer verschwanden. Einmal streifte blitzschnell etwas Glattes meine Wade, und ich erstarrte im Sattel und dachte an den Nix. Wer wusste schon, was die Bewohner der Wälder ihm zum Opfer brachten? Sicher war ein feines Wagnerbein so ganz nach seinem Geschmack.

Trotzdem blieb ich still und gab mir Mühe, meine Furcht zu verbergen. Angelina ließ sich nichts anmerken, und so wollte auch ich selbst mir keine Blöße geben. Wiewohl, ihre Gesichtsmuskeln waren unter der Narbenkruste erstarrt, und es fiel schwer, ihr überhaupt eine Regung anzusehen. Vielleicht hatte sie unter dieser Narben-Maske ebensolche Angst wie ich. Und doch blieben mir Zweifel. Angelina musste in den Jahren seit ihrer Entführung weit Schlimmeres durchlitten haben als einen Ritt durch einen Spukwald. Ich hätte viel dafür gegeben, wenn sie jetzt hätte sprechen können. Faustus war ein allzu einsilbiger Reisegefährte.

Schließlich blieb mein Meister erneut stehen, schaute sich suchend um, horchte wieder und ritt dann voran ins Unterholz. Mir gefiel es nicht, in solch einer Gegend vom Weg abzuweichen, doch Faustus würde wissen, was er tat.

Zweige schlugen mir ins Gesicht, und auch die Pferde hatten alle Mühe, sich nicht in wucherndem Unkraut und Dornenranken zu verstricken. Der Wall aus unwegsamem Dickicht war nur ein Dutzend Schritte breit, dann erreichten wir einen neuerlichen Weg. Jener war zu meinem Erstaunen gepflastert, wenngleich die Steine von Moos überwuchert und an vielen Stellen im feuchten Erdreich versunken waren. Es musste viele Jahrzehnte, vielleicht gar Jahrhunderte her sein, dass Menschenhände diesen Steinpfad angelegt hatten.

Nach einer halben Meile blieb der Wald zu beiden Seiten

des Weges zurück und gab den Blick frei auf eine gewaltige mondbeschienene Lichtung. Im eisigen Glitzer der Sterne wuchs dort eine monströse Ruinenlandschaft aus der Dunkelheit. In ihrer Mitte thronte ein klobiges Gebäude, drei Stockwerke hoch, rechteckig und von einem verwinkelten, vielgiebeligen Dach gekrönt. Das Haus stand auf einem hohen Sockel, an dem eine verfallene Freitreppe hinaufführte. Hinter einigen der hohen Spitzbogenfenster im Erdgeschoss flimmerte fahler Kerzenschein.

An der rechten Seite des Haupthauses stand ein hoher Bergfried, der vor Urzeiten zur Hälfte in sich zusammengestürzt war. Es standen nur noch zwei der einstmals vier Turmwände, und während von den fehlenden Mauern kaum mehr Trümmer zu sehen waren, hatten sich die beiden übrigen bis hinauf zu den Zinnen vollständig erhalten. An ihren Innenseiten waren noch die Reste steinerner Stufen zu erkennen.

Rund um Haus und Bergfried gab es eine Vielzahl zerborstener Mauerzacken, die aus einer wild wuchernden Wiese ragten. Einstmals mussten das Nebengebäude gewesen sein. Nun aber war außer vereinzelten Wänden, einsamen Torbögen und Steinhaufen nichts davon übrig geblieben. Sie alle schimmerten im Mondlicht wie Silber.

Die Anlage war riesig; das ließen selbst ihre Ruinen erkennen. Ihr Anblick war gleichermaßen unheimlich wie beeindruckend. Wie, um alles in der Welt, konnte man ein so gewaltiges Bauwerk vor Neugierigen und Schatzsuchern verborgen halten?

Statt schnurstracks auf das Haupthaus zuzureiten, wie ich eigentlich erwartet hatte, wandte Faustus sein Pferd nach links. Wir folgten ihm entlang des Waldrandes und bestaunten dabei die Weitläufigkeit des verfallenen Geländes. Das Gras reichte den Pferden fast bis zum Bauch, und allerlei Gewächsranken hatten die Mauerreste und Trümmer in ihre knotigen Arme genommen. Gelegentlich stießen wir auf die Überbleibsel einstmals prächtiger Statuen, die auf Sockeln aus dem Dickicht ragten. Da wandten sich steinerne Arme flehend zum Himmel, und leere Augen starrten uns leblos entgegen. In ihrem sterbenden Prunk ähnelten diese Gärten nichts, was ich bislang gesehen hatte.

Wir erreichten ein weiteres Gebäude, das die Prüfungen der Zeit überstanden hatte. Es war ungleich kleiner als das Haupthaus und stand fern davon am Rande des Schlossgartens. Faustus stieg vom Pferd und forderte uns auf, es ihm gleichzutun. Er trat an die Eingangstür und gab ihr einen vorsichtigen Stoß. Knirschend schwang sie nach innen.

»Das Gästehaus«, sagte er. »Ihr werdet hier auf mich warten, während ich mich im Haupthaus umsehe.«

Ich blickte zweifelnd in den schwarzen Türspalt und nahm eine Prise der muffigen, abgestandenen Luft, die uns daraus entgegenschlug. »Warum sollen wir uns trennen?«, fragte ich. »Wäre es nicht klüger, an einem solchen Ort beieinander zu bleiben? Wir könnten mit Euch gehen.«

»Unter keinen Umständen«, erwiderte Faustus eilig und in einem Ton, der keinen Widerspruch duldete. »Ihr werdet Euch vom Hauptgebäude fernhalten, ganz gleich, was geschieht. Habt ihr das verstanden?«

Angelina zuckte gleichgültig mit den Schultern.

Ich selbst war aber keineswegs bereit, mich so schnell geschlagen zu geben. »Herr, erklärt uns wenigstens, was Ihr vorhabt. Müssen wir um Euer Leben fürchten?«

Faustus, der sehr wohl begriff, dass ich zuvorderst um mein eigenes Wohlergehen fürchtete, lächelte schwach. »Hab keine Angst«, sagte er und wusste dabei ganz genau, welchen Stich mir diese Worte in Angelinas Gegenwart versetzten. »Ich werde bald schon zurückkehren und entscheiden, was weiter geschehen soll. Möglicherweise sind meine Angelegenheiten an diesem Ort dann längst erledigt.«

Natürlich glaubte ich ihm kein Wort. Er hatte keinen so weiten Weg in Kauf genommen, um dann nach wenigen Stunden wieder aufzubrechen.

»Ihr lasst Euch nicht erweichen, was?«, stellte ich mit dünner Stimme fest.

Er schüttelte den Kopf. »Ihr wartet hier, dabei bleibt es. Ich werde euch Nachricht geben, wenn es an der Zeit ist.«

Angelina war bereits im Haus verschwunden, als sei es ihr ganz und gar egal, was er vorhatte. Ich aber blieb draußen stehen und sah wortlos zu, wie Faustus sein Pferd bestieg, die unseren an den Zügeln packte und mit allen drei Tieren in Richtung der Schlossruine davonritt.

Täuschte ich mich, oder waren da riesige Umrisse, die sich hinter den trüb schimmernden Fenstern bewegten? Ein Ball, auf dem nur die Schatten tanzten.

Ein Rascheln in meinem Rücken ließ mich herumwirbeln.

»Angelina?«, flüsterte ich zaghaft.

Das Mädchen war nirgends zu sehen. Stattdessen starrten mich rote Augen an, glühend in der Finsternis jenseits der Bäume.

Zugleich löste sich Angelina aus dem Hauseingang. Sie musste mich gehört haben und trat nun auf mich zu, legte fragend den Kopf ein wenig schräg.

Einen Herzschlag später verblassten die Glutaugen, und etwas entfernte sich mit knisternden Schritten im Unterholz.

Angelina folgte meinem Blick, doch es war zu spät. Es gab nichts mehr zu sehen.

»Mephisto«, raunte ich ihr zu. »Er ist ganz in der Nähe.«

Es gab vielerlei Gerüchte über den schwarzen Hund meines Meisters. Die einen sagten, er sei gar kein Tier, sondern ein mächtiger Dämon, der nur die Gestalt eines Hundes angenommen hatte. Andere behaupteten, Mephistos Fell wechselte die Farbe, wenn Faustus ihm die Hand auflegte. Ich selbst hielt all das für Gewäsch, denn Mephisto zeigte sich niemandem außer Faustus selbst. Und obgleich ich meine Angst vor ihm allmählich überwunden hatte, so blieb doch stets ein vages Gefühl der Beunruhigung, wenn er mich aus der Dunkelheit anstarrte. Alles, was ich in den vergangenen Wochen von ihm hatte sehen dürfen, waren seine rot lodernden Augen gewesen, nichts sonst. Faustus behauptete zudem, er könne sich im Geiste mit Mephisto unterhalten, und mindestens einmal hatte uns dessen Warnung das Leben gerettet – zumindest, falls Faustus die Wahrheit sprach. Denn manchmal waren derlei Aussprüche aus seinem Mund mit Vorsicht zu genießen, da er seine Aura des Magischen auch mit unlauteren Mitteln pflegte.

Mephisto folgte meinem Meister überallhin, wenngleich er sich am Tage außer Sichtweite hielt. Nur bei Nacht pirschte er sich gelegentlich in unsere Nähe. Dann glühten seine Augen im Schatten und erinnerten Faustus an etwas, über das er nicht sprach. Mit niemandem.

Angelina hob die Schultern und gab mir mit einem Wink zu verstehen, ihr ins Innere zu folgen.

Ich zögerte und drehte mich noch einmal zu Faustus um. Er aber war längst verschwunden.

Im Haupthaus erloschen die Lichter.

Kapitel 2

Vielleicht hatte ein Windstoß die Kerzen ausgeweht. Oder die übrigen Gäste, wer immer sie sein mochten, hatten nur auf Faustus gewartet, um sich nun in einen anderen Teil des Schlosses zurückzuziehen. Es musste wirklich nichts bedeuten.

Und doch – meine Angst um den Meister blieb. Ich ahnte, dass etwas nicht stimmte. Es war mehr als eine innere Unruhe. Ich spürte die Bedrohung, die von diesem Gemäuer und seiner fremdartigen Umgebung ausging, und da war etwas, das mir zuraunte, so schnell wie möglich das Weite zu suchen.

Die Anordnung meines Meisters war deutlich gewesen. Warten, bis er zurückkehrt. Ich war nicht sicher, wie lange ich mich daran halten würde.

Auch Angelina hatte die Veränderung im Schloss bemerkt. Ihre zarte Hand legte sich auf meinen Arm und zog mich mit sich durch die Tür des Gästehauses. Im Inneren war es weit düsterer als im Freien, und wir brauchten eine Ewigkeit, ehe es uns gelang, mit unseren Utensilien ein Feuer zu entfachen. Wir zerschlugen einen alten Stuhl, umwickelten seine gedrechselten Beine mit dem Stoff eines vermoderten Vorhangs und benutzten sie als Fackeln. Eine brachten wir neben der Tür an, je eine nahmen wir selbst zur Hand. Damit begannen wir unsere Erkundung.

Das Haus besaß zwei Stockwerke. Im unteren befanden

sich neben der winzigen Eingangshalle vier Zimmer. Sie alle standen leer, bis auf ein paar zertrümmerte Bettgestelle, einige Stühle und hier und da eine verstaubte Kiste. Als wir die Stufen nach oben stiegen, sprang uns eine pechschwarze Katze entgegen, streifte mit ihren Krallen meinen Arm und verschwand kreischend im Freien.

»Das bringt Unglück«, sagte ich im Spaß, doch mir war klar, wie halbherzig mein Lächeln wirkte.

Oben erwartete uns die gleiche Anzahl von Räumen, ebenso aufgeteilt und ähnlich heruntergekommen. Die Betten waren alle verfallen und nicht mehr zu benutzen. Wir suchten uns daher eine Kammer, deren glasloses Fenster zum Haupthaus wies, und blickten von dort aus nach draußen.

»Glaubst du, dass es hier wirklich Schlangen gibt?«, fragte ich und stützte mich mit beiden Händen auf die Fensterkante.

Angelina nickte und deutete mit ausgestrecktem Zeigefinger auf eine Stelle am Boden vor dem Haus. Im Mondlicht wanden sich zwei schimmernde Blindschleichen.

»Die sind nicht giftig«, sagte ich erleichtert.

Angelina schüttelte den Kopf, griff in mein Haar und zwang meinen Blick mit sanftem Druck in eine andere Richtung. Was ich dort sah, brachte mein Herz fast zum Stillstand.

Eine Schlange, etwa fünfmal so dick und viermal so lang wie die Blindschleichen, lag zusammengerollt im Gras. Sie schien zu schlafen, und doch stand ihr Maul mit den nadelspitzen Fangzähnen weit offen, als wartete sie nur darauf, dass sich eine Beute hineinverirrte. Ihr Körper schillerte betörend.

Ich schüttelte mich vor Ekel und Entsetzen. Es war zu dunkel, um zu erkennen, ob zwischen den Gräsern noch weitere dieser Biester lauerten. Vielleicht hatte Faustus recht; vielleicht war es am besten, hier im Haus auf seine Rückkehr zu warten.

Ich wandte den Kopf zu Angelina und betrachtete sie stumm. Sie rührte sich nicht, blickte einfach geradeaus in die Nacht. Das Eislicht schien allem die Farbe zu nehmen, auch ihren Augen; das Blau war zu einem hellen Grau geworden. Die Schatten ihrer Narben wirkten noch tiefer, was ihrer Haut ein bizarres schwarzes Muster verlieh. Außer ihren Augen waren allein die Lippen unversehrt. Nachdem die ursprüngliche Schwellung abgeheilt war, waren sie nun ebenmäßig und von feinster Form. In jedem anderen Gesicht hätten sie bezaubernd, beinahe fordernd gewirkt. Doch es fiel schwer, sich vorzustellen, dass Angelina irgendwann einmal die Ruhe finden würde, an etwas anderes als an ihre Vergangenheit und die Vergeltung dafür zu denken.

Die Wunden auf ihrem Rücken waren fast vollständig verheilt. Als die Engel des Borgia sie aus ihren Reihen verstießen, hatten sie ihr dort etwas aus dem Fleisch geschnitten. Auch Faustus wusste nicht, was es war. Die Verletzung hatte die Form einer römischen Fünf, die sich fast über ihren ganzen Rücken erstreckte. Der Heiler einer Gauklertruppe, die Angelina halb tot am Straßenrand auflas, hatte behauptet, sie sei ein echter Engel gewesen, dem man die Flügel herausgeschnitten hatte. Nun wussten wir aber, dass Angelina allzu menschlicher Abstammung war, daher blieb das Rätsel der Wunden ungelöst.

Angelina trug dunkle Hosen wie ein Mann, dazu ein Hemd aus weißem, weit fallendem Stoff. Wenn unser Weg es nötig machte, Dörfer und Städte zu durchqueren, zog sie eine Ledermaske über ihr Gesicht und den kahlen Schädel. Freilich erregte sie auch maskiert noch einiges Aufsehen. Immer wieder erkundigten sich Wirte und Stadtgardisten, ob Angelina an einer ansteckenden Krankheit litte. Oft geschah es, dass Menschen einen großen Bogen um uns machten, wenn sie ihrer ansichtig wurden. Die Pest wütete ungebrochen in zahlreichen Landstrichen, und so war die Furcht vor Seuchen größer als vor dem leibhaftigen Satan.

Ein Schrei ließ uns aufschrecken. Er war hoch und leise, der Schrei eines Tieres. Er schien von oben zu kommen. Vom Dach.

Ich wollte mich nicht weiter darum kümmern, doch Angelina fuhr herum. Mit wenigen weiten Sätzen war sie an der Tür.

Ich rief ihren Namen, vergeblich.

Ihre leichten Schritte huschten draußen über den Gang und entfernten sich. Als ich selbst die Tür erreichte und auf den Flur trat, sah ich, wie Angelina prüfend eine viereckige Holzplatte in der Decke betrachtete. Dann schaute sie sich suchend am Boden um, lief schließlich an mir vorbei zurück in die Kammer und zog ihr Schwert aus den Bündeln unserer Habseligkeiten. Damit stellte sie sich unter die Platte und versuchte, sie von unten mit der Schwertspitze anzuheben. Der Versuch glückte, und in der Decke tat sich der Einstieg zum Dachboden auf.

»Was hast du vor?«, fragte ich einigermaßen verwirrt.

Angelina winkte mich herbei und bedeutete mir, dass sie über meine Schultern nach oben steigen wollte. Meinen Protest ließ sie nicht gelten. Blitzschnell glitt sie an mir hinauf und zog sich über die Kante auf den Speicher. Es war stockdunkel dort oben. Ich eilte zurück, holte eine unserer Fackeln herbei und reichte sie ihr mit ausgestrecktem Arm. Dann verschwand sie jenseits des Einstiegs.

Noch einmal rief ich hinter ihr her, obgleich ich wusste, wie zwecklos das war. Ich beschloss, ihr zu folgen.

Der Tierschrei, zum zweiten Mal. Eine Katze. Wahrscheinlich das schwarze Mistvieh, das mich auf der Treppe gekratzt hatte.

Ich wollte Angelina erklären, dass Katzen aus allen möglichen Gründen und zu jeder Gelegenheit kreischen. Ich zweifelte, dass es dort, wo sie die vergangenen dreizehn Jahre verbracht hatte, Katzen gab. Hoffentlich hatte sie das Tier wenigstens als solches erkannt und setzte ihr Leben nicht für einen Irrtum aufs Spiel.

Ich trug einen der alten Stühle unter die Deckenluke, stellte mich obenauf und versuchte von dort aus, in einem gewagten Sprung nach der Kante zu greifen. Meine Finger berührten das Holz, doch hatte ich wohl mein Geschick überschätzt. Ich verlor meinen Halt, fiel nach hinten und schlug der Länge nach auf den Boden.

Fluchend und mit schmerzendem Schädel wagte ich einen zweiten Anlauf. Diesmal gelang es mir besser, und ich konnte mich unter Keuchen und Stöhnen hinauf auf den Dachboden hangeln. Angelina war nirgends zu sehen, wohl aber ihre Fackel; sie hatte sie leichtsinnig zwischen zwei Dachbalken geklemmt. Die Flammen leckten bereits bis wenige Fingerbreit unter das ausgetrocknete Holz. Nicht mehr lange, und der ganze Dachstuhl würde brennen wie Zunder.

Ehe es so weit kommen konnte, zog ich die Fackel hervor und leuchtete mit ihr im Halbrund über den Speicher. Angelina war immer noch nirgends zu sehen. Wohl aber entdeckte ich etwas anderes: Nur wenige Schritte von der Dachluke entfernt hatte sich jemand aus Decken eine Schlafstatt bereitet. Der Stoff war zerwühlt. Daneben lag ein offenes Bündel mit zwei, drei Kleidungsstücken, einem dickleibigen Buch, in Leder gebunden, und einem Kamm. Jenes Utensil schien mir ein Anzeichen dafür, dass es sich beim Bewohner dieses Dachbodens um eine Frau handeln musste. Sie selbst aber war, ebenso wie meine Gefährtin, verschwunden.

Neben der Stelle, an der Angelina die Fackel zurückgelassen hatte, klaffte ein Durchbruch im Dach. Er stammte nicht von ihr – die Bruchstellen im Holz waren alt und spröde –, und doch war es der einzige Weg, auf dem sie den Speicher verlassen konnte.

Die Katze schrie erneut. Diesmal klang es lauter, näher. Das anschließende Wimmern kam eindeutig vom Dach.

Vorsichtig streckte ich meinen Kopf durch die Öffnung und blickte mich um. Die Schräge wirkte an ihrer Außenseite sehr viel steiler als von innen. Die Dachziegel waren mit grünbraunem Moos bewachsen.

Angelina stand hoch oben auf dem Dachfirst. Ohne Mühe hielt sie ihren zierlichen Körper im Gleichgewicht. Langsam setzte sie einen Fuß vor den anderen und ging auf den Kamin des Gästehauses zu, ein massiver Steinturm, den zwei Männer nicht mit ihren Armen hätten umfassen können. Er ragte mannshoch über das Dach hinaus. Auf seiner Spitze saß die schwarze Katze und kreischte von Neuem. Der Laut fuhr mir bis ins Mark.

Ich rief Angelina zu, sie solle umkehren und zurückkommen. Es sei doch nur eine verdammte Katze.

Sie tat, als höre sie mich nicht.

Die Katze verlegte sich nun auf leises Maunzen. Sie hatte Angst. Offenbar war sie dort hinaufgesprungen und wagte sich nicht mehr herunter. Sie starrte Angelina an und ahnte wohl, dass jemand zu ihrer Rettung eilte. Es war ein seltsames Bild.

Ich hatte bereits erlebt, mit welch unglaublichem Geschick Angelina es verstand, in Baumkronen von Ast zu Ast zu springen, fast, als könnte sie fliegen. Sie schien keinerlei Scheu vor großen Höhen zu haben, und das mochte ihr die völlige Gewissheit geben, dass sie nicht fallen würde. Sie zögerte nicht, zitterte nicht. Machte einfach nur einen Schritt nach dem anderen.

Vielleicht schafft sie es wirklich, dachte ich. Aber war es das wert? Ihr Leben aufs Spiel zu setzen, nur um eine verwilderte Katze zu retten?

Wobei das Tier so verwildert nicht aussah. Sein schwarzes Fell glänzte, und es hatte keine sichtbaren Wunden oder Narben, wie sie zweifellos jedes Lebewesen davontrug, das im Wald ums Überleben kämpfte. Angelina war jetzt noch zwei Schritte vom Kamin entfernt, schräg über mir.

Und plötzlich wusste ich, dass sie fallen würde.

Es war keine Ahnung, keine vage Befürchtung. Was ich spürte, war völlige Gewissheit.

Angelina würde fallen. Es waren mindestens zwölf Schritte bis zum Boden.

Meine Stimme setzte aus, als ich sie warnen wollte. Es war, als weigerten sich die Worte, meine Kehle zu verlassen.

Angelina stellte sich auf Zehenspitzen. Sie streckte den Arm nach der Katze aus.

Das Tier machte einen Buckel und starrte sie an.

Ich wollte mich an einigen Dachziegeln aus der Öffnung ziehen, doch das Moos war spiegelglatt. Meine Finger rutschten ab, ich sank zurück in die Öffnung.

Die Katze hatte aufgehört zu jammern. Jetzt fauchte sie.

Angelinas Finger waren kaum noch eine Handbreit von ihr entfernt.

Sie würden beide abstürzen, schoss es mir durch den Kopf. Alle beide.

Angelina reckte sich weiter hinauf. Nur noch ihre Zehenspitzen berührten den Dachfirst. Sie schien fast zu schweben.

Die Katze kreischte gellend auf. Ihre Vorderpfote schoss vor und schlug nach Angelinas Hand. Es mag Einbildung gewesen sein, doch ich glaubte, das Funkeln ihrer Krallen zu erkennen. Und die tückische Glut in ihren Augen.

Die scharfen Hornklingen rissen Striemen über Angelinas Handrücken. Mit einem Mal war Blut an ihren Fingern.

Das Tier kreischte noch immer. Dann sprang es Angelina direkt ins Gesicht.

Ich schrie auf. Angelina entfuhr ein entsetztes Stöhnen, dann taumelte sie. Ihre Hände griffen nach dem Kamin, doch der Schwung der Katze hatte sie bereits nach hinten geworfen. Sie taumelte wie ein Betrunkener. Das Tier krallte sich an ihren Kopf und bedeckte ihre Züge wie eine Maske aus schwarzem Fell.

Es gelang Angelina noch, einen weiteren Schritt nach hinten zu machen, dann rutschten ihre Füße auf dem Moos ab. Sie schlug mit dem Rücken auf die Dachziegel und glitt mit halsbrecherischer Geschwindigkeit die Schräge hinab.

Genau auf mich zu.

Ohne nachzudenken, riss ich beide Arme aus der Öffnung. Die Fackel flog in weitem Bogen in die Tiefe.

Angelina kam näher, rasend schnell, dann packte ich sie. Die Wucht des Aufpralls riss mir fast die Arme aus den Gelenken. Die Finger meiner Rechten krallten sich in weichen Stoff, mit der Linken umfasste ich ihre Hand. Sie rutschte weiter. Das Hemd riss auf, und plötzlich hielt ich sie nur noch am Arm. Lang ausgestreckt hing sie unter mir auf der Schräge. Ihre Füße und Waden ragten über den Rand des Daches hinaus und strampelten im Nichts.

Der Schmerz in meinen Armen war stechend, aber nicht unerträglich. Ich hielt sie fest. Sie würde nicht mehr stürzen.

Da löste sich die Katze mit einem bösen Fauchen von Angelinas Kopf und sprang auf mich zu. Ich riss mein Gesicht zur Seite. Vor Schreck hätte ich das Mädchen fast losgelassen. Die Katze schoss um Haaresbreite an mir vorbei und verschwand durch die Öffnung im Inneren des Speichers.

Mühsam zerrte ich Angelina nach oben und zog sie durch das Loch in Sicherheit. Eine Weile lang blieben wir schwer atmend auf dem Dachboden liegen, inmitten von Staub und Schmutz. Ihr Hemd war völlig zerrissen. Ich hatte sie zahllose Male nackt gesehen, während Faustus und ich ihre Wunden pflegten. Und doch war es in diesem Moment etwas anderes, ein Stück ihrer glatten, hellen Haut zu sehen, schimmernd im schneeweißen Mondlicht.

Plötzlich drehte sie sich zu mir um. Ihr erstarrtes Gesicht rührte sich nicht. Ich schwöre, dass sie mit den Augen lächelte. Mit ihren klaren, sanften Augen.

Dann beugte sie sich herüber und presste ihre Lippen auf meinen Mund. Nur einen Herzschlag lang.

Ehe ich etwas sagen, nur etwas denken konnte, war sie schon aufgesprungen. Sie bewegte sich, als sei nichts geschehen.

Ich wollte ihr etwas zuflüstern, doch da war sie bereits an der Luke und glitt hinab ins Haus.

Ich konnte sie nicht um eine Erklärung bitten, und das war wohl das Schlimmste. Weder erfuhr ich, warum sie ihr Leben für eine Katze aufs Spiel gesetzt, noch konnte sie mir verraten, weshalb sie mich geküsst hatte.

Ich empfand keinen Widerwillen bei dem Gedanken an ihren Kuss. Es war merkwürdig. Ihr Gesicht war entstellt, so schlimm, wie man einen Menschen nur entstellen konnte. Und doch war etwas an ihr, das mich ungemein anzog. Nicht ihr schlanker Wuchs, nicht ihre weiche Haut (und sicher nicht ihr Wortwitz). Ich bin nicht sicher, was es war. Selbst heute nicht.

Sie zog ein anderes Hemd über, und damit war die Sache für sie überstanden. Ich ertappte mich dabei, dass ich ihre Stärke und Zähigkeit bewunderte. Fraglos beneidete ich sie ein wenig darum. Doch welche Entbehrungen hatte sie auf sich nehmen müssen, um sich so unter Kontrolle zu halten? Die Antwort darauf erwartete uns in Rom. Hoffentlich.

Trotz allem aber schien sie mir nachdenklich. Etwas hatte sie tief berührt. Dass ich ihr Leben gerettet hatte? Nun, sie hatte dasselbe schon für mich getan.

Um uns abzulenken, sagte ich: »Vielleicht sollten wir doch nachsehen, wie es Faustus ergangen ist. Ich mache mir Sorgen.«

Meine Furcht vor den Schlangen war unverändert groß,

doch was sonst blieb uns zu tun? Ich hatte das Warten und Ausharren auf den väterlichen Ratschluss meines Meisters satt. Obwohl meine Arme noch immer schmerzten und die eine oder andere Wunde wie Feuer brannte, spürte ich neuen Mut. Wir hatten eine Gefahr überstanden, warum nicht auch alle anderen?

(Natürlich könnt Ihr, allzu logischer Leser, dies nicht verstehen. Doch wenn Ihr einmal selbst in meine Lage kommt, so werdet Ihr feststellen, dass ein bestandenes Abenteuer, ein bewältigter Kampf oder schlichtweg eine Sorge weniger zu neuen Taten anspornt und nicht etwa zum Ausruhen reizt. Erzählte ich Euch schon die Geschichte, als mich in einer Nacht am Hofe von Karl V. zwölf Zofen hintereinander mit ihren Reizen beglückten? Ha, ich sage Euch, selbst nach der letzten war ich zu weiteren Spielen aufgelegt! Ein Zustand, der sich erst einen Tag später legte, als ich einen mörderischen Juckreiz zwischen den Schenkeln bemerkte und mein bestes Stück fortan für Wochen mit stinkendem Kräutersud bestreichen musste.)

Angelina stimmte meinem Vorschlag, Faustus zu folgen, mit einem Nicken zu. Sie stand nicht wie ich in seinen Diensten und war nicht an seine Order gebunden. So gab sie sich keine Mühe, ihre Ungeduld im Zaum zu halten. Auch sie drängte es zu erfahren, was im Haupthaus der Schlossruine vorging und weshalb Faustus die Reise nach Rom so plötzlich unterbrochen hatte. Sie hatte fraglos ein Recht darauf.

Nachdem wir die Kratzspuren an ihrem Hinterkopf und auf ihrem Handrücken notdürftig versorgt hatten, rüsteten wir uns mit Schwert und Dolch und machten uns auf den Weg.

Die Trümmerlandschaft lag im Schatten einiger Wolken, als wir ins Freie traten. Sie hatten den Mond verschluckt und gossen gespenstische Finsternis über den Wald. Das fehlende Licht machte es noch schwieriger, nach Schlangen Ausschau zu halten; wir sahen auch keine einzige. Wir hörten kein Zischeln und wurden nicht gebissen. Vielleicht hatten wir einfach nur Glück.

Je näher wir dem Haupthaus kamen, desto gewaltiger erschien es mir. Allein die verwinkelte Giebellandschaft seiner Dächer war wie eine Stadt für sich, eine Ansammlung dunkler Spitzen, Schrägen und Täler, ein Gebirge aus Schieferziegeln. Der steinerne Sockel, auf dem sich das Gebäude erhob, wuchs riesig vor uns in die Höhe. Die weit geschwungenen Freitreppen an Vorder- und Rückseite zählten an die sechzig Stufen. Der Fürst, der diese Anlage vor Jahrhunderten erbaut hatte, musste über unermesslichen Reichtum und eine ebenso große Familie verfügt haben; für wen sonst hätte er dieses Bauwerk errichten sollen? Dabei war das Haupthaus nur ein einziges Gebäude von vielen gewesen, die heute alle in Trümmern lagen.

Angelina schien weit weniger beeindruckt als ich selbst, denn sie verschwendete keinen Blick an die Giebelzacken und Spitzbogenfenster. Sie lief neben mir auf das Gebäude zu und starrte dabei vor sich auf den Boden. Die Erkenntnis, dass sie die Schlangen offenbar mit ähnlichem Widerwillen erfüllten wie mich selbst, ließ mich insgeheim aufatmen. Nicht einmal ihre jahrelange Ausbildung hatte ihr alle Ängste nehmen können. In ihr steckte mehr von einem gewöhnlichen Mensch, als ihr ungeheures Kampfgeschick vermuten ließ.

Wir pressten uns an den grauen Steinsockel. Er endete etwa

drei Mannslängen über uns an einer efeuumrankten Balustrade. An seinem Fuß pirschten wir bis zur Treppe. Es mochte gefährlich sein, die Stufen so offen und von allen Seiten sichtbar zu ersteigen, doch es schien keinen anderen Weg ins Haus zu geben. Wir hatten nur die Wahl zwischen dieser Treppe oder jener an der Vorderseite. Für unsere Zwecke war eine so ungeeignet wie die andere. Und doch, was blieb uns übrig?

Wir eilten so leise wie möglich nach oben und verharrten unterhalb der Balustrade. Hinter ihr befand sich ein schmaler Weg, der rund ums Haus zu führen schien. Die Kerzen hinter den hohen Fenstern blieben erloschen. Nichts rührte sich. Keine Menschenseele war zu sehen, kein Laut zu vernehmen.

Ich erinnerte mich an das, was Faustus über das Schloss erzählt hatte. Es stand seit einer halben Ewigkeit leer. Das aber musste bedeuten, dass es hier weder Wachtposten noch Bedienstete gab. Allein die Menschen, die zu Faustus' mysteriöser Zusammenkunft gehörten, befanden sich im Inneren des Gemäuers.

Ich flüsterte Angelina meine Gedanken ins Ohr, und sie nickte. Offenbar war sie der gleichen Ansicht.

Allerdings wussten wir nichts über die Art dieses Treffens. Das große Geheimnis, das Faustus darum machte, schien auf etwas Verbotenes hinzudeuten. Möglicherweise würde man nicht zögern, zwei unliebsame Zeugen zu beseitigen. Auf Faustus konnten wir uns dabei nicht verlassen; wir wussten nicht, wie schwer sein Wort in dieser Runde wog. Es war also auch ohne Wachtposten ratsam, größte Vorsicht walten zu lassen. Wir nahmen die letzten Stufen mit wenigen Schritten, dann blickten wir durch die milchigen Scheiben ins Haus. Es war dunkel hinter den Fenstern, und doch war zu erkennen, dass der Raum dahinter beträchtliche Ausmaße besaß. Ein Ballsaal, vielleicht. Niemand regte sich darin.

Wir schlichen weiter, von Fenster zu Fenster. Die ersten acht gehörten alle zum selben Saal. Dann folgte ein Stück, auf dem man zwei weitere Fenster schon vor langer Zeit zugemauert hatte. Dahinter ging es um die Ecke. Entlang der Seitenwand, die eine beträchtliche Tiefe des Anwesens verriet, liefen wir zur Vorderseite. Kurz bevor wir sie erreichten, verlangsamten wir unsere Schritte. Gut möglich, dass die Zusammenkunft in einem der vorderen Räume stattfand.

Bevor wir um die Ecke traten, warf ich einen Blick auf den Waldrand. In der Finsternis war es unmöglich, den Einschnitt zu erkennen, durch den wir die Lichtung betreten hatten. Einen Augenblick lang kämpfte ich mit der beängstigenden Vorstellung, die unheimliche Wand aus Bäumen hätte sich hinter uns geschlossen wie die Reihen einer stillen schwarzen Armee.

Es ist nur die Nacht, redete ich mir ein, nur die Nacht; es ist zu dunkel, um die Schneise von hier aus zu sehen.

Angelina berührte mich ungeduldig am Arm und gab mir ein Zeichen, mit ihr nach vorne zu schleichen. Das taten wir, und in der Tat: Da waren breite Lichtbahnen, die sich fächerförmig von einigen Fenstern aus über den Weg und die Balustrade ergossen. Ich atmete auf. Meine Besorgnis beim Verlöschen der Kerzen war unbegründet gewesen. Die Versammelten hatten sich lediglich in einen anderen Raum zurückgezogen.

Wir blieben einen Moment lang stehen und lauschten. Das erste der erhellten Fenster lag noch einige Schritte entfernt. Noch war nichts zu hören.

Weiter. Vorwärts bis zum Fenster. Dann ein vorsichtiger Blick hinein.

Sieben Männer und Frauen saßen rund um eine Eichentafel inmitten eines hohen Saales. Der Tisch war riesig, sodass sich die Anwesenden in weiten Abständen darum verteilt hatten. Den Raum schmückten einst prachtvolle Wandmalereien, doch die meisten von ihnen waren zerfallen, die Farben abgeblättert. Schmutz und Staub lagen kniehoch in den Ecken, und von der Decke hatten sich Stücke der aufgesetzten Verzierungen gelöst und waren zu Boden gestürzt. Im Schein zahlloser Kerzen sah ich nun auch, dass gleich zwei der sechs Fenster zerbrochen waren. Das würde es erleichtern, dem Gespräch im Inneren zu lauschen.

Es waren vier Männer, einer davon Faustus, dazu drei Frauen. Die Gruppe hätte in ihrer Mischung aus sonderbaren Charakteren keinen seltsameren, keinen gegensätzlicheren Eindruck erwecken können. Nun verstand ich, was Faustus gemeint hatte, als er sagte, diese Leute seien keine Freunde. Wer sie vor sich sah, der konnte daran nicht einen Augenblick zweifeln. Schon der erste Eindruck verriet, dass es keine Gemeinsamkeiten zwischen ihnen gab.

Zur Rechten meines Meisters saß ein kleiner schmaler Mann mit grauer, ledriger Gesichtshaut. Seine dürren Finger zitterten unruhig wie Weberknechte über die Tischplatte. Seine Nase war so fein und scharf geschnitten, dass sie von vorne kaum zu erkennen war. Überhaupt schien sein ganzes Gesicht nicht breiter als mein Oberarm, als hätte man es ihm als Kind von beiden Seiten zusammengeschoben. Diese puppenhafte Verzerrung setzte sich über seinen Oberkörper fort. Ich konnte mir vorstellen, wie zerbrechlich seine Beine waren, obgleich sie sich im Moment unter dem Tisch verbargen. Ich hatte bislang geglaubt, Faustus sei an Knöchrigkeit und Dürre kaum zu übertreffen, doch hier fand ich den lebenden Gegenbeweis.

Links von meinem Meister saß eine alte Frau in der Tracht einer Nonne. Sie trug eine breite weiße Haube, die allerdings mit allerlei Mustern aus rotem Faden bestickt war. Ähnliches hatte ich bei anderen Töchtern Gottes nie bemerkt, und es schien mir ein Anzeichen dafür, dass es sich hier um keine gewöhnliche Nonne handelte. Ihr Gesicht besaß ebenfalls kaum Farbe, wirkte aber nicht so verhärmt wie das des Knochenmannes.

Die drei, die Faustus an der anderen Längsseite des Tisches gegenübersaßen, konnte ich nur von hinten sehen. Eine von ihnen war eine Frau mit aufgetürmten weißen Haarfontänen, die sich nach oben hin zu einer Spitze verjüngten, was ihre Haarpracht wie eine Mütze erscheinen ließ. Ich bezweifelte, dass sie damit durch die Tür des Saales gehen konnte, ohne sich zu bücken.

Die beiden Männer neben ihr vermochte ich noch nicht zu erkennen, deshalb will ich sie später vorstellen.

Am Kopfende der Tafel hockte eine Monstrosität von Frau, fett wie fünf Schweine, mit den Gesichtszügen einer Wasserleiche. Augen und Mund waren kaum mehr als Schlitze in den fleischigen Buckeln ihrer Wangen. Ihr ganzer Leib thronte wie eine menschliche Pyramide auf einer Art gigantischem Tablett. Jenes wiederum ruhte auf vier Stühlen, die man rundherum daruntergeschoben hatte. Falls sie Beine und Füße besaß, so waren sie unter den Massen ihres Körpers verborgen. Ihre ganze Gestalt wirkte, als habe jemand versucht, aus einem großen Klumpen Lehm einen Menschen zu formen, dabei aber nach den ersten Bemühungen aufgegeben. Sie schien so formlos und unfertig wie massig, und es fiel schwer, ein menschliches Wesen in ihr zu sehen. Was dort kauerte, war vielmehr ein bebender Berg aus Fleisch. Wie ich später erfuhr, hieß sie Ariane von Lunderbusch, und selten wurde der Wohlklang eines Namens vom Äußeren seiner Trägerin so Lügen gestraft.

Eine Kreatur habe ich in meinen Betrachtungen bislang übersehen; ich sage »Kreatur«, weil es sich dabei eindeutig nicht um einen Menschen handelte. Am Ende einer Kette, die irgendwo in der Fleischmasse Arianes verschwand, saß ein Wesen, wie ich es nie zuvor erblickt hatte. Es besaß die Gestalt eines ungemein kräftigen Mannes, wenn auch gekrümmt und mit überlangen Armen und Fingern. Sein Leib aber war über und über mit Fell bedeckt. Schlimmer noch erschien mir sein Gesicht, eine schwarzhäutige Teufelsfratze mit vorgewölbter Mundpartie. Das Wesen rollte die Lippen vor und zurück und entblößte scharfe Raubtierhauer. Später erst erfuhr ich, dass es sich um ein Tier aus den fernen Ländern im Süden handelte. Faustus nannte es »Orang-Utan«.

Man kann sich zweifellos mein Entsetzen im Angesicht dieser grunzenden Obszönität vorstellen.

Mir war höchst erleichtert ums Herz, als ich feststellte, dass andere offenbar ebenso wenig Gefallen an der Bestie fanden wie ich. Der schmale Mann neben Faustus musterte die Kreatur mit Widerwillen und sagte: »Es ist abscheulich von dir, Ariane, deinen Gespielen mit zu dieser Zusammenkunft zu bringen. Wo immer du ihn auch her hast, mein Rat ist, ihn zurückzuschaffen.«

Der Fleischberg Ariane öffnete vor Empörung den Mundschlitz innerhalb ihres klobigen Gesichts, sagte aber vorerst nichts. Erst als der Knochenmann nachsetzen wollte, erklärte sie mit heller Fistelstimme: »Sisyphos ist nicht mein Gespiele, Adelfons Braumeister.« Der Name des Knochenmannes klang aus ihrem Mund wie eine Beleidigung, so zäh und betont sprach sie ihn aus. »Sisyphos ist mein Träger und Diener. Zudem bin ich nicht die Einzige, die ihre Bediensteten mitgebracht hat – oder ihre *Gespielen*, nicht wahr, Nicholas?«

Einer der beiden Männer, die uns den Rücken zuwandten, sprang entrüstet von seinem Stuhl. Drohend lehnte er sich mit dem Oberkörper über die Tischkante und schob sich auf Ariane von Lunderbusch zu. »Die beiden Mädchen sind meine *Töchter*.«

Ariane verzog das Gesicht. »Ganz entzückende Zwillinge, in der Tat. Doch weshalb schlafen sie in deinem Bett, mein Bester? Frierst du des Nachts? Soll ich dich wärmen?«

Nicholas ließ sich angewidert zurück auf seinen Stuhl fallen. Er hatte graues, abstehendes Haar, war äußerst untersetzt und hielt sich gebeugt, fast bucklig. »Ich würde an deinem Busen ersticken, Ariane.«

»Du wärest nicht der Erste«, versetzte sie eilfertig. Ihre Wangen bebten vor Vergnügen über den Schlagabtausch.

»War das ein Lächeln?«, fragte Nicholas bösartig. »Du versprühst die Reize eines Mastschweins, meine Liebe.« Daraufhin lachte er schallend. Er blieb der Einzige.

»Das Lächeln ist das legitime Kind des Glücks«, erwiderte Ariane ungerührt, »das Gelächter aber der Bastard des Wahnsinns.«

Das letzte Wort schien den Grauhaarigen besonders zu treffen, doch ehe er protestieren konnte, meldete sich die seltsame Nonne zu Wort:

»Hört auf damit!«, verlangte sie scharf. »Ariane ist dir mit Worten überlegen, Nicholas, du musst nicht auch noch den Beweis dafür antreten. Und was die beiden Kinder in deiner Kammer angeht, so wüsste ich gerne, wer ihre Mutter ist.«

»Das geht dich nicht das Geringste an, *Schwester* Walpurga«, entgegnete Nicholas.

Ich begriff jetzt, dass Walpurga keine wirkliche Nonne war. Sie mochte einst in Gottes Diensten gestanden haben, doch es war mehr als deutlich, dass diese Zeiten vorüber waren. Bei näherem Hinsehen erkannte ich die Stickereien auf ihrer Tracht als kabbalistische Zeichen. Eine Hexe!

Zum ersten Mal, seit wir unser Versteck vor dem Fenster bezogen hatten, erhob sich nun Faustus von seinem Platz und stützte sich mit beiden Händen auf den Tisch. Er sah erst Nicholas, dann alle anderen der Reihe nach an.

»Nicholas hat recht«, sagte er, »es geht uns nichts an, was er in seinem Bett mit den Zwillingen treibt. Wenn er behauptet, die Kinder seien seine Töchter, dann sollten wir das akzeptieren. Mir scheint, wir nehmen ungewöhnlichere Umstände als gegeben hin.«

Ich glaube nicht, dass Faustus seine wahren Gedanken aussprach, doch er schien der Streiterei endgültig überdrüssig und verhalf ihr auf diese Weise zu einem vorläufigen Ende.

»Kommen wir endlich zur Sache«, verlangte er barsch. »Ariane, du bist als Erste hier eingetroffen.«

»Vor zwei Tagen«, sagte sie mit sichtlichem Stolz.

»Dann weißt du vielleicht mehr als wir Übrigen«, vermutete Faustus. »Es ist allmählich an der Zeit, dass wir herausfinden, weshalb der Vater uns hierhergerufen hat.«

Der Vater! Wen oder was er damit meinte, blieb ungewiss. Ich brannte darauf, endlich die Hintergründe zu erfahren. Wie es schien, hatten Angelina und ich eine gute Gelegenheit für unseren Ausflug zum Haupthaus gewählt.

Ich stützte mich mit einer Hand auf die Fensterkante. Ich hatte nicht bemerkt, wie spröde der Mörtel war. Der Stein löste sich.

Angelinas Hand schoss vor, um ihn aufzufangen, doch es war schon zu spät.

Der Stein prallte polternd auf den Boden.

Sofort pressten wir uns eng an die Mauer neben dem Fenster. Das Gespräch im Saal verstummte.

»Was war das?«, fragte eine besorgte weibliche Stimme, die ich zum ersten Mal vernahm. Sie musste der Frau mit dem aufgetürmten Haarschmuck gehören.

Stühle wurden gerückt. Nur noch wenige Augenblicke, und die ersten Gesichter würden sich aus dem Fenster schieben.

Ehe ich selbst einen Entschluss fassen konnte, riss Angelina mich bereits mit sich. Taumelnd rannten wir los, bogen um die Ecke und liefen an der Hausmauer entlang zur Rückseite. Dort stürmten wir die Freitreppe hinab, nahmen immer drei Stufen auf einmal. Ohne die Schlangen oder sonstige Gefahren zu beachten, hetzten wir durch den verwilderten Schlossgarten, durch zerfallene Torbögen, um Statuen und verödete Brunnen.

Endlich erreichten wir das Gästehaus.

Wir sprangen die Stufen hinauf und wollten vom Flur in unsere Kammer treten, als wir bemerkten, dass aus der offenen Luke zum Dachboden sanfter Lichtschein fiel. Fragend blickten wir uns an, dann traten wir zögernd darauf zu.

Im selben Augenblick schnellte aus der Öffnung ein Gesicht. Kopfüber blickte es auf uns herab.

Es war ein junges Mädchen, und sein Haar war so lang, dass es wie ein Vorhang von der Decke herab bis zur Höhe meines Bauchnabels fiel.

Sie sah uns verdutzt an. »Wer, um alles in der Welt, seid ihr denn?«

* * *

Sie hieß Gwendolin – »aber nennt mich Gwen« – und erklärte uns, sie sei die Schülerin der berühmten Hellseherin Delphine. Nach Angelinas Blicken zu urteilen, sagte ihr dieser Name ebenso wenig wie mir selbst. Trotzdem ließen wir Gwen in dem Glauben, dass ein jeder »diesseits und jenseits des Jenseits« ihre Herrin kennen müsse.

Sie schien mir ein rechter Wildfang zu sein, ein Eindruck, der von ihrer wild wuchernden Haarmähne noch verstärkt wurde. Sie redete viel und schnell und betonte jede Silbe mit weitschweifigen Gesten, vergnügtem Gekicher oder finster verkniffenen Augenbrauen. Sie war hübsch, auf eine sehr natürliche Art. Keine wirkliche Schönheit wie manche Edeldame; sie entsprach eher dem landläufigen Bild einer gewitzten Räubertochter oder Geächteten. Es fiel nicht schwer, sie zu mögen.

Ihre Herrin Delphine, so erklärte sie, verkehre oft an den Höfen der Mächtigen und sage ihnen die Zukunft voraus, ein Handwerk, für das sie gut entlohnt werde.

»Trägt deine Meisterin ihr Haar aufgetürmt zu so einem … nun, zu …« Mir fehlten die Worte, deshalb fuchtelte ich mit beiden Händen über meinem Kopf, um zu beschreiben, was ich meinte.

Gwen lachte fröhlich. »Das ist sie. Wo hast du sie gesehen?«

»Drüben im Haus«, erwiderte ich vorschnell.

Angelina verpasste mir einen Stoß mit dem Ellbogen. Ich weiß nicht, ob sie Gwen misstraute, doch auf alle Fälle schien es ihr ratsam, nicht jedem gleich alles zu offenbaren – womit sie zweifellos recht hatte.

Gwens Blick verfinsterte sich prompt. »Ihr wart im Haupthaus?«

Ich bemerkte, dass Angelina die Augen verdrehte, entschied aber dann, dass es zu spät zum Leugnen war. »Gerade erst. Weißt du, was dort vorgeht?«

Sie musterte uns mit einem Mal misstrauisch, wobei ihr Blick einen Moment zu lange auf Angelinas Verbrennungen ruhte. Es war fast, als bemerkte sie die Wunden jetzt zum ersten Mal.

»Ich weiß wenig«, sagte Gwen schließlich, »aber offenbar mehr als ihr. Delphine hat eingesehen, dass sie mich nur vom Haus fernhalten kann, wenn sie mir zumindest einen Teil der Hintergründe verrät.«

An ihr sollte Faustus sich ein Beispiel nehmen, dachte ich, erwiderte aber nichts.

»Ihr seid vollkommen ahnungslos, was?«, fragte sie.

Angelina überließ es mir, Gwens Worten zuzustimmen. Sie schien sich diese Blöße nicht geben zu wollen. Ich war verblüfft, wie viel mädchenhafter Trotz noch unter ihrer Maske der Kämpferin schwelte. Vom gefühllosen Borgia-Engel wandelte sie sich allmählich zur Frau.

Gwen schien Angelinas Ablehnung durchaus zu bemerken, deshalb wandte sie sich fortan nur noch an mich. »Was willst du wissen?«, fragte sie.

»Fang einfach vorne an.«

Sie seufzte und setzte sich auf dem Boden unserer Kammer zurecht. »Sagt dir der Begriff Chymische Hochzeit etwas?«

Ich tat, als überlegte ich, und schüttelte dann den Kopf.

»Chymische Hochzeit ist ein Begriff aus der Alchimie«, erklärte sie. »Er bezeichnet die Vereinigung polarer Gegensätze. Mit anderen Worten: Gegenstände, Stoffe oder auch Personen werden zusammengefügt, die unterschiedlicher Natur sind.«

»Die Unterschiede waren nicht zu übersehen«, bemerkte ich.

Gwen kicherte, als hätte ich einen großartigen Spaß gemacht. »Das dachte ich mir«, sagte sie. »Delphine schien auch wenig an diesem Treffen gelegen. Mir war, als ahnte sie bereits, was sie hier erwartet. Sie hat auch von deinem Meister gesprochen.«

»Viel Gutes, nehme ich an.«

Sie kicherte wieder, dann wurde sie ernst. »Wenn ihr sie belauscht habt, hast du sicher bemerkt, dass sie sich alle kennen. Und das schon seit Jahren. Ihre Bekanntschaft war keinesfalls freiwillig, wie du dir denken kannst. Was sie miteinander verbindet, ist ihr Streben nach Wissen, nach der Macht über die Träume.«

Sie muss mir meine Verblüffung angesehen haben, denn sie fügte sogleich hinzu: »Dein Meister hat dir wohl nie vom Traumvater erzählt.«

Eine Antwort darauf war überflüssig.

»Der Traumvater war ein Weiser aus Ägypten«, erklärte Gwen. »Vor Jahren zog er durch die Welt und lehrte seine Schüler, ihre Träume zu beherrschen. Mit seiner Hilfe gelang es ihnen, ihre Traumbilder zu deuten, zu steuern und das zu träumen, was sie sich wünschten. Unsere Meister gingen ebenso bei ihm in die Lehre wie die übrigen Männer und Frauen, die sich im Schloss versammelt haben. Wie sie und viele, viele andere – nur dass die meisten ihre Lehrzeit nicht zum Abschluss brachten. Der Traumvater zerstörte ihren Geist, er zerfleischte ihre Seele und weidete ihre Gedanken aus. Nur wenigen ist es gelungen, ihm zu widerstehen. Jene, die es schafften, habt ihr eben gesehen.«

All das klang völlig unglaublich. Und doch war ich geneigt, ihr zu vertrauen. Irgendwann einmal musste auch Faustus ein Schüler gewesen sein, der erst langsam die wahre Tiefe seines Talents entdeckt hatte. Und weshalb hätte sein Meister nicht ein Wesen sein sollen, das sich Traumvater nannte? Je wirrer die Geschichte und fantastischer die Einzelheiten, desto eher mochte ich sie glauben. Sie passte zu einem wie Faustus.

Ich sah Angelina an, doch ihr erstarrtes Gesicht verriet nicht, was sie dachte. Ihre Augen musterten Gwen und schienen sich jeden Zug ihres Äußeren und jedes ihrer Worte einzuprägen.

»Wie konnte der Traumvater solche Macht über die Menschen erlangen?«, fragte ich.

Gwen zuckte mit den Schultern. »Er pflanzte Träume in ihre Köpfe wie Steckrüben. Wenn sie anschlugen, mochten wunderbare Visionen daraus sprießen, aber auch der schwärzeste Albdruck. Delphine sagt, unsere Träume bestimmen einen jeden von uns viel mehr, als wir selbst es ahnen. Der Traumvater hat sich das zunutze gemacht.«

»Und diese sieben, drüben im Schloss, sind die Einzigen, die die Lehrzeit bei ihm überstanden haben?« Bei der Erinnerung an einige der merkwürdigen Gestalten schien mir dies mehr als unwahrscheinlich.

Doch Gwen nickte. »Ja, innerhalb der Grenzen des Reichs. Sie sind selbst von Schülern zu Meistern ihrer Träume geworden.«

»Du meinst, Faustus kann mir des Nachts Träume eingeben, ohne dass ich es weiß oder etwas dagegen tun kann?« Die Vorstellung entsetzte mich zutiefst, und auch Angelina wirkte beunruhigt.

»Nein, das vermag nur der Traumvater selbst«, erwiderte das Mädchen beschwichtigend. »Doch Doktor Faustus und Delphine und all die anderen können ihre eigenen Träume regieren, und das ist weit mehr, als wir Übrigen vermögen. Sie lernen aus dem, was sie bei Nacht erleben, sie vergessen nichts davon und sind noch Jahre später in der Lage, sich an jede Einzelheit zu erinnern – und sie erneut zu träumen, falls sie es wünschen. Meine Meisterin etwa schaut im Schlaf in die Zukunft, und nur so vermag sie das Schicksal vorauszusagen.«

»Was aber hat das alles mit dieser … Chymischen Hochzeit zu tun?«, fragte ich verwirrt.

»Meine Herrin, und sicher auch die anderen, erhielt eine Botschaft vom Traumvater. Er befahl ihnen allen, sich in diesem Schloss zu treffen, eine Vereinigung ihrer unterschiedlichen Wesenszüge.«

»Aber sie scheinen den Grund dafür nicht zu kennen.«

»Sie haben Vermutungen, aber sie sind nicht sicher.«

»Und trotzdem sind sie alle sofort herbeigeeilt«, stellte ich verwundert fest. »Der Traumvater muss noch immer große Macht über sie haben.«

Gwen schob eine Strähne ihres hellbraunen Haars zurück hinters Ohr. »Ich glaube, es ist nicht einmal gewiss, dass er noch lebt. Er muss uralt gewesen sein, damals, als sie ihm während seiner Wanderungen begegneten. Sein Körper war krank und schwach. Delphine behauptet, er war schon damals vom Tode gezeichnet.«

»Du sagtest aber doch, die Botschaft sei von ihm gewesen.«

»Zumindest schien sie es zu sein. Doch wer weiß, vielleicht schrieb sie ein anderer in seinem Namen, mit gutem oder schlechtem Vorsatz.«

Mir war klar, dass Gwen nur die Worte ihrer Herrin nachplapperte, und doch konnte ich nicht umhin, sie weiter zu befragen, als wüsste sie von sich aus für alles eine Erklärung.

»Auf unserem Weg hierher sahen wir einen nackten Mann auf einer Gondel, die sich wie von Geisterhand bewegte. Er trug eine merkwürdige Zeichnung auf dem Rücken. Könnte er der Traumvater gewesen sein?«

Einiges sprach natürlich dagegen. Der Mann auf der Gondel war jung gewesen, während der Traumvater laut Gwens Beschreibung ein Greis sein musste. Und doch erinnerte ich mich nur zu gut an den Schrecken auf Faustus' Gesicht, und allein dieser Ausdruck war es, der mich auf die Verbindung zwischen beiden brachte.

»Von einer Zeichnung weiß ich nichts«, sagte Gwen. »Aber das muss nichts bedeuten. Delphine hat mir sicher nicht alles über ihn erzählt.«

»Wieso sollte die Zusammenkunft ausgerechnet an diesem Ort stattfinden?«

Gwen lächelte, stolz, dass sie eine Antwort darauf wusste. »Du kennst die Legende vom Schlangenkönig?«

»Natürlich.«

»Es heißt, der Traumvater sei in seiner Heimat Ägypten ein Hohepriester des Apophis-Kultes gewesen und sei so zu dem geworden, was er später war – oder immer noch ist. Apophis ist ein mächtiger Schlangendämon, der Feind des Sonnengottes und Sinnbild der Mächte der Finsternis. An jedem Morgen, wenn die Sonne aus der Unterwelt aufsteigt, und am Abend, wenn sie auf ihrer Barke wieder hinabfährt, wird sie von Apophis angegriffen. Und jedes Mal unterliegt der Schlangendämon ihrer Kraft, und der Himmel färbt sich rot von seinem Blut.«

Das mochte allzu wahnwitzig klingen, doch die Vorstellung schlug mich nichtsdestotrotz in ihren Bann. »Demnach könnte es in der Tat eine Beziehung zwischen der Verehrung des Traumvaters für den Schlangendämon und diesem Schloss geben.«

Gwen nickte. »Das ist es, was Delphine glaubt. Sie sagt, seine Macht sei hier am stärksten. Wenn es wirklich der Apophis-Kult war, der ihm seine Kraft der Traumbeherrschung verlieh, dann musste er früher oder später während seiner Reisen auf dieses Schloss stoßen. Die Lichtung ist das Reich des Schlangenkönigs.«

»Ein Dämon wie Apophis«, bemerkte ich nachdenklich, »und vielleicht sogar …«

»… ein und derselbe«, führte Gwen den Satz zu Ende. Plötzlich kehrte ein Funken Vernunft zurück in meine Sinne. »Aber das alles sind Hirngespinste und Aberglauben.«

»Mag sein«, entgegnete Gwen entschieden, »aber der Traumvater existiert. Und für ihn existiert der Schlangendämon, ganz gleich, wie man ihn in welchem Teil der Welt auch nennen mag. Apophis – oder eben der Glaube an ihn – verlieh dem Traumvater seine Macht. So ist es nur nahe liegend, dass er dieses Schloss als Ort der Zusammenkunft wählte.«

»Er oder derjenige, der sich als Traumvater ausgibt«, sagte ich. »Vorausgesetzt, er ist tot.«

»Ich denke, das werden unsere Meister bald erfahren.«

»Du scheinst dir keine Sorgen um sie zu machen.«

Sie schüttelte den Kopf. »Delphine kennt die Zukunft. Sie wird ihre Vorbereitungen treffen, um sich zu schützen.« Trotz dieser Worte wirkte ihre Überzeugung gespielt. Gwen *war* besorgt, mochte sie es auch noch so laut abstreiten.

»Was macht deine Herrin so sicher, dass der Traumvater seinen Schülern Böses will?«, fragte ich.

»Der Haken ist, dass sie nicht mehr seine Schüler sind. Sie waren es, doch damit ist es vorbei. Jeder, der die Schule des Traumvaters beendet hat, ist entweder tot, wahnsinnig – oder er hat seine Prüfung bestanden. Diese sieben, die es geschafft haben, haben wie jeder, der bei ihm in die Lehre gegangen ist, einen Pakt mit ihm geschlossen: Scheitern sie, nimmt er ihnen jeden ihrer Träume, er saugt sie leer, und das übersteht kein normaler Mensch; die meisten sterben, der Rest verliert den Verstand. Jene wenigen aber, denen es gelingt, die Prüfungen des Traumvaters zu meistern, zahlen kein Lehrgeld. Sie dürfen ihn unbeschadet verlassen und einen Großteil seines Wissens mit sich nehmen. So lautet die Abmachung.«

»Und was bedeutet das?«, fragte ich, denn mir war unklar, worauf sie hinauswollte.

»Das bedeutet, dass es nur zwei Gründe geben kann, weshalb der Traumvater seine Schüler hier versammelt hat. Der eine ist, dass er es nicht verwunden hat, dass sie seiner Macht standhalten konnten. Er will nachträglich sein Lehrgeld einfordern.«

»Dann geht es ihm nur um schnöden Reichtum?«

Gwen lächelte nachsichtig. »Nicht im Sinne von Münzen. Er will ihre Träume. Nirgendwo kann er so ausgereifte, so vollendete Träume finden wie in den Köpfen dieser sieben Menschen, ganz gleich, wie sie von außen erscheinen mögen. Sie haben jahrelang Zeit gehabt, ihre Traumwelt unter ihre Macht zu zwingen. Vielleicht will er die Früchte dieser Saat nun ernten.«

So wirklichkeitsfremd sie klingen mochten, innerhalb der ihnen eigenen Logik ergaben Gwens Argumente einen vollkommenen Sinn.

»Was ist der andere Grund?«, fragte ich. »Du sprachst von zwei Möglichkeiten.«

Sie atmete tief durch, während Angelina neben mir unruhig hin und her rutschte. »Der zweite Grund«, sagte Gwen, »ist der, dass der Traumvater alt und krank und hilflos ist. Möglicherweise sucht er einen Nachfolger.«

»Einen Nachfolger?«

»Ja. Vielleicht hat er seine besten Schüler zusammengerufen, um einen von ihnen auszuwählen und in die allerletzten Geheimnisse der Traumlehre einzuweihen – jene zur Beherrschung der Träume anderer Menschen, nicht nur der eigenen.«

»Wenn der Traumvater einen der sieben auswählt, werden die Übrigen sich das kaum bieten lassen.«

»Delphine glaubt, dass es dazu nicht kommen wird. Sie sagt, der Traumvater wird die sechs anderen töten.«

Ich schauderte. Wenn die Wahrsagerin recht behielt, bedeutete das, dass es nur zwei Folgen dieser Zusammenkunft geben konnte: Entweder starben nur sechs der Anwesenden oder alle sieben. Keine erfreuliche Aussicht.

Angelina stieß mich an, und ich verstand, was sie meinte. Eine Frage gab es noch, die offenblieb:

»Wenn auf jeden der sieben hier der Tod warten kann, warum hatten sie es dann so eilig, dem Wunsch des Traumvaters Folge zu leisten?«

Gwen zögerte. »Ich bin nicht sicher, ob ich euch das sagen sollte.«

Angelina wollte wutentbrannt auffahren, doch ich hielt sie mit einer Handbewegung zurück. »Was hättest du schon zu verlieren?«

Gwen lächelte scheu, doch es war kein Zeichen von Belustigung, nur von Unsicherheit. »Einen der wertvollsten Schätze der Welt.«

Ich starrte sie ungläubig an. Vielleicht führte sie uns doch an der Nase herum. »Wie meinst du das?«

»Der Traumvater hat jedem seiner Schüler den siebten Teil eines unermesslichen Schatzes versprochen. Und wenn es einen einzigen Wesenszug gibt, der allen gemeinsam ist, so muss das wohl ihre Freude am Reichtum sein. Denn schließlich sind sie alle gekommen, trotz der Gefahr.«

»Und was für ein Schatz soll das sein?«

Gwen erhob sich vom Boden und trat eilig ans Fenster. Ihr

Blick richtete sich in die Nacht, hinüber zum Haupthaus der Schlossruine. Dann drehte sie sich langsam um und sah uns nachdenklich an. Ihr Lächeln wirkte gekünstelt, als glaubte sie selbst nicht an ihre eigenen Worte.

»Die Krone des Schlangenkönigs«, sagte sie schließlich.

Kapitel 3

Ich wusste, was Angelina dachte, und mir selbst erging es kaum anders. Der Schlangenkönig war eine Legende, eine Drohung, mit der man unartige Kinder erschreckte. Gleiches galt für seine Krone: Ihr einziger Wert war es, das Elend der Waldbewohner zu offenbaren – je ärmer ein Volk, desto glänzender die Schätze in seinen Mythen und Märchen.

Doch eines gab es, das dagegen sprach, die Sache schlichtweg als Unfug abzutun: Faustus glaubte daran. Wäre er sonst hierhergekommen? Ihm konnte unmöglich an einem Kräftemessen mit dem Traumvater gelegen sein. Auch vermochte ich mir nicht vorzustellen, dass er ernsthaft dessen Nachfolge antreten wollte. Nein, er musste einen anderen Grund gehabt haben, den Weg hierher anzutreten.

Ich wusste, dass er dem Glanz und Gewicht von Gold schwerlich widerstehen konnte, umso mehr, da er sich seit seiner Verfolgung durch den Hexenjäger Asendorf aus den meisten Städten fernhalten musste. Bis dahin hatte er von den Resten seines Erbes und der Vorführung von Zauberkunststücken gelebt. Doch das Geld seines Oheims schien aufgebraucht, und Zuschauer kamen nur noch, wenn man ihn auf den Scheiterhaufen führte. Ohne eine stattliche Anzahl von Münzen aber war es unmöglich, die Reise nach Rom anzutreten, und so mag ihm die Lockung des Traumvaters durchaus zupass gekommen sein.

Das aber bedeutete, dass zwar der Schlangenkönig selbst ein Hirngespinst sein mochte, seine Krone aber durchaus existierte. Denn mein Meister war zweifellos keiner, der sich aufmachte, Luftschlösser zu erstürmen. Irgendetwas, sei es Ahnung oder Wissen, musste ihn überzeugt haben, dass der Traumvater die Wahrheit sagte: Der Schlangenschatz war hier im Schloss.

All das Gerede über Träume muss mich stärker beschäftigt haben, als ich selbst für möglich gehalten hatte, denn in den wenigen Stunden, die uns zum Schlafen blieben, erschien mir ein Engel.

Ich hatte sein Gesicht nie zuvor gesehen, und doch wusste ich mit völliger Gewissheit, dass es Angelina war. So, wie sie vor der Verbrennung ausgesehen hatte. Sie eilte mir mit federnden, schwebenden Schritten entgegen, das weißblonde Haar wallend auf ihren nackten Schultern, ein betörendes Lächeln auf den schönen Zügen. Ihr Körper, glatt und zart und ebenmäßig, schimmerte in einem unirdischen Licht, während sie näher und näher kam. Ich blickte ihr erwartungsvoll entgegen, hoffte auf ihre Umarmung, ihre Sanftmut, und so öffnete ich beide Arme, um sie zu empfangen. Auf ihrem Rücken entfalteten sich strahlende Engelsschwingen.

Dann aber stand sie vor mir, und ich erkannte die furchtbare Wahrheit. Ich starrte auf ihre Schwingen und begriff, dass das, was ich für leuchtende Federn gehalten hatte, in Wirklichkeit blitzende Klingen waren. Messerscharfe Schneiden, tückisch und glitzernd. Die Messerflügel klappten auf wie ein offenes Buch, sie bogen sich nach vorne und kamen auf mich zu. Ihre Spitzen berührten sich in meinem Rücken, ihre Umarmung wurde enger und enger, bis sie mich fest an

Angelina drückten, auf ihre Haut, in ihren Schoß. Doch es waren keine Wonnen, die ich spürte, es waren allein die Klingen, die von überall in meinen Körper schnitten, Haut und Fleisch und Knochen zerfetzten.

Ich erwachte verschwitzt und mit Tränen in den Augen. Unmöglich, noch einmal einzuschlafen. So wartete ich, bis der Morgen graute und der erste Schimmer des neuen Tages auf mein Lager fiel. Dann stand ich auf und sprang geschwind ans Fenster.

Bei Tageslicht, selbst wenn es so trüb und zögerlich über die Baumwipfel kroch, verlor die Ruinenlandschaft viel von ihrem unirdischen Zauber. Ich war recht froh darüber. Das, was wir von Gwen erfahren hatten, war für sich allein bereits bedrohlich genug. Die Umgebung musste nicht auch noch das Ihre dazutun.

Freilich blieb das Haupthaus ein finsterer Koloss, und auch die Trümmer der Nebengebäude wirkten kaum erfreulicher als in der Nacht. Zudem lag ein Nebelschleier über dem Boden, sodass es aussah, als ragten die Ruinen aus einem stillen weißen See. Wallend drängten seine Gestade gegen die verfallenen Mauern und umschmeichelten das schwarze Moos.

»Also doch nur ein Traum«, sagte hinter mir eine müde Stimme. Gwen war aufgewacht. Sie erhob sich, ohne ihre Worte zu erklären. Vielleicht war es besser so; es reichte, dass ich mit meinen eigenen Nachtmahren kämpfte.

Angelina setzte sich ebenfalls auf, und eine Weile später hockten wir alle drei auf Mauerstümpfen unweit des Gästehauses. Der Nebelsee reichte uns bis zu den Knien. Unschlüssig sprach ich mit Gwen über dieses und jenes und äußerte meinen Kummer darüber, dass Faustus nichts von sich hören ließ. Erstmals gestand Gwen auch ihre eigene Sorge um Delphine.

Da schoss plötzlich ein dunkler Schatten durch die Nebelschleier, nur wenige Schritte von uns entfernt.

»Die Katze«, entfuhr es mir, während ich dem Schemen wutentbrannt nachstarrte.

»Ihr habt also auch schon ihre Bekanntschaft gemacht?«, fragte Gwen spöttisch.

In wenigen Sätzen erzählte ich Gwen, was am Abend auf dem Dach des Gästehauses geschehen war.

»Das muss zu der Zeit gewesen sein, als ich im Wald nach Beeren suchte«, sagte sie.

»Und, hast du welche gefunden?«

»Nicht eine einzige. Hier wächst nichts außer diesen verfluchten Bäumen und ein paar dürren Sträuchern. Ich frage mich allmählich, was wir hier essen sollen.«

»Vielleicht die Katze.«

Gwen lachte, und Angelina trat mir spielerisch vors Bein.

»Sie ist ein Ungeheuer«, sagte Gwen. »Gestern Nachmittag hat sie mich angegriffen. Jetzt wagt sie es nicht mehr, wahrscheinlich weil wir zu dritt sind.«

»Dann ist sie zudem nicht dumm. Ich würde ihr den Hals umdrehen.«

»Ist euch aufgefallen, wie gepflegt sie wirkt?«

Angelina und ich nickten zugleich.

Gwen blickte hinüber zum Haupthaus. »Ich glaube fast, sie gehört zu einem der Gäste. Delphine sprach von einer Hexe, einer ehemaligen Klosterschwester, die sich nach ihrer Lehre beim Traumvater von Gott abgewandt hat.«

»Schwester Walpurga«, fügte ich hinzu.

»Ja, das ist der Name, den sie sich gab. Eine schwarze Katze würde zu ihr passen, so wie meine Herrin sie beschrieb.«

Ich stimmte zu. »Aber ist sie wirklich eine Hexe?«

»Ist dein Meister wirklich ein Magier?« Gwen blies abfällig durch verkniffene Lippen. »Wer ist schon wirklich das, was er zu sein scheint.«

Mit diesen Worten stand sie auf und streckte sich. »Ich bin todmüde«, sagte sie. »Ich werde mich wieder hinlegen. Hier entgeht einem ja doch nichts.«

»Ich will noch einmal zum Haupthaus«, erklärte ich schnell, damit sie nicht fortlief, ehe ich sie einladen konnte, sich anzuschließen.

Angelina sah mich verblüfft an, nickte aber zustimmend, dass sie mitkommen wollte. Ich litt noch immer ein wenig unter den Nachwehen meiner Vision: Angelina mit Schwingen aus Messerklingen. Ich hatte Mühe, ihr in die Augen zu sehen.

Gwen hob abwehrend die Hände. »Gott bewahre! Ich werde mich hüten, diesem Gemäuer auch nur einen Schritt näher zu kommen als nötig. Falls der Traumvater wirklich dort umgeht und es auf seine Schüler abgesehen hat, wird er vor dem Schüler eines Schülers kaum haltmachen. Nein, geht nur allein, wenn ihr wollt und so wenig an eurem Leben hängt.«

Sie drehte sich um und teilte mit ihren Schritten den Nebel. Kurz darauf war sie im Gästehaus verschwunden.

»Was hältst du von ihr?«, fragte ich Angelina leise, ohne den Blick von der Haustür zu nehmen.

Sie zuckte mit den Achseln und seufzte tonlos.

Nachdenklich sah ich hinauf zum Fenster, an dem für einen Augenblick Gwens braune Haarflut vorüberhuschte. Sie packte ihre Sachen und zog sich wieder auf den Dachboden zurück. Wahrscheinlich fühlte sie sich dort oben sicherer – vor dem Traumvater oder wem immer ihre Furcht galt. Vielleicht hatte sie recht; vielleicht schätzten wir die Lage nicht ernst genug ein. Ein weiterer Besuch des Haupthauses mochte Leichtsinn sein, doch meine Neugier ließ mir keine Ruhe. Ich war dankbar, dass es Angelina genauso erging.

»Sie scheint eine Menge über den Traumvater und seine Schüler zu wissen«, sprach ich meine Gedanken laut aus. »Weshalb erzählt ihre Herrin ihr so vieles, während Faustus alles für sich behält? Ich hoffe, er meint es nur gut mit uns.«

Angelina lehnte sich vor, durchstieß mit dem ausgestreckten Zeigefinger die Nebeldecke und zeichnete etwas ins Erdreich. Ich musste vor ihr in die Hocke gehen und mein Gesicht beinahe bis zum Boden beugen, ehe ich erkannte was es war: ein kreisförmiger Bogen, dessen Enden mit Pfeilspitzen aufeinander wiesen.

»Was bedeutet das?«, fragte ich verwundert. Doch dann begriff ich. »Umgekehrt, meinst du? Das, was ich gerade gesagt habe, nur andersherum?«

Angelina nickte, offenbar erfreut, dass ich das Symbol verstanden hatte.

»Du glaubst, Faustus will uns Böses?«

Sie schüttelte entschieden den Kopf.

Ich überlegte weiter. »Delphine, nicht wahr? Sie hat ihrer Schülerin all die Einzelheiten erzählt, weil es nachteilig für Gwen sein könnte.« Das ergab wenig Sinn, war aber die einzige verbleibende Möglichkeit.

Angelina antwortete mit einem neuerlichen Nicken.

Ich dachte darüber nach. »Warum aber sollte sie das tun?«, fragte ich ernüchtert, weil ich keine Lösung fand.

Angelina war schlau und hatte es keineswegs verdient, dass man einen ihrer Vorschläge als Unsinn abtat. Ich war mir jedoch sehr wohl bewusst, dass ihr Gedankengang zu verworren sein musste, um ihn in ein schlichtes Symbol zu kleiden. Was immer sie auch meinen mochte, sie konnte es mir nicht mitteilen.

Sie selbst wusste das am besten und verzichtete auf einen Versuch. Stattdessen stand sie auf.

»Gut«, sagte ich schulterzuckend, »gehen wir.«

Bei Tag und vor dem Hintergrund des Nebelteppichs mussten wir schon von Weitem zu erkennen sein, deshalb schlugen wir allerlei Haken, verbargen uns immer wieder hinter Ruinen und Büschen und näherten uns so ganz allmählich dem düsteren Gemäuer im Zentrum der Lichtung. Mir war klar, dass alle List nicht helfen würde, falls wirklich jemand nach uns Ausschau hielt, doch bei einem flüchtigen Blick aus dem Fenster mochte unser Versteckspiel uns vor Entdeckung bewahren.

Wie erreichten schließlich den Sockel des Hauses und entschieden, ihn an seinem Fuß zu umrunden. Ich wollte sicher sein, dass es wirklich keinen weiteren Zugang außer den beiden Freitreppen gab.

Schon nach kurzer Zeit wurden wir an der Ostseite fündig. Dort gab es eine hölzerne Tür, weder allzu hoch noch breit, eher eine Luke, die ins Innere des Steinsockels führte. Sie war aus massiven Eichenbohlen gezimmert und mit stählernen Beschlägen verstärkt, was jedes Eindringen vereitelt hätte – wäre sie nicht offen gewesen. Wahrlich, unser Erstaunen hätte nicht größer sein können, als wir feststellten, dass die Tür lediglich angelehnt war. Jemand musste von innen den Riegel beiseitegeschoben haben. Wann das geschehen war, ob vor Jahrzehnten oder erst gestern, ließ sich jedoch nicht mehr feststellen.

Hinter der Tür befand sich der Einstieg zu einem verlassenen Steinflur. Schmutz und Staub bedeckten den Boden fast knöchelhoch. Einst musste dies der Dienstboteneingang gewesen sein, doch mit Aussterben der Hausherren vor Hunderten von Jahren waren auch die Diener verschwunden. Einen Augenblick lang packte mich die ungute Ahnung, dass dies auch die Tür gewesen sein mochte, die der Schlangenkönig und sein giftiges Gefolge benutzt hatten; durch diesen Gang gelangten sie schneller ins Haus als über die weit geschwungenen Freitreppen.

Sogleich schalt ich mich einen Narren und lenkte meine Aufmerksamkeit darauf, unbemerkt ins Gebäude einzudringen. Weder Angelina noch ich hatten daran gedacht, eine Fackel mitzunehmen. So standen wir nun vor der Schwierigkeit, unser Vorhaben ohne Licht angehen zu müssen. Wir beschlossen daher, die Tür weit offen stehen zu lassen, selbst auf die Gefahr hin, dass irgendwer die Öffnung entdeckte. So fiel ein Abglanz des trüben Tageslichts in den finsteren Schacht. Wenigstens konnten wir nun mit einiger Mühe erkennen, wohin wir unsere Füße setzten.

Der Gang führte an zahlreichen Kammern vorbei. Die Türen der meisten standen offen, doch aufgrund des Mangels an Helligkeit war nicht zu erkennen, was sich dahinter befand. Wir machten uns auch nicht die Mühe, einen der fensterlosen Räume näher zu erforschen. Sicher hatte man sie einst als Lager und Vorratskammern genutzt. Auch war es möglich, dass ein allzu herzloser Edelmann hier seine Bediensteten einquartiert hatte; das Privileg eines Fensters galt auch heute noch bei vielen Dienstherren als Gunstbeweis und war keineswegs selbstverständlich.

Der Gang endete in einem runden Treppenhaus, in dem breite Steinstufen sowohl nach oben als auch nach unten führten. Es gab demnach einen Keller unter dem Haus, wahrscheinlich sogar mehrere. Zwei oder drei unterirdische Stockwerke waren bei Anwesen wie diesem nicht unüblich.

Angelina deutete nach oben. Ohne Fackeln machte es keinen Sinn, tiefer in die Erde hinabzusteigen. Zumal die Schüler des Traumvaters sich zweifellos in den oberen Räumen aufhielten.

Wir hatten die ersten Stufen der breiten Wendeltreppe erstiegen, als etwas an uns vorüberhuschte. Es gelang mir gerade noch, zu erkennen, dass es sich einmal mehr um die schwarze Katze handelte, dann verschwand sie schon hinter der nächsten Biegung. Sie rannte lautlos nach oben, musste uns also durch den Gang gefolgt sein.

Angelina sah mich an, und ich bedeutete ihr mit einem Schulterzucken meine Ratlosigkeit. Offenbar mussten wir uns vorerst damit abfinden, dass das Tier zu unserem Schatten wurde. Möglicherweise würde es uns später gelingen, das heimtückische Biest in die Finger zu bekommen.

Ich hatte den Schreck, den mir die Katze eingejagt hatte, gerade überwunden, als plötzlich ein Schrei ertönte. An- und abschwellend gellte er durch das Gemäuer, fing sich im Treppenschacht und heulte uns von allen Seiten entgegen. Nach wenigen Herzschlägen brach er abrupt ab. Von einem Augenblick zum nächsten herrschte Stille. Allein aus der Tiefe des Kellers ertönte in weiter Ferne noch ein sterbendes Echo.

»Los, komm!«, flüsterte ich Angelina zu, doch sie war längst losgelaufen und hatte schon einen Vorsprung von mehreren Stufen. Sie war nicht nur geschickter als ich, sondern zudem erheblich schneller. Lange vor mir erreichte sie den Treppenabsatz im Erdgeschoss, und ehe ich die weitere Richtung mit ihr abstimmen konnte, rannte sie bereits hinauf in den ersten Stock. Ich warf einen Blick in den Saal, an dem wir vorüberliefen; er erstreckte sich über zwei Stockwerke des Hauses. Weiter oben verlief eine Balustrade entlang der Wand.

In der Mitte der Halle lag reglos und verkrümmt ein Körper, umgeben von einer glitzernden Blutlache. Ich erkannte die Leiche selbst aus der Entfernung.

Einen Augenblick lang verharrte ich. Angelina musste sie ebenso gesehen haben wie ich, und trotzdem war sie weiter nach oben gelaufen. Da begriff ich: Sie wollte hinauf zur Balustrade. Von dort aus hatten wir den besten Blick auf das, was geschehen würde, und liefen geringere Gefahr, entdeckt zu werden.

Schon hörte ich eilige Schritte und ein entsetztes Keuchen, nicht im Treppenhaus, sondern draußen im Saal. Ehe ich sehen konnte, wer dort herbeieilte, lief ich weiter, um tunlichst einer Entdeckung zu entgehen. Es fehlte noch, dass man mich selbst der Tat beschuldigte.

Angelina kauerte längst hinter dem hölzernen Geländer des Rundgangs, als auch ich den zweiten Stock erreichte und neben ihr in die Knie ging. Atemlos presste ich mein Gesicht gegen die gedrechselten Stäbe und starrte hinab in den Saal.

Vier Menschen hatten sich bereits um den Leichnam versammelt. Die beiden übrigen kamen soeben aus unterschiedlicher Richtung hinzu.

Überall am Boden war Blut. Der Mörder musste zahllose Male mit einem Messer oder Dolch auf sein Opfer eingestochen haben.

Es war nicht schwergefallen, die Tote selbst im Vorbeilaufen zu erkennen. Der weiße Haarturm, der nun blutig und halb aufgelöst dalag, war unverkennbar.

Es war Delphine.

Gwens Herrin lag mit verdrehten Armen und Beinen auf der Seite, das Gesicht uns zugewandt. Ich dankte dem Schicksal für die Gnade, dass ihre Lider geschlossen waren.

Die anderen standen da und starrten fassungslos auf den Leichnam hinab. Nun waren sie alle versammelt: Faustus, Nicholas, der knöcherne Adelfons Braumeister, Schwester Walpurga, die unglaublich feiste Ariane von Lunderbusch und auch der Mann, den ich in der Nacht nur von hinten hatte sehen können und der während der ganzen Zeit über geschwiegen hatte. Er war alt und trug eine halbrunde Mütze auf dem Kopf. Sein Gesicht war faltig, das schwarze Wams bis zum Kinn geknöpft.

Was meinen Blick von der Leiche ablenkte, war die Art und Weise, in der die fette Ariane noch immer auf ihrem runden Tablett saß. Jetzt aber lagerte es nicht mehr auf Stühlen, sondern schwebte scheinbar frei im Raum. Als ich sie genauer betrachtete, bemerkte ich, dass sich jemand unter der Platte befand, der sie nahezu ohne Schwanken in der Luft hielt. Ich erkannte die behaarten Arme und Beine der Bestie Sisyphos, den Ariane ihren Diener genannt hatte. Nun begriff ich, was sie damit meinte: Da ihre Beine die Last ihres Körpers nicht mehr zu tragen vermochten, saß Ariane tagaus, tagein auf ihrer Plattform und ließ sich auf ihr von Sisyphos umherbalancieren. Kein gewöhnlicher Mann hätte ein solches Gewicht in die Höhe stemmen können, doch der Tiermensch trug sie gebeugt auf Schultern und Rücken, als wiege sie kaum mehr als ein Sack voller Obst. Nicht einmal in einem Augenblick wie diesem stellte er sie am Boden ab. Wahrscheinlich begriff er überhaupt nicht, was geschehen war.

Nach einem Moment gespannter Stille kam nun Bewegung in die sechs Männer und Frauen. Jammern und Klagen wandelten sich zu gegenseitigen Vorwürfen und Beschimpfungen. Allein Faustus sagte kein Wort. Er ging neben der leblosen Delphine in die Knie, fühlte ihren Puls, zog eines ihrer Lider hoch, blickte in ihr Auge und betastete den Oberkörper nach den mörderischen Wunden. Schließlich stand er auf und brachte die Übrigen mit einer scharfen Geste zum Schweigen.

»Sie ist tot«, sagte er in die angebrochene Stille.

Die Hexe Walpurga kicherte leise. »Sieh an, sieh an.«

Nicholas, dem man in der Nacht die Zwillinge zum Vorwurf gemacht hatte, die ihn begleiteten, fiel böse mit ein: »Wo sie doch so frisch und lebendig wirkt.«

»Ich bin Arzt, Nicholas!«, fuhr Faustus ihn an. »Doch selbst du solltest wissen, dass jemand, der wie eine Leiche aussieht, noch lange keine sein muss.«

»Das ist wahr«, unterbrach ihn Arianes Fistelstimme. »Unser Adelfons ist der lebende Beweis.«

Der Knochenmann ballte die Fäuste, verzichtete aber auf eine Erwiderung.

Zum ersten Mal sprach jetzt der alte Mann mit der Mütze.

Seine Stimme klang ernst, fast erhaben. »Du bist sicher, dass kein Leben mehr in ihr ist?«, fragte er an Faustus gewandt.

Mein Meister nickte. »So ist es.«

Sogleich begannen Klagen und Anklagen von Neuem. Allein Faustus und der alte Mann hielten sich zurück und schwiegen. Ungeachtet des vielen Blutes hob mein Meister die Leiche vom Boden und trug sie erhobenen Hauptes aus dem Saal.

»Wo bringst du sie hin?«, rief Nicholas ihm hinterher.

»Hinunter in die Gruft«, gab Faustus zur Antwort, ohne sich nach ihm umzuschauen. »Und wenn du nur eine Unze Anstand im Leibe hast, kommst du mit und erweist ihr die letzte Ehre. Das gilt auch für euch andere.« Dann hatte er den Saal durch die Tür zum Treppenhaus verlassen. Ich hörte, wie seine Schritte in der Tiefe verklangen.

Nach einigem Zögern folgten ihm die Übrigen, der alte Mann voran, der Rest hinter ihm her. Selbst Ariane ließ sich von Sisyphos hinab in den Keller tragen. Es war eine seltsame Prozession.

Das Letzte, was ich hörte, war Arianes Stimme, irgendwo tief unten im Treppenschacht:

»Wer, glaubt ihr, ist der Nächste?«

* * *

Vor allem eines gab mir zu denken:

»Sie schienen nicht überrascht, oder?«, sagte ich zu Angelina, und sie nickte.

Es war in der Tat, als hätte ein jeder erwartet, dass es einen von ihnen treffen würde. Und, das entnahm ich Arianes Worten, danach einen zweiten, dann einen dritten und so weiter und so fort.

Noch etwas war mir aufgefallen, und ich sprach auch diese Beobachtung flüsternd aus: »Sie haben sich zwar gegenseitig beschuldigt, dass einer nicht auf den anderen achtgegeben habe, doch keiner hat einen der Übrigen als Mörder verdächtigt. Sie scheinen vollkommen sicher zu sein, dass derjenige, der Delphine erstochen hat, nicht unter ihnen war. Das aber bedeutet wiederum, dass sich noch jemand im Schloss aufhalten muss.«

Angelina deutete, vielleicht halb im Scherz, erst auf sich selbst, dann auf mich.

Ich nickte. »Natürlich, da sind wir beide und Gwen. Und die Zwillinge. Aber sie werden wohl kaum annehmen, dass einer ihrer Diener oder Schüler der Mörder ist. Es muss ein anderer sein. Jemand, von dem wir noch nichts wissen.«

Angelina schüttelte kräftig den Kopf, und natürlich hatte sie recht. Wir wussten wohl von ihm, und falls es noch eines weiteren Beweises für seine Existenz bedurft hatte, so hatten wir ihn nun bekommen: Der Traumvater lebte. Er mordete. Und er war irgendwo um uns, irgendwo im Schloss.

Die plötzliche Erkenntnis jagte mir einen solchen Schrecken ein, dass ich mich sogleich angsterfüllt umsah. Auch Angelina wirkte mit einem Mal äußerst beunruhigt. Die Vorstellung, wieder durch den engen Gang und die lichtlosen Kammern zu schleichen, schien mir jetzt völlig undenkbar. Benutzte auch der Traumvater diesen Weg? War vielleicht er es gewesen, der den Riegel gelöst und die Tür nach außen geöffnet hatte?

Ich nahm mir fest vor, nie wieder dort hinabzusteigen,

ganz gleich, was geschah. Mochten sie uns doch entdecken! Mochte Faustus von mir denken, was er wollte! Auch um seinetwillen würde ich dem Traumvater nicht blindlings ins Messer laufen.

Angestrengt dachte ich nach, was als Nächstes zu tun sei. Selbst Angelina, die sonst nie um Entscheidungen verlegen war und langes Zögern verachtete, schien im Zweifel über das richtige Vorgehen.

Fest stand, wir mussten fort aus diesem Haus. Wir waren dem Traumvater gleichgültig – so hoffte ich zumindest. Wenn es einen Zwist gab, so bestand er zwischen ihm und seinen Schülern. Wir waren nur als Gefolge mit in dieses Unglück geschlittert. Insgeheim verfluchte ich Faustus für seinen Beschluss, hierherzukommen. Falls es ihm wirklich um die Krone des Schlangenkönigs ging, so mochte sie noch so prachtvoll, noch so wertvoll sein, unser Leben ließ sich kaum damit aufwiegen. Um den Wegzoll nach Rom zu begleichen, gab es andere Mittel. Hatte ich ihm gegenüber nie erwähnt, dass ich mich gut darauf verstand, reichen Kaufleuten ein wenig von ihrem Eigentum abzuzwacken? Wir waren ohnehin Gejagte, welchen Unterschied machte da schon ein kleiner Diebstahl? O ja, ich verspürte in der Tat gehörigen Zorn auf meinen Meister.

Wieder einmal war es Angelina, die ihre Vernunft als Erste beisammenhatte und eine Entscheidung fällte. Sie sprang auf und stieß mich an, damit ich ihr folgte. Zu meinem Entsetzen lief sie die Treppe hinunter.

»Warte!«, verlangte ich leise. »Die sind alle dort unten! Wir können nicht …«

Doch da hatte sie bereits ihre Hand erhoben und mir fest auf den Mund gedrückt. Keine Zeit für Gerede, hieß das.

Nun gut, dachte ich beleidigt, vielleicht war es ganz gut, ihr die Führung zu überlassen. Immerhin war sie ein Kriegsengel des Borgia und ich nur ein armer Waisenjunge.

(Euch, verächtlicher Leser, mag es erscheinen, als sei ich in dieser bedrückenden Lage nicht fähig gewesen, selbst für mein Wohlergehen zu sorgen. Ja, es mag klingen, als hätte ich die Verantwortung für mein Leben eilfertig auf das Mädchen geschoben. Doch da kennt Ihr den Wagner schlecht! Wie oft riskierte ich meine Haut für andere, uneigennützig und voller Edelmut! Selbst als ich einst Faustus aus dem Wittenberger Kerker befreite, da dachte ich nur an seine Rettung. Nun, freilich, auch an ein wenig Reichtum und Ruhm, doch was hieß das schon angesichts meiner heroischen Tat? Was ich sagen will: Ich war stets der Ansicht, dass man auch dem schwachen Geschlecht die Möglichkeit geben soll, seinen Mut unter Beweis zu stellen. Auch Weiber müssen lernen, Verantwortung für andere zu tragen! Und, glaubt mir, eben diese Gedanken gingen mir durch den Kopf, als ich Angelina zitternd durchs Treppenhaus folgte.)

Im Erdgeschoss verharrten wir und horchten aufmerksam in die Tiefe. Weit, weit entfernt drangen Wortfetzen aus den Kellergewölben zu uns herauf. Eilig setzten wir unseren Weg fort, ehe die Schüler des Traumvaters aus der Gruft zurückkehren und uns auf den Stufen begegnen konnten. Zu unserem Glück hatten sie auf ihrem Abstieg nach unten einige der Fackeln entzündet, die in weiten Abständen in Halterungen an den Wänden steckten. Zwei davon nahmen wir an uns und hatten fast den Fuß des Sockels erreicht, als wir vor uns auf der Treppe Schritte hörten. Entsetzt starrten wir uns an, einen Augenblick lang unentschlossen, ob wir weiterlaufen und hoffen sollten, die Mündung zum Gang als Erste zu erreichen, oder ob es besser sei, umzukehren und uns zu verbergen.

Die Schritte näherten sich schneller als erwartet, und so blieb uns nur, in aller Eile die Stufen zum Erdgeschoss wieder hinaufzuspringen und hinaus in den Saal zu laufen. Wir löschten die Fackeln mit unseren Füßen und sahen uns um. Der Geruch des Blutes hing in der Luft, trotz der Entfernung. Rechts und links vom Eingang standen zwei rostzerfressene Rüstungen. Die linke hatte bereits einen Arm verloren; er lag zerschellt am Boden, neben ihrem Holzsockel. Es waren mehr als bescheidene Verstecke, doch uns blieb keine andere Wahl. So schnell wie möglich zwängten wir uns zwischen Wand und Rüstungen, Angelina links von der Tür, ich auf der rechten Seite. Von hier aus konnten wir nicht ins Treppenhaus blicken. Wir mussten uns allein auf unsere Ohren verlassen.

Die Schritte verharrten kurz vor dem Eingang. Obwohl ich nicht sehen konnte, wem sie gehörten, spürte ich doch, dass es nur ein einzelner Mensch sein konnte, nicht etwa mehrere. Ich hielt den Atem an. Derjenige, der dort vor der Tür stand, kaum drei Schritte von mir entfernt, mochte einer der sechs verbliebenen Schüler sein – oder auch der Mörder. Mein Herzschlag raste vor furchtsamer Aufregung. Ich konnte heftiges Atmen hören, rasselnd von der Anstrengung des Treppenaufstiegs. So erstarrt war ich in meiner Angst vor Entdeckung, dass ich nicht einmal den Kopf wenden konnte, um zu sehen, wie es Angelina erging.

Worauf, um Himmels willen, wartete er?

Oder war es eine Frau? Ariane kam nicht infrage. Das Schnaufen des Tiermenschen klang anders. Blieb also von den Frauen nur Walpurga.

Ganz gleich ob Weib oder Mann, jetzt machte der Unbekannte einen weiteren Schritt auf die Tür zu. Dann noch einen. Nach dem nächsten würde er neben mir stehen. Meine Beine fühlten sich an wie heißes Wachs. Ein dritter Schritt. Obwohl ich den Kopf noch immer nicht drehen konnte, aus Angst, der andere würde die Bewegung bemerken, wusste ich, dass uns jetzt nur noch eine Ellenlänge voneinander trennte.

Zu meinem Glück schien er in eine andere Richtung zu blicken, auf die Blutlache, nahm ich an.

Ich schloss die Augen. Wartete ergeben auf meine Entdeckung. Allmählich ging mir die Luft aus. Ich musste atmen, bald schon, jetzt gleich, sofort.

Gierig sog ich die Luft ein, doch der andere bemerkte es nicht, denn er setzte sich im gleichen Augenblick in Bewegung. Mein Atmen ging im Klappern seiner Schritte unter.

Nun sah ich ihn. Der alte Mann mit der Mütze trat schnurstracks auf den verschmierten Blutfleck zu. Ich sah nur seinen Rücken und konnte nicht erkennen, was dabei auf seinem Gesicht vorging. Schließlich ging er neben der Lache in die Hocke, berührte das Blut und verrieb den roten Saft zwischen Daumen und Zeigefinger. Nachdenklich blieb er eine Weile hocken, ehe er sich schließlich erhob.

Meine Arme und Beine waren eingeschlafen, mein ganzer Körper juckte und kratzte, als sei er von Flöhen befallen. Wenn der Alte sich jetzt umdrehte und zurück zur Treppe ging, musste er uns entdecken.

Doch der Mann ging quer durch den Saal zu einem anderen Ausgang, ohne einen Blick zurückzuwerfen. Dann war er in einer angrenzenden Halle verschwunden. Seine Schritte verklangen in der Ferne.

Aufatmend wollten wir uns aus unseren Verstecken zwängen, als erneuter Lärm an unsere Ohren drang. Die Schüler kehrten zurück. Unter allerlei Beschimpfungen und Streitereien kamen sie die Treppe herauf. Schon fürchtete ich, auch sie würden den Saal betreten, doch zu meiner Freude und Erleichterung polterten sie an der Tür vorbei und stiegen weiter nach oben.

Wir warteten noch einen Moment, bis sie weit genug entfernt waren, dann traten wir endgültig hinter den Rüstungen hervor. So schnell wir konnten, rannten wir die Treppe hinunter und entzündeten dabei unsere Fackeln an einer der Wandleuchten. Mit eiligen Schritten bogen wir vom Treppenhaus in den Gang, der zur Außentür führte.

Wir hatten kaum ein kleines Stück zurückgelegt, als Angelina, die vor mir lief, plötzlich wie angewurzelt stehen blieb. Ich blickte über ihre Schulter und entdeckte zu meinem Entsetzen eine Gestalt im schwarzen Mantel, die uns breitbeinig den Weg versperrte.

»Meister!«, entfuhr es mir erschrocken.

Faustus atmete tief durch, seufzte und kam dann langsam auf uns zu. »Ich hätte es wissen müssen«, sagte er leise.

»Herr, ich kann alles erklären«, stammelte ich. »Wir waren im Haus, aber wir haben nichts mit dem Mord zu tun und –«

»Natürlich nicht«, unterbrach er mich barsch, doch seine Stimme klang erheitert. »Glaubst du, ich hielte dich für einen Mörder? Zum Teufel, Wagner, du bist mir ein rechter Schelm.«

Er trat jetzt in den Lichtkreis der Fackeln. Sein schmales Gesicht schimmerte gespenstisch. Zu Angelina gewandt sagte er: »Ich nehme an, Wagner hat dich überredet, gegen meine Anordnung zu verstoßen.«

Sie verneinte mit einem Kopfschütteln.

Ich aber sagte ehrenhaft: »Genauso war es. Es war meine Idee. Ich war neugierig.« Es schien mir eine ungemein edle Geste, alle Schuld auf mich zu laden.

Tatsächlich war es unnötig. Faustus erduldete unsere Anwesenheit mit unverhoffter Gelassenheit. »Nun seid ihr einmal hier«, sagte er, »und du, Wagner, kannst wahrscheinlich kaum noch Luft holen, so viele Fragen verstopfen dir den Hals.«

Ich rang mir ein zaghaftes Lächeln ab. »So ist es, Meister.«

»Dann folgt mir«, gebot Faustus und führte uns weiter den Tunnel entlang Richtung Ausgang.

Auf halber Strecke blieb er vor einer der offenen Kammertüren stehen und deutete hinein.

»Hier müssten wir weit genug von den anderen entfernt sein«, stellte er fest. »Sie müssen nicht wissen, dass ihr euch im Haus herumtreibt.«

Wir gingen mit den Fackeln voran und verjagten einige Ratten aus den Ecken. Die Kammer war klein und vollkommen leer. Feuchtigkeit hatte den Staub der Jahrhunderte zu einer zähen Masse verklebt. Unsere Stiefel hinterließen tiefe Abdrücke. Faustus ging in die Hocke, Angelina und ich taten es ihm gleich.

»Was wollt ihr wissen?«, fragte er freiheraus.

Ich schilderte ihm, was wir von Gwen erfahren hatten, und bat ihn, falls es ihm recht sei, einige der Lücken zu füllen.

Er schloss für einen Moment die Augen, machte aber nicht klar, was er davon hielt, dass wir in so vieles eingeweiht waren. »Delphine hat schon immer gerne mit ihrem Wissen geprahlt«, sagte er schließlich, beinahe zu sich selbst.

»Dann kanntet ihr sie schon lange?«, fragte ich behutsam.

»O ja«, erwiderte Faustus, ohne aber näher darauf einzugehen. In seinen Augen erschien ein Ausdruck, den ich bei jedem anderen als Verklärtheit gedeutet hätte. Aber bei Faustus? Unmöglich. Einem Mann wie ihm konnte keine Frau etwas bedeuten, mochte ihre Verbindung auch noch so lange zurückliegen. Die Vorstellung, er könnte eine Geliebte in seinen dünnen, langen Armen halten, war undenkbar. Faustus war ein Magier und hatte kein Bedürfnis nach derlei diesseitigen Gelüsten. Oder doch? Sein kurzes »O ja« verwirrte mich mehr als jede seiner alchimistischen Lektionen.

»Erzählt uns von den anderen Schülern des Traumvaters«, bat ich unsicher.

Faustus nickte, während seine Gedanken immer noch anderswo weilten, irgendwo in der Vergangenheit. Schließlich aber begann er zu erzählen.

Demnach hatte Adelfons Braumeister, der grauhäutige Knochenmann, lange Zeit im Dienste des Hofes gestanden und als Amtsmann trockene Regierungsgeschäfte erledigt. Er war nie in wichtiger Stellung gewesen und lebte mit der Tristesse seiner Existenz wohl in rechtem Einklang, bis er während einer Reise zu den Fürstentümern im Süden des Reiches den Traumvater traf. Wie bei all den anderen wusste Faustus nichts über die Einzelheiten dieser Begegnung oder über die Art der Unterweisung, die Braumeister erfuhr. Seitdem aber wollte der Amtsmann in seinen Träumen gelesen haben, dass er der letzte Spross eines alten Albengeschlechtes sei. Faustus schmunzelte, als er dies erzählte, und fügte hinzu: »Könnt ihr euch das vorstellen? Ausgerechnet Adelfons Braumeister, der in solch spröden Bahnen denkt, dass ihm bei jedem Wort Staub von den Lippen wehen müsste – ausgerechnet er hält sich für den Nachkommen eines Fabelwesens!«

Als Sonderling unter Sonderlingen galt auch Nicholas Erasmo, ein musikalischer Virtuose. Seit seiner Kindheit lebte er am Hofe zahlreicher Fürsten, mal bei diesem, mal bei jenem, und erfreute sie alle mit seinen Singspielen und melodischen Versen. Wer ihn nicht kannte, mochte ihn für einen verschrobenen Künstler halten. Faustus aber warnte uns vor ihm: »Nicholas steht an der Schwelle zum Wahnsinn, und er selbst weiß das am besten. Er hat Anfälle, fast täglich, und die beiden Mädchen, mit denen er reist, haben sicher einiges zu erdulden.«

»Sind sie wirklich seine Töchter?«

Faustus schüttelte den Kopf. »Nicholas ist ein Heuchler. Er hat nie in seinem Leben ein Kind gezeugt, zumindest keines, von dem ich wüsste – und ich weiß vieles über ihn. Er hält sich Gespielinnen, je jünger, desto lieber. Die Zwillinge scheinen seine neuesten Errungenschaften zu sein.«

Ich verzog das Gesicht. »Das ist abscheulich.«

Mein Meister verscheuchte mit seiner Hand eine Ratte, die sich schleichend seinem Stiefel genähert hatte. »Hättest du wie ich einen Blick in so manches Fürstengemach und Lustschloss der Edelleute getan, so wüsstest du, dass es weit Schlimmeres gibt.«

Er beließ es bei seiner Andeutung, und ich nahm mir vor, ihn an einem späteren Tag darüber zu befragen.

Über Schwester Walpurga war Faustus nur wenig bekannt. Er wusste kaum etwas, das über das hinausging, was wir bereits von Gwen erfahren hatten. Walpurga – was nicht ihr wahrer Name war – hatte einst in einem Kloster gelebt, irgendwo im Hessischen. In ihren Träumen hatten sie des Nachts Bilder der Hölle und Verdammnis geplagt, sodass sie ihr Heil beim Traumvater suchte, der eines Tages im Kloster um Unterkunft bat. Er nahm sie als Schülerin an, Walpurga verließ ihre Schwestern und öffnete sich ganz ihren Visionen. Sie änderte ihr Leben von Grund auf und verschrieb sich dem Leibhaftigen, dem sie nun als Hexe und Kupplerin diente.

»Unser Freund Asendorf hätte seine Freude an ihr«, bemerkte Faustus trocken.

Ariane von Lunderbusch war eine gelangweilte Adelige, bis sie in den Bann des Traumvaters geriet und entgegen ihrem trägen Äußeren eine hohe Begabung für die Beherrschung ihrer Träume entwickelte. Unter den Schülern galt sie als diejenige, die am meisten Aussicht darauf hatte, vom Vater in die höheren Sphären seiner Kunst eingewiesen zu werden – so es ihm denn wirklich um einen Nachfolger ging.

»Was ist das für ein Biest, das sie umherträgt?«, fragte ich. Allein der Gedanke an Sisyphos bereitete mir Unbehagen.

»Sie behauptet, er sei einer der Kerkopen«, sagte Faustus lächelnd, »aber das ist natürlich Unfug.«

»Was sind das … Kerkopen?«

»Ein Volk, das im alten Griechenland gelebt haben soll. Seine Männer waren berüchtigt für ihre Hinterhalte und Raubzüge. Kein Reisender, der durch ihr Gebiet zog, kam mit dem Leben davon. Als Königin Omphale davon erfuhr, befahl sie dem Helden Herakles, gegen die Kerkopen zu ziehen. Es soll ihm tatsächlich gelungen sein, den ganzen Stamm zu besiegen, viele zu töten und einen Teil gefangen zu nehmen. Als

Strafe für ihre Untaten wurden sie vom Göttervater Zeus in Affenmenschen verwandelt.« Faustus schüttelte belustigt den Kopf. »Ariane erzählt nun jedem, ganz gleich ob er fragt oder nicht, Sisyphos sei einer der verzauberten Kerkopen. Tatsächlich aber ist er nur ein Tier, dessen Vorfahren von Kreuzrittern aus einem Sultanspalast in ihre Heimat verschleppt wurden. Gelegentlich stößt man zu Hofe auf einen dieser Riesenaffen, obgleich man es ihnen nicht immer gleich ansieht.«

Ich lachte leise über die Anspielung, wartete aber schweigend, bis Faustus auch die übrigen Traumschüler vorstellte.

Während ihm zu Delphine nur zu entlocken war, dass sie eine Hellseherin gewesen sei – also weniger, als uns ohnehin längst bekannt war –, wusste er über den alten Mann einiges mehr zu berichten.

Er nannte sich Jheronimus Bosch, wenngleich sein wirklicher Name Jeroen van Aken war. Er stammte aus dem Herzogtum Brabant, weit im Westen des Reiches. Bosch galt überall als angesehener Maler religiöser Motive und war wohl über sein Talent zu einigem Reichtum gelangt. Faustus schwärmte in höchsten Tönen von seinen Darstellungen der Hölle, von Dämonen und Teufeln, die Bosch bis in die kleinste Einzelheit in seinen Bildern festhielt. Die Fähigkeit dazu hatte er, wie kaum anders zu erwarten, vom Traumvater erlernt, der ihm gezeigt hatte, wie er die Kreaturen seiner Albträume auf der Leinwand bannen konnte. Philipp der Schöne, der viel auf den Maler hielt, schützte Bosch vor den Anschuldigungen der Kirchenhetzer und Prediger, die ihm Besessenheit und Satansdienste nachsagten. Faustus ließ nicht unerwähnt, wie sehr er Bosch auch als Menschen schätzte und dass er ihm unter den verbliebenen Schülern der liebste sei.

»Dabei wollen wir es belassen«, sagte er schließlich und erhob sich. »Ich habe eure Neugier gestillt, und nun ist es an euch, meinen Wunsch zu erfüllen. Geht ins Gästehaus und wartet dort. Böses wird hier im Schloss geschehen, und ich müsste mich täuschen, stünden uns nicht weitere Morde bevor. Mir liegt wenig daran, dass einer von euch unter den Opfern ist. Ihr habt gesehen, wie es Delphine erging. Lasst euch das eine Warnung sein.«

Damit wollte er sich abwenden und wieder nach oben eilen.

»Wartet noch!«, bat ich schnell, selbst auf die Gefahr hin, mich im Ton zu vergreifen. »Warum gehen wir nicht einfach fort von hier? Glaubt Ihr wirklich, dass sich die Krone irgendwo im Schloss befindet?«

»Möglicherweise«, erwiderte er schulterzuckend. »Niemand weiß es genau.«

»Aber wir sind nicht darauf angewiesen.«

»Lieber Wagner«, sagte er nachsichtig, »denkst du etwa, es ginge mir um ihren Wert in Gold?« Er wies den Verdacht mit einer abfälligen Geste von sich. »Mag sein, dass es Reichtum ist, der die anderen hierhergelockt hat, obwohl ich es bezweifle. Bosch und Ariane besitzen so viel Geld, dass sie es kaum ausgeben können. Und zumindest Walpurga mag die wahre Macht der Schlangenkrone erahnen.«

»Dann geht es um Magie?«, fragte ich verblüfft.

Er nickte. »Der Schlangenkönig, so es ihn je gegeben hat, war kein Mensch, und seine Krone war kein Menschenschatz. Jedes Wesen, dem es gelingt, das Reich der Legenden zu verlassen und seinen Platz in der Wirklichkeit zu behaupten, besitzt übernatürliche Kräfte. Und mit ihm alles, das es sein Eigen nennt. Diese Krone, Wagner, ist ein magisches Artefakt, wie es kein zweites gibt in diesem Teil der Welt. Wie kannst du verlangen, dass ich es hier zurücklasse? In den Händen dieser … Barbaren?«

Plötzlich machte er mir Angst. In seinen Worten lag ein Ton, der gefährlich nah an Besessenheit grenzte. Mochte die Krone existieren oder nicht, ihre Macht war deutlich zu spüren. Plötzlich hatte ich Angst um Faustus. Und auch *vor* ihm.

Er trat hinaus auf den Flur und ging. Nachdenklich blieben Angelina und ich zurück. Zu gerne hätte ich gewusst, was sie in diesem Augenblick empfand. Faustus und sie hatten sich gegenseitig das Leben gerettet, und doch verband sie kein solches Band mit ihm wie mich. Ich verehrte ihn zutiefst, für das, was er war, für das, was er wusste. Er war kein Mensch wie jeder andere. Umso mehr erschreckte mich nun, dass auch er einer allzu menschlichen Gier erlag. Mochte er sich noch so oft auf die Magie der Krone berufen; letztlich war es ein Wert wie jeder andere, ob man ihn nun in Gewicht oder Zauberkraft maß.

Wir hoben unsere Fackeln auf und liefen durch die Dunkelheit zur Außentür. Auf dem Weg zum Gästehaus wichen wir mehrfach geringelten Schlangenleibern aus. Es schien fast, als versammelten sie sich in den Gärten rund um das Schloss.

Als wir das Gebäude betraten, kam mir mit einem Mal ein Gedanke: Gwen wusste noch nicht, was geschehen war.

Ihre Herrin war tot, und sie wusste es nicht!

Jemand musste es ihr sagen, und von uns beiden kam nur einer infrage.

Kleinlaut schlich ich die Treppe hinauf. Erst am oberen Absatz wurde mir bewusst, dass Angelina meine Hand hielt.

* * *

Gwen war verschwunden. Sie hielt sich in keinem der Zimmer auf und auch nicht auf dem Speicher. Nirgends war eine Spur von ihr zu entdecken, sogar ihr Bündel war fort. Ich rief ihren Namen, erst leise, dann immer lauter, doch selbst als wir die Umgebung des Hauses erforschten, gab es keinen Hinweis auf ihr Schicksal. Ich konnte nicht glauben, dass sie fortgegangen war, obgleich sie keinen Hehl daraus gemacht hatte, wie sehr sie das Schloss und den Traumvater fürchtete.

War es möglich, dass sie doch vom Mord an Delphine erfahren hatte? Immerhin ging sie bei einer Hellseherin in die Lehre. Vielleicht hatte sie danach ihre Sachen gepackt und war auf dem schnellsten Wege geflohen.

Meine innere Stimme schalt mich einen Narren. Gwen hatte viel zu große Angst gehabt, um allein einen Weg aus dem Wald zu suchen. Der Traumvater konnte überall auf sie lauern, nicht nur im Schloss.

Dabei fiel mir ein, dass ich völlig vergessen hatte, Faustus nach dem Mann auf der Gondel zu fragen. Die Antwort musste nun bis später warten.

Es war bereits Abend, als wir unsere Suche aufgaben und beschlossen, uns schlafen zu legen. Vielleicht würde Gwen nach Einbruch der Dunkelheit von sich aus zurückkehren. Möglicherweise suchte ich nur einen Vorwand, um nicht länger dort draußen herumzuirren.

Ich lag lange wach in dieser Nacht und horchte auf Angelinas Atem. Sie lag einen Schritt von mir entfernt unter ihrer Decke, eingerollt, das verbrannte Gesicht in die andere Richtung gewandt. Ich wusste, dass sie in fast jeder Nacht von Albträumen heimgesucht wurde, spürte es an ihrer Unruhe, an ihren Bewegungen im Schlaf. Manchmal schien es fast, als versuche sie zu sprechen, aber nicht mehr als ein heiseres Stöhnen entrang sich ihren Lippen. Sie zeigte niemandem, was sie wirklich empfand, und doch war mir klar, wie sehr sie litt. Sie mochte von den vatikanischen Lehrmeistern in einem Geiste erzogen worden sein, der Schönheit keine Bedeutung beimaß, doch selbst sie hatten Angelina nicht auf solch ein Schicksal vorbereitet. Ihre Schmerzen mochten weitgehend vergangen sein, doch jeder Blick in einen Spiegel, in ein stilles Wasser oder nur in die Augen eines Menschen, der sie zum ersten Male sah, musste ihr zeigen, welche Wunden das Feuer ihr tatsächlich zugefügt hatte.

Ihr zierlicher Körper zeichnete sich sanft unter der Decke ab. Ich wusste wohl, dass sie im Schlaf keine Kleidung trug. Sie hatte von Anfang an keinerlei Scheu gezeigt, sich vor mir oder Faustus auszuziehen; sie wusste, dass wir tagelang ihre Wunden gepflegt hatten und mit ihrer Nacktheit vertraut waren. Bis vor einer oder zwei Wochen hatte ich in der Tat nichts dabei gespürt, wenn sie ihren Leib vor dem Schlafengehen enthüllte. Es war eine Verbindung wie Bruder und Schwester gewesen, nicht wie die zweier Liebender. Und doch fragte ich mich immer öfter, was es wirklich war, das ich für sie fühlte. Verband uns wirklich nur die Nähe zweier Geschwister? Warum aber verwirrte mich dann der Anblick ihres Körpers so sehr?

Wieder drängte sich mir die Frage auf, was sie oben auf

dem Speicher zu jenem Kuss getrieben hatte. War es nur eine plötzliche Regung gewesen? Oder steckte mehr dahinter? Durfte ich auf ihre Liebe hoffen? Und wollte ich das überhaupt?

Dergleichen beschäftigt und von Zweifel und Zuversicht zerrissen, schlief ich ein.

Als ich wieder erwachte, war es immer noch dunkel. Mondlicht fiel als breite Säule durchs Fenster. Es herrschte dichter Nebel, sogar im Zimmer. Einiges daran war merkwürdig: Nebel kriecht nicht durchs offene Fenster. Und er riecht nicht nach Feuer.

»Angelina!«, schrie ich laut und zog mir dabei die Hose über.

Meine Gefährtin fuhr aus dem Schlaf und erfasste in Gedankenschnelle, was um sie geschah.

Das Gästehaus brannte.

Eiliger noch als ich schlüpfte sie in Hose und Hemd. Das Feuer selbst war noch nicht zu sehen, doch der dichte Rauch, der die Kammer erfüllte, ließ darauf schließen, dass es nicht mehr allzu fern war.

Wir waren kaum auf den Beinen und hatten notdürftig unsere Sachen aus dem Fenster geworfen, da drang auch schon ein lautes Knistern und Bersten an unsere Ohren. Das Feuer musste auf dem Speicher ausgebrochen sein, ein Brand, der rasch mit glühender Wut zum Flammenmeer wurde. Im selben Augenblick fiel glutrotes Licht durch Tür und Fenster. Der rote Hahn begann seinen Tanz auf dem Dach.

Hustend tasteten wir uns durch den Rauch zur Treppe, um uns flimmerndes Gelb und Rot und nun auch ein erster Schwall von Hitze. Wir stolperten die Stufen hinunter und hatten den Fuß der Treppe erreicht, als wir sahen, dass das Feuer auch hier unten wütete. Die Wände der kleinen Eingangshalle, Teile des Bodens und einige der angrenzenden Türen standen in Flammen. Die Hitze nahm mir den Atem. Überall war Rauch. Ich ergriff Angelinas Hand, war froh, sie zu spüren, denn sehen konnte ich sie nicht inmitten der Schwaden. Mit angehaltenem Atem stürmten wir in eine der Kammern, die bislang vom Feuer verschont worden waren, und kletterten geschwind durch das zerborstene Fenster. Erleichtert spürte ich feuchtes Gras unter meinen Händen und Füßen, packte mein Bündel und taumelte beinah blind davon, nur fort vom Haus, fort von den Flammen.

Wir rannten, bis wir einen gebührenden Abstand zwischen uns und das brennende Gebäude gebracht hatten. Neben einer kopflosen Hermes-Statue sanken wir zu Boden und sahen uns zum ersten Mal nach dem Haus um.

Die Flammen, die den Dachstuhl zerfraßen, verschmolzen zu einer gewaltigen Lohe, die weit über die Lichtung hinaus zu sehen sein musste. Aus den Fenstern leckten vielgliedrige Feuerarme und griffen mit glühenden Fingern nach allem, was sie erreichen konnten: nach Büschen, Gras und vor allem nach Efeu, das an der Fassade emporrankte. An ihm kletterten die Flammen in Windeseile rund ums ganze Haus, bis es aussah, als wanden sich brennende Riesenschlangen um das Gebäude. Der verwilderte Schlossgarten und die uns zugewandte Seite des Herrenhauses flimmerten in feurigem Glanz. Ohne das brennende Gästehaus hätten es die Strahlen eines malerischen Sonnenuntergangs sein mögen, der die Ruinen in huldvolles Goldlicht tauchte.

Ich sah hinüber zum Haupthaus und glaubte in einigen

der Fenster Gesichter zu erspähen, doch mochten es ebenso Spiegelungen des Feuers sein. Ich wunderte mich, wo Faustus blieb. Fraglos musste er den Brand bemerkt haben. Sorgte er sich nicht um Angelina und mich? Bislang war er nirgends zu sehen.

Es gab keinen Zweifel daran, dass das Feuer von Menschenhand gelegt worden war. Wie sonst hätte es an zwei Orten gleichzeitig ausbrechen können, auf dem Dachboden und im Erdgeschoss? Wer aber wollte uns bei lebendigem Leibe verbrennen? Derselbe Unbekannte, der auch Gwen verschwinden ließ – vorausgesetzt, sie war nicht freiwillig gegangen?

Die einzigen Menschen, die sich in der Gegend aufhielten, waren jene im Haupthaus. Einer von ihnen hätte der Brandstifter sein können – oder auch der Traumvater selbst. Gab es gar noch weitere Personen in den Ruinen, von denen wir nichts wussten?

Mir war klar, dass ich so keine Lösung des Rätsels finden würde. Wichtiger war vielmehr, für die Zukunft zu planen. Wer immer uns ermorden wollte, hatte sicherlich unser Entkommen beobachtet. Gut möglich, dass er jetzt bereits neue Pläne schmiedete. Vielleicht näherte er sich schon von hinten!

Ich fuhr herum, doch da war niemand. Angelina sah mich an und schien meine Sorge zu begreifen, denn auch sie hielt gleich darauf Umschau nach dem Mörder. Ich schrak hoch, als ich gleich neben mir einen zusammengerollten Schlangenkörper entdeckte, doch es war nur eine Blindschleiche, die überdies noch schlief. Die Ereignisse hatten mich sehr ängstlich gemacht. Kein Wunder – erst der Mord an Delphine, nun ein Anschlag auf mein eigenes Leben. Und weshalb? Weil Faustus einem Gespenst nachjagte, besser: dem Schatz eines Gespenstes.

Als hätte er meine Gedanken gelesen (ein Verdacht, den ich des Öfteren erwog), stand Faustus plötzlich neben uns. Er trat hinter einem zerfallenen Torbogen hervor und eilte mit großen Schritten auf uns zu.

»Ist euch etwas zugestoßen?«, fragte er besorgt. Sein Gesicht verriet, dass er es ehrlich meinte. Wie konnte ich auch daran zweifeln?

»Alles in Ordnung«, brachte ich müde hervor.

Das Gesicht meines Meisters glänzte vor Schweiß. Die Flammen spiegelten sich darauf. Es sah fast aus, als trüge er eine Maske, die auf unheimliche Weise zum Leben erwacht war und sich in langsamen, fließenden Wellen bewegte.

»Wie konnte das geschehen?«, wollte er wissen.

Ich stemmte mich auf die Füße, um nicht zu ihm aufsehen zu müssen. »Ich weiß es nicht. Plötzlich brannte alles. Erst der Dachstuhl, dann auch der untere Teil des Hauses. Mir scheint, jemand hat das Feuer absichtlich gelegt.«

Mein Meister nickte. »Das ist anzunehmen.«

»Aber weshalb will man uns töten? Angelina und ich haben kein Verlangen nach der Krone, und wir waren niemals Schüler des Traumvaters.«

»Ihr seid mit einem hierhergereist«, erwiderte Faustus. »Mag sein, dass dem Brandstifter das genügt. Aber ich glaube nicht, dass er euch töten wollte. Wenigstens noch nicht.«

Verblüfft starrte ich ihn an. »Aber warum –«

»Er will, dass ihr ins Haupthaus zieht«, unterbrach mich Faustus. »Mag sein, dass es ihm missfällt, seine Opfer nicht alle unter einem Dach zu wissen. Hätte er es wirklich darauf angelegt, euch zu ermorden, so glaubt mir, es wäre ihm gelungen.«

»Und nun?«

»Wir tun das, was er erwartet. Ihr kommt mit mir ins Haus. Das Zimmer neben meinem steht leer – wie die meisten Räume im Schloss.«

Verwundert, ja entsetzt widersprach ich: »Das kann nicht Euer Ernst sein! Er wird uns ebenso töten wie Delphine.«

Faustus schüttelte den Kopf. »Auch ich glaubte, hier draußen wäret ihr sicher, doch das stimmt offenbar nicht. Im Schloss kann ich auf euch achtgeben, zumindest besser als hier. Wo sonst wollt ihr hin? In den Wald? Glaubst du, dort ist es sicherer?«

»Aber, Herr, Ihr seht doch, wohin das alles führt. Lasst uns abreisen, um Himmels willen …«

»Nein«, entgegnete er fest. »Der Mörder will uns Angst einjagen. Er will uns verunsichern, damit er leichtes Spiel hat. Doch den Gefallen dürfen wir ihm nicht tun. Wir bleiben.«

»Es geht Euch nur um die Krone«, erwiderte ich streitlustig, doch Faustus hatte sich bereits abgewandt.

»Kommt mit«, befahl er leise.

Wir hatten kaum die halbe Strecke zurückgelegt, da fragte er plötzlich: »Wo ist übrigens Delphines Schülerin? Gwendolin ist ihr Name, nicht wahr?«

»Ihr kennt auch sie?«

»Flüchtig.«

»Sie ist seit gestern Abend verschwunden. Als wir ins Gästehaus zurückkehrten, war sie fort. Glaubt Ihr, ihr ist etwas geschehen?«

Er hob die Schultern, sagte aber nichts.

Im selben Moment ertönte hinter uns ein ohrenbetäubendes Krachen und Bersten. Ich schaute mich um und sah gerade noch, wie der brennende Dachstuhl in sich zusammenstürzte. Funken stoben in alle Richtungen und gingen als glitzernde Kaskaden zu Boden. Das feuchte Gras löschte ihre Glut. Es bestand keine Gefahr, dass das Feuer weiter um sich griff. Ich bedauerte es fast; mir wäre lieber gewesen, das ganze verfluchte Schloss wäre bis auf den letzten Stein niedergebrannt.

»Was werden die anderen sagen, wenn Ihr uns mit ins Haus bringt?«, fragte ich, während wir das letzte Stück Wegs bewältigten.

»Mach dir darüber keine Sorgen, Wagner. Nicholas hat seine Lustmädchen, Ariane ihren Menschenaffen –«

»– und Ihr habt uns. Ein treffender Vergleich«, versetzte ich mürrisch.

Faustus erlaubte sich ein schmales Lächeln. »Sei nicht gleich beleidigt, mein Lieber. Ich verspreche dir, du wirst mich nicht tragen müssen.«

Woher, in Gottes Namen, nahm er nur mit einem Mal seinen Humor? Faustus war keiner, dem ein Scherz leicht über die Lippen kam. Umso mehr wunderte mich nun seine Bemerkung, ausgerechnet in einer solchen Lage. Er war in der Tat ein Mann der tausend Widersprüche und versetzte mich Tag für Tag in neues Erstaunen.

Wir stiegen die Freitreppe an der Rückseite des Herrenhauses empor. Das Feuer in unserem Rücken ließ fremdartige Schemen über die Außenwand geistern. Unsere Schatten wuchsen turmhoch an der Fassade empor, schwarze Ungeheuer auf dem rotgelben Feuerschein.

Hinter Faustus traten wir durch eine doppelflügelige Tür ins Innere. Das unirdische Licht fiel durch die Fenster und tanzte formlos durch Kammern und Säle. Niemand erwartete uns. Kein Mensch war zu sehen.

»Wo sind sie?«, fragte ich.

»Sie haben sich in ihren Zimmern eingeschlossen«, erwiderte Faustus grimmig. »Sie alle haben Angst, zu Recht, wie mir scheint.«

Während der Nachhall solch erbaulicher Worte noch durch meinen Schädel schallte, stiegen wir mit Faustus die Treppen hinauf bis in den zweiten Stock. Dort traten wir auf einen verlassenen Flur, der sich fensterlos und dunkel nach rechts und links erstreckte. Faustus bog linker Hand ein und führte uns bis zum Ende des Gangs.

»Dies ist mein Zimmer«, erklärte er und deutete auf die hintere Tür. »Ihr habt den Rest des gesamten Stockwerks für euch, wenn ihr wollt. Außer mir hat nur Delphine hier gewohnt. Die Übrigen haben es vorgezogen, sich unter uns zusammenzurotten. Diese Narren glauben, gemeinsam seien sie dem Mörder überlegen.«

Angelina wirkte nicht glücklich, und auch mir war keineswegs erleichtert zumute. Fürs Erste mochten wir sicher sein. Doch wie lange? Bis zum Morgen? Oder gar den ganzen Tag? Ich spürte, dass Faustus recht hatte: Es würde weitere Opfer geben. Es bedurfte keiner Hellseherin wie Delphine, um zu spüren, dass der Tod durch die Flure und Säle schlich. Es war nur eine Frage der Zeit, ehe er erneut zuschlagen würde.

Faustus deutete auf die Tür des Nebenzimmers. Sie war fast zehn Schritte von der seinen entfernt, was auf die enorme Größe der Räume schließen ließ.

»Nehmt dieses Zimmer«, sagte er. »Es gibt keine Verbindungstür zu meinem, doch die Wände sind dünner, als sie scheinen. Ruft mich, wenn ihr Hilfe braucht.«

Wir hatten oft genug zu dritt in einem Raum geschlafen oder nah beieinander im Freien gelegen, deshalb verwunderte mich, dass er in einer solchen Lage auf zwei getrennten Zimmern bestand. Ich fragte mich erneut, welches Spiel Faustus spielte. *Wessen* Spiel.

Er zog sich in seine Kammer zurück, und Angelina und ich betraten die unsere. Es war in der Tat ein gewaltiger Raum, an dessen Stirnseite ein überdachtes Himmelbett stand. Während die Vorhänge an den Fenstern zerfressen und verschlissen waren, wirkten die Decken auf dem Bett leidlich sauber. Es gab sogar zwei Kissen. Eines hatte ein Loch; weiße Federn bedeckten das Kopfende wie Schneeflocken.

Weiterhin standen im Raum ein hoher Schrank, eine Kommode und darauf eine Wasserschüssel. Der Boden war aus Parkett, an den Wänden hingen verblassende Teppiche. Es gab zwei Fenster, aus denen man mit etwas Mühe den zerfallenen Schlossturm an der Seite des Gemäuers erkennen konnte. Faustus' Zimmer, das auf der Ecke lag, musste direkt an ihn grenzen.

Galant wählte ich jene Seite des Bettes aus, auf der das beschädigte Kissen lag, und überließ Angelina die andere. Sie würde es kaum zu schätzen wissen. Wer ahnte schon, mit welchen Lagern sie dreizehn Jahre lang in den Tiefen des Vatikans vorliebnehmen musste? Angelina schien immer mit allem zufrieden.

Bis zum Morgengrauen war es noch eine ganze Weile, und es gelang uns beiden, ein wenig Schlaf zu finden. Trotzdem starrte ich noch lange hinauf zur Decke. Das Feuer führte dort ein wogendes Schattenspiel auf. Die Dunkelheit floh vor dem Licht mit den Windungen schwarzer Schlangenleiber.

Kapitel 4

»Wo ist Sisyphos? Hat jemand Sisyphos gesehen?«

Arianes Keifen schwirrte als bebender Hall durch den Saal und schien kein Ende zu finden. Sie hockte auf dem Fußboden wie ein aufgequollener Haufen Unrat, schwitzend, zitternd, während ihr Rotz und Tränen übers Gesicht liefen.

»Wo ist Sisyphos?«, schrie sie erneut. Weder der Affe noch die silberne Plattform, auf der sie sich für gewöhnlich umhertragen ließ, waren zu sehen. Sie musste sich, unglaublich, aber wahr, auf eigenen Füßen hierherbegeben haben. Zum ersten Mal sah ich nun ihre Beine. Sie waren kurz und verkrüppelt und ragten wie nutzlose Anhängsel unter der Fülle ihres Leibs hervor. Zwei Krücken, die sie sich beim Gehen unter die Achseln schob, lagen achtlos neben ihr.

»Und wo ist dieser verfluchte Braumeister?«, rief sie, während einige der Anwesenden hilflos, andere angewidert dreinblickten.

»Adelfons Braumeister!«, kreischte Ariane hinauf zur Decke. »Wo bist du Schwein, du Mörder?« Das letzte Wort zog sie misstönend in die Länge, als gelte es, alles Glas im ganzen Haus zum Zerspringen zu bringen.

»Ariane!«, fuhr Faustus sie an. »Es reicht! Weder dein Affe noch Adelfons sind in diesem Saal. Ich fürchte, wir werden sie suchen müssen.«

Zum ersten Mal hatten sich alle versammelt, in einem Saal

im Erdgeschoss, wenn auch nicht in jenem, in dem Delphine gestorben war. Ich bezweifelte, dass einer von ihnen sich herabgelassen hatte, ihr Blut fortzuwischen.

Außer Faustus und Ariane standen auch Nicholas, Schwester Walpurga und der Maler Bosch in einem Halbkreis beieinander. Angelina und ich hielten uns ein wenig abseits. Bei unserem Eintreten hatte uns manch finsterer Blick gestreift, doch niemand fragte nach unseren Namen, und Faustus stellte uns nicht vor.

In einer Ecke des Saales kauerten die Lustzwillinge des Musikers. Sie saßen artig auf einer Bank, deren Bezug längst verrottet war. Die Mädchen mochten allerhöchstens vierzehn Lenze zählen. Sie hatten schwarzes Haar, das ihnen lang und ungemein glatt über Rücken und Brustknospen fiel. Beide trugen hauchdünne weiße Kleidchen, die, obgleich sie bis zum Boden reichten, keine Einzelheit ihrer feingliedrigen Körper verschleierten.

Sie beobachteten die Szene mit riesigen, unschuldsvollen Augen, beinahe verständnislos. Es schien, als habe sich die Natur einen Scherz mit ihnen erlaubt: Die Zwillinge waren sich nicht nur ähnlich, sie waren gleich bis hin zum Fall ihrer Haarsträhnen. Es war unglaublich. Ich fragte mich unwillkürlich, ob Nicholas ihnen Namen gegeben hatte oder ob er Gefallen an der Austauschbarkeit seiner kindlichen Gespielinnen fand.

Der Tag hatte so unerfreulich begonnen, wie der vorherige geendet hatte. Wir alle waren von Arianes Geschrei erwacht, als sie festgestellt hatte, dass Sisyphos verschwunden war. Bei der eilig einberufenen Zusammenkunft stellte sich heraus, dass auch der knöcherne Adelfons Braumeister, der einstige

Amtsmann und selbst ernannte Albensohn, nicht aufzufinden war. Sein Zimmer war unverriegelt, das Bett zerwühlt. Er mochte verschleppt worden sein, oder er hatte sich aus freien Stücken davongemacht. Niemand vermochte darauf eine Antwort zu geben.

Allein Ariane hatte ihr Urteil längst gefällt. Da Braumeister den verschwundenen Affen regelmäßig mit Worten attackiert und seine Verachtung für ihn zum Ausdruck gebracht hatte, glaubte sie, er habe das Tier getötet und irgendwo verscharrt. Daraufhin, so behauptete sie mit Vehemenz, hatte er sich selbst in den Tiefen des Schlosses verborgen, um geduldig abzuwarten und beizeiten erneut zuzuschlagen.

»Adelfons ist der Mörder«, rief sie weinerlich. »Er hat Delphine getötet und nun auch Sisyphos. Der Traumvater ist in ihn gefahren. Glaubt mir doch: Er ist der Mörder!«

Ich horchte auf. *Der Traumvater ist in ihn gefahren.* Dieser Satz gab mir Rätsel auf. Wie konnte ein Mensch und ein solcher war doch der Traumvater trotz allem – in einen anderen fahren? Gewiss, es kam vor, dass Teufel und Geister die Körper von Menschen in Besitz nahmen, doch dass ein Mann von einem anderen besessen wurde, davon hatte ich nie gehört.

»Sie könnte recht haben«, raunte Walpurga Nicholas ins Ohr. Ich stand nahe genug bei beiden, um ihre Worte zu verstehen.

Doch auch Faustus, der um einiges weiter von ihnen entfernt war, hatte die Bemerkung der selbst ernannten Hexe vernommen. »Adelfons könnte ebensogut der Mörder sein wie du, Walpurga, oder Nicholas oder ich selbst. Gib acht, dass du ihm nicht unrecht tust.«

Die gefallene Betschwester verzog verächtlich den Mund.

»Und wenn schon? Den Herrn Beelzebub wird ein wenig Unrecht sicher erfreuen.« Sie kicherte leise.

»Wo ist Sisyphos?«, schrie Ariane erneut und brachte damit alle Übrigen gegen sich auf. Selbst Bosch, der sich bislang aus den Streitereien der Traumschüler herausgehalten hatte, bat sie mit Nachdruck um Ruhe.

Ariane packte eine ihrer Krücken und fuchtelte drohend damit in der Luft. »Ich will, dass er gefunden wird!«, rief sie. »Ich will, dass ihr ihn sucht!«

Walpurga lachte abfällig. »Wie es scheint, bist du in der Gunst des Vaters gefallen, meine Liebe. Ist es das, was du fürchtest? Dass er einen anderen für seine Nachfolge bestimmt hat?«

Der Hieb gegen ihr überlegenes Traumtalent hielt Ariane nicht davon ab, weiter zu fluchen und zu zetern, bis Faustus schließlich sagte: »Wir werden sie suchen, alle beide. Was bleibt uns schon anderes zu tun?« Und an Ariane gewandt fügte er hinzu: »Träumen Affen eigentlich wie wir Menschen?«

Die Fette wollte sich erneut erzürnen, doch mein Meister schnitt ihr mit einer Handbewegung das Wort ab. Er schien keine Antwort auf seine Frage zu erwarten; vielleicht wollte er nur, dass sie darüber nachdachte. Falls der Traumvater wirklich Macht über andere gewinnen konnte, dann nur durch ihre Träume.

Mein Meister sah uns der Reihe nach an. »Wir sollten herausfinden, was mit den beiden geschehen ist. Wenn Adelfons noch lebt, liegt in der Tat der Verdacht nahe, dass er mehr weiß als wir Übrigen. Wenn er aber tot ist, nun, dann wissen wir wenigstens, dass er nicht der Mörder war.«

Nicholas hob gleichgültig die Schultern, während Bosch bedächtig nickte. Walpurga verzichtete zumindest auf Widerspruch, was darauf schließen ließ, dass auch sie einverstanden war.

So wurde beschlossen, dass Nicholas und Walpurga gemeinsam im Freien suchen sollten, während Faustus und Angelina Erdgeschoss und ersten Stock, Bosch und ich den zweiten Stock und die verwinkelten Dachböden des Haupthauses erforschen sollten. Ich ahnte, weshalb Faustus ausgerechnet den ersten Stock für sich beanspruchte: Er wollte ungestört einen Blick in die Zimmer der anderen werfen. Möglich, dass es dort weitere Spuren gab.

Ariane, die ohnehin kaum laufen konnte, sollte mit den Zwillingen zurückbleiben und abwarten, was unsere Suche ergeben würde. Murrend, aber insgeheim sicher erleichtert, stimmte sie zu.

Während Bosch und ich die Treppen hinaufstiegen, stellten wir uns einander vor. Er erwies sich als wortkarg, aber höflich und schien mir während der ganzen Zeit mit seinen Gedanken anderswo zu weilen. Ich erinnerte mich nur zu gut an seinen merkwürdigen Auftritt unten im Saal, als Angelina und ich uns hinter den Rüstungen versteckt hatten. Ich brannte darauf zu erfahren, weshalb er vor den anderen aus der Gruft zurückgekehrt war. War es eine Rückkehr an den Ort seiner Untat? War etwa er der Mörder?

Nein, das vermochte ich mir kaum vorzustellen. Bosch war alt und nicht mehr rüstig genug, um es mit jüngeren Männern und Frauen aufzunehmen. Ich fragte mich, warum er überhaupt dem Ruf des Traumvaters gefolgt war. Schenkte man Faustus Glauben, so war Bosch auf den Schatz des Schlangenkönigs nicht angewiesen. An Magie aber schien ihm ebenfalls wenig zu liegen, denn er vertraute mir an, dass er auch während seines Aufenthalts im Schloss an einem Gemälde arbeitete und für alles andere schwerlich Geduld aufbringen könne. So käme ihm das ganze Gerede über Mord und Totschlag und natürlich der Tod der armen Delphine höchst ungelegen, und er bereue bereits, dass er seine Zeit nicht besser genutzt hatte, als in diesen abgelegenen Landstrich zu reisen. Daraufhin vermutete ich stillschweigend, dass er sich wohl tatsächlich Hoffnungen auf die Nachfolge des Traumvaters gemacht hatte. Gewissheit erhielt ich freilich nicht, denn ich wagte nicht, ihn offen darauf anzusprechen, und von sich aus gab er keine Erklärung.

Der zweite Stock, in dem ja auch unsere eigenen Zimmer lagen, war völlig verlassen. Die übrigen Schlafräume waren seit Jahren unbenutzt, ihr Mobiliar zerfallen. Eine Spur, die zu Braumeister oder Sisyphos hätte führen können, gab es nicht. Blieb uns nur, die letzten Stufen zum Dachboden zu erklimmen. Der Gedanke, die riesigen Speicher unter den scharfen Giebeldächern zu erkunden, bereitete mir Unbehagen. Sollte jemand den Versuch machen, uns anzugreifen, würde mir Bosch kaum eine Hilfe sein. Er war zu gebrechlich, um einen ernst gemeinten Anschlag abzuwehren. Die Herausforderung, es mit dem Mörder aufzunehmen, würde deshalb mir allein zufallen. Zu allem Unglück war ich unbewaffnet bis auf meinen schmalen Dolch, den ich im Stiefel trug.

Die Treppe endete vor einer hohen Tür aus dunklem Eichenholz. Sie war nicht verriegelt und schwang geräuschlos nach innen. Dahinter war es drückend warm und finster. Der

Geruch nach Staub und altem, modrigem Holz schlug uns entgegen. Das Licht unserer Fackeln drang nur einige Schritte weit, dahinter schien sich die Dunkelheit wie eine Mauer zu erheben.

Bosch und ich standen gleichermaßen zögernd auf der Schwelle. Dem alten Maler schien die Vorstellung, den riesigen Dachboden nach den Verschwundenen oder ihren Leichen zu durchkämmen, ebenso verdrießlich wie mir selbst. Der Mörder mochte überall in den Schatten lauern, hinter jedem Balken, in jeder Ecke. Von hier aus war nicht zu sehen, wie der Speicher des Schlosses angeordnet war, doch die Unmenge von Giebeln, die wir von außen hatten erkennen können, ließ auf zahllose Kammern und Flure schließen. Sollten wir etwa jede einzelne durchsuchen? Noch dazu, wo wahrscheinlich seit Jahrzehnten, wenn nicht gar Jahrhunderten keine menschliche Seele einen Fuß auf diese Böden gesetzt hatte. Das Parkett mochte morsch, die Räume voller Ratten sein. Allein die Vorstellung, bei jedem Schritt das sanfte Streicheln von Spinnweben im Gesicht zu spüren, schuf Gänsehaut auf meinen Armen.

Doch da war noch etwas anderes. Ein Geräusch.

Bosch wollte etwas sagen, doch ich brachte ihn mit einem Wink zum Schweigen. Ich lauschte.

Ja, da war es. Ein Rascheln, das allmählich immer lauter wurde. Als näherte sich etwas aus großer Entfernung, vom anderen Ende des schwarzen Korridors.

Bebend schob ich meinen Arm mit der Fackel weiter über die Schwelle. Sie beleuchtete einen Umkreis von acht, höchstens zehn Schritten. Angestrengt blinzelte ich in die Finsternis jenseits des Lichtkreises.

Etwas bewegte sich.

Etwas raste auf uns zu.

Mit einem Aufschrei riss ich Bosch am Arm herum. Die Zeit reichte nicht mehr aus, um rückwärts über die Stufen zu fliehen. Stattdessen zog ich den alten Mann eng an die Wand, gleich neben die Tür.

Im selben Augenblick schoss ein Umriss an uns vorüber. Mit ausgestreckten Krallen flog Walpurgas Katze durch die Tür, verfehlte Boschs Bein, streifte aber meines. Das Tier verfing sich im Stoff der Hose, überschlug sich und krachte mit einem schrillen Schrei rücklings auf die oberste Stufe. Ehe es sich fangen konnte, griff ich bereits zu und packte es am Nackenfell. Die Haare fühlten sich hart und borstig an, ungewöhnlich für eine Katze. Das Tier kreischte wie am Spieß, seine Klauen wirbelten in alle Richtungen und zerkratzten mir die Hand.

Ich holte mit der Fackel aus, um auf das widerliche Biest einzuschlagen, das mir nun schon zum dritten Mal einen solchen Schrecken eingejagt hatte. In seinen Augen funkelte tückischer Scharfsinn. Einen Moment lang war ich gewiss, dass die Katze sehr wohl wusste, was sie tat. Sie wollte Böses tun und genoss es regelrecht.

Boschs Hand hielt meinen Arm mit der Fackel zurück.

»Tut es nicht«, verlangte er mit sanfter Stimme. »Es ist nur eine arme Kreatur.«

Die Katze nutzte mein Zögern und entwand sich meinem Griff. Mit einem letzten misstönenden Kreischen sprang sie die Treppe hinab und verschwand hinter der nächsten Biegung. Ich hörte, wie ihr Trappeln tiefer unten auf den Stufen verklang.

»Ihr kennt dieses Miststück nicht«, fuhr ich den Maler an, viel schärfer, als es nötig gewesen wäre.

Der alte Mann lächelte milde. »Wollt Ihr Eure Wut und Furcht an einem Tier auslassen? Hält Euch die Angst so fest in ihrem Griff? Glaubt mir, Wagner, auch ich fürchte mich vor dem, was uns auf diesem Dachboden erwarten mag. Aber es hilft keinem von uns, wenn Ihr eine Katze erschlagt, die keine Schuld an unserem Dilemma trägt.«

Ich wollte widersprechen, doch Bosch wandte sich bereits ab und trat beherzt über die Schwelle. Mit ausgestreckter Fackel machte er zwei Schritte voraus in das Zwielicht, dann verharrte er erneut.

»Es ist heiß hier oben«, sagte er, ohne sich nach mir umzudrehen. »Heiß und trocken. In einer Luft wie dieser gedeiht die Bosheit besser als irgendwo sonst.«

»Ihr macht mir wahrlich Hoffnung, Meister Jheronimus«, entgegnete ich grimmig.

Der Maler stieß ein leises Lachen aus. Sogar dieser Laut schien mir mit einem Mal unheimlich und Angst einflößend. »Wollt Ihr mir folgen, oder gedenkt Ihr, im Treppenhaus zu warten, bis ein alter Mann alle Arbeit allein getan hat?« Kurioserweise fiel mir jetzt erstmals auf, dass er mit einem leichten Akzent sprach.

»Ich komme schon«, entgegnete ich unwirsch und folgte ihm ins staubige Innere des Speichers. Meine Hand mit der Fackel zitterte. Ich besann mich und zog den Dolch aus meinem Stiefel.

Bosch sah sich just in diesem Augenblick um. »Ah, ich sehe, Ihr seid für alles gewappnet.«

»Wie kommt es nur, dass ich den Eindruck habe, als machtet Ihr Euch über mich lustig?«

Der Maler schüttelte ernsthaft den Kopf. »Verzeiht, wenn

ich Euch Anlass zu dieser Vermutung gab, mein junger Freund. Es lag keineswegs in meiner Absicht. Aber lasst uns nun endlich diese elende Aufgabe erledigen. Ich bin ihrer vollkommen überdrüssig und sehne mich nach Pinsel und Palette.«

Während wir den Gang hinuntergingen, möglichst leise und mit behutsamen Schritten, fragte ich ihn flüsternd: »Woran arbeitet Ihr zurzeit, Meister Jheronimus?«

»Kommt mich in meinem Zimmer besuchen, wenn Ihr mögt«, raunte er zurück. »Dann zeige ich Euch, was ich male.«

Ich entschloss mich, meine wichtigste Frage nicht länger zurückzuhalten. »Meister, gestern sah ich Euch, als Ihr aus der Gruft heraufkamt. Mir schien, dass Ihr Delphines Blut genauer untersucht habt.«

Er zuckte unmerklich zusammen, dann aber gab er ein schnarrendes Kichern von sich. »Ich wollte wissen, ob ihr Blut als Farbe taugt.«

»Als Farbe?«, fragte ich, teils wissbegierig, teils erschrocken.

»Jawohl«, erwiderte er. »Ich kehrte später zurück und verdünnte ihr Blut, bis es sich auf der Leinwand verarbeiten ließ. Delphine ist nun Teil meines neuen Gemäldes.«

»Ihr malt mit ihrem Blut?«

»Könnte es einem höheren Zweck als dem der Kunst und Schönheit dienen?«

»Aber –«

Er unterbrach mich. »Ihr fürchtet um die Moral, um den christlichen Anstand, nicht wahr? Doch ohne Näheres über Eure Ausbildung in Faustus' Diensten zu wissen, müsste es mich doch wundern, wenn Ihr selbst nicht schon an Schlimmerem teilgehabt habt.«

»Faustus tut das, was er tut, im Dienste der Menschheit«, entgegnete ich, empört über den gewagten Vergleich.

»Dann müsste ich mich zeitlebens sehr in ihm getäuscht haben«, sagte Bosch beinahe höhnisch. »Ich glaubte immer, er tut es vor allem im Dienste seines Geldbeutels.«

»Er heilt Menschen.«

»Und er betrügt sie.«

»Ohne ihnen aber wirklich zu schaden.«

»Ihr glaubt also, meine Malerei mit Delphines Blut habe ihr geschadet? Einer Toten? Verzeiht, aber diesem Standpunkt kann ich nicht folgen.«

Ich erinnerte mich an den Gehängten, den ich auf Faustus' Gebot hin vom Baum schneiden musste, nur damit er ihn zerlegen konnte. Gegen Vorhaltungen hätte Faustus sicher ähnlich argumentiert: Er ist tot, und er kommt einem höheren Nutzen zugute.

Doch war auch die Kunst ein höherer Nutzen?

Ich schwieg, während ich über diese Frage nachsann und zugleich nach Spuren der Verschwundenen Ausschau hielt. Der Gang führte an zwei Dutzend kleinen Kammern vorüber, viele mit schräger Decke. Das Dach über unseren Köpfen war von Spitzen und Türmen beherrscht, ein ständiges Auf und Ab aus Schindeln und Schieferplatten.

Gelegentlich kamen wir an Zugängen zu schmalen Wendeltreppen vorbei, die meisten nur wenige Stufen hoch, bevor sie blind und scheinbar sinnlos vor blanken Mauern oder unter Dachbalken endeten. Ein anderes Mal entdeckten wir einen ummauerten Schacht, der wie ein Brunnen in einen lichtlosen Abgrund führte, durch sämtliche Stockwerke hindurch und wer-weiß-wie-tief ins Erdreich. Ich wagte nicht, einen Stein hinabzuwerfen, aus Angst vor dem, was ich wecken mochte.

In einigen Kammern standen verrottete Betten und Stühle. Einst mussten dies Räume der Dienerschaft gewesen sein, ähnlich den Zimmern im Sockel des Gemäuers. Die Decken der meisten Kammern und Flure waren nicht abgehangen; stattdessen thronte über ihnen das beängstigende Gewirr der Balken und Bohlen, viele von Schimmel und Holzwurm befallen, trotz der Trockenheit. Staub bedeckte den Boden und die wenigen Möbelstücke wie farblose Blütenpollen. Bei jedem unserer Schritte stoben kleine Wolken auf. Fremde Fußabdrücke waren nirgends zu sehen, nur unsere und die der Katze.

Wir hatten gerade das Ende des lang gestreckten Hauptkorridors erreicht, als in weiter Ferne hinter uns ein Licht aufflammte. Jemand war am Eingang des Dachbodens.

»Wagner! Bosch!«, rief eine Stimme, die meinem Meister gehörte, wie ich unschwer bemerkte. »Kommt schnell! In den Ruinen des Gästehauses liegt eine Leiche.«

Wir liefen los, wobei ich mich zurückhielt, aus Rücksicht auf den Alten. Mit einem Mal schienen die Schrecken des Speichers gering im Vergleich zur Aussicht auf einen weiteren Toten.

Als wir die Treppe hinabstürmten, traf mich die Erkenntnis wie ein Schlag ins Gesicht. Eine furchtbare Ahnung bemächtigte sich meiner.

War Gwen in der Nacht noch zurückgekehrt? Hatte sie schlafend auf dem Speicher des Gästehauses gelegen, als das Feuer ausbrach?

Hatte Delphines Schicksal auch ihre Schülerin ereilt?

* * *

Das Gerippe lag inmitten schwarzer Haufen aus Schmutz und Asche. Der obere Teil des Gästehauses war in sich zusammengebrochen und hatte das Erdgeschoss unter sich begraben. Aus verkohlten Steinhügeln stachen Mauerreste und verbrannte Balken. Dass die zerstörten Wände und Böden das Skelett nicht verschüttet hatten, war zweifellos ein glücklicher Zufall, doch dass sein Schädel fast unversehrt geblieben war, grenzte an ein Wunder.

Es war nicht Gwen.

Das Gesicht trug keine menschlichen Züge.

Das dunkle Fell, das Sisyphos' Kopf bedeckt hatte, war größtenteils verschmort. An manchen Stellen schimmerte der Schädelknochen durch die aufgeplatzte Haut. Das vorgewölbte Maul und das Raubtiergebiss gehörten unverkennbar dem Affen.

Das Gerippe hingegen unterschied sich kaum von dem eines ausgewachsenen Mannes, zumal es in der Hitze auseinandergefallen war und nicht mehr in seiner ursprünglichen Anordnung beieinanderlag. Die Knochen des Affen waren vom Feuer so schwarz gefärbt wie alle übrigen Reste des Gästehauses.

»Wie ist er dort hineingeraten?«, fragte ich Faustus, der neben mir stand. Die anderen Traumschüler streiften auf der Suche nach weiteren Spuren durch die schwelenden Trümmer, doch ihre Mühe blieb erfolglos. Angelina und Bosch waren die Ersten, die sich zu uns gesellten.

»Wenn ich das wüsste, wäre mir wohler«, erwiderte Faustus auf meine Frage. »Freiwillig hat er sich dem Feuer bestimmt nicht genähert. Tiere fürchten Flammen und Hitze noch viel mehr als wir Menschen.«

»Ihr glaubt also, er wurde ermordet?«, fragte ich.

»Falls man bei einem Tier von Mord sprechen kann.«

»Dann ist Braumeister der Mörder«, stellte Nicholas fest.

Faustus winkte ab. »Noch spricht nichts gegen ihn.«

»Aber er ist verschwunden«, warf nun Walpurga ein, die ebenfalls neben uns trat. Ihre Stimme klang empört. Sie schien mit einem Mal gewillt, Arianes Anschuldigungen Glauben zu schenken.

Ich muss gestehen, auch mir schien der Verdacht nicht unbegründet.

»Verschwunden war auch Sisyphos«, entgegnete Faustus, »und seht selbst, wie es ihm ergangen ist. Weshalb sollte nicht auch Adelfons' Leiche irgendwo liegen?«

»Er hat dieses Biest von Anfang an gehasst«, sagte Nicholas. Sein Gesicht hatte sich vor Erregung rot gefärbt. Noch schien er unschlüssig, gegen wen er seinen Zorn richten sollte. Offenbar nährten die Ereignisse einen jener Anfälle, die Faustus kurz erwähnt hatte: *Nicholas steht an der Schwelle zum Wahnsinn.*

Ariane konnte Nicholas' Beleidigung des toten Sisyphos nicht hören, sonst hätte sie zweifellos protestiert. Sie saß noch immer mit den Zwillingen im Haupthaus. Es war ihr unmöglich, sich auf eigenen Beinen hierherzubegeben. Ich fragte mich, wie sie das Schloss ohne den Affen jemals verlassen wollte. Irgendjemand würde sie zu ihrer Kutsche tragen müssen, wenn diese kam, um sie abzuholen. Vorausgesetzt, es lebte dann noch einer, um zu tragen oder getragen zu werden.

Faustus beachtete die Anschuldigungen der Übrigen nicht länger und fasste stattdessen einen anderen Gedanken in

Worte, der auch mich schon beschäftigt hatte: »Wollen wir den Leichnam des Affen bestatten?«, fragte er in die Runde.

»Er ist nur ein Tier«, empörte sich Walpurga sogleich.

»Was tust du mit deiner Katze, wenn sie stirbt?«, gab Faustus zurück.

Nicholas grinste hämisch. »Sie hext ihr neues Leben ein.«

Die Hexe funkelte ihn bösartig an, ließ sich jedoch nicht zu einer Erwiderung herab.

»Ich bin dafür, dass wir ihn begraben«, warf nun der alte Maler ein.

Nicholas schüttelte den Kopf und ging in die Richtung des Haupthauses davon. »Macht ihr euch nur die Mühe, wenn ihr glaubt, es sei nötig. Ich werde mich an solchen Kindereien nicht beteiligen.«

Walpurga stimmte ihm zu. »Ich ebenso«, sagte sie schnell, folgte Nicholas aber erst in einigem Abstand. Die Ablehnung der beiden füreinander war nicht zu übersehen.

Faustus, Bosch, Angelina und ich blieben zurück. Wir hatten weder Schaufeln noch sonstige Werkzeuge, deshalb schichteten wir über dem Gerippe und dem Schädel notdürftig Steine übereinander, bis der Tote völlig von ihnen bedeckt war.

Auch mir schien dieser Aufwand kaum gerechtfertigt, doch zugleich sagte mir etwas, dass es die richtige Entscheidung war. Wer konnte schon wissen, wie viel Menschliches in dem Affen gesteckt hatte?

Schließlich kehrten wir ins Schloss zurück. Faustus stieg mit Angelina und mir in den zweiten Stock hinauf, wo wir ungestört waren. Vor der Tür unseres Zimmers blieb er stehen.

»Ich möchte, dass ihr diesen Raum nicht verlasst«, sagte er.

»Es ist gefährlich in diesen Mauern, und es wird von Tag zu Tag gefährlicher.«

»Habt Ihr einen Verdacht, wer der Mörder ist?«, fragte ich leise.

Faustus hob die Schultern. »Ich weiß es nicht. Braumeister kommt infrage, das ist nicht abzustreiten, und doch bin ich nicht überzeugt von seiner Schuld. Ich wüsste gerne, wo er steckt.«

»Warum haben wir die Suche dann abgebrochen?«

»Weil wir ihn nicht finden werden. Der Affe wurde in die Trümmer des Gästehauses gelegt, damit wir früher oder später über ihn stolpern. Wer immer ihn getötet hat, er wollte, dass wir Sisyphos entdecken. Hätte sich der Affe während des Feuers im Haus aufgehalten, hätten die Trümmer ihn verschüttet. Dass sein Leichnam obenauf lag, verrät deutlich, dass er mit Absicht dort abgelegt wurde.« Faustus holte tief Luft, bevor er fortfuhr: »Umgekehrt scheint mir dies aber zu bedeuten, dass wir Adelfons *nicht* finden sollen – sei es, weil er der Mörder ist und sich vor uns versteckt hält, oder aber, weil er selbst ein Opfer wurde und sein Körper irgendwo verscharrt liegt. Ansonsten hätte man dafür gesorgt, dass auch seine Leiche entdeckt wird. Das aber ist nicht geschehen.«

»Und daraus schließt Ihr, dass eine Suche vergeblich wäre?«

»Vorerst, ja.«

Nachdenklich lehnte ich mich mit dem Rücken gegen die Korridorwand. »Welchen Nutzen aber hat es für den Mörder, dass wir auf den Leichnam des Affen stießen?«

Faustus lächelte, offenbar zufrieden, dass ich diese Frage stellte. »Das ist es, was mir zu denken gibt. Vielleicht wollte er uns nur verunsichern, damit er leichtes Spiel mit seinen nächsten Opfern hat. Aber ich bin nicht sicher, dass dies der einzige Grund ist. Ehrlich gesagt, ich glaube, er plant etwas ganz anderes.«

* * *

Am frühen Abend begann Ariane zu schreien.

Vor den hohen Fenstern legte sich die Dämmerung über den Wald, bis Statuen und Ruinen in den verwilderten Gärten eins wurden mit der Dunkelheit. Angelina und ich hatten bereits vor einigen Tagen begonnen, eine einfache Zeichensprache zu entwickeln, mit der wir uns untereinander zu verständigen hofften. Natürlich waren auch damit weder Sätze noch echte Gespräche möglich, doch wir ordneten bestimmten Begriffen eindeutige Symbole zu, die sich leicht mit Hand und Fingern formen ließen. Wenn sich die Gelegenheit ergab, ergänzten wir unser bisheriges Alphabet durch neue Zeichen und Worte, was stets eine zeitaufwändige und nicht ganz einfache Sache war. Schließlich war es nicht damit getan, ein schlichtes Symbol zu ersinnen; es musste zudem unverwechselbar, vor allem aber einprägsam sein. In der Regel ging das so vonstatten, dass ich einen Begriff vorschlug, der mir wichtig erschien, und Angelina anschließend ein entsprechendes Zeichen erfand. Daran feilten wir gemeinsam, bis es den Anforderungen unserer neuen Verständigung entsprach. Zu unserer beider Überraschung bereiteten uns diese Bemühungen einigen Spaß, und obgleich Angelina nicht lachen konnte, so war ihr doch anzumerken, dass sie Vergnügen an dieser Beschäftigung fand.

So hatten wir also den Nachmittag damit verbracht, im

Schneidersitz auf dem Bett zu hocken und Fingersymbole für Worte wie »Tod« und »Mörder« zu finden, als uns Arianes Schreie aus unseren Vergnügungen rissen.

Es waren hohe, spitze Laute, die in ihrem Missklang nur aus dem Munde einer einzigen Person stammen konnten. Ich war mir nicht einen Augenblick lang im Ungewissen, dass es die fette Ariane war, die die trügerische Ruhe zunichte machte. Den Geräuschen haftete etwas Keuchendes, beinahe Atemloses an, wie den Todesschreien eines abgestochenen Schweins. Ja, Arianes Schreie klangen zweifellos eher nach einem entsetzlichen Grunzen denn nach Lauten aus einem menschlichen Rachen.

Wir hörten, wie die Tür des Nebenzimmers aufgerissen wurde und Faustus den Flur hinabrannte. Mein Verlangen, ihm zu folgen, war größer als alle Vernunft. Natürlich wusste ich sehr wohl, was er befohlen hatte. Doch wie hätten wir in solch einer Lage tatenlos in unserem Zimmer sitzen können, hilflos und ohne eine Ahnung, was unter uns vor sich ging? Erneut entschlossen wir uns, die Anordnung meines Meisters zu missachten und wie alle anderen zur Quelle des Kreischens zu eilen. Angelina und ich sprangen gleichzeitig vom Bett, stürmten hinaus auf den Gang und von dort aus die Treppe hinunter.

Ariane lag auf dem Bett in ihrem Schlafzimmer, doch sie hätte ebenso sitzen mögen. Ihre groteske Körperform machte es fast unmöglich, senkrecht von waagerecht zu unterscheiden. Sie ruhte in einer leichten Schrägstellung, was sich in ihrem Fall nur dadurch von ihrer sonstigen Haltung unterschied, dass ihr fleischiger Schädel leicht nach hinten versetzt an ihrem Kugelwanst klebte.

Ihr Mund stand weit offen, und noch immer drangen klägliche Überreste ihres Geschreis daraus hervor, heiseres Krächzen, unterbrochen von abgehacktem Atemholen. Auch ihre Augen waren weit aufgerissen – das erste Mal, dass ich unter den Fettwülsten ihrer Lider die Pupillen erkennen konnte. Ariane schien verstört, aber unverletzt, was bedeutete, dass der Mörder, so er denn bei ihr gewesen war, unverrichteter Dinge verschwunden war.

Faustus stand neben dem Bett, ebenso die übrigen Traumschüler. Sogar die Zwillinge waren hinzugekommen; sie drängten sich verstört aneinander, einige Schritte abseits der anderen. Ihr schwarzes Haar war zerzaust, die weißen Hemdchen zerknittert. Offenbar waren sie eben erst aus Nicholas' Bett geschlüpft.

Mein Meister bemerkte natürlich, dass auch Angelina und ich den Raum betraten. Er verzog finster die rechte Augenbraue, sagte aber nichts und kümmerte sich lieber um Ariane. Erst ruhig, dann immer heftiger sprach er auf sie ein. Nachdem sie trotz zahlreicher Versuche keine Antwort gab, ja, nicht einmal ihre Schreckensmiene ablegte, holte Faustus mit der Rechten aus und versetzte ihr eine schallende Ohrfeige. Die fleischigen Wellen, die der Schlag verursachte, rollten von ihrem Gesicht bis hinab zum Bauch. Es war, als geriete ihr ganzer Leib in zitternde Schwingung.

»Ich …«, brachte sie schließlich bebend hervor, »ich habe ihn gesehen.«

»Wen hast du gesehen?«, fragte Faustus, obgleich doch jeder die Antwort bereits wusste.

»Sisyphos' Mörder. Delphines Mörder«, keuchte sie schwerfällig.

Die Umstehenden wurden von Unruhe gepackt. Nicholas Erasmo, der sich in der Eile nur eine Hose übergezogen hatte, brach mit schwankender Stimme das Schweigen: »Was tun wir hier eigentlich, verdammt? *Was tun wir hier?*«

Bosch sah ihn nicht an, als er trocken entgegnete: »Warten, bis einer übrig bleibt. Was sonst?«

Faustus beachtete die beiden nicht und packte Ariane an ihrem teigigen Oberarm. »Hast du sein Gesicht erkannt?«, fragte er.

Ariane wollte nicken, doch ihr Doppelkinn war dabei im Weg. »Ja«, antwortete sie, »ich sah ihn.«

»Das ist doch lächerlich«, warf Nicholas aufgeregt ein. »Wie hätte sie ihn sehen sollen, ohne dass wir ihm auf dem Gang begegnet wären?«

Faustus schenkte ihm einen giftigen Blick. »Vielleicht sind wir ihm ja begegnet, ohne es zu bemerken, nicht wahr, Nicholas?«

Der Musiker trat zornig einen Schritt auf ihn zu. »Was willst du damit sagen, Quacksalber?«

»Das weißt du doch, oder?«, entgegnete Faustus ruhig. »Wir waren alle auf dem Gang. Und jeder von uns kann der Mörder sein.«

»Aber doch nicht unser Nicholas«, fuhr Walpurga höhnisch dazwischen. Sie trug trotz der späten Stunde ihre volle Schwesterntracht. »Nicholas würde niemandem etwas antun, ist es nicht so, mein Lieber?«

Der Musiker sah sich mit einem Mal von allen Seiten angegriffen. Blut schoss ihm ins Gesicht. Seine rechte Hand schoss vor und packte Walpurga an der Kehle. »Bei dir hässlicher Krähe könnte ich eine Ausnahme machen …«

»Nicholas!« Faustus riss ihn herum. Walpurga befreite sich stöhnend aus Nicholas' Griff und taumelte hustend zurück. »Lass uns hören, was Ariane gesehen hat«, rief Faustus bestimmt. »Und mach unsere Lage nicht noch schlimmer, als sie es ohnehin schon ist.«

Nicholas gab keine Antwort und beachtete Walpurga nicht weiter. Die angebliche Hexe fluchte still vor sich hin und hielt gebührlichen Abstand zu ihrem Angreifer. Sie sah nicht aus, als könnte sie leicht vergessen, was gerade geschehen war.

Faustus wandte sich wieder an Ariane. »Wessen Gesicht hast du gesehen?«

»Braumeister!«, stieß sie hervor und starrte dabei stur an allen anderen vorbei zur Wand. »Adelfons Braumeister!«

»War er hier in deinem Zimmer?«, fragte Faustus ohne großes Erstaunen.

»Nicht im Zimmer«, gab Ariane zurück. »Hier oben war er.« Dabei hob sie eine Hand und deutete auf ihren Schädel.

Nicholas seufzte, sagte aber nichts. Auch die Übrigen wirkten enttäuscht.

Nur Faustus blieb ernst. »Du hattest wieder eine Vision?«

Ich erfuhr kurz darauf, dass Ariane gern von sich behauptete, ein mächtiges Medium zu sein, und es scheint mir, als täte ich gut daran, diese Erklärung voranzustellen. Sie sah oft Dinge in ihren Träumen, die aus der Erfahrung eines anderen zu stammen schienen. Sie hörte Stimmen von Lebenden, die sich an weit entfernten Orten aufhielten, und von Toten aus dem Jenseits. Offenbar vermutete Faustus, dass eine solche Erscheinung sie auch an diesem Abend heimgesucht hatte.

Ariane bestätigte seinen Verdacht. »Eine Vision, ja. Braumeister ist der Mörder. Er hat Sisyphos und Delphine getötet. Er wird weiter morden, immer weiter. Ich hab ihn gesehen, mit dem Messer über Delphines Leichnam. Überall Blut.«

Sie sprach stoßweise und undeutlich. Vielleicht war das der Grund, weshalb Faustus einen Augenblick lang erstaunt das Gesicht verzog.

»Ich habe es gewusst«, tönte Nicholas. »Adelfons hat es auf uns alle abgesehen. Der Vater ist in ihm.«

Walpurga fiel, trotz aller Streitigkeiten mit dem Musiker, in seine Rede ein. »Der Vater bestimmt seine Träume. Er lässt ihn morden. Er will, dass wir alle sterben.«

Ariane schien sich einigermaßen gefangen zu haben. »Wir müssen ihm zuvorkommen. Sucht ihn und tötet ihn. Dann sind wir sicher.«

Bosch schüttelte den Kopf. »Dann wird der Traumvater von einem anderen Besitz ergreifen. Ich verstehe eure Aufregung nicht. Sind wir nicht deshalb hierhergekommen? Ihr alle wusstet, was geschehen würde. Nur einer kann überleben. Nur einer wird Nachfolger. Die anderen sterben. So sollte es von Anfang an sein. Warum lehnt ihr euch jetzt dagegen auf?«

»Dir mag es nichts ausmachen, zu sterben«, entgegnete Nicholas wütend.

»Wer sagt, dass ich sterbe?«, fragte Bosch mit Unschuldsmiene. »Einer muss überleben.«

Nicholas lachte böse. »Und das bist ausgerechnet du, alter Mann?«

Der Maler blieb gelassen. »Wenn beim Sterben in diesem Schloss das Alter eine Rolle spielte, wäre ich zweifellos schon tot, nicht wahr?«

Faustus, dem es nicht um die Nachfolge des Traumvaters,

sondern allein um die Schlangenkrone ging, wirkte betroffen, als er das Gespräch der beiden verfolgte. Auch mich erschreckte, mit welcher Leichtfertigkeit Bosch und Nicholas über unser aller Tod sprachen. Wäre es nach Faustus gegangen, hätte nicht einer sterben müssen – nur die Krone, die wollte er für sich. Und das nach Möglichkeit, bevor sich der Mörder an ihm selbst oder an Angelina und mir verging. Deshalb musste es sein Bestreben sein, herauszufinden, wer der Täter war, um so weitere Morde zu vereiteln. Wie er zugleich aber der Krone nachspüren wollte, war mir ein Rätsel.

»Ich glaube, wir sollten zurück auf unsere Zimmer gehen«, schlug mein Meister vor und blickte in die Runde. »Hier bleibt uns ohnehin nichts zu tun.«

Die Antwort aller war gemurmelte Zustimmung. Walpurga, Nicholas und Bosch verließen den Raum. Allein Ariane schien nach wie vor äußerst erregt.

»Ihr müsst ihn finden, Faustus«, sagte sie. »Er wird weiter morden. Ihr müsst ihm zuvorkommen!«

Faustus nickte gelassen, ohne ihr aber Hoffnung zu machen. Irgendetwas schien ihn zu beschäftigen, viel mehr, als der Gedanke an Braumeister oder an weitere Morde. Wie üblich verriet er es nicht, auch nicht, als er mit mir und Angelina die Treppe hinaufstieg. Er wünschte uns vielmehr eine gute Nacht, wies uns an, die Tür zu verriegeln, und zog sich in sein Zimmer zurück.

Als wir nebeneinander im Bett lagen, machte Angelina die Zeichen für »Frage« und für »schlafen«. Ich schüttelte den Kopf. Die Aufregung hatte mich hellwach gemacht.

Angelina aber kuschelte sich unter ihre Decke und schloss die Augen.

Kurz darauf legte sich ihre Hand auf meinen Oberschenkel, wie zufällig.

Ich lag endlos lange wach, während sie neben mir schlief, endlich ungestört, vielleicht sogar traumlos.

* * *

Ein Klopfen an der Tür weckte mich. Helligkeit fiel durch die Fenster. Staub tanzte auf Sonnenbahnen durch den Raum. Angelina streifte gerade ihr Hemd über die Schultern. Ehe ich mir den Schlaf aus den Augen blinzeln konnte, bedeckte der weiße Stoff schon ihre Brüste und Hüften. Erneut fragte ich mich, warum mich ihr Anblick neuerdings so gefangen nahm. Etwas *hatte* sich zwischen uns verändert, das ließ sich nicht länger leugnen.

Es klopfte erneut, diesmal heftiger.

»Macht auf, schnell!«, erklang dumpf die Stimme meines Meisters.

Angelina sprang zur Tür und schob den Riegel zurück.

Faustus trat ein.

»Es hat wieder einen Mord gegeben, heute Nacht«, sagte er.

Ich saß sofort kerzengerade im Bett. »Wer ist es diesmal?«

Er senkte den Blick, beinahe, als träfe ihn dieser Tod ganz besonders. »Ariane«, erwiderte er. »Sie liegt in ihrem Bett. Jemand hat ihr den Kopf abgeschnitten.«

Merkwürdigerweise wiesen meine Gedanken in diesem Augenblick in eine einzige absurde Richtung: Wie hatte der Mörder zwischen all den Fleischfalten ihren Hals gefunden? Wie lang musste sein Messer gewesen sein?

Aber ich begriff auch, weshalb Arianes Tod Faustus so heftig berührte. Er machte sich Vorwürfe. Sie hatte ihn gewarnt, den Mörder schnell ausfindig zu machen. Sie hatte Angst gehabt, doch Faustus war nicht darauf eingegangen. Vielleicht hätte er ihr Leben retten können.

»Das beweist, dass Braumeister der Mörder ist«, sagte ich, während ich ungewaschen in meine Kleidung schlüpfte.

»Tut es das?«, fragte Faustus zweifelnd.

Angelina pflichtete mir mit heftigem Nicken bei.

»Ariane war sicher, dass er die anderen getötet hat«, erklärte ich. »Sie hat diesen Verdacht laut ausgesprochen. Wer weiß schon, was sie in ihrer nächsten Vision gesehen hätte? Vielleicht sein Versteck. Er musste handeln, um sie zum Schweigen zu bringen.«

Faustus ließ sich nicht überzeugen. »Du übersiehst eine Kleinigkeit, mein Freund. Braumeister war nicht bei uns, als Ariane ihre Vision schilderte. Woher aber wusste er, was sie gesehen hat?«

»Vielleicht hat er gehorcht«, bot ich unsicher als Erklärung an, doch sie mochte mich selbst nicht recht überzeugen. »Oder aber –«

Faustus nickte. »Oder einer der anderen ist sein Verbündeter. Doch welchen Sinn hätte das für ihn? Er will die Nachfolge des Traumvaters. Diesen Preis kann er sich mit niemandem teilen. Wer sollte sich auf so einen Pakt einlassen, zumal derjenige weiß, wozu der Mörder fähig ist?«

Enttäuscht musste ich eingestehen, dass er recht hatte. »Bleibt trotzdem die Möglichkeit, dass er uns belauscht hat. Vielleicht gibt es in Arianes Zimmer einen zweiten Zugang, eine doppelte Wand oder irgendetwas in der Art.«

»Irgendetwas in der Art«, wiederholte Faustus nachdenklich. »Wer weiß, vielleicht hast du recht. Wir sollten uns zumindest vergewissern.«

Ich lief zur Tür. »Dann lasst uns keine Zeit verlieren.«

Faustus winkte ab. »Später. Erst bringen wir Arianes Leichnam hinab in die Gruft. Die anderen warten schon.«

Als wir Arianes Zimmer betraten, lag die Tote noch immer unverändert in ihrem Bett. Bosch, Nicholas und Walpurga standen unschlüssig um sie herum. Die Zwillinge waren nirgends zu sehen.

Kissen und Decke hatten begierig das Blut aufgesogen, das in Strömen aus der offenen Halswunde geflossen war; der Stoff hatte sich dunkelbraun verfärbt. Die Leiche war völlig ausgeblutet. Auch auf dem Boden hatte sich eine getrocknete Lache ausgebreitet. Es stank bestialisch nach fauligem Fleisch. Die Tat musste schon einige Stunden zurückliegen.

Arianes Hände hatten sich im Todeskampf klauenartig in die Decke verkrallt. Eines ihrer verwachsenen Beine, kaum länger als mein Unterarm, stand schräg nach oben; es war in einer verzweifelten Strampelbewegung erstarrt.

Der Mörder hatte den abgeschnittenen Kopf auf einen der Bettpfosten gesteckt. Die Zunge hing aus dem verzerrten Mund. Fliegen krabbelten über die blaugraue Haut.

Arianes Bett hatte keinen Baldachin, stattdessen eine hohe Vorder- und Rückwand, verziert mit verstaubten Schnitzereien. Der Schädel auf dem Bettpfosten befand sich genau vor meinem Gesicht. Die Augen waren unnatürlich weit nach oben verdreht. Zwischen den Fleischfalten war nichts als Weiß zu erkennen.

Wir machten uns unter Fluchen und Stöhnen an die entsetzliche Arbeit, den unsagbar schweren Torso vom Bett auf die silberne Plattform zu ziehen, auf der Sisyphos seine Herrin einst umhergetragen hatte. Es blieb kein Platz für den Schädel, sodass einer von uns ihn in der Hand tragen musste. Da wir Männer die Plattform hinab in den Keller schleppen mussten, blieb als Kopfträger nur eine Frau. Angelina übernahm diese Aufgabe. Sie hüllte den Schädel in eines von Arianes monströsen Kleidungsstücken und trug ihn beinahe ehrfürchtig mit beiden Händen vor sich her.

Selbst zu viert war es eine grauenvolle Plackerei, den Körper drei Treppen hinabzutragen. Stets drohte einer von uns unter der Last zusammenzubrechen, und mehrfach konnten wir nur mit Mühe verhindern, dass der Torso von der Platte rutschte. Die ganze Zeit über befand ich mich mit meinem Gesicht bedrohlich nah an der offenen Wunde, und schlimmer noch als der unbeschreibliche Gestank war der Anblick dieses schwarzbraunen Schlundes, der ins Innere des ungeheuren Körpers führte. Ich dankte den Mächten des Himmels und der Hölle dafür, dass zumindest der Blutfluss versiegt war.

Nach einer Zeit, die mir endlos schien, erreichten wir endlich den Eingang zur Gruft. Die Tür war zum Glück breit genug, um die Platte mit ihrer schrecklichen Last hindurchzutragen. Schwierigkeiten dagegen verhieß die Art und Weise, in der die Toten hier verwahrt wurden: Sie wurden, mit dem Kopf voran, in tiefe Wandfächer geschoben, die kaum einen Schritt breit waren. Es erforderte erbittertes Drücken und Pressen, den schwammigen Leib dort hineinzuzwängen, und eine Weile lang steckte er fest wie ein Korken. Trotzdem gelang es uns schließlich, die Leiche vollständig in das Fach zu schieben. Den Schädel legten wir als Letztes hinzu, dann wurde die Öffnung mit einer Steinplatte verschlossen.

Bosch erwähnte flüsternd, dass Delphines Leichnam im Nebenfach liege und dass es wohl nur noch eine Frage weniger Tage wäre, bis auch der Rest der Fächerreihe – immerhin noch fünf weitere Öffnungen – gefüllt sei. Ich verzichtete auf eine Erwiderung.

Erstmals blickte ich mich in der unterirdischen Kammer um. Es war ein rechteckiger Raum, ungemein feucht, in dessen Mitte ein mit Reliefs bedeckter Steinblock kauerte. Einst hatte man ihn wohl genutzt, um die Toten darauf aufzubahren, bevor sie für immer in den Löchern verschwanden. Drei der vier Wände waren mit Leichenfächern bedeckt, je drei Reihen übereinander mit bis zu fünfzehn Öffnungen. Die meisten waren geschlossen; in ihnen mochten uralte Knochen dem Jüngsten Gericht entgegenfaulen. Die Reihe, in der Delphine und Ariane bestattet worden waren, war die einzige, deren Fächer allesamt leer gewesen waren – ehe unser Aufenthalt im Schloss ihre Nutzung unvermeidlich machte.

Bosch faltete die Hände und sprach vor Arianes letzter Ruhestätte ein kurzes Gebet. Obwohl keiner der Übrigen einen Sinn für Gottes Wort besaß, Faustus und Walpurga am allerwenigsten, so hielten sie doch anstandsgemäße Ruhe. Sogar Nicholas, der doch zu allem eine unpassende Bemerkung wusste, schien auf seine Weise berührt. Er senkte wie wir Übrigen den Blick und schwieg.

Bosch war noch nicht ganz am Ende, als Angelina neben mir herumwirbelte und aus der Gruft rannte. Alle sahen auf, die meisten verwundert, Faustus mit Besorgnis. Ich gab ihm mit einem Schulterzucken zu verstehen, uns zu entschuldigen, dann eilte ich Angelina nach.

Ich fand sie schließlich im Erdgeschoss, wo sie auf einer Treppenstufe hockte, beide Hände vor das verbrannte Gesicht geschlagen.

»Was ist passiert?«, fragte ich voller Sorge, doch sie schüttelte nur abweisend den Kopf. Sie hätte nicht darüber reden können, selbst wenn sie gewollt hätte. Ich begriff, wie lächerlich unser Versuch war, mithilfe der Zeichensprache den Anschein einer Verständigung aufzubauen. In Momenten wie diesem, da es wirklich darauf ankam, musste jedes schlichte Symbol versagen.

Ich setzte mich neben sie und legte zögernd meinen Arm um ihre Schulter. Sie schien unmerklich zusammenzuzucken, doch vielleicht bildete ich mir das in meiner Scheu nur ein. Als sie mich schließlich ansah, rannen Tränen über ihre zerfurchten Wangen.

Da begriff ich, was geschehen war.

»Es ist deine Erinnerung, nicht wahr?«, fragte ich behutsam. »Die unterirdischen Räume, das Gebet – all das erinnert dich an etwas, das du in Rom erlebt hast.«

Sie nickte und bemühte nun doch einige unserer Zeichen. Erst bildeten ihre Finger die Zahl Dreizehn, dann formte sie das Symbol für »Jahr«.

»Dreizehn Jahre lang?«, fragte ich.

Erneut nickte sie.

»Du hast dreizehn Jahre lang in solch einer Kammer gelebt?«, wagte ich einen Vorstoß. Und um ihr Verhalten angesichts des Gebets in dieser Mutmaßung unterzubringen, fügte ich hinzu: »Unter der Aufsicht von Priestern?«

Bestätigendes Nicken. Dann die Zeichen für »Tag«, »Licht« und für »nein«.

»Dreizehn Jahre ohne Tageslicht.« Großer Gott! Was Faustus und ich immer befürchtet hatten, war also die Wahrheit! Die schneeweiße Haut der Borgia-Engel, ihre Vorliebe für die Nacht und die Tatsache, dass Angelina sich unserer Sprache, die sie doch einst als kleines Kind erlernt haben musste, erst mühsam wieder erinnert hatte – all das bestätigte, was sie nun zu schildern versuchte.

Die päpstlichen Gesandten, die sie als Kind entführten und ihre Eltern verschwinden ließen, hatten sie und die anderen in den Gewölben unterhalb des Vatikans eingesperrt, all die Jahre lang. Sie hatten ihnen beigebracht, lateinisch zu sprechen, ohne sie aber das Lesen und Schreiben zu lehren – vielleicht fürchteten die Pfaffen, dass die Kinder ihre Lügen dann durchschauten. Hätten sie in der Heiligen Schrift oder in anderen Büchern lesen können, wären ihnen vielleicht Zweifel an den Worten der Geistlichen gekommen. Denn die Borgia-Engel hielten sich tatsächlich für Gottes Gesandte, vom Himmel herabgestiegen, um dem Papst als Krieger und Mörder zu dienen. Auf irgendeine Weise war es den Männern des Papstes gelungen, die Kinder so zu beeinflussen, dass sie ihre Kindheit und Entführung vergaßen; die möglichen Mittel dazu waren zahlreich, und Faustus hatte mir allein ein halbes Dutzend genannt.

Angelina hatte seit dem missglückten Anschlag auf die Wittenberger Schlosskirche, bei dem ihr Gesicht verbrannt war und sie Stimme und Schönheit verlor, viele dieser falschen Lehren durchschaut. Sie wusste, dass sie kein Engel, sondern ein Mensch war; sie hatte unter Mühen gelernt, ihre Muttersprache zumindest zu verstehen, wenn auch nicht zu schreiben oder gar zu sprechen; und sie hatte begriffen, dass ihre wahren Gegner nicht wir oder andere Feinde der Kirche waren, sondern die Päpstlichen selbst, jene Männer, die sie dreizehn Jahre lang gefangen gehalten hatten.

Die Gruft in Verbindung mit Boschs Gebet musste die Erinnerung an die Schrecken ihrer Jugend, die doch nur wenige Monate zurücklagen, erneut heraufbeschworen haben. Da war es nicht verwunderlich, dass sie die Flucht aus der entsetzlichen Kammer ergriff.

Wir saßen noch immer schweigend auf der Treppe, mein Arm um ihre Schulter, als die Traumschüler aus den Kellergewölben heraufstiegen. Nicholas murmelte leise etwas vor sich hin, als er uns erblickte, und grinste hinterlistig, ging aber ohne weitere Worte an uns vorbei. Walpurga würdigte uns keines Blickes, nur Bosch schaute einen Moment lang besorgt auf Angelina, verzichtete jedoch ebenfalls darauf, uns anzusprechen. Faustus kam als Letzter, er blieb bei uns stehen und wartete, bis die anderen weiter oben verschwunden waren.

Er wollte nicht wissen, was geschehen war. Gewiss ahnte er es ebenso wie ich selbst.

Stattdessen fragte er nur: »Was habt ihr in den beiden letzten Tagen gegessen?«

»Den kümmerlichen Rest unseres Proviants«, erwiderte ich.

Er nickte. »Es gibt frische Vorräte hier im Schloss. Der Traumvater gewährt uns offenbar ein Gnadenbrot, bevor er uns zur Schlachtbank führt.« Er lächelte grimmig, während er das sagte, und mir schien fast, als belustigte ihn die Vorstellung wirklich. »Wenn ihr also Hunger habt«, fügte er hinzu, »kommt heute Abend in den Bankettsaal im Erdgeschoss.«

Kein Wort mehr davon, uns im Zimmer einzusperren. Sicher war auch Arianes Tür verriegelt gewesen.

Faustus schritt die Stufen hinauf und war fort.

Ich überlegte, wie einfach es sein musste, unser aller Essen zu vergiften, doch im selben Moment spürte ich wieder Angelina in meinem Arm, und sogleich galt mein Denken ihr allein.

* * *

Als wir kurz darauf auf dem Weg nach oben den ersten Stock erreichten, fasste ich den Entschluss, noch einmal einen Blick in Arianes Zimmer zu werfen. Falls ihre Tür wirklich verschlossen gewesen war, musste der Mörder auf andere Weise in den Raum gelangt sein. Angelina war einverstanden, mich zu begleiten, und so gingen wir gemeinsam den Gang hinunter, vorbei an den Zimmern, in denen sich die anderen längst wieder verkrochen hatten.

Arianes Tür war nur angelehnt. Dahinter war ein Rascheln zu hören, dann nur noch Stille.

Ich wechselte einen vorsorglichen Blick mit Angelina, doch ihre Panik schien überwunden. Sie war bereit, sich auf denjenigen zu stürzen, der sich im Zimmer zu schaffen machte. Natürlich lag der Verdacht nahe, dass es Faustus war, der den Schauplatz des Mordes erforschte. Doch mein Meister war hinauf in den zweiten Stock gegangen; seine Schritte waren auf der Treppe zu hören gewesen. Auch konnte ich mir nicht vorstellen, dass er erst nach oben gestiegen und später auf leisen Sohlen zurückgekehrt war.

Vorsichtig legte ich meine Hand auf das kühle Holz der Tür

und drückte. Mit einem kaum hörbaren Knirschen schwang sie nach innen. Ich sah aus dem Augenwinkel, wie Angelina sich straffte.

Der Raum war unverändert, zumindest auf den ersten Blick.

Das Bett war blutig und zerwühlt. Rund um den Pfosten, auf dem Arianes Schädel gesteckt hatte, war die Decke voller Flecken wie von blutigen Fußabdrücken. Fliegen bedeckten die Spitze des Pfostens, eine schwarze, lebende Kappe. Die widerlichen Tiere summten, während sie sich hungrig von der braunen Kruste nährten.

Kein Mensch war zu sehen.

Trotzdem war ich sicher, dass ich eben etwas gehört hatte. Ein Laut, der eindeutig nicht von den Fliegen stammte.

Das Bett stand mit dem Kopfende zur rechten Wand des Raumes. Links davon, halb verdeckt durch einen Vorhang, der sich rund um das Bett zusammenziehen ließ, hing ein ovaler Wandspiegel. Es war der gleiche wie in unserem Zimmer, eingefasst von einem verschnörkelten Rahmen, von dem die Goldfarbe in strähnigen Fetzen abfiel.

Etwas aber unterschied Arianes Spiegel von unserem eigenen.

Die Glasfläche war verschwunden. Der falsche Goldrahmen umfasste eine schwarze Öffnung, groß genug, dass ein Mensch hindurchsteigen konnte. Dahinter war schattige Leere.

Angelina bemerkte es im selben Augenblick. Blitzschnell und völlig lautlos huschte sie um das Bett und presste sich neben dem Spiegel an die Wand, plötzlich allein vom Instinkt getrieben. Mit einem Wink gab sie mir zu verstehen, das Gleiche zu tun. Vorsichtig, wenn auch nicht ganz so geräuschlos, folgte ich ihr und drückte mich neben sie. Unsere Körper berührten sich. Ich glaubte, ihren aufgeregten Herzschlag zu hören, doch es war nur mein eigener, der mir mit einem Mal laut in den Ohren dröhnte.

Wir verhielten uns vollkommen still und lauschten.

Lange Zeit tat sich nichts, und ich wollte schon vor die Öffnung treten und hineinsehen, als sich das Rascheln wiederholte. Wer immer vorhin auf der anderen Seite des Spiegels gewesen war, er kehrte zurück. Leise, vorsichtige Schritte kamen allmählich näher.

Jetzt musste er ganz nahe sein. Gleich hinter der Wand.

Eine Gestalt beugte sich durch den Spiegel.

Angelinas Arme schossen vor, packten den anderen an Kopf und Schulter und zerrten ihn mit erstaunlicher Kraft durch den Rahmen.

Es *war* Faustus. Und ich hatte recht behalten: Er hatte weder Treppe noch Korridor betreten, um hierherzugelangen.

Mit einem Keuchen stürzte er zu Boden, während Angelina erschrocken erkannte, wen sie da durch die Öffnung gerissen hatte. Faustus wirbelte überrascht mit seinen dürren Gliedern umher, eine seltsame Geste der Hilflosigkeit, die ich noch nie bei ihm erlebt hatte. Er schlug mit dem Kopf auf. Sein zerzaustes schwarzes Haar vermochte den Aufprall kaum zu dämpfen. Stöhnend wollte er auf die Füße springen, als er Angelina erkannte. Dann sah er mich, doch seine missmutige Grimasse schwand schon einen Augenblick später.

»Tüchtig, tüchtig«, brachte er hervor, während wir zugleich die Hände ausstreckten, um ihm aufzuhelfen. Er schlug beide aus und rappelte sich aus eigener Kraft hoch. Eilig sprang er zur Zimmertür und schob den Riegel vor. Schließlich kehrte er zu uns zurück und schenkte Angelina ein gequältes Lächeln. »Ich sehe, ich muss mir um euch weit weniger Sorgen machen, als ich das bislang getan habe.«

Ich wollte mich entschuldigen, doch er winkte ungeduldig ab. »Ich war unvorsichtig«, sagte er, »und ich habe es nicht besser verdient. Ich hätte euch wohl von dem Gang erzählen müssen.«

»Wie lange wisst Ihr schon davon?«

»Erst seit heute Morgen. In jedem Schlafzimmer gibt es einen solchen Spiegel. Alle lassen sich öffnen, allerdings nur von der Rückseite aus. So lange niemand versucht, sie abzuhängen, wird keinem auffallen, dass es sich um etwas anderes als gewöhnliche Spiegel handelt.«

»Das heißt, man kann durch sie jeden Raum erreichen?«

»Eigentlich nicht weiter erstaunlich«, erwiderte Faustus nickend. »Gebäude wie dieses sind immer voll von geheimen Gängen und Kammern, man muss nur wissen, wo sie zu finden sind. Oder wo man nach ihnen suchen muss. Nachdem mir allerdings klar geworden war, dass es einen zweiten Zugang zu Arianes Zimmer geben musste, war das nicht weiter schwierig. Ich musste nicht einmal diesen Raum betreten. Ich durchsuchte einfach ein leer stehendes Zimmer im zweiten Stock, zerschlug schließlich den Spiegel und entdeckte ein ganzes System von Gängen, die durch die Wände führen. Ich musste nur noch die Treppe nach unten finden und die Rückseiten der Spiegel abzählen, bis ich den zu Arianes Zimmer fand. Es war mein Fehler, dass ich den Zugang offen stehen ließ, während ich die Entfernung zur nächsten Treppe abmaß. Ich hätte ahnen sollen, dass ihr beiden euch hier herumtreibt.«

Beschämt lenkte ich das Gespräch in eine andere Richtung. »Habt Ihr das Zimmer schon durchsucht?«

»Gewiss. Zumindest wissen wir nun, wie wir uns nachts vor dem Mörder schützen können. Ich schlage vor, ihr geht gleich nach oben und schiebt einen Schrank vor euren Spiegel. Das mag ihn im Ernstfall nicht aufhalten, doch bis er ihn beiseitegerückt oder umgeworfen hat, seid ihr längst gewarnt. Ich werde in meinem Zimmer das Gleiche tun.«

»Was ist mit den anderen? Wollt Ihr ihnen nicht von Eurer Entdeckung berichten?«

»Damit der Mörder weiß, dass wir zumindest eines seiner Geheimnisse aufgedeckt haben? Nein, ich glaube, das wäre nicht klug.«

»Aber sonst können sie sich nicht vor ihm schützen«, warf ich ein, unsicher ob seiner Kaltblütigkeit.

»Denk doch nach«, forderte Faustus mich barsch auf. »Was ist dir wichtiger: dass wir sicher sind oder die anderen?« Dabei warf er einen kurzen Blick auf Angelina, der nur scheinbar willkürlich war. Tatsächlich wusste ich, dass er mein Empfinden durchschaut hatte. Er wollte sagen: Ist dir Angelinas Sicherheit weniger wert als die der Traumschüler?

Ich nickte schließlich, und auch Angelina, die den wahren Sinn seiner Worte nicht bemerkt hatte, stimmte zu. Dabei fragte ich mich längst, wer von uns beiden eigentlich wen beschützte. Nachdem ich gesehen hatte, wie leichthändig sie Faustus überwältigt hatte, schienen mir unsere Rollen mit einem Mal vertauscht. Dabei wusste ich doch schon lange um ihr besonderes Geschick im Kampf; sie hatte es nur seit

Wochen nicht einsetzen müssen. Männer neigen dazu, die Talente der Frauen zu vergessen, wenn sie ihnen nicht täglich vor Augen geführt werden.

(Natürlich fragt Ihr Euch nun, misstrauischer Leser, wie ein solcher Satz der Feder des alten Wagner entfließen kann. Nun, tatsächlich war dies kein Gedanke, den ich damals fasste. In Wirklichkeit ersann ich diesen trefflichen Ausspruch erst vor wenigen Wochen, als meine Magd sich tagelang weigerte, für mich zu kochen, denn ich hatte nach einer Zecherei ihren Eintopf erbrochen. Ich begann also, mein Essen außer Haus einzunehmen, und war ganz zufrieden damit, bis mir auffiel, welche Summen solche Schlemmerei verschlang. Ich besann mich deshalb eilig auf die niedere Kochkunst dieser Hexe und log ihr die Hucke voll, wie wunderbar es bei ihr munde. Dabei kam mir plötzlich der obige Satz über die Lippen, und sie war so begeistert von meiner Heuchelei, dass ich beschloss, ihn sogleich in meine Schrift aufzunehmen, in der Hoffnung, den Weibern unter Euch Lesern zu gefallen. Ihr Männer wisst es ohnehin besser.)

Faustus schien zu erwarten, dass wir uns sofort aufmachen und nach oben gehen würden.

»Was ist mit Euch?«, fragte ich und blieb stehen. »Kommt Ihr nicht mit uns?«

»Und der Spiegel?«, entgegnete er. »Soll ich ihn offen lassen, damit jeder sein Geheimnis erfährt? Er lässt sich nur von der Rückseite schließen, deshalb werde ich den Geheimgang benutzen.«

Ich ahnte schon, dass er plante, das System der Gänge noch weiter zu erforschen – allerdings ohne uns. Was blieb uns also, als seinen Willen zu akzeptieren?

Wir verließen gehorsam den Raum, nicht ohne uns an der Tür vorsorglich zu vergewissern, dass niemand gelauscht hatte oder uns auf dem Rückweg beobachten konnte.

In unserem Zimmer traten wir sogleich vor den Spiegel und unterzogen ihn einer genauen Untersuchung. Er war an der gleichen Stelle angebracht und ebenso groß wie jener im Stockwerk unter uns, wenngleich sich sein Rahmen in Einzelheiten von jenem in Arianes Raum unterschied. Angelina klopfte gegen das Glas, doch es klang nicht einmal hohl, so dick war die Scheibe. Faustus musste einige Gewalt angewendet haben, um einen dieser Spiegel zu zerbrechen. Mich wunderte, dass der Krach nicht im ganzen Haus zu hören gewesen war.

Tatsächlich sah der Zugang zum Geheimgang wie ein ganz gewöhnlicher Spiegel aus. Ich bemerkte, dass Angelina die Glasfläche viel länger musterte als nötig, bis mir klar wurde, dass sie ihr eigenes entstelltes Gesicht betrachtete. Ich wagte nicht, mir vorzustellen, was in ihrem Kopf vorging.

Dabei fühlte ich selbst mich von ihren Zügen längst nicht mehr abgestoßen. Nicht, dass meine Gefühle für sie den Anblick schönten, keineswegs. Ich sah das geschmolzene und verbrannte Fleisch mit den gleichen Augen wie jeder andere, und doch vermochte ich, durch die Oberfläche hindurchzuschauen. Ich wusste sehr wohl, was das bedeuten mochte. Und doch: Ich wagte nicht einmal, an diese Empfindung, an das gefürchtete Wort zu denken, geschweige denn davon zu sprechen.

Endlich ließen wir den Spiegel Spiegel sein und schoben, dem Rat meines Meisters entsprechend, den schweren Schrank davor. Niemand würde jetzt noch unbemerkt eindringen können – vorausgesetzt, es gab keine weiteren geheimen Kammern und Türen. Doch eine ausgiebige Untersuchung des Zimmers brachte kein entsprechendes Ergebnis. Es schien, als wären wir vorerst in Sicherheit. Ein Gefühl, das trügen mochte.

Wir vertrieben uns die Zeit mit unserer Zeichensprache und bemühten uns so gut wie möglich, unsere Verlegenheit und Verwirrung zu meistern. Ich zog es seit jeher vor, Unangenehmes zu verdrängen, und so war es auch mit meinen Gedanken über den Mord an Ariane. Ich gab mir alle Mühe, so zu tun, als hätte das Verbrechen nie stattgefunden.

Als es Abend wurde und ein weiterer nutzloser Tag im Schloss sich seinem Ende zuneigte, gingen wir hinunter in den Bankettsaal. Mein Magen knurrte ganz erheblich, schließlich hatte ich zuletzt am Tag zuvor gegessen. Die Gefahr einer Vergiftung schien mit einem Mal nebensächlich. Fraglich blieb allerdings, wer unsere Speisen zubereiten mochte; es gab keine Diener, und sicherlich würde niemand zulassen, dass ein anderer sich an seinem Essen vergriff.

Meine Befürchtung erwies sich als zutreffend, denn alles, was es gab, waren trockene Früchte, rohes Gemüse und steinhartes Brot. Auch waren sie nicht auf der Tafel aufgetragen. Vielmehr diente der Saal nur als Treffpunkt, von dem aus wir zu einer Speisekammer gingen, in der alle Nahrung lieblos auf einem Haufen lag. Die Tür war durch drei Schlösser gesichert; Faustus, Nicholas und Walpurga hatten gleich nach der Ankunft auf ihren Betten je einen Schlüssel vorgefunden. Nur gemeinsam konnten sie den Zugang öffnen. Das sollte wohl verhindern, dass irgendwer sich allein an der Nahrung zu schaffen machte; was für sich genommen vielleicht der größte Hohn war, denn wer anders als der Traumvater selbst wollte seinen Schülern ans Leben? Die größte Gefahr ging daher von ihm aus, und so wunderte mich, dass alle in blindem Vertrauen seine Speisen aßen. Jedoch, was blieb uns anderes übrig, und so deckte auch ich mich mit Obst und Gemüse ein. Selbst Angelina griff zögernd nach ein paar Mohrrüben.

Verzehrt wurde das Essen nicht etwa in der Speisekammer. Jeder durfte sie nur einmal betreten, stets überwacht von den misstrauischen Blicken der Übrigen. So wollte man einem möglichen Giftanschlag vorbeugen.

Nicholas griff reichlich zu, um auch den Zwillingen ihren Anteil zu sichern. Er zog sich als Erster in sein Zimmer zurück, was ich ihm kaum verübeln konnte, denn die Stimmung unter uns Überlebenden hatte ihren Tiefpunkt erreicht. Misstrauen und Missgunst beherrschten die trüben Gespräche. Allein Bosch gab sich betont gelassen. Ich glaube, selbst Faustus verlor allmählich seine Ruhe, wenngleich er doch mit der Entdeckung des Geheimgangs vor den übrigen Schülern im Vorteil war.

Wir saßen gerade im Bankettsaal beieinander, als mir plötzlich etwas einfiel: »Meister!«, rief ich erschrocken aus. »Was ist mit den Pferden? Werden nicht auch sie langsam hungrig sein?«

Faustus verzog die Lippen zu einem schmalen Lächeln. »Du musst mich für einen wahren Unmenschen halten, mein Lieber. Natürlich haben die Pferde Hunger. Und natürlich habe ich ihnen täglich Gras und Hafer gefüttert. Sie stehen in einem alten Stall, draußen in den Gärten. Das Dach ist nicht mehr ganz dicht und die Westfront zerfallen, doch an Wasser und Nahrung fehlt es den Tieren dort nicht. Unser Gönner« –

er sprach das Wort mit deutlicher Verachtung aus – »hat sogar dafür gesorgt.«

Dergestalt in meiner Unruhe beschwichtigt, kaute ich lustlos auf einem runzligen Apfel herum. Faustus' Erwähnung von »frischen« Vorräten musste einer seiner merkwürdigen Scherze gewesen sein, die allein er verstand.

Bosch und Walpurga erhoben sich schon nach kurzer Zeit und gingen hinauf in ihre Zimmer. Nun saßen Faustus, Angelina und ich allein an der riesigen Tafel. Trotz meiner beiden Freunde fühlte ich mich verlorener denn je. Der gespenstische Saal und die gewaltige, von zahllosen Messern eingekerbte Tischplatte bereiteten mir Unbehagen. Die Vorstellung, wie belebt dieser Ort einst gewesen sein musste und was heute aus ihm geworden war, machten das bedrückende Gefühl der Einsamkeit fast unerträglich. Ich wünschte mich zurück auf die Straße, auf den Rücken meines Pferdes, südwärts gewandt oder nordwärts, egal wohin. Zum ersten Mal spürte ich einen leisen Anflug von Reue, dass ich mein bequemes Leben an der Hohen Schule zu Wittenberg gegen ein Dasein an Faustus' Seite eingetauscht hatte. Mir war klar, dass diese Empfindung schnell vergehen würde, doch in Augenblicken wie diesem stand sie turmhoch über all meinem Denken.

Da wurde mit einem Mal die Tür des Bankettsaals aufgerissen, und Nicholas Erasmo stürmte herein. Sein Gesicht glänzte von Schweiß, sein Atem raste. Er war vollkommen außer sich.

»Sie sind fort!«, schrie er aufgebracht. »Beide sind fort! Ich habe sie überall gesucht.«

Faustus sprang auf. »Die Zwillinge?«, fragte er alarmiert.

»Wer sonst, um Himmels willen!« Nicholas' Stimme drohte

sich zu überschlagen. Er taumelte erschöpft auf uns zu und stützte sich mit beiden Händen auf die Tischplatte. Graue Haarsträhnen klebten ihm an der Stirn, hatten sich vom Schweiß fast schwarz gefärbt. »Ich habe gesucht, im Zimmer, im Flur, in den anderen Räumen, überall. Weder Bosch noch Walpurga haben sie gesehen. Sie sind fort! Einfach fort!«

»Warst du im Keller?«, fragte Faustus. »Und auf dem Dachboden?« Jeder wusste, dass Nicholas dazu gar keine Zeit geblieben war.

»Nein«, brachte der Musiker atemlos hervor. »Aber … bedeutet das, dass auch ihr sie nicht gesehen habt?«

Es mochte ungerecht ihm gegenüber sein, doch mich erstaunte, wie besorgt er um die beiden Mädchen war. Ich hatte angenommen, für ihn waren sie nicht mehr als hübsches Spielzeug, jederzeit verfügbar, willig und leicht zu beherrschen. Dass ihr Verschwinden ihn nun in solche Verzweiflung stürzte, schien mit meinem bisherigen Bild von Nicholas unvereinbar.

»Sie waren nicht hier«, sagte Faustus. »Wir haben sie ja ohnehin kaum zu Gesicht bekommen.«

»Ich glaubte, sie wären oben im Zimmer«, sagte Nicholas und stieß die Worte dabei so schnell aus, dass es schwierig war, ihnen zu folgen. »Wenigstens waren sie dort, als ich wegen des Essens herunterging. Als ich zurückkehrte, waren sie fort.«

»Vielleicht sind sie fortgelaufen«, schlug ich vor. Die Bemerkung sollte gedankenlos wirken, einfach so dahergeredet, tatsächlich aber wollte ich Nicholas damit treffen. Was immer die Mädchen ihm bedeutet hatten, letztlich waren sie nicht mehr als Lustsklavinnen gewesen. Er hatte es verdient, unter ihrem Verschwinden zu leiden.

Seine Stimme steigerte sich zu einem grellen Kreischen. »Was wagst du, Knecht? Sie wären niemals davongelaufen. Sie hatten es gut bei mir.«

»Das sieht man an dem angenehmen Ort, an den Ihr sie geführt habt«, erwiderte ich mit betonter Ruhe.

Nicholas stieß sich von der Tischkante ab und wollte auf mich losgehen, als Faustus zwischen uns trat und den Musiker zurückhielt. »Hört auf! Wir müssen die Kinder suchen, wenn wir Gewissheit haben wollen.«

Nicholas und ich starrten uns noch einen Augenblick lang in erbitterter Feindschaft an, dann aber entspannte er sich und nickte. »Ich werde hinunter in den Keller gehen. Vielleicht sind sie dort.«

»Tu das«, stimmte Faustus zu. »Und gib auf dich Acht. Wir werden derweil hier oben suchen. Das ist alles, was wir tun können.«

Angelina und ich erhoben uns von unseren Plätzen, während Nicholas den Saal verließ. Einen Moment später hörten wir, wie er hinab in die Kellergewölbe eilte.

»Heißt das, wir werden erneut das ganze Haus durchsuchen?«, fragte ich müde. »Wahrscheinlich sind sie ihm wirklich davongelaufen.«

Faustus griff nach einem Brotkanten und ging damit zur Tür. »Ich weiß, wo wir sie finden. Vorausgesetzt, du hast unrecht, Wagner.«

»Ihr wisst …? Aber woher?«

»Logik, mein Lieber. Die Logik des Mörders.« Er lächelte jetzt beinahe spöttisch.

Ehe einer von uns etwas erwidern oder weitere Fragen stellen konnte, sagte er: »Kommt schon mit.«

Wir folgten ihm verwundert die Treppen hinauf bis in den zweiten Stock. Dort bog er ab und ging den Gang zu unseren Zimmern hinab. Bevor wir sie aber erreichen konnten, stellten wir fest, dass eine der anderen Türen offen stand. Sie gehörte zu dem leer stehenden Zimmer, das gleich an Angelinas und meines grenzte.

»Die Tür war geschlossen, als wir nach unten gingen«, sagte ich.

Faustus nickte zufrieden. »Allerdings.«

»Nicholas könnte sie geöffnet haben, als er nach den Mädchen suchte«, gab ich zu bedenken.

»Möglich. Aber ich glaube eher, der Mörder will mit uns spielen. Die Sache beginnt, ihm Vergnügen zu bereiten.«

»Ihr meint, er hat die Tür geöffnet, damit wir es bemerken?«

»Ja. Und er will sicher, dass wir hindurchgehen.«

Ich warf einen angstvollen Blick zu Angelina, doch auch sie konnte nur mit den Achseln zucken. Faustus war uns erneut voraus, nicht nur mit seinen Schlüssen, auch auf den Füßen. Während wir noch zögerten, betrat er bereits den Raum.

Angespannt folgten wir ihm und sahen uns um. Ein Bett, ein Schrank, eine Kommode. Staub und Schmutz und Spinnweben.

Natürlich, der Spiegel.

Er war geöffnet. Jemand hatte die Glasfläche von der Rückseite aus herausgenommen.

Faustus trat ohne zu zögern vor die dunkle Öffnung. »Mir scheint, er lädt uns ein.«

»Eine Falle«, stieß ich hervor.

»Das glaube ich nicht«, gab Faustus zur Antwort, und ehe

ich ihn zurückhalten konnte, stieg er schon durch den Rahmen.

»Meister, seid vorsichtig«, rief ich und eilte auf ihn zu.

Faustus sah sich im Geheimgang um. »Hier ist niemand«, sagte er. »Wagner, sei so gut und hole aus dem Treppenhaus eine Fackel.«

Zögernd wandte ich mich ab, lief aber dann so schnell ich konnte. Nur wenige Augenblicke später kehrte ich mit einer brennenden Fackel zurück.

Faustus nahm sie entgegen. »Das hier ist keine Falle. Er macht sich vielleicht über uns lustig, doch er hält uns nicht für dumm. Er will uns klarmachen, dass er weiß, dass wir den Geheimgang entdeckt haben. Er zeigt uns, dass er uns wieder einen Schritt voraus ist. Und er möchte, dass wir etwas finden.«

»Etwas finden …«, murmelte ich nachdenklich. »Die Zwillinge?«

»Das befürchte ich. Angelina, du wartest hier und bewachst den Eingang. Wagner, du kommst mit mir!«

Mit einem heftigen Rumoren im Bauch stieg ich durch den Spiegel und betrat den gar-nicht-mehr-so-geheimen Gang. Er war kaum mehr als schulterbreit, allerdings ebenso hoch wie die Zimmer. Ich hatte mir bislang nie Gedanken über seinen Verlauf gemacht, jetzt aber wurde mir klar, wie aufwändig es gewesen sein musste, ihn anzulegen. Im Grunde genommen hatte man das ganze Haus um ihn herumgebaut. Da offenbar jede einzelne Wand des Gebäudes einen solchen Hohlraum besaß, stellten Türen und Fenster unerwünschte Hindernisse dar: Dort wo sie die Mauern durchbrachen, mussten die Gänge enden. Um dies aber zu vermeiden, hatte man ein kompliziertes System von Leitern und steilen Treppen errichtet, welche die verborgenen Korridore um die Tür- und Fensteröffnungen herumleiteten. Im Falle unserer Zimmertür sah dies so aus, dass der Geheimgang vor ihr endete, die Mauer jedoch eingekerbte Stufen besaß. An ihnen musste man hinaufklettern und gelangte so in den Hohlraum zwischen den Wänden des darüberliegenden Stockwerks. Dort konnte man bequem über die störende Tür hinweggehen und auf der anderen Seite wieder hinuntersteigen. Hätte man nun, wie allgemein üblich, die Türen aller Stockwerke genau übereinander angeordnet, wären diese Umgehungen unmöglich gewesen; deshalb hatten die Erbauer des Schlosses alle Türen zueinander versetzt, meist um einen bis zwei Schritte. So ergab sich insgesamt ein unglaublich komplexes Gewirr aus Gängen, Hohlräumen und Schächten, alle untereinander verbunden wie die Streben eines engen, aber unregelmäßigen Gittergeflechts. Demnach war es möglich, schon nach wenigen Schritten in ein anderes Stockwerk zu wechseln und mögliche Verfolger in die Irre zu führen. Es war in der Tat, als hätte man das ganze Gemäuer nur errichtet, um darin die Geheimgänge zu verstecken.

Die weitverzweigte Anlage der Hohlräume brachte es jedoch mit sich, dass alle paar Schritte Löcher im Boden gähnten, dort also, wo es Verbindungen zwischen den Stockwerken gab. Diese Öffnungen waren nicht gekennzeichnet und konnten so zu gefährlichen Fallgruben werden. Stets mussten wir achtgeben, wohin wir unsere Füße setzten, um dann mit einem weiten Schritt über diese Verbindungslöcher hinwegzusteigen.

Hätte es noch eines weiteren Beweises bedurft, dass der Mörder sich über uns lustig machte, so waren dies die Pfeile, die er mit Blut an die Mauern geschmiert hatte. Sie wiesen alle in eine Richtung, um mehrere Ecken herum und immer wieder Leitern und Stufen hinauf und hinunter.

Schließlich fanden wir die Leiche.

Das Mädchen lag am oberen Ende einer Leiter, ein Stockwerk über uns. Kopf und Arme baumelten über die Mauerkante herab, das Gesicht war uns kopfüber zugewandt. Die Augen der Kleinen standen weit offen, das lange Haar hing wie ein schwarzer Fächer über den Sprossen. Dunkle Blutfäden waren an den schneeweißen Armen herabgelaufen und an ihren Fingerspitzen zu glitzernden Rubinen geronnen. Eine hässliche Wunde führte quer über ihren zerbrechlichen Hals. Jemand hatte dem Mädchen die Kehle durchgeschnitten.

Sein Zwilling war nirgends zu sehen.

Obgleich ich versucht hatte, mich gegen den Anblick zu wappnen, so erschütterte mich der Tod des Kindes doch zutiefst. Alles, was es im Leben erfahren hatte, waren die Schändungen eines skrupellosen Lüstlings gewesen. In diesem Augenblick war mein Hass auf Nicholas fast noch größer als der auf den Mörder.

Auch Faustus war entsetzt, obgleich er doch auf seinen Reisen weit Schlimmeres gesehen hatte als das hier. Er war von Anfang an überzeugt gewesen, dass wir die Leiche finden würden, trotzdem war sein Gesicht jetzt starr und farblos. Vielleicht war es auch nur eine Täuschung des Fackellichts.

Nachdem wir unser erstes Entsetzen überwunden hatten, machten wir uns daran, die Tote zu bergen. Unter einigen Mühen und – ich will es gern gestehen – manch stiller Träne schafften wir das tote Mädchen durch das Labyrinth der Gänge zurück ins Zimmer. Angelina kam uns entgegen, nachdem sie uns gehört hatte, doch die Hilfe, die sie uns anbot, war in der Enge des Korridors nutzlos.

Wir legten den Leichnam auf das Bett und berieten uns mit schweren Herzen.

»Wo ist ihre Schwester?«, fragte ich und erschrak insgeheim, wie leicht die Worte über meine Lippen kamen. Sie bedeuteten die Verdopplung allen bisherigen Leids, und doch klang meine Frage seltsam unbeteiligt.

»Irgendwo im Haus«, erwiderte Faustus mit schwacher Stimme, eine ungewöhnlich vage Auskunft aus seinem Mund.

»Sollen wir noch einmal dort hinein und nach ihr suchen?«

Er schüttelte den Kopf. »Es wird mehr und mehr zum Spiel für den Mörder. Die Pfeile endeten an der Leiche. Das zweite Mädchen muss demnach anderswo liegen. Aber ich bin sicher, wir werden es bald schon finden.«

Faustus nahm das tote Mädchen quer über beide Arme und trug es hinunter. Das hauchdünne Kleidchen war blutgetränkt und schmiegte sich um den zierlichen Körper wie eine zweite, dunkelrote Haut.

Nicholas, der uns aus dem Keller entgegenkam, brach zusammen, als er sah, welche grässliche Last Faustus in den Armen hielt. Er weinte und schrie, bis auch Bosch und Walpurga zu uns stießen, und gemeinsam bildeten wir eine neuerliche Prozession in die toten Tiefen des Gruftgewölbes.

Angelina blieb auf der Treppe zurück, während Bosch nunmehr zum dritten Mal sein Gebet sprach. Ihm war anzusehen, dass er selbst nicht mehr an die Worte glauben mochte. Sie klangen längst spröde und leer, und der Trost, den sie spenden sollten, war wie ungewollter Hohn. Es war ein schrecklicher Moment, als Faustus endlich die dünne Steinplatte auf das Wandgrab presste, hinter der das Mädchen seine letzte Ruhe fand. Obgleich dies nicht der erste Mord war und wir alle ahnten, dass weitere folgen mochten, so war es doch derjenige, der uns am meisten berührte. Nicholas verstummte schließlich, und die Stille, die sich über die Lebenden und Toten legte, war viel bedrückender als sein Weinen und Wehklagen.

Alle fragten sich, wo die Leiche des zweiten Zwillings liegen mochte, und nach endlosem Zögern entschlossen wir uns schließlich, Haus und Garten neuerlich zu durchsuchen. Diesmal bildeten wir keine Gruppen, sondern blieben alle beisammen. Wir begannen auf dem Dachboden, durchforsteten den ersten und zweiten Stock, dann das Erdgeschoss.

Im Keller schließlich traf uns die Grausamkeit des Mörders mit all ihrer Häme und Schadenfreude. Faustus hatte recht; es war ein Spiel. Und unser Feind trumpfte von Neuem auf.

Während wir das erste Mädchen bestattet hatten, hatte uns nur eine Wand von seiner toten Schwester getrennt. Die zweite Leiche lag in einer tiefen Pfütze, nur eine Tür von der Gruft entfernt. Nicholas gestand, bei seiner Suche im Keller nur einen flüchtigen Blick in die Kammer geworfen zu haben. Das Kind war fast vollständig von schlammigem Wasser bedeckt, nur ein weißer Arm ragte hervor. Daneben lag der abgetrennte Schädel, und der Mörder hatte das lange schwarze Haar so über Gesicht und Arm ausgebreitet, dass beides im Fackellicht kaum auffiel. Der Kellerboden lag voller Schmutz und Gerümpel, und Torso und Schädel fügten sich beinah unsichtbar ein.

Es war Bosch, den Blick von seiner Malerei geschärft, der das Mädchen schließlich entdeckte. Wir zogen es aus dem

Wasser und bestatteten es in einem Grabfach, welches an das seiner Zwillingsschwester grenzte. Die halbe Nacht war vergangen, seit wir das erste Mädchen hierhergebracht hatten, und doch war uns allen, als hätte uns etwas in der Zeit zurückversetzt, um die Bestattung noch einmal zu durchleben.

Spätestens, als sich die zweite Grabplatte schloss, wurde uns allen klar, dass wir die Lage zu leicht genommen hatten. Es ging nicht um den Traumvater und nicht um die Krone.

Wichtig war nur eines: Wir sollten alle sterben.

Kapitel 5

Die Nacht reifte dem Morgen entgegen, und doch zog sich keiner auf sein Zimmer zurück. Wir saßen im Bankettsaal beieinander, schweigend, grübelnd. Faustus war tief in Gedanken versunken, und ich bemerkte, wie Walpurga ihm mehr als einmal misstrauische Blicke zuwarf; vielleicht glaubte sie, er sei der Mörder. Doch das mochte sie auch von uns anderen denken, und Bosch und Nicholas starrten einander und alle Übrigen nicht weniger finster an. In der Tat misstraute ein jeder jedem, Angelina, Faustus und mich ausgenommen – was die anderen nicht daran hinderte, *uns* zu verdächtigen. Und ich muss gestehen, dass selbst Faustus mir nicht ganz geheuer war. Ich hielt ihn nicht für den Mörder – bewahre! –, doch ich spürte, dass er etwas vor uns verbarg. Irgendetwas beschäftigte ihn, und manchmal blickte er beinahe schuldbewusst.

Ein Dutzend Kerzen flackerten auf der Tafel und spendeten Wärme, wo sonst nur unterkühlte Spannung war. Vor den hohen Spitzbogenfenstern hoben sich die schwarzen Waldwipfel vom ersten Goldglanz des Morgens ab. Der Himmel verlor ganz allmählich seine pechschwarze Tiefe und nahm die Farbe eines bodenlosen Waldsees an, ein unbehagliches Blaugrün.

Niemand sprach. Ich blickte sinnlos in alle Richtungen, hundemüde und doch zu aufgeregt, um einfach schlafen zu gehen. Der verstaubte Kronleuchter baumelte über unseren Köpfen wie eine Riesenspinne am Ende ihres Fadens, die Messingbeine angewinkelt.

Nicholas senkte den Blick und starrte leer vor sich auf die Tischplatte. Sein graues Haar war noch zerwühlter als sonst, sein Rücken gebeugt. Ich spürte kein Mitgefühl für ihn; für die toten Zwillinge schon, aber nicht für ihn. Er würde die Mädchen ersetzen wie ein Paar abgetragener Schuhe. Vorausgesetzt, er überlebte die kommenden Tage.

Es war fast, als seien alle auf ihren Plätzen entschlummert und hätten vergessen, die Augen zu schließen. Wenn einer sich regte, zu heftig die Luft einsog oder gähnte, glich das fast einer Sensation; die Blicke aller wanderten gleich zu ihm hinüber, jeder wartete auf eine Lösung, auf ein Ende der Ungewissheit.

Gerade war ich dabei, wirklich ein wenig einzudösen, als ein schwarzer Schemen durch den Saal schoss, knapp an Nicholas vorüberflog und mit einem sanften Schnurren vor Walpurga haltmachte. Sie ergriff die Katze mit beiden Händen und setzte sie sanft auf ihre Schulter. Das listige Tier schnurrte noch lauter und rieb sich wohlig an der Schwesternhaube seiner Herrin.

Nicholas hieb wütend eine Faust auf den Tisch. Scheppernd erbebten die Kerzenständer. Wahrscheinlich war der Musiker dankbar, endlich einen Grund zu haben, seinem Zorn freien Lauf zu lassen. »Schaff dieses Biest hier raus, Hexe, oder ich schwöre dir, ich drehe ihm den Hals um!«

Zu meinem Erstaunen blieb Walpurga gefasst. »Spar dir deine Verbitterung für denjenigen auf, der sie verdient.«

Nicholas ließ sich nicht beirren. »Fort mit dem Tier, sage

ich!«, schrie er. Rund um den Tisch wurden alle aus ihren Gedanken gerissen. Jeder starrte Nicholas, dann Walpurga an. Keiner griff ein, nicht einmal Faustus. Er hoffte wohl, dass einer der beiden in seiner Unbeherrschtheit einen Hinweis auf die Morde liefern mochte, ein verräterisches Wort oder Zeichen.

»Ich warne dich, Nicholas, treibe es nicht zu weit.« Walpurgas Stimme gewann an Schärfe, doch noch immer blieb sie ruhig sitzen und kraulte mit einer Hand die Katze auf ihrer Schulter. Das Tier maunzte leise. Seine grünen Augen richteten sich spöttisch auf Nicholas.

Der Musiker sprang vom Stuhl. Bosch streckte den Arm aus, um ihn zurückzuhalten, doch Nicholas beachtete ihn nicht. Stattdessen eilte er mit wenigen Sätzen um den Tisch und blieb erst zwei Schritte vor Walpurga stehen.

»Das Biest hat mich mehr als einmal angegriffen«, schnaubte er mit gerötetem Haupt. »Ich will, dass es verschwindet.«

Demnach hatten wir zumindest eines gemeinsam. Auch ich hätte das Tier allzu gerne im Kamin geröstet. Die Erinnerung, wie es Angelina fast in den Tod gestürzt hatte, stand mir noch höchst lebendig vor Augen.

»Die Katze bleibt«, entgegnete Walpurga kalt. »Immerhin hat auch keiner gefordert, dass deine Hurenkinder verschwinden.«

Nicholas' Hände schnellten vorwärts wie die Klauen eines jagenden Falken. Gleichzeitig sprang er auf Walpurga zu. Es war nicht klar, ob er nach der Hexe oder ihrer Katze gezielt hatte, denn seine Hände verfehlten beide. Mit überraschender Behändigkeit erhob sich Walpurga vom Stuhl und floh mit zwei, drei Sätzen aus Nicholas' Reichweite.

Der Musiker heulte auf wie ein getretener Straßenköter und setzte zur Verfolgung an. Bosch und Faustus schrien gleichzeitig, die beiden sollten sich beruhigen und das Unglück nicht herausfordern, doch niemand scherte sich darum.

Die Katze hockte immer noch gebuckelt auf Walpurgas Schulter. Einen Moment lang schien es mir, als wisperte sie der Frau etwas ins Ohr. Zweifellos eine Täuschung.

Während Nicholas immer näher kam, wich Walpurga zurück. Schließlich stieß ihr Rücken gegen die hohe, abblätternde Wand des Saales. Die Grimasse des Musikers gewann durch ein böses Lächeln an Schrecken.

»Nicholas!«, schrie Faustus erneut und sprang ebenfalls auf. Es sah aus, als wollte er notfalls mit Gewalt einschreiten. Angelina und ich erhoben uns, um ihm beizustehen. Allein Bosch blieb sitzen und verfolgte das Geschehen gelassen, wenn auch mit Neugier.

Ein Schritt mochte Nicholas und Walpurga jetzt noch voneinander trennen. Faustus rannte von hinten auf den Musiker zu.

Plötzlich wirbelte Nicholas herum. Blitzschnell griff er unter sein Wams. Als er die Hand wieder hervorzog, blitzte ein Dolch in seinen Fingern. Die Klinge maß fast die doppelte Länge meiner Hand. Ihre Spitze wies auf Faustus.

Mein Meister blieb stehen. Damit hatte er wohl nicht gerechnet. Angelina und ich schlossen zu ihm auf und blieben in drei Mannslängen Entfernung vor Nicholas stehen.

Die Stimme des Musikers klang leise, doch die Drohung, die darin mitschwang, war nicht zu überhören. »Ihr habt es doch gehört, nicht wahr? Sie hat sie Hurenkinder genannt. *Hurenkinder!*«

»Beruhige dich«, sagte Faustus behutsam und machte einen vorsichtigen Schritt auf ihn zu.

»Bleib stehen!«, schrie Nicholas und stocherte mit dem Dolch in der Luft. Mit einem Kopfnicken wies er hinter sich, auf Walpurga. »Was ist, wenn sie die Mörderin ist? Hat sie dann den Tod nicht verdient?« Sein Gesicht sah aus, als kochte das Blut unter der Haut.

»Wovon hast du vergangene Nacht geträumt?«, fragte Faustus unvermittelt.

Nicholas sah ihn verblüfft an. »Ich … ich habe nicht geträumt.«

Faustus nickte. »Keiner von uns hat geträumt, nicht wahr? Seit wir in diesem Schloss sind. Niemand träumt mehr irgendetwas.« Er schaute fragend Walpurga und Bosch an. Der Maler nickte stumm, während die Hexe es für ratsamer hielt, sich nicht zu bewegen. Die Gefahr, die von Nicholas ausging, war keineswegs gebannt.

Ich selbst dagegen wollte meinem Meister widersprechen, denn ich hatte sehr wohl geträumt, von Angelina mit Engelsschwingen aus Messern statt Federn. Galten seine Worte nur für die Traumschüler?

»Wir träumen nicht«, sagte Faustus noch einmal. »Das bedeutet, dass der Traumvater in unser aller Köpfen ist. Er spielt mit uns. Er löscht unsere Träume aus und vielleicht auch unsere Gedanken. Schlimmer noch: Vielleicht fügt er Dinge hinzu! Habt ihr je darüber nachgedacht? Nicholas, was ist mit dir? Ist es wirklich dein eigener Wille, der dich lenkt? Oder ist es der Wille des Traumvaters?«

Ich begriff, was er vorhatte. Und ich bewunderte ihn maßlos für seine Klugheit.

»Ich …«, stammelte Nicholas, »ich bin ich selbst. Ich fühle es.«

»Ist es wirklich deine eigene Wut, Nicholas?« Faustus machte einen weiteren Schritt auf ihn zu. Ganz langsam. Diesmal blieb das Messer ruhig. Keine neuen Drohungen.

»Meine Wut … ja, natürlich.« Die Ratlosigkeit des Musikers schlug um in Verwirrung. »*Meine* Wut!«

Faustus hatte erwähnt, dass Nicholas' Geist an der Grenze zum Wahnsinn schwankte, mal hierhin, mal dorthin. Man mochte es ihm die meiste Zeit über nicht anmerken, nun aber hatte ihn einer seiner Anfälle gepackt. Faustus, immerhin studierter Mediziner, ahnte wohl, wie er damit umzugehen hatte.

Er machte einen weiteren Schritt auf Nicholas zu.

Walpurga presste sich noch immer eng an die Wand. Aus ihren Augen sprach Zorn, aber auch Furcht. Sie wusste nicht, was Nicholas als Nächstes tun würde. Er brauchte sich nur zu ihr umzudrehen, dann war das Messer in Reichweite.

Nicholas aber blieb stehen, Blick und Klinge auf Faustus gerichtet. Doch seine Miene hatte an Bedrohlichkeit verloren.

»Er stiehlt uns unsere Träume?«, fragte er zögernd. »Aber er war es doch, der sie uns geschenkt hat.«

»Nein«, widersprach Faustus. »Deine Träume gehören nur dir. Der Vater hat dich gelehrt, sie zu lesen, ihre Macht zu erkennen. Das war sein Geschenk. Nun aber hat er etwas anderes getan. Er hat direkt in unsere Köpfe gegriffen und hat die Träume herausgezerrt. Mach nicht den Fehler, zu glauben, er nehme nur das, was sein ist. Das stimmt nicht. Es sind deine Träume, Nicholas, unsere Träume, und was der Vater jetzt tut, widerspricht allem, was er uns damals beigebracht hat. Er rammt seine Macht wie ein Schwert in unsere Schädel und verändert das, was darin ist. Begreifst du, was ich meine? Begreift ihr es alle? Der Traumvater ist hier drin« – er wies heftig auf seine Stirn – »und er bestimmt, was darin vorgeht. Er ist es, der deine Klinge hält, Nicholas, nicht du!«

Jedes seiner Worte schien einen Sinn zu ergeben, und ich war sicher, dass Nicholas ihm allmählich glaubte. Faustus redete ihm ein, dass er Walpurga eigentlich gar nicht töten *wollte*, und er hatte Erfolg damit. Der Musiker geriet so durcheinander, dass er seine Wut zu vergessen schien.

Ich zweifelte allerdings, dass Faustus tatsächlich die Wahrheit sagte. Der Traumvater nahm seinen Schülern die Träume, gut, das mochte angehen; ich vermochte mir sogar vorzustellen, dass er die Handlungen des Mörders steuerte. Jedoch nicht durch Einfluss auf seine Gedanken, sondern durch die Macht über seine Träume. Bei allem, was ich bislang über den Vater gehört hatte, konnte es nur so sein: Er gaukelte einem von uns in seinen Träumen etwas vor, machte Versprechungen, stellte Ziele in Aussicht, die es durch den Tod der anderen zu gewinnen galt. Was voraussetzte, dass es einen Unterschied zwischen dem Mörder und allen anderen gab: Er träumte, sie nicht.

Angelina. Schwingen aus blitzenden Klingen. Nur ein Traum.

Mein Traum!

Die Erkenntnis ließ mich einen Moment lang erstarren, dann fand ich meine Beherrschung wieder. Ich schaute mich um, doch niemand hatte etwas bemerkt. Die Blicke aller hingen an Nicholas und Faustus.

Nicholas' Drang, Walpurga zu töten, hatte nichts mit den Einflüsterungen des Traumvaters zu tun. Er wollte ihren Tod, weil sie die ermordeten Zwillinge beleidigt hatte. Das wiederum bedeutete, dass Nicholas seinem eigenen Willen folgte und keineswegs dem des Vaters. Auch Faustus musste das wissen, doch der Einfall, Nicholas das Gegenteil vorzutäuschen, war großartig. So und nicht anders mochte er Schlimmeres vereiteln.

Wenn mein Gedanke richtig war, dass all jene nicht träumten, die unschuldig waren, dann hatten wir damit vielleicht ein Mittel in der Hand, um den Mörder zu erkennen. Nicholas hatte als Erster davon gesprochen, dass er keine Träume hatte; er hatte nicht gewusst, welche Bedeutung dies haben mochte – deshalb konnte er nicht der Mörder sein. Gleiches galt für Faustus: Er hatte das Schema der Traumlosigkeit durchschaut und uns allen mitgeteilt – was auch gegen ihn als Schuldigen sprach. Blieben also Walpurga und Bosch. Und der verschwundene Adelfons Braumeister. Drei mögliche Täter.

Eine innere Stimme fragte hämisch: Und was ist mit dir, kleiner Wagner? Du träumst. Du könntest der Mörder sein.

Nein! Ich war kein Mörder. Ich wusste, was ich tat. Zudem war ich mit Faustus und Angelina zusammen gewesen, als die Zwillinge starben.

Es gab zwei weitere Personen, die ich in die Reihe der Verdächtigen einfügen musste. Die eine war Angelina. Nachdem ich die obigen Regeln aufgestellt hatte, gab es wenig, was gegen ihre mögliche Schuld sprach. Und doch strich ich sie gleich von meiner Liste. Ich gestehe, mein Antrieb dazu entsprang allein den Gefühlen, die ich für sie empfand. Ich weiß sehr wohl, dass meine Annahme ihrer Unschuld weder logisch noch konsequent war. Ich blieb trotzdem dabei. (Und, immerhin, eines bestätigte ebenso ihre Arglosigkeit wie meine eigene: Auch sie war im Bankettsaal gewesen, als die Mädchen ermordet wurden.)

Die letzte schließlich, die als Täterin infrage kam, war Gwen. Sie war seit Tagen verschwunden, niemand wusste, wohin. Versteckte sie sich irgendwo im Schloss? War sie es, die des Nachts auf Menschenjagd ging?

Insgesamt blieben also vier Verdächtige: Walpurga, Bosch, Braumeister und Gwen. Ich war stolz darauf, wie eng ich den Kreis der Verdächtigen eingegrenzt hatte, so lange, bis ich begriff, dass dies eigentlich der Mörder für mich getan hatte. Schließlich war er es, der einen Unschuldigen nach dem anderen beseitigte.

(Natürlich kommen Euch, spitzfindiger Leser, schon wieder neue Zweifel: Wie soll sich dieser Wagner, jung und höchst unerfahren in solcherlei Mordgeschäften, in einem einzigen Augenblick, festgefroren innerhalb des Streits zwischen Walpurga und Nicholas, all diese Theorien zurechtgelegt haben? Die Antwort ist einfach: Hat er nicht. Vieles von dem, was Ihr eben gelesen habt, kam mir erst später in den Sinn und fügte sich nahtlos ins Ganze. Den Anstoß aber gab zweifellos die List meines Meisters, den wirren Nicholas zu beschwichtigen, sodass mir dies ein guter Moment schien, Euch meine Gedanken offenzulegen. Und gebt zu, soweit Ihr meine Thesen begriffen habt, klingen sie nicht dumm, nicht wahr?)

Nicholas war noch immer tief in Gedanken versunken. Faustus näherte sich ihm langsam, Schritt um Schritt, als plötzlich etwas geschah, das all die klugen Pläne meines Meisters zunichtemachte.

Die Katze stieß ein grässliches Maunzen aus, löste ihre Krallen von Walpurgas Schulter und sprang Nicholas fauchend ins Genick.

Der Musiker schrie auf und riss die Klinge nach oben. Die Katze begriff sehr wohl, was da blitzend auf sie zuschoss. Sie gab ihr Vorhaben auf (falls Walpurgas Verteidigung wirklich ihr Vorhaben gewesen war) und federte davon. Die Dolchspitze traf nun dort, wo eben noch das Tier gesessen hatte – in Nicholas' Genick nämlich –, auf leere Luft. Und sie streifte scharf die Haut des Musikers. Nicholas kreischte gellend auf, begriff nicht gleich, dass er selbst sich die Wunde zugefügt hatte, und fuhr herum.

»Du elende Hure!«, schrie er Walpurga ins entsetzte Gesicht.

Die Zeit schien mit einem Mal zäh wie Honig, die Luft war wie Glas. Jede Bewegung währte vor meinen Augen eine Ewigkeit, alles verlangsamte sich, wurde träge, schwerfällig. Faustus stürzte sich auf Nicholas, doch es war kein Stürzen mehr, sondern ein lahmes Taumeln. Angelina eilte ebenfalls nach vorne, doch auch sie kam viel zu spät.

Nicholas stieß den Dolch in Walpurgas Richtung. Die Klinge rammte wie ein silberner Blitz in ihre Kehle. Die Hexe riss beide Hände hoch, fasste sich an den Hals. Blut sprühte in feinsten Tröpfchen umher, ein roter, glitzernder Fächer.

Ich starrte fassungslos auf den rieselnden Blutschauer und fragte mich, ob Sonnenstrahlen in ihm ebensolche Regenbögen schaffen könnten, wie sie es im Wasser taten.

Das Schicksal blieb mir die Antwort schuldig. Draußen beherrschte immer noch wässriges Nachtblau den Himmel, die Sonne schlief glühend hinter den Wäldern.

Walpurga taumelte zurück und rutschte mit dem Rücken

an der Wand hinunter. Um sie herum ging eine eigene Sonne auf, ein sternförmiges Muster aus Rot.

Am Fuß der Wand sackte sie reglos zusammen.

Faustus und Angelina erreichten Nicholas im selben Augenblick. Sie packten den schreienden Mann, Angelina entwand ihm die blutige Klinge, während mein Meister seine Arme packte. Mit wenigen Handgriffen war er überwältigt und lag wehrlos auf dem Bauch. Faustus hockte über ihm und drückte die Hände des Musikers hinter dessen Rücken zusammen. Nicholas schrie und stöhnte, er verfluchte uns alle und brüllte immer wieder, die Hexe hätte es so gewollt. Sie sei die Mörderin, wie sonst hätte sie so über die toten Mädchen sprechen können, derart lästerlich und böse. Faustus redete auf ihn ein, doch als Nicholas weder Reue zeigte noch Ruhe gab, entschied er, ihn einzusperren.

Bosch hatte den Mord an Walpurga und das anschließende Handgemenge entgeistert, aber reglos beobachtet. Erst jetzt schien er zu begreifen, was wirklich geschehen war. Er trat neben Walpurgas Leiche, ging in die Hocke und starrte in ihre toten Augen.

»Wer hätte das gedacht?«, flüsterte er leise. »Er hat es wirklich getan.«

Faustus und ich zogen Nicholas auf die Füße. Er strampelte mit den Beinen und versuchte, seine Arme loszureißen. Doch alle Versuche, sich zu befreien, blieben zwecklos. Unser Griff war eisern genug, um es mit den Kräften des Musikers aufzunehmen. Schließlich sah auch er selbst seine Niederlage ein und gab auf.

»Was habt ihr jetzt mit mir vor?«, fragte er weinerlich. »Glaubt ihr etwa, ich sei der Mörder?«

»Das eben sah mir in der Tat nach einem Mord aus«, bemerkte Faustus trocken.

»Aber die anderen«, stammelte Nicholas. »Die anderen … das war ich nicht.«

»Wir werden sehen«, entgegnete Faustus. »Komm, Wagner, wir bringen ihn in ein Verlies im Keller. Es ist feucht dort unten, aber eine Weile wird er es aushalten.«

»Ihr sperrt mich in den Kerker?«, schrie Nicholas und begann erneut, sich heftig zu wehren. »Niemals. Nicht dort hinunter. Nicht in den Keller, nicht zu den Mädchen. Ich hätte sie niemals töten können, versteht ihr? Niemals hätte ich ihnen ein Haar gekrümmt!«

Faustus gab keine Antwort, und so schleppten wir den zappelnden und fluchenden Nicholas die Treppe hinunter. Angelina ging mit einer Fackel voran, Bosch folgte in größerem Abstand. Er beließ es bei der Rolle des staunenden Beobachters.

Nicht weit von der Treppe führte ein niedriger Torbogen in einen schmalen Gang. Rechts und links von ihm zweigten Gittertüren ab. Dahinter befanden sich winzige, fensterlose Zellen. Ihre Wände glänzten vor Nässe, Wassertropfen glitzerten wie Perlen auf schwarzem Moos.

Wir stießen Nicholas in den ersten dieser Kerker und verschlossen die Tür mit einer langen Kette, deren Enden wir an einem Ring in der Wand befestigten. Nun mochte er rütteln, wie er wollte, das Gitter würde nicht nachgeben. Ohnehin standen die Stangen so eng, dass ein erwachsener Mann den Arm nicht zwischen ihnen hindurchschieben konnte; nicht einmal Faustus, dessen Glieder aus kaum mehr als Haut und Knochen bestanden, hätte hindurchgreifen können.

Nicholas schrie wie am Spieß, als wir ihn in der Dunkelheit zurückließen und nach oben in den Bankettsaal gingen.

»Ist es nicht allzu grausam, ihn in diesem Loch einzusperren?«, fragte ich Faustus, während wir die Treppe hinaufstiegen.

Mein Meister senkte seine Stimme. »Nur eine Nacht lang. Ich will wissen, was er danach zu sagen hat.«

»Ihr glaubt, er wird die Morde gestehen?«, fragte ich verblüfft, denn ich hatte Nicholas doch als Täter ausgeschlossen.

Faustus schüttelte den Kopf. »Ich glaube nicht, dass er es war, aber nur er selbst kann uns die Wahrheit sagen.«

»Und das wird er tun?«

»Wer weiß? Zudem: Wo sonst hätten wir ihn einschließen können? Die Zimmer sind alle mit den Geheimgängen verbunden. Selbst wenn wir eines gefunden hätten, das uns geeignet erschiene, so hätte Nicholas doch in der Nacht Zeit genug gehabt, um einen verborgenen Zugang aufzuspüren. Nein, Wagner, der einzig sichere Ort sind diese Kerker.«

»Für uns, nicht für ihn«, gab ich zu bedenken.

»Wie meinst du das?«

»Falls Nicholas unschuldig an den anderen Morden ist, könnte der wahre Mörder ihm heute Nacht einen Besuch abstatten.«

»Das will ich hoffen, denn es ist Teil meines Plans.«

Ich starrte ihn voller Verwunderung an, und so fuhr er fort:

»Wir werden den Mordanschlag vereiteln und dem Schuldigen auf die Schliche kommen.«

»Und wie?«

»Du wirst Wache halten.«

Ich blieb erschrocken stehen. »Unten im Verlies?«

»Wo sonst?«, fragte Faustus und unterdrückte ein Schmunzeln.

»Aber, Herr …«, zeterte ich mit unterdrückter Stimme, »ich ganz allein dort unten, ich meine, die Dunkelheit … und die Kälte. Ich werde mir ein Fieber holen oder Schlimmeres. Das kann nicht Euer Ernst sein.«

»O doch, lieber Wagner, nicht, was das Fieber angeht, aber Wache halten wirst du.«

»Warum gerade ich?«

»Weil ich mir bei dir vollkommen sicher bin, dass du unschuldig bist.«

Ich war drauf und dran, ihm von meinem Traum zu berichten, ließ es dann aber bleiben.

»Was ist mit Angelina?«, flüsterte ich hoffnungsvoll.

Bosch und der Borgia-Engel waren bereits durch die Tür zum Bankettsaal getreten und konnten uns nicht hören. Faustus hielt mich auf dem Gang zurück, wir blieben stehen.

»Ich weiß, sie war bei uns, als die Zwillinge ermordet wurden«, sagte er, »und auch sie kann nichts mit den Morden zu tun haben. Aber für sie habe ich eine andere Aufgabe. Sie wird vom Geheimgang hinter dem Spiegel aus auf Bosch achtgeben.«

»Sie soll ihn beschützen?«

Er nickte. »Beschützen, wenn es nötig ist. Vor allem aber soll sie ihn beobachten.«

»Ist er nicht zu alt, um der Mörder zu sein?«

»Das ist der Traumvater auch.«

Ich sah ihn eindringlich an. »Der Mann in der Gondel schien mir aber eher jung und kräftig.«

Faustus lächelte, weil er meinen Versuch, ihn aus der Reserve zu locken, natürlich sofort durchschaute. »Du hast recht, Wagner, der Mann *war* der Traumvater. Mittlerweile bin ich mir dessen vollkommen sicher. Irgendetwas ist mit ihm geschehen, das sein Äußeres verjüngt hat, und ich will wissen, was es war.«

Mein Atem stockte. »Dann wollt Ihr –«

»Ich werde ihn suchen und mit ihm sprechen«, erwiderte er nickend. »Heute Nacht. Deshalb seid ihr beiden auf euch allein gestellt. Ich glaubte, ich könnte abwarten, bis er von selbst das Gespräch mit uns sucht, aber ich fürchte, dann werden alle bis auf einen nicht mehr leben. Ich muss ihm zuvorkommen, bevor sein Plan aufgeht. Und mir scheint fast, als wäre heute Nacht die letzte Gelegenheit dazu.«

* * *

Zu meinem eigenen Erstaunen gelang es mir am Vormittag, einige Stunden Schlaf zu finden. Faustus übernahm so lange die Wache vor Nicholas' Zelle, und ich löste ihn am Nachmittag ab. Währenddessen führte Faustus Angelina durch die Geheimgänge, zeigte ihr den Weg von unserem eigenen zu Boschs Zimmer und erklärte ihr, wie sie das Spiegelglas einen Spaltweit zur Seite schieben konnte, um den Maler unauffällig zu beobachten. Wie ich später erfuhr, war Faustus nach dieser Einweisung verschwunden. Er hatte sich aufgemacht, den Traumvater zu suchen, und zu meinem Erstaunen tat er dies nicht im Schloss, sondern in den verwilderten Gärten und im Wald.

Ich selbst kauerte unweit von Nicholas' Kerkerzelle am Boden, lehnte mit dem Rücken an der kalten, feuchten Wand und horchte furchtsam auf jeden ungewohnten Laut. Wasser tropfte aus dem Gemäuer, Rattenkrallen schabten im Dunkeln über Stein, und fern in den einsamen Tiefen der unteren Keller fauchte ein geisterhafter Luftzug durch Kammern und Schächte.

Nicholas ahnte nicht, dass ich in seiner Nähe war. Einmal, gleich nachdem ich hinabgestiegen war, war ich vor seine Zelle getreten und hatte an der gegenüberliegenden Mauer eine brennende Fackel befestigt. Er saß mit angezogenen Knien an der Rückwand der Kammer und beobachtete mich durch das Gitter, sagte aber kein Wort. Auch ich sprach ihn nicht an. Sodann ging ich zurück zur Treppe, stieg lautstark die Stufen hinauf und schlich sie anschließend geräuschlos wieder hinunter.

Nahe der Zellentür gab es eine Nische im Mauerwerk, höchstens zwei Schritte tief und einen breit. Einst mochten hier Waffen für den Fall einer Gefangenenrevolte aufbewahrt worden sein oder auch andere Kerkergeräte, an die ich nicht einmal denken mochte. Heute aber stand sie leer und war wie geschaffen für meine Zwecke. In ihr ließ ich mich ganz leise nieder und blickte vorsichtig hinaus auf den Gang. Von hier aus konnte ich auf den Korridor sehen, ohne selbst entdeckt zu werden. Zwar lagen auch die Zelle unseres Gefangenen und die Fackel außerhalb meines Blickfeldes, doch vertraute ich auf meine Ohren und war gewiss, dass ich bemerken würde, falls sich jemand näherte. Zudem beugte ich mich in regelmäßigen Abständen auf den Gang und warf einen verstohlenen Blick hinaus.

Obgleich oben noch Tageslicht herrschte – es war erst später Nachmittag –, machte das im Keller keinen Unterschied.

In den weiten Gewölben und verschlungenen Fluren herrschte ewige Nacht. Zum ersten Mal seit Langem fielen mir wieder die Schlangen ein, und schon war mir, als winde sich eine an meinem Rücken hinauf, doch es war nur ein Trugbild, ein Streich meiner Sinne. Ich war allein. Allein mit Nicholas.

Ich dachte an Angelina. Falls alles so vonstatten ging, wie Faustus es geplant hatte, hockte sie jetzt hinter Boschs Spiegel im Geheimgang und lugte durch einen Spalt in sein Zimmer. Ich erinnerte mich, dass er mich eingeladen hatte, das Bild zu betrachten, an dem er gerade arbeitete. Falls Bosch wirklich eine solche Berühmtheit war, wie mein Meister behauptet hatte, mochte das eine einmalige Gelegenheit sein. Ich würde dabei sein dürfen, wenn eines seiner Werke entstand. Nicht, dass mich die Kunst allzu sehr kümmerte. Doch es mochte ein Erlebnis sein, mit dem ich später prahlen konnte, in Wirtshäusern, an Fürstenhöfen, in Begleitung hübscher Damen.

Für den letzten Gedanken schämte ich mich. Noch immer haderte ich mit meinen Gefühlen für Angelina. Sofort kam Sorge um sie in mir auf. Sie war allein dort oben, eingezwängt in die Enge des geheimen Gangs. Was, wenn der Mörder sich an sie heranschlich, statt an Nicholas oder mich selbst? Er musste jede Einzelheit des Gangsystems in den Wänden kennen, denn er benutzte es schon seit Tagen. Angelina dagegen kannte sich darin nicht aus. Es würde ihm nicht schwerfallen, sie in die Enge zu treiben.

Gedankenverloren schüttelte ich den Kopf. Angelina ließ sich von niemandem in die Enge treiben. Ich musste aufhören, von ihr wie von einem gewöhnlichen Mädchen zu denken. Sie war dreizehn Jahre lang als Kämpferin geschult worden. Sie wusste nur zu gut, wie man sich wehrte. Der Mörder, wer immer es sein mochte, würde kein leichtes Spiel mit ihr haben.

Nun begriff ich auch, weshalb Faustus mich im Keller statt im Geheimgang postiert hatte. Angelina würde sich selbst eingezwängt im Labyrinth zu verteidigen wissen. Zwar mochte meine Aufgabe die unheimlichere sein, doch falls es zu einer Begegnung mit dem Mörder kommen sollte, war ihr Posten gefahrvoller. Ich musste mich lediglich bis zur Treppe durchschlagen und nach oben fliehen. Sie aber konnte nur über ein Gewirr von Leitern und Stufen entkommen.

Mit solcherlei Gedanken im Kopf muss ich wohl eingeschlafen sein, denn ganz plötzlich ruckte ich hoch und war einen Augenblick lang völlig verwirrt über den Ort, an dem ich mich befand. Ich wusste nicht, wie viel Zeit vergangen war, und es war auch gleichgültig. Wichtig war allein, wie es Nicholas ging.

Ich erwähnte schon, dass ich von meinem Versteck aus keinen Blick in seine Zelle werfen konnte. Nicht einmal auf seine Tür. Deshalb horchte ich erst einmal auf Lebenszeichen.

Nichts war zu hören. Nur das Rauschen der unterirdischen Kellerwinde.

Ich schob meinen Kopf aus der Nische und blickte erst nach rechts den Gang hinab, in jene Richtung, in der die Zelle meines Schützlings lag. Die Fackel brannte noch, ihr gelbes Licht zuckte über die schwarzen Mauern. Auf dieser Seite des Gangs war keine Menschenseele zu sehen.

Ruckartig wandte ich den Kopf und sah in die andere Richtung, nach links. In etwa zehn Schritten Entfernung lag der Torbogen, der Ausgang des Kerkertraktes. Von dort aus war es nicht mehr weit bis zur Treppe. Beides war jedoch in der Finsternis nicht zu erkennen. Das Fackellicht reichte nicht weit genug. Bis zu jener Stelle, an der die Schatten den Gang verschluckten, war auch diese Seite leer. Niemand war da. Keiner, der mit erhobenem Messer durchs Dunkel pirschte.

Das Schwierigste aber stand mir erst noch bevor. Ich musste herausfinden, ob Nicholas wohlauf war. Ihn zu rufen verbot sich von selbst; er durfte nicht wissen, dass ich in seiner Nähe war. Blieb also nur, mein Versteck zu verlassen und näher an seine Gittertür zu schleichen. Vielleicht konnte ich einen Blick hineinwerfen, ohne dass er mich bemerkte.

Ich verfluchte meine Schläfrigkeit. Faustus würde mir niemals verzeihen, falls Nicholas während meiner Wache etwas zustieß. Was hätte ich ihm auch sagen können, wie mich verteidigen? Alles würde meine Schuld nur noch schlimmer machen, mein Ungeschick betonen. Ich hätte nicht abwägen mögen, an welcher meiner Ängste ich in diesem Moment schwerer zu tragen hatte: der Angst vor dem Zorn meines Meisters oder jener vor den Schrecken der Kellergewölbe und der Bedrohung durch den Mörder.

Ich hatte keine Wahl. Ich musste jetzt hinaus auf den Gang.

Ein letztes Mal blickte ich nach links, dorthin, wo sich die Dunkelheit zu einer Mauer aus Schatten verdichtete. Das fehlende Licht war ein besseres Versteck, als meine Nische es je hätte sein können. In der Finsternis mochten noch so viele Gestalten lauern, von hier aus waren sie nicht zu erkennen.

Das Gleiche galt für das rechte Ende des Korridors. Jenseits der Fackel schien das Dunkel sogar ungleich bedrohlicher. Die Flamme im Vordergrund täuschte meine Augen, schuf Leben, wo keines war. Oder etwa doch? Gleichgültig. Ich musste nachsehen, musste mir Gewissheit schaffen.

Vorsichtig, unendlich behutsam, setzte ich einen Fuß aus der Nische auf den Gang. Meine Rechte krallte sich feucht um den Griff meines Schwertes. Ich fühlte das Metallgeflecht des Handschutzes an meinen Fingern. Sein verworrenes Muster presste sich in meine Haut. Trotz meiner Furcht hätte ich jede Form, jede Windung anhand der Berührung nachzeichnen können. Anspannung spielt einem Menschen seltsame Streiche.

Lautlos schob ich mich näher an die Zelle des Gefangenen heran. Fünf Schritte trennten mich noch von der Gittertür. Die Fackel knisterte, ihr Feuer fauchte leise. Aus der Zelle selbst drang kein Ton. Kein Schnarchen, kein Schaben von Kleidung auf Stein. Faustus hatte mir berichtet, dass Nicholas lange geweint hatte, während mein Meister Wache hielt. Doch jetzt war nicht mal sein Schluchzen zu hören. Im Kerker herrschte völlige Stille. Totenstille.

Die Kette war unverändert um zwei Gitterstangen geschlungen, ihre Enden in der Wand verankert. Die Tür war nicht geöffnet worden. Innerlich atmete ich auf. Erleichterung ist etwas, das aus uns herausdrängt, lautstark aus unserem Inneren bricht. Ich bezwang sie mit Mühe, schalt mich zur Ruhe. Das Kribbeln im Bauch aber blieb.

Noch drei Schritte. Dann würde ich in die Zelle blicken können.

In der Finsternis raschelte etwas. Aufgeregt schaute ich mich um. Niemand war zu sehen, nicht hinter mir, nicht vor mir. Vielleicht war es eine Ratte. Jawohl, nur eine Ratte, nichts sonst. Der Gedanke hätte mich beruhigen sollen. Er konnte es nicht.

Ich ging weiter. Zwei Schritte. Nur noch einer.

Ehe ich das letzte Stück überwand, presste ich mich eng an die Mauer neben der Zellentür. Ich musste den Winkel, in dem ich in die Zelle blickte, so klein wie möglich halten. Nicholas sollte mich auf keinen Fall entdecken.

Unendlich langsam schob ich mein linkes Auge über die Mauerkante hinaus. Erst Stein, dann Metall – der Rahmen des Eisengitters – füllten mein Blickfeld aus. Dann hatte ich freie Sicht in die Zelle.

Die Augen des Musikers waren weit geöffnet. Da war viel Weiß in ihnen, ungewöhnlich viel Weiß. Er hatte die Lider aufgerissen, bis es schmerzen musste, und nun schimmerten seine Augen wie Glaskugeln, von denen sich die dunklen Iriden abhoben wie ungewollte Makel.

Er lehnte immer noch mit dem Rücken zur Wand, saß am Boden und hatte die Knie angezogen. Das graue Haar stand in Strähnen ab, verdreht wie leblose Käferbeine. Seine Lippen waren eng zusammengepresst. Er sprach nicht – aber er atmete.

Es gab keinen Zweifel: Nicholas lebte. Ihm war nichts geschehen.

Hatte ich doch nicht so lange geschlafen? Vielleicht nur wenige Augenblicke? Hatte nie Gefahr bestanden, dass ihm etwas zustieß?

Wieder das Rascheln. Nicht näher, nicht weiter entfernt. Sehr leise.

Ich zog den Kopf zurück, ehe Nicholas mich bemerken konnte. Das Geräusch kam nicht aus der Zelle, so viel war sicher. Der Gefangene hatte sich nicht bewegt.

Hatte mich der gleiche Laut aus meinem Schlaf geweckt?

Das würde bedeuten, dass es keine Ratte war. Ratten bewegten sich. Sie kamen und liefen davon. Die Laute, die sie verursachten, ertönten nicht zweimal von derselben Stelle.

Ich schaute mich erneut um, sah aber nichts. Meine Schwerthand begann zu zittern.

Das Rascheln wiederholte sich erneut. Wieder an der gleichen Stelle. Es kam aus der Dunkelheit jenseits der Fackel. Ich blinzelte und versuchte, durch das Feuer hindurchzuschauen. Vergeblich. Die Flammen lenkten meine Blicke ab, schlimmer noch: Sie blendeten. Eine Weile lang tanzten sie als grüne und rote Schemen. Ich durfte auf keinen Fall ein weiteres Mal hineinschauen. Vielleicht war es gerade das, was die Laute bezweckten: Meinen Blick in die Flammen lenken, meine Augen betäuben. Eine List.

Noch mal das Rascheln. Dann bewegte auch Nicholas sich. Ich presste mich enger an die Wand und horchte, als er nach vorne ans Gitter trat.

»Ist da jemand?«, fragte er unsicher.

Ich wagte nicht, ihm den Kopf zuzuwenden. Ich wusste auch so, dass er sein Gesicht jetzt gegen die Stäbe presste, bis die Haut dazwischen hervorquoll. Angestrengt rollte er mit den Augen, suchte nach demjenigen, der das Geräusch verursacht hatte. Falls es nicht doch nur ein Tier gewesen war.

Aber es war kein Tier. Dessen war ich mir mit einem Mal sicher. Zuletzt war es wohl die Feststellung meines Meisters, die mir die Wahrheit vor Augen führte: Er spielt mit uns, hatte Faustus gesagt.

Und er tat es auch jetzt, genau in diesem Moment.

Er verursachte Laute, immer wieder.

Eine Vision: ein grinsendes Gesicht in den Schatten, verdeckt vom schützenden Wall der Flammen. Gelbrotes Licht zuckt über wesenlose Züge.

Ich wusste nicht, wer es war. Doch dass dort jemand stand und in voller Absicht mit seiner Kleidung raschelte, daran hatte ich nun keinen Zweifel mehr. Er machte sich lustig über meine Furcht, mein Zögern, mein Schleichen.

Mein Herz bewegte sich in meinem Brustkorb wie ein gefangenes Tier, schien auf und ab zu springen.

Der Mörder war da. Nur wenige Schritte von mir entfernt. Und er spielte wieder, spielte, wie er es schon seit Tagen tat.

Ich brauchte nur einen Augenblick, um die Gefahren abzuwägen. Davonlaufen? Nein, dann war Nicholas wehrlos. Also angreifen. An der Zellentür vorbeispringen, das Schwert im Anschlag. Nicholas würde mich sehen, na und? Es ging jetzt um sein Leben und um meines. Das Versteckspiel war zu Ende.

Ich setzte den Plan in die Tat um. Mit einem Sprung setzte ich am Gitter vorüber. Ich bemerkte, wie Nicholas erschrocken zurücktaumelte. Auch die Fackel blieb hinter mir zurück. Ich hatte nicht hineingeschaut, trotzdem blendete mich ihre Helligkeit. Einen winzigen Moment lang war ich abgelenkt, kämpfte um mein Augenlicht. Dabei stieß ich das Schwert in die Dunkelheit, einfach voraus, in der Hoffnung, jemanden zu treffen.

Plötzlich waren Schritte vor mir. Leichtfüßige, behände Schritte. Sie entfernten sich von mir. Der Mörder ergriff die Flucht.

Ich setzte ihm sofort nach, tiefer in die Finsternis, bis mir klar wurde, dass ich die Fackel brauchte. Ich lief zurück, entriss sie ihrer Halterung und nahm damit die Verfolgung auf.

Die Schritte waren noch immer zu hören, doch sehen konnte ich den Flüchtigen nicht. Sein Vorsprung im Dunkeln war zu groß.

Wohin der Gang führte? Ob ich je zurückfinden würde? Fragen, die ich mir in diesem Augenblick nicht stellte. Ein merkwürdiger Zwang hatte mich gepackt, eine ungewohnte Kraft trieb mich vorwärts. Es war kein Mut und auch kein Leichtsinn. Eher eine brennende Neugier, der Drang, endlich das Geheimnis zu lüften – und vor allem: es vor Faustus zu lüften.

Die Fackel riss einen Ausschnitt von allenfalls zehn Schritten aus dem Dunkel. Rechts und links zweigten gelegentlich weitere Gänge ab. Mein rasselnder Atem und das Scheppern meiner Stiefel übertönten die Schritte des Verfolgten beinah gänzlich; immer leiser drangen die Laute seiner Flucht an meine Ohren. Einige Male glaubte ich bereits, ich hätte ihn verloren. Auch bestand die Gefahr, dass er in einen anderen Gang eingebogen war. Mein Gefühl aber sagte mir, dass er sich immer noch vor mir befand, irgendwo dort vorn, eingehüllt in die Finsternis der Keller, ein Schatten unter Schatten.

Weit, weit hinter mir verstummten Nicholas' aufgeregte Schreie.

Ich rannte weiter, eine Hand um den Schwertgriff, die andere um die Fackel gekrallt. Die Flamme war bereits ziemlich geschrumpft; noch immer wusste ich nicht, wie lange ich geschlafen hatte, doch es mochten Stunden gewesen sein, in denen das Feuer allmählich an Kraft verlor.

Der Gang führte um eine Ecke und mündete in einen unterirdischen Saal. Er war nicht so hoch wie jene in den oberen Teilen des Schlosses, dafür jedoch umso weitläufiger. Die Decke wurde durch zahllose Säulen gestützt, die in weiten Abständen im Fackellicht glühten, die vorderen heller, die hinteren schwach. Rechts, links und an der Stirnseite waren keine Wände zu sehen, der Feuerschein reichte nicht weit genug.

Ich blieb stehen und horchte erneut. Die Schritte des anderen hatten aufgehört, doch das überraschte mich nicht. Er mochte überall in der umliegenden Dunkelheit lauern. Einen Moment lang erwog ich, ihn zu rufen, ihn aufzufordern, sich zum Duell zu stellen. Doch dann siegte der Hasenfuß in mir, und ich zog es vor, einen Kampf so weit wie möglich zu vermeiden.

Namen und Gesichter rasten durch mein Denken, während ich mich atemlos umsah. Wer von ihnen war es? Der knochige Adelfons Braumeister? Möglich, denn die Schritte hatten leicht geklungen, als lastete kaum Gewicht auf ihnen. Daher kam auch Gwen infrage. Wie eine Mörderin war sie mir nicht erschienen; trotzdem ließ sich die Möglichkeit ihrer Schuld nicht ausschließen. Vielleicht hatte sie auch das Feuer im Gästehaus gelegt. Blieb nur noch Bosch. Der Maler war gewiss zu alt für lange Verfolgungsjagden, was der Grund sein mochte, weshalb sich mein Gegner jetzt im Dunkeln verbarg. Konnte er nicht mehr weiterlaufen? Dagegen sprach, dass Angelina in diesem Augenblick auf Bosch achtgeben sollte. Sie würde sich nicht von einem Mann, der bald sein siebzigstes Jahr erreicht haben musste, überwältigen lassen. Dennoch durfte ich Bosch nicht aus meinen Überlegungen ausschließen.

Ein würdiger Gegner mit dem Schwert mochte mir von diesen dreien alleine Gwen sein. Ich wusste nicht, ob sie mit der Waffe umzugehen verstand, doch die nötige Flinkheit besaß sie ohne Zweifel. Jedoch, ein Kampf mit ihr auf Leben und Tod? Eine seltsame Vorstellung. Vielleicht tat ich ihr unrecht.

Vorsichtig wagte ich mich weiter in den Saal. Zu beiden Seiten glitten die vorderen Säulenreihen an mir vorüber, wie alte, mächtige Pappeln in einer stillen Allee. Obwohl sich meine Augen doch längst an die Finsternis gewöhnt haben mussten, konnte ich noch immer kein Ende der Halle ausmachen. Es dauerte lange, ehe ich endlich die andere Seite erreichte, und zu meiner Überraschung gab es dort keinen Ausgang. Ich hielt die Fackel am ausgestreckten Arm nach rechts, dann nach links, doch alles, was ich sah, war kahles, feuchtes Mauerwerk.

Gerade wollte ich die Rückwand entlanggehen, um so früher oder später auf die seitliche Begrenzung des Saales zu stoßen, als mein Blick plötzlich eine Bewegung erfasste. Nicht hinter einer der Säulen, wo sich zweifellos der Mörder verbarg, sondern direkt vor mir, unten am Boden.

Es war eine Schlange. Und sie mochte mindestens zweimal so lang sein wie ich selbst. Aus ihrem Maul drang ein tückisches Zischen, und als sie drohend die Kiefer aufriss, da hätte ihr Gebiss mühelos meinen Kopf umfangen können, so weit und hungrig sah es aus.

Ich wusste nichts über Schlangen, nicht, ob diese hier giftig war und wie schnell sie mit ihrem Schädel zustoßen konnte. Es war wohl dieser mangelnde Respekt vor ihrer wahren Gefährlichkeit, der mich das einzig Richtige tun ließ: Ich sprang zurück. Zwei, drei große Sätze brachten mich aus der Reichweite der Bestie – und trugen mich vom Regen in die Traufe.

Denn dort, wo ich nun zum Stehen kam, erst erleichtert, dann entsetzt, tummelte sich ein ganzes Nest von Schlangen.

Wie viele es waren, ließ sich nicht erkennen: Ihre Leiber wanden sich über- und untereinander, wie ein Haufen alter Seile und Taue, in die unvermittelt Leben gefahren war. Ihre fauchenden Mäuler wandten sich mir in einer einzigen zuckenden Bewegung zu. Nun begriff ich, wie die Einheimischen auf die Legende vom Schlangenkönig gekommen waren, und es wunderte mich nicht mehr, dass der Gedanke an diese Kreaturen sie mit Angst und Schrecken erfüllte.

Für eine Weile vergaß ich die Jagd auf den Mörder. Die Heimtücke, mit der er mich in diese Falle gelockt hatte, und die Klugheit, mit der er sich die angestammten Bewohner der Ruine zunutze machte, rangen mir fast etwas wie Anerkennung ab. Er hatte die Tage und Nächte seines Versteckspiels schlau genutzt, indem er die Gegebenheiten im Schloss gründlich erforscht hatte. Es war keineswegs Zufall, dass er mich ausgerechnet in diesen Saal geführt hatte.

Je länger ich um mich in die Dunkelheit blickte, desto mehr Schlangen entdeckte ich. Sie waren in der Tat überall, und nun schoben sie sich auch über den Weg, den ich gekommen war; ungemein schnell schloss sich die Schneise zwischen den Säulen unter einer wimmelnden Flut von Schlangenleibern.

(Bevor Ihr, tadelnder Leser, meine Ängste verlacht oder Euch naserümpfend von diesen Seiten abwendet, will ich Euch versichern, dass ich heute freilich weiß, dass die wenigsten unserer heimischen Schlangentiere gefährlich sind. Damals jedoch war mir dies keineswegs bekannt, und mir gefällt die wohltuende Vorstellung, dass wohl auch derjenige, der mich in diesen Keller lockte, dies nicht wusste. Vielleicht glaubte er, er könnte mich auf diese Weise endgültig loswerden, zuckend und spuckend im Fieberwahn der Schlangenbisse. Ha, was für ein Dummkopf!)

Ich will meine Bemühungen, den Tieren zu entgehen, nicht in unnötiger Breite schildern. Erwähnt sei lediglich, dass es eine gehörige Weile in Anspruch nahm, ehe ich hüpfend und springend, auf einem und auf beiden Beinen, über sie hinwegsetzen konnte. Tatsächlich dauerte dieses schmachvolle Spektakel so lange an, dass es schließlich außer Zweifel stand, dass der Mörder derweil das Weite gesucht hatte. In der Tat, er war entkommen.

Wiewohl, ich hatte gerade den Saal verlassen, als mir klar wurde, dass es ihm nie ums Entkommen gegangen war. Er hatte mich immer nur fortlocken wollen. Fort von Nicholas' Zelle.

Ich rannte los, mit letzter Kraft, so schnell ich nur konnte. Den Gang hinunter, um die Ecke und dem Zellentrakt entgegen. Die Fackel war nun fast völlig niedergebrannt.

Stattdessen musste nun irgendwo vor mir ein Feuer brennen. Ich konnte es riechen. Und jetzt erkannte ich auch einen hellen Schein in der Ferne.

Die ersten Gittertüren, rechts und links von mir. Ich hetzte weiter. Rief Nicholas' Namen.

Er gab keine Antwort.

Kurz darauf erfuhr ich den Grund.

In der Zelle tobte ein Feuer. Nicholas Erasmo stand in Flammen, er bewegte sich nicht mehr. Zwischen den Lohen erkannte ich die kurzen, kräftigen Beine, seine untersetzte Statur. Der Körper brannte lichterloh. Irgendjemand musste ihn mit einer brennbaren Flüssigkeit übergossen haben. Rauch und Gestank verschlugen mir den Atem.

Die Gittertür war verschlossen. Ich wollte die Kette aus ihrer Verankerung an der Wand lösen, doch der Mörder hatte sie mit einem schweren Vorhängeschloss gesichert.

Meine Lunge drohte auseinanderzuplatzen. Ich brauchte Luft, jetzt sofort. Nicholas war tot, ich konnte ihn ohnehin nicht mehr retten. In der Zelle war nichts als feuchter Stein; das Feuer würde nicht übergreifen und bald schon von alleine ausbrennen.

Womit hätte ich es auch löschen sollen? Hier unten gab es nirgends Wasser.

Ich hatte keine Wahl. Ich musste atmen.

Keuchend stürmte ich die Treppe hinauf, schleuderte dabei die Fackel zur Seite. Der Aufprall brachte sie gänzlich zum Verlöschen. Trotz aller Aufregung nahm ich mir die Zeit, eine neue aus einer der Wandhalterungen zu ziehen und am letzten Glimmen zu entzünden.

Es war dunkel im Schloss, draußen herrschte tiefe Nacht. Der Rauch aus dem Keller stieg nach oben, quoll aber hinaus ins Erdgeschoss und von dort durch die zerschlagenen Fenster. Ich konnte nur abwarten, bis sich das Feuer legte.

Faustus war noch nicht zurückgekehrt; gewiss wäre er gleich zu mir heruntergekommen, um nach dem Rechten zu sehen. Aber mir blieb keine Zeit, mich um ihn zu sorgen. Er würde wissen, was er tat.

Ich erreichte den ersten Stock, verhielt dort meine Schritte und zwang mich zum Nachdenken. Ich lehnte mich an die Wand des Treppenhauses, an einer Stelle, wo ich sowohl den Gang als auch die Stufen im Blick hatte. Die Hitze der Fackel wehte über mein Gesicht. Ich hatte mit einem Mal entsetzlichen Durst. Oben in unserem Zimmer lagen noch zwei volle

Schläuche, doch mein Gewissen wandte ein, dass es jetzt wahrlich Wichtigeres gab als Wasser.

Wie konnte ich Angelina mitteilen, was vorgefallen war? Der einfachste Weg wäre der Gang durch Boschs Zimmer gewesen: *Verzeiht, aber gestattet Ihr wohl ein kurzes Wort mit Eurem Spiegel?* Nein, das war wahrlich kein guter Einfall.

Blieb also nur der Geheimgang. Ich musste ihn durch ein anderes Zimmer betreten und so zu Angelina stoßen.

Ohne großes Zögern machte ich mich daran, mein Vorhaben in die Tat umzusetzen. Einen der Spiegel zu zerbrechen war unzweifelhaft zu laut und hätte jedes lebende Wesen im Haus aufgeschreckt – wobei ich mich allmählich fragte, wie viele wir überhaupt noch waren. Fest stand: Bosch, Angelina und ich waren wohlauf. Wer blieb überhaupt noch als Mörder übrig, nun, da Nicholas tot war? Offenbar nur Gwen (zu ihr passten die leichtfüßigen Schritte) und der verschwundene Braumeister, denn der Maler war für die Verfolgung im Keller viel zu alt.

Den Traumvater selbst hatten wir zuletzt völlig aus der Reihe der Verdächtigen ausgeklammert, wohl weil Faustus ihn stets als Beobachter oder Mann im Hintergrund angesehen hatte, nicht aber als ausführendes Werkzeug. Mein Meister aber war fort, und die Morde gingen weiter. Ich kam daher nicht umhin, meinem eigenen Gespür zu vertrauen – und demnach war der Traumvater verdächtiger als jeder andere. Entweder er oder Gwen oder der dürre Adelfons, darauf lief es wohl hinaus.

Weshalb aber hätte Gwen all die anderen töten sollen? Hoffnungen auf die Nachfolge des Traumvaters konnte sie sich nicht machen. Und ob der Vater wirklich durch seine Träume

Einfluss auf jeden von uns nehmen konnte, hielt ich gleichfalls für zweifelhaft. Ich selbst hatte geträumt, offenbar als einer der wenigen, doch der Vater hatte mir diese Bilder nicht eingegeben. Sie machten keine Versprechungen und trieben mich nicht zum Mord. Vielleicht war es möglich, dass er seinen Schülern die Träume stahl und ihr Schlaf seit der Ankunft im Schloss einsam und leer war. Doch musste das bedeuten, dass er sie zum Mord anstiften konnte? Langsam kamen mir selbst daran Zweifel.

Überhaupt: Das ganze geheimnisvolle Gerede hing mir allmählich zum Halse heraus. Was, wenn es dem Mörder um etwas ganz und gar Weltliches ging? Etwas, das sich in Gold aufwiegen ließ? Ja, diese Vorstellung behagte mir schon besser, zumal sie mir vollkommen einleuchten mochte. Denn es gab einen solchen Wert im Schloss, falls ich den Worten meines Meisters Glauben schenken durfte:

Die Krone des Schlangenkönigs.

Und mit dieser Erkenntnis klärte sich auch schlagartig mein Denken von allem überirdischen Geschwafel und falschem Hokuspokus.

Dem Mörder ging es allein um Gold! Nicht um irgendwelche Traumgespinste oder magischen Mächte; allein der Münzwert der Krone war von Bedeutung.

Vieles wurde mir plötzlich klar. Der Traumvater hatte in den Botschaften an seine Schüler in voller Absicht die Krone erwähnt. Er wusste, dass zumindest einer unter den Teilnehmern der Chymischen Hochzeit sein würde, der alles tun würde, um in ihren Besitz zu gelangen. Es gab keine Beeinflussung durch Träume. Der Vater hatte nur das Gold in Aussicht stellen müssen, alles andere geschah wie von selbst.

Einer tötete die übrigen Männer und Frauen, bis schließlich nur noch zwei am Leben waren. Zwischen ihnen, dem Mörder und seinem letzten Opfer, sollte der letzte Kampf entbrennen. Und wer immer das Duell für sich entscheiden mochte, er war würdig, die Nachfolge des Traumvaters anzutreten, ob mit oder ohne Schlangenkrone, ob mit oder gegen seinen Willen. Der Mörder mochte noch so viele Leichen in den Ruinen aufhäufen – am Ende blieb doch der Traumvater Sieger.

Niedergeschlagen von dieser Einsicht machte ich mich auf, Angelina zu finden. Wenn ich keinen der Spiegel zerschlagen konnte, musste ich einen Zugang finden, der bereits offen stand. Infrage kam allein jener im Raum neben unserem Zimmer. Weder Faustus noch ich hatten ihn geschlossen, nachdem wir die Leiche des Mädchens hinausgetragen hatten. Ich nahm an, dass auch Angelina diesen Weg genommen hatte, um hinter den Spiegel des Malers zu gelangen.

Nachdem ich ins zweite Stockwerk geeilt war, fand ich den Zugang tatsächlich offen. Ich packte Schwert und Fackel, dann wagte ich den Einstieg.

Zwischen den Wänden roch es widerwärtig. An den Mauern prangten immer noch die blutigen Pfeile, mit denen uns der Mörder zur Leiche des Zwillings geführt hatte. Fette, glänzende Fliegen krochen satt und schwerfällig über die getrocknete Kruste; sie flogen nicht einmal auf, als ich an ihnen vorüberging. Angeekelt nahm ich mir die Zeit, sie mit der Fackel zu versengen.

Schon nach wenigen Schritten bog ich um die erste Ecke und stieg kurz darauf durch eine Öffnung ins tiefer liegende Stockwerk. Angelina konnte jetzt nicht mehr weit sein. Da ich gezwungen war, immer wieder Zimmertüren durch Überklettern zu umgehen, dauerte es eine Weile, bis ich mich endlich der letzten Ecke näherte. Falls ich mich beim Abzählen der Räume nicht getäuscht hatte, musste Angelina gleich dahinter warten.

Im selben Augenblick vernahm ich Schritte. Doch sie kamen nicht aus der Richtung, in der ich den Borgia-Engel vermutet hatte. Die Laute ertönten von hinten. Besser gesagt: von hinten und von unten. Ich fuhr herum und starrte angestrengt ins Zwielicht. Wer immer dort durch die Geheimgänge schlich, er musste sich im Erdgeschoss befinden. Zudem kam er näher. Gleich würde er auf die nächste Zimmertür stoßen und zu mir heraufklettern. Spätestens dann würde ich sehen können, wer es war, der dort durch das Labyrinth schlich. Und diesmal würde das Fackellicht weit genug reichen, um sein Gesicht zu erkennen. Plötzlich war ich sicher, dass meine Begegnung mit dem Mörder bevorstand.

Ich brachte das Schwert in Anschlag, während ich weiter auf die Schritte horchte. Sie kamen näher, immer näher. Bald schon musste der Unbekannte die Leiter erklimmen. Sein Kopf würde sich durch die Öffnung schieben, ich würde ausholen und –

Eine Hand legte sich von hinten auf meine Schulter.

Im letzten Moment unterdrückte ich einen Aufschrei und fuhr herum. Meine Klinge wirbelte durch die Dunkelheit. Um Haaresbreite verfehlte sie Angelinas zarte Hüfte und schabte mit der Spitze an der Wand entlang.

Erschrocken, doch zugleich erleichtert, sie wohlauf zu sehen, gab ich ihr mit einem Wink zu verstehen, sich nicht zu bewegen. Ich bedeutete ihr zu horchen, und so standen wir schließlich da, durch die Enge des Geheimgangs nah aneinandergepresst, lauschend in die Dunkelheit.

Die Schritte hatten aufgehört.

Wer immer im Stockwerk unter uns durch den Gang geschlichen war, er war stehen geblieben. Das Reiben der Schwertspitze auf Stein musste ihn gewarnt haben.

»Er ist da unten«, flüsterte ich Angelina ins Ohr.

Sie nickte, huschte völlig lautlos um die Ecke und kam einen Augenblick später mit dem Schwert in der Hand zurück. Sie nickte erneut, als Zeichen, dass sie bereit war.

Der Gang zwischen den Wänden war zu schmal, als dass wir nebeneinander Platz gefunden hätten, deshalb ging ich voran. Angelina blieb dicht hinter mir. Die Fackel hatte ich am Boden abgelegt, damit das Licht unsere Bewegungen nicht verriet. Zwei Schritte vor uns klaffte die erste Öffnung im Boden, wo der darunterliegende Gang vor einer Leiter endete. Ein Stück dahinter befand sich eine zweite Öffnung; dort setzte sich der schmale Korridor fort. Wollte der Mörder die Türbarriere im Erdgeschoss umgehen, musste er durch das eine Loch zu uns heraufklettern und durch das andere wieder hinabsteigen. Jetzt aber schien er abzuwarten.

Leise setzte ich einen Fuß vor den anderen. Ich hielt den Atem an, um den Gegner kein zweites Mal zu warnen. Das einzige Ergebnis war, dass meine Lungen kurz darauf noch begieriger nach Luft verlangten und mein Atem lauter war als zuvor.

Vorsichtig stiegen wir über die erste Bodenöffnung hinweg, während sich unsere Schatten über die zweite schoben. Spätestens jetzt musste der andere bemerken, dass wir uns ihm näherten. Und tatsächlich: Im selben Augenblick war im Stockwerk unter uns das Knarren von Bodenbrettern zu hören, dann eilige Schritte.

»Er flieht!«, zischte ich Angelina zu. Hastig machte ich einen Satz nach vorne und blickte durch das Loch in die Tiefe. Unten brannte kein Feuer. Wer immer es gewesen war, musste sich gut genug im Labyrinth der Geheimgänge auskennen, um sich im Dunkeln hineinzuwagen. Seine Schritte entfernten sich mit großer Geschwindigkeit, und ehe ich am unteren Ende der Leiter angekommen war, waren die Laute verklungen. Entweder war er erneut stehen geblieben, oder aber er war endgültig fort. Beides ließ es nicht ratsam erscheinen, die Verfolgung aufzunehmen, denn es mochte durchaus sein, dass unser Gegner uns in eine Falle locken und hinterrücks niedermachen wollte.

Angelina musste ähnliche Gedanken gehegt haben, denn sie stieg gar nicht erst die Leiter hinab. Während ich wieder nach oben kletterte, fluchte ich still vor mich hin. Durch seine Vertrautheit mit den Geheimnissen dieses Gebäudes war uns der Mörder vielfach überlegen. Er musste die Gänge hinter den Wänden vom ersten Tag an erkundet haben.

»Wo ist Bosch?«, fragte ich flüsternd, als ich mit Angelina zurück zur Fackel schlich und sie aufhob.

Als Antwort deutete sie um die Ecke.

»In seinem Zimmer?«

Sie nickte.

»War er dort die ganz Zeit über?«

Noch ein Nicken.

Wir traten leise an die Rückseite des Spiegels. Angelina hatte die Platte ein wenig zur Seite geschoben und so einen kaum fingerbreiten Spalt geschaffen, schmal genug, um von der anderen Seite aus nicht aufzufallen.

Ich blinzelte mit einem Auge hindurch und sah Bosch, wie er mit dem Rücken zu mir vor einer großen Leinwand stand, in einer Hand den Pinsel, in der anderen eine Palette. Das Gemälde war in dunklen Rot- und Brauntönen gehalten, mit vereinzelten hellen Formen gesprenkelt. Ich konnte aus der Entfernung nicht erkennen, welcher Art das Motiv war, doch schien es sich um Menschen zu handeln, zahllose Menschen in einer düsteren Felslandschaft.

Ich wandte mich wieder Angelina zu. Im zuckenden Fackellicht sah es aus, als bewegten sich die Narben auf ihrem Gesicht. Ihre herrlichen Augen blickten mich fragend an. Ich zog sie einige Schritte zur Seite und berichtete ihr flüsternd, was geschehen war, verschwieg jedoch wohlweislich, dass ich während meiner Wache eingeschlafen war. Als ich meine Jagd durch den Keller schilderte, ergriff sie meine Hand und drückte sie fest. Nicholas' Tod schien sie nicht im Geringsten zu bekümmern, doch die scheinbare Gleichgültigkeit mochte auch von der Starre ihrer Züge rühren. Obgleich ich sie nun schon seit Wochen kannte, war es immer noch schwierig, ihre Gedanken zu erraten. Im Gegensatz zu allen anderen Menschen bot ihr Gesicht keinen Hinweis auf das, was in ihrem Kopf vorging.

Nachdem ich geendet hatte, deutete sie auf die Rückseite des Spiegels.

Ich verstand. »Du meinst, wir sollten Bosch davon erzählen?«, vergewisserte ich mich.

Angelina nickte.

»Vielleicht hast du recht«, sagte ich nachdenklich. »Wenn er die ganze Nacht in seinem Zimmer war, kann zumindest er nicht der Mörder sein. Es ist nur recht und billig, dass er die Wahrheit erfährt.«

Wir kamen überein, während der verbleibenden Zeit im Schloss nicht mehr voneinander zu weichen. Ob der Mörder es mit uns beiden, Seite an Seite, ebenso leichtfertig aufnehmen würde wie mit einem Einzelnen, blieb abzuwarten. Bei diesen Gedanken packte mich neuer Mut. Vielleicht war unsere Misere doch nicht völlig ausweglos. Ich fasste neue Hoffnung und fühlte mich fast beschwingt, als wir uns auf den Rückweg zum Ausgang des Labyrinths machten.

Angelina stieg als Erste die Leiter zum zweiten Stock hinauf und hatte wachsam Kopf und Fackel durch die Öffnung geschoben, als ihr Körper plötzlich erbebte. Erst glaubte ich, eine Waffe hätte sie getroffen, und packte schon ihre Waden, um sie nach unten in Sicherheit zu ziehen. Sie aber strampelte sich los und kletterte blitzschnell die Sprossen hinauf. Nicht ahnend, was uns dort erwarten mochte, folgte ich ihr, so schnell ich konnte.

Oben angekommen sah ich gerade noch, wie Angelina samt Fackel hinter der nächsten Ecke verschwand. Ich rief ihren Namen, sie aber rannte weiter. Verwirrt lief ich hinter ihr her, stets in der bangen Befürchtung, im Dunkeln in eines der Löcher im Boden zu treten.

Als ich um die Ecke bog, schickte Angelina sich an, eine Leiter zum nächsten Stockwerk zu erklimmen. Aber über uns lag nur noch der Dachboden. Mit Schrecken dachte ich an meinen ersten Ausflug mit Bosch nach dort oben.

Ich stürmte vorwärts und hielt sie am Arm zurück. Sie fuhr herum und deutete mit fahrigen Handbewegungen an den Sprossen hinauf. Da erst bemerkte ich, dass Blut über ihre schorfige Stirn rann. Es verteilte sich in den Rissen und Schluchten ihrer verbrannten Haut wie ein weitverzweigtes Geäst.

Sorgenvoll wollte ich mich vorbeugen, um die Wunde zu untersuchen, doch sie drängte mich ungeduldig zurück. Derjenige, der ihr die Verletzung zugefügt hatte, musste hinauf auf den Speicher geklettert sein. Angelina hatte recht; vielleicht konnten wir nun nachholen, was uns vorhin misslungen war: den Mörder aufspüren und stellen. Zu zweit brauchten wir den Kampf mit ihm nicht zu scheuen, ganz gleich wer es sein mochte.

Ich schob Angelina zur Seite, im Wissen, dass sie nicht protestieren konnte, nahm ihr die Fackel aus der Hand und kletterte als Erster nach oben. Als ich Kopf und Schulter durch die Luke schob, wappnete ich mich gegen einen Schlag oder Tritt, wie er Angelina getroffen hatte. Doch der erwartete Schmerz blieb aus. Der Flüchtige war bereits weitergelaufen. Nun hörte ich auch seine Schritte, nicht einmal weit von mir.

Ich zog mich über die Kante und reichte Angelina meine Hand. Dann sahen wir uns um.

Wir standen in einer kleinen Kammer, die keinerlei Ähnlichkeit mit den beengenden Korridoren zwischen den Wänden aufwies. Mir fiel wieder ein, dass die Räume und Gänge des Dachbodens allesamt aus Holz bestanden. Möglicherweise hatte man es nicht für nötig erachtet, das geheime Labyrinth auch hier oben fortzusetzen. Fest stand jedenfalls: Die Kammer, in der wir uns nun befanden, besaß eine gewöhnliche Tür und war weder versteckt noch geheim.

Vorsichtig näherten wir uns dem Durchgang. Er führte hinaus auf einen Flur. Möglich, dass es derselbe war, den Bosch und ich erkundet hatten. Die Schritte ertönten von rechts, entfernten sich immer schneller.

Es bedurfte keiner Verständigung zwischen Angelina und

mir. Wir wussten, was zu tun war. Gleichzeitig liefen wir los, den Gang hinab, während die knisternden Flammen der Fackel riesige Schatten auf die Wände zauberten. Mehrere Türen führten in weitere Kammern, und das vorbeihuschende Licht schuf in der Finsternis dahinter zuckende Bewegung. Immer wieder sah ich mich erschrocken zur Seite um, wenn ich glaubte, jemanden entdeckt zu haben, nur eine Regung am Rande des Blickfelds. Doch stets erwies sich dies von Neuem als Täuschung, denn da war nichts als Dunkelheit, die vor dem Fackelschein in abgelegene Ecken entfloh.

Er war immer noch vor uns, ja, das waren seine Schritte. Ich lief schneller, doch Angelina zog mühelos an mir vorüber, trotz ihrer Wunde. Mein einstiger Oheim, Bruder Martinus, hatte nie Wert auf körperliche Ertüchtigung gelegt. Ihm hatte ich es zu verdanken, dass ich im Aufspüren von Bibelzitaten weit schneller war als auf den Füßen. Doch wer mochte dem braven Mann das verdenken? Er hatte sein Leben der Reform alter Werte gewidmet, und wer hätte damals ahnen können, dass ihm ein wenig körperliches Geschick noch manches Mal zugute gekommen wäre – spätestens, als er der katholischen Kirche den Kampf ansagte und aus Bruder Martinus Martin Luther wurde.

Wir erreichten eine Biegung, und dort wurde mir klar, dass dies keineswegs derselbe Gang war, den ich bereits erforscht hatte. Der andere war schnurgerade vom Eingang des Dachbodens bis zu seinem Ende verlaufen. Dieser aber bog nach rechts und führte in eine Art Trockenspeicher. Stricke, die sich von Balken zu Balken des Dachstuhls spannten, mussten einst von emsigen Dienstmädchenhänden zum Trocknen der Wäsche benutzt worden sein.

Eine offene Luke führte hinaus aufs Dach. Sterne glänzten uns durch das samtschwarze Rechteck entgegen.

Da endlich wurde mir klar, welchen Fehler wir während der ganzen Zeit begangen hatten. Wir hatten immer angenommen, der Mörder verstecke sich irgendwo im Inneren des Schlosses.

In Wahrheit verkroch er sich *auf* dem Schloss.

Angelina und ich blieben stehen. Wir lauschten. Jetzt war nichts mehr zu hören, weder Schritte noch andere verräterische Laute. Mit einem Mal war es totenstill.

Falls der Flüchtige wirklich aufs Dach geklettert war, hätten wir ihn dann nicht hören müssen?

Irgendetwas stimmte nicht.

Weshalb herrschte plötzlich solche Ruhe? Es war eine träge, dämpfende Art von Stille, ein beinahe fühlbares Loch im Gefüge der Natur. Angelina musste es ebenso empfinden wie ich selbst. Unruhig trat sie von einem Fuß auf den anderen. Selbst ihr Auftreten schien mir merkwürdig weich und samtig.

Zustände wie dieser stellen sich ein, wenn hohe Anspannung jede Empfindung trübt. Oder wenn ein sechster Sinn uns warnen will.

Plötzlich war jemand hinter mir. Ich spürte den Luftzug von etwas im Rücken, das mich nur knapp verfehlte und stattdessen gegen die Fackel krachte. Der Aufprall riss sie aus meiner Hand und schleuderte sie im hohen Bogen davon. Funkensprühend stürzte sie in den engen Winkel, wo die Dachschräge auf den Fußboden stieß. Flammen züngelten nach trockenem Holz.

Gleichzeitig raste ein Schemen an mir vorüber, eine Gestalt, die ich in der plötzlichen Dunkelheit nicht erkennen konnte.

Sie sprang rechts an mir vorbei, meine Hand zuckte vor und packte weiten, leichten Stoff. Die Gestalt rannte weiter, der Stoff riss, und ein Fetzen blieb in meinen Fingern zurück. Ehe Angelina oder ich unseren Schrecken überwinden konnten, war der Unbekannte schon an der Dachluke und hatte sich behände hinaufgezogen. Dann war er fort, nur das Schaben seiner Füße auf glatten Dachziegeln war noch zu hören.

Während ich noch zögerte, hetzte Angelina bereits los und kletterte durch die Luke ins Freie. Einen Moment lang war ich hin und her gerissen zwischen dem Drang, ihr zu folgen, und der Notwendigkeit, die Fackel aufzuheben. Ich entschied mich widerwillig für Letzteres, nahm sie vom Boden und löschte eilig die Funken, die auf das trockene Dachgebälk gesprungen waren. Das Letzte, was wir jetzt noch brauchten, war eine Feuersbrunst im Schloss; wenngleich, so überlegte ich, der Mörder samt Dach ein Raub der Flammen geworden wäre. Dann aber hätten wir vielleicht nie erfahren, wer es war.

Ich rannte zur Luke und kletterte hinaus. Ein merkwürdiges Gefühl, alles bereits erlebt zu haben, beschlich mich. Natürlich, das Dach des Gästehauses! Auch da war Angelina bereits über die Giebel geklettert, während ich mich durch die Luke zog. Ganz unvermittelt hatte ich panische Angst um sie. Mochte sie noch so flink im Umgang mit ihrer Waffe sein – das Dach war glatt und gefährlich, ihr Gegner unberechenbar. Allein der Gedanke, dass ihr etwas zustoßen könnte, schnürte mir den Atem ab. Mit einem Mal ging es nicht mehr darum, den Mörder zu stellen; ich wollte nur noch bei Angelina sein.

Die Ziegel waren weit rutschiger, als ich befürchtet hatte. Das Moos wuchs fingerdick, und die Schräge, die sich vor mir nach oben erstreckte, sah im Mondlicht aus, als sei sie mit schwarzem Pelz bewachsen. Angelina kletterte flink darüber hinweg und nahm immer wieder ihre Hände zu Hilfe, um nicht abzugleiten. Das Schwert hielt sie trotz allem fest umklammert. Sie hatte bereits gehörigen Vorsprung, sieben oder acht Schritte trennten uns voneinander.

Der Schatten, den sie verfolgte, war nirgends zu sehen. Er musste bereits über den Dachfirst geklettert sein und auf der anderen Seite nach unten rutschen. Dabei rief ich mir erneut die verwinkelte Form des Schlossdaches ins Gedächtnis. Von unten waren nur die äußeren Giebel zu erkennen gewesen, doch sie hatten ausgereicht, sich vorzustellen, dass sich dahinter eine regelrechte Landschaft aus schindelgedecktem Auf und Ab, aus Vorsprüngen, kleinen Türmen, Abgründen, Steinhöfen und Ziegelfeldern erstreckte. Ein besseres Versteck mochte es im ganzen Schloss nicht geben. Jemand, der sich hier oben auskannte, durfte keine Schwierigkeiten haben, jeden Verfolger in die Irre zu führen.

Angelina hatte das obere Ende der Schräge erreicht. Mit beiden Händen zog sie sich hoch und kam rittlings zum Sitzen. Angestrengt schaute sie auf die andere Seite hinab, blickte dann zu mir. Ganz langsam, Hände und Füße im Wettstreit mit dem freien Fall, kämpfte ich mich über den schlüpfrigen Moosteppich nach oben. Zuletzt reichte sie mir ihre Hand und half mir hinauf.

Zumindest waren wir jetzt wieder zusammen. Damals war ich naiv genug, um anzunehmen, dass uns dies mancher Sorge enthob.

Beim bevorstehenden Abstieg auf der anderen Seite war es freilich von geringem Nutzen. Vom Dachfirst, auf dem wir saßen, hatten wir eine halbwegs gute Sicht über einen Teil der umliegenden Schrägen und Giebel. Es war kein ermutigender Anblick. Am schlimmsten von allem war, dass sich die Gestalt, der wir gefolgt waren, offenbar in Luft aufgelöst hatte. Sie war nirgends zu sehen.

Angelina stieß mich mit dem Ellbogen an und zeigte auf einen runden Aufbau, der ganz in der Nähe aus einem ebenen Feld aus Schindeln wuchs.

»Dahinter versteckt er sich?«, fragte ich zweifelnd, denn der niedrige Turm war ein ordentliches Stück entfernt, zu weit für die kurze Zeit der Flucht, wie mir schien.

Doch Angelina nickte. Das wiederum bedeutete, dass unser Gegner mit den Gegebenheiten des Daches besser vertraut war, als ich befürchtet hatte. Er bewegte sich weit sicherer als wir.

Trotzdem blieb uns nichts anderes übrig, als uns auf sein erneutes Versteckspiel einzulassen. Ich sandte ein Stoßgebet zum Sternenhimmel, dass uns der Mörder nicht auf ein morsches Stück Dach locken wollte, das unter unseren Füßen zusammenbrechen würde. Letztlich aber war es unmöglich, jede Gefahr zu berücksichtigen. Wir mussten weiter. Wer wusste schon, wann wir das nächste Mal so nah an ihn herankommen würden.

Schlitternd rutschten wir in die Tiefe, überquerten mit vorsichtigen Schritten ein flaches Stück Dach, kletterten einen Vorsprung hinauf und erreichten schließlich die Schieferebene. Aus der Nähe war sie weit größer, als ich vermutet hatte. Der niedrige Turmaufbau, hinter dem der Mörder Schutz gesucht hatte, lag am anderen Ende der Fläche.

Der Mond übergoss die Dächer mit eisigem Weiß. Noch einige Tage, und er würde voll und rund am Himmel stehen.

Die Fackel, die ich immer noch tapfer in der Linken hielt, war damit überflüssig. Ich warf sie zu Boden und löschte sie durch ein paar gezielte Tritte. Hier oben war sie nur hinderlich, wenngleich mir klar war, dass wir das Feuer spätestens beim Abstieg durchs dunkle Haus schmerzlich missen würden.

Wir überquerten das Steinfeld mit eiligen Schritten, bis wir die Rundung des Turms erreichten. Ein Turm war es eigentlich nur, wenn man ihm die Höhe des gesamten Hauses zugute hielt; der Aufbau selbst ragte höchstens drei Mannslängen aus der verschachtelten Krone des Schlosses. Es gab eine ganze Reihe solcher Auswüchse, einige davon hatte ich von innen bereits kennen gelernt. Ihre Treppen endeten blind und sinnlos unterm Dachstuhl. Mochte der Teufel wissen, was sich der Erbauer der Anlage dabei gedacht hatte.

Wir entschieden wortlos, uns zu trennen. Angelina würde links an der Mauer entlanggehen, ich rechts. Dadurch nahmen wir unseren Gegner von zwei Seiten in die Zange. Vorausgesetzt, er versteckte sich wirklich auf der anderen Seite des Turmes und war nicht durch eine neuerliche List entkommen. Stillschweigend bezweifelte ich, dass er tatenlos abwarten würde, bis wir seiner habhaft wurden. Er war nicht lebensmüde, und er war keinesfalls dumm. Ihn zu unterschätzen wäre ein unverzeihlicher Fehler gewesen – ein tödlicher obendrein.

Angelina und ich wechselten einen letzten Blick, bevor wir in verschiedene Richtungen gingen. Da war etwas in ihren Augen, ein seltsamer Glanz, den ich nicht deuten konnte. Wärme lag darin, Zuneigung vielleicht. Was immer es sein mochte, ich hoffte inständig, dass es sie nicht ablenken würde von dem, was sie am besten konnte: sich verteidigen.

Meine Schwertspitze wies nach vorne auf den unsichtbaren Gegner, während ich langsam um die Rundung der Mauer schlich. Dabei hielt ich mich eng an der Wand. Eine unerträgliche Spannung ergriff Besitz von mir. Gleich würde ich endlich sehen, wer es war, würde endlich erfahren, wer all die Toten auf dem Gewissen hatte. Die Aufregung, aber auch meine Angst, nahm mir fast den Atem.

Ich hatte ein Drittel des Turmes umrundet, und noch immer war unser Gegner nirgends zu sehen. Auf der anderen Seite setzte sich das Gebirge der Schieferschrägen und Dachfirste fort, doch gleich hinter dem Turm fiel eine Kante steil in die Tiefe ab. Dort musste ein enger Hof wie ein Schacht ins Gebäude schneiden. Der Mörder hatte sich selbst in eine ausweglose Lage gebracht. Den Weg nach hinten versperrte der Abgrund, und vorne warteten wir.

Doch es war zu früh zu frohlocken. Noch hatte ich ihn nicht einmal gesehen, geschweige denn besiegt. Mittlerweile konnte ich das Grollen in meinem Magen selbst nicht mehr benennen; war es Furcht, war es Zögern oder Hochgefühl? Tausend Empfindungen stürzten auf mich ein. Meine Hand am Schwertgriff war nass vor Schweiß. Das war nie ein gutes Zeichen.

Vor mir bewegte sich etwas. Ich blieb stehen, beobachtete. Ja, da war jemand, knapp zehn Schritte entfernt. Im Mondlicht war nur sein Umriss zu erkennen. Eilig, mit fahrigen Bewegungen, machte er sich an der Rückwand des Turmes zu schaffen. Himmel, da war eine Tür! Er wollte ins Innere fliehen.

Ich rannte los und stürzte todesmutig auf den anderen zu. Er wandte noch den Kopf nach mir um, dann schwang plötzlich die Tür auf und schien meinen Gegner wie ein schwarzes Maul ins Innere zu saugen. Ehe ich den Eingang erreichte, schlug er bereits wieder zu.

Ich schrie Angelinas Namen, und einen Herzschlag später stand sie neben mir. Mit aller Kraft warf ich mich gegen die Tür. Sie war jetzt von innen verriegelt, doch ich spürte bereits beim ersten Aufprall, dass das Holz nachgeben würde. Ein zweites, dann ein drittes Mal ließ ich meine Schulter gegen die Tür krachen. Mein ganzer Oberkörper schmerzte, als stünde er in Flammen. Schließlich zerbarst der Riegel an der Innenseite, die Tür flog auf. Vom eigenen Schwung wurde ich stolpernd in einen dunklen Raum getragen, fing mich aber, bevor ich hilflos zu Boden stürzen konnte.

In der Turmkammer brannte keine Fackel, nur der schwache Abglanz des Mondscheins fiel durch die offene Tür. Ich erkannte kaum mehr als eine schwarze Gestalt, die gerade in einer Bodenluke verschwinden wollte, als ich mit der Tür ins Innere taumelte.

Ich erwartete, dass der andere mich sofort angreifen würde, doch zu meiner Überraschung beeilte er sich nur noch mehr mit seinem Abstieg und ließ sich nun einfach in die Tiefe fallen. Ich hörte ein Keuchen und wunderte mich über die seltsame Kopfform der Gestalt. Sie musste einen Hut oder eine Mütze tragen.

Angelina und ich traten an die Falltür im Boden und blickten hinunter. Völlige Finsternis erwartete uns.

»Sei's drum«, stöhnte ich leise und sprang hinter unserem Gegner in die Dunkelheit.

Es war nicht tief. Trotzdem kam es mir vor, als dauerte der Fall eine Ewigkeit. Allein der Umstand, dass ich nicht sah, wohin ich sprang, machte es um ein Vielfaches schlimmer. Dann aber spürte ich Boden unter den Füßen und rief Angelina zu, sie solle mir folgen. Einen Augenblick später stand sie neben mir. Unsere Schwerter deuteten in die Schatten. Es war, als hätten wir uns in ein Fass mit Tinte gestürzt. Um uns war nichts als Schwärze. Über unseren Köpfen zeichnete sich die Luke als graues Viereck ab, doch Licht vermochte sie keines zu spenden.

Die Fackel war fort, aber wir hätten ohnehin nichts bei uns gehabt, um sie anzuzünden. Es war hoffnungslos.

Rechts von mir, gar nicht weit entfernt, glomm plötzlich ein Hauch von Helligkeit auf. Eine Tür wurde aufgerissen, jemand stürzte hinaus. Wir befanden uns wieder auf dem Dachboden, deshalb konnte das Licht nur aus dem Treppenhaus kommen, dem einzigen Ort im Gebäude, wo Tag und Nacht die Fackeln brannten. Die Tür musste demnach in den Hauptgang des Speichers münden, der seinerseits zur Treppe führte.

Wir stürzten durch den Ausgang und eilten den Korridor entlang. Das runde Treppenhaus wurde in seiner Mitte von einer mächtigen Säule gestützt, um die sich die Stufen spiralförmig drehten. Diese Säule nahm uns jetzt die Sicht auf den Flüchtigen, obgleich er nur noch wenige Schritte vor uns war. Zum ersten Mal waren wir ganz nah daran, ihn endlich zu fassen. Ich hörte seinen heftigen Atem, bemerkte auch, dass er mehrfach stolperte. Er war mit seiner Kraft ebenso am Ende wie ich selbst. Selbst Angelina mit ihrer schier endlosen Ausdauer zeigte Zeichen von Erschöpfung. Wer immer diese Jagd für sich entscheiden mochte – sie näherte sich unzweifelhaft ihrem Ende. Einer von uns würde aufgeben, eher früher als später.

Wir erreichten das Erdgeschoss, noch immer, ohne einen

Blick auf unseren Gegner erhaschen zu können. Ich hörte, wie er hinaus in den großen Saal rannte. Ich zweifelte nicht, dass er im Garten Schutz suchen wollte. Dort draußen gab es tausend gute Verstecke.

Wir bogen gerade in den Saal, als der Flüchtige eines der großen Fenster aufriss. Kaltes Mondlicht flutete herein und umspielte einen zarten Körper.

Großer Gott, das war unmöglich!

Unser Gegner wollte hinaus auf die Balustrade springen, keuchend, völlig außer Atem, doch dabei verhakte sich sein Fuß am Fensterrahmen. Mit einem Aufschrei stürzte er draußen auf den Stein.

Angelina wurde noch schneller und sprang mit einem gewaltigen Satz durch das offene Fenster. Breitbeinig landete sie auf dem Weg, der oberhalb des Sockels ums Haus führte. Sie fuhr herum und setzte dem anderen die Schwertspitze an die Kehle. Einen Augenblick später war ich neben ihr und begriff endgültig, wer da vor uns lag.

Es war eine Tote. Und doch war sie lebendig. Ihr Blick war finster, das hochgesteckte Haar zerzaust.

Delphine starrte uns wutentbrannt an. Ihr Atem raste.

Sie trug nicht mehr das weite Kleid, in dem die anderen sie beigesetzt hatten. Ihre Beine steckten in schwarzen Hosen, den Oberkörper hatte sie mit einem ledernen Wams umzurrt.

Angelinas Schwert ritzte ihre Haut, ein einzelner Blutstropfen rollte glitzernd über den Stahl. Delphine war besiegt, endgültig.

Ich wollte etwas sagen, doch kein Ton drang aus meiner Kehle, als könnte jedes gesprochene Wort die Illusion unseres Sieges zerstören.

Ich sah wieder ihre angebliche Leiche vor mir, blutüberströmt, mit verrenkten Gliedern. Und noch etwas fiel mir ein. Faustus, der sich über sie beugte, sie untersuchte und sagte: *Sie ist tot.* Dabei hatte er die Wahrheit erkennen müssen.

Doch Faustus hatte gelogen.

Er hatte gewusst, dass Delphine den Mord nur vortäuschte. Trotzdem hatte er den Betrug unterstützt. Schlimmer noch: Er und die Hellseherin mussten Verbündete sein. Es gab keine andere Erklärung.

Faustus hatte uns die ganze Zeit über etwas vorgespielt.

»Wagner!«

Jemand hinter mir rief meinen Namen. Ich wusste, wer es war, bevor ich mich umdrehte.

Mein Meister stand am anderen Ende der Balustrade, eine schwarze, hoch aufragende Gestalt. Jetzt kam er langsam auf uns zu. Ein Windstoß fuhr unter seinen Mantel, hob den Stoff vom Boden. Und ich erkannte, dass da noch jemand war. Plötzlich war mir eiskalt.

Hinter Faustus stand der Traumvater.

Kapitel 6

Er blieb stehen, während Faustus auf uns zutrat. Der Traumvater sah genauso aus wie an jenem Abend, an dem wir ihn auf der Gondel gesehen hatten. Er war nackt, jung, muskulös. Das gleiche verschlungene Muster, das er auf dem Rücken trug, zierte auch seine haarlose Brust. Er stand da, etwa zwanzig Schritte von uns entfernt, die Arme verschränkt. Der Schatten eines steinernen Fauns, der auf dem Eckpfosten der Balustrade hockte, lag wie zufällig über seinem Gesicht. Seine Züge blieben völlig im Dunkeln. Und doch wusste ich, dass sein Blick mich erfasste und prüfte. Ich fragte mich, ob ich jemals wieder träumen würde.

Faustus blieb vor uns stehen. »Steck dein Schwert ein«, wies er Angelina an.

Sie dachte nicht daran zu gehorchen. Die Spitze ihrer Waffe deutete starr auf Delphines Kehle. Ihre Zweifel an Faustus schienen nicht geringer als die meinen.

»Bitte«, fügte Faustus hinzu, »lass sie aufstehen.«

Angelina starrte erst ihn, dann die am Boden liegende Delphine an. Die Hellseherin sagte noch immer kein Wort, doch ihr war anzusehen, wie sehr ihr diese Lage missfiel.

»Meister«, sagte ich, als ich endlich meine Sprache wiederfand, »Ihr seid uns eine Erklärung schuldig.«

Eine Erklärung – das war ein schwaches, belangloses Wort angesichts dessen, was sich dahinter verbergen mochte. Der

Tod all dieser Menschen. Der Teil meines Meisters an der Schuld. Die Wahrheit über Delphine.

All das verlangte viel mehr als eine *Erklärung*.

Faustus lächelte bemüht. »Ihr müsst Euch nicht fürchten.«

Damit weckte er meinen Trotz. »Warum sollten wir auch? Weil die Mörderin geschlagen am Boden liegt? Weil Ihr mit ihr unter einer Decke steckt?« Erst als ich die Worte ausgesprochen hatte, begriff ich, welches Wagnis ich damit einging. Aber ich war zornig, und, zum Teufel, ich hatte das Recht dazu.

»Ich verstehe deine Wut«, erwiderte Faustus ruhig. Doch seine Milde wirkte aufgesetzt und keineswegs ehrlich, als fühlte er sich selbst einem unausgesprochenen Druck ausgesetzt.

Im selben Moment trat der Traumvater einige Schritte nach vorne, kam aber nicht auf uns zu, sondern wandte sich zur Freitreppe, die hinab in den alten Schlossgarten führte. Ohne ein Wort stieg er die Stufen hinab, während wir alle ihm angstvoll und erstaunt hinterhersahen.

»Wohin geht er?«, flüsterte ich.

Faustus stützte sich mit einer Hand auf die Brüstung. Plötzlich schien eine ungeheure Last von seinen Schultern zu weichen. »Er verlässt uns«, sagte er leise. »Er hat genug gesehen.«

»Was meint Ihr damit?«, wollte ich wissen, und für einen Augenblick schien alles andere vergessen. Jetzt war er wieder mein weiser Meister, der auf alles eine Antwort wusste, nicht der Verbündete einer Mörderin.

Faustus wollte etwas erwidern, doch im selben Augenblick sprang ein schwarzer Hund aus den Büschen des Gartens und lief auf den Traumvater zu. Die rotglühenden Augen des Tieres zogen bei jeder Bewegung leuchtende Schlieren durch die Finsternis.

»Mephisto!«, rief ich erstaunt.

Faustus schüttelte den Kopf. »Nein, das ist nicht Mephisto.«

»Nicht?« Verdutzt starrte ich auf den Hund, der sich zum Traumvater gesellte und mit ihm im Dunkeln verschwand.

»Später«, entgegnete Faustus nur. »Ich werde euch alles erklären, aber nicht jetzt.« Damit drehte er sich um und schob Angelinas Schwert mit einer rabiaten Handbewegung zur Seite. Er reichte Delphine galant eine Hand und zog sie auf die Beine.

Angelinas Augen verengten sich empört, doch sie machte keine Anstalten, die Hellseherin erneut anzugreifen. Irgendetwas war ganz und gar nicht so, wie wir glaubten. Ich hätte nicht sagen können, was wir übersehen hatten, aber da war etwas, vielleicht nur eine Kleinigkeit, die erst innerhalb des Ganzen an Bedeutung gewann.

»Hast du sie?«, fragte Faustus Delphine geheimnisvoll.

Sie nickte. »Ich weiß, wo sie ist.«

Zum ersten Mal betrachtete ich die Wahrsagerin genauer. Sie war unzweifelhaft einige Jahre älter als Faustus, besaß aber jetzt noch die Anmut eines jungen Mädchens. Das scheinbare Weiß ihres Haars entpuppte sich aus der Nähe als leuchtendes Hellblond. Es war völlig aus der hochgetürmten Form geraten und hing ihr nun zu beiden Seiten des Gesichts in geringelten Strähnen herunter. Dadurch gewann sie ein gehöriges Maß an Natürlichkeit, die sie noch schöner machte.

»Wo ist Bosch?«, fragte Faustus an mich gewandt.

»Zuletzt sahen wir ihn in seinem Zimmer.«

Er nickte gedankenvoll und sagte dann zu Delphine: »Kannst du uns zu ihr führen? Jetzt?«

»Ich habe sie selbst noch gar nicht gesehen«, erwiderte die Hellseherin. »Aber ich kenne jetzt das Versteck. Gwen hält davor Wache.«

»Gwen?«, fragte ich entgeistert.

Niemand hielt es für nötig zu antworten, weder Delphine noch Faustus. Ich sah Angelina an und spürte, wie zornig sie war. Und natürlich hatte sie recht: Es war längst an der Zeit, uns ins Vertrauen zu ziehen. Zudem konnte ich mir weiß Gott Angenehmeres vorstellen, als mein Leben einer Mörderin anzuvertrauen.

Faustus schien damit keine Schwierigkeiten zu haben. Als Delphine ins Haus trat, folgte er ihr bereitwillig und gab uns Zeichen, es ihm gleichzutun.

Ich nahm all meinen Mut zusammen und hielt ihn am Arm zurück, eine mehr als gewagte Geste. Statt Wut lag jedoch Ungeduld in seinem Blick, als er mich ansah. »Was ist denn?«, fragte er leise.

»Herr, diese Frau hat mehrere Menschen ermordet. Ihr könnt nicht erwarten, dass –«

»Wagner«, unterbrach er mich belustigt, »lieber Wagner! Glaubst du denn wirklich noch immer, Delphine sei die Mörderin? Und du, Angelina, was denkst du? Ah, ich sehe schon, ihr seid natürlich einer Meinung. Aber vertraut mir und kommt mit. Ich verspreche euch, ihr sollt alles erfahren, doch jetzt ist erst Eile geboten. Die Gefahr ist keineswegs gebannt. Ich will so schnell wie möglich fort von hier.«

Angelina und ich wechselten einen Blick fassungslosen Erstaunens, und nun war sie nicht mehr die Einzige, die sprachlos war. Keiner von uns verstand irgendetwas von dem, was hier vorging.

»Kommt endlich, wir müssen uns beeilen!«, zischte Delphine, während sie bereits mit großen Schritten den Saal durchmaß.

Ich warf all mein Misstrauen und meine Vorbehalte über Bord, stieß Angelina auffordernd mit dem Ellbogen an und beeilte mich, den beiden zu folgen. Sie blieb noch einen Augenblick stehen, überwand dann ebenfalls ihre Ablehnung und lief neben mir her. Keinem von uns war wohl dabei, doch es schien die beste Lösung. Faustus würde, gleichgültig, um was es ging, nicht so weit gehen, uns etwas anzutun. Die Frage war vielmehr, ob er verhindern konnte, dass ein anderer es versuchte.

Im Treppenhaus verharrten wir einen Moment, während Delphine und Faustus angestrengt in die Stille lauschten. Nichts war zu hören. War es Bosch, den sie fürchteten?

Auf leisen Sohlen liefen wir die Stufen hinab in den Keller. Delphine und Angelina zogen zwei Fackeln aus den Halterungen. Riesenhaft geisterten unsere Schatten über die Wände.

Als wir an der Gruft vorbeieilten, fragte ich Faustus im Flüsterton: »Warum liegt sie nicht in ihrem Grab?«

Er lächelte. »Sieht sie aus, als ob das nötig wäre?«

»Aber weshalb habt Ihr gelogen, als Ihr sagtet, sie sei tot?«

Er seufzte. »Du gibst keine Ruhe, nicht wahr? Nun, es ist ganz einfach. Der Mörder sollte annehmen, Delphine sei tot …«

»… damit sie ungestört das Schloss durchsuchen konnte«, führte ich den Satz zu Ende, denn allmählich begann ich zu begreifen.

»So ist es. Weshalb fragst du, wenn du die Antwort bereits kennst?«

Ich überhörte seine Rüge. »Wonach aber hat sie gesucht?«

»Als ob du dir das nicht denken könntest.«

»Die Krone?«

Faustus nickte stumm.

»Und nun hat sie sie gefunden?«

»Zumindest behauptet sie das.«

»Ihr habt großes Vertrauen zu ihr«, stellte ich fest und sah ihn von der Seite an.

»Wir kennen uns bereits … geraume Zeit«, gab er zögernd zur Antwort. Ich verstand sehr wohl, dass er nicht mehr dazu sagen würde.

»Seid still!«, gebot Delphine plötzlich in herrischem Ton. Sie lief an der Spitze und führte uns durch einen engen Korridor.

Ich fragte mich, wovor sie Angst hatte. Der Traumvater war offenbar fort – ein weiteres Rätsel, das mir auf der Zunge brannte –, und Bosch, nun, der war mit seiner Malerei beschäftigt. Zudem hätte ein alter Mann wie er es kaum mit vier von uns – fünf, wenn ich Gwen dazuzählte – aufnehmen können.

Trotzdem fürchtete sie etwas. Aber ich ahnte, dass jede Frage vergeblich war. Die Hellseherin gab sich im Augenblick noch wortkarger als mein Meister.

»Haltet Ausschau, dass niemand uns folgt«, flüsterte sie lediglich.

Angelina und ich schauten uns um, sahen aber nichts. Der Korridor hinter uns lag völlig verlassen da. Kein Mensch war zu sehen. Falls uns eine Gefahr drohte, so kaum aus dieser Richtung.

Wir erreichten schließlich einen weiteren Treppenschacht, der hinab ins Innere der Erde führte. Der Zugang zu den unteren Kellern war steil, die Stufen schraubten sich wie ein schwarzer Strudel in die lichtlose Tiefe. Ein kühler Wind wehte uns aus der Dunkelheit entgegen und trug den Geruch von feuchten Gewölben und, ja, von Wasserpflanzen herauf, wie er in heißen Sommern über manch stillem Waldgewässer steht. Dort unten aber waren weder Wald noch Sommer, und der erdrückende Odem verwirrte mich.

Das Licht der beiden Fackeln begann seltsam zu tanzen, während wir die Treppe hinabstiegen. Mir war, als hätte die Dunkelheit an Dichte gewonnen. Manchmal war es schier unmöglich zu sagen, ob die schwarze Form vor einem der Vordermann oder sein Schatten war.

Die Treppe endete auf einem abschüssigen Gang. Ihm folgten wir, bis seine Wände plötzlich zu beiden Seiten im Dunkeln verschwanden. Wir mussten eine unterirdische Halle von enormen Ausmaßen betreten haben, denn unsere Schritte hallten mit einem Mal um ein Vielfaches lauter. Von irgendwo drang ganz leise ein Plätschern an mein Ohr. Der Geruch von fauligem Wasser wurde fast unerträglich.

»Gwen?«, fragte Delphine vorsichtig in die Finsternis. »Gwen, wo bist du?«

Lange Zeit gab niemand Antwort, und ich fürchtete schon das Schlimmste, als plötzlich eine Gestalt in den Lichtkreis der vorderen Fackel trat.

»Hier bin ich«, sagte das Mädchen. »Ich habe meine Fackel gelöscht, damit niemand bemerkt, dass ich hier unten bin.«

Allein in dieser absoluten Schwärze, ohne Orientierung. Die Vorstellung ließ mich schaudern.

Gwen erblickte Angelina und mich, sie lächelte, erwähnte aber ihr Verschwinden aus dem Gästehaus mit keinem Wort. Sie musste ihrer Meisterin nach deren angeblichem Tod bei der Schatzsuche im Schloss beigestanden haben. Ich fragte mich, wie oft sie oder Delphine es gewesen waren, deren Schritte wir in den Geheimgängen vernommen hatten.

Angelina stieß mich ungeduldig mit dem Ellbogen an, und ich ergriff verärgert das Wort: »Hätte irgendjemand die Güte, uns zu erklären, was hier gespielt wird?«

Faustus seufzte und hatte wohl ein neuerliches »Jetzt nicht« auf den Lippen, doch zu meinem Erstaunen kam ihm Delphine mit einem Nicken zuvor.

»Warum habt Ihr Angelina oben im Gang geschlagen?«, fragte ich.

Die Wahrsagerin schenkte erst mir, dann Angelina einen überraschten Blick. »Ich habe sie nicht geschlagen«, erwiderte sie fest.

»Irgendwer hat sie im Geheimgang angegriffen, ganz in der Nähe unserer Zimmer«, entgegnete ich beharrlich.

Delphine schüttelte den Kopf. »Ihr habt mich erst oben auf dem Speicher entdeckt. Von dort aus entkam ich aufs Dach. Den Geheimgang habe ich nicht betreten.«

Ich sah Angelina an. Sie nickte zustimmend, denn sie begriff bereits, was mir selbst erst einen Augenblick später klar wurde: »Dann war der Angreifer der wahre Mörder. Er ist vor uns geflohen und führte uns auf dem Dachboden auf Eure Fährte.«

»Dumm ist er nicht«, sagte Faustus und ließ offen, ob er damit mich oder den Mörder meinte.

»Dann muss er die ganze Zeit über gewusst haben, dass ich noch lebte«, entfuhr es Delphine.

Ich nickte. »Er muss gewusst haben, dass Ihr Euch auf dem Dachboden versteckt hieltet. Auch ahnte er, dass Ihr vor uns fliehen würdet, weil niemand erfahren sollte, dass Ihr noch am Leben seid. Und während wir Euch folgten, konnte er in aller Ruhe entkommen.«

»Dann weiß er möglicherweise auch, dass wir jetzt hier unten sind«, sagte Delphine.

Ich wollte etwas hinzufügen, doch Faustus ging ungeduldig dazwischen. »Umso schneller sollten wir von hier verschwinden. Lasst uns also endlich weitergehen.«

»Das Gehen könnte schwierig werden …«, bemerkte Gwen, entzündete ihre Fackel an der ihrer Herrin und leuchtete einige Schritte voraus in die Dunkelheit.

Der steinerne Boden endete an einer scharfen Kante, und dahinter, etwa eine Elle tiefer, erstreckte sich ein glucksendes Gewässer. Die Oberfläche wellte sich so schwarz und träge wie heißer Teer.

Meine Augen brauchten eine Weile, um sich an das neue Licht zu gewöhnen, doch schließlich sah ich auch die gegenüberliegende Seite. Es war nicht allzu weit bis dorthin, vielleicht drei Mannslängen. Dahinter wuchs ein künstliches Ufer aus Steinplatten empor. Wo das Wasser aber zur Rechten und Linken endete, war in dem begrenzten Lichtschein nicht auszumachen. Auch konnte ich nicht erkennen, ob es sich um einen unterirdischen See, ein lang gestrecktes Becken oder einen Flusslauf handelte. Vieles sprach für eine von Menschenhand geschaffene Anlage, denn die Flüsse und Kanäle des Spreewaldes mussten weit über uns liegen. Hätte es eine Verbindung zu ihnen gegeben, so wäre diese ganze Halle, ja, das gesamte Kellergeschoss vom Grundwasser überflutet worden.

»Was ist auf der anderen Seite?«, fragte ich.

»Die Krone«, erwiderte Delphine. »Es gibt keine andere Möglichkeit. Sie muss dort sein.« Woher sie diese Sicherheit nahm, verriet sie uns nicht. Wahrscheinlich hatte sie schlichtweg genügend Zeit damit verbracht, jede Kammer und jeden Gang in diesem Schloss zu erforschen.

Trotzdem hatte ich Zweifel. Die wenigen Tage hätten kaum ausgereicht, ein einzelnes Stockwerk gründlich auf verborgene Fächer und Räume abzusuchen, geschweige denn das ganze Gemäuer mit seinen weitläufigen Kellern.

Und hätte die Krone, falls es sie denn überhaupt gab, nicht auch unter den Trümmern eines der Nebengebäude begraben liegen können, verschüttet für alle Ewigkeit?

Jedoch, ich wagte nicht, meine Zweifel laut auszusprechen. Ich wusste ohnehin, dass nur Angelina sie teilen würde, denn die anderen drei waren vom Gedanken an den Schatz geblendet. Selbst Faustus schien völlig besessen davon. Es war eine gänzlich neue Seite meines Meisters, die ich in jenen Tagen kennen lernte. Es war keine Habgier und keine blindwütige Goldsucht; vielmehr äußerte sich darin sein Drang, immer neue Wege auf seiner Suche nach Weisheit und Vollkommenheit zu beschreiten. Er versprach sich vom Besitz der Krone zweifellos mehr als ihren Wert in Münzen. Allein ihr Zauber war es, der ihn lockte.

»Wart ihr dort drüben?«, fragte er an Delphine und Gwen gewandt.

»Das Wasser ist voller Schlangen«, entgegnete Delphine, »wie überhaupt der ganze Keller.«

Furchtsam streifte mein Blick den Boden, doch zu meiner Erleichterung war keines der Tiere zu sehen.

»Hätten wir schwimmen sollen?«, fragte Gwen, ein wenig zu respektlos, wie ich fand.

Faustus nahm es ihr nicht übel. »Natürlich nicht«, erwiderte er ruhig. »Aber es muss doch einen Weg zur anderen Seite geben.«

Delphine trat näher an die Uferkante und leuchtete mit ihrer Fackel über das Wasser. »Dort vorn«, sagte sie und deutete mit der freien Hand nach rechts. »Seht ihr es?«

Die Frage war überflüssig. Jeder von uns sah es sofort. Aus der schwarzen Oberfläche ragte etwas hervor – der Bug einer Gondel. Sie musste schon vor Ewigkeiten gesunken sein und seither im Schlick stecken. Das Holz war völlig verfault.

Ich sah noch einmal zur anderen Seite hinüber. Zu erkennen war nur das steinerne Ufer und zwei, drei Schritte des Bodens dahinter. In der Dunkelheit mochten dort Berge von Gold auf ihre Entdeckung warten oder auch gar nichts. Vielleicht war dort nur eine Wand oder ein Haufen aus Schutt und Gerümpel. Blieb jedoch die Frage, weshalb die Erbauer diesen Bereich durch einen Wasserstrang abgeteilt hatten. Musste es dort nicht in der Tat etwas geben, das nicht für jedermanns Augen – und Hände – bestimmt war?

Hinter uns in der Finsternis ertönte ein Geräusch. Ein Schritt, möglicherweise, vielleicht auch nur eine hungrige Ratte. Ich blickte die anderen an. Zumindest Faustus hatte es ebenfalls gehört. Er sah sich angestrengt um, doch auch seine Augen vermochten die Schwärze nicht zu durchdringen.

Trotzdem flüsterte er: »Da ist jemand.«

»Wir müssen irgendetwas unternehmen«, zischte Gwen

gehetzt. Ihr war anzusehen, dass die vergangenen Tage in der Dunkelheit des Schlosses und in der Einsamkeit der Kellertiefen an ihrer Geduld gezehrt hatten. Aus dem Mädchen mit dem hübschen Grinsen war eine lauernde Raubkatze geworden, in jedem Augenblick bereit zuzuschlagen.

»Einer von uns muss schwimmen«, entschied Delphine. Es war offensichtlich, dass sie einen von uns Schülern im Sinn hatte, am liebsten aber Angelina. Sie konnte ihr die Schnittwunde am Hals schwerlich verzeihen.

Faustus trat ans Ufer und zog seinen Mantel von den Schultern. Einen Moment lang glaubte ich, er wollte tatsächlich springen. Dann aber streckte er nur den Arm mit dem Mantel aus und ließ den Stoff fingertief ins Wasser sinken. Sofort geriet die Oberfläche in Bewegung, glänzende Schlangenleiber ringelten sich durch die Fluten. Eine verbiss sich gar in der unteren Kante des Mantels, und Faustus musste ihn heftig schütteln, bis das Tier zurück ins Wasser klatschte.

»Sie sind angriffslustig, aber nicht giftig«, sagte er und hängte sich den Mantel wieder um. »Man könnte es schaffen.«

Diese Vorstellung war zu viel für mich. »Reicht es nicht, dass jemand durch dieses Schloss läuft, der uns töten will? Müssen wir uns da auch noch selbst umbringen?«

»Wie ich sagte«, entgegnete Faustus, »man *könnte* es schaffen. Ich werde es versuchen.«

»Herrgott!«, rief ich. »Habt Ihr den Verstand verloren? Selbst wenn Ihr die Schlangenbisse überleben solltet, so weiß doch niemand von uns, wie dieser Graben unter der Wasseroberfläche aussieht. Ihr könntet im Schlamm stecken bleiben. Es könnte auch versteckte Fallen geben, Eisenspitzen oder scharfe Klingen. Derjenige, der diesen Keller erbaut hat, hat sicher vorgesorgt. Ganz zu schweigen von all dem Gewürm, das sich außer den Schlangen im Wasser befinden könnte!«

Faustus zögerte. Nicht, weil er alle diese Möglichkeiten nicht auch in Betracht gezogen hätte; das hatte er längst, dessen war ich sicher. Nein, er stutzte, weil in diesem Augenblick neue Geräusche zu hören waren.

Und diesmal waren es eindeutig Schritte. Menschliche Schritte, barfuß.

Das Merkwürdige war, sie erklangen nicht mehr hinter unseren Rücken.

Stattdessen kamen sie von dort, wo Faustus gerade noch unter Einsatz seines Lebens hingelangen wollte – von der anderen Seite des Wassers!

Angelina, Delphine und Gwen traten gleichzeitig ans Ufer und leuchteten mit ihren Fackeln hinüber. Ihr lodernder Schein ergoss sich auf die gegenüberliegende Steinkante. Ganz außen, am Rande des Lichtkreises, näherte sich eine fahle Gestalt, kaum mehr als die vage Ahnung menschlicher Umrisse. Es war unmöglich, Einzelheiten zu erkennen. Jetzt blieb sie stehen. Sagte kein Wort.

»Wer ist da?«, fragte Delphine.

Die Gestalt gab keine Antwort. Sie stand einfach nur da, starr, wie leblos.

Zugleich aber ertönten hinter uns weitere Schritte. Auch von dort kam jemand näher.

Faustus winkte Angelina heran und raunte ihr etwas ins Ohr. Gleich darauf reichte sie ihm Schwert und Fackel. Faustus nahm beides und sprang mit weiten Sätzen in die Dunkelheit, dorthin, wo er den Unbekannten vermutete. Schon nach wenigen Schritten sahen wir nur noch die hüpfende Fackel, irgendwo in schwarzer Ferne. Es sah nicht aus, als wäre er fündig geworden.

Wir standen da wie auf einer erleuchteten Insel inmitten eines finsteren Ozeans. Um uns war nur Dunkelheit; ebenso gut hätten wir im Nachthimmel schweben können, es hätte kaum einen Unterschied gemacht. Allein dem Wassergraben war es zu verdanken, dass ich nicht völlig die Orientierung verlor. Weder Wände noch Decke waren zu sehen, nur der runde Ausschnitt vom Boden, den unsere Fackeln beschienen, keine zehn Schritte im Durchmesser.

Faustus kam wieder auf uns zugerannt und rief etwas, doch der Hall verzerrte seine Worte bis zur Unkenntlichkeit. Erst als er wieder neben mir stand, verstand ich, was er sagte.

»Es ist ein Mensch, keine Frage. Ich hörte, wie er weglief.«

»Dann ist er fort?«, fragte ich wenig hoffnungsvoll.

Faustus schüttelte im gelbroten Schein der Fackel den Kopf. »Nein, bestimmt nicht. Er ist irgendwo hier, ganz in der Nähe …«

Im selben Moment ertönte ein leises Kichern.

Jemand wisperte im Dunkeln: *»Eure Fackeln werden euch nicht helfen.«* Das Flüstern entstellte die Stimme so sehr, dass ich nicht hätte sagen können, ob es ein Mann oder eine Frau war, die sprach.

Drei Fackeln wurden fauchend herumgerissen. Vergeblich. Die Finsternis umgab uns wie Nebel, wie dichter, wallender Rauch.

Die Gestalt am anderen Ufer war jetzt nicht mehr zu sehen. Aber sie war nicht fortgegangen. Der Lichtkreis hatte sich nur verschoben.

Das Kichern wiederholte sich, diesmal aus einer anderen Richtung.

»Er spielt wieder mit uns«, sagte Faustus leise.

»Aber wer ist es?«, fragte ich und umklammerte mein Schwert fester.

»So viele kommen nicht mehr infrage, oder?«

»Der Traumvater?«

Faustus schüttelte wieder den Kopf. »Der ist fort. Nachdem er uns aufeinandergehetzt hat, hat er eingesehen, dass keiner von uns würdig ist, sein Nachfolger zu werden. Er hat nur beobachtet. Das hat ihm gereicht.« Die Stimme meines Meisters klang beinahe verbittert, wie ein Kind, dem man das versprochene Backwerk verweigert.

»Dann bleibt nur noch Bosch«, sagte ich. »Alle anderen sind tot oder hier bei uns.«

»Du glaubst, er war es, der das Feuer im Kerker legte?«

Ich dachte nach, kam aber zu dem Schluss, dass das unmöglich war. Angelina hatte ihn beobachtet; Bosch hatte sein Zimmer nicht verlassen.

»Ganz recht«, sagte Faustus, nachdem ich ihm meine Ansicht erklärt hatte.

Ich seufzte. »Dann muss es jemand sein, den wir noch nicht kennen.«

Bevor Faustus etwas erwidern konnte, fuhr Delphine wütend dazwischen. »Wie könnt ihr jetzt Mutmaßungen anstellen, während der Mistkerl um uns herumschleicht?«

Faustus und ich hatten leise geflüstert, doch Delphine gab

sich nicht einmal Mühe, ihre Stimme zu dämpfen. Die Worte hallten verzerrt durch die unterirdische Halle.

Da war es wieder, das Raunen in der Dunkelheit: *»So, so, ein Mistkerl.«*

Und im selben Augenblick zerriss ein ohrenbetäubendes Krachen die Stille. Ein greller Blitz leuchtete auf und tauchte für einen Herzschlag alles in blendendes Weiß.

Delphine wurde von irgendetwas getroffen. Der Einschlag warf sie nach hinten, während ihr Rücken aufplatzte wie eine reife Frucht. Kaum eine Handbreit vor der Uferkante prallte sie zu Boden. Sie starb, ehe einer von uns sich über sie beugen konnte.

»Er hat eine Handbüchse!«, schrie ich entsetzt. »Er hat eine gottverdammte Büchse!«

Gwen heulte verzweifelt auf und ging neben der Toten in die Knie. Faustus hockte sich daneben und ergriff Delphines leblose Hand. Für einen kurzen Moment schloss er die Augen, atmete tief ein und schluckte seine Trauer und seinen Schrecken herunter, wie einer, der auf eine Made im Apfel beißt und ihn trotzdem mit Todesverachtung herunterwürgt. Faustus weigerte sich sein Leben lang, seine Gefühle offen zu zeigen.

Der Mörder kicherte wieder, dann entfernten sich seine Schritte. Der Hall machte es unmöglich, zu erkennen, in welche Richtung er lief.

Faustus erhob sich. »Er muss erst nachladen, das dauert eine Weile.«

»Was sollen wir tun?«, fragte ich verzweifelt.

Angelina trat dicht neben mich. Sie hatte Delphines Fackel an sich genommen. Gwen kniete immer noch mit gesenktem

Kopf neben dem Leichnam. Das lange Haar war ihr vors Gesicht gefallen und verdeckte ihre Züge. Sie schluchzte leise.

»Löscht die Fackeln«, flüsterte Faustus. »Schnell! Ins Wasser damit – oder, nein, werft sie dort hinüber, alle auf einen Haufen.«

Die drei Fackeln landeten dicht nebeneinander, rechts von uns am Ufer. In ihrem Schein war wieder die reglose Gestalt auf der anderen Seite zu sehen. Sie hatte sich nicht bewegt, und doch war noch immer nichts Genaues zu erkennen. Es war fast, als blickte man durch feine Seidenschleier.

»Jetzt kommt«, gebot uns Faustus leise und zog uns mit sich nach links, fort von den Fackeln und weit aus ihrem Lichtkreis.

Gwen wollte offenbar beim Leichnam sitzen bleiben, deshalb lief ich zurück und zog sie auf die Beine. Sie ließ es geschehen wie jemand, der gerade aus tiefem Schlaf erwacht.

»Er hat sie getötet«, murmelte sie kaum hörbar.

Nicht zum ersten Mal, lag mir auf der Zunge, aber ich sprach die Bemerkung nicht aus.

Es war klar, was Faustus vorhatte. Dadurch, dass auch wir plötzlich im Dunkeln standen, verlor der Todesschütze seine Ziele. Jetzt konnte er nur noch blind ins Dunkel schießen, was uns lediglich seinen Standort verraten hätte. Oder aber er kam näher, um uns zu töten. Er war noch immer im Vorteil – vier Menschen machen mehr Lärm als ein einzelner –, und doch war es unsere einzige Möglichkeit. Wenn einer von uns ihn zu fassen bekam, konnten wir ihn besiegen.

Ich bezweifelte jedoch, dass er dumm genug war, es darauf ankommen zu lassen.

Faustus führte uns stumm am Ufer des Wassergrabens entlang und flüsterte schließlich, wir sollten uns setzen. »Wartet hier!«, raunte er.

»Was habt Ihr vor?«, fragte ich.

Er gab keine Antwort. Ich hörte nur, wie er davonschlich.

Um uns war nun völlige Finsternis. Ich fühlte Gwen und Angelina neben mir, doch sehen konnte ich sie nicht. In weiter Ferne brannten die drei Fackeln am Boden.

»Wo bist du?«, schrie Faustus plötzlich.

Wieder erhellte ein grellweißer Blitzschlag das Dunkel, so stark, dass ich die Lider zusammenkniff. Der Donner des Büchsenschusses dröhnte in meinen Ohren, vor meinen Augen sprangen bunte Funken auf und ab. Ich wartete auf einen Schmerzensschrei oder das Krachen eines getroffenen Körpers auf Stein, doch nichts dergleichen ertönte. Die Kugel hatte Faustus offenbar verfehlt.

Der Mörder hatte in die Richtung gefeuert, aus der Faustus' Stimme erklungen war. Später erfuhr ich, dass genau das der Plan meines Meisters gewesen war. Faustus war gleich nach seinem Ruf zur Seite gesprungen. Als der Schuss losging, wurde er davon nicht mehr überrascht und konnte so trotz der Helligkeit die Augen offen halten. Dabei sah er, wo sein Gegner stand. Statt nun aber blindlings auf ihn zuzurennen und dabei die Gefahr einzugehen, dass der Mörder ihm im Dunkeln entkam, tat Faustus etwas anderes.

Er lief so schnell er konnte zu einem Punkt der Halle, der sich auf einer Linie mit dem Mörder und den am Boden liegenden Fackeln befand. Sein Feind stand nun genau zwischen den Flammen und ihm selbst und war so für Faustus deutlich als schwarzer Umriss vor dem Feuer zu erkennen. Selbst wenn der Todesschütze sich jetzt zur Seite bewegte, musste Faustus nur schnell genug seinen Standort verändern und die gerade Verbindung aufrechterhalten.

Und während der Mörder sich weiterhin unsichtbar glaubte, schlich Faustus im Dunkeln längst auf ihn zu, langsam, aber zielstrebig. Er konnte jetzt sehen, wie sein Gegner sich mit dem Nachladen der Handbüchse abmühte. Fünfzehn Schritte trennten sie noch voneinander.

Ich selbst ahnte zu jenem Zeitpunkt natürlich nichts vom Vorhaben meines Meisters. Stattdessen trieben mich Angst und Ungeduld zu einem eigenen Plan. Ich gab Gwen und Angelina flüsternd zu verstehen, dass sie sich nicht von der Stelle rühren sollten, und machte mich dann selbst auf den Weg. Eilig, aber so lautlos wie möglich, schlich ich auf die drei Fackeln zu.

Faustus beobachtete, wie der Mörder die Waffe nachlud. Er stopfte Pulver in den Lauf und zog aus einer Tasche eine Stahlkugel. Faustus konnte ihn vor den Fackeln jetzt klar und deutlich erkennen. Er ahnte längst, um wen es sich bei dem Umriss handelte. Noch acht Schritte.

Ich schlich derweil am Ufer des Wassergrabens entlang und näherte mich den Fackeln. Noch war ich außerhalb ihres Lichtkreises. Irgendwo rechts von mir raschelte etwas im Dunkeln. Das mochte ebensogut der Mörder wie auch Faustus sein. Ein metallisches Klacken ertönte – eine Kugel, die in den Lauf der Büchse rollte.

Faustus sah, wie sein Gegner den Hahn der Waffe spannte. Das Knirschen war aus der Nähe nicht zu überhören. Noch vier, fünf Schritte, dann war er bei ihm. Hätte er loslaufen können, wäre das keine echte Entfernung gewesen, doch er wagte nicht, sich schneller zu bewegen. Das Geräusch seiner Stiefel auf dem Boden hätte den anderen gewarnt.

Ich blickte an meinem Körper hinab und konnte ihn zum ersten Mal wieder sehen. Der Fackelschein schmiegte sich matt um meine Kleidung. Jetzt war ich auch für den Mörder zu erkennen. Ich hoffte inständig, dass er gerade in eine andere Richtung blickte.

Faustus streckte beide Arme aus. Er konnte endlich sehen, wer es war. Seine Ahnung bestätigte sich.

Ich stürzte mich mit einem gewagten Sprung auf eine der Fackeln, ungeachtet des Lärms, den ich dabei verursachte, hob sie auf und schleuderte sie in weitem Schwung auf die andere Seite des Grabens. Mit wehenden Flammen flog die Fackel über das Wasser hinweg und fiel unweit der diffusen Gestalt zu Boden. Für die Dauer eines Herzschlages stand ich inmitten des Lichtkreises der verbliebenen Fackeln. Fassungslos starrte ich aufs andere Ufer. Ich sah jetzt, wer dort stand, und konnte es doch nicht glauben.

Faustus hatte seinen Gegner erreicht. Seine Hände schwebten beinahe über den Schultern des anderen, ohne dass der es bemerkte. Im selben Moment aber, in dem ich in den Lichtkreis der Fackeln sprang, fuhr der Mörder herum. Die Hände meines Meisters griffen ins Leere. Die Büchse wurde hochgerissen, zeigte in die Richtung der Fackeln.

Ich stand da wie versteinert. Die Gestalt am anderen Ufer war erschrocken zusammengezuckt, als die Fackel auf sie zugeflogen und vor ihren Füßen aufgeprallt war. Wimmernd ging sie in die Hocke. Der weiße zierliche Körper war von zahllosen Bisswunden entstellt, Blut lief in Strömen über die zarten Glieder. Das Zwillingsmädchen musste durch den Graben geschwommen sein, ungeachtet der angreifenden Schlangen im Wasser. Sein Kleidchen war verschwunden; vielleicht hatte es es abgestreift, oder aber die Schlangen hatten den hauchdünnen Stoff zerrissen. Jetzt sah ich auch, dass das Mädchen etwas in Händen hielt. Etwas, das glitzerte wie pures Gold.

»*Nicholas!*«, schrie hinter mir eine Stimme. Und: »Wagner, runter!«

Ich ließ mich fallen. Im selben Augenblick krachte ein Schuss. Ein schneidender Schmerz raste durch meine linke Schulter. Blut sprühte über mein Gesicht. Der Mündungsblitz der Büchse blendete mich. Ich stürzte zu Boden und blieb benommen neben einer Fackel liegen. Die Hitze biss in meine Wange, doch das Brennen in meiner Schulter war schlimmer. Ich tastete nach der Wunde und fand eine blutige Schneise, die die Kugel durch meine Haut gepflügt hatte.

Neben mir wurde Lärm laut. Mühsam öffnete ich die Augen, zog mich erschrocken von der nahen Fackel zurück und blickte über sie hinweg ins Dunkel.

Am Rande des Lichtkreises hatte sich Faustus auf den Schützen gestürzt. Es war tatsächlich Nicholas, den ich doch mit eigenen Augen in seiner Zelle hatte verbrennen sehen. Bereits der Dritte, der scheinbar von den Toten auferstanden war. Doch solcherlei Erkenntnisse erstaunten mich nicht länger. Es würde eine Erklärung dafür geben. So wie für Delphine. Und für das Zwillingsmädchen.

Ein Schatten huschte auf mich zu. Plötzlich war Angelina über mir, betrachtete die Wunde und sprang dann auf die beiden Kämpfenden zu.

Nicholas gelang es, Faustus für einen Augenblick abzuschütteln. Fast gleichzeitig riss er ein langes Messer aus seinem Gürtel, glühend im Licht der Fackeln. Die Klinge schoss vor und verfehlte das Gesicht meines Meisters. Faustus bückte sich unter dem Messerstoß hindurch und schlug seinem Gegner die geballte Faust in den Magen. Im selben Augenblick stürzte sich Angelina von hinten auf Nicholas. Die Klinge segelte in weitem Bogen davon.

Dann war es vorbei. Angelina riss Nicholas beide Arme auf den Rücken, einer brach mit vernehmlichem Bersten. Der Musiker schrie auf, doch Angelina presste den unversehrten Arm nur noch höher, bis Nicholas seine Gegenwehr aufgab. Mit wutverzerrter Fratze hing er im Griff des Borgia-Engels und sah uns der Reihe nach hasserfüllt an.

Dann plötzlich raste sein Blick hinüber zum anderen Ufer. »Ins Wasser!«, schrie er dem Mädchen zu. »Ins Wasser!«

Die Kleine sah ihn aus großen Augen an, während das Blut in zahllosen Rinnsalen über ihren Körper lief. Das lange schwarze Haar klebte ihr auf Schultern und Gesicht. Sie wirkte unsagbar hilflos.

Zitternd machte sie einen Schritt nach vorne, dann noch einen. Es dauerte einen Moment, dann begriff ich, dass ihr Schwanken kein Ausdruck ihres Zögerns war – es war pure Entkräftung. Ihr Blut floss aus Hunderten winziger Bisswunden, der Schmerz musste kaum zu ertragen sein. Die Tage im Schloss und an Nicholas' Seite hatten sie ausgezehrt. Das Mädchen war nur noch eine willenlose Puppe, bereit, seinem Herrn überallhin zu folgen. Selbst in den Tod.

»Nein!«, schrie Faustus auf.

Nicholas lachte bösartig.

Das Mädchen umklammerte den goldenen Gegenstand in seiner Faust noch fester, dann tat es den letzten Schritt. Einen Augenblick lang schien sein rechter Fuß bewegungslos über dem Wasser zu schweben, dann kippte es haltlos vornüber.

Die Fluten nahmen den zarten Körper auf und überdeckten sein Weiß mit ihrer schwarzen Oberfläche. Jedem war klar, dass das Mädchen viel zu schwach war, um das diesseitige Ufer zu erreichen.

Nicholas frohlockte. Mit dem Mädchen war auch der Schatz in den Graben gesunken.

Plötzlich stieß ein heller Arm durch die Oberfläche. Eine Schlange hatte sich darin verbissen. Der Kopf des Mädchens erschien zwischen den Wellen, es schnappte verzweifelt nach Luft. Immer mehr Schlangen glitten in einer strudelnden Bewegung auf das Mädchen zu, schlugen ihre Fangzähne in weiches Fleisch.

Ich umfasste die Uferkante mit beiden Händen und zog mich näher ans Wasser. Der Schmerz tobte immer noch höllisch in meiner ganzen linken Seite. Vielleicht konnte ich es schaffen, zu dem Mädchen zu schwimmen und es aus dem Graben zu ziehen.

Faustus kam mir zuvor. Er sprang über mich hinweg in weitem Schwung ins Wasser und schaffte es fast, bis zum Mädchen zu gelangen. Beide verschwanden einen Augenblick unter der Oberfläche, dann tauchten sie wieder auf. Schlangen ringelten sich um ihre Glieder, immer wieder schnappten die kleinen Kiefer mit ihren nadelspitzen Fängen zu. Ungeachtet der Schmerzen schwamm Faustus mit heftigen Stößen zum Ufer. Das Mädchen schien die Besinnung verloren zu haben, denn es ließ sich reglos und ohne eigenen Willen herüberziehen. Faustus hob es aus dem Wasser und tauchte dabei selbst wieder für einige Herzschläge unter. Ich ergriff die Kleine und zog sie mühsam ins Trockene. Ihr Körper war federleicht, doch die Schulterwunde entzog meinem Arm alle Kraft. Angelina konnte mir nicht zu Hilfe kommen, sie hielt immer noch Nicholas in eisernem Griff.

Nachdem das Mädchen auf den Steinplatten lag, reichte ich Faustus eine Hand. Er ergriff sie und ließ sich ebenfalls nach oben ziehen. Mit fahrigen Handbewegungen schleuderte er einige Schlangen ins Wasser, die sich in seiner Kleidung und Haut verbissen hatten. Er blutete, aber es schien nicht wirklich schlimm zu sein.

Das Zwillingsmädchen lag bewegungslos da, die Augen geschlossen, der kindliche Leib blutverschmiert. Es atmete.

Seine Hände hatten sich zu Fäusten geballt. Beide waren leer. Der goldene Gegenstand, vielleicht die Krone des Schlangenkönigs, war fort, versunken auf dem Grund des Grabens. Es wäre sinnlos und viel zu gefährlich gewesen, weiter danach zu suchen.

Auch Faustus blickte auf die leeren Hände des Mädchens, doch er ließ sich seine Enttäuschung nicht anmerken. Zumindest nach außen hin schien er zufrieden, das Leben der Kleinen gerettet zu haben. Ich ahnte jedoch, dass es in seinem Inneren anders aussah. Das Ringen um die Krone war zu gefährlich gewesen und hatte zu viele Menschenleben gefordert, als dass ihn ihr Verschwinden nun hätte kaltlassen können.

Nicholas versuchte erneut, sich loszureißen. Ohne Zögern brach Angelina auch seinen zweiten Arm. Seine Flüche gingen in einem kaum unterdrückten Schmerzensschrei unter.

Faustus beugte sich über das Mädchen und fühlte seinen Herzschlag. Die Schlangenbisse sahen für sich genommen ungefährlich aus, doch in solcher Menge konnten sie tödlich sein. Allerdings ging die Blutung bereits zurück, nur aus einigen der neuen Wunden, die sie bei ihrem zweiten Sprung in den Graben erlitten hatte, flossen noch hellrote Rinnsale. Das Blut vermischte sich mit dem Wasser, das auf ihrer Haut perlte.

Ich schaute mich um und suchte Gwen.

Ich sah noch, wie sie Nicholas' Dolch aufhob und damit auf den Mörder ihrer Herrin zustürzte. Ihr Gesicht war verzerrt von Hass und Leid.

Meine Schulter tat mehr als nur weh, ich war erschöpft und außer Atem. Und doch war ich der Einzige, der es hätte verhindern können. Sie musste an mir vorbei, um Nicholas zu erreichen. Faustus erkannte viel zu spät, was geschah; er hatte dem Zwillingsmädchen all seine Aufmerksamkeit geschenkt. Und Angelina war derart mit dem schreienden Nicholas beschäftigt, dass sie Gwens Absicht nicht bemerkte.

Gwen kam auf mich zugerannt. Sie ahnte sehr wohl, was ich plante: Ich wollte mich zwischen sie und den gefangenen Mörder werfen. So tat sie das, was am naheliegendsten war und womit ich doch nicht gerechnet hatte: Sie holte im Lauf mit der geballten Faust aus und schlug sie mir ins Gesicht. Ich taumelte getroffen zurück, und spätestens da bemerkten die anderen, was Gwen vorhatte.

Es war längst zu spät. Ehe Angelina Nicholas herumreißen konnte, war Gwen bereits heran und rammte dem Mörder das eigene Messer bis zum Heft in die Brust. Es war kein ungezielter Angriff, geboren aus unbeherrschter Wut, ganz im Gegenteil. Gwen wusste nur zu gut, worauf sie zielen musste, und so fuhr die Klinge genau in sein Herz. Nicholas vermochte nur noch seinen Mund zu öffnen, doch kein Laut drang mehr über seine Lippen. Angelina ließ ihn los. Der tote Körper glitt raschelnd zu Boden.

Gwen stand da, blickte erst auf den Leichnam, dann auf uns andere. Einen Moment lang waren wir alle sprachlos.

Sie aber kam auf mich zu, betrachtete meine blutende Nase und fragte mitfühlend: »Tut es sehr weh?«

* * *

Faustus sprach lange kein einziges Wort. Nicht, als wir die Pferde aus dem Stall holten, und nicht, als wir die Lichtung hinter uns ließen und auf dem Waldweg westwärts ritten. Bosch verabschiedete sich von uns, als die Bäume spärlicher wurden und sich vor uns das Gräsermeer des Hügellands öffnete. Er hatte das Gemälde, das er in der vergangenen Nacht beendet hatte, in Tücher geschlungen und an der Seite seines Pferdes befestigt. Es war kein herzlicher Abschied, und unsere freundlichen Worte klangen karg und seltsam unpassend eingedenk der Ereignisse. Der alte Mann hatte eine weite Reise vor sich. Ich sah ihm nach, wie er in der Ferne hinter der Kuppe eines grünen Hügels verschwand, das Pferd in langsamem Trott, sein Reiter sanft im Sattel schaukelnd. Die wehenden Gräser verwischten sein Bild wie einen Farbfleck auf einer hellblauen Leinwand.

Das Zwillingsmädchen saß hinter Gwen im Sattel und klammerte sich stumm an ihre Hüften. Delphines Schülerin hatte angeboten, sich weiterhin um die Kleine zu kümmern, zumindest aber bis zur nächsten Stadt, falls sich dort eine Bleibe für sie fand. Ich dachte an die Wegelagerer, deren Spur wir auf dem Hinritt entdeckt hatten, verwarf den Gedanken aber gleich. Gwen verstand es, mit Schwert und Dolch umzugehen. Vorsichtshalber hatte sie Nicholas' Handbüchse an sich genommen und trug sie nun in einer Schlaufe am Sattel.

Auch diese beiden verließen uns bald. Gwen hatte beschlossen, mit dem Mädchen nach Berlin zu reiten. Bis dorthin waren es knapp zwei Tagesritte, und Delphine hatte dort zahlreiche Freunde, von denen Gwen sich Unterstützung erhoffte. Faustus hatte die Wunden des Zwillingsmädchens mit einer seiner übel riechenden Salben bestrichen und fest bandagiert. »Sie werden bald heilen«, sagte er zuversichtlich, während Gwen nur die Nase rümpfte.

An einem Kreuzweg wünschten wir den beiden Mädchen das Beste und ließen sie ziehen. Sie ritten nach Norden, während wir uns nach Süden wandten.

Unser Ziel war – endlich! – die ewige Stadt.

Der Weg bis nach Rom war weit, doch die Geschehnisse im Schloss des Schlangenkönigs waren noch zu frisch, als dass ich mir bereits Sorgen um die kommenden Wochen hätte machen mögen. Zu viele Fragen, zu viele ungeklärte Rätsel verdrängten alles andere aus meinem Denken.

Schließlich, es ging gegen Abend, trieb ich mein Pferd zum Galopp, lenkte es quer über die Straße und verstellte Faustus den Weg. Er sah mich an, als erwachte er aus einem langen Schlaf, aus Träumen, die ihn trotz seiner offenen Augen quälten.

»Erklärt es uns«, sagte ich, und es war mehr Forderung als Bitte. Angelina bestärkte mich mit einem entschiedenen Nicken.

Meine Schulter schmerzte noch immer, doch auch hier zeigte die Wundersalbe erste Wirkung. Ein kühler Wind pfiff über das Land. Mit sich brachte er den Geruch nach frischem

Gras, aber auch von Regen. Am Horizont ballten sich bereits graue Wolken zusammen. Es würde ein Gewitter geben. Nach der düsteren Enge der Schlossruine erschien mir selbst das wie ein Segen. Die Weite des Hügellandes und das Gefühl von Freiheit versüßten mir jede Unbill des Wetters.

»Erklärt es uns endlich«, wiederholte ich, als Faustus mich immer noch ansah, als hätte ich etwas Unmögliches verlangt.

Schließlich sagte er müde: »Und wo soll ich beginnen?«

»Wie wäre es mit Nicholas und dem Mädchen?«

Faustus nickte. »Reitet weiter. Unterwegs will ich euch sagen, was ich weiß. Was ich zu wissen *glaube.*«

Ich lenkte das Pferd herum und ließ es neben Angelina und Faustus einhertrotten.

»Der Mann, den du im Kerker verbrennen sahst, war nicht Nicholas«, sagte mein Meister.

»Nun, das dachte ich mir.«

»Es war nicht einmal ein Mensch. Sag mir, woran glaubtest du zu erkennen, dass es sich um Nicholas handelte?«

Ich dachte kurz nach. »An seinem gedrungenen Körper, den kurzen Beinen. Was meint Ihr damit, es war kein Mensch?«

»Warte ab«, erwiderte Faustus, nun bereits ein wenig lebhafter. Jetzt würde er wieder den weisen, allwissenden Schwarzkünstler geben, eine Rolle, die er sogar vor Angelina und mir nie ganz ablegen konnte. »Als du vor dem Kerker standest, hat das Feuer bereits eine Weile gebrannt, nicht wahr?«

»Ich sah kaum mehr als Flammen und die Umrisse des Toten.«

»Dann denk nach: Wer aus unserer Gruppe war ähnlich gebeugt und kurzbeinig wie Nicholas?«

Ich musste nicht lange überlegen, die Antwort war klar: »Niemand, Herr.«

»Falsch. Einen gab es: Sisyphos, Arianes Menschenaffen.«

»Aber er verbrannte in den Trümmern des Gästehauses.«

»Noch einmal falsch, Wagner. In den Ruinen sahen wir nur den Schädel des Gorillas und einen großen Haufen verbrannter und verstreuter Knochen. Tatsächlich waren sie aber nicht die Überreste des Affen. In Wahrheit standen wir vor den Knochen Adelfons Braumeisters, der zu diesem Zeitpunkt bereits verschwunden war. Nicholas muss seinen Leichnam verbrannt und seinen Kopf gegen den von Sisyphos ausgetauscht haben, um uns weiszumachen, der Affe sei in den Flammen umgekommen. In Wahrheit aber bewahrte er den Körper des Tieres auf, denn da wusste er längst, dass der Torso ihm noch gute Dienste leisten würde.«

»Dann hat er seine eigene Verbrennung bereits so früh geplant?«, fragte ich erstaunt.

»Gewiss.« Faustus lächelte gönnerhaft, ein Zug, den ich keineswegs an ihm schätzte – ich muss nicht erwähnen, dass er ihm bis an sein Lebensende zu eigen blieb. »Auch der Mord an Walpurga vor unser aller Augen war Bestandteil seines Plans. Er hoffte, dass wir ihn einsperren würden. Seine Gefangenschaft wollte er nutzen, um uns allen weiszumachen, er sei bei lebendigem Leibe verbrannt. Eine bessere Maske als die eines Toten kann es für einen Mörder nicht geben. Er ließ dich, Wagner, von dem Zwilling in die Irre führen, um dich für eine Weile loszuwerden. Das Mädchen kehrte derweil zurück, löste die Kette, und Nicholas schaffte aus einem nahen Kellerraum den toten Affen herbei, den er zuvor dort versteckt hatte. Er setzte ihn in Brand, verschloss den Kerker und verbarg sich. Da seine Statur der des Tieres ähnlich war, wusste er, dass jedermann den verbrannten Affen bei oberflächlicher Betrachtung für ihn selbst halten musste.«

»Dann war es also auch Nicholas, der das Gästehaus anzündete.«

Faustus bejahte. »Nicht, um euch beide zu töten, sondern vor allem, um Braumeisters Leichnam zu verbrennen. Das Feuer musste auffällig genug sein, dass wir ihn finden würden.«

Der Himmel über uns leuchtete in einem strahlenden Sommerblau, und wären die kühlen Brisen nicht gewesen, der Tag wäre warm geworden. So aber fröstelte ich trotz des herrlichen Wetters. Vielleicht lag es auch an der bösen Erinnerung.

Faustus sah mich an. »Was glaubst du, wie es Nicholas gelang, den Tod des Zwillings vorzutäuschen?«

Darüber hatte ich mir bereits Gedanken gemacht, und die Antwort war so einfach wie genial. »Nicholas schnitt einem der beiden Mädchen die Kehle durch und legte es in den Geheimgang, wo wir es entdeckten. Als wir uns nach der Bestattung auf die Suche nach dem zweiten Kind machten, zog er den Leichnam wieder aus der Gruft, trennte den Kopf vollständig ab und versteckte die Tote im Keller, sodass wir die dieselbe Leiche ein zweites Mal finden würden, dabei jedoch annehmen mussten, es handele sich um die Zwillingsschwester. Wir haben dasselbe Mädchen zweimal bestattet.«

»So ist es«, sagte Faustus anerkennend. »Du hast nur einen einzigen Fehler gemacht. Nicholas war bei uns, während wir die oberen Stockwerke nach der zweiten Leiche absuchten. Das wiederum bedeutet, dass die Tote von ihrem eigenen Zwilling enthauptet wurde. Das Mädchen hat seine Schwester verstümmelt, allein weil Nicholas es ihm befahl.«

»Himmelherrgott!«, entfuhr es mir angewidert. »Wie konnte sie das tun?«

»Sie stand völlig in Nicholas' Bann«, erklärte Faustus betrübt. »Ich bin sicher, er hat sie dazu gezwungen, ebenso, wie er sie dazu brachte, durch den Schlangengraben zu schwimmen. Dabei war ihm gleichgültig, was mit dem Mädchen geschah. Er wollte nur die Krone.«

Fassungslos schnappte ich nach Luft. Ich konnte Gwen ihre Tat nicht länger verübeln – Nicholas hatte den Tod verdient. Plötzlich fiel mir etwas ein: »Den Geheimgang in den Wänden, den habt Ihr doch nicht selbst entdeckt, oder? Ihr wolltet uns weismachen, Ihr hättet einen der Spiegel zerschlagen, doch das war unmöglich. Zum einen hätten wir das Geräusch im ganzen Schloss hören müssen, zum anderen aber waren die Spiegel viel zu hart.«

Mein Meister lächelte. »Du bist sehr aufmerksam, Wagner. Mir scheint, du lernst schneller, als ich dachte.«

Meine Brust schwoll an vor Stolz. »Delphine hat Euch die Gänge gezeigt, nicht wahr? Sie stieß darauf, während sie die Krone suchte.«

»So ist es.«

»Dann waren meine Zweifel an Euch nicht unbegründet«, sagte ich erleichtert. »Ich wusste, dass Ihr uns nicht immer die Wahrheit sagtet, selbst in so kleinen Dingen. Verzeiht, wenn es mich freut, dass ich Euch durchschaut habe.«

Faustus stieß ein schallendes Lachen aus, das erste seit Tagen. »Diese Gunst sei dir gewährt, mein Freund.«

»Habt Ihr jemals wirklich angenommen, dass Braumeister der Mörder war?«

»Wegen Arianes Vision, meinst du? Nein, ich dachte mir,

dass sie log. Das war einer der Gründe, weshalb ich sie in der Nacht ihres Todes nicht schützte. Ich bin ganz sicher, sie wollte den Verdacht nur aus Hass auf Braumeister lenken. Sie hat ihm nicht verziehen, was er über ihren Liebling Sisyphos sagte. Keiner der beiden hat die Anwesenheit des anderen je ertragen können, das war schon früher so. Arianes angebliche Vision war nur ein besonders perfides Mittel, ihn ins Unglück zu stürzen. Sie ahnte nicht, dass er an jenem Abend längst tot war – und natürlich konnte sie nicht voraussehen, dass auch sie den Morgen nicht erleben würde. Sie war eben nie ein wirklich gutes Medium.«

»Vielleicht rechnete sie auch damit, dass der Mörder sie verschonen würde«, sagte ich nachdenklich.

Faustus legte die Stirn in Falten. »Wieso das?«

»Falls Braumeister trotz ihrer Vision nicht der Mörder gewesen wäre, so hätte sie doch vom wahren Täter abgelenkt. Möglicherweise glaubte sie, er sei froh darüber, dass sie seine Spur verwischte. So erreichte sie zwei Ziele auf einen Schlag: Sie sorgte dafür, dass der Verdacht auf Braumeister fiel, und hoffte zugleich, damit ihr eigenes Leben zu retten.«

Mein Meister sann schweigend über diese Möglichkeit nach, dann stimmte er zu. »Ihr Pech, dass Nicholas seiner Sache sicher genug war und Arianes Hilfe nicht nötig hatte.«

Wir ritten über die Kuppe eines Hügels und hatten eine prächtige Aussicht über die umliegende Landschaft. Die unbefestigte Straße schlängelte sich als brauner Strang zwischen grüngelben Hängen dahin. Nur hier und da war das wogende Grasland mit Buschwerk und kleinen Wäldern gesprenkelt. Der Wind zerzauste unser Haar. Angelinas Blick war starr nach Süden gerichtet, so als versuchte sie, hinterm Horizont die Paläste Roms zu erblicken. Doch bis es so weit war, würden noch Wochen vergehen. Ich nahm mir vor, die Zeit zu nutzen, um unsere Zeichensprache zu verfeinern. Und um nachzudenken, über mich selbst und Angelina. Es lag so viel Sehnsucht in ihrem Blick über die Hügel, aber ich wusste, dass es eine Sehnsucht nach Rache war. Einmal mehr fragte ich mich, was Faustus dazu trieb, ihr zu helfen. Warum begleitete er sie nach Rom? Was zog ihn dorthin? Ich würde auf eine Antwort drängen, nicht jetzt, aber irgendwann später.

»Wie habt Ihr den Traumvater dazu gebracht, das Schloss zu verlassen?«, fragte ich.

»Niemand bringt den Traumvater zu irgendetwas«, erwiderte Faustus. »Es war sein eigener Entschluss zu gehen. Er ist seiner Rolle überdrüssig, und er suchte in der Tat einen Nachfolger. Sein Plan war grausam, aber aus seiner Sicht die beste Lösung: Er lud uns ins Schloss des Schlangenkönigs ein und machte uns alle zu seinen Puppen. Er kennt uns Menschen nur zu gut, er weiß um unsere Träume, und ihm war klar, dass er die Krone nur erwähnen musste, um einen blutigen Wettstreit zu entfesseln. Der, welcher das Blutbad überlebte, wäre würdig gewesen, sein Nachfolger zu sein, denn es gibt nur zwei Dinge, die einen Traumvater antreiben können: zum einen völlige Verderbtheit, zum anderen aber Umsicht, welche die Zusammenhänge der Geschichte begreift und über das Schicksal Einzelner hinausschaut. Der Sieger in diesem Komplott hätte eine dieser Eigenschaften innehaben sollen. Zumindest nahm der Vater das an. Entweder würde der Mörder übrig bleiben oder aber derjenige, der ihn besiegte.«

»Aber das seid Ihr, Meister.«

Er nickte und grübelte eine Weile. Dann sagte er: »Auch

ich habe versagt. Ich habe mich wie alle anderen vom Glanz der Krone blenden lassen. Ich mag nicht Nicholas' Grausamkeit besitzen, doch fehlte mir die nötige Bedachtsamkeit. Mir ging es allein um den Schatz.«

»Und das hat den Traumvater enttäuscht?«

Faustus lächelte bitter. »Ein Begriff wie Enttäuschung ist ihm fremd. Er sieht nur das, was ist – und das, was die Menschen sich wünschen, das wäre. Er lebt in unseren Träumen, Wagner, und Träume enttäuschen uns nicht. Sie mögen uns entsetzen oder erfreuen, doch sie nehmen uns keinen unserer Wünsche. Im Traum schaffen wir Illusionen, aber wir betrauern sie nicht. Deshalb gibt es nichts, das den Traumvater enttäuschen könnte.«

Ich war nicht sicher, ob ich seine Worte verstanden hatte. »Trotzdem hat er auf einen Nachfolger verzichtet.«

Faustus hob die Schultern. »Er wird weiter suchen, in anderen Ländern, an anderen Orten.«

»Dann wird es dort weitere Morde geben?«

»Der Traumvater ist klug. Er weiß seine Spuren zu verwischen. Es wird aussehen wie Gier oder Missgunst oder Eifersucht. Der Vater bestimmt den Ort, und er bereitet ihn vor, genau wie hier. Er bringt Hafer für die Pferde und Decken für die Nacht. Und er bringt den Tod. Allen, bis auf einen.«

Vor uns auf der Straße bewegte sich etwas. Etwas glitt von links nach rechts über den Weg, und als der Schatten wieder im hohen Gras entschwand, da hatte er etwas zurückgelassen, gleich vor den Pferden. Wir zügelten die Tiere und blickten zum Boden.

Dort lag, von Bisswunden grässlich entstellt, mit zerrissenem Fell und leerem Blick, Walpurgas Hexenkatze.

»Das war Mephisto«, sagte Faustus. »Er muss sie bis zuletzt gejagt haben. Jetzt ist er wieder bei uns.«

Ich schaute mich um, ließ meinen Blick über die rauschenden Grashänge schweifen, doch da war nichts, nur eine Schneise zwischen den Halmen, dort, wo Mephisto verschwunden war.

Und da erinnerte ich mich an die wichtigste Frage von allen.

* * *

Ich nahm mir Zeit bis zum Abend, ehe ich sie stellte.

»Was ist es, das Euch in Wahrheit mit dem Traumvater verbindet?«

Faustus sah mich an, doch seine Verwunderung war schlecht gespielt. »Wie meinst du das?«

»Ihr wisst, was ich meine. Da ist mehr als nur Eure Lehrzeit bei ihm. Er hatte einen Hund wie Mephisto bei sich.«

Das Gewitter war an uns vorübergezogen, doch in seinem Gefolge schob sich die Nacht über das Land. Unter einer Linde, irgendwo in den Weiten der einsamen Lausitz, machten wir Rast. Während die ersten Sterne im Schwarz des Himmels erstrahlten, entfachten wir am Boden ein Lagerfeuer, hüllten uns in unsere Decken und starrten schweigend in die prasselnden Flammen. Meine Frage waren die ersten Worte seit Stunden.

Angelina blickte auf und sah erst zu mir, dann auf Faustus. Sie nickte, als wollte sie sagen: Es ist längst an der Zeit für die Wahrheit.

Faustus holte tief Luft und blickte hinauf zu den flackernden Sternen, als befürchtete er, etwas könnte ihn aus dem schwarzen Abgrund über unseren Köpfen beobachten. Einen Moment lang war es, als verdrängte der kalte Mondschein das gelbe Glühen des Feuers von seinem Gesicht. Ein weißer Glanz kroch über seine Züge, nur einen Augenblick lang, dann war es vorbei. Der Schein des Feuers kehrte zurück und mit ihm Wärme und das vage Gefühl von Sicherheit.

Faustus stand langsam auf und trat an seine Satteltaschen. Aus einer zog er einen hölzernen Stab hervor, etwa so lang wie mein Unterarm. Er reichte ihn mir.

»Was ist das?«, fragte ich.

Er lächelte flüchtig. »Oh, ich benutze ihn als Zauberstab, wenn ich auf der Bühne stehe, aber tatsächlich ist es nur eine Art Andenken. Etwas, das ich mitgebracht habe von einer weiten Reise, auf der ich auch den Traumvater traf.«

Ich betrachtete den Stab genauer. Er endete in einem hölzernen Hundeschädel mit spitzer, lang gestreckter Schnauze und schmalen, aufrecht stehenden Ohren. Er sah aus wie Mephisto. Der Kopf saß auf einem menschlichen Oberkörper, der wiederum in ein dünnes Beinpaar mündete, das den Rest des Stabes formte. Das Ganze wirkte wie ein Körper, den man mit Gewalt auf das Vielfache seiner Länge gezerrt hatte. Der Stab war mit einiger Kunstfertigkeit geschnitzt worden.

Ich gab ihn zurück an Faustus.

»Es ist ein Anubiszepter«, sagte er. »Weißt du, wer Anubis ist?«

Ich schüttelte wortlos den Kopf.

»Anubis ist der Totengott der Ägypter. Sein Kopf ist der eines Hundes oder Schakals, eine Art Wolf, der sich vom Leichenfraß ernährt. Man findet ihn nicht in unseren Gegenden, aber südlich und östlich des Meeres streift er durch die Steppen und Wüsten.«

»Dann ist Mephisto ein solcher Wolfshund?«

Faustus zögerte, wenngleich nur für einen Augenblick. »Ja und nein. Er sieht zweifellos aus wie einer. Und doch ist er viel mehr.«

Eine Erinnerung überkam mich: Faustus, wie er von den Zinnen der Wartburg mit Mephisto sprach, der unten am Fuß der Mauern stand. Aber es war kein Gespräch mit Worten, sondern eines, das allein in ihren Gedanken stattfand. Damals hatte Mephisto uns vor den anrückenden Borgia-Engeln gewarnt.

Faustus fuhr fort: »Anubis war einst der Herr des Totenreiches, bis ihn der Gott Osiris von seinem Thron verdrängte. Nun wacht er in den Gräbern und gebietet beim Totengericht über die Wägung der Herzen. Und obgleich er doch die Herrschaft über das Land der Toten verloren hat, so obliegt ihm die Macht über Leben und Sterben – er entscheidet, wer geht und wer bleibt.« Faustus' Hände spielten unsicher mit dem hölzernen Zepter. »Der Traumvater ist uralt, und doch besitzt er den Leib eines jungen Mannes. Nun, Wagner, was glaubst du, wer ihm diese Gunst gewährt hat?«

Es war keine ernst gemeinte Frage, und ich musste ihm keine Antwort geben. Wir kannten sie alle drei.

»Der Traumvater ist trotz all seiner Kräfte ein Mensch, und Menschen sterben«, sagte Faustus. »Er hat sich nie damit abgefunden. So schloss er einen Pakt mit Anubis und kaufte sich frei vom Tod. Ein schwarzer Hund wacht seither über sein Tun und folgt ihm auf jedem seiner Wege.«

Ich starrte meinen Meister entgeistert an, doch er mied meinen Blick.

»Lieber Himmel!«, flüsterte ich betroffen. »Der Traumvater war nicht der Erste, der diesen Pakt geschlossen hat, nicht wahr?«

Faustus blickte reglos ins Feuer und schwieg. Schließlich hob er das Anubiszepter und fuhr mit den Fingerspitzen über den schwarzen Schädel, sehr langsam, fast zärtlich. Einen Moment lang sah es aus, als wollte er den Stab in die Flammen werfen, dann aber legte er ihn behutsam beiseite.

Hinter den Hügeln riss Mephisto den Kopf empor und beweinte den toten Mond.

ENDE
des zweiten Bandes

Die Engelskrieger

Die neue Historia des Dr. Faustus

BASTEI LÜBBE

Prolog

Dies ist meine Geschichte.

Ich heiße Christof Wagner, ein Name, den Ihr Euch merken solltet. Einstmals war ich Student der Theologie an der hohen Schule zu Wittenberg, später meines Zeichens Adlatus des Weisesten der Weisen, des Größten der Großen, des Wunderbarsten der … nun, Wunderbaren.

Kurz gesagt, ein Zauberlehrling im Dienste eines gestrengen Meisters.

Ihr wundert Euch: Ist dies denn nicht die Geschichte des sagenhaften Doktor Faustus, die Chronik des vortrefflichsten aller Astrologen, Chiromanten, Aeromanten, Geomanten, Pyromanten und Hydromanten? Die Saga jenes Mannes, der sich selbst den Quellbrunn der Nekromanten nannte, den Zweiten unter den Magiern?

Nun, er spielt unzweifelhaft eine gewisse Rolle in meinen Berichten, ebenso wie … aber nein, zu ihr will ich später kommen.

So habt Ihr also dies Buch aufgeschlagen, in der Hoffnung, hierin vieles über den legendären Doktor Faustus zu finden, farbenprächtige Abenteuer mit Schwert und Zauberei, voll wagemutiger Heldentaten, höfischer Sitte (und Unsitte, gesteht es ruhig!), Hexenwerk und draller Maiden. Ich kenne Euch nur allzu gut. Das Blut muss fließen. Die Klingen klirren. Die Brüste wippen.

Habt nur ein wenig Geduld. Eile mag angebracht sein in mancher Lage, in die ich an der Seite meines Meisters geriet, doch nicht so beim Lesen einer Geschichte. Was treibt Euch, dass Ihr diese meine Vorrede am liebsten überblättern mögt? Hah, ich hab's Euch schon gesagt, und ich tue es noch einmal: Ich *kenne* Euch!

So beginnt doch endlich, Meister Wagner!, wollt Ihr rufen. *Lasst Euer eitles Geschwafel, und erzählt uns von des Faustens tollen Taten!*

Ihr glaubt, ich sei ein rechter Gockel! Gewiss, das war ich wohl, damals, in jenen Zeiten, von denen ich Euch berichten will (und mehr noch später, als der gute Doktor mir all seinen Besitz vermachte und ich mich als reicher Mann wiederfand, unwiderstehlich für die Weibsbilder, selbst heute noch, im hohen Alter. Habe ich Euch schon von jener Nacht am Hofe Karls des Fünften erzählt, von jenen zwölf Kurtisanen, die nicht genug bekommen konnten vom Feuer meiner Lenden? Ich erwähnte es schon? Nun, vielleicht komme ich später erneut darauf zurück, falls mir danach ist, Euch mit *wahrem* Heldentum zu verwöhnen!)

Erinnert Ihr Euch, wie mein letzter Bericht zu Ende ging? Ich und meine beiden Begleiter ritten durch das Wiesenland der Lausitz, noch matt vom Kampf um die Schlangenkrone. Unser Ziel war Rom, fern im Süden, um dort das Geheimnis der Borgia-Engel zu lösen. Endlich, möchte ich sagen. Schon viel früher hatten wir dort sein wollen, wäre uns nicht diese leidige Versammlung von Vogelscheuchen im Schloss des Schlangenkönigs in die Quere gekommen.

Man hat mich gefragt, weshalb ich Euch mit dieser Geschichte belästigt habe, wolltet Ihr doch viel lieber wissen, was aus den Engelskriegern geworden ist. Denn was tat ich? Lenkte Euch ab mit dem Treiben des Traumvaters, tief im Land der Sorben, irgendwo hinter den Wäldern.

Nun, bald werdet Ihr womöglich klarer sehen. Gebt acht, und Ihr werdet die Zusammenhänge verstehen.

Mein Meister, der hochverehrte Doktor Faustus, ward erzogen auf der hohen Schule zu Ingolstadt (kein Vergleich mit der zu Wittenberg, möchte ich bescheiden erwähnen). Dort lehrte man ihn die Medizin, Astronomie und Astrologie, doch nichts davon vermochte ihn wahrlich zu begeistern. Vielmehr interessierten ihn die Schwarzen Künste – das Handwerk des Teufels, wie mancher verächtlich meinen mag. Als sein reicher Vormund starb, vererbte er Faustus ein beträchtliches Vermögen. Leider nicht beträchtlich genug, denn bald schon war alles verprasst. Meinen Meister zog es daraufhin hinaus ins Land, er reiste von Stadt zu Stadt, von Hof zu Hof, verdingte sich mal auf Jahrmärkten, mal in Fürstenhallen. Die adligen Dummschwätzer mochten ihn, schmierte er ihnen doch in seinen Weissagungen genug Honig ums Maul, dass sich ihre Börsen wie von selbst aufschnürten.

Aber auch das gemeine Volk schätzte Faustens Können. An einem Tag heilte er Kranke unter dem Titel eines Doctor Medicinae, am nächsten erheiterte er die Menschen als Zauberkünstler. Und so hätte es weitergehen können für meinen Herrn, wäre ihm nicht die Kirche auf die Schliche gekommen. Die Inquisition setzte sich auf seine Fährte, und so begann alsbald eine wilde Hetzjagd auf und ab durchs Land.

Schließlich, im Frühjahr des Jahres 1515, tappte er in die Falle seines Erzfeindes, des berüchtigten Hexenjägers Konrad von Asendorf. Mir, dem unwissenden Studenten, fiel es zu, ihn aus der Gefangenschaft zu retten – nachdem ein unbekanntes Mädchen mit verbrannten Gesichtszügen ihn vor dem Scheiterhaufen bewahrt hatte. Und ich erklärte mich bereit, ihm auch weiterhin beizustehen, mit meiner mächtigen Schwerthand, meinem gewitzten Verstand, den Augen eines Falken, der Kraft des Bären und dem Mundwerk eines Bänkelsängers. Viel Überzeugungskraft war nicht nötig, ehe ich mich schließlich herabließ, in seine Dienste zu treten. Erst zögernd, dann wohl begieriger lernte ich von ihm die Geheimnisse der Schwarzen Kunst, um dereinst selbst ein Meister der magischen Macht zu werden.

(Ich will ehrlich sein, mein staunender Leser: Des Doktors Können hatte seine Grenzen. Vieles wagte er, probierte er aus, machte Versuche – doch längst nicht alles gelang. Endlos ist die Reihe seiner Missgeschicke, von kleinen Fehlern bis hin zu großen Katastrophen. Einmal wuchs mir ein Wolfsfell auf dem Rücken, ganze drei Wochen lang, ehe mein Herr den rechten Gegenzauber fand. Ein anderes Mal fand ich des Abends beim Ausziehen sechs Zehen an meinem rechten Fuß. Glaubt mir, in meiner Wut hätte ich ihn allzu gern spüren lassen, wie sich ein solcher Schreckenstreter im Gesäß anfühlt – doch schon am nächsten Morgen war das Ding verschwunden, weiß der Teufel, wie er's gemacht hat.)

Nach unserer gemeinsamen Flucht aus dem Wittenberger Kerker zogen wir umher, wurden Zeugen, wie der schreckliche Asendorf von rachsüchtigen Gauklern fast zu Tode gefoltert wurde – und wir trafen Angelina.

Oh, Angelina …

Im Jahre 1502, als sie noch ein kleines Kind war, wurde sie von den Schergen des Borgia-Papstes Alexander nach Rom verschleppt. Aus den Ländern des Nordens ließ er Jungen und Mädchen entführen, alle blauäugig, alle mit weißblondem Haar. Der Borgia war dem Wahn verfallen, wahre Engel aus ihnen zu machen, Krieger des Herrn, ohne Furcht, perfekt und gnadenlos. Alexander starb schon im Jahr darauf, 1503, hingerafft von den Folgen seiner gottlosen Ausschweifungen, den zahllosen Orgien und Schwarzen Messen in den Hallen des Papstpalasts. Sein Plan aber wurde von seinen Nachfolgern im Geheimen fortgeführt. In tiefen Gewölben bildete man die Kinder zu Kämpfern aus, flink und grausam und ohne Fehl. Sie vergaßen die Sprachen ihrer Heimatländer und erlernten das Lateinische. Man erzog sie in dem Glauben, sie seien *echte* Engel, herabgesandt von Gott, um seinem Statthalter auf Erden zu Diensten zu sein.

Angelina war eine von ihnen, eine von sieben, die nach Jahren schließlich ausgesandt wurden, alle Spuren ihrer Herkunft zu verwischen. Sie töteten die Priester, die sie einst den Häschern Alexanders' zugeführt hatten, und sie brannten ihre Kirchen nieder. Doch dann geschah es, dass Angelina Faustus vor dem Feuer der Inquisition bewahrte und dafür von ihren Brüdern und Schwestern verstoßen wurde. Sie fügten ihr eine tiefe Wunde auf dem Rücken zu, geformt wie eine römische Fünf, und sie ließen sie halb tot am Wegesrand liegen, mit verbranntem Gesicht vom misslungenen Anschlag auf die Kirche zu Wittenberg. Entstellt, verstümmelt und stumm – für immer zum Schweigen gebracht von den Flammen, die ihre Züge verheert hatten.

So wurde sie gefunden, von Lady Lara und ihren Gauklern, die sie wiederum Faustus und mir anvertrauten. Angelina war das zarteste, geschickteste und tödlichste Geschöpf, dem ich je begegnet bin. Die Narbenwüste ihres Gesichts erschreckte die meisten Menschen, deshalb trug sie in Gesellschaft eine Ledermaske und legte sie nur ab, wenn sie mit mir oder dem Meister alleine war.

Faustus und ich leisteten den Eid, das Geheimnis um die Engelskrieger des Borgia-Papstes zu lüften. Was bezweckte Alexander mit dieser Heerschar? Und was bewegte seine Nachfolger, nicht davon abzulassen?

Wir schworen uns, Antworten auf diese Fragen zu finden.

Wir schworen, Angelinas Rätsel zu lösen.

Wir gingen nach Rom.

Kapitel 1

Wie Hammerschläge hieben Hagelkörner auf die Bleidächer des Dogenpalastes und erfüllten unsere Kerkerzelle mit ohrenbetäubendem Lärm. Es war kalt, viel kälter, als wir erwartet hatten, und die groben Decken, die man uns durch die Zellentür zugeworfen hatte, vermochten den Frost kaum abzuhalten.

Es hagelte, es war eiskalt – und das im späten Frühjahr. Dies war vielleicht das wunderlichste aller Wunder dieser Reise.

Venedig, dachte ich. *Hier also soll es enden.*

Es war einer der Einfälle des Meisters gewesen, natürlich. Auf der Durchreise wollte er in Venedig Station machen, um in einem geheimen Laden im Sestiere San Polo eine Reihe mysteriöser Ingredienzen zu besorgen. Ein wahrlich überwältigender Vorschlag – wurden wir doch, kaum dass wir unsere Gondel verlassen hatten, in Ketten gelegt und in die Kerker des Dogenpalastes verschleppt. Man sperrte uns in eine Zelle unter den Bleidächern des Palastes, eines der gefürchtetsten Gefängnisse weit und breit. Eng, niedrig, im Sommer von drückender Hitze und im Winter eine Eishölle, gab es kaum einen Ort, der die Menschen schon bei der schieren Erwähnung derart schaudern ließ. Aus den Bleikammern des Dogen gab es kein Entkommen, jeder wusste das, und man vermag sich vorzustellen, wie es um unsere Stimmung stand.

Die Zelle war mit Holz ausgekleidet, das einzige Fenster vergittert. Die bleierne Dachschräge über unseren Köpfen hätte um diese Jahreszeit eigentlich heiß sein müssen wie eine Ofenplatte, erhitzt von den Strahlen der Sonne, die gnadenlos auf die riesige Bleifläche herabbrannte. Doch statt Hitze herrschte dort draußen klirrende Kälte, und das bereits einen ganzen Tag lang. Der Wetterumschwung war so plötzlich wie sonderbar gewesen, und der peitschende Hagel beschwor Visionen vom Untergang der Welt herauf.

Faustus nahm auch dies äußerlich gelassen hin, obwohl ich ihm ansah, dass er insgeheim ebenso beunruhigt war wie ich selbst. Er ging langsam und nachdenklich in der Zelle auf und ab. Immer wieder musste er dabei den Kopf einziehen, denn mein Meister war ein großer Mann, höher gewachsen als die meisten, die ich kannte. Er trug seinen langen schwarzen Mantel, und schwarz war auch sein langes Haar. Die meisten, die von ihm gehört hatten, hielten ihn für einen alten Mann; umso erstaunter waren sie, wenn sie ihm begegneten, denn Faustus zählte schwerlich mehr als fünfunddreißig Jahre. Sein langes, schmales Gesicht war schneeweiß. Eine ungesunde Erscheinung, zweifellos. Aber sein Körper war gesund und flink, und sein Geist … ich muss wohl kaum von seinem Geist sprechen. Bei allen Missgeschicken, die ihm im Verlauf seiner Versuche passierten, konnte es doch kein Verstand mit dem seinen aufnehmen. Schon früh war ich zu dem Schluss gekommen, dass es nicht sein Pakt mit überirdischen Mächten war, den die Herrschenden und vor allem die Kirche fürchteten, sondern vielmehr die Klugheit und Weisheit, mit der er seine seltsamen Ziele verfolgte.

»Hagel«, murmelte er leise und gewiss nicht zum ersten Mal, seit das Trommeln auf den Bleidächern eingesetzt hatte. »Hagel um diese Jahreszeit. Ein Rätsel, ganz zweifellos.«

Angelina, die mir gegenüber am Boden saß, mit angezogenen Knien, den Rücken gegen die Holzwand gelehnt, verdrehte die Augen. Sie waren von einem strahlenden Hellblau und, neben ihren Lippen, die einzigen Teile ihres Gesichts, die nicht von den Flammen verstümmelt worden waren. Ihr haarloser Kopf war von Brandnarben überzogen, nach all den Monden nicht mehr ganz so dunkel und schuppig wie damals, als wir ihr erstmals begegnet waren. Ihre Ledermaske hatte sie abgenommen und an ihrem Gürtel befestigt. Sie trug ein helles Leinenhemd, darunter enge Reithosen und Stiefel.

»Mit Verlaub, Meister«, sagte ich, »aber sollten wir uns nicht lieber die Frage stellen, wie wir hier wieder herauskommen?«

Faustus blieb stehen und schaute mich an, fast ein wenig verwirrt, so als hätte ich ihn aus tiefen Gedanken gerissen. »Es hagelt, Wagner! *Das* ist ein Geheimnis, das sich zu lösen lohnt.«

»Wir werden nicht viel Freude an der Lösung haben, wenn uns erst die Inquisition in die Mangel nimmt.« Als man uns hier heraufgebracht hatte, waren wir am Eingang der Folterkammer vorbeigegangen. Faustus mochte dem keine allzu große Bedeutung beimessen, aber mir schlotterten schon die Knie beim bloßen Gedanken an glühende Stahlzangen und Streckbänke, an ausgerissene Fußnägel und zertrümmerte Zähne.

»Hagel im Sommer ist immer ein Zeichen von etwas Übernatürlichem, Wagner«, erklärte Faustus im Tonfall eines Scholaren. Er liebte es, in den unpassendsten Momenten über die abwegigsten Themen zu dozieren. »Ich wüsste zu gerne, wie groß die Hagelkörner sind.« Damit wirbelte er herum und eilte mit zwei raschen Schritten ans Zellenfenster, presste das Gesicht an die Gitterstäbe und versuchte, einen guten Blick nach draußen zu erhaschen. Nach einem Moment wandte er sich wieder um und sagte zu niemand Bestimmtem: »Groß wie Kirschkerne. Hm …«

Angelina und ich wechselten einen Blick. Ihr verbranntes Gesicht war vollkommen starr, wie aus Lehm geformt. Doch auch ohne jede Mimik konnte ich die Fassungslosigkeit in ihren Augen lesen. Mittlerweile hatte ich Übung darin.

Ich wandte mich wieder an meinen Meister. »Erlaubt mir dennoch, Herr, noch einmal auf unsere größte Sorge zurückzukommen.« Ich versuchte wie immer, höchst diplomatisch zu ihm zu sprechen. Es hatte keinen Zweck, ihn in unserer Lage wütend zu machen. »Wir sind jetzt seit drei Tagen Gefangene, und es kann nicht mehr lange dauern, ehe sich die Inquisition unserer annimmt.«

»Es wäre in der Tat angebracht, diesen ungastlichen Ort zu verlassen«, stimmte er mir zu. Mit seiner Ruhe konnte er einen schier zur Verzweiflung bringen.

»Und wie sieht Euer Plan aus?«

»Welcher Plan?«

Ich schluckte. »Gewiss habt Ihr doch einen, oder?«

Faustus seufzte, trat auf mich zu und packte mich an den Schultern. »Gelegenheiten, Wagner … Die Kunst der Flucht ist die Kunst des geduldigen Wartens auf eine Gelegenheit.«

Ich sah ihn aus großen Augen an. »Heißt das, wir … warten? Sonst nichts?«

Mein Meister hob die rechte Hand und streckte den Zeigefinger aus. »Horch!«, verlangte er. »Horch auf den Hagel.

Er ist der Vorbote von etwas anderem. Das ist er immer. Irgendwo, ganz in der Nähe, geschieht etwas.«

»Etwas?«, fragte ich zweifelnd.

Er nickte. »Etwas, das uns helfen mag.« Er ließ mich los und ging vor Angelina in die Hocke. »Wir *gehen* nach Rom«, sagte er eindringlich. »Vertrau mir.«

In seiner Stimme lag ein Mitgefühl, das mich erstaunte. Meist hatte er nur seine eigenen Dinge im Kopf und kümmerte sich nicht weiter um das, was Angelina oder mich selbst beschäftigte. Insofern war es überraschend, dass er jetzt Angelinas Hand ergriff und aufmunternd drückte.

War der Stich, den ich bei diesem Anblick verspürte, etwa Eifersucht? Ich atmete tief durch, in der Hoffnung, damit meine Sinne zu klären. Vergeblich. Der Anblick von Faustus, der Angelinas Hand hielt, ging mir durch und durch. Und das, obwohl zwischen ihr und mir nicht mehr geschehen war als ein Kuss im Schloss des Schlangenkönigs und verstohlenes Aneinanderkuscheln in kalten Nächten.

Ich räusperte mich und trat ans Fenster, blickte über die Dächer Venedigs, gefangen in einem vagen, wirbelnden Grau aus Eis. Hinter mir richtete Faustus sich auf, begann wieder, in der Zelle auf und ab zu gehen.

Eine zarte Hand legte sich auf meine Schulter. Angelina war vollkommen lautlos herangehuscht, schnell und still wie ein Schatten. Ich drehte mich zu ihr um. Wenn ich in ihre blauen Augen blickte, schien die Narbenwüste ihrer Züge zu zerfasern wie Nebel; manchmal glaubte ich dann, ihr altes Ich zu sehen, das schlanke blonde Mädchen, das von den Häschern des Vatikans zur Kriegerin erzogen worden war, so schön wie verbissen.

Als hätte sie meine Gedanken gelesen, brachte sie ihre Lippen ganz nah an mein Ohr, öffnete und schloss sie, als würde sie mir etwas zuflüstern, auch wenn kein Ton aus ihrer Kehle drang. Es war kein Kuss, ihr Mund berührte mich nicht, und doch lag in dieser kleinen Geste so viel Vertrautheit und Wärme, dass ich meine Eifersucht auf einen Schlag vergaß. Am liebsten hätte ich sie in die Arme genommen, und vielleicht, nur vielleicht, hätte ich es *diesmal* tatsächlich gewagt –

– wenn nicht im selben Moment die Zellentür aufgeflogen wäre. Mit einem Krachen schepperte der Türflügel gegen die Wand. In der ganzen Kammer rieselte Staub aus den Fugen der Holzbohlen.

Ein Wächter stand mit gezogenem Schwert im Türrahmen, sein Blick suchte Faustus. Hastig sagte er etwas auf Italienisch. Ich verstand kein Wort, bemerkte aber, dass sowohl mein Meister als auch Angelina aufmerksam zuhörten.

Faustus wirkte überrascht. Er entgegnete etwas.

»Ist es so weit?«, fragte ich krächzend. »Holen Sie uns ab zur Folter?«

Angelina schüttelte den Kopf, horchte dann wieder auf das, was der Wächter sagte. Faustus deutete auf uns beide, und der Wachmann nickte widerwillig.

Im selben Moment erklang in den Tiefen des Kerkers ein entsetzliches Kreischen, wie von einem Menschen in höchster Qual und Verzweiflung.

»O Gott«, murmelte ich beklommen. »O Gott, o Gott, o Gott …«

»Keine Angst«, sagte Faustus an mich gewandt. »Sie werden uns nicht foltern. Noch nicht. Aber wir sollen mitkommen. Der Kerkermeister braucht meine Hilfe.«

»Eure … Hilfe?«

»Zumindest behauptet das der Wachmann. Offenbar gibt es hier einen Besessenen, und kein Mensch ist da, der mit ihm fertig wird. Den Palastpfaffen hat er niedergeschlagen.«

»Und nun sollt *Ihr* Euch damit abgeben?«

Faustus hob erneut den Finger, horchte wieder auf den Hagel und lächelte. »Wie ich schon sagte: Etwas geschieht. Vielleicht können wir einen Handel vereinbaren.«

Wir verließen die Zelle und folgten dem Wächter den Gang hinunter. Zwei weitere Wachmänner schlossen sich uns an, blieben mit wenigen Schritten Abstand hinter uns. Aus den Türluken der Nachbarzellen starrten verhärmte Gesichter, Nobili, venezianische Adelige, die vorzugsweise hier oben eingesperrt wurden. Wir durften uns beinahe glücklich schätzen, ausgerechnet hier gelandet zu sein. Die Bleikammern waren das Gefängnis der Hochgestellten, während arme Schlucker in den unteren Verliesen des Palastes verschwanden. Was die Venezianer freilich bewogen hatte, uns drei an diesem Ort einzukerkern, war mir ein Rätsel. Wir besaßen kein Geld und keine Titel, und die Anklage war unmissverständlich: Paktieren mit dem Teufel, Ausübung von schwarzer Magie und – zumindest das war ein Irrtum – Unzucht mit Geißböcken. Man muss sich in der Tat einiges sagen lassen als Zauberlehrling.

Der Wachmann führte uns um eine Ecke, wo auf der rechten Seite eine der Zellen offen stand. Aus ihr ertönte das jämmerliche Kreischen und Zetern.

Gerade wollten wir die Kammer betreten, als uns eine Gestalt in Schwarz entgegentaumelte, gegen Faustus rempelte und mit dem Rücken gegen die andere Seite der Korridorwand prallte. Dort sackte der Mann zu Boden. In seine aufgerissenen Augen lief Blut aus einer Platzwunde auf seiner Stirn. Sein Haar war wirr und zerzaust, seine Stimme heiser, als er immer wieder lateinische Bruchstücke des Vaterunsers aufsagte und dabei ein Kreuzzeichen nach dem anderen schlug.

Ich warf einen Blick durch die offene Zellentür und sah einen Pulk von vier Soldaten, die sich um ein schreiendes Menschenbündel am Boden scharten und uns den Rücken zuwandten. Von dem Besessenen war nicht mehr zu erkennen als der Stoff eines langen Gewandes, während er wild mit Armen und Beinen um sich schlug und von den Wachmännern mit langen Stöcken in Schach gehalten wurde.

Faustus sprach den Priester in unserer Sprache an, wohl, wie ich dankbar erkannte, damit auch ich verstand, was gesagt wurde.

»Wer ist der Mann?«

Der Pfaffe fuhr fort in seinem keuchenden Gebet, atemlos und verstört. Er gab keine Antwort.

Faustus beugte sich vor und packte den Geistlichen am Oberarm. »Wer – ist – der – Mann?«, wiederholte er, indem er jedes Wort betonte.

Die Augenlider des Priesters flackerten, dann klärte sich sein wirrer Blick ein wenig, und er schien Faustus erstmals deutlich wahrzunehmen. Zu unserem Glück erkannte er ihn nicht, sonst hätte er gewiss gleich weitere Kreuzzeichen geschlagen.

»Ein ägyptischer Gesandter«, brachte er stoßweise hervor. »Man hat ihn vor einigen Tagen der Spitzelei überführt.«

»Ein Ägypter?«, knurrte Faustus. »Das ist interessant.«

»Er ist des Teufels!«, entfuhr es dem Pfaffen.

»Was bringt Euch zu diesem Schluss?«

Der Priester starrte meinen Meister an, als hätte dieser etwas ganz und gar Verrücktes gesagt. »Was mich zu …? Mit Verlaub, seid Ihr denn taub?«

»Ihr glaubt, er sei vom Teufel besessen, nur weil er schreit? Vielleicht hat er Schmerzen.«

»Der Teufel verursacht jedem Schmerzen, der mit ihm im Bunde ist.«

»So?« Die Mundwinkel des Meisters zuckten amüsiert. »Nun, Ihr seid Priester, Ihr solltet es wissen, nicht wahr?«

»Wollt Ihr mich verhöhnen? Wer seid Ihr überhaupt?«

»Doktor Johannes Faustus.«

Der Pfaffe stieß einen spitzen Laut aus, stieß Faustus von sich und stolperte den Gang hinunter. Er rief eine Kette von Flüchen in seiner Heimatsprache, dann war er hinter der nächsten Ecke verschwunden. Auch in der Ferne hörten wir sein aufgebrachtes Brüllen und Zetern, eine höchst unorthodoxe Mischung aus Gebeten und Verwünschungen.

»Ihr habt wie immer eine erstaunliche Wirkung auf den Klerus«, bemerkte ich.

Faustus wandte sich mit einem Seufzen zur Zelle um, wo sich jetzt einer der Soldaten aus dem Pulk gelöst hatte und auf uns zukam. Auch er sprach unsere Sprache, was mich angesichts seiner ungeschlachten Züge erstaunte.

»Ich bin der Kerkermeister«, sagte er. »Ihr seid Faustus?« Es war eine überflüssige Frage, doch trotz all seiner Größe und Muskelkraft verunsicherte ihn die Anwesenheit meines Meisters mehr, als er zugegeben hätte. Er war nur ein Soldat, augenscheinlich mit einer gewissen Bildung, aber das Gesicht des Okkulten und vermeintlich Teuflischen machte ihm Angst, zumal hier, in seinem Allerheiligsten, den Bleikammern des Dogen.

»Ich bin Faustus«, bestätigte mein Meister. »Seit wann gebärdet der Mann sich so?«

Einen Augenblick lang schien der Kerkermeister unsicher, ob Faustus mit dieser Frage den Besessenen oder den verstörten Pfaffen meinte. Dann aber sagte er: »Erst seit kurzer Zeit. Er ist vor drei Tagen festgenommen worden, nur wenig später als Ihr selbst. Bis vorhin benahm er sich wie jeder andere Gefangene auch. Dann aber begann er zu brüllen, erst auf Ägyptisch, wie mir schien, dann auf Lateinisch und schließlich in einem seltsamen Kauderwelsch. Vielleicht könnt Ihr es verstehen.«

Faustus hob eine Augenbraue. »Ihr denkt, es ist die Sprache des Teufels – und da glaubt Ihr, ich könnte sie verstehen?«

Der Kerkermeister war im Grunde seines Herzens wohl kein schlechter Kerl, denn der Vorwurf meines Meisters traf ihn sichtlich. »Ich habe Euch nicht festnehmen lassen, Magister Faustus. Ich hörte nur, was man Euch vorwirft – und ich kenne die Geschichten, die man sich erzählt. Verzeiht also, falls ich Euch beleidigt habe.«

»Ihr seid sehr umgänglich für einen Kerkermeister.«

Der Mann wischte sich den Schweiß von der Stirn. »Hört, ich bin kein weiser Mann, wie Ihr es wohl sein mögt. Ich bin nur ein einfacher Soldat, und es gefällt mir nicht, was in dieser Zelle vor sich geht. Wenn Ihr etwas dagegen unternehmen könnt, schulde ich Euch Dank, ganz gleich, wie die Anklage gegen Euch lautet.«

»Das ist sehr anständig von Euch.«

»*Könnt* Ihr uns helfen?«

Faustus hob die Schultern. »Ich will sehen, was ich tun

kann.« Damit trat er an dem Kerkermeister vorbei und ging auf die Soldaten zu, die fluchend und springend den Schlägen des Besessenen auswichen und dabei immer wieder die Holzstäbe in seine Richtung stießen.

Angelina ging ohne zu zögern hinterher, dann folgte auch ich.

»Warum töten die ihn nicht einfach?«, fragte ich in Faustus' Richtung.

Es war der Kerkermeister, der mir die Antwort gab: »Der Mann ist ein Spion. Wir müssen herausfinden, was er weiß, was er schon an seine Leute weitergegeben hat und ob er die Namen anderer Spione kennt. Er sollte morgen früh dem hochnotpeinlichen Verhör unterzogen werden – so lange das nicht geschehen ist, dürfen wir ihn nicht töten.«

Ich schluckte und tat verständnisvoll.

Den drei Soldaten gelang es, den schreienden Mann an Armen und Beinen zu packen und ihn flach auf die Holzbohlen zu pressen. Sein Oberkörper zuckte und warf sich umher wie ein ungestümes Ross. Trotzdem hielten die Männer ihn fest.

Der Mann hatte dunkle Haut und pechschwarzes Haar. Er trug ein weißes Gewand, das vom Aufenthalt in den Bleikammern grau und fleckig geworden war; es sah aus, als hätte er sich erst kürzlich über sich selbst erbrochen. Seine Augäpfel waren nach oben verdreht, sein Blick ein irrer Glanz aus rot geädertem Weiß. Schaum perlte von seinen Lippen über die Wangen.

Ich sah, dass Faustus die Stirn in Falten legte. Irgendetwas machte ihn stutzig. Nicht etwa der Zustand des Mannes – dergleichen hatte mein Meister mehr als einmal gesehen. Ich vermutete vielmehr, dass es seine Herkunft war. Faustus hatte einige Zeit in Ägypten zugebracht, ein rätselhafter Teil seines Lebens, über den er niemals sprach. In seinem Besitz befand sich seither ein hölzerner Stab, geschnitzt in Form eines menschlichen Körpers, auf dessen Schultern der Kopf eines Schakals ruhte. Auch der schwarze Hund des Meisters, Mephisto, ein unheimliches Geschöpf, ähnelte einem Schakal mit glühend roten Augen; er folgte uns stets in weitem Abstand, kam niemals zu uns heran. Faustus sprach von ihm wie von einem alten Kampfgefährten. Zudem hatten Angelina und ich in Erfahrung gebracht, dass der geheimnisvolle Traumvater, bei dem mein Meister einst in die Lehre gegangen war, einen Pakt mit dem schakalköpfigen Totengott der Ägypter geschlossen hatte, mit Anubis, der dem Traumvater ewiges Leben gewährt hatte. Auch er wurde seither von einem schwarzen Hund begleitet.

Schon lange quälte mich die Frage, ob mein Meister einen Handel mit dem Gott des Totenreichs eingegangen war. So vieles wies darauf hin, so vieles sprach für seine Schuld. Und hatte ich mich damit nicht selbst in den Dienst des schrecklichen Götzen begeben, war zum Sklaven eines fremden, bösartigen Gottes geworden?

Faustus sagte etwas in einer Sprache, die ich zuvor nie gehört hatte. Ägyptisch, vermutete ich.

Der Mann am Boden bäumte sich ein letztes Mal auf, dann erschlafften seine Bewegungen. Seine Augen waren nach wie vor von marmornem Weiß, Iris und Pupille blieben verschwunden. Sein Adamsapfel zuckte, so als stiege etwas aus seiner Kehle empor. Ich unterdrückte den Drang, mich zu bücken, als der Unterkiefer des Ägypters aufklappte, um dem, was in ihm war, den Weg ins Freie zu bahnen.

Aber es war nur ein tiefes Grollen, das über seine Lippen kam, ein dunkler, furchtbarer Laut, der selbst Angelina nach meiner Hand greifen ließ.

Faustus ging rasch in die Hocke und drückte dem Ägypter beide Handflächen auf den Brustkorb, schloss dabei die Augen und murmelte unverständliche Silben.

Als er die Lider wieder aufschlug, bat er die Soldaten, den Besessenen freizugeben. Doch die Männer dachten nicht daran, ihm zu gehorchen. Einer trug einen tiefen Kratzer auf der Wange, der andere hatte ein geschwollenes Auge – um nichts in der Welt würden sie den Mann, der ihnen diese Verletzungen beigebracht hatte, loslassen. Schon gar nicht auf Wunsch eines anderen Gefangenen.

»Kerkermeister!«, rief Faustus über seine Schulter. »Gebt diesen Männern Befehl, sich zurückzuziehen.«

Der Kerkermeister atmete scharf aus. »Ist das wirklich nötig?«

»Ich würde Euch sonst nicht darum bitten.«

»Aber der Gefangene …«

»Wird ruhig bleiben. Darauf gebe ich Euch mein Ehrenwort.«

»So geht Ihr sehr vorschnell mit Eurem Ehrenwort um«, entgegnete der Kerkermeister mit zweifelndem Blick auf den Ägypter.

»Ihr müsst mir vertrauen.« Faustus' Tonfall klang eine Spur schärfer. »Sonst hättet Ihr mich nicht um meine Hilfe zu bitten brauchen.«

Der Kerkermeister überlegte einen Augenblick, dann gab er den Soldaten einen Wink. Mit verständnislosen Mienen zogen sich die drei von dem Ägypter zurück. Wie mein Meister gesagt hatte, blieb der Mann vollkommen reglos am Boden liegen. Allein der Schaum rann weiter aus seinen Mundwinkeln.

Die Soldaten gesellten sich zu ihrem Vorgesetzten.

»Sie sollen die Kammer verlassen«, verlangte Faustus, ohne die drei eines Blickes zu würdigen.

Der Kerkermeister seufzte und schickte die Soldaten hinaus. Ich sah, wie sie vor der Zelle Stellung bezogen, gemeinsam mit dem vierten Wächter, jenem, der uns hergeführt hatte.

Faustus erhob sich und trat dem Kerkermeister gegenüber. »Ich werde diesen Mann von seinem bösen Geist befreien«, sagte er. »Denn Ihr hattet recht, Kerkermeister – Euer Gefangener ist tatsächlich das Opfer einer Besessenheit.«

Der Soldat wurde kreidebleich, als ihm klar wurde, was das zu bedeuten hatte: Der Teufel selbst – oder einer seiner Diener – war in seinen Kerker eingedrungen und trieb nun sein Unwesen unter den Bleidächern. Wie sollte er das seinen Herren erklären, oder gar, schlimmstenfalls, dem Dogen persönlich? Die Axt des Scharfrichters war in Venedig stets gut geschliffen, jeder wusste das, und schon viele Männer waren von einem Tag zum anderen in Ungnade gefallen. Die hohe Zahl der Nobili hinter den Gittern der Bleikammern sprach eine deutliche Sprache. Fraglos sah auch der Kerkermeister selbst sich schon in einer der Zellen oder unter dem Beil des Henkers.

Faustus – Menschenkenner, der er war – wusste all das, und er war gewitzt genug, einen Vorteil daraus zu ziehen. In solchen Momenten war ich stolz, Diener meines Herrn zu sein.

»Ihr wollt mit mir handeln, nehme ich an?«, brachte der

Kerkermeister schwach hervor und konnte den Blick nicht von dem Ägypter am Boden nehmen, von seinen weißen, dämonischen Augen.

»Freiheit für mich und meine beiden Begleiter«, forderte Faustus ungerührt. »Und die Rückgabe all unseres Weggepäcks.«

»Damit begebe ich mich in Teufels Küche«, stieß der Kerkermeister aus.

Faustus deutete beiläufig auf den Besessenen. »Dort seid Ihr schon, fürchte ich.«

Der Soldat schenkte ihm einen zornigen Blick, doch sogleich hatte er sich wieder unter Kontrolle. »Es stimmt, was man sich über Eure Gewitztheit erzählt, Doktor Faustus. Und ich muss gestehen, ich hoffe und fürchte zugleich, dass auch der Rest der Wahrheit entspricht.«

»Sollte dem so sein«, erwiderte mein Meister lächelnd, »so habt Ihr allen Grund zu der Annahme, dass ich mein Wort halten und Euer Malheur beseitigen werde.«

»Noch ist nicht offiziell Anklage gegen Euch erhoben worden«, überlegte der Kerkermeister laut. »Ich könnte also behaupten, die Soldaten, die Euch festgenommen haben, hätten sich in Euch getäuscht. Ihr wart gar nicht der, für den sie Euch hielten.«

Faustus' Lächeln wurde freundlicher. »So ist es.«

Der Soldat nickte widerstrebend. »Ich werde Sorge tragen, dass alles so geschieht, wie Ihr es wünscht.«

»Und Eure Männer?«

»Werden schweigen, wenn ich es ihnen befehle.«

»Ihr seid ein guter Mann, Kerkermeister. Eure Untergebenen wissen wohl, was sie an Euch haben.«

Der Soldat zuckte nur die Achseln. »Tut jetzt, was Ihr tun müsst.«

»Werdet Ihr mich mit unserem ägyptischen Freund allein lassen?«

»Was macht das jetzt noch aus?« Der Kerkermeister seufzte und ging zur Tür. Dort drehte er sich noch einmal um. »Ihr solltet besser Erfolg haben, Faustus. Ich versuche stets, ein gerechter Mann zu sein. Aber ich lasse keine Scherze mit mir treiben.«

»Das ist in niemandes Absicht«, erwiderte Faustus ungerührt.

Der Soldat nickte, schenkte mir und Angelina einen unsicheren Blick, dann trat er hinaus auf den Korridor und drückte die Tür zu. Wir hörten, wie von außen ein Riegel vorgeschoben wurde.

»Na, wunderbar«, stöhnte ich. »Vom Regen in die Traufe. Nun haben wir auch noch einen echten Teufelsdiener am Hals.«

Faustus schenkte mir ein Grinsen. »Das hat dich doch bislang nie gestört.« Er liebte es, Scherze auf Kosten seines üblen Leumunds zu machen.

Ich verzog pflichtschuldig die Mundwinkel und blickte dann hinab auf den Ägypter. Er hatte sich noch immer nicht gerührt, und der Speichelfluss aus seinem Mund verebbte allmählich.

»Was gedenkt Ihr mit ihm zu tun?«

»Ich werde den Geist austreiben.«

»Ihr glaubt, er ist tatsächlich besessen?«

Wie als Antwort darauf verstärkte sich schlagartig der Trommelwirbel des Hagels auf den Bleidächern. Ich hatte mich schon so an den Lärm gewöhnt, dass ich ihn zuletzt kaum noch wahrgenommen hatte – jetzt aber zog er erneut meine Aufmerksamkeit auf sich, und ich fragte mich, ob ein Zusammenhang bestand zwischen dem frostigen Wetter und dem Besessenen vor uns am Boden. Mein Meister jedenfalls schien davon überzeugt zu sein.

»Natürlich ist er besessen«, sagte Faustus und schaute mich an, als hätte ich etwas sehr Dummes gesagt.

»Ich dachte nur … na ja, das, was Ihr zu dem Priester gesagt habt … Er könnte Schmerzen haben, vielleicht krank sein.«

Faustus schüttelte den Kopf. »Kannst du es denn nicht riechen?«

Ich schnüffelte halbherzig ins Leere, sah dann fragend Angelina an. Sie schüttelte nur den Kopf.

Mein Meister seufzte. »Manchmal denke ich, es ist hoffnungslos.« Er drehte sich einmal auf der Stelle um sich selbst, alle Sinne gespannt, horchend, fühlend, riechend. »Diese Spannung in der Luft! Dieses Zucken in den Haarspitzen! Und der Geruch von etwas ganz und gar Fremdem!«

Es roch schlecht in den Bleikammern, damit hatte er recht, aber das hatte ich bislang auf die Tatsache geschoben, dass dies ein Kerker war, in dem Menschen Tag und Nacht ihre Todesangst ausschwitzten, ihre Bedürfnisse in offene Krüge verrichteten und auf der Folterbank ihr Blut vergossen. Ja, es stank in der Tat ganz gotterbärmlich an diesem vermaledeiten Ort. Wieso also hätte dies ein Anzeichen für eine übernatürliche Präsenz sein sollen?

Faustus ging neben dem Ägypter auf die Knie, legte wieder die Hände auf seine Brust.

»Braucht Ihr unsere Hilfe, Meister?«, fragte ich beflissen, wenn auch nicht allzu begierig auf die Antwort.

»Ich denke nicht, dass das nötig sein wird«, entgegnete Faustus zu meiner Erleichterung.

Angelina trat zurück, rutschte mit dem Rücken an der Wand hinunter und blieb mit angezogenen Beinen sitzen, starrte steif zu den beiden Männern hinüber und ließ sich keine Bewegung, keine geflüsterte Silbe entgehen.

Aus dem Mund des Ägypters drang jetzt ein eigentümlicher Gesang, verblüffenderweise nicht auf Ägyptisch, nicht auf Latein, sondern in unserer eigenen Sprache, so als wollte der Geist in seinem Inneren sichergehen, dass wir ihn verstanden.

Nicht allein Faustus, sondern jeder von uns!

»O Lúl, willkommen, o Lúl,
Geschmeide brachten sie mir
Und Geschenke, die dir gebühren,
Ein Perlenhalsband,
Ringe brachten sie mir,
Ein Amulett brachten sie mir,
Kerzen brachten sie mir,
Einen Tisch brachten sie mir.
Willkommen, o Lúl, willkommen.«

Ich schaute Angelina an, aber sie hatte nur Augen für den Mann am Boden. Auch Faustus ließ nicht von ihm ab, hielt weiterhin beide Hände auf den Oberkörper des Besessenen gepresst.

»Was hat das zu bedeuten?«, flüsterte ich.

»Ein altes Lied«, erklärte Faustus knapp. »Teil eines arabischen Rituals zur Dämonenbeschwörung.«

Insgeheim dachte ich mir, dass es doch Faustus sein müsste, der solche Gesänge anstimmte, nicht der Besessene selbst! Aber natürlich schwieg ich, setzte mich neben Angelina in die Ecke und gab mich fortan damit zufrieden, alles genau zu beobachten. Wieder säuselte leiser Gesang über die Lippen des Ägypters:

»Wallág, o Wallág,
Willkommen, o Knecht der Meister!
Er-Rifái ist bei ihnen,
Und el-Kiláni ist bei ihnen,
Und es-Saiyid ist bei ihnen,
Und es-Dasúqi ist bei ihnen.«

So ging es weiter, mit einer wahren Flut sonderbarer Strophen und Namen, die mir alle nichts sagten, trotz der vielen Monde an der Seite meines Meisters.

Faustus hingegen schien angespannt zu lauschen, ehe er plötzlich, ganz abrupt, seine Hand auf den Mund des Besessenen legte und etwas auf Ägyptisch sagte, eine Kette lang gezogener Wörter und Silben.

Als er die Hand wieder wegnahm, schwieg der Mann am Boden einen Moment lang, ehe er abermals zu sprechen anhob.

»Die lebende Dreifaltigkeit«, sagte er, und seine Betonung verriet, dass er Worte aussprach, die er selbst nicht verstand. »Sucht die lebende Dreifaltigkeit. Ein Mann ist gestorben im Herzen der Kirche. Filius. Fragt nach dem Filius. Folgt der Spur des Spiritus. Findet den Dominus.«

Angelina und ich wechselten einen verwirrten Blick.

Faustus aber blieb ganz ruhig und verriet mit keinem Zucken die Aufregung, die zweifellos auch ihn gepackt haben müsste. Wieder murmelte er etwas in der Heimatsprache des Besessenen, und abermals öffneten sich die Lippen des Mannes. Weiterer Schaum sprudelte hervor, dann sagte er mit starkem Akzent: »Die lebende Dreifaltigkeit … ist die Lösung … aller Rätsel.«

Und damit schwieg er. Schwieg und rührte sich nicht mehr.

»Ist er tot?«, fragte ich nach einer Weile angespannten Wartens.

Faustus verneinte. »Er lebt. Aber der Geist hat ihn verlassen.«

»Einfach so?«

»Es ging nicht um diesen armen Kerl hier«, entgegnete Faustus. »Er war nur der Botschafter.«

»Botschafter von wem?«

»Einer höheren Macht«, antwortete mein Meister mysteriös. Das war wieder einer der Augenblicke, in denen ich ihn hätte schütteln mögen. Warum konnte er seine Gedanken nicht klar aussprechen? Warum diese Geheimnistuerei? Ich konnte es mir nur so erklären, dass sein Pakt ihn in gewissen Dingen zum Schweigen verpflichtete, und nur deshalb bohrte ich nicht weiter.

(Ich weiß, schadenfroher Leser, dass Ihr einen anderen Verdacht hegt. Ihr glaubt, ich hätte aus Feigheit geschwiegen, aus Angst, dass er mich anbrüllt oder mit der Rute schlägt. Hah! So gut also glaubt Ihr den alten Wagner zu kennen! Fluch über Euch und Euer Misstrauen, über Eure Zweifel an meinen Worten und Eure scharfen Augen! Mögen sie Euch aus den Höhlen faulen, auf dass Ihr nie erfahren werdet, wie diese Sache zu Ende ging! Ich höre Euch schon jammern und wehklagen, mich anflehen, Euch doch den Rest zu erzählen. Von wegen! Unwissend seid Ihr geboren, und unwissend sollt Ihr zugrunde gehen!)

»Er wird jetzt schlafen«, sagte Faustus und verschränkte die Hände des Mannes auf dessen Brust. »Spätestens morgen ist er wieder auf den Beinen und wird sich an nichts mehr erinnern.«

»Spätestens morgen landet er auf der Streckbank«, brachte ich die Worte des Kerkermeisters in Erinnerung.

»So ist es wohl«, stimmte mein Meister mit einem Stoßseufzer zu. »Wir können nichts daran ändern.«

Er ließ von dem bedauernswerten Wurm am Boden ab und trat zur Tür. Angelina und ich erhoben uns.

Gerade wollte er die Hand heben, um den Soldaten an der Außenseite Klopfzeichen zu geben, da fragte ich: »Herr, was hat es damit auf sich? Mit diesem Gerede von der lebenden Dreifaltigkeit?«

»Ich denke, wir werden es bald erfahren«, sagte er. Seine Hand ruhte abwartend auf dem Holz der Tür. »Spätestens in Rom.«

Draußen vor dem Gitterfenster riss die Wolkendecke auf. Sonne flutete die Zelle.

Der Hageldonner auf dem Dach verstummte.

Und in der Ferne heulte ein schwarzer Hund.

Es wurde Nacht, ehe man uns endlich ziehen ließ.

Vor dem Tor des Palastes standen zwei Gestalten in purpurfarbenen Gewändern, mit Gesichtsmasken in Form goldener

Halbmonde. Auf langen Flöten spielten sie ein trauriges Duett.

Soldaten brachten uns in einem Ruderboot ans Festland. Einmal glaubte ich in der Ferne eine schwarze Gondel zu sehen, auf der ein einsamer Mann stand, vollkommen nackt, mit verschlungenen Zeichnungen auf Rücken und Brust. Dann aber war er verschwunden, ein Schatten vielleicht. Ein Traum.

An Land händigten uns die Soldaten ein Schreiben des Kerkermeisters aus. Es gab dem Besitzer eines nahen Bauernhofs Anweisung, uns unsere Pferde auszuhändigen. Die Männer sprachen kein überflüssiges Wort mit uns, schenkten uns nur hin und wieder verächtliche, aber auch ängstliche Blicke. Mir entging nicht, dass ihre Hände gefährlich nah an den Griffen ihrer Dolche lagen. Bis zuletzt hegte ich den Verdacht, dass man versuchen würde, uns hinterrücks zu ermorden.

Doch das Boot brach gleich wieder auf in Richtung Stadt und ließ uns inmitten unseres Gepäcks allein zurück am Ufer. Die Wolkendecke hatte sich restlos aufgelöst, und der Mond – geformt wie die Gesichter der beiden Flötenspieler vor dem Palast – schuf auf der sanften Brandung einen silbernen Glitzerreigen.

Wir fanden den Hof, klopften den mürrischen Bauern aus dem Bett und befanden uns alsbald mit unseren Rössern auf dem Weg nach Süden. Zypressen wuchsen zu beiden Seiten der gepflasterten Straße, schlanke schwarze Säulen, die sich wie riesenhafte Kuttenträger über uns erhoben. Die drei Tage im Kerker der Lagunenstadt hatten uns zu einer unverhofften Rast verholfen, die wir nach dem harten Ritt der letzten Wochen bitter nötig gehabt hatten. Trotz der Ereignisse in der

Zelle des Ägypters fühlte ich mich einigermaßen ausgeruht, und den beiden anderen schien es ebenso zu gehen. Voraussichtlich würden wir die Nacht hindurch reiten und uns erst bei Sonnenaufgang ein Lager bereiten.

Während Angelina angespannt im Dunkeln nach Wegelagerern Ausschau hielt, lenkte ich mein Pferd neben Faustus. Ich konnte meine Neugier und Unruhe nicht länger im Zaum halten.

»Die höhere Macht, von der Ihr gesprochen habt … das ist Anubis, nicht wahr?« Schnell, bevor er wütend werden konnte, fügte ich hinzu: »Ich meine, es ist nur recht, dass wir erfahren, auf was wir uns hier einlassen. Ich folge Euch jetzt schon weit über ein Jahr, und ich habe vieles von Euch gelernt, mehr als ich je an der hohen Schule hätte …«

Er unterbrach mich. »Du musst mir nicht schmeicheln, Wagner. Aber stell dir zuerst eine Frage: Bist du wegen mir hier, wegen deiner Wissbegier – oder wegen ihr?« Er deutete auf Angelina, die zwei Pferdelängen vor uns ritt.

Einige Herzschläge lang wusste ich nicht, was ich darauf erwidern sollte. Er kannte meinen wunden Punkt. Er hätte blind und taub sein müssen, ihn zu übersehen. Aber nie zuvor hatte er mich darauf angesprochen, auf meine Gefühle für Angelina, auf das, was sie mir bedeutete.

Ich versuchte, so ausweichend wie möglich zu antworten: »Sind wir nicht beide wegen ihr hier? Um das Geheimnis des Zugs der Erleuchteten zu lösen?«

Faustus lächelte. »Ich war schon früher in Rom, damals, nach meiner Rückkehr aus Ägypten. Ich war ein wenig … nun, angeschlagen. Jemand fand mich, pflegte mich und wurde ein guter Freund. Er lebt im Vatikanspalast und hat dort die Amtszeiten von vier Päpsten miterlebt. Auch die des Borgias. Diese Reise ist ein guter Anlass, um ihn wiederzusehen.«

»Aber Ihr reitet doch nicht nur deshalb nach Rom.«

»Es ist kein Geheimnis, dass ich die Kirche nicht mag. Und so wie es aussieht, befinden wir uns auf unserem eigenen kleinen Kreuzzug gegen das Papsttum.« Er schaute mich eindringlich von der Seite an. »Aber wir wollten nicht über mich sprechen, Wagner. Versuch lieber, dir klar zu werden, warum *du* diese Reise auf dich nimmst.«

»Ich folge meinem Meister.«

»Mach es dir nicht zu einfach.«

»Aber es ist wahr. Ich bin Euer Schüler, und Ihr seid mein Herr. Wenn Ihr sagt, wir reiten ans Ende der Welt, dann bin ich an Eurer Seite.«

»Du bist mutig, aber ist das auch der Weg zur Weisheit?«

»Sagt Ihr es mir.«

Er seufzte verstohlen. »Mutig, lieber Wagner, ist nicht die Tatsache, dass man sich mit dem Schwert gegen eine ganze Armee stellt. Mut bedeutet vielmehr, dass man sich die Frage stellt, warum man im Angesicht eines solchen Feindes überhaupt erst nach dem Schwert gegriffen hat. Was ist es, das einen zur Dummheit verführt? Zu einem Fehler, der vielleicht tödlich endet? Schlimm genug, wenn man darauf nur erwidern kann: Loyalität.« Er schüttelte sachte den Kopf. »Du musst mir die Frage nicht beantworten. Aber wenigstens dir selbst gegenüber solltest du ehrlich sein. Dann bist du vielleicht auch bereit für größere Wahrheiten.«

Dann drückte er seinem Ross die Fersen in die Flanken, sprengte an Angelina vorbei und setzte sich an die Spitze unseres kleinen Zuges. Einmal mehr war er der Antwort auf meine ursprüngliche Frage geschickt aus dem Weg gegangen.

Ich sah ihm nach, beobachtete dann Angelinas Silhouette, schlank und aufrecht im Sattel ihres Pferdes. Das Mondlicht brach sich auf den drei Schnallen ihrer Maske. Sie leuchteten an ihrem Hinterkopf wie ein Sternbild, herabgesunken aus der Schwärze der Nacht.

Kapitel 2

Ein unablässiger Menschenstrom schob sich durch das Borgo Leonino, das Viertel am Fuß des vatikanischen Hügels.

Händler und Knechte drängten sich in den engen Gassen. Soldaten und Künstler, Handwerker und Schreiber, Geistliche und Huren flanierten unter vorgewölbten Dächern. Wäscheleinen und Balustraden bildeten ein dichtmaschiges Spinnennetz über ihren Köpfen und verhinderten, dass der Klangteppich aus Dutzenden von Sprachen und noch mehr Dialekten weiter emporstieg, dem Antlitz des Himmels entgegen, vereinigt mit den Rauchfahnen der Feuer und dem Gestank des Schmutzes in der Gosse. Ochsen und Schafe schrien und blökten, Hunde und Katzen liefen zwischen den Stiefeln und Sandalen und schmutzigen Fußlappen der Masse, und nur wenn ein eiliger Reiter unter viel Geschrei Durchlass begehrte, klaffte der Menschenstrom für einen kurzen Moment auseinander wie Wasser an einem Stein im Flussbett, ließ den Schreihals ziehen und schloss sich augenblicklich wieder hinter dem Schweif seines Pferdes. Schweiß und Gewühl und Gebrüll, Trompeten und Kuhmist und vergossenes Bier, ein Spektakel, das beständig von einem Extrem ins andere kippte, von harter Arbeit zu vergnügtem Delirium.

Viele zogen in jenen Jahren zum Vatikan. Nicht alle waren Pilger, die zum Herrn beten und seinem Stellvertreter auf Erden huldigen wollten. Der überwiegende Teil waren Arbeiter,

Männer aus allen Teilen Europas, die auf dem Bauplatz der neuen Kathedrale ihr Brot verdienen wollten.

Papst Julius II. hatte vor nunmehr sechzehn Jahren den Abriss der alten, baufälligen Basilika befohlen. Im vierten Jahrhundert nach Christus war sie unter der Ägide von Kaiser Konstantin erbaut worden, ein Prachtbau, um den Sieg der neuen Religion zu feiern. Errichtet über dem Grab des Apostels Petrus hatte sie länger als ein Jahrtausend auf dem Vatikanhügel gethront, fünfschiffig und reich an Mosaiken, Fresken und Denkmälern. Das Apostelgrab, so hieß es, war von acht Säulen umgeben gewesen, die noch aus dem Tempel Salomons stammten.

Doch nach all der Zeit war der Bau marode geworden, und mehr als einmal hatten sich Teile der Decke gelöst und waren hinab auf die Betenden gestürzt. So war im Jahre 1506, drei Jahre nach dem Tod des verfluchten Borgia, der Grundstein zu einer neuen Kathedrale gelegt worden. Seitdem waren Tausende damit beschäftigt, auf den Ruinen der Konstantinsbasilika den neuen Petersdom zu errichten, das größte und prächtigste Gotteshaus der Christenheit.

Wir ritten von Norden den Hügel hinauf, umrundeten das schmucklose Geviert des Papstpalastes mit seinen Anbauten und erreichten schließlich unser Ziel.

Um ehrlich zu sein: Ich hatte es mir anders vorgestellt.

Nicht etwa größer – an schierer Größe konnte es dieser Ort wahrlich mit all meinen Fantasien aufnehmen –, wohl aber geordneter, organisierter. Und, vor allen Dingen, nicht so entsetzlich schmutzig.

Es hatte geheißen, die alte Basilika sei abgerissen worden.

Doch wie ich nun sah, standen sehr wohl noch Teile der Außenmauern, halb zerfallen, in deren Zentrum man vier mächtige Säulen errichtet hatte – sie waren die ersten fertigen Teile des neuen Doms.

Faustus fühlte sich beflissen, Angelina und mir einen Vortrag über die Entwürfe des Architekten Bramante und seines Nachfolgers Raffael zu halten, über den Streit, der um den Grundriss der Kathedrale entstanden war und über die mächtige Kuppel, die dereinst auf den vier Pfeilern im Zentrum der Kirche stehen sollte, genau über dem Grab des Apostels.

(Ich erspare Euch, gelangweilter Leser, die Einzelheiten dieser Ausführungen, weiß ich doch, dass Euch der Sinn nach anderem steht. Habt noch ein wenig Geduld – alles, was Ihr Euch erhofft, werdet Ihr finden.)

Hunderte von Menschen schwärmten über den Bauplatz. An vielen Stellen arbeiteten sie unter freiem Himmel, nur hier und da hatte man eng gedrängte Bauhütten errichtet. Steinmetze und Steinbrecher, Bildhauer und Mörtelmischer, Maurer und Dachdecker, Schmiede, Zimmerleute und Glasbläser – sie alle waren emsig bei der Arbeit, selbst wenn einige von ihnen vermutlich nicht mehr erleben würden, dass die von ihnen gefertigten Bauteile Verwendung fanden. So mochten etwa noch fünfzig, sechzig Jahre ins Land gehen, bevor die Dächer errichtet würden; trotzdem waren Dachdecker schon jetzt dabei, Ziegel zu brennen, Balken zu verzieren und Stützwinkel herzustellen, die erst viel später von ihren Nachfolgern verarbeitet werden würden. Jeder aber wollte Teil dieser gigantischen Arbeit sein, wollte das Seine dazu beitragen, zum Ablass seiner Sünden, zum Lobpreis des Herrn – und zum Segen des eigenen Geldbeutels.

An den halb abgerissenen Wänden der alten Basilika hatte

man Gerüste errichtet, gewagte Konstruktionen aus Stangen und Brettern; dazwischen hingen Plattformen aus Weidenflechtwerk. Winden baumelten an den Mauern herab, über die das alte Gestein zum Boden transportiert wurde. Es sollte später für den Neubau verwendet werden.

Wir zügelten unsere Pferde unweit eines Mörtelmischwerks. Über einem runden Becken im Boden war horizontal ein hölzernes Rad angebracht, von dem Stangen hinab in die graubraune Brühe aus Wasser und Mörtel reichten. Das Rad besaß vier lange Streben, die von vier kräftigen Männern mit nackten Oberkörpern vorwärtsgeschoben wurden, eine endlose, stumpfsinnige Kreisbewegung. Ein Mann mit bunter Mütze und Kleidung, die ganz steif war von Mörtelspritzern, beaufsichtigte die Arbeit der vier, trieb sie gelegentlich mit barschen Rufen zur Eile an oder ließ sie verschnaufen, um eine Probe des Mörtelschlamms aus dem Becken zu entnehmen und sie prüfend zwischen den Fingerspitzen zu verreiben.

»Verzeiht, Meister Mörtelmischer«, sprach Faustus ihn vom Pferd herab an. »Wo kann man sich hier melden, wenn man Arbeit sucht?«

Der Mörtelmischer, ein fetter Kerl mit einem hängenden Augenlid, musterte uns prüfend. Er hatte sichtlich Mühe, seinen neugierigen Blick von Angelinas Ledermaske loszureißen, und auch aus anderen Richtungen wurde sie beobachtet.

»Warum suchen zwei Männer und ein Mädchen, die sich Reitpferde leisten können, Arbeit auf einem Bauplatz?«, fragte er misstrauisch.

Faustus' Tonfall blieb höflich. »Verzeiht noch einmal, Meister Mörtelmischer, aber ich denke nicht, dass das Eure Sache sein sollte. Beantwortet mir nur meine Frage. Oder lasst es bleiben.«

Obgleich mich der grobe Kerl abstieß, fand ich doch, dass die Worte des Mischers ihre Berechtigung hatten. Auch ich verstand nicht, warum mein Meister sich nach Arbeit erkundigte. Wir waren nicht nach Rom gekommen, um uns krumm zu schuften. Andererseits zweifelte ich nicht daran, dass Faustus einen seiner klugen Pläne verfolgte.

»Nun«, meinte der Mörtelmeister und ließ den Blick seines gesunden Auges über Angelinas schlanken Körper streifen, »ich schätze, ich hätte Arbeit für die da. Sie könnte meinen Männern … nun, das Wasser reichen.«

Einer der Kerle am Mörtelrad lachte grobschlächtig.

Ich lenkte mein Ross unwillkürlich ein wenig näher an Angelina heran und legte eine Hand aufs Schwert.

Der Mörtelmeister grinste Faustus an. »Nun, was sagt Ihr?«

Ich dachte triumphierend, dass mein Meister ihm nun wohl mit aller Schärfe – am besten mit der Schärfe seiner *Klinge* – klarmachen würde, was er von derlei Angeboten hielt. Doch zu meinem Entsetzen sagte Faustus nur: »Ich suche keine Arbeit für das Mädchen, sondern für meinen jungen Freund.« Und damit wies er – auf mich!

Während ich mich noch von dem Schreck erholte, fragte Faustus: »Glaubt Ihr, es ließe sich etwas finden?«

Der Mörtelmeister wandte sich zu den vier Arbeitern am Rad um. »Was sagt ihr – soll *er* euch das Wasser reichen?«

Unter Gelächter winkten die Kerle ab, und einer machte eine Bemerkung in starkem Dialekt, die ich nicht verstand.

»Aber … Meister …«, begann ich, doch Faustus winkte ab, ohne seinen Blick von dem fetten Mann zu nehmen.

Mein flehender Blick kreuzte den Angelinas, aber sie zuckte nur die Achseln.

»Der junge Bursche sucht dringend Arbeit hier auf dem Bauplatz«, sagte Faustus, und jedes Wort traf mich wie ein giftiger Schlangenbiss. Er zog eine Münze hervor und warf sie vor dem Mörtelmeister in den Dreck. »Ich wäre Euch außerordentlich dankbar, wenn Euch ein Einfall käme, wo man ihn unterbringen könnte.«

Das hängende Augenlid des Mörtelmeisters begann zu zucken und verriet seine Gier und Erregung. Dennoch war er zu stolz, sich zu bücken, und gab stattdessen einem seiner vier Arbeiter einen Wink. Der halb nackte Kerl ließ sogleich das Rad los, fiel vor seinem Herrn auf die Knie, pickte die Münze auf und reichte sie ihm. Die drei anderen blieben stehen, doch der Mörtelmeister schrie sie an, augenblicklich mit der Arbeit fortzufahren. Der vierte gesellte sich wieder zu ihnen, und bald drehte sich das Rad wieder knirschend über dem Mörtelbecken.

Der Fettsack hielt die Münze hoch und ließ die Sonne darauf funkeln. »Für eine hiervon im Monat könnte ich mich überreden lassen, Euren … Freund in meine Dienste zu nehmen.«

»Herr!«, entfuhr es mir entsetzt.

Faustus lächelte den Mischer freundlich an. »Ich habe Euch für eine Auskunft bezahlt, nicht für Eure Unverschämtheit.«

Der Mann schnaubte, dann deutete er hinter sich zum Fuß der Basilikamauern. »Dort drüben ist die Zahlstelle. Wendet Euch an einen der Männer, die dort sitzen. Es gibt hier genug Arbeit für Leute wie Euch.«

Ich atmete erleichtert auf. Zumindest für den Moment war

ich gerettet. Um nichts in der Welt, auch nicht für meinen Meister, hätte ich dieses Rad gedreht. Ich war Scholar, kein Sklave!

Faustus lenkte sein Pferd am Mörtelmischwerk vorbei, und ich beeilte mich, zu ihm aufzuschließen.

»Meister, wie könnt Ihr …«

Er unterbrach mich. »Erinnerst du dich an die Worte des Ägypters?«

»Natürlich, Herr.«

»Er sprach von einem Toten im Herzen der Kirche. Und er sagte: Fragt nach dem Filius. Genau das werden wir tun.«

»Ich verstehe nicht …«

Ich brach ab, als ich aus dem Augenwinkel eine rasche Bewegung bemerkte. »Vorsicht, Herr!«

Wir zogen die Köpfe ein. Zwei Handvoll Schlamm sausten über uns hinweg. Als ich wütend herumfuhr, sah ich, dass zwei der Mörtelmischer vom Rad abgelassen hatten und uns feixend hinterhergrinsten. Ihr Meister wies sie nicht zurecht, was darauf schließen ließ, dass er den Befehl zu der Schlammattacke gegeben hatte.

Bevor Faustus oder ich reagieren konnten, war Angelina schon vom Pferd gesprungen, mit jener tierhaften, völlig unmenschlichen Flinkheit, die ich nur von ihr und den anderen Engelskriegern kannte. Wie ein Derwisch wirbelte sie unter die Männer, verpasste dem ersten einen Faustschlag, der ihn rückwärts in den Schmutz schickte, während sie ohne jede Mühe einem Hieb des zweiten auswich und ihm die Faust in den Magen rammte. Die beiden übrigen wollten ihren Gefährten zu Hilfe kommen, doch der Mörtelmeister rief sie mit panischen Schreien zu sich, damit sie sich schützend vor ihn stellten.

»Angelina!«, rief Faustus, der sich Sorgen wegen des Aufsehens machte, das der Kampf erregte.

Doch sie hörte nicht auf ihn. Anders als ich stand sie nicht in seinen Diensten und hatte keinen Grund, ihm zu gehorchen. Ihre Wut war zu groß, und ehe wir uns versahen, lagen auch die beiden anderen Männer am Boden, hielten sich stöhnend Gesicht und Bauch. Nun befand sich niemand mehr zwischen Angelina und dem Mörtelmeister.

»Pfeift sie zurück!«, keifte der Fette ängstlich in Faustens Richtung.

»Das habe ich getan«, erwiderte mein Meister ungerührt, »aber wie Ihr seht, gehorcht sie nicht.«

»Sie wird mich umbringen!«

»Das bezweifle ich.«

Angelina näherte sich dem Mörtelmeister. Er wich vor ihr zurück, fuchtelte hilflos mit den Händen und stieß mit dem Rücken gegen eine der Stangen des Rades. Hätte Angelina noch lächeln können, sie hätte es in diesem Augenblick wohl getan.

»Das ist nicht gut«, flüsterte Faustus mir zu.

Ich nickte, aber in Wahrheit freute ich mich diebisch über die peinliche Niederlage der Mörtelmischer. Faustus mochte all das mit seiner unschlagbaren Vernunft betrachten, doch ich dachte mir, dass es ihm vielleicht guttun würde, wenn er einmal über seinen eigenen Schatten springen könnte. Die Mischer hatten ihre Abreibung redlich verdient.

Der Mörtelmeister schob sich an der Holzstange entlang, während Angelina mit katzenhaften und zugleich sehr ruhigen Schritten auf ihn zuglitt. Sein Augenlid zuckte immer heftiger. Er erreichte das Rad, wimmernd und um Hilfe keifend, doch niemand reagierte, auch nicht die Schaulustigen, die sich mittlerweile in großer Zahl eingefunden hatten. Viele lächelten zufrieden. Der Mörtelmeister war offenbar kein beliebter Mann auf dem Bauplatz.

Allerdings sah ich auch, dass einige miteinander tuschelten und immer wieder verwunderte Blicke auf Angelina warfen, auf die Ledermaske, die ihren ganzen Kopf mit Ausnahme der Augen und Lippen bedeckte.

»Es ist nicht gut«, wiederholte Faustus zwischen zusammengebissenen Zähnen.

Angelina beugte sich leicht vor, so als bereite sie sich auf einen Sprung vor. Der Mörtelmeister quiekte wie ein Schwein, machte einen weiteren Schritt, stolperte über den Rand des Beckens – und stürzte rückwärts in die dickflüssige Mörtelbrühe. Mit einem Schrei tauchte er unter, erhob sich dann wieder, jetzt ganz in Grau, ein lehmiger Golem ohne Gesichtszüge, während der Mörtel von seinen Gliedern troff und die umstehende Menge in lautes Gelächter ausbrach.

Angelina wandte sich ab, als sei nichts geschehen. Über die vier Mörtelmischer hinweg ging sie zurück zu ihrem Pferd. Keiner der Männer wagte, sie anzurühren. Sie glitt in den Sattel und ließ das Tier vorwärtstraben.

Als sie zu uns aufschloss, erwartete ich, dass mein Meister sie zurechtweisen würde, doch er schwieg. Mit einem flüchtigen Wink gab er mir zu verstehen, den Weg zur Zahlstelle fortzusetzen.

Ich hörte den Mörtelmeister hinter unserem Rücken wimmern wie ein Kind, während sich irgendwer erbarmte und ihm half, das Becken zu verlassen.

Die Menge verlief sich so schnell, wie sie sich zusammengefunden hatte, und dann waren wir auch schon zu weit entfernt, um das Treiben am Mischwerk weiterzuverfolgen. Angelina ritt mit erhobenem Haupt neben uns, würdigte weder Faustus noch mich eines Blickes.

Mein Meister brütete still vor sich hin, und mir kam wieder in den Sinn, was er mir zugedacht hatte.

»Herr, ich weiß, der Augenblick ist nicht der beste, aber …«

»Das Herz der Kirche, Wagner«, brummte er. »Was sagt dir das?«

»Das Herz der Kirche … Nun, ich schätze, wir befinden uns gerade mittendrin.«

»So ist es.« Er nickte zufrieden, so als hätte ich eine besonders schwere Rechenaufgabe bewältigt. »Der Vatikan. Hierher hat uns der Ägypter gesandt. Hier ist der Mann gestorben, von dem er sprach. Der Filius.«

»Aber der Vater und der Sohn und der Heilige Geist sind keine *Menschen*«, erwiderte ich.

Er hob lakonisch eine Braue. »So, so, Wagner – gut, dass du es erwähnst.«

»Verzeiht, ich wollte Euch nicht kränken.«

»Man hat gerade mit Schlamm nach mir geworfen, mein Lieber. Wie könntest du mich da kränken? Nein, Wagner, dein Einwand ist berechtigt – oder er *wäre* es, unter gewöhnlichen Umständen. Aber dies sind sonderbare Zeiten, dies ist eine wundersame Stadt, und unser Abenteuer ist … nun, zumindest höchst ungewöhnlich, nicht wahr?«

»Gewiss, Herr.«

»Wir werden also herausfinden, was für ein Mann hier im Vatikan gestorben ist – welcher Filius!«

»Ihr glaubt also tatsächlich, es handelt sich dabei um eine echte Person?«

Er nickte. »Bei ihm genauso wie bei jenem Dominus und dem Spiritus, von denen der Ägypter sprach. Ich werde versuchen, meine Verbindungen im Papstpalast spielen zu lassen, während du dich hier draußen umhörst. Und zu diesem Zweck müssen wir dir wohl oder übel eine Arbeit auf dem Bauplatz besorgen, meinst du nicht auch?«

Ich brummte eine Antwort, von der ich hoffte, dass er sie nicht verstand.

»Fluchen hilft nicht«, sagte er mit einem mitfühlenden Lächeln. »Wir haben uns eine Aufgabe gestellt, und wir werden sie lösen.« Er wandte sich an unsere Gefährtin. »Was denkst du, Angelina?«

Sie nickte und warf mir einen Blick zu. Ihre blauen Augen in den Sehschlitzen der Maske waren atemberaubend schön. Es kam mir vor, als läge tiefes Bedauern darin. Und tiefe Zuneigung.

»Einverstanden«, knurrte ich an Faustus gewandt. »Ihr seid zwei gegen einen.«

»Ach, bester Wagner, sei nicht so ein Griesgram. Wer weiß, vielleicht lernst du hier draußen noch etwas fürs Leben.«

»Ja, Herr. Gewiss, Herr.«

Faustus lachte über meine finstere Miene, klopfte mir aufmunternd auf die Schulter und deutete dann hinüber zur Zahlstelle. »Du solltest jetzt vom Pferd steigen. Sonst werden die Männer dort ebenso misstrauisch wie unser guter Freund im Mörtelbad.«

Ich tat, wie mir geheißen, drückte Angelina übellaunig die Zügel in die Hand und stapfte auf die Zahlstelle zu. Die beiden anderen blieben zurück.

Mein Ziel war ein langer Tisch, der vor einem Mauerrest der alten Basilika stand. Dahinter saßen zwei Männer mit allerlei Listen, Tintenfässern und Gänsekielen. Hinter ihnen stand eine schwere Eichentruhe mit Eisenbeschlägen, gesichert durch ein großes Vorhängeschloss. Vier Soldaten, Angehörige der Schweizer Garde, bewachten die Truhe mit aufgepflanzten Hellebarden.

Noch einmal schaute ich zurück zu meinem Meister und Angelina. Faustus nickte mir aufmunternd zu.

Mit einem Seufzen wandte ich mich an einen der Zahlmeister und erklärte mein Begehr.

Es wurde bereits dunkel, als ich hinter mir einen Schrei vernahm. Ein Mensch schrie in höchster Not, dann ertönten aufgeregte Rufe.

Der Holländer, der gemeinsam mit mir einen Balken über den Bauplatz trug, stieß einen dumpfen Laut aus. Ich spürte, wie das Holz in meinen Händen schwerer wurde, dann glitt es mir aus der Hand. Als ich herumfuhr, sah ich, dass der Holländer sich vorbeugte und sein Mittagessen in den Schmutz erbrach.

Einen Augenblick später erkannte ich den Grund.

Nicht weit von uns, keine zehn Schritte entfernt, hatte sich ein großer Gesteinsbrocken aus der Ruinenwand der Basilika gelöst, war beinahe zehn Mannslängen in die Tiefe gestürzt und hatte einen der Arbeiter erschlagen, die am Fuß der Wand eine Bauhütte betrieben. Das Erschreckende war nicht die Tatsache seines Todes – ich hatte mehr als genug Leichen gesehen in meiner Zeit an Faustus' Seite –, sondern die Art und Weise, wie der Tod ihn uns anderen darbot: Sein Torso war unter dem Stein verschwunden, während seine Arme und Beine darunter hervorschauten, angewinkelt wie die Glieder einer Spinne. Es war bizarr, ja kurios – doch gerade das machte den Anblick so schrecklich.

Ein Pulk von Menschen bildete sich in Windeseile um den Toten und versperrte uns die Sicht. Vorarbeiter kämpften sich durch die Menge und brüllten Anweisungen.

Ich stieg über den Balken und trat neben den Holländer. »Geht es wieder?«

Er schaute auf, dunkelblond, mit vernarbtem Gesicht wie ein alter Haudegen und trotzdem nicht viel älter als ich selbst. Auf den ersten Blick wirkte er wie ein abgebrühter Kerl, dem so leicht nichts einen Schrecken einjagen konnte. Umso erstaunter war ich, wie sehr ihn der Unfall mitnahm.

Er wischte sich Erbrochenes vom Kinn, schaute einen Moment angewidert auf seinen Handrücken und streifte ihn dann im Staub ab. »Schon gut«, keuchte er.

Ich nahm seinen Arm und half ihm, sich aufzurappeln.

»Passiert so was oft?«

»Wie lange bist du hier?«

»Erst seit heute Mittag.«

Er nickte, als erkläre dies so manches. »Es gibt dauernd Tote hier.«

»Wie ist dein Name?«

»Zeeman«, sagte er. »Und deiner?«

Ich konnte mir selbst gerade noch Einhalt gebieten, ehe ich meinen wahren Namen und meinen Posten als Adlatus meines Meisters offenbarte. Die Nennung war mir bereits in Fleisch und Blut übergegangen: *Christof Wagner, rechte Hand des weltberühmten Doktor Faustus, des Quellbrunns der Nekro-*

manten, Zweiten unter den Magiern, Astrologen, Chiromanten, Aeromanten, Geomanten, Pyromanten und Hydromanten. Ja, was für ein Titel!

»Johann«, stellte ich mich vor. Und um von mir abzulenken fügte ich hinzu: »Zeeman … das ist ein ungewöhnlicher Name.«

»Mein Vater fuhr zur See, genau wie meine älteren Brüder. Sie benannten mich nach dem, was sie waren, aber für mich war kein Platz mehr auf ihrem Boot. In einem Sturm gingen sie unter und ertranken. Meine Mutter nahm sich das Leben. Und nun bin ich hier.«

Die Leichtfertigkeit, mit der er diese Dinge erzählte, machte mich wundern. »Wie lange arbeitest du schon hier auf dem Bauplatz?«

»Sieben Wochen. Siebeneinhalb.«

Wir nahmen den Balken wieder auf und setzten unseren Weg fort, geradewegs durch den Spalt in den Basilikamauern, wo sich einst das Portal befunden hatte. Im Innenraum herrschte reges Treiben, weit turbulenter noch als draußen auf dem Platz. Überall wurden alte Steine abgetragen, Platten aus dem Fußboden gestemmt und neue Gerüste errichtet. Weit am anderen Ende des ehemaligen Innenraumes erhoben sich majestätisch die vier Säulen, auf denen später einmal die Kuppel ruhen sollte. Ihr Anblick war selbst aus der Ferne atemberaubend.

»Was hat dich hierher verschlagen?«, fragte Zeeman, nachdem wir den Balken an seinem Bestimmungsort abgeliefert hatten.

»Oh …«, machte ich mit einer wegwerfenden Handbewegung. »Dies und das.«

Der Holländer grinste. Ich sah, dass ihm ein Schneidezahn fehlte. »Dies und das, natürlich. Derlei hat uns alle hergebracht, nicht wahr?«

»Ich schätze schon.«

»Ärger gehabt mit der Obrigkeit?«

»Wer hat das nicht?«

»Wohl wahr, wohl wahr …«

Da mir der Sinn nicht nach Verbrüderung stand und ich diesen unangenehmen Ort so bald wie möglich verlassen wollte, ging ich gleich aufs Ganze.

»Sag«, flüsterte ich und nahm ihn beiseite, »ist dir ein Mann bekannt, der sich selbst Filius nannte?«

Zeeman runzelte die Stirn. »Filius? Soll das sein Name sein?«

»Vielleicht. Möglich ist auch, dass er sich nur als Filius ausgibt … als Sohn von irgendjemandem.« Innerlich seufzte ich. Wie sollte man mit solch vagen Vorgaben einen bestimmten Menschen finden, noch dazu auf einem Bauplatz, auf dem Hunderte, vielleicht sogar Tausende arbeiteten?

Der Holländer schien mir kein verkehrter Kerl zu sein, doch er war auch nicht besonders helle. Vor allem aber war er eines – misstrauisch!

Er rückte abrupt von mir ab. »Warum suchst du ihn?«

»Ich … er schuldet mir Geld.« Ich ahnte noch während ich sprach, dass dies die falsche Antwort war. Hier auf dem Bauplatz verriet man einander nicht. Eilig fügte ich hinzu: »Eigentlich meiner Schwester. Er hat sie geschwängert, der Hundsfott. Sie hat das Kind verloren, und dabei ist sie selbst dem Tod nur um Haaresbreite von der Schippe gesprungen. Ihre Heilung war lang und teuer, und meine Eltern mussten ihren Hof verkaufen, um sie zu retten. Und nun bin ich hier, um seinen Teil einzufordern.«

Der tragische Leidensweg meiner Familie sprudelte mir wie von selbst über die Lippen, ganz ohne nachzudenken. Zeemans eigene Geschichte hatte mich inspiriert.

Der Holländer musterte mich eindringlich. »Ist das die Wahrheit?«

Ich winkte ab. »Wenn du mir nicht helfen willst, dann lass es. Meine Schwester wird dann nicht im Kindbett, sondern vor Hunger sterben.«

Ein schiefes Lächeln huschte über seine Züge, und wieder entblößte er die schwarze Zahnlücke. »Wenn es stimmt, was du sagst, dann ist der Kerl tatsächlich ein übler Schuft. Einem Mädchen so was anzutun!« Er grinste noch breiter. »Und wenn nicht, bist du zumindest ein guter Lügner.«

Ich gab keine Antwort.

Zeeman klopfte mir auf die Schulter. »Weißt du, Johann, ich will dir helfen. Weil es nämlich ohnehin keinen Unterschied mehr macht.«

»Wie meinst du das?«

Er überlegte kurz. »Mag sein, dass ich den Mann kenne, den du suchst – allerdings würde das bedeuten, dass deine Schwester einen verflucht schlechten Geschmack hat, was Männer angeht.«

»Er war … nicht schön«, sagte ich rasch, um so zu tun, als wüsste ich genau, wovon er sprach.

»O doch, das war er«, widersprach Zeeman. »Ein hübsches Bürschchen.«

Vorsichtiger fragte ich: »Dann war er dumm?«

»Dumm?«, grölte der Holländer. »Ein völlig Wahnsinniger, das war er!«

»Wieso eigentlich *war?*« Meine Unschuldsmiene hätte sogar den Allmächtigen höchstpersönlich getäuscht.

»Weil er tot ist. Mausetot ist er.«

Ich unterdrückte meinen Triumph. Ja, dachte ich, der gute Wagner hat es mal wieder geschafft. Die richtigen Fragen gestellt, der rechten Fährte gefolgt und schon ein Erfolg! Was würde Faustus nur ohne mich tun?

»Dann ist wohl kein Geld mehr bei ihm zu holen?«, fragte ich mit gespielter Enttäuschung.

Zeeman schüttelte den Kopf. »Es sei denn, du findest einen, der dir seine lausigen Knochen abkauft.«

»Woher kennst du ihn? Hat er sich tatsächlich Filius genannt?«

»Filius von Gottvater selbst!«, erwiderte Zeeman und lachte schallend. »So ein Dummkopf! Er hat hier gearbeitet, drüben bei einem Steinmetz. Und die ganze Zeit über ist er rumgelaufen und hat allen erzählt, er sei der Sohn des Herrn und es würde nicht mehr lange dauern, da würde auch der Papst erkennen, dass der Messias in ihm wiedergeboren ist.« Der Holländer schnaubte verächtlich. »Hat ein Heidenglück gehabt, sag ich dir, dass kein Pfaffe sein Geschwätz gehört hat. Die hätten ihn schneller auf den Scheiterhaufen gestellt, als er hätte Filius buchstabieren können.«

Ich bezweifelte arg, dass Zeeman selbst seinen eigenen Namen buchstabieren konnte. Sei's drum. »Was ist mit ihm passiert?«

Er hob die Schultern. »Na, so wie's aussah, hat er irgendwem seine Geschichte einmal zu oft erzählt. Irgendwer hat ihm im Suff den Hals umgedreht. Einfach so, mit bloßen Händen. Konnte das Gerede einfach nicht mehr ertragen. Und wer kann's ihm schon verübeln?« Er musterte mich listig. »Aber das musst du ja wissen. Du kanntest ihn ja.«

»Ich … ähm, ich selbst kannte ihn nicht.« Ich lachte nervös. »Meine Schwester hat's mit ihm getrieben, nicht ich, verstehst du? Ich war gar nicht in der Gegend.«

Zeeman grunzte, offenbar zufrieden mit dieser Antwort.

»Wo hat man ihn begraben?«, fragte ich.

»Drüben, auf dem Arbeiterfriedhof.«

»Kannst du mir sein Grab zeigen? Nur damit ich meinen armen Eltern berichten kann, dass ich mit eigenen Augen gesehen habe, dass er für seine Sünden bestraft wurde.«

Zeeman schaute sich um, sah, dass unser Dienstherr gerade mit ein paar anderen Handlangern beschäftigt war, dann nickte er. »Ich zeig's dir. Ist auch nicht schwer zu finden – einfach dem Geruch nach.«

»Jetzt gleich?«

»Sicher.«

Wie verließen rasch den einstigen Innenraum der Basilika, über deren gezahnten Mauerresten allmählich die Dämmerung hereinbrach. Überall auf dem Bauplatz wurden jetzt Fackeln entzündet, damit die Arbeiten auch im Dunkeln weitergehen konnten. Im Vorbeigehen sah ich, dass man noch immer bemüht war, den großen Steinblock beiseite zu stemmen, unter dem die Arme und Beine des Unglücklichen hervorragten. Ich bemerkte, dass Zeeman bei dem Anblick abermals scharf die Luft ausstieß und würgte. Rasch schob ich ihn weiter.

Der Bauplatz verwandelte sich in der Dunkelheit in ein

verwirrendes Netzwerk aus Lichtern, ein Panorama von solcher Schönheit, dass es einen all den Schmutz und die schwitzenden Körper vergessen ließ. Aber ich hatte keine Zeit, um den Blick auf die Unzahl von Fackeln und Lampen zu genießen. Zeeman schritt eilig aus, und ich folgte ihm geschwind.

Wir umrundeten in einem weiten Bogen die Ruine der Konstantinsbasilika und kamen in einen Teil der Anlage, der nahezu menschenleer war. Dreckhügel waren hier aufgehäuft worden, ein Gebirge aus ausgehobenem Erdreich mit kleinen Tälern und doppelt mannshohen Gipfeln. Wir stapften weiter durch den Schlamm, in Schlangenlinie um die kleinen Hügel herum, ehe Zeeman schließlich auf einer Kuppe stehen blieb und nach vorne wies.

»Das ist er«, sagte er. »Der Gottesacker für die Arbeiter.«

Mein Blick folgte seinem ausgestreckten Arm und sah – nichts.

»Was meinst du?«, fragte ich. »Da ist kein Friedhof.«

Er lachte. »Wir nennen es hier so. Keiner will wahrhaben, dass er vielleicht selbst einmal in solch einem Loch verscharrt wird.«

Ein Loch! In der Tat, jetzt erkannte ich, was er meinte. Vor uns öffnete sich ein regelrechter Krater, zehn Schritte im Durchmesser und ebenso tief. Dahinter gab es noch vier weitere davon, zu drei Vierteln zugeschüttet, was darauf schließen ließ, dass sie bereits reichlich gefüllt waren.

»Die schmeißen einen in ein Massengrab?«, fragte ich fassungslos.

»Sicher doch. Keine Zeit, um jedem ein ordentliches Begräbnis zu geben.«

»Gibt es *so viele* Tote hier?«

»Du bist jetzt nicht mal einen Tag hier. Trotzdem hast du schon deine erste Leiche gesehen. Und, glaub mir, heute war ein *guter* Tag!«

Ich schüttelte ungläubig den Kopf. »Aber man sollte doch meinen, dass die Kirche …«

Er fiel mir ins Wort. »Dass sie besorgt ist um ihre Schäfchen, die sich hier für sie abrackern?«

»Gewiss.«

»Vergiss es.« Er schlitterte vorsichtig den Dreckhügel hinunter, bis an den Rand des Leichenlochs.

So ganz allein auf der Kuppe zu stehen war mir unheimlich, ich fühlte mich schutzlos und verloren, und so folgte ich ihm rasch, obwohl meine Neugier befriedigt war. Wie hatte ich diesen Ort satt! Mein Meister würde sich ein paar heftige Worte gefallen lassen müssen.

Ich kam neben Zeeman zum Stehen und schaute hinab in die Grube. Ein kleiner Tümpel hatte sich an ihrem Grund gebildet. Aus der brackigen Oberfläche ragten Leichenteile.

»Wann schüttet man die … Gräber zu?«, fragte ich und hielt mir die Nase zu.

»Wenn genug Leichen zusammengekommen sind.« Zeeman lachte, aber diesmal klang es bitter, fast ein wenig verzweifelt. »Wenn wir lange genug hier arbeiten, ist uns ein Platz da unten sicher. Vortreffliche Aussicht, was?«

Ich schwieg, konnte nur den erbärmlichen Anblick der Totengrube in mich aufnehmen und versuchen zu verstehen, was es bedeutete, wenn man tatsächlich keine andere Wahl hatte, als tagein, tagaus auf dem Bauplatz zu schuften, in dem Wissen, dass jeder Unfall, jedes fatale Missgeschick einen hierherbringen würde, in ein nasses Loch, achtlos hinabgeworfen wie ein Stück Aas. Jetzt sah ich auch die Ratten, die durch das Wasser paddelten, mit schnellen, zuckenden Bewegungen.

»Und dieser Filius liegt irgendwo da unten?«

Zeeman nickte. »Hier, in diese Grube haben sie ihn geworfen.« Er stockte, als ihm augenscheinlich ein Gedanke kam. »Du hast doch nicht vor, dir die Leiche genauer anzuschauen?«

Eilig schüttelte ich den Kopf. »Um nichts in der Welt.«

»Dann, Freund, heißt das wohl, dass du dich auf mein Wort verlässt?«

»Das muss ich wohl.« Als ich ihn ansah, bemerkte ich, dass er mir die Hand entgegenstreckte. Freund, hatte er mich genannt. Fest packte ich seine Hand und schüttelte sie.

»Freund«, bestätigte ich mit einem Lächeln.

Als er mich losließ und sich gerade umwenden wollte, um den Dreckhügel wieder hinaufzusteigen, fiel ihm etwas ein. »Sag mal, der Kerl war aus Rom, wenn mich nicht alles täuscht. Wie ist deine Schwester an ihn geraten?«

Ich schluckte. Normalerweise war ich nie verlegen um Ausreden aller Art, doch in diesem Moment ließ mich mein Einfallsreichtum im Stich. Ob es daran lag, dass mich der Holländer zum Freund erkoren hatte oder einfach nur an dem furchtbaren Eindruck, den die Massengräber bei mir hinterlassen hatten – ich weiß es nicht.

Er wartete auf eine Antwort, nicht so argwöhnisch wie zuvor, aber durchaus neugierig. Er würde sich nicht mit meinem Schweigen zufriedengeben.

Im selben Moment aber ertönte ein Prasseln. Erdklumpen rollten den Hügel hinunter, hüpften über die Kante der Grube und klatschten weiter unten ins Wasser.

Zeeman und ich wirbelten herum.

Oben auf dem Hügel, nur wenige Schritte entfernt, stand eine Gestalt. Einen Augenblick später gesellte sich eine zweite hinzu.

Ich wollte grüßen und davongehen, aber Zeeman hielt mich an der Schulter zurück und legte einen Finger an seine Lippen.

»Sie haben uns noch nicht gesehen«, flüsterte er atemlos und ging langsam in die Hocke, um die beiden Gestalten auf dem Erdhügel nicht durch eine rasche Bewegung auf uns aufmerksam zu machen. Ein wenig verwirrt tat ich es ihm gleich.

Die beiden trugen bodenlange dunkle Gewänder und hatten weite Kapuzen über ihre Köpfe geschlagen, deren Öffnungen so groß und schwarz waren wie die Mäuler zweier Riesenfische. Mönche, dachte ich im ersten Moment, doch ich konnte spüren, dass dies keine gewöhnlichen Geistlichen waren. Sie sahen einander an und schienen miteinander zu tuscheln, zu leise, als dass ich etwas hätte verstehen können. Falls sie sich zu den Leichengruben umdrehten, mussten sie uns unweigerlich entdecken, aber noch waren sie zu sehr vertieft in ihr zischelndes Flüstern, um Zeeman und mich wahrzunehmen.

Es dauerte nicht lange, da tauchten sie wieder hinter dem Hügel unter. Ihre Schritte waren nahezu lautlos. Selbst als wir die beiden nicht mehr sehen konnten, war ich noch nicht sicher, dass sie tatsächlich fort waren.

Zeeman richtete sich langsam auf. »Hin und wieder sieht man einen oder zwei von ihnen im Dunkeln über den Bauplatz streifen«, flüsterte er schaudernd. »Sie sprechen nur miteinander, und nur auf Lateinisch. Die Männer gehen ihnen aus dem Weg. Manche sagen, es sind die Geister der früheren Päpste, die bei Nacht über die Arbeiten wachen.«

Ich wusste es besser.

Als sich die beiden abgewandt hatten, war Mondschein unter die Kapuze des einen gefallen und hatte seine Züge und sein Haar beschienen.

Weiße Züge. Weißes Haar.

Es waren Eluciderii. Erleuchtete.

Borgia-Engel wie Angelina.

Krähen kreisten um die Giebel des Papstpalastes. Einige ließen sich auf dem Dach des klotzigen Turmes nieder, den einst Innozenz III. hatte erbauen lassen und der eindrucksvoll die Residenz des Heiligen Vaters überragte. Es gab auch Tauben, eine Unzahl davon, und Faustus entdeckte sogar eine verirrte Möwe, als er etwa zehn Schritte vor dem Portal verharrte und zum Himmel blickte. Er fand es auf amüsante Art beruhigend, dass selbst hier, so nah beim Stellvertreter Gottes auf Erden, der Himmel nicht anders aussah als anderswo.

Die Dämmerung war angebrochen, und bald würden sich die Vögel zurückziehen und den Fledermäusen die Nacht überlassen. Faustus bewunderte die Fledermäuse; sie gingen blind durchs Leben und fanden doch stets den rechten Weg. *Das ist mehr*, dachte er, *als wir Menschen von uns behaupten können.*

In der Tat, mein Meister war in trüber Stimmung. Während ich an Zeemans Seite den Bauplatz erkundete, war

Faustus aufgebrochen, um eine Nachricht zu überbringen. Erst viel, viel später erzählte er mir von seinen Zweifeln im Angesicht des Palastes, von der Unruhe, die ihn gepackt hielt, als er sich langsam den uniformierten Wächtern am Eingang näherte.

Die Ansammlung von klobigen, drei- und vierstöckigen Gebäuden ähnelte eher einer Festung als einem Prunkbau. Tatsächlich hatte sie während ihrer langen Geschichte mehr als einmal dazu dienen müssen, ihre ehrwürdigen Bewohner vor feindlichem Ansturm und politischem Ränkespiel zu schützen. Der Palast grenzte an die Kapelle des Sixtinus, noch kein halbes Jahrhundert alt und doch schon weltberühmt. Sie bildete das Bollwerk gegen den Lärm und Schmutz des Bauplatzes, der sich gleich dahinter anschloss.

Das Hauptportal, auf das Faustus nun zuging, befand sich in einer hohen Wehrmauer. Sie umschloss die gesamte Palastanlage. Ein halbes Dutzend Gardisten hielt davor Wache und musterte das Volk am Fuß der Mauer mit stoischen Mienen.

Faustus atmete tief durch, dann griff er unter sein Gewand und zog ein versiegeltes Schreiben hervor. Damit trat er vor einen der Wachleute.

»Verzeiht«, sagte er, »aber könntet Ihr diese Botschaft Massimo Pamphili zukommen lassen?«

»Dem Bibliothekar?«

»Eben dem.«

Der Soldat musterte sein Gegenüber von oben bis unten. Faustus wartete angespannt auf einen Funken des Erkennens in seinen Augen, auf eine Vorwarnung, einen Angriff. Doch der Gardist sah offenbar nichts in ihm, das ihm Anlass zur Unruhe geben konnte, und so nickte er schließlich und steckte das Schreiben ein.

»Ich würde gerne hier auf die Antwort warten«, sagte Faustus ruhig. »Es ist wichtig.«

Der Soldat knurrte etwas, wandte sich dann mit sichtlichem Widerwillen an seinen Vorgesetzten und schilderte ihm leise das Begehr des Fremden. Faustus musste eine weitere Begutachtung über sich ergehen lassen, dann verließ der Gardist endgültig seinen Posten und verschwand durch das Portal im Inneren.

Der Gardehauptmann trat auf Faustus zu. »Wie ist Euer Name?«

»Ludwig Kornfeld.«

»Ihr seid nicht von hier«, stellte der Gardist fest, »aber Ihr seid auch kein gewöhnlicher Pilger. Ihr benutzt für gewöhnlich ein Pferd, auch wenn Ihr jetzt keines dabeihabt. Ich kann das an Euren Stiefeln sehen.«

»So habt Ihr wache Augen.«

Der Hauptmann nickte unbescheiden. »Deshalb bin ich hier. Bin ich Euch schon einmal begegnet?«

Faustus verneinte. »Ich denke nicht. Ich bin Buchbinder.«

»Was treibt Euch her?«

Allmählich bereitete der Argwohn des Hauptmanns Faustus Sorge. War es möglich, dass man ihn sogar hier erkannte? Dann würde er all seine Pläne ändern müssen. Noch immer galt er der Kirche als Todfeind und Häretiker.

Äußerlich aber blieb er so gelassen wie zuvor. »Ich trage mich mit dem Gedanken, die Buchbinderei des alten Fabrizio zu übernehmen, unten im Borgo. Kennt Ihr ihn?«

Der Soldat schüttelte widerwillig den Kopf. »Dann werden wir uns gewiss noch öfter sehen.«

»Gut möglich«, sagte Faustus. »Vorausgesetzt, ich kann Euren Bibliothekar vom Wert meiner Arbeit überzeugen.«

Ein letztes Mal glitt der Blick des Hauptmanns an ihm hinab – die Stiefel hatten es ihm offenbar angetan –, dann trat er zurück an seinen Platz neben dem Portal und ließ Faustus in Ruhe auf Pamphilis Antwort warten.

Es war endgültig dunkel geworden, ehe der Soldat endlich zurückkehrte und Faustus ein Schreiben des Bibliothekars aushändigte. Es trug ein vatikanisches Siegel und war mehrfach gefaltet.

Faustus nickte dem Soldaten dankbar zu, verabschiedete sich und ging betont ruhig davon. Nun galt es, jedes weitere Aufsehen zu vermeiden.

Erst nachdem er um eine Ecke in die engen Gassen des Borgo Leonino eingebogen war, wagte er, das Siegel zu brechen und das Papier zu entfalten.

Mein Freund, stand da in feiner Tintenschrift zu lesen, *du bist ein Narr, hierherzukommen. Aber ein Narr warst du schon immer, und noch dazu der gerissenste, den ich je getroffen habe. Alles in mir wehrt sich dagegen, deinem Wunsch nach einem Treffen zu folgen, erst recht in diesen Zeiten. Vieles ist geschehen, seit wir uns zuletzt gesehen haben. Der Verfall schreitet voran. Man weiß, dass du in Rom bist. Versteck dich, und komm nie wieder ans Tor des Vatikans. Vertrau nicht darauf, dass man dich nicht erkennt. Nicht alle Gardisten sind ungebildete Schwachköpfe. Komm hinunter ans Flussufer unterhalb der Engelsburg, später, wenn die Glocken Mitternacht läuten.*

Massimo

Faustus trat vor eine Fackel, die in einem Eisenring neben einem Hauseingang loderte. Gierig sprangen die Flammen auf das Papier über. Faustus hielt den Brief in Händen, bis das Feuer fast seine Finger erreicht hatte. Dann erst ließ er ihn fallen und sah nachdenklich zu, wie er lautlos und brennend zu Boden schwebte.

Kapitel 3

»Wo ist Angelina?«

Als ich die Tür des Gasthofzimmers öffnete und Faustus' zerfurchte Stirn sah, wusste ich, dass etwas nicht so war, wie es sein sollte.

»Wo ist sie?«, fragte ich noch einmal.

»Sie war fort, als ich vom Vatikan zurückkam.«

»Und wo ist sie hin?«

»Ich bin Schwarzkünstler, Wagner, aber was die Hellseherei angeht, war ich nie besonders …«

Ich schnitt ihm das Wort ab; eigentlich höchst ungebührlich, doch in diesem Moment waren mir die Folgen gleichgültig. »Sie kann nicht einfach allein da draußen herumlaufen«, entfuhr es mir erschrocken. »Sie kann mit niemandem sprechen. Man wird sich über sie lustig machen, weil sie die Maske trägt. Die Stadt ist gefährlich, die Menschen hier sind gefährlich. Ich will nicht, dass sie …«

Der Meister erhob sich von seinem Stuhl, trat auf mich zu und legte seine Hände auf meine Schultern. »Angelina kommt allein zurecht. Du hast sie heute auf dem Bauplatz erlebt. Ihr passiert nichts.«

»Aber wir wissen beide nicht, was wirklich in ihrem Kopf vorgeht«, entgegnete ich verzweifelt. »Was bewirkt die Stadt in ihr? Das Wiedersehen von Orten, die sie kennt? Und was passiert, wenn sie anderen Engeln über den Weg läuft?«

»Anderen Engeln?«

Ich nickte aufgebracht. »Ich habe sie gesehen. Draußen auf dem Bauplatz. Sie waren zu zweit. Aber der Holländer hat gesagt, es gibt noch mehr davon und dass sie nachts rauskommen und umherstreifen und dass sie ...«

»Wagner, Wagner«, sagte er sanft. »Beruhige dich erst einmal. Du bekommst ja kaum noch Luft vor Aufregung.«

Er presste mich hinab auf einen Stuhl vor dem Fenster. Das Zimmer im ersten Stock der Herberge war gerade groß genug für unsere drei Betten. Die Decken sahen aus, als hätten sie lange Zeit kein frisches Wasser mehr gesehen. Über der Tür hing als einziger Wandschmuck ein kleines Kreuz. Man hatte den Boden mit Stroh ausgelegt, das zum einen die Füße wärmte, zum anderen leicht hinausgefegt werden konnte, wenn es gar zu schmutzig wurde. Durch das Fenster drang der Lärm des Viertels herein. Selbst zu so später Stunde trieben sich zahllose Menschen in den engen Gassen herum, zumeist Arbeiter vom Bauplatz und Konkubinen, die den Männern die Tageslöhne aus den Taschen zogen.

Faustus setzte sich mir gegenüber auf eine Bettkante. »Erzähl mir von den Engeln.«

Ich holte tief Luft, dann berichtete ich ihm, was ich erlebt hatte. Zugegeben, ich schmückte die Einzelheiten ein wenig aus – der Steinblock war jetzt haarscharf an mir vorbeigefallen, als er den Arbeiter erschlug –, ansonsten aber hielt ich mich eng an die Wahrheit. Ich erzählte ihm von Zeeman und davon, dass er mich zu den Leichengruben im Westteil des Geländes geführt hatte. Auch von dem Jungen, der sich als Sohn Gottes ausgab, sprach ich, und ich freute mich, dass Faustus anerkennend nickte. Zuletzt beschrieb ich ihm die beiden Gestalten in ihren dunklen Gewändern, flüsternd und unheimlich auf der Hügelkuppe.

»Im Mondlicht konnte ich kurz das Gesicht des Einen sehen«, schloss ich meinen Bericht. »Es gibt keinen Zweifel, Meister – er war ein Engel wie Angelina.«

»Und der Holländer sagte, sie sprechen nur Latein?«

»Allerdings. Sie *waren* es, glaubt mir. Mich wundert nur, dass sie sich offen auf dem Bauplatz zeigen. Jeder kann sie dort sehen.«

»Man kann Kämpfer wie sie nicht ewig in den Katakomben unter dem Vatikan einsperren«, mutmaßte Faustus. »Sie sind zu gefährlich.«

Ich dachte an unsere eigenen Auseinandersetzungen mit den Borgia-Engeln am Fuß der Wartburg und musste ihm recht geben. Egal, womit man auch versucht hatte, ihnen alles Menschliche auszutreiben – ihren Freiheitsdrang konnten nicht einmal die Lehrmeister des Borgia auslöschen. Angelina war der lebende Beweis.

Ich stand auf und klopfte mir Schmutz und Staub von den Kleidern. In einer Kanne am Boden stand Wasser. Ich füllte etwas davon in die Waschschüssel auf dem Fensterbrett und wusch mir Gesicht und Hände. Danach ging es mir nur kaum besser – jeder meiner Muskeln schmerzte von der harten Arbeit –, aber ich fühlte mich ein wenig klarer.

»Wie ist es Euch ergangen?«, fragte ich.

Faustus wurde aus seinen Gedanken gerissen. »Mir …? Nun, ich habe versucht, meine Verbindungen zum Vatikan spielen zu lassen.«

»Mit Verlaub, Herr – die Kirche wünscht sich nichts mehr,

als Euch brennen zu sehen. Was für Verbindungen kann da ein Mann wie Ihr haben?«

»Alte Verbindungen, Wagner«, belehrte er mich. »Aus einer Zeit, als mein Name noch nicht jedem dahergelaufenen Dorfpfaffen ein Begriff war. Es war bei meiner Rückkehr aus Ägypten. Ich war geschwächt von ... nun, von dem, was ich erlebt hatte.« Wieder diese Geheimniskrämerei! Es war ein Elend! »Ich hatte nicht vorgehabt, für längere Zeit in Rom zu bleiben, aber schließlich wurden es doch vierzehn Monde.«

»Was ist geschehen?«

»Das banalste aller Unglücke – eine Gasthausschlägerei. Ich geriet mitten hinein, obgleich ich keinen der Beteiligten kannte. Ein heimtückischer Hieb traf mich von hinten und streckte mich nieder. Als ich aufwachte, lag ich im Kerker, zusammen mit einigen der anderen Männer, die in den Kampf verwickelt waren. Ich will dich nicht mit den Einzelheiten langweilen – doch es gelang uns schließlich zu fliehen. Drei von uns kamen durch, vier starben. Ich wurde verletzt, und während meine Gefährten verschwanden, wurde ich von einem Wohltäter aufgelesen, einem Gelehrten, wie sich bald herausstellte. Sein Name war Massimo Pamphili. Er versteckte mich vor den Soldaten, und bald kamen wir ins Gespräch. Er erkannte, dass ich über gewisse ... Begabungen verfügte, und er wollte, dass ich ihn an meinem Wissen über die geheimen Lehren teilhaben lasse. Ich lehrte ihn einige unbedeutende Kleinigkeiten, doch die meiste Zeit verbrachten wir mit regem Gespräch über die Philosophie und die Schwarze Kunst. Ich blieb bei ihm, bis meine Wunden geheilt waren und kein Hahn mehr nach unserem Ausbruch aus dem Kerker krähte. Dann verließ ich ihn und die Stadt, und etwa ein Jahr später hörte ich, dass man ihn zum Vorsteher der vatikanischen Bibliothek ernannt hatte. Der Borgia selbst war auf ihn aufmerksam geworden, wohl aufgrund der Spielereien, die ich meinem Freund beigebracht hatte – wir wissen ja, dass Papst Alexander über ein gehöriges Maß an Neugier in diesen Dingen verfügte. Seither leitet Massimo die Bibliothek. Papst Leo ist bereits der vierte Heilige Vater, dem er dient.«

Die Erwähnung Alexanders machte mich stutzig. »Wie kann ein Mann, der Euer Freund ist, in die Dienste des Borgia treten?«

»Er tat es nicht für den Papst, sondern für die Bibliothek. Er lebt für diese Bücher.«

»Glaubt Ihr, er weiß etwas über den Zug der Erleuchteten? Und darüber, wie er endete?«

»Ich glaube nicht, dass er all die Jahre im Papstpalast leben konnte, ohne etwas darüber zu hören. Aber hab noch ein wenig Geduld, Wagner. Heute Nacht werden wir mehr wissen.«

»Ihr werdet ihn treffen?«

»Wir beide. Ich möchte, dass du mich begleitest.«

Mein Körper fühlte sich an wie gerädert, und ich war hundemüde. Doch das war nichts im Vergleich zu meiner Sorge. »Angelina …«, begann ich aufgebracht, doch mein Meister schüttelte den Kopf.

»Vermutlich ist sie bis dahin längst zurück.« Seine Augen funkelten listig. »Deiner Aufregung entnehme ich, dass du meinem Rat gefolgt bist und eine Antwort auf … nun, auf jene gewisse Frage gefunden hast.«

Ich wich seinem Blick aus. »Vielleicht.«

»Erzähl mir davon, wenn du möchtest.«

»Nein.« Ich wandte mich ab und trat ans Fenster. »Ich

glaube nicht, dass ich das will. Nicht jetzt.« Noch während ich sprach, hielt ich unten in der Gasse Ausschau nach Angelina. Für Faustus war das Antwort genug.

»Du magst sie sehr«, stellte er fest.

»Ja.«

Er seufzte und stand auf. Einen Moment lang verharrte er, und ich glaubte schon, er wollte mir mitfühlend auf die Schulter klopfen oder mich gar wie ein Vater umarmen. Dann aber drehte er sich einfach nur um und ging zur Tür.

»Ruh dich jetzt aus.«

»Muss ich morgen wieder dorthin? Auf den Bauplatz?«

»Nein. Ich denke, du hast alles in Erfahrung gebracht, was möglich war.«

Erleichtert sah ich ihn an.

»Du hast das sehr gut gemacht«, fügte er hinzu. »Ich könnte mir keinen besseren Mitstreiter wünschen.«

Stolz erfüllte mich bei diesen Worten, wenngleich mein Kummer über Angelinas Verschwinden davon unberührt blieb. »Danke, Herr.« Es kam selten vor, dass er ein Lob aussprach; nicht, weil er unzufrieden mit mir war, sondern weil er schlichtweg anderes im Kopf hatte.

»Ich lasse dich jetzt eine Weile allein«, sagte er. »Leg dich hin. Versuche, ein wenig zu schlafen.«

»Darf ich fragen, wohin Ihr geht?«

»Aufs Dach.«

Ich muss wohl ziemlich verdutzt dreingeschaut haben, denn er fügte mit einem Lächeln hinzu: »Mach dir keine Gedanken. Schlaf einfach. Ich möchte, dass du bei unserer Verabredung mit Massimo ausgeruht bist.«

»Ja, Herr.«

Er verließ das Zimmer, nicht ohne mich zuvor zu ermahnen, den Riegel vorzuschieben. Dann hörte ich, wie sich draußen auf dem Gang seine Schritte entfernten.

In meinem Kopf herrschte ein wüstes Durcheinander. Die neuen Eindrücke des Tages durchmischten sich mit Gedanken an Angelina und der Frage, was Faustus wohl hinauf auf das Dach des Gasthofs trieb. Es dauerte nicht lange, da hatte ich den Entschluss gefasst, ihm heimlich zu folgen. Falls er dort oben nach Angelina Ausschau hielt, war das der Beweis, dass er sich insgeheim ebenso um sie sorgte wie ich selbst. Und für gewöhnlich war es kein gutes Zeichen, wenn mein Meister sich Sorgen machte; es bedeutete, dass uns wieder einmal Ärger bevorstand.

Ich verließ die Kammer und drehte hinter mir den rostigen Schlüssel im Schloss. Rasch steckte ich ihn ein und schlich auf Zehenspitzen den Gang hinunter. An seinem Ende führte eine Treppe ins Dachgeschoss.

Hier oben befanden sich die armseligsten Quartiere des Hauses. Es gab keine Wände, nur die beiden Dachschrägen, die hoch oben aneinanderstießen. Um trotzdem so viele Gäste wie möglich einzuquartieren, hatten die Wirtsleute Laken gespannt und den Dachboden damit in winzige Parzellen aufgeteilt. Pilger aus aller Welt, die oft jede nur erdenkliche Entbehrung durchlitten hatten, waren dankbar für solch eine Unterkunft, und so kam es, dass die meisten Betten belegt waren. Hinter den Lakenvorhängen hörte ich Schnarchen und Rascheln, als ich mich leise einer Leiter näherte, die hinauf aufs Dach führte. Die Luke stand offen.

Ich kletterte langsam die Sprossen hinauf und horchte auf Schritte, doch nichts war zu hören. Das Dach war mit Tonziegeln gedeckt, selbst in einer Stadt wie dieser keine Selbstverständlichkeit. Die Wirtsleute machten offenbar einträgliche Geschäfte.

Unendlich vorsichtig schob ich meinen Kopf durch die Dachluke. Erst konnte ich meinen Meister nirgends entdecken. Dann aber sah ich ihn am Rand der Schräge sitzen, nur eine Handbreit vom Abgrund eines Innenhofs entfernt. Er saß da mit angezogenen Knien und hatte die Augen geschlossen. Sein Gesicht wirkte so ruhig und friedlich, als schliefe er.

Nach meinem ersten Schrecken wurde ich ruhiger. Ich wollte mich zurückziehen, entschied dann jedoch, noch einen Augenblick länger hierzubleiben und ihn zu beobachten.

Mein Meister hatte sein Gesicht dem Vatikan zugewandt. Ich konnte die Bauten von hier aus deutlich jenseits der Häuserreihen erkennen. Der Turm des Innozenz überragte den Papstpalast, und auch die Ruinen der Basilika und das neue Säulengeviert waren in der Dunkelheit zu erahnen, im Schein Hunderter von Fackeln. Es war ein erhebender Anblick, beeindruckend in seiner schieren Größe und der Ambition seiner Baumeister.

Tief atmete ich die frische Nachtluft ein. Hier oben war sie um ein Vielfaches klarer als weiter unten im Haus oder in den stinkenden Gassen des Borgo.

Gerade wollte ich wieder nach unten klettern, als aus der Tiefe des Innenhofs ein leises Rascheln empordrang, gefolgt von einem Bellen. Da wusste ich, warum Faustus heraufgekommen war.

Leise schob ich mich weiter aus der Luke. Sie war nahe an der Dachkante gelegen, trotzdem musste ich ganz ins Freie klettern, um einen Blick in den Abgrund zu werfen. Jeden

Moment erwartete ich, dass Faustus aus seiner inneren Einkehr erwachte; ich fürchtete, vor Schreck würden wir beide den Halt verlieren.

Doch Faustus hielt weiter die Augen geschlossen, und so gelang es mir, unbemerkt über die Dachkante zu blicken.

Ein rotes Augenpaar glühte in den Schatten des Hofes. Es schaute geradewegs zu mir herauf.

Mephisto!

Ich federte zurück, obgleich er mich natürlich entdeckt hatte. Ich fürchtete, er würde es meinem Meister mitteilen, doch Faustus rührte sich noch immer nicht.

Zwischen ihm und dem schwarzen Hund bestand eine Verbindung aus purer Gedankenkraft. Damals, auf der Wartburg, hatte Mephisto uns auf diese Weise vor den näher rückenden Borgia-Engeln gewarnt. Ich fragte mich, ob er auch diesmal eine Warnung aussprach. Mir schien das unnötig. Größer konnte die Gefahr kaum werden.

Oder doch?

Himmel und Hölle, jetzt wollte ich wissen, was Mephisto dem Meister zu sagen hatte! Was wusste der Teufelshund, das wir nicht wussten?

Ging es vielleicht um Angelina?

Ich musste sie finden! Jetzt gleich! Ungeachtet aller Vorsicht schob ich mich rasch wieder die Schräge hinauf und stieg durch die Luke auf die Leiter. Ich erkannte noch, dass Faustus sich nach wie vor nicht rührte, dann ließ ich mich fallen und landete mit einem dumpfen Laut auf dem Strohbelag des Dachbodens. Eilig lief ich an den wehenden Laken der Schlafkammern vorüber und sprang die Treppen hinunter. In unserem Zimmer gürtete ich atemlos mein Schwert, dann rannte ich ins Freie. Von der Gasthoftür aus konnte ich den Torbogen des Innenhofs nicht sehen, er lag um die Ecke herum auf der anderen Seite des Gebäudes. Ich war recht froh, Mephisto nicht über den Weg laufen zu müssen – und sagte mir zugleich, dass *niemand* ihm rein zufällig begegnete. Was immer im Körper dieses Hundes hauste, *es* war kein animalischer Geist. Das war mir spätestens seit jenem Augenblick klar, als Angelina und ich auch in Begleitung des Traumvaters eine solche Kreatur entdeckt hatten.

Ich schauderte, als mir Bilder eines schwarzen Schakalschädels durch den Kopf geisterten, gefletschte Kiefer eines Gottes auf den Schultern eines Menschen, die Barke der Toten und die Finsternis in den bodenlosen Schächten ägyptischer Beinkammern. Für wenige Herzschläge glaubte ich zu spüren, wie mich die unvorstellbare Stille dieser Orte übermannte, sich in mir ausbreitete, mich von innen verschlang.

Dann nahm ich all meine Sinne zusammen und stand wieder inmitten des Gassentreibens im Borgo Leonino, fern aller Wüstenmystik und jahrtausendealter Schrecken.

Ein Mann blieb vor mir stehen, gekleidet in die weißen Gewänder eines Predigers mit hochgeschlagener Kapuze. Mit beiden Händen streckte er mir ein Kreuz entgegen, so flehentlich, als sähe er etwas in mir, das es auszutreiben gelte. Ich öffnete den Mund, um ihn davonzujagen, doch im selben Augenblick fuhr der Mann herum und tauchte mit verzerrtem Gesicht in der Menge unter. Von einem Moment zum nächsten war er wie vom Erdboden verschluckt.

Ich hatte keine Zeit, ihm zu folgen oder auch nur allzu lange über die sonderbare Begegnung nachzudenken. Angelinas Wohlergehen war wichtiger als meine Neugier. Ich wandte mich nach rechts, lief bis zum Ende der Gasse und entdeckte dort einen Verkäufer, der aus einem Bauchladen süßes Gebäck anbot.

»Eine Auskunft, Herr«, bat ich. »Habt Ihr vielleicht ein Mädchen gesehen mit einer Ledermaske über dem Kopf?«

Er schüttelte den Kopf und sagte etwas auf Italienisch, das ich nicht verstand.

Ich ließ ihn stehen und lief weiter. Auch der nächste Mann verstand mich nicht. Ich versuchte es bei einer Konkubine, doch sie ging gar nicht erst auf meine Frage ein, sondern wollte gleich zum Geschäft kommen.

Niedergeschlagen eilte ich Richtung Bauplatz, zum einen, weil dies der einzige Weg war, den ich kannte, aber auch, weil ich befürchtete, es könne Angelina zurück zu dem Ort ziehen, an dem sie aufgewachsen war. Bislang war ich davon ausgegangen, dass die Borgia-Engel in den unterirdischen Hallen des Vatikans gefangen gehalten wurden. Doch die abendliche Begegnung mit den beiden Eluciderii am Rand der Leichengrube hatte mich eines Besseren belehrt. Offenbar gewährte man den Engelskriegern sehr wohl den Zutritt zur Oberwelt, nachts, wenn die Dunkelheit ihre katzenhaften Bewegungen noch unheimlicher erscheinen ließ und die Menschen von ihnen fernhielt.

Was aber trieb Angelina zurück zum Vatikan? Sie hatte ihre Entscheidung getroffen und sich gegen die Borgia-Engel gewandt. Warum nun diese verstohlene Heimkehr, mitten in der Nacht?

Ich erreichte die Ausläufer des Bauplatzes. Die Arbeiten waren zu so später Stunde weitgehend eingestellt worden, nur ein paar allzu Emsige hämmerten und schmiedeten noch in den Bauhütten. Die übrigen Männer hatten sich entweder in ihre Quartiere zurückgezogen oder saßen um ein Dutzend flackernder Feuer am Rande des Platzes. Bier schäumte aus großen Fässern, und manch einer grölte wirren Unfug. Weiter hinten in den Schatten standen Schweizer Gardisten und beobachten das Treiben an den Feuern argwöhnisch. Ein falsches Wort oder der Hauch eines Zwischenfalls, und die Versammlung würde aufgelöst.

Ich stahl mich an einem der Wachtposten vorbei, umrundete die Feuer und glaubte mich schon sicher auf der anderen Seite der Menge angekommen, als ich plötzlich über einen Körper am Boden stolperte. Ich hielt ihn erst für einen Betrunkenen und wollte meinen Weg rasch fortsetzen, doch dann sah ich, dass der Mann die Uniform eines Gardisten trug und aus einer Platzwunde an der Schläfe blutete.

Mit einem stillen Seufzer fühlte ich seinen Pulsschlag. Der Mann war nur bewusstlos. Es gab kaum Zweifel, wer ihn niedergeschlagen hatte.

Wie lange würde es dauern, ehe man ihn vermisste? Von hier bis zum nächsten Feuer waren es höchstens zwanzig Schritte. Falls man ihn suchte, würde er rasch gefunden werden. Dann würden die Gardisten den Bauplatz durchkämmen.

Ich zögerte kurz, dann packte ich den Bewusstlosen an den Beinen, zog ihn hinter einen Haufen loser Steine und breitete einige Holzlatten über ihm aus. Ein notdürftiges Versteck, gewiss, aber für mehr blieb keine Zeit. Ich musste Angelina so schnell wie möglich finden. Sonst mochte nur der Himmel wissen, in welche Schwierigkeiten sie stolperte.

(Ich kann Eure Gedanken lesen, naseweiser Leser. Ich weiß, dass Ihr nun denkt, der alte Wagner sei endgültig in vernebelter Überschätzung seiner selbst versunken. Angelina stolpert nicht, mögt Ihr denken, oder: Wovor kann einer wie Wagner eine wie *sie* schon retten? Gewiss, ich muss Euch recht geben, Angelina war schnell und flink und überaus geübt im Umgang mit den Waffen. Doch in jener Nacht und an jenem Ort war sie – nun, wie soll ich sagen? – nicht ganz bei sich. Zumindest war das meine Befürchtung, und schon bald sollte sie sich … Aber, halt ein, lose Feder! So lest denn weiter, wenn Ihr mögt, und schimpft mich ein Großmaul, wenn es gerechteren Anlass dazu gibt!)

Mit gezogener Klinge eilte ich gebückt zwischen Holzstapeln und Steinhaufen umher, sprang über Werkzeuge, die man unter gefetteten Tüchern abgelegt hatte, und wich Wächtern aus, die über den nächtlichen Platz patrouillierten. Wenn man nicht achtgab, war es leicht, ihnen in die Arme und Schwerter zu laufen. Mehr als einmal trat einer hinter einer leer stehenden Bauhütte oder einem Marmorblock hervor, und nur mit Mühe konnte ich ihm aus dem Wege gehen, bevor er meiner gewahr wurde.

Kurz vor der Stelle, an der sich einst das Portal befunden hatte, verharrte ich im Schatten. Es war durchaus möglich, dass Angelina kreuz und quer über den Bauplatz irrte, doch schien mir dies eher unwahrscheinlich. Ich vermutete vielmehr, dass sie die alte Basilika aufsuchen würde – oder das, was davon übrig war. Als man sie als Kind hierhergebracht hatte, hatte die Konstantinsbasilika noch gestanden, und es war denkbar, dass Angelina sie noch in ihrem ursprünglichen Zustand gesehen hatte. War es nicht nahe liegend, dass sie einen Ort aufsuchte, der die Erinnerungen an ihre Kindheit, vielleicht gar an ihre Herkunft zurückbringen würde?

Der einstige Innenraum der Basilika lag unter freiem Himmel, seit man das Dach und Teile der Außenmauern abgetragen hatte. Mich wunderte, dass nicht schon hier, am früheren Eingang, Wachtposten standen. Immerhin waren die Gebeine des Petrus, die im Inneren aufbewahrt wurden, eine der wertvollsten Reliquien der Christenheit.

Vorsichtig schob ich mich vorwärts, immer noch im Schatten eines Mauerrests verborgen. Der Spalt, der heute statt eines Tores zwischen den Wänden klaffte, war fast zehn Schritte breit. Das Erdreich war schlammig und von zahllosen Karrenrädern zerfurcht; die tiefen Fahrrinnen schlängelten sich wie pechschwarze Lindwürmer über den Boden, so wenig Licht warf der Mond auf diesen Teil des Platzes. Es war noch nicht lange her, da mussten hier Steinplatten oder zumindest doch Pflastersteine gelegen haben. Jetzt aber hatte man sie herausgerissen, vermutlich, um sie anderswo zu verbauen oder Gruben damit aufzufüllen.

Ich schlich bis zur Mauerkante neben dem Spalt und wagte einen vorsichtigen Blick ins Innere der Basilikaruine. Hier arbeitete so spät in der Nacht niemand mehr, es herrschte bedrückende Stille. Auch sah ich keine Gardisten, die das Grab des Ersten Apostels bewachten. Es war ein weiter Weg von hier bis zum Geviert der neuen Säulen, an deren Fuß sich die unterirdische Grabkammer befand – und ich war sicher, dass sich nirgends ein Mensch aufhielt, niemand, der die wertvollen Reliquien behütete.

Die Gerüste überragten teilweise die Mauern, ihre Enden warfen ein verästeltes Gitterwerk aus Schatten über den Innenraum. Bauhütten kauerten wie schwarze Ungetüme an den Wänden, und überall lagen Bretterstapel, Balken und Steinhügel. Hier und da hatten Steinmetze Statuen abgestellt, Gestalten mit blicklosen Gesichtern, über die sich das Mondlicht wie ein Schleier aus Milch ergoss. Von meinem Standort aus konnte ich mehr als ein Dutzend dieser erstarrten Gestalten erkennen, rechts und links des freien Mittelweges.

Angelina war nirgends zu sehen. Ich vermutete schon, dass sie sich irgendwo in den Schatten verbarg, als ich mit einem Mal einer Bewegung gewahr wurde, am anderen Ende des Kirchenschiffs. *Zwischen den vier Säulen!*

Sie war es. Es gab keinen Zweifel. Eine schmale Gestalt in einem hellen Hemd und engem, dunklem Beinkleid. Sie hatte die Ledermaske abgenommen, und selbst von hier aus glaubte ich die Verwüstungen ausmachen zu können, die das Feuer in ihrem Gesicht hinterlassen hatte. Sie wirkte sehr klein, sehr verletzlich, so ganz allein am Fuß der titanischen Säulen.

Sie stand einfach nur da und schaute an den Säulen empor. Dabei kümmerte sie sich nicht um die hölzerne Abdeckung zu ihren Füßen, unter der ein Schacht hinab zur Petrusgruft führte. Ihre Ehrfurcht galt etwas ganz anderem, einem Bild in ihrer Erinnerung, dem ersten Mal, als sie an diesem Ort gestanden hatte, als kleines Kind, gebannt von der schieren Größe und Baugewalt der Basilika.

Ihre Haltung, ja, ihre schiere Anwesenheit an diesem Ort strahlte etwas Rituelles aus, eine Geste des Wiedererkennens und der Demut, so als hätte alles andere um sie herum aufgehört zu existieren. Ich hatte schon bei unserer gemeinsamen Ankunft auf dem Bauplatz bemerkt, dass sie immer wieder verstohlene Blicke zur Ruine der Basilika geworfen hatte, doch da hatte sie sich noch zurückgehalten, vermutlich, um unsere Tarnung nicht zu gefährden. Jetzt aber stand sie ihrer eigenen

Vergangenheit gegenüber und war ganz davon gefangen. Gut möglich, dass sie beim Anblick der zerstörten Basilika eine gewisse Ähnlichkeit mit sich selbst entdeckte, einst ein erhabenes Geschöpf, jetzt ein Krüppel, der sich vor dem Spott der Menschen hinter einer Maske verstecken musste. Auch dieses Gotteshaus war einst schön und prachtvoll gewesen, während jetzt nicht viel mehr davon übrig war als ein Wrack, das man plünderte, um etwas vollkommen Neues daraus zu machen.

Angelinas Anblick schmerzte mich, und ihre Melancholie sprang selbst aus dieser Entfernung auf mich über. Sie hatte mich noch nicht gesehen, und das war gut so. Um nichts in der Welt wollte ich sie in diesem Augenblick stören, so ganz allein mit sich selbst, so gänzlich im Netz ihrer Erinnerungen verstrickt.

Und dann sah ich die anderen.

Wir waren mitnichten allein. Die Basilika und der Weg zum Grab wurden sehr wohl bewacht – wenn auch nicht von Gardisten, wie ich vermutet hatte.

Auf den Gerüsten und Mauern saßen Engel.

Kauerten wie Vögel, abwartend, während ihre dunklen Gewänder zu beiden Seiten ihrer Körper herabhingen wie lahm gewordene Schwingen. Ich zählte fünf von ihnen, doch weitere verbargen sich vermutlich in den Schatten.

Ich zog mich zurück, ehe sie mich entdecken konnten.

Doch warum sahen sie Angelina nicht, so wie sie dastand am Fuß der Säulen, ganz offen und schutzlos?

Mir fielen nur zwei Möglichkeiten ein. Die eine war, dass es ihr tatsächlich gelungen war, an ihnen vorüberzuschleichen und sie mit den eigenen Waffen zu schlagen – mit dem übermenschlichen Geschick, das die Borgia-Engel den gewöhnlichen Sterblichen voraushatten. Sie erwarteten nur Menschen – keine ebenbürtigen Angreifer. Vielleicht hatte sie das nachlässig gemacht.

Die zweite Möglichkeit war ungleich erschreckender. Wussten die Engel, dass Angelina heimgekehrt war? Und gestatteten sie ihr diesen letzten Moment der Einkehr und des Friedens aus Respekt vor einer verschollenen Schwester? War es nur noch eine Frage der Zeit, ehe sie sich mit flatternden Mänteln und blitzenden Klingen auf sie stürzten?

Mir rann der Angstschweiß in Strömen übers Gesicht. Was konnte ich tun? Mich zu erkennen geben und die Engelskrieger von Angelina ablenken, um ihr so vielleicht die Flucht zu ermöglichen?

Aber *wollte* sie denn überhaupt fliehen? Vielleicht hatte sie endlich Frieden gefunden, hier an diesem Ort, der einstmals ihre Heimat war.

Je länger ich darüber nachdachte, desto wahrscheinlicher erschien mir dieser Gedanke.

Und dennoch – es durfte nicht sein! Ich würde nicht zulassen, dass sie Angelina ein Leid zufügten, ganz gleich, was diese Entscheidung für mich selbst bedeutete.

Ich zog mein Schwert und trat in die Mitte des Mauerspalts.

»He da!«, rief ich laut ins Innere des zerstörten Kirchenschiffs. Meine Stimme hallte verzerrt von den Wänden wider.

Und noch einmal: »He da!«

Angelina erwachte zwischen den Säulen aus ihrer erstarrten Andacht und blickte zu mir herüber. Ich hätte gerne ein letztes Mal in das ozeanische Blau ihrer Augen geschaut, ein letztes Mal ihre Hand berührt.

Zugleich aber ertönte von mehreren Seiten ein unmerkliches Flattern wie von Tauben in einem Kirchturm, irgendwo hoch oben, verborgen im Gebälk. Sie kamen!

Es waren drei, die sich in Bewegung setzten, an den Gerüsten herabglitten wie Schatten von Nachtvögeln. Ich schnappte nach Luft, dann warf ich mich herum und hastete davon, fort von dem Mauerspalt, hinaus ins Freie und in den Schutz zweier Bauhütten, die so eng beieinanderstanden, dass nur ein einzelner Mensch zwischen ihnen hindurchpasste. Die Schneise zwischen den Holzwänden war mehr als fünfzehn Schritte lang. Ich fühlte mehr, als dass ich es sah, wie meine Gegner die Verfolgung aufnahmen. Sie riefen mir nicht hinterher, forderten mich nicht zur Aufgabe auf. Vermutlich wussten sie, wer ich war. Sie hatten klare Anweisungen, wie mit Faustus und seinem Gefolge zu verfahren war. Falls sie mich nicht gleich erschlugen, würden sie mich in irgendein Kerkerloch werfen.

Meine Verfolger waren zu dritt. Das bedeutete, dass Angelina es mit mindestens zwei weiteren von ihnen zu tun hatte, wahrscheinlich aber mit mehr. Sie aber war eine Kämpferin, die ihren Gegnern ebenbürtig war, während ich nur überleben konnte, indem ich mich versteckte oder sonstwie einem Kampf aus dem Weg ging.

Ich erreichte das Ende der Schneise und sah, dass rechts von mir ein halbes Dutzend Balken an der Wand der Bauhütte lehnte. Ich gab ihnen mit aller Kraft einen Stoß, der sie mit lautem Gepolter umstürzen ließ. Sie fielen genau vor die Schneise. Hoffentlich würden sie die Engelskrieger eine Weile aufhalten.

Ich wartete nicht ab, was geschah, sondern rannte weiter,

schlug einen Haken um einen Hügel aus Bruchstein und stolperte dahinter beinahe über weitere Balken, die achtlos verstreut am Boden lagen. Hastig balancierte ich darüber hinweg, um gleich dahinter wieder schneller zu werden.

Die Außenmauer die Basilikaruine war jetzt rechts von mir. Ganz in der Nähe war der Arbeiter von dem Steinblock erschlagen worden. Bevor ich die Stelle erreichen konnte, bog ich nach links und hetzte in südlicher Richtung zwischen den Hütten und Hügeln dahin. Jeden Augenblick fürchtete ich auf eine Gardistenpatrouille zu stoßen, doch noch blieb das Glück mir hold.

Glück! Von wegen! Hinter meinem Rücken ertönte ein Flattern, dann sauste eine Klinge über mich hinweg, verfehlte meinen Schädel nur um Fingerbreite. Ich blickte über die Schulter zurück und sah einen Borgia-Engel mit wehendem Gewand. Seine Kapuze war zurückgeglitten und enthüllte sein helles Gesicht und das weißblonde Haar. Er war hager, die Wangenknochen spitz, und seine Augen leuchteten im gleichen Blau wie die Angelinas. Er hätte in der Tat ihr Bruder sein können.

Ich blieb nicht stehen. Mich auf ein Gefecht mit ihm einzulassen war aussichtslos. Er würde mich innerhalb weniger Herzschläge töten. Ich war ein guter Fechter, gewiss, nicht ungeschickt im Umgang mit Klingen aller Art – doch einem der Eluciderii war ich nicht gewachsen.

Eine Grube rettete mir das Leben. Ich sah sie im letzten Moment und sprang darüber hinweg, während der Engel, der schon für seinen nächsten Schwerthieb zielte, mit dem rechten Bein ins Leere trat und bis zu den Hüften im Boden verschwand. Seine eigene Geschwindigkeit ließ ihn vornübertaumeln, er verhedderte sich in seinem Gewand und stürzte. Geschickt fing er sich mit der Linken ab.

Ich verlor ihn aus den Augen, als ich um einen mannshohen Stapel von Holzbohlen bog und keuchend nach Westen lief. Irgendwo vor mir lagen in der Finsternis die Leichengruben. Falls es den Engeln gelang, mich einzuholen, war ich dort gewiss gut aufgehoben.

Ich setzte über einen Erdwall hinweg, verfing mich mit dem Fuß in einem Gewirr aus Wurzeln und schlug der Länge nach hin. Ich stöhnte laut auf, als mir der Aufprall die Luft aus den Lungen presste. Mühsam drehte ich mich um, übersah dabei die Kante des Walls und rollte auf der anderen Seite nach unten – geradewegs auf den Rand einer Leichengrube zu.

Etwas rauschte über mich hinweg, und dann war da plötzlich ein Körper, der meinen Sturz aufhielt, unmittelbar vor der Grube. Eine Hand packte mich am Oberarm und zerrte mich auf die Beine.

»Angelina!«

Sie schüttelte nur rasch den Kopf und deutete mit ihrem Schwert den Erdwall hinauf. Dort konnten jeden Moment meine Verfolger auftauchen. Meine eigene Klinge war mir bei dem Sturz entrissen worden, ich fand sie einen Schritt entfernt im Dreck. Als ich sie packte und wieder aufschaute, erschien der erste Borgia-Engel auf dem Hügel. Trotz der Gefahr blickte ich erst zu Angelina hinüber. Ich musste wissen, ob es ihr gut ging.

Ihr weißes Hemd war voller Blut.

»Deines?«, fragte ich mit schwacher Stimme und deutete auf die dunkelroten Flecken.

Wieder schüttelte sie den Kopf. Wie sehr wünschte ich mir

in diesem Moment, ihr erstarrtes Gesicht hätte mehr über ihr Inneres verraten. War sie verletzt? Hatte sie Schmerzen? Und was ging in ihr vor, nun, da sie erneut gegen ihresgleichen kämpfte?

Ein zweiter Borgia-Engel tauchte hinter der Hügelkuppe auf, ein schwarzer Umriss wie von einer riesenhaften Krähe. Es war dunkel, nur das Mondlicht beschien unsere Körper und Klingen. Der Lärm der Arbeiter am Feuer drang kaum noch bis hierher, nur ein feines Säuseln trug der Wind über die Erdhügel.

Die Borgia-Engel bezogen nebeneinander Stellung. Auch ich nahm meinen Platz neben Angelina ein. Hinter uns lag nur ein schmaler Erdstreifen von zwei Fuß Breite, jenseits davon klaffte der Abgrund der Leichengrube. Unten, im hüfthohen Wasser, plätscherte es leise: Ratten beim Mitternachtsmahl.

Die Engel griffen nicht mit einem Kampfschrei an, wie viele es tun, um den Gegner zu verunsichern. Sie machten auch keine höhnischen Bemerkungen, die uns hätten einschüchtern sollen. Ihr Angriff kam schweigend und mit der Präzision eines Rasiermessers.

Der eine sprang auf Angelina zu und rammte seine Klinge gerade nach vorn. Ich sah noch, wie sie die Attacke durch eine rasche Drehung ihrer Waffe parierte, dann hatte ich selbst genug damit zu tun, am Leben zu bleiben.

Das Schwert des zweiten Engels hieb auf mich nieder, und wäre ich nicht im letzten Augenblick zur Seite gesprungen, es hätte mich wohl entzweigehauen. Der Abhang des Hügels, den mein Feind herabgesprungen war, gereichte ihm beim Angriff zum Vorteil – doch nachdem ich ausgewichen war, gab es nichts mehr, das seinen Lauf bremste. Mit einer Flinkheit, die ich sonst nur von Angelina kannte, federte er am Rand der Grube zurück. Er schwankte nicht, er zögerte nicht – stattdessen setzte er mir mühelos nach, als ich mich daranmachte, seitlich das Grab zu umrunden. Das Erdreich war weich, und ich fürchtete bei jedem Schritt, abzurutschen. Doch irgendwie gelang es mir dennoch, die andere Seite der Grube zu erreichen, ehe mein Gegner mich abermals einholen konnte.

Angelina drehte sich auf der gegenüberliegenden Seite des Grabes wie ein Kreisel, ein rasender Derwisch, der in einer Folge – zu schnell für das menschliche Auge – mit der Klinge des Schwertes zuschlug. Ihr Gegner wurde davon überrascht. Während die Borgia-Engel nur gegeneinander und gegen ihre Lehrmeister kämpften, hatte Angelina während all der Monate mit Faustus und mir andere Feinde getroffen, war notgedrungen in einer Vielzahl von Stilen und Taktiken geschult worden. Und sie war geschickt genug, das Dazugelernte mit den Finten und Attacken ihrer Ausbildung zu verbinden.

Sie erschlug den Borgia-Engel so mühelos, dass ich die Tatsache seines Todes erst wirklich wahrnahm, als sein Leichnam auf der Wasseroberfläche aufschlug.

Dann war auch schon mein eigener Gegner wieder heran, stach nach mir, verwandelte seinen Angriff blitzschnell in einen Schlag und streifte mit der Spitze meinen linken Oberarm. Ein brennender Schmerz raste durch meine Muskeln, ich taumelte nach hinten, verlor den Halt – und stürzte in die Grube.

Ein lauter Schrei entrang sich meiner Kehle, als ich mit

Rücken und Kopf zuerst ins Wasser klatschte, untertauchte und mich sogleich in einem Gewirr aus Armen und Beinen verhedderte – *toten Armen und Beinen!* Ich schrie noch viel lauter, als ich wieder an die Oberfläche kam, strampelnd und um mich tretend, so als wären all die Toten zum Leben erwacht und hätten es auf mich abgesehen. Ich riss die Augen auf und starrte in das zerfressene Gesicht einer Leiche; ich schlug mit der Hand nach rechts und traf eine Ratte; ich trat nach unten und spürte meine Sohle über ein fremdes Gesicht rutschen, das sich unter meinem Stiefel in seine Bestandteile auflöste; mein anderer Fuß bohrte sich in einen Rippenkäfig, morsch geworden vom Wasser und den Zähnen der Aasfresser.

Und dann, als ich meine Sinne gerade genug beisammenhatte, um mir bewusst zu werden, dass ich nicht von Toten in die Tiefe gezerrt oder von Ratten bei lebendigem Leib gefressen wurde, schaute ich auf – und sah etwas auf mich herabstürzen.

Groß. Schwarz. Flatternd.

Der tote Borgia-Engel traf mich am Kopf und warf mich zurück. Sein Gewicht drückte mich unter Wasser. Dann wurde für eine Weile alles dunkel um mich herum, und als ich die Augen wieder aufschlug, zerrte mich Angelina gerade über eine schmale Rampe ins Trockene. Ich blickte an mir hinab und sah, dass ich über und über beschmiert war – mit Schlamm und Schlimmerem. Angelina bemerkte, dass ich unversehrt war und umarmte mich stürmisch. Der Schmutz und die widerlichen Überreste der Leichen kümmerten sie nicht, als sie sich an mich drückte und mir einen langen Kuss auf die besudelten Lippen gab.

Ehrlich gesagt, wusste ich kaum, wie mir geschah, und dann, als sie mich losließ, wagte ich nicht, mir den Schmutz vom Gesicht zu wischen, aus Angst, sie könnte meinen Ekel missverstehen. Dabei hätte ich kaum verwirrter sein können durch dieses Ebenmaß an Glück und Schrecken. Glück, weil sie ihre Gefühle so offen gezeigt hatte, und Schrecken über das, was wir gerade erlebt hatten.

Sie ließ mir keine Zeit, über die Lage nachzudenken. Stattdessen zerrte sie mich auf die Beine und zeigte nach Süden. Ich verstand und nickte. Spätestens meine Schreie mussten andere Wächter auf uns aufmerksam gemacht haben. Und gewiss waren auch weitere Borgia-Engel unterwegs hierher. Wie viele hatte Angelina jetzt im Handstreich besiegt? Mindestens fünf! Wir erklommen weitere Erdhügel und überquerten dabei immer wieder ebene Flächen inmitten dieses Irrgartens aus Wällen, Steigungen und Abhängen. Nach der zweiten wurde mir klar, dass es sich um zugeschüttete Leichengruben handeln musste. Wie viele Menschenleben hatte der Bau der Kathedrale bereits gefordert? Und wie viele weitere Männer würden noch sterben, ehe die Kuppel des Petersdoms endlich an ihrem Platz ruhte?

Meine Vorstellungskraft reichte nicht aus, mir all das Grauen vorzustellen, die Schmerzen, die Qual. Den Abgrund aus Dunkelheit unter dem hellen, strahlenden Antlitz der Kathedrale, die sich dereinst an diesem Ort erheben sollte.

Wir erreichten den Rand des Bauplatzes an einer Stelle, an der keine Lagerfeuer brannten und keine Patrouillen auf und ab gingen. Angelina musste diesen Ort bereits auf dem Hinweg ausgekundschaftet haben. Hinter uns hörten wir Rufe, und ich sah ferne Fackeln in der Finsternis tanzen wie Irrlichter. Dennoch – unsere Verfolger waren viel zu weit hinter uns. Sie würden uns nicht mehr einholen.

Ich vermutete, dass die Gardisten spätestens morgen früh damit beginnen würden, das Borgo Leonino zu durchstreifen. Unsere Spur war leicht zu verfolgen – ein Mann und eine Frau, zum Himmel stinkend nach Leichen und Tod. Man würde nach uns suchen, und wir mussten uns wohl oder übel damit abfinden, dass wir uns lediglich eine Gnadenfrist verschafft hatten. Blieben wir länger in der Stadt, würde man uns früher oder später fangen.

Meinem Meister würde das nicht gefallen. O nein, ganz gewiss nicht.

Während wir nebeneinander eine Gasse hinabstürmten, warf ich immer wieder verstohlene Blicke zu Angelina hinüber. Sie hatte ihre Maske übergestreift und blickte starr geradeaus. Ich fragte mich, was hinter diesem Gesicht aus Leder und Narbengewebe vorging. Was dachte sie? Was *fühlte* sie? Sie hatte mir gerade das Leben gerettet. Und sie hatte mich geküsst. Muss ich beschreiben, was in *mir* vorging?

Wir drangen tiefer in das Gewirr des Borgo ein, passierten in einem wirren Zickzack Gassen und Plätze, um unsere Gegner irrezuführen. Mein eigener Gestank machte mir mehr zu schaffen, als ich mir eingestehen wollte. Angelina ertrug den fauligen Odem mit stoischer Gelassenheit; ich aber kämpfte immer wieder mit heftigem Würgereiz und dem Drang, mir alle Kleider vom Leib zu reißen. Ich ekelte mich vor mir selbst und hätte heulen können vor Übelkeit.

Als wir genügend falsche Fährten gelegt hatten, traten wir über verlassene Höfe und durch dunkle Schneisen den Rückweg zum Gasthof an.

Bei unserer Ankunft fanden wir Zimmer und Dach verlassen vor.

Faustus war fort.

Roms Glocken läuteten Mitternacht.

Kapitel 4

Rätselhaft raunte der Fluss in der Dunkelheit. Der Mond streute sein Licht wie Silbermünzen über die Oberfläche. Auf der anderen Seite des Tibers flackerten noch vereinzelt Kerzenschein und Kaminfeuer in den Fenstern, doch hier, am Fuß der Engelsburg, gab es kein Zeichen von Leben. Der schlammige Uferstreifen war verlassen – bis auf eine einsame Gestalt, die sich jetzt aus den Schatten der Festungsmauern löste und herab ans Wasser trat.

Faustus beugte sich vor, streckte Daumen und Zeigefinger ins seichte Uferwasser und zerrieb die Feuchtigkeit zwischen seinen Fingerspitzen. Er berührte sie mit der Zungenspitze, schmeckte mit anderen Sinnen als gewöhnliche Menschen und runzelte die Stirn. Sonderbar. Dieser Geschmack, wie von …

»Faustus!«

Mit wirbelndem Gewand drehte er sich um. Ein Lächeln erschien auf seinem hageren Gesicht. »Massimo«, entfuhr es ihm erleichtert.

Ein Mann war wie aus dem Nichts hinter ihm aufgetaucht und kam jetzt näher.

Der Boden war an dieser Stelle steinig und mit Flechten überwachsen. Der runde Koloss der Engelsburg erhob sich über ihnen wie ein eherner Wachtposten. Falls Soldaten auf ihren Zinnen standen, konnten sie die beiden Männer im unbeleuchteten Dunkel des Ufers unmöglich sehen. Nicht weit von hier klaffte ein niedriger Torbogen im Mauerwerk. Dahinter lag nichts als dräuende Schwärze. Da es keine Torflügel gab, nahm Faustus an, dass es sich um einen blinden Unterstand handelte. Vermutlich endete er nach wenigen Schritten vor einer Mauer.

Massimo Pamphili war kleiner, als Faustus ihn in Erinnerung hatte – und älter. Sehr viel älter. Die Amtszeiten von vier Päpsten, jeder auf seine Art irrsinniger als der vorherige, hatten Spuren in seinem Gesicht hinterlassen. Seine Wangen hingen genauso schwer wie seine Tränensäcke, und seine Nase war rot und stark geädert, ein Hinweis auf zu viel guten Wein. Faustus erinnerte sich, dass Pamphili schon früher viel getrunken hatte, und manches ihrer Gespräche hatte in wüstem Rausch geendet. Was dem Bibliothekar jedoch tatsächlich den Anschein eines Alters gab, das er an Jahren gar nicht innehatte, waren seine Augen. Müde Augen.

»Faustus, mein Freund«, sagte er und umarmte den Doktor. Ein ungesundes Krächzen lag in seiner Stimme. »Du hast dich nicht verändert … So hast du also damals die Wahrheit gesagt über das, was in Ägypten geschehen ist.«

Faustus lächelte. »Du hast doch nie ernsthaft daran gezweifelt.«

»Nicht, nachdem ich dich besser kannte. Nein, ganz gewiss nicht.«

Noch immer lagen Pamphilis Hände an Faustus' Oberarmen, so als könne er nicht fassen, dass der Doktor ihm tatsächlich gegenüberstand. »Du weißt, warum ich hier bin.«

»Du kommst gleich zur Sache. Das hattest du mir schon damals voraus. Kein Sinn für Schwatz.«

»Falls der Papst wirklich weiß, dass ich in Rom bin, werde ich mich nicht lange vor ihm verstecken können.« Dabei strich Faustus' Blick an der trutzigen Mauer der Engelsburg hinauf, finster und bedrückend am Westufer des Tibers.

»Hier wird dich niemand suchen«, versicherte ihm der Bibliothekar. »Wir sind hier nur ein paar Speerwürfe vom Papstpalast entfernt. Der Papst würde dich viel zu gerne in den Kerkern der Engelsburg sehen, als dass er hier nach dir suchen würde. Keiner geht freiwillig so nah an dieses Gemäuer heran. Die Menschen fürchten die Burg. Aus gutem Grund.«

»Die Kerker sind immer noch voll?«

»Bis zum Überquellen. Es gibt Massenhinrichtungen, um Platz in den Verliesen zu schaffen.«

»Böse Zeiten.«

Pamphili stieß einen tief empfundenen Seufzer aus. »In der Tat.«

»Nun, Leo mag kein guter Papst sein, aber gewiss ist seine Herrschaft nicht so schrecklich wie die des verruchten Borgia«, wandte Faustus ein.

»Meinst du?« Pamphili hob eine Augenbraue; es sah aus, als fiele ihm selbst das schwer, als ziehe das Gewicht der Tränensäcke seine Lider nach unten. »So unglaublich es klingen mag, aber es war vieles besser unter Alexander. Oder sagen wir, geordneter.«

»Ich glaube nicht, dass irgendwer den Borgia vermisst.«

»Mehr als du denkst«, widersprach der Bibliothekar. »Weit mehr.«

»Warum sollte sich irgendwer nach ihm zurücksehnen?«

»Weil die Dinge damals eine gewisse Klarheit besaßen.«

»Alexander Borgia war ein Wahnsinniger!«

»Unbestritten. Aber sein Wahn folgte Mustern, die man durchschauen konnte. Seine Nachfolger dagegen … Nach außen hin mag manches besser, sogar angenehm erscheinen. Doch glaub mir, das Innere des Vatikans ist wie ein trockenes, verkrustetes Herz, das man dem Leichnam des Christentums entrissen hat. Es ist keine Wonne, dort zu leben. Nicht einmal, wenn man es versteht, sich von den meisten Ränkespielen und Intrigen fernzuhalten.«

»Aber der Borgia war …«

»Mit dem Teufel im Bunde?«, fragte Pamphili amüsiert. »Das sagt man auch über dich.«

»Er war ein hundertfacher Mörder«, führte Faustus ungerührt seinen Satz zu Ende. »Er hat in den Hallen des Papstpalastes Schwarze Messen zelebriert und Menschen geopfert.«

Der Bibliothekar schmunzelte. »Erzähl mir von Ägypten, Faustus. Was ist dort vorgefallen, das weniger schlimm war als die Taten des Borgia?«

Faustus verstummte betroffen. Er wandte sich ab und ging mit zwei schnellen Schritten ans Wasser. Nachdenklich blickte er über die schwarze Oberfläche, sah den Fluten nach, wie sie Richtung Meer flossen.

Pamphili trat von hinten an ihn heran. »Lass uns nicht streiten, Freund. Du möchtest etwas von mir wissen, und ich bin gekommen, um dir Antworten zu geben.«

Der Doktor atmete scharf durch und nickte. Als er sich wieder zu dem alten Mann umdrehte, dachte er wieder, wie matt Pamphili aussah. Wie ausgebrannt.

»Was weißt du über den Zug der Erleuchteten?«

»Ich hörte, dass eine der Eluciderii an deiner Seite reist. Ist sie der Grund für deine Neugier?«

»Die Borgia-Engel haben versucht, uns umzubringen. DeAriel hat sie angeführt.«

»Satans Kardinal«, wisperte Pamphili gedankenverloren. »Die rechte Hand der Päpste.«

»DeAriel ist tot. Er und Asendorf hatten sich verbündet, um mich zu fangen.« Faustus zögerte. »Asendorf wurde …«

»Ich hörte davon«, unterbrach ihn der Bibliothekar. »Man hat ihm das angetan, was er selbst Hunderten antun ließ.«

Faustus nickte. »Er wurde zu Tode gefoltert.«

»Nein, nicht zu Tode. Konrad von Asendorf lebt – wenn man es denn so nennen will.«

»Er lebt?« Der Doktor war ernstlich erstaunt. »Ist er hier in Rom?«

Pamphili lächelte wieder, aber es wirkte bitter. »Man hat ihn hergebracht, ja. Das, was von ihm übrig geblieben ist. Deine Gauklerfreunde haben ganze Arbeit geleistet.«

»Er wurde nicht auf mein Geheiß gefoltert.«

»Du hast es nicht verhindert.«

»Asendorf hätte mit Vergnügen die gleichen Dinge mit mir angestellt.«

Der alte Mann seufzte. »Sie haben ihm die Knochen gebrochen. Ihm die Fingernägel gezogen. Sein Haar bis auf die Haut verbrannt. Sein ganzer Leib wurde zerschnitten. Und sie haben ihm die Fußsohlen abgeschält. Er wird nie wieder laufen können, auch nicht auf Krücken.«

»Es überrascht mich, dass sie ihm das Augenlicht ließen«, bemerkte Faustus kühl.

»Eines seiner Augen ist blind«, sagte Pamphili. »Aber mit

dem anderen sieht er. Er hält Ausschau … Rate, nach wem, Faustus.«

»Du hast meine Frage noch nicht beantwortet.«

»Nach dem Zug der Erleuchteten? Gewiss weiß ich davon. Die armen Kinder.«

»Was genau ist damals geschehen?«

»Vieles wirst du bereits wissen, nehme ich an. Alexander ließ den Priestern in mehreren Ländern Botschaften übermitteln, in denen er ihnen auftrug, alle Kinder mit hellblondem Haar und blauen Augen zu melden. Wurde ein Priester fündig, kamen Boten und begutachteten die Kleinen. Befand man sie für tauglich, wurden sie mitgenommen.«

»Sie wurden entführt«, stellte Faustus richtig »Und ihre Eltern und Geschwister verschwanden spurlos, damit niemand unangenehme Fragen stellte. Ganze Familien wurden ausgerottet. Aber wofür, Massimo? Was bezweckte der Borgia damit, die Kinder zu dem zu machen, was sie heute sind?«

»Er war so grandios, so beispiellos.«

»Beispiellos in seiner Grausamkeit.«

»Auch das«, bestätigte der Bibliothekar. »Ganz gewiss sogar. Aber es steckte so viel mehr dahinter. Eine so unfassbare Vision.«

»Welche Vision konnte ein Mann wie Alexander haben, die nichts zu tun hatte mit Weibern und mit Wein und mit Dingen, denen er die Syphilis verdankte?«

»Dieselbe wie du selbst, Faustus. Die Vision der Unsterblichkeit. Der Borgia wollte ewig leben. Wer kann ihm das verübeln? Und er hat einen Weg gefunden. Einen, wie er gewagter und ungewöhnlicher nicht hätte sein können. Er vollbrachte Beschwörungen, aber das hat er sein Leben lang getan.

Doch dann gelang ihm eine, in deren Verlauf ihm neue ... Möglichkeiten offenbart wurden. *Unglaubliche* Möglichkeiten!«

»Das klingt, als würdest du ihn bewundern.«

»Nicht seine Verbrechen. Nur seinen Genius. Seine Zielstrebigkeit. Du würdest anders über ihn denken, hättest du ihn gekannt. Er trug eine Maske wie deine junge Freundin, weil ihm die Syphilis das Gesicht zerfressen hatte. Aber hinter dieser Maske, hinter dem zerstörten Gesicht, sogar hinter all dem Bösen und Triebhaften seines Wesens, da war ein Geist ... ein grenzenloser, gottloser, genialer Geist, Faustus! Ein Mann wie du hätte endlose Gespräche mit ihm führen können. Und du hättest ihn gemocht. Zumindest einen Teil von ihm. Jenen Teil, der dir so ähnlich ist.«

Faustus starrte Pamphili lange an, bis der Bibliothekar seinem Blick nicht mehr standhalten konnte und schuldbewusst zu Boden sah. »Was genau hat er getan?«

Ein kühler Wind strich über den Fluss heran. Der alte Mann rieb sich fröstelnd die Hände. »Er hat ein Pantheon erschaffen. Ein Pantheon aus Menschen, um darin wiedergeboren zu werden.«

»Ein ... Pantheon?«

»Kinder, Faustus. Er ließ Kinder heranbringen, von überall. Aus ihnen wählte er drei aus. Der Rest von ihnen wurde in den Katakomben eingeschlossen und zu Engeln ausgebildet, zu Kriegern des Herrn. Aber mit jenen drei hatte er einen anderen Plan. Die Kräfte, die er heraufbeschworen hatte, sollten ihm dabei behilflich sein.«

Faustus begriff allmählich. »Die lebende Dreifaltigkeit. Der Vater und der Sohn und der Heilige Geist.«

»Ja«, sagte Pamphili mit einem Nicken. »Die Dreifaltigkeit. Die Herrscher über den Himmel. Diese drei Kinder waren Auserwählte, in denen er sich selbst, seine Tochter Lucrezia und seinen missratenen Sohn Cesare wiederauferstehen lassen wollte. Es war alles bis ins Letzte geplant. Alexander hatte erkannt, dass der Himmel, wie die Kirche ihn sich seit jeher vorstellt, nicht existiert. Kein Gott, Faustus, kein Sohn und kein Heiliger Geist. So beschloss er, einen eigenen Himmel, ein eigenes Pantheon zu errichten. Er wollte die drei Kinder zu einer neuen Dreifaltigkeit erheben, greifbar für die Menschen, keine fernen Wesenheiten, an die zu glauben selbst uns im Vatikan mit jedem Tag schwerer fällt. Nein, aus Fleisch und Blut sollten sie sein. Ein Kind als Dominus, eines als Filius und eines als Spiritus Sanctus. Mithilfe der Magie wollte Alexander seinen eigenen Geist in den neuen Herrn übertragen, den Cesares in den Sohn und den Lucrezias in den Spiritus. Und, glaub mir, Faustus, er *hatte* die Mittel dazu! All die Beschwörungen, die Schwarzen Messen, die Opferungen, sie hatten einen Grund. Der Borgia hatte sich durch sie Verbündete erkauft, Verbündete von jenseits unserer Wirklichkeit.«

»Die drei Borgias wollten als neue Dreifaltigkeit über eine Armee von Engeln herrschen«, murmelte Faustus. »Und damit über die Welt.«

Pamphili winkte ab. »Ein neuer Glaube – das war das Ziel. Ein einziger Glaube für die Welt, eine einzige Gottheit.«

»Wie es scheint, habe ich Alexanders Größenwahn tatsächlich unterschätzt – auch wenn das schwer vorstellbar ist.«

Die Miene des Bibliothekars verfinsterte sich. »Größenwahn? Vielleicht. Aber seine Ziele hatten einen höheren Sinn.

Die Rückkehr des einen reinen Glaubens. Ein neues Christentum.«

Faustus gefiel der Tonfall seines alten Freundes nicht, aber bevor er ihn damit konfrontierte, wollte er die ganze Wahrheit erfahren. »Trotz allem ist der Plan des Borgias missglückt.«

Pamphilis Mundwinkel zuckten. »Nicht wirklich.«

»Das ist nicht dein Ernst!«

»Der Plan wurde verändert, gewiss. Es gab … unverhoffte Schwierigkeiten. Die beiden größten waren Lucrezia und Cesare. Um in den neuen Körpern wiedergeboren zu werden, hätten sie zuerst sterben müssen. Aber beide waren nicht bereit dazu, so groß war ihr Vertrauen in die Kräfte ihres Vaters nicht. Es gab Streit, und beide wandten sich von Alexander ab. Cesare ging nach Spanien und trat in den Dienst des Königs von Navarra, wo er 1507 ums Leben kam. Auch Lucrezia verließ den Vatikan. Sie heiratete schließlich den Herzog von Ferrara. Sie starb im vergangenen Jahr, du hast vermutlich davon gehört.«

»Und Alexander?«

»Er führte den Plan fort. 1503, ein Jahr nach dem Zug der Erleuchteten, waren alle Vorbereitungen getroffen. Selbst sein Tod war eine große Inszenierung. Du kennst die Umstände, nehme ich an. Man sagte ihm nach, er habe im zwölften Jahr seiner Amtszeit einen Pakt mit dem Teufel geschlossen. Sieben Dämonen sollen an seinem Sterbebett gesessen haben, in den Körpern schwarzer Affen. Gerüchte, nichts als Verleumdungen. Sein Leichnam wurde bestattet wie der jedes anderen Papstes, und damit war die Herrschaft des Borgia vorerst beendet. Seine Nachfolger standen nun vor der Frage, was mit den Engelskindern zu tun sei, und um unliebsamen Entscheidungen aus dem Weg zu gehen, ließen sie die Ausbildung fortführen. Vor etwa anderthalb Jahren waren sie schließlich alt genug, um eingesetzt zu werden, und Papst Leo gab ihnen den Auftrag, alle Spuren ihrer Herkunft auszulöschen.«

Faustus nickte nachdenklich. »Sie zogen aus, alle Priester zu töten, die vom Zug der Erleuchteten wussten. Sie brannten ihre Kirchen nieder und verwischten alle Fährten. Doch eine wandte sich von ihnen ab, als sie selbst ein Opfer der Flammen wurde. Angelina.«

»Angelina?« Pamphili schmunzelte. »So nennt ihr sie? Wie passend.«

»Massimo, du musst mir die Wahrheit sagen«, verlangte Faustus eindringlich. »Was wurde aus Alexander?«

»Wie gesagt, er starb – und wurde wiedergeboren. Im Körper eines der drei Kinder.«

Faustus wandte sich ab. Auf dem Fluss entdeckte er den dunklen Umriss eines Ruderboots, das sich dem Ufer näherte. Silhouetten waren zu erkennen. Bewaffnete.

»Was geschah mit den beiden anderen? Ich hörte, einer starb auf dem Bauplatz.«

Der Bibliothekar nickte. »Ihre Erziehung hatte bereits begonnen, als es zum Zwist mit Cesare und Lucrezia kam. Wie die anderen Engel blieben auch sie im Vatikan, bis weit über den Tod des Borgia hinaus, ehe irgendwem klar wurde, dass sie zu nichts zu gebrauchen waren. Sie waren erzogen worden, um zu herrschen, nicht um zu kämpfen, und so wurde beschlossen, sie zu beseitigen. Sie sollten getötet werden, doch jemand erbarmte sich ihrer und ließ sie laufen. Der Spiritus verschwand, aber der Filius wurde ein Streuner, den es schließlich zu den Arbeitern auf dem Bauplatz verschlug. Er bekam Arbeit, faselte wirres Zeug und wurde bei einer Rauferei erschlagen. Eine armselige Gestalt.«

Faustus schüttelte langsam den Kopf. »Großer Gott, Massimo ... du hast all das gewusst! Die ganze Zeit über hast du es gewusst.«

»Du selbst hast mir den Weg gezeigt. Mich die Magie gelehrt. Dem Borgia hat das gut gefallen.«

»Soll das heißen ...«

»Dass ich bei all dem stets an seiner Seite war, zugleich als Lehrmeister und Schüler. Ohne mich und mein Wissen hätte er nichts von alldem verwirklichen können – ohne das Wissen, dass ich *dir* zu verdanken habe, mein Freund. Damit ist der Borgia auch dir zu ewigem Dank verpflichtet.«

Seine Worte waren wie Dolchstöße. Jedes einzelne versetzte Faustus einen scharfen Schmerz, gepaart mit einer Wut, die immer größer und verzehrender wurde. Zugleich aber spürte er, dass die Müdigkeit, die er eben noch an Pamphili festgestellt hatte, mehr und mehr von dem alten Mann abfiel und auf ihn selbst übersprang wie eine ansteckende Krankheit. War die Erschöpfung eine Waffe, die Pamphili ganz offen bei sich getragen hatte, wie ein Fangnetz, das er jetzt von den eigenen Schultern auf Faustus herüberschleuderte? Ein *magisches* Fangnetz?

Der Bibliothekar wirkte jetzt fast ein wenig verlegen. »Deine eigene Beteiligung an alldem sollte dir nicht unangenehm sein. Vielmehr solltest du stolz sein. Und schau mich nicht so an! Welchen Sinn hat es, wenn du mich verabscheust? Du warst mir ein guter Lehrer, und ich habe all das Gelernte an Alexander weitergegeben. Und ein wenig mehr, versteht sich. Meine eigenen kleinen Erfolge, die ich auf der Suche nach Wissen errungen habe. Ich war nicht in allem einer Meinung mit ihm, o nein, gewiss nicht. Ich mochte seine Mittel nicht, seine Triebe, seine Skrupellosigkeit. Aber letzten Endes haben sie uns zum Erfolg geführt.«

Faustus hatte das Gefühl, keine Luft mehr zu bekommen. »Wo ist er jetzt?«

»An einem sicheren Ort. Der Junge, in dessen Körper der Geist Alexanders weiterlebt, ist jetzt neunzehn Jahre alt. Nicht mehr lange, und er wird einfordern, was sein ist. Es wird keinen Papst mehr geben, keine Kardinäle. Nur den Herrn. Den Dominus. Den einzig wahren Gott.«

»Den Borgia.«

Pamphili zuckte die Achseln. »Er oder ein anderer – was für einen Unterschied macht das? Die Menschen werden einen Gott erleben, der zu ihnen herabsteigt, der ihnen die Hände schüttelt, der sie begeistert. Welchen Namen er früher einmal getragen hat, ist unwichtig. Es spielt keine Rolle, was er war, wie er aussah, was man über ihn dachte. Er ist der Dominus. Der Meister über Engel und Menschen.«

»Du bist genauso wahnsinnig wie er.«

Pamphilis gestrafftes Gesicht verzog sich zu einem Lächeln. »In meinem Alter begegnet man solchen Vorwürfen mit Gelassenheit.«

Faustus bemerkte, dass das Boot näher gekommen war. An Bord war ein halbes Dutzend Männer. Keine Engelskrieger, sondern kräftige, zähe Soldaten. Sie würden jeden Moment an Land gehen. »Wirf dein Schwert weg, Faustus. Niemand hier wünscht Blutvergießen.«

Faustus zog seine Klinge, wog sie kurz in der Hand, dann

rammte er sie mit einer heftigen Bewegung vor sich in den Uferschlick. »Werden sie mich zu ihm bringen? Zu Alexander?«

Der Bibliothekar lächelte nur geheimnisvoll und gab keine Antwort.

Die Männer sprangen durch das knöchelhohe Wasser heran und nahmen Faustus in ihre Mitte. Er folgte ihnen zum Boot.

Bevor er über die niedrige Reling stieg, drehte er sich noch einmal zu dem alten Mann um.

»Das Wasser«, sagte er leise.

Der Bibliothekar runzelte die Stirn. »Was ist damit?«

»Bevor du gekommen bist«, sagte Faustus. »Ich konnte es im Wasser schmecken. Es hat mir erzählt, was geschehen würde.«

»Erzählt?«

Faustus nickte. »Es schmeckt nach Verrat, Massimo. Nach Verrat unter Freunden.«

Mit diesen Worten stieg er ins Boot und blickte nicht mehr zurück.

»Warum wehrt er sich nicht?«, flüsterte ich aufgebracht.

Angelina kauerte neben mir hinter einer Mauer, von der aus wir einen guten Ausblick auf den Uferstreifen am Fuß der Engelsburg hatten. Im Mondlicht waren die Gestalten dort unten kaum mehr als silbrige Umrisse, und doch konnte ich deutlich erkennen, wie Faustus mit den Bewaffneten ins Boot kletterte. Sein Schwert stak noch immer im Boden, unmittelbar neben dem kleinen Mann, der am Ufer zurückblieb und dem Ruderboot reglos nachschaute.

»Warum springt er nicht ins Wasser und schwimmt davon?«

Ich wollte hinab zum Ufer laufen und meinen Meister befreien, doch Angelina legte eine Hand auf meine Schulter und hielt mich zurück. Es war noch nicht lange her, da hatte sie allein fünf Engelskrieger besiegt, vielleicht sogar mehr. Gewiss würden wir es gemeinsam mit den Männern dort unten aufnehmen können. Warum also zögerte sie?

Insgeheim kannte ich natürlich die Antwort. Es war Respekt, der sie zurückhielt. Respekt vor Faustus' Entscheidung. Es war nicht zu übersehen, dass er sich den Bewaffneten aus freien Stücken angeschlossen hatte. Er wusste, was er tat. Und es konnte nicht an uns sein, seinen Entschluss infrage zu stellen.

Aber was hatte er vor? War es Teil eines schlauen Plans? Verdammt, so *musste* es einfach sein! Mein Meister war kein Mann, der einfach die Waffen streckte.

Und doch – ein Zweifel blieb. Er hatte so gleichgültig ausgesehen, so, als hätte er sich tatsächlich geschlagen gegeben. Und welche Rolle spielte der kleine alte Mann, der jetzt ans Wasser trat, einen Finger hineinsteckte und ihn an die Lippen führte?

Angelina erhob sich langsam. Auch ich stand auf und blickte dem Boot hinterher, das jetzt bereits die Mitte des Flusses erreicht hatte.

»Packen wir uns den Kerl?«

Angelina erwiderte meinen Blick nicht, deutete nur mit einem Nicken zum Ufer hinunter.

Der kleine Mann war verschwunden.

»Aber …«, begann ich, doch Angelina legte sanft einen Finger an meine Lippen und schüttelte den Kopf.

Wir schauten uns suchend nach Soldaten um, doch der Weg hinter der Mauer war verlassen. Auch von den Zinnen der Engelsburg aus würde man uns schwerlich erkennen können. Wir hatten im Gasthof den Leichengestank von unseren Körpern gewaschen, wenigstens so weit das möglich war, und frische Kleidung übergezogen. Wir trugen jetzt beide Hemden aus dunklem Stoff und schwarze Beinkleider. In der Nacht war das eine angemessene Tarnung.

Wir liefen eine schmale Rampe aus festgetretenem Erdreich hinunter und erreichten den Uferstreifen. Er war etwa fünfzehn Schritte breit, dahinter wuchs das geschwärzte Mauerwerk der Festung empor. Ihre Kerker waren die gefürchtetsten weit und breit. Mit galligem Humor dachte ich, dass es uns gut zu Gesicht stehen würde, auch ihnen einen unfreiwilligen Besuch abzustatten – nach unserem Aufenthalt in Venedigs Bleikammern hätten wir damit das zweite der beiden verschriensten Verliese Italiens kennen gelernt. Wir hätten darauf anstoßen können, mit brackigem Wasser aus Holznäpfen. Was für ein Triumph!

Fußspuren im Schlick zwischen den Ufersteinen führten uns zu der Stelle, an der Faustus sich mit seinem Freund Massimo Pamphili getroffen hatte. Allerdings zweifelte ich allmählich, dass es allzu gut um diese Freundschaft stand. Der kleine alte Mann musste Pamphili gewesen sein – und war nicht er es gewesen, der meinen Meister an die Bewaffneten ausgeliefert hatte? Er hatte den Doktor in eine Falle gelockt.

O Himmel und Beelzebub, warum hatte Faustus nicht auf mich hören können? Ich hatte ihn gewarnt, dass man einem Bibliothekar des Borgia nicht trauen konnte.

Angelina zog des Meisters Schwert aus dem Boden und wog es nachdenklich in der Hand.

»Er hätte es niemals freiwillig zurückgelassen«, sagte ich.

Sie hob nur die Schultern und steckte die Waffe zurück in den Schlick. Das umgedrehte Schwert sah aus wie ein christliches Mahnmal.

»Wo ist dieser verfluchte Bibliothekar hin?«, fragte ich.

Sie deutete auf die Fußspuren, die sich jedoch weiter westlich auf dem felsigen Untergrund verloren.

Ich wollte mich in Bewegung setzen und ihnen folgen, doch Angelina hielt mich abermals zurück.

Ein wenig zornig fuhr ich herum. »Er ist *mein* Meister, nicht deiner! Es ist meine Pflicht, ihm beizustehen – auch wenn er selbst vielleicht nicht erkennt, wie nötig er meine Hilfe hat!«

Was half ihm Respekt, wenn ihn ein halbes Dutzend Männer mit scharfen Klingen bedrohte? Er brauchte mich, genauso wie damals in Wittenberg. Angelina würde mich nicht davon abhalten, mir diesen vermaledeiten Bibliothekar zu greifen und mit dem Schwert aus ihm herauszukitzeln, wohin die Männer den Meister brachten.

»Angelina?«

Sie rührte sich nicht.

»Angelina? Was ist los?«

Ich folgte ihrem Blick entlang der Festungsmauern. Meine Augen verharrten auf einem Torbogen, niedrig und unscheinbar, schmucklos und von tiefstem Schwarz.

»Ist dort jemand?«, fragte ich sie. »Der Bibliothekar?«

Natürlich wusste ich, dass dem nicht so war. Pamphilis Anblick hätte sie nicht in eine derartige Starre versetzt. Ich sah

Schrecken in ihren Augen. Und Wiedererkennen. Und – ja, Furcht.

»Kennst du diesen Ort? Warst du schon einmal hier?«

Sie nickte so schwach, dass jemand, der sie nicht kannte, die Bewegung kaum wahrgenommen hätte.

»Den Torbogen meinst du?« Ich deutete auf das dunkle Halbrund am Fuß der Festung.

Wieder nickte sie.

Ich beschloss, das mysteriöse Tor genauer zu betrachten, und machte mich auf den Weg. Angelina folgte mir. Es kam selten vor, dass sie nicht versuchte, als Erste am Ziel zu sein. Jetzt aber hielt sie sich hinter mir. Ich konnte mich nicht erinnern, sie jemals so erlebt zu haben.

Ich umfasste den Griff meines Schwertes fester. Der steinerne Bogen war zweimal mannshoch und mindestens acht Schritte breit. Ein muffiger Geruch wehte ins Freie. Von Weitem hatte ich vermutet, dass es sich um eine Art künstliche Höhle handelte, einen Unterstand für Wächter und Gefangenentransporte. Nun aber bemerkte ich schon beim Näherkommen, dass die Geräusche unserer Schritte in der Finsternis nachhallten.

Unter dem Torbogen blieb ich stehen und versuchte zu erkennen, was vor mir in der Dunkelheit lag. Ich sah nichts als Schwärze. Angelina trat neben mich. Ihre Knöchel stachen weiß hervor, so fest umspannten ihre Finger den Schwertgriff.

»Seid ihr durch dieses Tor gekommen, als sie euch fortgeschickt haben?«, fragte ich, einer plötzlichen Eingebung folgend.

Angelina nickte.

»Ist das der Einstieg zu euren Quartieren?«

Ja.

»Willst du dort hinein?«

Ja.

»Wir müssen uns erst um den Meister kümmern.«

Angelina trat an mir vorbei, machte einige Schritte ins Dunkel hinein.

»Lass uns später wieder hierhergehen«, schlug ich beharrlich vor. »Wir haben jetzt wirklich keine Zeit dafür.«

Angelina ging weiter.

Ich sah mich aufgebracht um. Nirgends war ein Mensch zu sehen. Mit einem Stoßseufzer folgte ich ihr.

»Bitte, Angelina!« Ein letzter Versuch. »Ich kann dich ja verstehen. Aber der Meister ist in Gefahr, und es gibt im Augenblick Wichtigeres als ...«

Sie drehte sich um, nur ein Schemen in der Dunkelheit, und brachte mich mit einer Geste zum Schweigen.

Eines wurde mir in diesem Augenblick klar: Ich musste mich entscheiden, hier und jetzt. Angelina oder Faustus. Als Kämpferin war sie mir unendlich überlegen, und dennoch hatte ich das schmerzliche Gefühl, dass sie mich hier unten mehr brauchte als jemals zuvor. Zugleich aber dachte ich an Faustus, dem ich Treue geschworen hatte. Er hatte gewollt, dass ich mit ihm zu der Begegnung mit Pamphili ging; vielleicht hatte er geahnt, was geschehen würde, und hätte meine Hilfe bitter nötig gehabt.

Aber war meine Entscheidung nicht schon viel früher gefallen, am Abend, als ich das Gasthaus entgegen seiner Anweisung verlassen hatte, um Angelina zu suchen?

Ich warf einen letzten Blick zurück durch das Halbrund

des Torbogens, zurück zum Ufer und der Stelle, an der das Ruderboot verschwunden war. Dann trat ich an Angelinas Seite.

Im Gehen berührte sie sanft meine Hand.

Kapitel 5

Das Boot legte an einem Steg an, der zwischen zwei Reihen hoher Zypressen auf das Wasser hinausreichte. Ein Mann mit einer Fackel stand an der Spitze und musterte Faustus mit kaum verhohlener Neugier. Er trug ein Schwert und trat zur Seite, um den Doktor und seinen Wächtertross an Land gehen zu lassen.

Faustus hatte aufmerksam darauf geachtet, welchen Weg sie nahmen. Das Boot war der Strömung nach Süden gefolgt, eine ganze Weile in der Mitte des Flusses gefahren, ehe die Ruderer es ans östliche Ufer gesteuert hatten. Sie hatten das Gebiet der Stadt noch nicht verlassen, die gelbbraunen Dächer wuchsen noch immer hoch über den Uferwall hinaus, verschachtelt und mit Türmen wie Adlerhorste. Allerdings waren die Fassaden hier sauberer, die Fenster größer, und es gab Gärten mit dichtem Baumbestand und beschnittenen Hecken.

Vom Steg aus folgten sie einem gepflasterten Weg zwischen Mauern aus Bruchstein. Er mündete in eine Piazza, überragt von einem mächtigen Palast. Es war ein klobiges, bedrückendes Bauwerk, dessen zwei untere Stockwerke keine Fenster besaßen, nur Schießscharten wie schwarze Stichwunden im Mauerwerk. Zinnen krönten den dritten Stock, dahinter patrouillierten Männer mit blitzenden Harnischen. Der Platz war von Feuerschalen erhellt, die sofort jeden Neuankömmling in Helligkeit tauchten.

Die Bewaffneten führten Faustus zwischen den Feuern hindurch zu einem mächtigen Portal, eisenbeschlagen wie das Tor eines Königs – oder eines Kerkers. Jemand nannte eine Parole, dann öffnete sich der rechte Flügel. Ein hutzeliger Alter blickte heraus, sah Faustus, kicherte schadenfroh und zog sich wieder zurück.

Hinter dem Portal und einem feuchten Tortunnel lag ein Innenhof, aus dessen Pflaster Unkraut sprießte. Man kümmerte sich offensichtlich nicht um die Bepflanzung, auch wenn die Bedingungen kaum besser hätten sein können. Ein Ziehbrunnen in der Mitte des Hofes war mit Brettern abgedeckt, die man mit großen Steinblöcken beschwert hatte. Der Herr dieses Palazzos schien große Furcht vor Eindringlingen zu haben, wenn er sogar einen Brunnen verschließen ließ. Wer, außer ein paar Wassergeistern, hätte von dort unten heraufsteigen können? Aber vielleicht war genau das die Antwort – Geister, Dämonen. Die Knechte der Unterwelt, mit denen der Borgia sich eingelassen hatte.

Als Faustus ins Innere des Gebäudes geführt wurde, erkannte er, dass das Anwesen weit größer war, als er vermutet hatte. Durch ein Labyrinth aus Gängen und Hallen brachte man ihn in einen Raum, der rundherum mit dunkelroten Samtvorhängen ausgekleidet war. Dort ließ man ihn allein.

Faustus blieb an der Tür stehen und schaute sich um.

Dies war kein Verlies, dazu waren die orientalischen Teppiche auf dem Boden zu teuer, der Samt zu reinlich gepflegt. Selbst die Decken hatte man rot abgehängt, mit wallenden Stoffen, die aussahen, als blicke man aus der Tiefe eines Ozeans aus Blut hinauf zur Oberfläche.

Faustus wurde ganz still, hielt sogar den Atem an und

horchte. Man hatte keinen Riegel vorgeschoben, ein weiterer Hinweis darauf, dass dies kein Kerker war. Ein Gefangener aber war er trotz alledem. Die Schritte der Bewaffneten vor der Tür entfernten sich nicht.

Warum war er hier?

Plötzlich hörte er noch etwas, nah und doch gedämpft. Ein Keuchen. Rhythmisch. Das schwere Atmen eines Kranken. Es drang durch einen der Vorhänge.

Faustus näherte sich der Seite des Raumes, aus der die Laute ertönten. Er fragte sich, ob hinter allen vier Wandvorhängen weitere Räume lagen, oder ob es nur diesen einen Durchgang in ein anderes Zimmer gab.

Der Vorhang klaffte mit einem Mal auseinander. Ein schmaler Spalt zog sich von unten nach oben wie von einer Klinge, die durch rotes Fleisch schnitt. Heraus schob sich ein unförmiger Kopf mit dünnem rotem Haar – im ersten Moment erinnerte das Bild Faustus an eine groteske Kindsgeburt. Dem Kopf folgte mit verstohlenen Bewegungen eine kleine Gestalt.

Es war kein Kind.

Der Bibelzwerg des Großinquisitors grinste Faustus höhnisch an. Zuletzt hatte der Doktor ihn gesehen, wie er weinend über dem geschundenen Körper seines Herrn kauerte, in den Wäldern unterhalb der Wartburg. Als die Gaukler mit ihm fertig gewesen waren, war von Konrad von Asendorf kaum mehr übrig gewesen als ein blutendes Fleischbündel, nach allen Naturgesetzen zum Tode verurteilt, und sein Zwergendiener hatte bittere Tränen vergossen.

Und nun war er also hier, in diesem Palazzo am Tiberufer. Das bedeutete, dass Asendorf selbst nicht fern war.

Das Röcheln hinter dem Vorhang schraubte sich zu einem schrillen Hustenanfall empor.

Der Zwerg sagte kein Wort. Faustus hatte ihn auch damals nie sprechen hören, und er vermutete, dass er stumm war. Der hässliche kleine Kerl streckte die Hand zurück durch den Vorhang und zog eine Schnur hervor, die hinauf zur Decke führte. Als er sie einholte, öffnete sich der Vorhang zu beiden Seiten in einer gleichförmigen Wellenbewegung.

Dahinter kam ein gigantisches Bett zum Vorschein. Unter einem seidenen Baldachin, zwischen zahllosen dunkelroten Kissen lag etwas, einst ein Mensch, groß und knochig in Faustus' Erinnerung, jetzt aber nur noch ein Kopf mit einem wachen und einem blinden Auge und einem Anhängsel aus nutzlos gewordenen Gliedmaßen. Asendorf besaß noch alle Arme und Beine, doch sie waren gelähmt, das erkannte Faustus an der Art und Weise, wie sie sich unter dem dünnen Seidentuch abhoben. Der Leib des Inquisitors war ungeheuer aufgequollen, doch hatte sich seine neue Masse nicht gleichmäßig verteilt. Seine Unterschenkel waren so breit wie seine Hüfte, aufgebläht vom Wasser in den Waden; auch seine Handgelenke hatten fast den zweifachen Umfang seiner Oberarme. Dort, wo blanke Haut zu sehen war, schimmerten rosafarbene Narben von den Schnitten, die die Gaukler ihm zugefügt hatten.

Allein das rechte Auge verriet, dass in dieser Monstrosität noch immer der Geist des alten Asendorf loderte, messerscharf wie eine Klinge. Das linke war blind, der Augapfel dunkelrot angelaufen wie ein roher Fleischballen.

»Faustus«, sagte der Inquisitor. Nur dieses eine Wort.

Der Doktor deutete eine Verbeugung an. Er unterdrückte

den Schauder, der ihn beim Anblick dieser Kreatur überkam. »Eure Eminenz«, grüßte er leise.

Der Zwerg huschte an die Seite seines Herrn und schlug eine übergroße, in Leder gebundene Bibel auf. Manche Dinge ändern sich nie, dachte Faustus. Schon damals hatte der kleine Mann mit den Lippen stumme Bibelverse geformt, wenn Asendorf zum Sprechen ansetzte; damit sollte den Worten des Inquisitors das Gewicht des Glaubens verliehen werden.

Jetzt aber stieß Asendorf ein scharfes Zischen aus. Sogleich schlug der Zwerg die Bibel wieder zu und sprang aufgescheucht von der Bettkante. Wie ein getretener Hund zog er sich an die Wand zurück und sank zusammen, während eine einzelne Träne über seine Wange rollte.

Er gibt mir die Schuld, dachte Faustus. *Ich hätte die Gaukler aufhalten können, als sie ihn derart zugerichtet haben. Aber ich habe es nicht getan.*

Und weshalb auch? Der Inquisitor hatte mehr als einmal versucht, Faustus zu töten. Seine Grausamkeit war so unmenschlich wie legendär. Das Schicksal hatte seinen Körper lediglich den Deformationen seines Geistes nachgebildet.

»Was wollt Ihr von mir, Asendorf?«

Das gesunde Auge des Inquisitors musterte Faustus. »Ich wusste, dass du herkommen würdest. Du konntest nicht widerstehen, nicht wahr? Das Mysterium der Engelskrieger war zu groß, zu ungeheuerlich für dich. Du musstest die Wahrheit erfahren.«

»Habt Ihr es gewusst, Asendorf?«

»Macht das einen Unterschied?«

»Habt Ihr gewusst, was der Borgia geplant hat?«

Asendorf verzog das vernarbte Gesicht, und erst nach einem Augenblick wurde Faustus klar, dass der Inquisitor versucht hatte, den Kopf zu schütteln.

»Nein. Kaum einer hat es gewusst.«

»Kardinal DeAriel hat Euch nichts davon erzählt?«

»Ich bezweifle, dass DeAriel die Wahrheit kannte. Er hätte sie nicht gutgeheißen.«

Obwohl es ihm widerstrebte, trat Faustus näher an das Bett. Er wollte Asendorfs Auge sehen, wenn der Inquisitor sprach. Es war der einzige Teil seines Körpers, der noch verraten mochte, ob er log.

Der Bibelzwerg stieß ein zorniges Knurren aus, bewegte sich aber nicht von der Stelle.

»Versuch nicht, meine Gedanken zu lesen, Faustus«, sagte Asendorf. »Du bist schon früher daran gescheitert.«

»Ich war Euch stets ein Stück voraus.«

»Du warst mehr als einmal mein Gefangener.«

»Niemals für lange Zeit.«

»Vielleicht hätte ich dich damals töten sollen, als ich noch die Kraft dazu hatte.«

»Was hält Euch heute davon ab?« Faustus weigerte sich, die vertrauliche Anrede zu benutzen, die sich Asendorf bei jedem seiner Opfer gestattete.

Der Inquisitor schnappte nach Luft, als ihn eine plötzliche Atemnot überkam. Er hustete einen schwarzen Schleimfaden über sein Kinn, dann erholte er sich allmählich.

»Ich könnte dich mit einem Fingerschnippen vernichten«, keuchte Asendorf. »Vorausgesetzt, ich *könnte* mit den Fingern schnippen.« Er stieß ein meckerndes Lachen aus wie ein alter Ziegenbock.

Immerhin, seinen Hohn hatte er nicht verloren. Faustus

glaubte nicht, dass Asendorf sich selbst bemitleidete. Er vermutete eher, dass der Inquisitor ganz zerfressen war von seinem Zorn über die eigene Unzulänglichkeit.

»Ihr habt mir noch immer nicht gesagt, was Ihr von mir wollt, Asendorf. Ginge es Euch nur darum, mich zu töten, hätten das Eure Halsabschneider erledigen können. Gewiss bezahlt Ihr sie gut genug, damit sie Euren Anblick ertragen.«

Erneut fauchte der Zwerg wie ein wildes Tier.

Asendorf lachte wieder. »Ich weiß, was ich bin, Faustus. Ich muss nicht an mir hinabsehen, um das zu erkennen. Sollte ich es jedoch jemals vergessen, werde ich mich an deine Worte erinnern.«

Damals in Wittenberg hatte der Inquisitor Faustus einen Handel vorgeschlagen. Der Doktor sollte herausfinden, wer für die niedergebrannten Kirchen im ganzen Land verantwortlich war. Damals hatte Asendorf noch vermutet, dass ein Bund von Ketzern dahintersteckte. Erst später hatte er von den Engelskriegern unter dem Befehl Kardinal DeAriels erfahren. Faustus sollte ihm damals die Schuldigen bringen und im Gegenzug einen Aufschub erhalten. Asendorf wollte ihn laufen lassen – bis zu ihrer nächsten Begegnung. Dann, so hatte er erklärt, würde nichts mehr Faustus vor dem Scheiterhaufen retten können.

»Nun?«, fragte Faustus ungeduldig. »So sehr ich Eure Gesellschaft schätze, Asendorf, möchte ich Eure Zeit doch nicht allzu lange in Anspruch nehmen. Ich bin sicher, Ihr habt Besseres zu tun, als mit mir zu plaudern.«

Er sah, wie sich das eine Auge des Inquisitors zusammenzog, ganz kurz nur.

Der Bibelzwerg war nicht mehr zu halten. Er sprang auf,

baute sich vor Faustus auf – er reichte dem Doktor bis zum Bauchnabel – und spuckte ihm von unten gezielt ins Gesicht. Faustus machte nicht den Versuch, ihn zu packen oder nach ihm zu schlagen. Stattdessen wischte er sich ungerührt den Speichel von der Wange, strafte den Zwerg mit Missachtung und kreuzte erneut den Blick des einzelnen Auges.

Vielleicht täuschte er sich, doch es schien ihm jetzt eine ähnliche rote Färbung anzunehmen wie der andere, erblindete Augapfel.

»Mich zu verspotten ist keine Kunst«, presste Asendorf hervor. »Dafür musst du nicht der große Mann sein, für den du dich hältst, Faustus. Spott und Überheblichkeit sind enge Verwandte, glaub mir, ich weiß es aus eigener Erfahrung.«

»Wollt Ihr mich glauben machen, Eure Verfassung habe Euch zu einem besseren Menschen gemacht?« In der Tat bedauerte Faustus jetzt seinen Hohn. Nicht, weil Asendorf ihm leidtat. Vielmehr hatte der Inquisitor recht mit dem, was er sagte. Er konnte Faustus' Unsicherheit spüren, und dieser Gedanke gefiel dem Doktor keineswegs. Er musste sich eingestehen, dass der Anblick dieses zerstörten Leibes ihn stärker berührte, als er wahrhaben wollte. Er machte ihn unvorsichtig und durchschaubar.

»Ich wollte dich nur sehen«, sagte Asendorf. »Sonst nichts. Ein letztes Mal.«

»Ich hatte erwartet, dass man mich dem Borgia vorführt – oder dem Kind, von dem er Besitz ergriffen hat.«

»Er ist weniger Kind, als du glauben magst. Du wirst ihm bald begegnen.«

»Das ist ein Wort.«

Der Bibelzwerg stieß abermals ein Fauchen aus wie eine

Katze, die ihren Wurf verteidigt. Faustus konnte ihm ansehen, dass er ihn am liebsten mit eigenen Händen getötet hätte. So groß also war die Loyalität, die selbst eine Bestie wie Asendorf bei seinen Untergebenen wecken konnte. Allerdings bezweifelte er, dass dem Inquisitor andere Getreue als dieser kleine Mann geblieben waren. Er hatte Mitleid mit dem Zwerg und ein wenig sogar mit Asendorf selbst. Kein Mensch hatte es verdient, hilflos in der eigenen Qual zu garen wie ein Stück Fleisch im Kochkessel.

Er sah Asendorf eindringlich an. »Habt Ihr geglaubt, ich würde den Versuch machen, Euch zu töten?« *Und habt Ihr es gehofft?*

Das Zögern des Inquisitors bestärkte ihn in seiner Vermutung.

»Du bist ein kluger Mann, Faustus«, entgegnete Asendorf schließlich. »Auch wenn es deiner Klugheit nicht immer leichtfällt, den Panzer aus Arroganz zu durchbrechen, hinter der du sie verbirgst.« Leiser und mit großem Ernst fügte er hinzu: »Was mag erst zum Vorschein kommen, wenn du dir eines Tages dein wahres Wesen eingestehst?«

Früher war es leichtgefallen, die hohe Bildung dieses Mannes zu übersehen, der im Namen der Kirche mordend durch die Lande gezogen war. Seine Worte heute aber ließen weit mehr auf den Menschen Asendorf schließen, ebenso wie auf seine lange Ausbildung zum Geistlichen. Er kannte die Schriften der antiken Gelehrten, und er hatte sich gewiss beizeiten seine Gedanken darüber gemacht. Bei all seinem Umgang mit dem Tod besaß er auch große Erfahrung mit dem Leben.

»Welche Maske ist schlimmer?«, fragte Faustus. »Die der Arroganz oder die der Grausamkeit?«

Asendorf lachte leise. »Irgendwann einmal hätten wir Freunde werden können, Faustus. Vor langer, langer Zeit.«

Vielleicht, dachte Faustus, ohne den Gedanken auszusprechen. *Vielleicht hätten wir das wirklich.* Und er fragte sich, was den Inquisitor zu dem gemacht hatte, was er schließlich geworden war. War es vielleicht gerade sein Wissen gewesen, sein Wissen und eine Flucht vor … ja, vor was? Der Wirklichkeit?

»Ihr habt *mich* gejagt, Asendorf, nicht ich Euch.«

»Vielleicht war ich auf der Suche. Nach einem ebenbürtigen …«

»Gegner?«

»Denker.«

»Seht Ihr Euch denn selbst als einen an?«

»Was bleibt mir denn heute anderes übrig? Die Welt ist sehr klein für mich geworden Faustus. So klein, dass sie in meinen Schädel passt. Dort spielt sich heute mein Leben ab.«

»Ihr nennt *das* Leben?«

»Noch ist es nicht der Tod.«

»Ich bin nicht gekommen, Euch zu töten, Asendorf. Selbst wenn Ihr Euch das gewünscht habt.«

Das Auge des Inquisitors zuckte hinüber zum Bibelzwerg. »*Er* kann es nicht tun. Er würde es nie übers Herz bringen. Er liebt mich.«

Der Zwerg verbarg das Gesicht hinter den Armen.

»Und auch sonst tut es keiner«, setzte Asendorf hinzu.

Faustus kam ein Gedanke. »Dann seid Ihr ein Gefangener!«, entfuhr es ihm verblüfft.

»Es macht mir Mut, dass du es jetzt erst bemerkst. So habe ich mir vielleicht doch einen allerletzten Rest von Würde bewahrt. Ganz recht, Faustus. Ich bin ein Gefangener wie du. Der Borgia hat keine Verwendung für mich. Ich bin sein Spielzeug. Es gefällt ihm, mich anzusehen. Mein Anblick führt ihm vor Augen, was ihm selbst erspart bleiben wird. Wie groß sein Gewinn ist. Sein Triumph.« Er schnaubte verächtlich. »Er hat mir die Bitte gewährt, dich zu sehen. Er glaubt, es quält mich, meinen einstigen Gegner so gesund und lebendig vor mir zu sehen. Doch das tut es nicht. Kein Schmerz, Faustus. Nur Hoffnung.«

»Selbst wenn ich wollte, könnte ich Euch nicht töten. Ich habe keine Waffe.«

»Treib keine Scherze mit mir.« Asendorfs Stimme klang plötzlich eine Spur schärfer. »Du kennst mehr Wege, mit bloßen Händen zu töten, als ich mithilfe der größten Folterkammer.«

»Warum hasst Euch der Borgia so sehr?

»Du meinst, weil er mich all das durchmachen lässt? Ich glaube gar nicht, dass er mich hasst. Ich amüsiere ihn. Meine Machtlosigkeit bestätigt ihn in seiner Allmacht. Und hin und wieder schätzt er das Gespräch mit mir. Ich rate ihm dann, sich selbst das Herz herauszureißen, damit die Ratten aus dem Tiber seinen verfluchten Kadaver zerfetzen können.«

Faustus trat um das Bett herum, bis er auf Schulterhöhe neben dem Inquisitor stand. Der Zwerg schwänzelte um seine Beine herum, hielt ihn aber nicht auf. Der kleine Mann hasste Faustus, aber er respektierte auch die Entscheidung seines Herrn.

»Geh!«, sagte Faustus zu ihm.

Der Zwerg hörte nicht auf ihn.

»Tu, was er sagt«, befahl Asendorf seinem Diener.

Wieder brach der Zwerg in Tränen aus, dann bewegte er sich rückwärts davon.

»Die Vorhänge«, verlangte Asendorf.

Unendlich langsam griff der Zwerg nach der Schnur.

»Leb wohl«, sagte der Inquisitor. »Und hab Dank für deine Treue.«

Der Zwerg zog weinend an der Schnur, und die Vorhänge schlossen sich. Faustus war jetzt allein am Bett des Inquisitors.

»Wir haben nicht mehr viel Zeit«, sagte Asendorf. Sein eines Auge, immer noch rot unterlaufen, sah den Doktor eindringlich an. Nicht flehend – dazu war er zu stolz.

»Bitte«, sagte er dennoch.

Faustus nickte. Wortlos legte er eine Hand auf den geschwollenen Hals des Mannes, tastete, bis er unter dem schwammigen Fleisch den Adamsapfel fand.

Asendorf schloss das gesunde Auge. Das blinde blieb offen, starrte reglos zur Decke.

Faustus drückte zu, ganz kurz nur und mit aller Kraft.

Jenseits der Vorhänge begann der Zwerg zu wehklagen.

Die Dunkelheit schien vor meinen Augen zu etwas Festem zu gerinnen. Ich streckte die Hände aus, tastete umher – und umfasste ein Gitter.

Natürlich! Wie lächerlich, anzunehmen, ein Tunnel unter den Mauern eines Gefängnisses wie diesem könnte offen stehen, zugänglich für jedermann.

Wir waren dem waagerechten Schacht noch keine zwanzig Schritt weit gefolgt, als die Finsternis so undurchdringlich wurde, dass ich nicht mehr sah, wohin ich meine Füße setzte, geschweige denn, was am Ende dieses schwarzen Schlundes liegen mochte. Der Boden unter meinen Sohlen war uneben, mit bösartigen Stolperfallen übersät. Aus der Tiefe wehten uns Geräusche entgegen, leises Flattern von Fledermäusen, das Rascheln ganzer Rattenstämme. Ich verfluchte diesen Ort, ich verfluchte meinen Meister, ich verfluchte sogar mich selbst. Wie angenehm war es doch in Wittenberg gewesen, in der Behaglichkeit meiner Studierstube, wo meine einzige Angst den Herren der Hohen Schule galt. Was waren schon ein paar Rohrstockschläge gegen das, was uns bevorstand, falls man uns einfing? Der Scheiterhaufen war dabei die geringste meiner Befürchtungen.

Im Gegensatz zu mir schien Angelina mit der Finsternis keine Schwierigkeiten zu haben. Sie war zügig ausgeschritten, ehe wir auf das Gitter stießen, und als sie bemerkte, dass ich weit langsamer vorankam als sie, griff sie nach meiner Hand und führte mich. Sie hatte so viele Jahre unter der Erde verbracht, dass sich ihre Augen weit schneller an geringes Licht gewöhnten.

Geringes Licht? Soweit ich erkennen konnte, gab es hier überhaupt keines. Der Mondschein, der das Ufer erhellt hatte, war längst hinter uns zurückgeblieben. Angelina war in der Tat ein wunderliches Geschöpf.

Vor dem Gitter endete unser Weg. Nicht einmal Angelina konnte durch knöcheldicke Eisenstäbe gehen. Plötzlich aber zerrte sie an meinem Arm, und ich begriff, dass sie etwas am Boden entdeckt hatte. Einen Spalt unter dem Gitter. Jemand hatte es ein Stück weit nach oben geschoben.

Liegend rollten wir unter dem Gitter hindurch. Der Boden war kalt und feucht. Ich fröstelte, nicht allein wegen der Kälte. Angelina kannte diesen Ort, und sie hätte mich gewiss nicht achtlos ins Verderben geführt – doch seit sie zuletzt hier gewesen war, waren fast zwei Jahre vergangen. Vieles konnte sich verändert haben. Es mochte neue Gefahren geben. Gefahren, die es vorzogen, in absoluter Finsternis zuzuschlagen.

Ich sprach meine Gedanken aus, flüsternd, um ja nichts in der Dunkelheit aufzuschrecken. Was Angelina darüber dachte, blieb ihr Geheimnis. Sie konnte nicht antworten, und in der Schwärze war es mir unmöglich zu erkennen, ob sie nickte oder den Kopf schüttelte. Jetzt erst, in dieser vollkommenen Finsternis wurde mir bewusst, wie sehr Angelina durch Gesten sprach, durch Blicke. Nun, da sie beides nicht einsetzen konnte, war sie stummer denn je.

Wieder ergriff sie meine Hand, zog mich nach rechts.

»Wohin gehen wir?«, wisperte ich – nicht zum ersten Mal.

Sie führte meine Hand zu etwas, das sich in der Wand befand. Ein eiserner Fackelhalter. Darin steckte eine alte Fackel, zur Hälfte heruntergebrannt und dann gelöscht.

Ich wühlte in meiner Tasche nach den beiden Feuersteinen, die ich zusammen mit allerlei anderem Kleinkram bei mir trug. Sie waren klein, und ich war keineswegs sicher, dass sich die alte Fackel damit entzünden lassen würde. Doch wieder einmal hatte ich Angelina unterschätzt, die nur wenige Schläge brauchte, ehe ein Funkenregen das Pech in Brand setzte. Bald darauf wurde es Licht.

Der Tunnel war gerade hoch genug, dass ein Mann zu Pferd hindurchreiten konnte. Die Decke war leicht gewölbt und aus Felsgestein gehauen. Das wiederum bedeutete, dass wir uns bereits unter den Fundamenten der Festung befanden. Der Tunnel musste unmerklich bergab geführt haben, so seicht, dass es kaum auffiel. Mein Abscheu vor diesem Ort wuchs mit jedem Schritt, mit jeder neuen Entdeckung.

Ungeachtet dessen setzten wir unseren Weg fort. Angelina ging mit großer Bestimmtheit weiter, jetzt noch schneller als zuvor. Ich konnte die Erregung spüren, die Besitz von ihr ergriffen hatte. Ich hätte einiges dafür gegeben, wenn sie mir hätte erzählen können, was sie hier unten erlebt hatte.

Plötzlich blieb sie stehen und gab mir mit einer Handbewegung zu verstehen, still zu sein.

Ich verharrte auf der Stelle, hielt den Atem an.

Horchte.

Ich hörte nichts außer dem Schlag meines eigenen Herzens. Auch Angelina entspannte sich nach einem Augenblick, atmete tief durch und nickte mir zu.

Es ging weiter.

Einmal entdeckten wir unter der Decke ein ganzes Nest schlafender Fledermäuse. Unsere Schritte schreckten sie nicht auf, sie fühlten sich sicher hier unten. Angelina gab acht, ihnen mit der Fackel nicht zu nahe zu kommen, dann waren wir an ihnen vorbei. Reiter waren hier vermutlich seit langem nicht mehr entlanggekommen. Was immer sich auch für Räumlichkeiten am Ende des Tunnels befinden mochten, sie waren offenbar verlassen. Ich verspürte Erleichterung bei diesem Gedanken.

Gerade schöpfte ich neue Hoffnung, diesem Ort vielleicht schon bald den Rücken kehren zu können, als Angelina schlagartig die Fackel in die linke Hand wechselte und mit der rechten ihre Klinge zog. Der Stahl sprang so schnell aus der Scheide, dass die Männer, die mit einem Mal aus einer Abzweigung in der Tunnelwand sprangen, kaum mehr als einen silbernen Blitz wahrnehmen konnten, der funkelnd im Fackellicht auf sie zuraste.

Sie waren zu viert. Alle trugen Lederharnische und Hellebarden, die sie zum Kampf rasch in Anschlag brachten. Bisher hatte ich geglaubt, Hellebarden seien plumpe Waffen, kaum mehr als zur Zier und für harmlose Scharmützel zu gebrauchen.

Doch diese vier belehrten mich rasch eines Besseren, denn sie vermochten wahrlich damit umzugehen, so geschickt und ohne jede ersichtliche Mühe ließen sie die Schäfte in den Händen wirbeln.

Angelinas Klinge wurde abgewehrt, sie selbst von ihrem eigenen Schwung an die Wand getrieben. Doch sogleich fuhr sie wieder herum und drang auf zwei Hellebardenträger gleichzeitig ein. Die beiden anderen wandten sich mir zu.

Mein Schwert hieb eine der angreifenden Waffen beiseite, doch die andere stach geradewegs auf meine Brust zu. Nur ein hastiger Schritt zur Seite bewahrte mich davor, von dem Soldaten aufgespießt zu werden. Dadurch jedoch geriet ich erneut in die Reichweite der ersten Hellebarde. Ihre Hiebklinge streifte meine Hüfte. Ein lodernder Schmerz fuhr durch meinen Körper, doch ich achtete nicht darauf, riss vielmehr mein Schwert herauf und drang damit auf meinen Gegner ein. Wenn es mir gelang, nah genug an ihn heranzukommen, ohne von ihm oder seinem Gefährten erstochen zu werden, war ich vermutlich überlegen. Doch es war nicht einfach, die eine Hellebarde abzuwehren und sich zugleich an der anderen vorbeizukämpfen. Ich stieß einen wilden Schrei aus, von dem ich hoffte, er würde meine Feinde verwirren. Doch diese Kerle waren mit allen Wassern des Kampfes gewaschen, und so eine simple Finte ließ sie unbeeindruckt. Zusammen gingen sie erneut gegen mich vor, und ich hatte alle Hände voll damit zu tun, ihre wütenden Attacken zu parieren.

Angelina war es gelungen, einem ihrer Gegner die Waffe aus den Händen zu prellen. In Windeseile setzte sie nach, tauchte unter einem Schlag ihres zweiten Feindes hinweg und rammte dem ersten ihre Klinge in die Kehle. Mit einem gurgelnden Laut ging er zu Boden, hielt sich noch einen Moment lang mit beiden Händen die Wunde und erschlaffte schließlich.

Sein Gefährte wurde von Raserei gepackt, als er den Tod seines Freundes mit ansah. Er stieß die Hellebarde mit solcher Kraft in Angelinas Richtung, dass sie mit einem gewaltigen Satz zurückspringen musste, schneller und weiter, als der Soldat je einen Menschen hatte springen sehen. Einen Moment lang war er verwirrt, und Angelina nutzte diesen Fehler ohne Gnade. Flinker, als der Mann begreifen konnte, hatte sie seine Waffe umrundet und stand plötzlich auf Armlänge vor ihm. Der Soldat schrie auf, als er sah, wie Angelina ihr Schwert emporriss und dann mit vernichtender Wucht herabfahren ließ. Mit gespaltenem Schädel sank er auf den Fels.

Derweil verschaffte ich mir eine Atempause, als ich einem meiner Gegner einen tiefen Stich in den Oberschenkel versetzte. Der Mann brach mit einem Knie ein, während der zweite Soldat seinen Angriff ungemindert fortsetzte. Ich wich einem seiner Stöße mit der Hellebarde aus, schlug mit meiner Klinge gegen den hölzernen Schaft, doch sie prallte wirkungslos ab. Der Mann setzte nach, wieder ging seine Attacke fehl, aber als er die Waffe zurückzog, streifte mich die Breitseite der Hiebklinge am Hinterkopf. Obwohl ich kaum mehr als eine Beule davon zurückbehalten würde, war ich einen Moment lang verblüfft über den unverhofften Treffer. Mein Feind sah mein Zögern und stieß einen Kampfschrei aus. Ich stolperte zurück, prallte mit dem Rücken gegen die Tunnelwand und sah mit aufgerissenen Augen die Hellebarde auf mich zukommen.

Im selben Augenblick aber stürmte Angelina von hinten auf den Soldaten zu. Er sah sie wohl aus dem Augenwinkel kommen, denn gerade noch rechtzeitig wirbelte er herum und wehrte ihren Hieb mit dem Schaft seiner Waffe ab. Angelina ließ sich davon nicht beirren und versuchte eine neue Attacke. Diesmal war sie erfolgreicher. Plötzlich klaffte ein breiter roter Spalt im Lederharnisch des Mannes, eine Wunde bis tief in die Brust hinein. Er starb ohne einen Schrei, ohne überhaupt zu begreifen, wie ihm geschehen war.

»Angelina!«

Der verletzte Mann am Boden stach von hinten nach ihr, und ohne meine Warnung hätte die Klinge sie durchbohrt. So aber wich sie in einem eleganten Schlenker aus, fuhr herum und stach ihm ihr Schwert bis zum Heft in den Leib. Die Spitze schlug Funken, als sie an seinem Rücken austrat und hart auf den Felsboden stieß.

Schwer atmend standen wir da, blickten über die vier Leichen am Boden und versuchten, wieder zu Sinnen zu kommen. Angelina zog ihre Klinge aus dem Toten, wischte sie an seiner Kleidung sauber und wollte sie gerade in die Schwertscheide stecken, als ich den Arm ausstreckte und mit bebendem Finger auf etwas hinter ihrem Rücken zeigte.

Sie drehte sich um und sah, was ich schon einen Atemzug früher bemerkt hatte.

Eine Wand aus Soldaten versiegelte den Tunnel. Acht, zählte ich hastig, vielleicht auch zehn. Sie trugen Schwerter und Hellebarden. Und sie hatten die Leichen ihrer vier Kameraden bereits entdeckt.

Angelina straffte sich, wappnete sich für den Kampf. Mit verbissener Miene trat ich neben sie, das Schwert erhoben, bereit, im Gefecht zu sterben. Wir wussten beide, dass es aussichtslos war. Angelinas Brust hob und senkte sich wie rasend, der Kampf auf so engem Raum hatte sie erschöpft. Sie mochte ein Borgia-Engel sein, eine der besten Kämpferinnen des Kontinents, doch auch sie musste einer solchen Anstrengung Tribut zollen. Selbst wenn es mir gelang, zwei oder drei der Soldaten zu erschlagen – was keineswegs gesichert schien, denn auch dies waren erfahrene Kämpen –, blieben für Angelina noch genug, dass sie in dieser Verfassung unterliegen musste.

Wir wechselten einen letzten Blick, rechneten mit dem vernichtenden Angriff –

– als hinter den Männern Laute ertönten. Rasche Schritte, darüber das Schleifen von Stahl, der aus Lederscheiden gezogen wurde.

Und dann versank der Tunnel im Chaos.

Die Soldaten wurden von hinten angegriffen, mit solch zerstörerischer Wut, dass sie in heilloser Panik zurückwichen in unsere Richtung. Und in unsere Klingen. Ehe wir überhaupt erkennen konnten, wer uns da zu Hilfe geeilt war, hatten Angelina und ich bereits zwei Soldaten getötet, die uns buchstäblich mit den Rücken in die Schwerter liefen. Kein ehrenhafter

Sieg, gewiss, doch es ging um unser Leben, nicht um Regeln der Ritterlichkeit.

Da erkannte ich sie. Vier Gestalten in schwarzer Kleidung – mit weißen Gesichtern, weißblondem Haar.

Borgia-Engel.

Mit ihren langen, dünnen Schwertern hieben und stachen sie auf die Soldaten ein, und es dauerte nur wenige Augenblicke, da war der Kampf entschieden. Vier Männer lebten noch, aber sie waren schwer verletzt, und ehe ich auch nur den Gedanken fassen konnte, man möge sie verschonen, waren die Engelskrieger schon über ihnen und töteten sie mit gezielten Stichen. Der Tunnelboden schwamm jetzt vom Blut der Gefallenen, und der warme Geruch des Todes füllte die Felsenröhre. Mir war übel, aber ich versuchte standhaft, keine Schwäche zu zeigen. Kampfbereit stand ich neben Angelina und blickte über den Leichenberg hinweg auf die Engelskrieger.

Ich bemerkte, wie Angelina sich abrupt versteifte, als einer der vier – es waren zwei Frauen und zwei Männer – mit grazilen Schritten über die Toten stieg und sich uns näherte.

Mein Latein war nur mittelprächtig, und als der Mann sprach, verstand ich lediglich Bruchstücke. Es war eine förmliche Begrüßung, gefolgt von etwas, das er gezielt an Angelina richtete. Es klang wie – ja, wie eine Entschuldigung!

Und da begriff ich.

Auch ich kannte diese vier. Ich war ihnen schon einmal begegnet, damals, am Fuß der Wartburg.

Es waren Angelinas ehemalige Begleiter, jene Männer und Frauen, die sie aus ihrer Mitte verstoßen und ihr die schrecklichen Wunden auf dem Rücken zugefügt hatten. Jene Borgia-Engel, die einst unter dem Befehl Kardinal DeAriels gestanden hatten, die im Auftrag des Papstes mordend und brandschatzend durch die Lande gezogen waren – und sich doch am Ende für die Freiheit entschieden hatten. Nach dem Tod des Kardinals waren sie davongeritten, ohne einen weiteren Kampf mit uns zu suchen. Damals waren sie noch zu fünft gewesen.

Was aber hatte sie hierherverschlagen?

Die Erkenntnis kam mir, als ich Angelina anblickte, die immer noch starr wie aus Eis gehauen dastand und den Wortführer der Engelskrieger anblickte. Ich bemerkte, dass die Spitze ihrer Klinge unmerklich zitterte. Unter der Narbenmaske ihres Gesichts musste in ihrem Kopf ein schreckliches Durcheinander herrschen, hin und her gerissen zwischen dem Hass auf ihre Peiniger und – ja, und der Erleichterung, sie zu sehen. Dies waren ihre Brüder und Schwestern. Die gemeinsamen Jahre der Gefangenschaft in den Katakomben des Vatikans hatten sie zusammengeschweißt. In einem Anflug von Eifersucht wurde mir klar, dass Angelina die Gesellschaft dieser Geschöpfe vermisst hatte – trotz allem, was zwischen ihnen vorgefallen war. Ich mochte mich noch so sehr bemühen, Angelina zu begreifen, ihr Wesen zu durchschauen und ihre Vergangenheit zu enträtseln; wahres Verständnis konnten für sie nur die anderen Engelskrieger aufbringen. Sie waren dabei gewesen, sie hatten das Gleiche durchgemacht, die gleichen Qualen, die gleichen Schikanen. Angelina war wie sie und würde es immer bleiben, egal, wie lange sie an meiner und Faustus' Seite ritt.

Der Engelskrieger kam näher. Nach kurzem Zögern schob

er sein Schwert zurück in die Scheide. Ich sah, dass ein langer Blutspritzer sein Gesicht teilte, von der linken Wange über den Nasenrücken bis hinauf zur Stirn. Er machte sich nichts daraus. Er und die Seinen waren Blut und Tod gewohnt.

Auch die drei anderen Borgia-Engel stiegen nun über die Leichen, mit Schritten, die an diesem Ort, unter diesen Umständen eine Eleganz besaßen, von denen gewöhnliche Menschen nur träumen können. Es war dieselbe Art und Weise, auf die sich auch Angelina bewegte. Ich erschrak, als mir klar wurde, dass ich sie in jedem dieser vier wiedererkannte, in ihren Regungen, sogar im Blick der hellblauen Augen, die ihnen allen zu eigen waren.

Wieder redete der Engelskrieger auf Angelina ein, sanfter jetzt, und er streckte ihr beide Handflächen entgegen, eine Geste des Friedens. Mich aber, der ich unmittelbar neben ihr stand, beachtete er mit keinem noch so kurzen Blick. Das Bewusstsein der Überlegenheit, das diese Männer und Frauen ausstrahlten, war überwältigend; es konnte mich nicht einmal beleidigen, so überzeugt war ich von seiner Rechtmäßigkeit. Mit welchen Mitteln und zu welchem Zweck der Borgia sie auch immer erschaffen hatte – herangezüchtet, musste ich sagen –, das Ergebnis war ohne Zweifel beachtlich. Die Bedeutung des Wortes Magie war mir durch meine Arbeit mit dem Meister wohlvertraut, doch die Ausstrahlung der Engel ließ sich nicht einmal damit vergleichen – sie waren durch und durch überirdisch, trotz ihrer Sterblichkeit und menschlichen Herkunft. Ich ertappte mich dabei, dass ich sie beneidete – ehe ich mir geschwind klarzumachen versuchte, dass nichts die Leiden der Kinder aufwiegen konnte, die diese Kämpfer einst gewesen waren. So übermenschlich sie jetzt auch erschienen, so unmenschlich war der Weg dorthin gewesen.

Angelina hielt das Schwert immer noch kampfbereit in der Hand, und auch der Engelskrieger schien jetzt zu erkennen, dass sie mit Worten allein nicht zu besänftigen war. Er blieb stehen und tat etwas, das mich im ersten Augenblick zutiefst verwirrte.

Der Borgia-Engel zog sein Wams aus.

In Windeseile stand er mit nacktem Oberkörper vor uns, schlank und muskulös, die Gestaltwerdung von Zähigkeit und Ausdauer. Dann drehte er sich ganz langsam um.

Zwei Wunden prangten auf seinem Rücken, Schnitte, doppelt so lang wie meine Hand und zwei Finger breit. V-förmig wie eine römische Fünf berührten sie einander kurz über dem Gürtel des Mannes. Sie waren noch nicht völlig verheilt und von einem dunklen Rosa; ich sah, dass die linke nässte.

Hinter dem Engelskrieger taten es ihm die drei anderen gleich. Ohne jede Scham zogen sich auch die beiden jungen Frauen ihre Wämser über die Köpfe. Ihre Brüste waren zart und schneeweiß wie die Angelinas. Alle drei wandten sich um und präsentierten ihre Rücken. Auf allen dreien bot sich das gleiche Bild. Sogar im schwachen Fackellicht konnte ich erkennen, dass sich die Wunden eines der Mädchen entzündet hatten. Dennoch zeigte es keine Anzeichen von Schmerz oder Unwohlsein. Es ertrug die Pein mit demselben Gleichmut, mit dem es sein bisheriges Leben ertragen hatte. Schmerz war für die Borgia-Engel kein Hindernis, sondern Ansporn. Ihre grausamen Lehrmeister hatten wahrlich ganze Arbeit geleistet.

Angelina ließ die Klinge sinken. Mit einem leisen Klirren

stieß die Spitze gegen den Fels. Vor Anspannung wagte ich kaum zu atmen.

Der vordere der Engelskrieger zog sich sein Hemd wieder über und blieb vor Angelina stehen. Er streckte ihr die Hand entgegen, doch sie schlug die Geste aus. Wieder sprach er sanft auf sie ein, und erneut verstand ich nur Teile, die ich in Gedanken zu einem verständlichen Ganzen zusammenfügte.

Von Wurzeln sprach er, Flügelwurzeln, und davon, dass sie alle sie sich herausgeschnitten hätten, um endlich zu Menschen zu werden. Das, was sie Angelina einst gewaltsam angetan hatten, hatten sie einander schließlich selbst zugefügt. Sie hatten keine Engel mehr sein wollen, keine Kämpfer im Dienste blutrünstiger Herrn. »Wir sind jetzt wie du«, hörte ich ihn zu Angelina sagen. »Wir sind alle gleich.«

Angelina schüttelte langsam den Kopf und fuhr sich mit einer Geste über die verbrannten Züge. Sie war nicht wie die anderen. Sie alle hatten noch ihre Gesichter, ihre geisterhafte Anmut und Schönheit. Angelina aber musste ihr Gesicht unter einer Maske verbergen.

Der Wortführer der Engel nickte langsam und fuhr fort, sprach davon, wie sie viele Monde lang durch die Lande gezogen waren, sich von der Jagd ernährt und in Höhlen und Wäldern geschlafen hatten. Schließlich aber hatten sie erkannt, dass sie niemals gewöhnliche Menschen sein würden. Das Herumziehen zermürbte sie, das Fehlen eines Ziels und eines Zuhauses machte sie krank und unzufrieden. Mehrmals hatten sie versucht, unter Menschen zu gehen, doch aufgrund ihrer sonderbaren Erscheinung waren sie gemieden, sogar verspottet worden. Man hatte sie angegriffen, und eine Weile lang hatten sie versucht, allem Streit durch Rückzug auszuweichen. Doch die Spötter hatten dadurch neuen Mut geschöpft und begonnen, sie in Kämpfe zu verwickeln. Einer der Engel war feige ermordet worden, ehe sie schließlich zurückschlugen und nahezu alle Männer eines Dorfes erschlugen, ein rasches, gezieltes Blutbad, das ihnen erneut vor Augen führte, was sie waren und auf ewig sein würden: Krieger, zum Töten erzogen und zu nichts anderem zu gebrauchen als zum Blutvergießen. Damals hatten sie beschlossen, zurückzukehren an den Ort ihrer Erziehung, den Ort, der ihre wahre Heimat war.

Hierher. Nach Rom. In die Katakomben unter der Engelsburg.

Ich begriff endlich, was Angelina hier unten suchte. Als sie den Zugang entdeckt hatte, war auch in ihr der Wunsch entbrannt, endlich heimzukehren. Der Suche ohne Ziel ein Ende zu machen. Wieder das zu sein, was sie immer gewesen war.

Es war die gleiche Erkenntnis, die mir bereits oben in den Ruinen der Basilika gekommen war, als ich Angelina zwischen dem Säulengeviert der Petruskrypta gesehen hatte.

Hier unten aber waren ihre Empfindungen um ein Vielfaches stärker. All die Jahre waren wieder präsent, jene Zeit, geprägt von der Schulung an Schwert und Dolch und Armbrust, von Entbehrung und Strafe und Schmerz. Eine Zeit, die trotz allem ihre *Kindheit* war.

Ich verstand sie. Verstand jeden ihrer Gedanken, jede ihrer Empfindungen – und fühlte mich ihr dabei näher als jemals zuvor, ausgerechnet in jenem Augenblick, da ein Bruch zwischen uns immer näher rücken mochte. Falls sie wirklich hier bleiben wollte, zusammen mit den anderen, die sich an diesem Ort verkrochen hatten, konnte ich sie nicht aufhalten. Die Katakomben mochten leer stehen, gewiss wurden seit dem Tod des Borgia keine neuen Engel mehr herangezogen – doch noch immer hatten diese Höhlen eine große Bedeutung für jene, die einst hier gelebt hatten.

Ich sah Angelina an, musterte ihr Profil. Sah den Blick ihrer Augen. Die Ausgestoßene war zurückgekehrt in den Schoß ihrer Gemeinschaft.

Sie machte einen Schritt auf den Anführer der Engel zu. Er lächelte zaghaft, fast ein wenig scheu – ein verwirrender Anblick in Anbetracht des Blutbads, das er und seine Gefährten gerade erst angerichtet hatten. Er streckte ihr die Hand entgegen, und diesmal griff sie zögernd danach, ganz kurz nur. Plötzlich drehte sie sich zu mir um, kam dann zurück und nahm *meine* Hand, führte mich über die Leichen der Soldaten hinweg zu den anderen Engeln.

Argwöhnische Blicke streiften mich, und eines der Mädchen sagte etwas auf Latein zu Angelina, das ich nicht verstand. Die Antwort war nur ein Kopfschütteln und ein aufmunternder Druck auf meine Finger. Ich hatte Angst, gewiss, und wer hätte das nicht in Begleitung dieser Wesen? Immer noch gelang es mir nicht, sie völlig als Menschen zu sehen. Ihre ganze Erziehung war darauf ausgerichtet gewesen, sie zu Kriegern des Herrn zu machen. Von frühester Kindheit an hatte man ihnen eingeredet, anders zu sein, besser, mächtiger, überlegener. Ich fragte mich, wie die Eluciderii sich selbst sahen – hatten sie tatsächlich *geglaubt*, dass sie wahrhaftige Engel waren? Und wie groß musste die Enttäuschung gewesen sein, als sie die Wahrheit erkannten.

So viele Fragen brannten mir auf den Lippen, doch ich wagte nicht, auch nur eine einzige zu stellen. Schweigend gingen Angelina und ich mit dem Tross aus Engelskriegern den

Tunnel hinunter. Ich hatte die Fackel wieder aufgenommen. Die Engel selbst waren nicht darauf angewiesen, aber ich war nicht gewillt, ihnen durch völlige Finsternis zu folgen, ganz gleich, wie gut sie selbst darin zu sehen vermochten.

Der Tunnel mündete in eine unterirdische Halle, deren Felsdecke mit gemauerten Säulen abgestützt war. In den Wänden gab es weitere Öffnungen, wo andere Gänge und Räume abzweigten. Verteilt in der Halle standen Geräte aus Holz und Stahl, Ungetüme zu Übungszwecken, einige, um die Muskeln zu stählen, andere, um daran Attacken und Paraden zu erproben.

An einer Seite des Raumes lagen Decken auf dem blanken Felsboden. Die Nachtlager der Engelskrieger.

Ich schaute mich um und konnte die Verzweiflung spüren, die in dieser Halle umging wie ein Gespenst aus der Vergangenheit. Die Borgia-Engel waren zurückgekehrt, doch alles, was sie hier vorgefunden hatten, waren die Ruinen ihres alten Zuhauses, aufgelöst und vergessen, gleich nachdem sie Rom verlassen hatten. Sie selbst waren zu Relikten einer vergangenen Zeit geworden, und anders als jene Engel, denen wir oben auf dem Bauplatz begegnet waren, sahen sie keinen Sinn mehr in ihrem Dasein. Sie hatten sich von ihren Meistern abgewandt, die Nachricht musste längst bis zum Vatikan gedrungen sein. Sie konnten nicht zurückkehren und sich erneut in die Dienste des Papstes begeben. Für ihre Untreue würde man sie töten.

Die Engelskrieger waren heimgekehrt wie verschollene Brieftauben, die ihren alten Schlag leer und vergessen vorfanden. Keiner wollte sie mehr, keiner hatte Verwendung für sie. Papst Leo war vermutlich froh gewesen, sie los zu sein;

die Tatsache, dass er immer noch einige Borgia-Engel zur nächtlichen Bewachung des Bauplatzes einsetzte, verriet letztlich nur seine Hilflosigkeit. Er konnte oder wollte sie nicht beseitigen, durfte ihre Existenz aber auch nicht offiziell eingestehen. Die Gerüchte über die Geister der verstorbenen Päpste, die des Nachts über den Platz streiften, kamen ihm sicher sehr gelegen. Was aber sollte er mit Engeln tun, die sich bereits einmal von ihm und seinen Zielen abgewandt hatten? Sie hatten sein Vertrauen verloren, und sie waren sich dessen durchaus bewusst. Ich bezweifelte, dass sie überhaupt den Versuch gemacht hatten, wieder zu dem zu werden, was sie einst waren. Stattdessen standen sie nun zwischen den Lagern, hin und her gerissen zwischen ihrer offenkundigen Menschlichkeit und dem, was ihnen ihre Lehrmeister eingehämmert hatten.

Nun vegetierten sie also hier unten dahin, ohne Aufgabe, ohne Ziel, ohne Hoffnung. Vermutlich ahnte man oben im Papstpalast längst, wer sich hier eingenistet hatte, denn gewiss waren die Soldaten, die uns überrascht hatten, nicht die ersten Männer gewesen, die hier unten den Tod gefunden hatten. Es musste andere Zusammentreffen gegeben haben, andere Kämpfe. Ich konnte mir die Hilflosigkeit der Päpstlichen lebhaft ausmalen, ihr halbherziges Beharren auf Versuchen, Späher in diese finstere Unterwelt zu schicken. Vermutlich endeten alle mit dem gleichen niederschmetternden Ergebnis: Die Soldaten wurden von den abtrünnigen Engelskriegern erschlagen. Danach verstrich eine Weile, ehe man einen neuen Versuch unternahm. Mit demselben niederschmetternden Resultat. Was für eine Farce!

(Sicher habt Ihr, wissbegieriger Leser, noch weitere Fragen, genauso wie ich selbst. Hatte Leo vielleicht versucht, jene Borgia-Engel, die noch in seinem Dienst standen, auf die Abtrünnigen in den Katakomben zu hetzen? Und war es überhaupt ratsam, Feuer mit Feuer zu bekämpfen, auf die Gefahr hin, dass sich die Flammen vereinten und zu einer gewaltigen, alles verzehrenden Feuersbrunst wurden? Über wie viele Engel verfügte der Papst überhaupt noch, nachdem Angelina eben erst ein halbes Dutzend von ihnen niedergestreckt hatte? Ich kann Euch keine Antwort darauf geben, konnte es damals nicht und bin auch heute nicht in der Lage dazu. Vieles ist ungewiss geblieben, und das meiste haben die Beteiligten von damals mit ins Grab genommen.)

Angelina ließ meine Hand los und begann einen einsamen Gang durch die Halle. Ich beobachtete, wie sie im Licht einiger Fackeln umherwanderte, hier eines der Übungsgeräte betrachtete, dort ihre Finger über ein Relief in der Wand streifen ließ. Ich wagte nicht, mir vorzustellen, was in diesen Momenten in ihr vorging.

Mit einem Mal wurde mir bewusst, dass ich allein inmitten der vier Engelskrieger stand. Zwei von ihnen musterten mich mit offenem Misstrauen, während die beiden anderen – darunter der Wortführer – Angelina hinterhersahen und leise flüsterten. Ich nahm all meinen Mut zusammen und zog ein hölzernes Gefäß aus meiner Tasche, nicht länger als mein Zeigefinger und mit einem Korken zugepfropft.

Einer der Borgia-Engel, die mich nicht aus den Augen ließen, war die junge Frau mit den entzündeten Wundmalen. Ich räusperte mich vernehmlich, dann sprach ich sie an.

»Das hier ist Wundsalbe.« Ich redete langsam und betont, weil ich nicht wusste, ob sie meine Sprache verstand. »Deine

Verletzung ist entzündet. Lass mich etwas davon auf deinen Rücken streichen.«

Sie hob eine Augenbraue, gab aber keine Antwort. Mit einem Seufzen öffnete ich den Lederzug meines Beinkleides und erntete dafür verwunderte Blicke. Auch die beiden anderen Borgia-Engel wurden nun aufmerksam. Mir brach der Schweiß aus, aber ich versuchte, so gelassen wie möglich zu erscheinen. Mit einer Hand, die unmerklich bebte, wies ich auf den blutigen Streifen, den mir einer der Soldaten an der Hüfte zugefügt hatte. Dann entkorkte ich das hölzerne Fläschchen, nahm sparsam mit dem Zeigefinger einen erbsengroßen Tropfen der Salbe und tupfte ihn vorsichtig auf die harmlose Wunde. Er kühlte angenehm, und in Windeseile ließ der Wundschmerz nach. Mein Meister hatte mich die Herstellung dieses Mittels gelehrt, daher wusste ich, dass es auch gegen Wundbrand und schwärende Entzündungen half. Es war kein allmächtiges Wundermittel, aber eine gute Medizin, die von vielen Heilern eingesetzt wurde. Die Engelskrieger aber verfügten offenbar über nichts dergleichen.

Ich zog mein Beinkleid wieder herauf und deutete auf den Rücken des Engelsmädchens. Es trat argwöhnisch einen Schritt zurück und legte die Hand auf den Schwertgriff, doch der Wortführer der vier schüttelte den Kopf und sagte etwas zu ihr. Beruhigende Worte, soweit ich sie verstand. Das Mädchen ließ die Waffe wieder los und erwiderte etwas, wobei es in meine Richtung gestikulierte.

Ich stand da mit meiner Medizin und fühlte mich mehr als unwohl. Erkannte sie denn nicht, dass ich nur helfen wollte? Die Menge in dem Fläschchen würde gerade ausreichen, um ihre Wunde zu behandeln. Ich war bereit, meine gesamte Medizin dafür aufzuwenden, doch was erntete ich dafür? Misstrauen und Undank.

Der zweite weibliche Engel mischte sich in das Gespräch der beiden ein, und plötzlich ging eine Wandlung mit dem verletzten Mädchen vor. Es senkte einen Moment lang den Blick, schaute mich dann direkt an und nickte langsam. In seinen blauen Augen war jetzt keine Feindseligkeit mehr, nur eine zaghafte Angst.

Wieder wurde mir die Widersprüchlichkeit dieser Geschöpfe bewusst. So Furcht erregend sie im Kampf waren, so sanft und hilflos konnten sie sein. Ich rief mir in Erinnerung, dass alle Borgia-Engel im selben Alter waren, gerade mal neunzehn, ein Jahr jünger als ich selbst. Fast noch Kinder.

Das Mädchen streifte sein Wams ab und wandte mir den Rücken zu. Mit beiden Händen teilte es im Nacken sein langes blondes Haar und legte es sich nach vorne über die Schultern. Unter den wachsamen Blicken der anderen begann ich, die schwärende Wunde mit meiner Salbe zu bestreichen. Das Engelsmädchen zuckte zusammen, als mein Finger seine weiße Haut berührte, doch es hielt still und wehrte sich nicht. Als ich fertig war, hatte ich einen kleinen Rest übrig. Das Mädchen kleidete sich wieder an und schien sichtlich erleichtert. Ich wusste, dass sein Schmerz jetzt nachließ, die Kühlung musste bereits eingesetzt haben. Ich schob den Korken wieder auf das Fläschchen und reichte es dem Mädchen.

»Hier, ein Rest ist noch da. Warte einen Tag, und benutze ihn dann.« Ich wusste, dass die Entzündung damit nicht völlig kuriert werden konnte. Zumindest aber würde ihr die Salbe ein wenig Erleichterung bringen und den Schmerz erträglicher machen.

Das Mädchen bedankte sich auf Latein und schenkte mir ein scheues Lächeln. Auch der Wortführer der Engel nickte mir zu, ohne seine ernste Miene zu verlieren.

Ich hielt wieder Ausschau nach Angelina und entdeckte sie am anderen Ende der Halle. Sie stand am Fuß einer steinernen Engelsstatue mit ausgebreiteten Flügeln, dreimal mannshoch und mit einem mächtigen Schwert in Händen. Es gehörte nicht viel dazu, mir vorzustellen, wie die Lehrmeister der Engelskinder ihre Schützlinge Tag für Tag vor diese Statue geführt hatten, um ihnen zu zeigen, was sie einmal sein sollten. Der Anblick der leblosen Augen in dem gleichgültigen Gesicht aus Granit ließ mich schaudern.

Zögernd löste ich mich aus dem Kreis der vier Eluciderii. Ich war nicht sicher, ob sie mich gehen lassen würden, doch sie machten keinerlei Anstalten, mich zurückzuhalten. Erst langsam, dann immer schneller durchquerte ich die unterirdische Ausbildungshalle und trat neben Angelina. Diesmal war ich es, der nach ihrer Hand griff, und sie ließ es ohne jede Regung zu. Ihre Finger waren sehr kalt.

»Sollte *das* aus euch werden?«, fragte ich. »Haben sie euch das eingeredet?«

Sie nickte beklommen.

»Und die Flügel?« Es war alles nur Mutmaßung, trotzdem musste ich meine Gedanken aussprechen. »Haben sie euch in dem Glauben aufgezogen, auch euch würden Flügel wachsen, wenn ihr eure Lehrzeit beendet habt?«

Diesmal zögerte sie, bevor sie schließlich einmal kurz nickte.

Es war unglaublich und doch nachvollziehbar. Die Kinder waren im Alter von wenigen Jahren aus ihrer Heimat entführt und hierhergebracht worden. Danach hatte man keinen Tag verstreichen lassen, ohne sie den Lügen des Borgia auszusetzen, bis sie ihnen schließlich in Fleisch und Blut übergingen. Sie waren überzeugt gewesen, Auserwählte zu sein, wahre, leibhaftige Engel. Und sie hatten geglaubt, dass sie in ihren Rücken Flügelwurzeln trugen, aus denen dereinst Schwingen sprießen würden. Selbst zuletzt hatten die anderen Eluciderii noch fest daran geglaubt, als sie sich die Rücken aufschnitten, um die Wurzeln zu zerstören und so zu gewöhnlichen Menschen zu werden. Wie grausam mussten die Männer sein, die kleinen Kindern einen solchen Irrglauben eingepflanzt hatten?

Aber, so dachte ich, war es nicht das, was die Kirche seit jeher tat – anderen ihren Glauben aufzuzwingen, ganz gleich, wie groß die Widersprüche und Unwahrscheinlichkeiten auch waren? Was machte es für einen Unterschied, einem Kind den Glauben an die Existenz von Engeln zu predigen, oder aber ihm zu versichern, dass es selbst einer sei? Die Grenze war so fließend wie bedeutungslos.

Ich stand da und starrte gemeinsam mit Angelina an der titanischen Engelsstatue empor, als sie sich mit einem Mal umwandte, ohne ihre Hand der meinen zu entziehen. Ich ging mit ihr zurück zu den anderen Engeln, die uns aufmerksam beobachteten. Erst, als wir wieder vor ihnen standen, ließ Angelina mich los, trat vor jeden einzelnen ihrer Brüder und Schwestern, umarmte sie alle und küsste sie auf die Stirn.

Sie hatte ihre Entscheidung getroffen. Das Zuhause, das sie gekannt hatte, existierte nicht mehr. Mochten die anderen einer Vergangenheit nachlaufen, die längst zum Traumgespinst geworden war, einem lange vergangenen Ideal – Angelina wollte ihren eigenen Weg gehen, losgelöst von dem, was gewesen war.

Der Wortführer wollte auf sie einreden, sie überzeugen zu bleiben, doch Angelina brachte ihn mit einem sanften Kopfschütteln zum Schweigen. Wieder küsste sie ihn, dann wandte sie sich ab.

Ich nahm die Fackel auf, und wir verließen die Halle. Niemand folgte uns.

Noch einmal blickte ich zurück, sah, wie sich die abtrünnigen Engel in einem Kreis am Boden niedersetzten, ohne ein Wort, jeder das Gesicht den anderen zugewandt. Mir wurde schwer ums Herz bei diesem Anblick, ich trauerte um diese vier verschenkten Leben, um die Zukunft der Kinder, die sie einst gewesen waren.

Sie warteten, wie sie es seit Monden taten. Warteten auf den nächsten Spähtrupp von oben, auf den nächsten Kampf, die nächste Gelegenheit, sich zu beweisen, dass nicht *alles* umsonst gewesen war. Sie konnten immer noch das tun, was sie gelernt hatten. Sie hatten den Geschmack der Gewöhnlichkeit gekostet, aber sie war ihnen auf immer versagt geblieben. Gestrandete zwischen zwei Welten, weder der einen noch der anderen zugehörig.

Niemals war mein Hass auf den Borgia größer als während dieses letzten Blicks auf die vier Engelskrieger. Er hatte sie zu dem gemacht, was sie waren. Er allein trug die Schuld.

Als ich im Gehen zu Angelina hinüberblickte, sah ich sie im Schein der Fackel weinen. Tränen wie glitzernde Kristalle, die sich langsam den Weg über das Narbengewebe ihrer Wangen suchten.

Kapitel 6

Efeu schlängelte sich an den Wänden des Innenhofs empor, ein grüngelbes Blättermeer, das die Mauern bedeckte und nach den Scheiben der Fenster leckte. Knorrige Bäume erhoben sich im Zentrum des Hofs, umrahmt von wild wuchernden Büschen, von Blumen und einem Kirschbaum in voller Blüte. Wie Neuschnee leuchteten die Blätter an seinen Ästen, doch Faustus ließ sich von ihrem reinen Glanz nicht blenden. Alles Weiß dieser Welt konnte nicht übertünchen, dass er sich im dunklen Herzen des Palazzo befand. In der Heimstatt des wiedergeborenen Borgia.

Der Kirschbaum stand im Zentrum des Hofes und überragte alle anderen Pflanzen. Langsam ging Faustus darauf zu und blieb unter der Blütenpracht der ausladenden Äste stehen. So weit er sehen konnte, war er allein in dem Garten. Es gab zwei Zugänge – einen in seinem Rücken, durch den er von zwei Bewaffneten hereingestoßen worden war, und einen zweiten in der gegenüberliegenden Wand. Rundherum ragten die Mauern des Palazzo dreigeschossig empor, die Fenster waren vergittert und von innen mit Samt und Brokat verhängt.

Faustus spürte noch immer den fleischigen Hals des Inquisitors unter seinen Fingerspitzen. In seinen Gedanken durchlebte er wieder und wieder den Moment, als Asendorfs Adamsapfel nachgab, hörte das letzte Röcheln, als er starb. Faustus hatte erst losgelassen, als er sicher war, dass der Mann tot war, und jetzt hatte er das überwältigende Bedürfnis, sich die Hände zu waschen. Er hätte sich bücken und die Finger am Gras abwischen können, doch diese Blöße wollte er sich nicht geben. Gewiss beobachtete man ihn, wartete nur auf ein Anzeichen von Unsicherheit.

Als die Wachtposten in den Raum des Inquisitors gestürmt waren, alarmiert vom hochtönenden Jammern des Bibelzwergs, war Asendorf nicht mehr am Leben gewesen. Bis zuletzt hatte Faustus damit gerechnet, dass man ihn zurückzerren würde, bevor alles Leben aus dem Kranken entwich, dass irgendwer dem Hexenjäger zu Hilfe kommen würde. Dass dies nicht geschehen war, konnte nur bedeuten, dass der Borgia Asendorfs Tod vorausgesehen, vielleicht sogar gewünscht hatte. Oder aber, dass seine Gleichgültigkeit weit über das hinausging, was der Inquisitor vermutet hatte.

Für kurze Zeit hatte man Faustus in einem kahlen Raum im Erdgeschoss des Palazzo eingesperrt. Dann war er abgeholt und hierhergebracht worden. Es gab kaum einen Zweifel, wem er hier begegnen sollte, in diesem friedlichen Garten voller Grün und der Aura des Lebendigen.

Um ihn herum regneten Kirschblüten herab wie Schneeflocken, gemächlich schwebend, lautlos.

Faustus blickte auf – und sah ihn.

Sah ihn über sich in den Zweigen hocken, ebenso weiß wie die Blüten, die ihn wie Meerschaum umflossen. Einen jungen Mann von zarter Gestalt, nicht so groß wie die anderen Eluciderii, eher ein wenig verweichlicht, und doch erkannte Faustus sofort, warum der Borgia diesen Körper gewählt hatte, um darin unsterblich zu werden. Es war das Gesicht des Jungen, das ihn angezogen haben musste, schon damals, vor so vielen

Jahren, als er noch ein kleines Kind gewesen war. Anmutig war es, ebenmäßig wie die Züge der anderen Eluciderii, und doch hob es sich deutlich von ihrer einförmigen Schönheit ab. Der Junge hatte große blaue Augen von solcher Unschuld, dass selbst die Lehrmeister des Borgia ihnen in den Katakomben keinen Makel, keinen Fehl hätten einprügeln können. Wer in diese Augen schaute, fühlte sich wie emporgehoben von einer Woge aus Reinheit. Nirgends sonst hätte Alexander seine Niedertracht besser verbergen können als hinter diesem Blick eines Unschuldsengels.

Der Junge lächelte, als Faustus ihn bemerkte – ein Lächeln, das die stille Hoffnung aller Mütter ist, wenn sie ihre Söhne gebären; der Wunsch aller Mädchen, während sie ihren ersten Liebschaften entgegenfiebern; der Traum jedes Gläubigen, wenn er sich zum Himmel wendet und in Demut sein Gebet spricht.

»Doktor Faustus«, sagte Alexander mit der Stimme des Jungen. »Willkommen in meinem Garten.« Es klang beinahe ein wenig erstaunt. Nicht einmal Faustus vermochte den Borgia herauszuhören. Hätte er keine völlige Gewissheit über die Wahrheit gehabt, so wären ihm in diesem Moment vielleicht Zweifel gekommen.

Er trat einen Schritt zurück, um nicht länger dem Schauer der Blütenblätter ausgesetzt zu sein. »Ihr habt mich nicht hierherbringen lassen, damit ich Eure Blumen bewundere, nehme ich an.«

Der Junge – *der Borgia, der Verruchteste aller Kirchenfürsten* – stieß ein glockenhelles Lachen aus. Es war, als folge es einer geheimen Melodie, unterschwellig, so als wolle es jeden, der es hörte, mit seinem Klang umgarnen.

»Ihr seid ein ungeduldiger Mann, großer Faustus. Was treibt Euch zu solcher Eile?«

»Ich will Eure Gastfreundschaft nicht länger als nötig in Anspruch nehmen.« Faustus hörte selbst, wie müde er klang, ungewappnet für die Feinheiten eines rhetorischen Schlagabtauschs. »Wie soll ich Euch nennen? Eure Eminenz? Alexander?« Er machte eine kurze Pause. »*Papst* Alexander?«

Der weißblonde Junge schüttelte den Kopf und begann, sich aus den Ästen herabzuhangeln. Seine Bewegungen besaßen die erstaunliche Grazie eines Tänzers. »Leo ist Papst, nicht ich. Eine undankbare Aufgabe, glaubt mir.«

»Immerhin habt Ihr gewusst, sie zu Euren Gunsten zu nutzen.«

»Gewiss.« Der Junge landete nahezu geräuschlos vor ihm im Gras. Er hatte nur ein weißes Tuch um seine Hüften geschlungen, ansonsten war er nackt. Sein Haar wuchs schulterlang und war leicht gewellt.

Faustus musterte ihn unverhohlen von oben bis unten. »Ist das Euer Versuch, die Ähnlichkeit zum Erlöser zu suchen?«

»Wenn Ihr mit Erlöser Jesus Christus meint – natürlich, ich will es nicht abstreiten.« Er strich sich beiläufig übers Kinn. »Leider muss ich gestehen, dass mir der Bartwuchs Sorge bereitet. Ich bin in dem Alter, in dem er längst hätte sprießen müssen, aber es wächst nicht ein Haar. Nicht ein einziges.«

»Seid meines Mitgefühls versichert.«

Alexander lächelte. »Ich bin froh, dass Ihr keiner von diesen Jasagern seid, von denen ich sonst umgeben bin. Ihr habt Mut.«

»Es gehört nicht viel Mut dazu, einem Jüngling wie Euch zu widersprechen.«

Wieder stieß der Junge sein gläsernes Lachen aus. »Ein Jüngling, wie wahr. Es hat einige Zeit gedauert, ehe ich mich daran gewöhnt hatte, im Körper eines Kindes zu leben und ein zweites Mal aufzuwachsen.«

»Ihr habt es aus freien Stücken getan.«

»O ja, natürlich. Aber lieber hätte ich denselben Weg zur Unsterblichkeit beschritten wie Ihr, werter Doktor. Er scheint mir … müheloser.«

Faustus verzog keine Miene. »Was bringt Euch zu der Vermutung, ich könnte etwas Derartiges mein Eigen nennen?«

»Ich bitte Euch«, entgegnete Alexander. »Treibt keine Scherze mit mir! Euer Pakt ist kein Geheimnis, viele wissen davon.«

»Nichts als Gerüchte.«

»Ich hörte anderes. Zum Beispiel von Eurem Aufenthalt am Nil. Von dem Pakt, den Ihr dort geschlossen habt. Der schwarze Hund, der Euch folgt, ist gewiss mehr als nur ein Schoßtier.«

»Massimo hat Euch davon erzählt?«

Der Junge nickte. »Massimo Pamphili ist ein treuer Diener und guter Freund. Da fällt mir ein – ich muss mich bei Euch bedanken. Ohne das, was Ihr Massimo gelehrt habt, wäre ich heute vielleicht nicht hier. Euer Wissen war mir sehr nützlich.«

Faustus ließ den Hohn des Borgia ohne ein Wimpernzucken von sich abprallen. »Ich habe ihm nur ein paar Spielereien gezeigt. Nichts Bedeutendes.«

»Ihr seid ein mächtiger Mann, Faustus, das ist mir bewusst. Doch auch Eure Kräfte haben Grenzen. Ich sehe Euch an, dass Ihr überlegt, wie Ihr mich schnellstmöglich töten könnt. Dennoch glaube ich, dass Ihr zu vernünftig seid, um eine Torheit zu begehen.« Der Junge sprach diese Worte mit solch spielerischer Leichtigkeit, beinahe übermütig, dass Faustus einen Moment lang überlegte, ob die Jahre im Körper eines hilflosen Kindes den Borgia nicht endgültig in den Wahnsinn getrieben hatten. Doch wenn er ehrlich zu sich war, musste er sich eingestehen, dass Alexander einen klareren Eindruck machte, als er erwartet hatte. Er war kein kreischender Irrsinniger, der mit jedem Satz ein Todesurteil aussprach. Nein, der Wahnsinn des Borgia saß tiefer. Es gehörte nicht zu seinem Plan, sein wahres Gesicht zu zeigen. Die Hässlichkeit im Herzen dieses Mannes war mit bunten, leuchtenden Farben übertüncht.

»Ich gedenke nicht, meine Hand gegen Euch zu erheben«, versicherte ihm Faustus. »Ich vermeide dumme Fehler, wenn ich kann.«

»Ihr habt Asendorf getötet.«

»Was Euch gewiss gelegen kam.«

»Ich hätte ihn jederzeit mit einem einzigen Befehl beseitigen können.«

Faustus nickte. »Aber Euch hat die Vorstellung gefallen, zwei Todfeinde zusammenzuführen und zu sehen, was geschieht. Ich hoffe, das Schauspiel hat Euch nicht enttäuscht.«

»Asendorf ist tot. Ich bezweifle, dass er es als Schauspiel bezeichnet hätte.«

»Für Euch war es eines.«

Der Junge grinste fröhlich. »Oh, Faustus, Ihr kennt mich besser als ich mich selbst. Das gibt unserem Zusammentreffen eine ungeahnte Würze, findet Ihr nicht?«

»Ist Spott denn wirklich Eure stärkste Waffe?«, fragte Faustus und fügte abschätzig hinzu: »Abgesehen natürlich von all Euren Bogenschützen, die gewiss alle Mühe haben, nicht vom Dach zu fallen, so eng, wie sie sich dort oben drängeln.«

»Ihr habt sie bemerkt?« Alexander wirkte enttäuscht. »Nun, auch das spielt keine Rolle.« Faustus folgte dem Blick des Jungen hinauf zum Rand der Dächer über dem Innenhof. Dort oben war niemand zu sehen. Dennoch hatte es für ihn nie Zweifel gegeben, dass man ihn von dort aus im Auge behielt – über die Pfeilspitze eines gespannten Bogens hinweg. Eine falsche Bewegung in die Richtung des Borgia, und man würde ihn mit einem Dutzend Pfeilen spicken.

»Also?«, fragte er. »Weshalb bin ich hier?«

»Ich wollte Euch kennen lernen«, sagte Alexander. »Doktor Faustus, den weltberühmten Schwarzkünstler, den Quellbrunn der Nekromanten, den Zweiten unter den Magiern, den Astrologen, Chiromanten, Aeromanten, Geomanten, Pyromanten und Hydromanten.«

Er grinste erfreut. »Das war die ganze Liste, oder habe ich etwas vergessen?«

»Nicht, dass es mir aufgefallen wäre.«

»Erlaubt mir, dass ich Euch eine Frage stelle, die mir schon lange auf der Zunge brennt.«

»Gewiss doch«, erwiderte Faustus liebenswürdig.

»Warum eigentlich der Zweite unter den Magiern? Wer ist dieser vermaledeite Erste, dem Ihr Euch so bereitwillig unterordnet?«

Faustus lächelte. »Vielleicht der Trumpf in meinem Ärmel?«

Der Junge sah ihn einige Herzschläge lang ausdruckslos an,

so als müsste er tatsächlich überlegen, wie die Worte des Doktors gemeint waren. Dann erkannte er sie als das, was sie waren: »Ihr *droht* mir?«

Faustus lächelte nur.

Alexanders Mundwinkel zuckten, und seine Augenlider klimperten schneller. Dann brach er in schallendes Gelächter aus. »Aber … Faustus! … Ich meine, was redet Ihr da? Ihr seid mein Gefangener! Und da habt Ihr die Dreistigkeit …«

»Die Höflichkeit«, unterbrach ihn der Doktor. »Und zwar, Euch auf ein mögliches Missgeschick hinzuweisen.«

Der Junge trat einen Schritt zurück, nicht ängstlich, eher verwirrt, so als wollte er sein Gegenüber noch einmal einem genaueren Blick unterziehen. Dabei stieß er mit der Schulter gegen die Rinde des Baumstamms. Sofort rieselte von oben weißer Blütenflaum herab. Das Gesicht des Jungen verzog sich vor Schmerz, und Faustus sah, dass seine Haut dort, wo sie das Holz berührt hatte, aufgeschürft war. Eine Unzahl winziger Blutpunkte sprenkelte seine nackte weiße Schulter.

»Ihr habt empfindliches Fleisch«, bemerkte der Doktor.

Zorn verzerrte für einen kurzen Moment das Statuengesicht des Jungen, doch er fing sich sogleich wieder, und abermals formten seine Lippen ein freundliches Lächeln. *Nur* seine Lippen. Faustus fiel auf, dass der Junge niemals mit den Augen lachte.

»Es ist nur Blut«, sagte Alexander gelassen.

»Ihr meint: nicht das Eure.«

»Irgendwann wird es einen anderen Körper geben.«

»Wie oft wird Euer Geist es verkraften, vom reifen Mann zum Kind zu werden?«, fragte Faustus bohrend.

An einem Glimmen in den meerblauen Augen erkannte er,

dass er einen wunden Punkt des Borgia getroffen hatte. Vielleicht *den* wunden Punkt.

»So oft es mir beliebt«, erwiderte der Junge mit einer Spur von Trotz. »Doch wo Ihr es schon ansprecht: Es ist genau dieser Umstand, über den ich mit Euch sprechen will.«

»Dem Tod ein Schnippchen zu schlagen?«

Alexander nickte. »Die Unsterblichkeit.«

»Was Ihr sucht, Alexander, ist *Göttlichkeit*. Das Eine hat mit dem anderen so wenig zu tun wie Euer altes Ich mit dem Ersten Apostel.«

»Es war eine amüsante Zeit«, bemerkte der Junge, jetzt wieder gelassener. »Der Heilige Stuhl kann bequemer sein, als viele es für möglich halten. Es ist wie mit allem im Leben – es kommt immer darauf an, was man daraus macht, nicht wahr?«

Er tippte mit der Fingerspitze eine Kirschblüte von seiner Wange und betrachtete sie mit naivem Interesse. Faustus fragte sich, ob in diesem Körper nicht immer noch Teile des Kindes steckten, das einst daraus verdrängt worden war.

Alexander fuhr fort: »Es ist beinahe zum Lachen, meint Ihr nicht? Da wurde ich doch ganz offiziell zum Vertreter Gottes auf Erden ernannt, zur Verkörperung des Ersten Apostels. Man könnte sagen, Petrus wurde in meinem Körper wiedergeboren. Ist es da nicht gerecht, dass auch ich selbst dieses Recht für mich beanspruche?«

»Das Recht der Wiedergeburt? Ich bezweifle, dass Petrus es für sich beansprucht hätte.«

»Er hatte keine Wahl. Die Kirche hat es ihm aufgezwungen. Posthum, natürlich. Das machte die Dinge einfacher.«

Faustus zuckte die Achseln. »Wenn Ihr schon den Vergleich

zu ihm sucht – erinnert Euch, wie es ihm letztlich ergangen ist. Man hat ihn mit dem Kopf nach unten gekreuzigt.«

»Das umgekehrte Kreuz – das Symbol des Satans. Glaubt Ihr, die Römer wussten, was sie da taten? Dass sie damit einem Jünger des Teufels den Weg ebneten, anderthalbtausend Jahre später zum Oberhaupt der Christenheit zu werden?«

Faustus runzelte erstaunt die Stirn. »Ihr habt die Art und Weise, auf die Petrus gekreuzigt wurde, für Eure Beschwörungen benutzt? Um *Papst* zu werden?« Fast hätte er beeindruckt hinzugefügt: *Das ist brillant.* Der Borgia war nicht zu unterschätzen.

Alexander lächelte verlegen. »Es war Bestandteil des Rituals. Um ehrlich zu sein, wusste ich nicht, wie viel auf die alten Überlieferungen zu geben war. Ein wenig war das Ganze deshalb auch ein Glücksspiel. Der Versuch hätte fehlschlagen können. Aber zuletzt haben die alten Chronisten recht behalten. Und ich mit ihnen.« Sein Blick verklärte sich beim Gedanken an frühere Triumphe. »Ich dachte mir, dass Euch das gefallen würde, Faustus. Denn ist das nicht die Crux der ganzen Geschichte – dass wir beide uns so ähnlich sind?«

»Dem möchte ich höflichst widersprechen.«

»Ihr seid zu bescheiden.«

»Im Gegensatz zu Euch habe ich keine kleinen Kinder missbraucht, um …« Faustus brach ab, aber der Junge hakte nach:

»Um was, werter Doktor?«

»Um das zu tun, was ich getan habe.«

Alexander lachte. »Kein Grund, Euch zu zieren. Wir sind unter uns. Erzählt mir von Ägypten.«

Faustus atmete tief durch. »Die Pyramiden sind sehr beeindruckend. Ihr solltet Ihnen einen Besuch abstatten.«

Der Junge ließ sich seine Unzufriedenheit mit dieser Antwort nicht anmerken. »Ob Ihr's glaubt oder nicht, ich dachte daran, das Zentrum meiner Göttlichkeit an ihrem Fuß zu errichten. Als Vereinigung der alten Götter mit dem neuen, sozusagen.«

»Ihr solltet vorsichtiger sein, mit wem Ihr Euren Spott treibt«, sagte Faustus ernsthaft. »Es könnte sein, dass Ihr Euch mit Mächten anlegt, die weniger wohlwollend mit Euch umgehen als jener, den Ihr zu Eurem Meister erkoren habt.«

»Satan?« Alexander winkte ab. »Ich denke nicht, dass er ein Auge auf mein Tun hat. Alles, was er mir gegeben hat, habe ich teuer bezahlt.«

»Mit Menschenleben.«

»Dem einen oder anderen.«

»Hunderten.«

Der Blick des Jungen verfinsterte sich. »Wer wird schon so kleinlich sein! Seid kein solcher Erbsenzähler, Faustus. Aber, sagt mir, wie habt Ihr das gemeint? Mit welchen Mächten soll ich mich nicht anlegen?«

Jetzt war es an Faustus zu lachen. »Es ist beinahe beleidigend, mit welch plumpen Mitteln Ihr versucht, unser Gespräch zurück auf meine Zeit in Ägypten zu lenken. Ich denke, Ihr wisst sehr wohl, von welchen Mächten ich spreche.«

Ein Glitzern trat in die Augen des Jungen. »Jene, mit denen Ihr einen Pakt eingegangen seid?«

Faustus schüttelte den Kopf und seufzte. »Lasst uns offen miteinander reden, Alexander. Ihr seid auf der Suche nach der Unsterblichkeit. Doch alles, was Ihr erreicht habt, indem Ihr diesen Körper an Euch gerissen habt, ist ein Aufschub. Denn auch dieser Leib wird altern und sterben. Und ich bezweifle, dass Ihr die Kraft habt, Euren Geist ein zweites Mal in einem Kind zu reinkarnieren. Ihr seid gefangen, Alexander, ist es nicht so?«

Der Junge schwieg, starrte ihn nur durchdringend an. Ganz tief in seinen Augen loderte eine Flamme des Hasses, so blau wie der Himmel, der sich in einer Klinge spiegelt.

Faustus fuhr fort: »Euch sind die Gerüchte zu Ohren gekommen, laut deren ich mir durch einen Pakt das ewige Leben erkauft haben soll. Und nun hofft Ihr, dass ich Euch verrate, wie dieses Geschäft vonstatten ging. Ihr wollt es mir nachtun, nicht wahr? Sprecht frei heraus, Alexander, bevor ich beginne, mich in Eurer Gesellschaft zu langweilen.«

Das Engelsgesicht des Borgia war starr geworden, eine Maske aus Eis. Die unverbindliche Liebenswürdigkeit, mit der er Faustus bislang begegnet war, schwand vollständig aus seiner Stimme. »Ich muss es wissen! Und Ihr werdet es mir verraten!«

»Es gibt nichts, das ich Euch verraten könnte. Nichts, das für Euch von Vorteil wäre.«

»Lasst das meine Entscheidung sein.«

»Ich habe Euch vor diesen Mächten gewarnt. Eure Grausamkeit wird sie nicht beeindrucken. Sie suchen anderes in einem Diener.«

»Etwa Eure *Weisheit?*«, fragte Alexander abfällig.

Faustus nickte. »Zum Beispiel.«

Ein schneidendes Lachen kam über die Lippen des Jungen. »Hat Euch Eure Weisheit geholfen, als meine Männer Euch festnahmen? Hat sie Euch davor bewahrt, nach Rom zu kommen? Oder warnte sie Euch vor Eurem verräterischen alten Freund?«

Seine letzten Worte trafen Faustus, doch er ließ es sich nicht anmerken. »In allem habe *ich* mir meine Menschlichkeit bewahrt, Alexander. Mit allen Makeln, die dazugehören. Eine ungesunde Portion Gutgläubigkeit ist gewiss einer davon.«

Der Junge schlug verärgert mit der flachen Hand gegen den Baumstamm. Wieder regnete es Kirschblüten. Faustus sah, dass die Handfläche des Borgia blutete, doch der Junge achtete nicht auf den Schmerz. Stattdessen ballte er die Hand zur Faust, bis es rot zwischen seinen Fingern hervorquoll. Dann presste er sich die flache Hand auf seine schneeweiße Brust. Als er sie wieder wegzog, prangte ein blutiger Handabdruck über seinem Herzen.

»Ihr unterschätzt mich, Faustus«, stieß er kalt hervor. »Wenn ich es will, ziehen sich diese Finger aus Blut um mein Herz zusammen und reißen es mir aus der Brust.« Er stieß die Hand vor, und ehe Faustus zurückweichen konnte, lag sie auf seiner Brust. Als er sie abschüttelte, war der schwarze Stoff seiner Kleidung dunkelrot durchtränkt. »Und Gleiches gilt für Euer Herz«, fuhr der Borgia fort. »Ein Gedanke von mir, und die Blutfinger auf Eurem Mantel ballen sich zur Faust und zerquetschen Euch das Herz wie eine faule Frucht. Glaubt mir, ich habe diese Macht!«

Faustus horchte in sich hinein, suchte nach Warnungen in seinem Inneren. Falls der Junge tatsächlich die Wahrheit sprach, so fand er keine Anzeichen dafür. Wenn es wahr war, würde es nicht helfen, einfach den Mantel abzustreifen – die Bluthand würde weiterwandern, bis sie sich in seine Haut und durch seine Rippen brannte. Blutzauber wie dieser erfreuten sich vor allem im Orient größter Beliebtheit. Faustus hatte einst von einem Wesir gehört, der auf diese Weise die Tochter eines Paschas getötet hatte, als sie sich weigerte, seine Zuneigung zu erwidern. Als man ihn dafür zum Tode verurteilte, gelang es ihm noch im Sterben, die gleiche List auch auf den trauernden Vater anzuwenden; beide Männer hauchten ihr Leben aus.

Faustus wusste nicht, ob der Junge ihm diesen Zauber nur vorgaukelte oder ob er tatsächlich in der Lage war, ihn zu vollziehen. Eine knifflige Zwickmühle. Er berührte den Abdruck auf seinem Mantel und zerrieb ein wenig von dem Blut zwischen seinen Fingern, genauso, wie er es mit dem Wasser des Tiber getan hatte. O ja, dachte er beklommen, dieses Blut hat Macht. Es spricht von Magie und von Verderbtheit. Doch reichte all das aus, um einen der mächtigsten Zauber Arabiens zu beherrschen? Faustus bezweifelte es.

Langsam bückte er sich, riss ein Büschel saftigen Grases aus und rieb damit gemächlich über den Abdruck.

»Ich kann es tun«, warnte ihn Alexander, doch jetzt klang es bereits ein wenig hilflos.

Die Hoffnung des Doktors wuchs. Bald hatte er einen Großteil des Blutes mit dem Gras verwischt; nur jener Rest, der bereits in den Stoff eingezogen war, blieb übrig.

»Ihr seid ein Träumer«, sagte er zu dem Jungen und schleuderte ihm das Gras vor die Füße. »Glaubt Ihr wirklich, mich derart hereinlegen zu können? In meinem ganzen Leben habe ich niemanden getroffen, der auch nur jemanden *kannte*, der die Blutmagie des Orients beherrscht. Alles Gerüchte, Alexander. Genau wie das meiste von dem, was man mir andichtet.«

»Hund!«, brüllte der Borgia und verlor endgültig die Gewalt über seinen Zorn. »Ich werde Euch …«

Ein lautes Rascheln unterbrach ihn, gefolgt von einem stumpfen Aufschlag. Beide Männer wirbelten herum.

Keine drei Schritte neben ihnen lag mit verrenkten Gliedern einer der Bogenschützen vom Dach. Der Aufprall hatte seinen Schädel zerschmettert.

Bevor der Borgia etwas sagen konnte, ertönten in rascher Folge hintereinander drei Schreie, die sich alsbald zu einem einzigen vereinten – um dann abrupt abzubrechen, als drei weitere Männer in den Innenhof stürzten und reglos liegen blieben.

»Was …«, entfuhr es dem Jungen, doch Faustus gestattete sich kein Zögern, um die Hilflosigkeit seines Gegners zu genießen. Ein vierter Mann stürzte herab, und an seinem Gürtel war das Ende einer langen Strickleiter befestigt. Faustus blickte an ihr empor und sah, dass sie drei Stockwerke über ihnen auf dem Dach endete. Von hier unten aus war nicht zu sehen, was dort oben vorging oder wer ihm so unverhofft zu Hilfe kam.

Faustus rannte los, ergriff die Sprossen der Leiter und kletterte geschwind daran empor. Das Gewicht des Leichnams an ihrem Ende hielt sie einigermaßen gerade, was den Aufstieg erleichterte.

Hinter seinem Rücken begann Alexander zu kreischen, hoch und schrill wie ein Eunuch, unter dessen Augen die Haremskönigin entführt wurde. Faustus blickte nur einmal kurz über die Schulter zu ihm zurück. Die Bluthand auf der weißen Brust war verlaufen, lange rote Linien führten über seinen Bauch nach unten und wurden von dem weißen Lendentuch aufgesaugt. Vor den Füßen des Borgia schlug ein Pfeil vom Dach ein und ließ ihn zurücktaumeln.

Mit einem raschen Lächeln wandte Faustus sich wieder der Leiter zu. Er passierte den Übergang vom ersten zum zweiten Stockwerk, war bald auf Höhe des dritten. Er hörte jetzt Stimmen aus dem Garten, als Bewaffnete aus den beiden Türen in den Hof stürmten und von Alexander mit wutschnaubenden Befehlen empfangen wurden.

Faustus hatte den Rand des Daches fast erreicht, als rings um ihn die ersten Armbrustbolzen einschlugen und kopfgroße Steinbrocken aus der Fassade brachen. Staub und Gesteinssplitter flogen umher und blendeten ihn, als er mit der Linken nach der Dachkante griff, sich die letzten Sprossen hinaufschob – und an der Rechten von zwei Händen gepackt wurde. Er geriet ins Pendeln, die Leiter machte eine halbe Drehung. Ein stählerner Bolzen bohrte sich nur wenige Daumenbreit von seinem Gesicht entfernt in eine der Holzsprossen und spaltete sie.

»Schnell!«

Faustus kannte die Stimme nicht, und noch immer brannten seine Augen vom Staub der splitternden Fassade. Erst als er sicher auf den kühlen Dachziegeln lag, klärte sich sein Blick. Im Osten erhellte sich der Horizont über den Dächern der Stadt, die Sonne würde bald aufgehen. Vor dem blau-gelben Streifen am Himmel erhob sich eine schmale Silhouette und zerrte ungeduldig an seinem Arm.

»Komm schon. Die werden bald hier oben sein.«

Der Fremde sprach eine sonderbare Mischung aus Latein und dem römischen Dialekt, den auch Pamphili benutzte. Faustus brauchte nicht lange, um sich darauf einzustellen.

Jetzt konnte er die Gestalt genauer sehen.

Weißblondes Haar. Weiße Haut. Obwohl die Augen überschattet waren, hätte Faustus jede Wette abgeschlossen, dass sie blau waren. Der Junge hätte der Bruder des Borgia sein können.

»Ich bin sein Zwilling«, sagte sein Retter, als hätte er die Gedanken des Doktors gelesen. »Das heißt, ich *war* es, als Alexander den Körper meines Bruders noch nicht für seine Zwecke benutzt hat. Aber das ist lange her.«

»Wie ist dein Name?« Faustus ahnte die Wahrheit bereits, ehe der Junge ihm antwortete.

»Nenn mich Spiritus.« Und mit verschmitztem Schmunzeln fügte er hinzu: »Das Sanctus heben wir uns für die Zeit auf, wenn du mich besser kennst.«

»Aber ...«

»Nicht jetzt«, fiel ihm Spiritus ins Wort. »Wir müssen uns beeilen.«

Wie zur Bestätigung wurde das Geschrei unten im Innenhof noch einmal lauter, dann brach es schlagartig ab, als die Männer im Inneren des Palazzo verschwanden. Sie waren jetzt auf dem Weg zum Dach.

»Die werden schneller hier sein, als du denkst«, sagte Spiritus. »Los jetzt!«

Faustus folgte ihm über das Dach des Palazzo, über knirschende Schindelfelder, moosbewachsene Schrägen und an den Flanken schmaler Glockentürme vorbei. Er behielt den Jungen von hinten im Auge. Spiritus trug dunkle Kleidung und hatte sich das lange blonde Haar im Nacken zu einem Pferdeschwanz zusammengebunden. Einmal, als er sich umwandte und Faustus etwas zurief, erkannte der Doktor eine lange Narbe am Hals des Jungen; sie verlief quer von einer Seite zur anderen, so als hätte jemand versucht, ihm von hinten die Kehle durchzuschneiden. Die Ränder der Narbe waren unglücklich verwachsen, ein fingerbreiter Wulst aus wildem Fleisch lag wie ein hässlicher Schmuckreif um seinen Kehlkopf.

Spiritus hatte sich seinen Kurzbogen über den Oberkörper geschoben. An seinem Gürtel hingen ein Köcher mit Pfeilen und ein filigranes Schwert.

»Wohin laufen wir?«, fragte Faustus.

»In eines meiner Verstecke.«

»Hier im Gebäude?«

Spiritus schüttelte im Laufen den Kopf. »Es gibt hier welche, mehr als genug sogar. Aber im Augenblick ist es hier zu gefährlich.«

Sie erreichten eine weitere Strickleiter, die zusammengerollt an der Dachkante lag. Unter ihnen befand sich die rückwärtige Fassade des Palazzo. An ihrem Fuß verlief eine enge Gasse, die von hohen Bäumen eines benachbarten Gartens überschattet wurde. Das eine Ende der Leiter war bereits am Dach befestigt. Faustus nahm an, dass Spiritus auf diesem Weg bereits heraufgekommen war.

»Werden sie uns da unten nicht erwarten?«, fragte er.

Spiritus hob die Schultern und lachte. »Wer kann das wissen?«

»Du nimmst unsere Gegner nicht besonders ernst.«

»O doch, gewiss. Aber Alexander weiß, dass ich es war, der dir geholfen hat. Deshalb wird er erst im Palazzo nach uns suchen. Er kennt meine Vorlieben.«

Faustus deutete hinab in die Gasse. »Und was ist mit denen da?« Vier Bewaffnete waren aus dem Schatten eines Baumes getreten.

»Die übliche Patrouille. Sie wissen noch nichts von uns.« Spiritus ließ die Leiter in die Tiefe sausen, ungeachtet des Lärms, den die Sprossen verursachten, als sie gegen die Hauswand schlugen. Dann, beinahe zu schnell für Faustus' Augen, lag plötzlich der gespannte Bogen in seinen Händen. In rascher Folge schoss der Junge vier Pfeile in die Tiefe.

Als Faustus wieder über den Dachrand schaute, lagen die Bewaffneten reglos am Boden. Im Halblicht der Morgendämmerung konnte er nicht erkennen, wo die Pfeile sie getroffen hatten. Erst wenig später, als er und Spiritus den Boden erreichten, sah er, dass alle vier Pfeile die Kehlen ihrer Opfer durchschlagen hatten.

Faustus nahm eines ihrer Schwerter an sich.

Der weißhäutige Junge wirkte im Schatten der Baumkronen wie ein Gespenst. »Sie werden gleich hier sein. Wir müssen weiter.«

Es hätte dieser Aufforderung nicht bedurft. Hastig wandte der Doktor seinen Blick von den Toten und folgte Spiritus ins Dunkel zwischen den Baumstämmen. Dort erhob sich eine Mauer, halb zerfallen und leicht zu erklimmen. Sie hatten gerade den oberen Rand erreicht, als hinter ihnen Rufe laut wurden. Die Männer des Borgia strömten durch einen Hinterausgang auf die Straße; sie hatten die toten Wachmänner entdeckt.

»Da sind sie!«, brüllte einer.

Er sprang hinter Spiritus her in einen wild wuchernden Garten, folgte ihm entlang hoher Büsche und verwachsener Bäume und rannte über einen Pfad, der offenbar erst kürzlich mit scharfer Klinge ins Gestrüpp geschlagen worden war. Spiritus hatte Vorsorge getroffen. Dennoch glaubte Faustus nicht, dass seine Befreiung ein gezielter Schlag gegen Alexander war. Vermutlich war Spiritus nur zufällig Zeuge des Gesprächs im Innenhof geworden.

Hinter ihnen raschelte es. Die Soldaten des Borgia hatten die Verfolgung über die Mauer aufgenommen. Flüche ertönten, als die Männer übereinanderstolperten und sich in Ranken und Zweigen verfingen.

»Keine Sorge!«, rief Spiritus gepresst über die Schulter zurück. »Hier hab ich sie bisher jedes Mal abgehängt.«

Er sollte recht behalten. Als sie auf der anderen Seite des weitläufigen Gartens ein Haus erreichten, waren die Rufe und Schritte der Bewaffneten bereits zurückgeblieben. Sie stürmten durch eine offene Tür, liefen durch ein halb verfallenes Treppenhaus und an der Vorderseite hinaus auf eine Gasse. Faustus nahm den Geruch des Flusses wahr, doch Spiritus führte ihn nicht bis ans Wasser, stattdessen bog er plötzlich nach rechts durch einen Mauerspalt in einen winzigen höhlenartigen Verschlag. Aus einer Öffnung im Boden ragte das Ende eine Leiter.

»Was ist da unten?«, fragte Faustus argwöhnisch.

Spiritus schenkte ihm ein entwaffnendes Grinsen. »Nichts, das dir Sorge bereiten müsste, Zweiter unter den Magiern.« Er lachte kurz auf, dann sprang er schwungvoll in das Loch – ohne die Leiter zu benutzen. Faustus hörte ihn unten mit einem dumpfen Laut aufkommen.

»Was ist?«, rief der Junge herauf. »Wo bleibst du?«

Faustus seufzte und wollte auf die Leiter steigen, als Spiritus rief: »Nein, nicht die Leiter! Das ist nur ein Trick!«

»Ein … Trick?«

»Die Sprossen sind angesägt. Falls mir jemand folgen sollte.«

Großartig, dachte Faustus. Ich bin von einem Kindskopf gerettet worden, der mit der ganzen Welt Krieg spielt.

Nach letztem Zögern warf er das Schwert in die Öffnung, dann folgte er dem silbrigen Glanz der Klinge ins Dunkel.

Ich bemerkte zu spät, dass ich mit der Ferse auf Angelinas Fingern stand. Sie schien es gar nicht wahrzunehmen; ihre Lehrmeister hatten ihr beigebracht, Schmerzen ohne Widerworte zu erdulden.

»Oh … tut mir leid«, flüsterte ich, aber sie schüttelte den Kopf und legte einen Finger an die Lippen.

Keinen Laut.

Natürlich hatte sie recht. Es empfiehlt sich nicht, in einen der bestbewachten Paläste der Welt einzubrechen und dabei große Reden zu schwingen.

Wir erklommen die letzte der drei Mauern, die den Papstpalast umgaben. Der Weg hierher vermischte sich in meinem Kopf zu einem Wirrwarr aus rennen – stehen bleiben – klettern – rennen – stehen bleiben – klettern. Mir war schlecht vor Angst, aber ich hätte es nie vor Angelina eingestanden. Bislang waren wir vier Patrouillen ausgewichen, von denen mich – wäre ich allein gewesen – fraglos schon die erste gefasst hätte.

Aber Angelina entpuppte sich, neben all ihren anderen Talenten, auch noch als Meisterin des Einbruchs. Allmählich war ich überzeugt, dass sie sich notfalls durch die Reihen einer kaiserlichen Heerschar schleichen konnte, ohne einer Menschenseele aufzufallen. Fraglos war ich ihr ein mächtiger Klotz am Bein – und nun hätte ich ihr beinahe auch noch die Finger ihrer Schwerthand zerquetscht. Wundervoll, Wagner, ganz wundervoll.

Von der dritten Mauer aus sahen wir in einiger Entfernung zwei Gardisten, die in die andere Richtung blickten, dorthin, wo hinter hohen Hecken das Hauptportal lag. Die Morgendämmerung war angebrochen, und jedes Zögern mochte unser letztes sein. Wenn es erst hell war, war es vorbei mit unserer Kletterpartie.

In Windeseile ließen wir uns hinab, wobei meine Hand nur um Haaresbreite einem daumenlangen Stahldorn entging; Hunderte davon waren in die Mauerkuppen eingelassen, um Einbrecher wie uns abzuschrecken. Doch Angelina schien jede noch so gemeine Falle vorauszusehen. Allmählich begriff ich auch, warum: Übungen der Eluciderii hatten an diesen Mauern stattgefunden. Das musste es sein! Angelina brach nicht zum ersten Mal in diesen Palast ein – mit dem bedeutsamen Unterschied, dass sie es damals unter der Aufsicht ihrer vatikanischen Lehrmeister getan hatte.

Eine Woge brennender Siegesgewissheit überkam mich. Ich beobachtete jede von Angelinas Bewegungen, die Art wie sie schlich und Geräusche vermied, wie sie sich immer wieder umschaute, um sicherzugehen, dass uns niemand bemerkte. Nicht nur Faustus war mein Lehrmeister – Angelina war es längst ebenso. Sie war mir in mehr Dingen überlegen, als ich aus dem Stegreif hätte aufzählen können.

(Gewiss, schmunzelnder Leser, *eine* Sache gab es, in der ich ihr etwas hätte beibringen können. Hah – ich sehe Euch wissend nicken! Doch selbst Ihr müsst einsehen, dass es Augenblicke gibt im Leben, in denen die Lustbarkeiten zwischen Mann und Frau eine untergeordnete Rolle spielen – in Nächten zum Beispiel, in denen einem die gesamte Garde des Papstpalastes auf den Fersen ist, jeder Inquisitor des Kontinents einen brennen sehen will und der Mensch, dem man Treue geschworen hat, von blutrünstigen Feinden verschleppt worden ist. In der Tat, ob Ihr es glaubt oder nicht, mir stand der Sinn nicht nach wildem Gehopse in Strohbetten oder geheimer Narretei im Mondenlicht. Ganz *gewiss* nicht!)

Wir erreichten eine schmale Tür, die in einen der Anbauten des Palastes führte. Noch immer hatte man uns nicht entdeckt. Ganz kurz kamen mir Zweifel: Und wenn wir nun blindlings in eine Falle liefen?

Nein, kein Gedanke mehr daran!

Angelina wusste genau, was sie tat. Ich erhielt den nächsten Beweis ihrer Weitsicht, als sie mich hastig durch die Tür ins Innere drängte. Ich sah gerade noch, wie ein Trupp Gardisten aus den Schatten trat und über den Hof marschierte. Acht Mann. Vermutlich unser Untergang, wenn sie uns bemerkten. Doch Angelina schien den genauen Rhythmus zu kennen, in dem die Wachen patrouillierten, und so gelang es uns gerade noch, ins Innere des Gebäudes zu huschen, bevor wir auffallen konnten.

»Weißt du, wo's langgeht?«, flüsterte ich, als wir einen weiß verputzten Gang hinunterblickten.

Angelina nickte und setzte sich in Bewegung. Ich folgte ihr über mehrere Flure, eine Treppe hinab und eine andere wieder hinauf. Mehr als einmal gingen wir weiteren Wachtrupps aus dem Weg, doch es gab keine Zwischenfälle. Unsere gezückten Klingen blieben blank, kein Blut ergoss sich über die edlen Marmorböden. Zur Abwechslung, so dachte ich, schien dies ein Teil unseres Abenteuers zu sein, in dem wir es nicht mit einer Übermacht schwertschwingender Hünen aufnehmen mussten.

Hinter einer Reihe schwerer Türen fanden wir die Bibliothek. Nur ein einziger Mann saß dort um diese Zeit, über ein Buch gebeugt, dessen aufgeschlagene Seiten gut und gern einen Schritt maßen. Doch der alte Mann blickte nachdenklich über das Geschriebene hinweg zu einem der hohen Bleiglasfenster. Das frühe Morgenlicht warf bunte Schlieren über seine Züge. Er war tief in Gedanken versunken. Sorgenfalten zerfurchten seine Stirn, sein Blick war schwer und traurig. Er sah aus, als hätte er in der vergangenen Nacht kein Auge zugetan.

Nun, da ging es ihm nicht anders als uns. Noch dazu hatten wir seit gestern Abend nichts zwischen die Zähne bekommen, und mein Magen knurrte. Einen Augenblick lang ruhte mein Blick fast ein wenig neidisch auf einer Schale mit trockenem Gebäck, die neben dem Buch auf dem Lesepult stand. Dann aber wandte ich mich dem Mann zu, während Angelina hinter mir die Tür der Bibliothek verriegelte.

»Massimo Pamphili«, rief ich ihn an.

Er wandte sich rasch um, überrascht, aber noch nicht verängstigt, trotz der Schwerter in unseren Händen. Er stand auf, blieb jedoch neben seinem Hocker stehen, eine Hand auf das Pult gestützt, die andere zu einer knochigen Faust geballt.

»Christof Wagner«, seufzte er. »Und Angelina, wenn ich mich nicht täusche.«

Ich schaute mich rasch in der Bibliothek um, suchte nach versteckten Gegnern. Doch Angelina war bereits losgehuscht, sah hinter jedes frei stehende Regal und hinter die Vorhänge auf der Fensterseite des Saales. Die Unzahl an Büchern war beeindruckend, und an anderen Tagen hätte ich wohl so manches dafür gegeben, um mit den Fingern an den ledernen

Buchrücken entlangzustreichen und in dem einen oder anderen Werk zu blättern.

Angelina kam wieder auf mich zu, mit federleichten, tänzelnden Schritten. Sie schüttelte den Kopf. Es war niemand in der Bibliothek außer Pamphili.

»Was wünscht Ihr?«, fragte der alte Mann.

Ich trat bis auf zwei Schwertlängen an ihn heran. »Das wisst Ihr, Pamphili. Wir sind auf der Suche nach einem Verräter.«

Der Bibliothekar blinzelte müde. »Mir scheint, Ihr habt ihn gefunden.«

»Keine Verteidigung?«

»Wozu wäre das gut? Ich denke, Ihr seid nicht gekommen, mich wimmern zu hören.«

Ich wechselte einen Blick mit Angelina. »Dazu könnte es durchaus noch kommen, wenn Ihr uns nicht auf der Stelle verratet, wohin Faustus gebracht worden ist.«

»Ihr glaubt, es ist mir leichtgefallen, nicht wahr?«

Ich holte tief Luft. »Euer Gewissen ist allein Eure Sache.«

»Faustus war mein Freund – trotz allem, was geschehen ist.«

»Oh, daran zweifle ich nicht«, entgegnete ich höhnisch. »Freunde wie Euch wünscht sich jeder Mann. Vor allem jemand, der so viel zu verlieren hat wie mein Meister.« Zornig setzte ich hinzu: »Er hat Euch vertraut! Er sprach nur gut von Euch. Ich habe ihn gewarnt, aber er wollte nicht auf mich hören.«

Pamphili lachte leise. »Er hat sich seit damals nicht verändert. Er hat nie viel auf die Ratschläge anderer gegeben. Eher noch haben sie ihn angespornt, erst recht das zu tun, was er wollte.«

Einen Moment lang spürte ich das brennende Verlangen, Pamphili weiter über Faustus auszuhorchen. Trotz der Monate an meines Meisters Seite wusste ich kaum etwas über ihn. Der Bibliothekar hingegen schien ihn besser zu kennen als die meisten anderen. Gewiss hätte er einiges zu erzählen gehabt.

Doch hier und jetzt ging es nur um eines.

»Wo ist er?«, fragte ich noch einmal.

»Nicht hier«, erwiderte Pamphili. »Ihr könntet den Palast von oben bis unten durchsuchen, und Ihr würdet ihn nicht finden.«

Angelina machte einen drohenden Schritt auf den alten Mann zu, und für die Dauer einiger Herzschläge zeigte sich tatsächlich Furcht auf seinen Zügen. Dann aber legte sich wieder Niedergeschlagenheit wie eine Maske über sein Gesicht.

»Er hat gespielt und verloren«, sagte er. »Das hat er sein Leben lang getan.«

»Ihr sprecht von ihm, als wäre er tot«, entfuhr es mir beklommen.

Pamphili schüttelte den Kopf. »Ich denke nicht, dass er das ist.«

Ich wies mit der Schwertspitze auf seine Brust. »Dann sagt, wohin er gebracht wurde!«

»Was wollt Ihr tun? Einen alten Mann foltern? Ist das die Lehre, die Ihr aus Eurer Zeit mit Faustus gezogen habt?«

»Er erkennt die gelegentliche Notwendigkeit von Gewalt durchaus an.« Ich wurde zunehmend wütend auf diesen Alten, der von meinem Meister sprach, als sei er immer noch sein enger Freund.

»Man würde mich töten, wenn ich Euch sagte, was Ihr wissen wollt.«

»Ihr werdet auch sterben, wenn Ihr es nicht tut.«

Sein Blick bohrte sich in meine Augen. »O ja? Ihr seht mir nicht aus wie einer, der anderen leichter Hand Schmerz zufügt.«

»Wenn man mich reizt«, widersprach ich ein wenig hilflos. Ich musste mir eingestehen, dass Pamphili mich mit erschreckender Leichtigkeit durchschaute.

»Das sehe ich anders«, sagte er.

Er lässt es auf ein Wortgefecht ankommen, dachte ich. Er will Zeit gewinnen – für was auch immer.

Ehe ich etwas erwidern konnte, hielt Angelina plötzlich ihren Dolch in der Hand. Sie rammte ihr Schwert in das Buch auf dem Pult, sodass es aufrecht dastand wie ein Kreuz am Wegrand. Dann war sie in Windeseile bei Pamphili, drückte seine flache Hand auf das Papier und presste die Messerschneide auf seinen kleinen Finger.

Ich schluckte, dann fing ich mich. »Ich würde es an Eurer statt nicht darauf ankommen lassen«, empfahl ich ihm.

Der Blick des Alten wurde abfällig. »Verfluchte Engelsbrut!«

Angelina drückte den Dolch herunter. Eine Blutfontäne fächerte über das Weiß der Buchseiten.

Pamphili schrie nicht. Zumindest nicht gleich. Entgeistert starrte er auf seinen kleinen Finger, den Angelinas Klinge über der Wurzel abgetrennt hatte. Er lag in dem offenen Buch wie ein makaberes Lesezeichen.

Ich sprang vor und presste ihm meine Hand auf den Mund.

»Wo – ist – Faustus?«

Der Schrei stieg in ihm auf und versuchte sich Bahn zu brechen. Doch meine Hand hielt ihn auf, bevor er die Wachen auf den Gängen alarmieren konnte.

Angelina drückte die Finger des Bibliothekars noch immer mit aller Kraft auf das Lesepult. Ihr Dolch wanderte zum Ringfinger, auf dem ein dunkler Siegelring steckte. Sie setzte die Klinge gleich neben dem Metallreif an.

»Ihr werdet antworten«, flüsterte ich Pamphili ins Ohr, erschrocken über meine eigene Kaltblütigkeit. Ich gab mir alle Mühe, nicht auf den abgeschnittenen Finger zu blicken. Als ich es doch tat, spürte ich ein heftiges Rumoren im Magen. Ich löste meine Hand einen Spaltbreit vom Mund des Alten. Ein Keuchen kam über seine Lippen, aber kein weiterer Schrei.

»Ich kann es Euch … nicht sagen …«

Angelina zauderte nicht. Ihre Engelinstinkte hatten längst die Oberhand gewonnen. Keine Skrupel mehr, kein Mitgefühl.

Ein einziger Druck auf den Dolch, und der Ringfinger war sauber abgetrennt. Der Blutstrahl war stärker als der erste und sickerte dunkelrot durch die Papierschichten des Folianten. Auch das verlockende Gebäck in der Schale wurde davon getränkt. So viel zu unserem Frühstück.

Pamphili drohte in meinem Griff schlaff zu werden. Schon fürchtete ich, er würde das Bewusstsein verlieren. Doch dann fing er sich, und abermals erstickte meine Hand seinen dumpfen Schrei. Meine Knie wurden weich, doch es war der einzige Weg. Allein hätte ich ihn nie beschreiten können. Angelina dagegen vollzog die Folter ohne ersichtlichen Widerwillen. Sie hatte abgewägt – Pamphili gegen Faustus – und kühl ihre Entscheidung getroffen.

Sie setzte den Dolch am Mittelfinger an.

Pamphili schüttelte heftig den Kopf, so fest, dass meine Hand von seinen Lippen glitt. Doch er rief nicht um Hilfe. Er hatte begriffen, dass es für Angelina keine Rolle spielte, ob sie ihn verstümmelte oder tötete.

Er stammelte, dass er uns alles verraten würde, wenn wir nur die Blutung stillten. Ich hieb einen Streifen von einem der Vorhänge ab und umwickelte seine Hand damit, während Angelina ihn weiter in Schach hielt. Versehentlich stieß ich dabei gegen den abgetrennten Ringfinger; ein Zittern durchfuhr mich bei der Berührung.

Wir setzten den Bibliothekar auf seinen Hocker und lehnten ihn mit dem Rücken gegen das Schreibpult. Angelina schlang eine der Vorhangschnüre um seine Waden, damit er nicht fortlaufen konnte.

»Nun?«, fragte ich und gab mir Mühe, gelassen zu klingen. Ich hoffte sehr, dass mein innerer Aufruhr nicht allzu offensichtlich war.

Pamphili begann mit schleppender Stimme zu erzählen.

Feuchte Pilzkissen schimmerten an den Wänden des Tunnels. Es roch nach Erde und abgestandenem Wasser, nach nassem Gestein und einer toten Katze, die sich vor Wochen in eine Nische zum Sterben zurückgezogen hatte.

»Ist das ein Stück der alten Kanalisation?«, fragte Faustus.

Im Gegensatz zu Spiritus musste er sich bücken, um nicht mit dem Kopf an der Decke anzustoßen.

Der Junge nickte. »Aus der Zeit der römischen Kaiser. Das meiste ist verschüttet, aber hier und da gibt es noch einige Schächte, meist nicht tief unter den Straßen. Räuber benutzen sie als Verstecke oder Lagerräume.«

»Und der hier?«

»Hierher wagt sich keiner, nachdem ich ein paar von diesen Ratten mit dem Bogen begrüßt habe.«

Der Tunnel endete an einer Art Rampe aus Stein und Erdreich. Irgendwann war hier einmal die Decke eingebrochen. Spiritus drängte sich in der rechten Wand durch einen Spalt, den Faustus beinahe übersehen hätte. Dahinter lag ein Hohlraum, der einst offenbar Teil eines parallel verlaufenden Kanals gewesen war. Er maß nur sechs oder sieben Schritte und war an beiden Enden zugeschüttet. Auf dem Boden lag eine Decke, außerdem stand dort eine hölzerne Kiste. Spiritus entriegelte sie und zog zwei Stücke Pökelfleisch und einen trockenen Brotlaib heraus.

»Ich vermute, du hast noch nicht gefrühstückt, Zweiter unter den Magiern.«

»Nenn mich nicht so.« Nichtsdestotrotz nahm der Doktor, was ihm angeboten wurde. Er war nicht wirklich hungrig – er brauchte im Allgemeinen wenig Nahrung –, dennoch war er dankbar, dass der Junge seinen Besitz mit ihm teilte.

»Alexander hat dich gefragt, warum du dich so nennst. Verrätst du es mir?«

Faustus schüttelte den Kopf. »Ich frage *dich* auch nicht nach deinen Geheimnissen.«

»Es gibt nicht viele.«

»Das bezweifle ich. Wer sich an solchen Orten verstecken muss und es mit den Männern des Borgia aufnimmt, muss eine Menge Geheimnisse haben.«

Spiritus lächelte bescheiden. Es war verblüffend, wie ähnlich er dem wiedergeborenen Borgia sah und doch mit seiner Mimik Empfindungen ausdrücken konnte, die Alexander vollkommen fremd waren. »So wie ihr beiden miteinander gesprochen habt, scheinst du das meiste bereits zu wissen.«

Faustus nickte. »Ich kenne die Geschichte der Engelskrieger. Ich weiß, dass drei von euch ausgesucht wurden, um … einem besonderen Zweck zu dienen.« Er war nicht sicher, ob Spiritus wusste, dass man ihm zugedacht hatte, als Gastkörper der wiedergeborenen Lucrecia herzuhalten.

»Wie hast du davon erfahren?«, fragte der Junge.

»Das ist eine lange Geschichte. Zu lang für diesen Ort und diesen Tag.«

»Ist es wahr, dass du unsterblich bist?«

Faustus lag eine seiner üblichen Erwiderungen auf der Zunge, mit denen er stets widersprach, wenn man ihn mit den Gerüchten über seinen Pakt konfrontierte. Doch etwas hielt ihn davon ab, Spiritus mit der gleichen vorgefertigten Antwort abzuspeisen. Der Junge hatte ihm das Leben gerettet, und er steckte tiefer in dieser Angelegenheit als die meisten anderen, die damit zu tun hatten. Er war einer der Drei. Einer der Auserwählten.

»Ich habe mich in Ägypten mit Dingen beschäftigt, die manch einer Zauberei nennen würde«, erklärte Faustus vorsichtig. »Es kam zu Anrufungen gewisser Gottheiten, an die heute niemand mehr glaubt, und zu … Vereinbarungen.«

»Mit Anubis?«

»Du weißt, wer das ist?«

Spiritus verzog das Gesicht. »Ich lebe vielleicht auf der Straße, aber das heißt nicht, dass ich dumm bin. Die Lehrmeister des Vatikans haben mich jahrelang mit ihrem Wissen gefüttert, damit ich bereit bin für den Tag, an dem Lucrecia und Cesare den Streit mit ihrem Vater beilegen.«

»Wie bist du ihnen entkommen?«

»Irgendwann begriff wohl auch Alexander, dass es keinen Frieden mit seinen Kindern geben würde. Ich bin nicht einmal sicher, ob die beiden überhaupt an seine Wiedergeburt geglaubt haben. Wahrscheinlich haben sie nur einen kleinen blonden Jungen vor sich gesehen, nichts sonst.« Er lachte abfällig. »Danach wussten seine verbliebenen Anhänger im Vatikan nicht, was man mit uns tun sollte. Er selbst hatte die Katakomben ja längst verlassen und war mit seinem Gefolge untergetaucht. Papst Leo hatte keine Ahnung, was er mit uns anstellen sollte. Die anderen Engel taugten zumindest als Krieger, aber Filius und ich waren zu nichts nutze – unsere Ausbildung war vor allem eine des Wissens gewesen, nicht des Kampfes. Alles, was ich heute beherrsche, habe ich mir selbst beigebracht.« Er wies auf den Köcher mit Pfeilen an seinem Gürtel. »Ich bin sicher, Leo hätte uns früher oder später töten lassen, und wenn nicht er, dann einer von Alexanders Handlangern im Papstpalast. Doch einer unserer Lehrmeister hatte Mitleid und ermöglichte uns die Flucht. Seitdem schlage ich mich durch. Der Borgia hat mir und den anderen schlimme Dinge angetan – aber das weißt du.«

»Filius ist tot, sagte man mir.«

Der Junge nickte. »Er war merkwürdig, schon eine ganze Zeit, bevor wir entkamen. Ich glaube, er hatte schon früher erfahren, was man mit uns vorhatte. Er hat versucht, damit zu leben, und konnte es nicht. Draußen auf den Straßen war er verloren. Er erzählte jedem, er sei der Sohn Gottes, und alle hielten ihn für verrückt. Zu Anfang habe ich versucht, mich um ihn zu kümmern, aber irgendwann wurde sein Verhalten immer seltsamer. Er war krank, glaube ich, und es wurde schlimmer. Er hat uns beide gefährdet, trieb sich auf dem Bauplatz herum und faselte wirres Zeug. Ich fand heraus, dass der Borgia ihn beobachten ließ, und ich glaube, dass er es war, der den Auftrag gab, Filius zu töten. Sicher, angeblich hat ihn irgendein Arbeiter erschlagen. Und vermutlich stimmt das sogar. Aber keiner hat gefragt, was der Arbeiter dafür bekommen hat. Er hätte es auch niemandem mehr erzählen können, so schnell haben die ihn aufgeknüpft. Von da an wurde ich noch vorsichtiger. Wenn Alexander mich in die Finger bekommt, bin ich tot.« Jetzt grinste er wieder wie ein begeistertes Kind. »Umso mehr Spaß macht es, ihm auf der Nase herumzutanzen.«

»Warum hast du Rom nicht verlassen?«

»Was soll ich denn anderswo?« Ein Anflug von Trauer überschattete seine ebenmäßigen Züge. »Ich bin da, wo der Borgia ist.«

»Wenn du ihn so sehr hasst, warum hast du ihm dann vorhin keinen Pfeil ins Herz gejagt?«

»Vielleicht habe ich es ja versucht.«

»Nein«, widersprach Faustus bestimmt. »Der Pfeil vor seinen Füßen hat ihn absichtlich verfehlt.«

Der Junge schwieg einen Moment, zögerte. »Er ist immer noch mein Bruder«, sagte er dann. »Irgendwie.«

Faustus sah ihn lange an, versuchte zu erkennen, was hinter dem tiefen Blau dieser Augen vorging. Wie sehr musste der Junge darunter leiden, in einem ewigen Widerstreit aus Hass und Liebe zu leben? Im Grunde unterschied sich das, was er tat, nicht von den spielerischen Kämpfen kleiner Kinder: Einen Moment lang waren sie vor Wut bereit, dem anderen einen Stein oder Knüppel auf den Kopf zu schlagen, um bald darauf gemeinsam in einer Ecke zu sitzen und sich ihr Spielzeug zu teilen. Es war diese Art von Gefühlen, die Spiritus für den Borgia hegte, und seine Trauer darüber war größer, als sein munterer Auftritt vermuten ließ.

»Willst du, dass ich ihn töte?«, fragte Faustus und sah ihn dabei eindringlich an.

»Du? Wie könntest du das?«

Faustus schüttelte den Kopf. »Sag mir erst, ob du mir helfen wirst?«

Spiritus überlegte kurz, dann wich er Faustus' Blicken aus. »Nein«, sagte er leise. »Äußerlich ist er immer noch mein Bruder. Der Einzige, der mir geblieben ist, nachdem man uns von zu Hause fortgebracht hat. Meine Eltern, meine Schwestern – sie alle leben nicht mehr.«

»Er ist nicht mehr dein Bruder«, sagte Faustus. Es war ein aussichtsloser Versuch, das war ihm klar, noch während er die Worte sprach. Und er konnte es dem Jungen nicht einmal übel nehmen.

»Tief im Inneren muss noch etwas von ihm übrig sein«, widersprach Spiritus.

»Glaubst du das wirklich?

»Mit dem Herzen. Nicht mit dem Kopf.«

Es hatte keinen Sinn, dagegen anzureden. Spiritus kannte die Wahrheit, und doch wollte er nicht akzeptieren, dass sein Bruder tot war. Alexander hatte nicht einfach Besitz von dem Jungen Dominus ergriffen – er war *neugeboren* in ihm. Was immer zuvor da gewesen war, war nun für immer ausgelöscht.

»Wenn du mir nicht hilfst«, begann Faustus, »heißt das, du wirst …«

»Gegen dich kämpfen? Ganz gewiss nicht. Ich will nur nicht, dass es mein Kampf wird.«

Nachdem Faustus eine Weile nachgedacht und geschwiegen hatte, fragte Spiritus: »Hast du einen Plan?«

»Sag mir eines«, verlangte Faustus statt einer Antwort. »Weiß Papst Leo, wo Alexander sich versteckt?«

Spiritus lachte auf. »Bist du von Sinnen? Er würde umgehend jeden Gardisten dorthin schicken, um das Nest des Borgia auszuräuchern.«

»Aber ihm müssen doch Gerüchte zu Ohren gekommen sein! Alexanders Männer marschieren dort bewaffnet ein und aus, jeder kann sie sehen.«

»Viele adelige Familien in Rom unterhalten Privatarmeen. Und solange Alexander sich nicht selbst sehen lässt, erfährt keiner die Wahrheit.«

Faustus war noch immer nicht überzeugt. »Aber selbst unter den Männern des Borgia muss es Verräter geben. Spione des Vatikans. Oder nur den einen oder anderen, der im Suff geschwätzig wird. Eine solche Sache kann man nicht geheim halten, nicht in einer Stadt wie Rom.«

»Nicht vor allen«, pflichtete Spiritus ihm mit verschmitztem Lächeln bei. »Aber sehr wohl vor dem Papst. Im Vatikan gibt es genug Männer, die über Alexander Bescheid wissen.«

Faustus dachte an Pamphili und nickte stumm.

»Vergiss nicht«, fuhr der Junge fort, »dass kein Mann in Rom derart behütet wird wie der Papst. Seine Berater entscheiden, was ihm zu Ohren kommt und was nicht. Der Borgia hat noch immer loyale Anhänger im Papstpalast, und sie wissen die Wahrheit zu verschleiern, bevor sie durch die Türen von Leos Gemächern dringt. Solange die Gerüchte nicht den Papst selbst erreichen, ist Alexander sicher.«

Faustus erkannte allmählich, dass die Verschwörung um

die Wiedergeburt des Borgia ungleich weitreichender war, als er bislang angenommen hatte. Wie viele Männer auf hohen Posten des Vatikans mochten darin verwickelt sein? Ein Dutzend? Noch mehr?

Er fasste einen Beschluss.

»Sag schon«, drängte Spiritus mit jungenhafter Neugier, »was willst du unternehmen?«

»Wenn ein Mann bis zum Papst vordringt und ihm die Wahrheit berichtet ...«

Spiritus fiel ihm ins Wort. »Du willst zum Papstpalast gehen und mit Leo sprechen? Nie und nimmer wird man einen dahergelaufenen Kerl wie dich vorlassen.«

»Das kommt ganz darauf an.«

»Worauf?«

»Wer dieser Kerl ist. Wenn es jemand ist, den Leo selbst zu sehen wünscht, könnten sich die Tore öffnen.«

»Warum sollte er dich sehen wollen? Leo hat nur Sauferei und Völlerei im Sinn, ganz Rom weiß das. Er hat keine Geduld für die Kirchengeschäfte, für ihn zählen nur prachtvolle Feste und Gelage. Man sagt, er habe Schulden gemacht – über vier Millionen Dukaten.« Zog man in Betracht, dass in Rom ein Haus für hundert Dukaten zu haben war, war dies tatsächlich eine erkleckliche Summe.

Doch Faustus war nicht überrascht. Er hatte bereits von den Ausschweifungen Leos gehört. Hatte Alexander zu seiner Amtszeit Schwarze Messen gefeiert und die Portale des Vatikans für Hunderte von Huren geöffnet, waren die Lustbarkeiten Leos schnöderer Natur: Saufen und Fressen waren seine Makel, ohne jeden Hintersinn. Er war ein Genussmensch, wie es sie in Klerus und Adel überall gab. Schon erzählte man sich, er würde das Papsttum in den Ruin treiben. Er hatte Schulden bei allen großen Geldverleihern der Stadt. Der angesehenen Bankiersfamilie Strozzi drohte gar der Bankrott, weil Seine Heiligkeit keinen einzigen Dukaten zurückzahlen konnte. Dass trotz allem die Arbeiten an der neuen Kathedrale weitergingen, lag nur am Wohlwollen frommer Gönner, aus deren Vermögen die Löhne der Arbeiter gezahlt wurden. Die meisten von ihnen waren klug genug, ihr Gold höchstpersönlich zum Bauplatz zu tragen; hätten sie es den vatikanischen Bittstellern anvertraut, wäre damit doch nur Leos Weinkeller gefüllt oder seine Küche bestückt worden.

»Du hast recht«, sagte der Doktor. »Und doch gibt es etwas, das sogar Leos Appetit übertrifft – sein Hass auf Alexander. Trotz aller Völlerei ist Leo ein gläubiger Mensch, und die Teufelsanbetung des Borgia ist ihm immer zuwider gewesen. Abgesehen davon nimmt er Alexander gewiss das lästige Vermächtnis übel, das er ihm in den Katakomben hinterlassen hat. Er würde die Engel lieber heute als morgen loswerden.«

Spiritus legte die Stirn in Falten. »Das erklärt noch immer nicht, wie du es schaffen willst, zu ihm vorgelassen zu werden.«

»Auch Leo hat bereits vom berüchtigten Doktor Faustus gehört«, erklärte der Meister schmunzelnd. »Er weiß, dass ich in der Stadt bin. Seine Garde sucht nach mir. Es wäre dem Papst gewiss eine große Freude, mich brennen zu sehen – zumal dies einen vortrefflichen Anlass für ein Bankett abgeben würde. Meinst du nicht auch?«

Spiritus schüttelte ernst den Kopf. »Man wird dich auf der Stelle hinrichten.«

»Vielleicht gelingt es mir zuvor, ein paar Worte an den Papst zu richten.«

»Was hilft's, wenn er dich gleich danach töten lässt?«

Faustus Blick verfinsterte sich. »Wenn es bedeutet, dass dadurch dem Borgia das Handwerk gelegt wird, ist es das vielleicht wert.«

»Dein Tod für den Alexanders?« Spiritus sah ihn groß an, sichtbar fassungslos.

Aber Faustus gab keine Antwort.

Kapitel 7

Angespannt starrte ich hinauf zum Himmel. Mächtige Wolkenballen schoben sich von Norden her Richtung Stadt. Schon überschatteten sie die äußeren Viertel, und immer noch raste die Düsternis näher heran. Bald würde sie uns erreichen.

»Gleich ist es so weit«, flüsterte ich Angelina zu, die neben mir kauerte, verborgen im dichten Gestrüpp eines Gartens. Seine Äste drängten sich verschlungen an ein Gitter zur Straße. Wir hockten dahinter, umschmiegt von dichtem Blattwerk. Die Gasse, auf die wir durch die Eisenstäbe blickten, war ein wenig zu breit, als dass uns ihre Überquerung keine Sorge bereitete. Die Wand des Palazzo, der sich auf der anderen Seite erhob, war in den beiden unteren Stockwerken fensterlos, doch ich zweifelte nicht, dass weiter oben Wachleute die Umgebung im Auge behielten.

Plötzlich wurde die Sonne von den Wolken geschluckt wie eine Goldmünze, die in einem bodenlosen Brunnenschacht versinkt. Ein graues Zwielicht, gepaart mit knisternder Gewitterwärme, schob sich durch die Gasse, den Garten, das Gitter.

»Was tun wir?«, fragte ich. »Warten wir noch auf den Regen?«

Angelina schüttelte den Kopf und erhob sich langsam aus der Hocke. Zweige strichen über ihre Ledermaske, raschelten über die Schnallen an ihrem Hinterkopf.

Sie hatte natürlich recht. Wir wussten nicht, wie es um Faustus stand. Nur, dass er irgendwo dort drinnen war. Und dass mehr als nur sein Leben auf dem Spiel stand.

Wir hatten Pamphili in der Bibliothek zurückgelassen, nachdem er uns alles verraten hatte. Seine Wunden waren verbunden, und ich hatte bemerkt, dass Angelina ihn auf eine Art und Weise gefesselt hatte, die es ihm erlauben würde, sich in kürzester Zeit zu befreien. Nachdem der Bibliothekar erst einmal alles gestanden hatte, hegte sie keinen Groll mehr gegen ihn. Sie wollte ihm kein weiteres Leid zufügen, und es war weder in ihrem noch in meinem Sinne, dass er hilflos verblutete.

Wir hatten gerade die äußere Mauer des Vatikans bewältigt – eben noch rechtzeitig, denn die Sonne war bereits aufgegangen – und rannten hinab in die Gassen des Borgo Leonino, als hinter uns eine Glocke geläutet wurde. Jemand schlug Alarm. Vermutlich würde man den Palast auf den Kopf stellen und später im Borgo nach uns suchen. Vergeblich. Pamphili würde der Garde nicht verraten, dass er wusste, wo wir zu finden waren. Es konnte nicht in seinem Sinne sein, die Soldaten zum Palazzo des Borgia zu führen. Unser Geheimnis war auch das seine. Zudem hofften wir, dass er zu beschäftigt war mit seinen Wunden, um sofort einen Boten zu Alexander zu schicken. Falls doch, mussten wir in das Innere des Palazzo eindringen, bevor die Wachmannschaft verstärkt wurde. Bald würde nicht einmal mehr eine Maus unbemerkt durch die Absperrung kommen.

Angelina kletterte als Erste über den Gitterzaun, ich folgte dichtauf. Ein letztes Umschauen, dann der hastige Lauf über die Gasse, entlang der Mauer bis zu einer Hintertür. Sie war verriegelt, natürlich, doch Angelina brauchte nur wenige Atemzüge, um das Schloss mit ihrem Dolch zu öffnen. Langsam schob sie die Tür nach innen, blickte durch den Türspalt – und gab mir mit einem Wink zu verstehen, sogleich wieder zurückzuweichen.

Ich presste mich außen gegen die Palazzowand, während Angelina die Tür mucksmäuschenstill wieder schloss. Wenig später hörten wir an der Innenseite schwere Schritte vorübergehen. Dann, nach ein paar Augenblicken, war Stille.

Zugleich jedoch tauchten an der fernen Ecke des Gebäudes Bewaffnete auf. Wachmänner auf ihrem Rundgang.

Wir drängten uns durch den Eingang, bevor sie uns entdecken konnten. Unendlich vorsichtig drückte ich die Tür hinter uns zu, während Angelina den Korridor im Auge behielt. Es war ein tunnelartiger Gang mit Gewölbedecke, von nur wenigen Fackeln in weiten Abständen erleuchtet. Schnurgerade erstreckte er sich nach rechts und links, an der Innenseite der Hauswand entlang.

Die Wachen waren nach links marschiert, also wandten wir uns nach rechts. Es war unmöglich, lautlos zu laufen, selbst für Angelina. Der Boden bestand aus rauen Steinfliesen, auf denen unsere Stiefelsohlen vernehmlich raschelten, trotz aller Obacht. Dennoch bogen wir ungehindert um eine Ecke und gelangten schließlich zum Ende des Gangs. Vor uns befand sich eine Doppeltür aus dunklem Holz. Durch das Schlüsselloch, groß wie ein Daumenglied, fiel ein greller Lichtstrahl. Staubflocken tanzten im Tageslicht.

»Ein Innenhof«, flüsterte ich.

Angelina nickte.

»Wagen wir's?«

Sie schien zu überlegen, wurde aber abrupt aus ihren Gedanken gerissen, als dröhnende Schritte hinter uns die Rückkehr der Patrouille ankündigten.

»Sieht aus, als hätten wir gar keine andere Wahl«, raunte ich ihr zu und drückte die grobe Eisenklinke hinunter. Ein Knirschen ertönte, dann schlüpften wir durch das Portal ins Licht.

Der Innenhof war verlassen. Über uns verlief rundrum eine Balustrade, die von reich verzierten Säulen gehalten wurde. Eine breite Treppe führte an der gegenüberliegenden Wand nach oben. Pflanzenkübel mit verdorrtem Gestrüpp standen in unregelmäßigen Abständen auf dem gemauerten Geländer. Einige waren gesplittert, einer lag gar zerschellt am Boden. Den Hausherrn schien das nicht zu bekümmern.

Die Patrouille hinter dem Portal kam näher. Jetzt konnte ich die Stimmen der Männer hören, sogar ihr raues Lachen. Das waren keine echten Soldaten, so viel war sicher. Der Borgia hatte vermutlich jeden Halsabschneider angeheuert, der geschickt war im Umgang mit Schwert oder Armbrust. Doch allein die Uniformen, die sie trugen, machten aus ihnen keine Garde. Ihr Lachen verriet es nur zu deutlich: Das Töten mochten sie gelernt haben, die nötige Disziplin aber fehlte ihnen.

Angelina stieß mich an und deutete auf die Säulen. Geschwind suchten wir dahinter Schutz. Das Portal wurde geöffnet. Vier Männer betraten den Hof, schwatzend, lärmend, während einer von ihnen, ein bärtiger Riese aus dem Norden, mit schwerem Akzent von der vergangenen Nacht in den Armen eines Weibsbilds erzählte.

Ich nahm an, dass wir in unseren Verstecken bleiben würden, bis die Männer durch die Tür auf der anderen Seite des Hofs verschwunden waren. Doch Angelina hatte einen anderen Plan.

Sie wartete, bis die Bewaffneten an uns vorbei waren, dann sprang sie abrupt hinter der Säule hervor, streckte den ersten mit einem Hieb von hinten nieder, verletzte einen zweiten am Bein und ließ sich auf ein klirrendes Gefecht mit dem Nordmann ein.

Mit einem Seufzer schloss ich mich an. Noch immer war das Überraschungsmoment auf unserer Seite. Meine Klinge züngelte auf den vierten Mann zu, wurde abgewehrt, fand aber im zweiten Anlauf ihr Ziel: Tief grub sie sich in seine Brust, durchbohrte sein Herz.

Es war eine Torheit! Das Klirren der Waffen musste andere herbeilocken, und wenn das nicht reichte, dann gewiss das Geschrei des Verletzten, der sich mir jetzt mit blutendem Oberschenkel entgegenstellte. Er war zäh, und einen Moment lang geriet ich in arge Bedrängnis. Dann aber gelang es mir, unter seiner Klinge hinwegzutauchen und einen gezielten Hieb gegen seine Hüfte zu führen. Mein Schwert fraß sich handbreit in Fleisch und Knochen. Augenblicklich brach der Mann zusammen. Ich versetzte ihm den Todesstoß, um Angelina zu Hilfe zu eilen. Der Riese schlug mit solcher Wut auf sie ein, dass ich mich wunderte, wie es ihr trotz allem noch gelang, seine Hiebe zu parieren. Selbst einen Stärkeren als sie hätten diese Schläge zu Boden zwingen müssen, doch sie hielt stand, fing eine Attacke nach der anderen ab, bis die Funken von den Schwertern sprühten und der Mann den Mund aufriss, um einen zornigen Schrei auszustoßen.

Im selben Augenblick aber war ich bei ihnen, und gemeinsam schafften wir es, den Mann mit dem Rücken an eine Wand zu treiben.

Er war stark, aber ungeschickt, und den Ausfällen zweier Gegner hatte er auf Dauer nichts entgegenzusetzen. Schließlich führte ich einen Stich in Richtung seiner Brust, wurde pariert, doch zugleich hieb Angelina mit ihrem Schwert auf das seine ein und entwaffnete ihn. Scheppernd fiel seine Waffe zu Boden. Mit einem Fußtritt beförderte ich sie aus seiner Reichweite.

Ich wusste jetzt, warum Angelina die Männer angegriffen hatte. »Sag«, verlangte ich und drückte dem Riesen meine Schwertspitze unters Kinn, »wohin habt ihr euren Gefangenen gebracht?«

Schweiß perlte von seiner Stirn, lief in seine Augen. Doch der Mann blinzelte nicht einmal. Hasserfüllt starrte er mich an. Offenbar fiel es ihm leichter, in mir – einem Mann – seinen Bezwinger zu sehen als in einem maskierten Mädchen mit den Armen einer Tänzerin. Er beachtete Angelina mit keinem Blick, ebenso wenig ihr Schwert, das auf seine Brust gerichtet war.

»Ich weiß nicht, wen ihr meint.«

Das war die Antwort, die ich erwartet hatte. Zu viele Kämpfe unter ähnlichen Bedingungen, zu viele Begegnungen mit Dummköpfen wie ihm, die ihren Stolz über ihr Leben stellten. Zumindest eine Weile lang. Immer das Gleiche.

Angelina holte aus und zog ihm die Schwertspitze in einer raschen Bewegung über die Brust. Der Stoff seines Wamses klaffte auf, und mit ihm die blond behaarte Haut darunter. Sofort färbte sich der Schnitt dunkelrot. Es war keine tiefe

Wunde, nur ein Kratzer, doch er reichte aus, um den Riesen gefügig zu machen.

»Er ist fort. Geflohen.«

»Geflohen!«, entfuhr es mir, und beinahe hätte ich vor Erleichterung das Schwert sinken lassen. Ich räusperte mich verlegen und fragte mit neuer Entschlossenheit: »Sagst du auch die Wahrheit, Hund?«

Angelina verdrehte die Augen, aber ich tat, als hätte ich es nicht bemerkt. Gönnte sie mir denn gar keinen Triumph?

Der Nordmann starrte mich weiterhin an. »Ihr sucht am falschen Ort nach ihm. Hier werdet ihr den dürren Kerl nicht finden.«

»Du solltest mehr Respekt vor meinem Meister zeigen«, warnte ich ihn.

»Dein *Meister*«, sagte er abfällig, »hat einen hilflosen Kranken in seinem Bett erdrosselt. Wie viel Respekt verdient ein Mann für eine solche Tat?« Trotz der Schwertspitze unter seinem Kinn wandte er den Kopf und spuckte aus, direkt vor Angelinas Stiefel.

Einen Kranken erdrosselt? Faustus? Er musste einen wahrhaft guten Grund gehabt haben. Meine Gedanken überschlugen sich: Wenn der Meister tatsächlich geflohen war, mussten wir so schnell wie möglich verschwinden. Aber wie konnten wir sicher sein? Der Kerl mochte uns belügen – wie ich selbst es zweifellos an seiner statt getan hätte –, ja, Faustus mochte immer noch hier sein, in Ketten gelegt, dem Tode nah. Wir konnten jetzt nicht einfach davonlaufen, nur aufgrund der schalen Hoffnung, dass unser Feind die Wahrheit sagte.

Aus dem Augenwinkel bemerkte ich eine Bewegung, hinter uns, in der Mitte des Hofes.

Zwischen den Toten stand eine Gestalt. Klein wie ein Kind und doch mit dem Gesicht eines Erwachsenen. Verschoben, mit viel zu großem Kopf und verwachsenen Fingern. Ich erkannte ihn sofort.

Asendorfs Bibelzwerg blickte uns hasserfüllt an. Langsam hob er die rechte Hand und richtete seinen viel zu kleinen Zeigefinger auf uns, eine stumme Geste der Anklage.

Der Nordmann begann leise zu lachen.

Oben auf der Balustrade klirrte Stahl auf Stahl, als Bewaffnete durch eine Tür strömten und sich hinter dem Geländer verteilten. Auch durch die beiden Eingänge zum Innenhof kamen Männer mit gezückten Klingen, langsam, so als warteten sie noch auf den Befehl zum Angriff.

Unser Gefangener fand neuen Mut. Er wollte Angelina am Arm packen und ihr die Wunde in seiner Brust heimzahlen, doch meine Gefährtin war schneller. Ungeachtet der Übermacht an Gegnern rammte sie ihr Schwert in seine Brust. Sterbend sank der Mann zu Boden, doch Angelina sah schon gar nicht mehr hin. Sie hatte ihn mit solcher Beiläufigkeit getötet, dass sich selbst auf den Gesichtern der Männer im Hof eine Spur von Schrecken und Respekt abzeichnete.

»Wir haben Gäste«, ertönte da eine Stimme von oben. Als ich den Blick hinauf zum Geländer wandte, sah ich, dass noch jemand die Balustrade betreten hatte, unbewaffnet, gekleidet nur in ein weißes Lendentuch. Der Borgia gefiel sich selbst viel zu sehr in seinem neuen Körper, als dass er seinen jungenhaften Leib unter Stoffen verborgen hätte. Bereits zu seiner Amtszeit war seine Vorliebe für unbefleckte Knaben legendär gewesen, und nun gab er dem Wort *selbstverliebt* eine gänzlich neue Größe. Gewiss waren seine Gemächer reich an Spiegeln.

Sein Blick kreuzte den Angelinas. »Schwester«, begrüßte er sie leise und mit schalkhaftem Lächeln. Zugleich deutete er eine höhnische Verbeugung an.

Angelina war in einer leicht vorgebeugten Angriffshaltung erstarrt. Doch nun hob sie langsam ihr Schwert und wies mit der ausgestreckten Spitze auf den Borgia.

Er schüttelte unmerklich den Kopf. »Ein Duell? Den Gefallen muss ich dir ausschlagen.« Abrupt schien er das Interesse an uns zu verlieren, denn er wandte sich wieder zur Tür der Ballustrade.

Zwei Dutzend Krieger rückten näher.

Bevor der Borgia hinter seinen Männern verschwand, hörte ich seinen Befehl: »Foltert das Mädchen. Und lasst den Jungen zusehen.«

Der Wachtrupp am Portal des Papstpalastes war verstärkt worden. Faustus trat gemessenen Schritts auf die Männer zu. Er verlangte den Obersten zu sprechen und stellte sich vor.

»Ich bin Doktor Johannes Faustus«, sagte er und verzichtete auf seine Titel und Fertigkeiten. »Ich bitte um meine Gefangennahme.«

Wenig später war er inmitten eines Pulks aus Bewaffneten unterwegs in eine der Verhörkammern des Palastes. Hätte man ihn gleich in die Kerker der Engelsburg gebracht, wäre alles umsonst gewesen. Er hatte versucht, geistigen Einfluss auf den Obersten der Wachmänner zu nehmen, war aber nicht sicher, ob dessen Anordnung tatsächlich auf Magie zurückzuführen war. Faustus war nie allzu erfolgreich mit derartigen Beeinflussungen gewesen, und so mochte die Entscheidung des Gardisten andere Gründe haben. Ein Befehl von oben etwa. Das war mehr, als Faustus sich erhofft hatte.

Die Kammer, in die man ihn brachte, lag in den Kellern des Palastes. Ihre Tür war aus altem, schwarz gewordenem Eichenholz, mit einem winzigen Gitter auf Augenhöhe. Der Boden war mit schmutzigem Stroh bedeckt. Der Gang, draußen vor der Tür, war niedrig und dunkel, das Reich zweier Kerkermeister, die hier mit tumben Gesichtern und müden Bewegungen regierten. Aus den benachbarten Zellen ertönte dann und wann eine Stimme, dann herrschte wieder Stille. Faustus' Handgelenke wurden in Eisenringe gesteckt, die mit Ketten an der Wand befestigt waren. Man behandelte ihn besser, als er erwartet hatte. Womöglich hatte man Respekt vor den Gerüchten, die den meisten zu Ohren gekommen sein mussten. Respekt vor seiner vermeintlichen Teufelsmacht.

Die Ketten waren lang und ließen ihm die Freiheit, einige Schritte in der Kammer auf und ab zu gehen. Es handelte sich nicht um eine herkömmliche Zelle, denn außerhalb seiner Reichweite stand an der gegenüberliegenden Wand ein samtbezogener Stuhl, rechts und links davon zwei weitere ohne Sitzpolster – Plätze für die Männer, die ihn verhören würden.

Eine ganze Weile lang ließ man ihn allein, und er begann ungeduldig zu werden, ehe ihm klar wurde, dass sie genau das von ihm erwarteten. Sie wollten ihn zermürben, seine Ausdauer auf die Probe stellen. Daraufhin wurde er ruhiger, setzte sich auf den Boden und wartete.

Seine Taktik zeigte Erfolg. Es dauerte nicht lange, da wurde die Tür von einem der Kerkermeister geöffnet, und ein Mann in langer Robe trat ein. Das Haar um seine Tonsur war schwarz, seine Gesichtszüge erstaunlich jung für das Amt, das er bekleidete. Er hatte eine spitze, auffallend lange Nase, und seine Brauen waren dunkel und buschig.

Ihm folgten zwei weitere Männer, einer ein Schreiber, der andere ein Beisitzer, dessen Rang Faustus nicht einschätzen konnte. Aber wichtig war ohnehin nur der Mann in der Robe eines Kardinals. Man billigte dem neuen Gefangenen einige Bedeutung zu.

»Kardinal Luigi de Rossi«, stellte der Schreiber Faustus' Besucher vor.

Der Doktor verbeugte sich ehrerbietig, wie es von ihm erwartet wurde. Er wusste, dass de Rossi einer von Leos engsten Vertrauten war, und er hoffte inständig, dass nicht auch er zu der Verschwörung des wiedergeborenen Borgia gehörte. Er würde vorsichtig sein müssen.

Der Kardinal und seine Begleiter nahmen Platz. Hinzu kamen zwei Armbrustschützen, die an der Innenseite der Tür Stellung bezogen. Ihre Waffen waren gespannt, die beiden Bolzen wiesen auf Faustus. Offenbar wollte man Vorsorge treffen, sollte der Doktor eine magische List versuchen.

Doch Faustus plante nichts dergleichen. Er wollte nur reden, in der Hoffnung, dass ihm dies den Weg zum Heiligen Vater öffnen würde.

De Rossi begann mit allerlei Fragen über die Umstände, die Faustus nach Rom gebracht hatten. Der Doktor antwortete ausführlich, wenn auch fern der Wahrheit. Daraufhin folgten Erkundigungen über seine Vergangenheit, Einzelheiten, die der Kirche zu Ohren gekommen waren und die doch unzusammenhängend und willkürlich waren. Faustus erkannte schnell, dass hier nur geprüft werden sollte, ob er tatsächlich derjenige war, für den er sich ausgab. Andererseits spürte er, dass de Rossi wenig Zweifel daran hatte. Vielmehr schien dem Kardinal mehr als unwohl in seiner Rolle zu sein. Selbst ein Mann wie er traf nicht jeden Tag auf jemanden, von dem erzählt wurde, er habe einen Pakt mit dem Leibhaftigen geschlossen. Mut war keine der Eigenschaften, die einen Geistlichen zum hohen Würdenträger qualifizierten. De Rossi bildete keine Ausnahme.

Die Befragung endete schneller, als Faustus erwartet hatte, und bald verkündete ihm de Rossi, dass Seine Heiligkeit selbst ihn zu sprechen wünsche. Man werde Faustus für diese Begegnung in Ketten legen, sagte er, mit einem Rosenkranz umwickeln und mit Weihwasser besprenkeln. Der Doktor erklärte sich mit all dem höflichst einverstanden, ganz so, als hätte man ihm eine Wahl gelassen.

Es war noch immer früh am Morgen, als man ihn derart ausstaffiert wie einen gefangenen Dämon aus den Kerkern hinauf in die edleren Gemächer des Papstpalastes führte. Seine Beine waren frei, doch die Arme hatte man ihm schmerzhaft auf den Rücken gekettet. Seine Kleidung war feucht vom vielen Weihwasser, mit dem man ihn großzügig bespritzt hatte, und eine der Schlingen des Rosenkranzes lag fest um seinen Hals. Zudem gingen vor ihm zwei Jungen und schwenkten Räucherbecken mit Weihrauch. Er hatte den Geruch schon früher nicht ertragen können, und heute bereitete er ihm besondere Übelkeit.

Ihm war schlecht, er bekam kaum Luft, und die Ketten schnitten schmerzhaft in sein Fleisch – und doch hätte Faustus nicht zufriedener sein können. Der erste Teil seines Plans war gelungen.

Ein achtköpfiger Gardistentrupp begleitete ihn, darunter die beiden Armbrustschützen, die hinter ihm gingen. Er hoffte inständig, dass keiner von beiden stolperte.

Man führte ihn in einen der kleineren Audienzsäle des Papstes. Wände und Decken waren mit frommen Malereien geschmückt. Der Thron am anderen Ende der Halle drohte in einer Flut von Kissen zu versinken. Weitere Bewaffnete warteten bereits, und allmählich begann Faustus sich ob all dieses Aufwands geschmeichelt zu fühlen. Es war tatsächlich, als führe man Leo den Teufel selbst vor, nicht einen seiner angeblichen Diener.

De Rossi hatte ihn nach dem Verhör verlassen, doch nun begegneten sie einander erneut, als der Kardinal durch eine Seitentür hereinkam, vor einen Platz neben dem Thron trat und den Heiligen Vater persönlich ankündigte.

Leo X. war ein schwerer Mann mit mächtigem Doppelkinn und weichen, weibischen Zügen. Nicht anders hatte Faustus ihn sich vorgestellt. Lediglich seine feinen Finger überraschten ihn, schmalgliedrig und lang wie die eines Spielmanns. Er trug prachtvolle Gewänder und eine samtene Kopfbedeckung. Ringe unter seinen Augen verrieten, dass er wenig geschlafen hatte – der Tribut an die nächtelangen Gelage im Kreise seiner Vertrauten.

Obwohl kein echter Anlass zu dieser Befürchtung bestanden hatte, war Faustus doch erleichtert, als er sah, dass Pamphili nicht unter dem Gefolge des Papstes war. Tatsächlich betraten gemeinsam mit Leo nur zwei Küchenjungen den Saal. Der eine trug eine bauchige Weinflasche und einen Becher, der andere eine silberne Platte mit Obst.

Der Heilige Vater nahm Platz. Auch Kardinal de Rossi

setzte sich. Der Junge mit dem Obst zwängte sich zwischen die beiden, der mit dem Wein bezog Stellung auf der anderen Seite des Throns.

Leo nahm einen Schluck aus dem Becher, leckte sich mit der Zungenspitze über die Lippen und beugte sich dann ein wenig vor, um einen besseren Blick auf seinen Gefangenen werfen zu können. Faustus stand etwa fünf Schritte vor ihm, flankiert von den Gardisten und Armbrustschützen. Bei aller Selbstsicherheit, die Leo auszustrahlen suchte, erkannte Faustus doch, dass die Hände des Papstes zitterten.

»Ihr seid Doktor Johannes Faustus?«

»Der bin ich.«

Der Papst nickte langsam, so als habe ihn bei den Worten eine seltsame Benommenheit ergriffen. Vielleicht hatte er gehofft, es mit einem Betrüger zu tun zu haben.

Er war kein Mann großer Entschlussfreudigkeit, und der Umgang mit einem Ketzer wie Faustus durfte nicht leichtfertig erfolgen. Ihn auf die Schnelle hinzurichten mochte ein Fehler sein. Es war durchaus angebracht, für den Tod eines so bekannten Teufelsanhängers einen besonderen Rahmen zu finden.

»Bevor ich Euch der hochnotpeinlichen Befragung unterziehen lasse, habt die Güte, mir zu verraten, was Euch bewogen hat, aus freien Stücken Eure Verbrechen zu gestehen.«

Faustus lächelte. »Davon kann keine Rede sein. Ein Geständnis – wenn es denn überhaupt etwas zu gestehen gäbe – ist nicht in meinem Sinn, Eure Eminenz.«

Ein Raunen ging durch die Reihe der Umstehenden.

»Warum seid Ihr dann hergekommen?«

»Ich will Euch einen Handel vorschlagen.«

Das Geflüster wurde lauter, bis Kardinal de Rossi es mit einer ungeduldigen Handbewegung ersterben ließ. »Ihr seid unverschämt, Doktor Faustus«, donnerte er. Offenbar hatte er seit ihrer Begegnung in der Verhörkammer neuen Mut gefunden. Er wollte noch etwas hinzufügen, doch der Papst brachte ihn mit einer knappen Geste zum Schweigen.

»Was für ein Handel soll das sein?«

»Es geht um die Engel in Euren Katakomben. Und um die Wiedergeburt des Borgia.« Mit großer Befriedigung nahm Faustus die plötzliche Blässe in den Gesichtern des Papstes und seines Kardinals wahr. »Gewiss, ich weiß davon. Aber seid Ihr sicher, dass auch all die anderen hier im Saal davon erfahren sollen?«

Faustus hatte gehofft, dass die Halle schnell geräumt werden würde – doch dass es so eilig vonstatten gehen würde, erstaunte ihn. Zuletzt blieben nur er selbst, Papst Leo, Kardinal de Rossi und die beiden Armbrustschützen übrig, denen man zuvor die Ohren mit flüssigem Wachs versiegelt hatte. Beide Männer ertrugen die würdelose Prozedur stillschweigend und ohne ersichtlichen Widerwillen.

»Alexander Borgia ist wiedergeboren«, sagte Faustus, nachdem die Türen des Saales verschlossen waren. »Ich denke, dass Ihr davon wisst – oder es zumindest befürchtet.«

Kardinal de Rossi wollte auffahren, aber wieder schnitt der Heilige Vater ihm mit einem Wink das Wort ab.

Der Papst sah Faustus durchdringend an und nickte, ganz kurz nur, eine Bewegung, die man leicht hätte übersehen können. Doch Faustus nahm sie überdeutlich wahr, und seine Gedanken erglühten schier vor Triumph. Der Fisch hing an der Angel.

Er fuhr fort, berichtete alles, was er über den Zug der Erleuchteten wusste, über die Ausbildung der Engel und über die Pläne des Borgia mit jenen drei Kindern, denen er eine besondere Behandlung zugedacht hatte. Faustus war nicht sicher, wie viel davon der Papst bereits wusste; es musste jedoch eine Menge sein, denn niemals fiel er ihm ins Wort oder brachte auf eine andere Weise Zweifel zum Ausdruck. Gelegentlich legte er die Stirn in Falten, verlagerte sein Gewicht auf dem Thron oder tupfte sich mit dem Ärmel seines kostbaren Gewandes Schweiß von der Stirn – vor allem, als Faustus an jene Stelle seines Berichts kam, in dem von der Wiedergeburt Alexanders im Körper des kleinen Jungen die Rede war.

»Der Junge ist noch am Leben«, sagte er schließlich, »und in ihm lebt der Borgia.«

»Hirngespinste!«, rief de Rossi, erntete dafür jedoch einen unwilligen Blick des Papstes.

»Ich habe mit ihm gesprochen«, fuhr Faustus unbeeindruckt fort. »Erst vor wenigen Stunden.«

»Wo hat dieses Gespräch stattgefunden?«, wollte Leo wissen.

Faustus gestattete sich ein neuerliches Lächeln. »Dies ist die Stelle, an der unser Handel ins Spiel kommt.«

»Noch sprechen wir nicht von einem Handel«, sagte der Papst. »Noch geht es um ein Wissen, das Ihr besitzt. Und ich besitze die Mittel, es Euch zu entreißen.«

»Ihr enttäuscht mich. Ich hoffe doch sehr, Ihr haltet mich nicht für einen dahergelaufenen Ketzer, den Ihr mit der Androhung der Folter gefügig machen könnt.«

»Vielleicht nicht mit der bloßen Androhung«, warf de Rossi warnend ein.

Faustus sah nur den Papst an. »Einige Eurer engsten Berater teilen mein Wissen, Eure Eminenz. Ich bin nicht sicher, auf welcher Seite Kardinal de Rossi steht.«

Der Kardinal fuhr von seinem Platz auf. »Das ist infam!«

»Setzt Euch«, bestimmte der Heilige Vater sanft. »Und Ihr, Faustus, nehmt Abstand von Euren haltlosen Anschuldigungen. Kardinal de Rossi ist ein enger Vertrauter des Heiligen Stuhls.«

»Daran will ich nicht zweifeln«, entgegnete Faustus diplomatisch. »Doch das tut jetzt nichts zur Sache. Ihr wollt wissen, wo sich der Borgia versteckt, und ich kann es Euch sagen.«

»Was verlangt Ihr dafür?«

»Das Versprechen, dass Ihr sein Rattennest aushebt und ihn zur Verantwortung zieht.«

Der Papst hob eine Augenbraue. »Das ist alles?«

»Freien Abzug für mich und meine beiden Getreuen.«

»Die Kirche kann keinen Ketzer mit Euren Verfehlungen laufen lassen.«

»Ihr seid die Kirche, Eure Eminenz. Männer wie Kardinal de Rossi haben Euch dazu bestimmt. Ihr könntet eine solche Entscheidung treffen.«

»Ich könnte mich scheinbar auf Euren Handel einlassen, den Borgia zerquetschen und Euch im Nachhinein dennoch festnehmen lassen. Wie wollt Ihr das ausschließen?«

»Durch zwei Dinge. Das erste ist Euer heiliges Ehrenwort« – *das so gut wie nichts wert ist*, setzte Faustus in Gedanken hinzu, »und das zweite ist die Tatsache, dass ich am Sturm auf das Versteck Eures Feindes teilnehmen werde. Ich will mit Euch kämpfen, Eure Eminenz, ja, sogar *für* Euch. Ich gedenke nicht, im Kerker Eures Palastes auszuharren und abzuwarten. Lasst mich dabei sein.« Merklich kühler fügte er hinzu: »Und lasst mich den Borgia fallen sehen.«

»Warum hasst Ihr ihn so sehr?«

»Und Ihr?«

»Seine schiere Existenz hat den Heiligen Stuhl auf lange Zeit befleckt«, erwiderte der Papst, und Faustus hatte den Eindruck, dass es ihm sehr ernst mit diesen Worten war. »Er hat dieses Amt in Verruf gebracht, er hat unseren Glauben mit Füßen getreten – schlimmer als jeder gemeine Ketzer es könnte. Und wenn es wahr ist, was Ihr behauptet, Doktor Faustus, dann tut er es noch heute. Er hat das Herz der Kirche mit seinem Giftstachel berührt und auf lange Zeit verpestet. Aber ich werde ihm diesen Stachel ziehen.«

Und vielleicht dafür in die Geschichte eingehen, setzte Faustus in Gedanken hinzu. Ein Mann wie Leo X. tat nichts allein für den Glauben oder den Heiligen Stuhl. Aber ein Sieg über den Borgia, die Ausrottung seiner teuflischen Saat, war ein Triumph, den man lästigen Schuldeneintreibern entgegenhalten konnte. Wie sollte sich der Papst um etwas so Nebensächliches wie seine Schatzkammern kümmern, wenn er doch im Geheimen längst den großen Schlag gegen den Feind aller Christen vorbereitete?

Und Kardinal de Rossi? Was ihn anging, so war Faustus noch immer nicht sicher. Vermutlich würde er nie erfahren, ob der Kardinal mit den Verschwörern unter einer Decke steckte. Doch solange der Papst selbst alle nötigen Anweisungen gab, konnte auch de Rossi ihnen nicht widersprechen.

»Ein Handel«, murmelte der Heilige Vater nachdenklich.

»Nun, wenn es das ist, weswegen Ihr gekommen seid, so ist nun wohl die Zeit gekommen zu feilschen.«

Faustus blickte ihn schweigend an, während er darauf wartete, dass der Papst in seiner Rede fortfuhr. »Ihr sollt Rom ungestraft verlassen, Faustus, so viel will ich Euch zusichern. Aber ich gedenke, dieser Engelspest ein für alle Mal ein Ende zu setzen, und zwar mit Stumpf und Stiel. Deshalb sollt Ihr gehen, und Ihr sollt Euren Schüler mitnehmen. Doch das Mädchen, das Euch begleitet, diese abtrünnige Erleuchtete … sie werdet Ihr mir ausliefern. Sie ist des Todes wie all die andere Brut, die die Regentschaft des Borgia hervorgebracht hat.«

»Ihr wollt Angelina?«

»Wenn Ihr sie denn so nennt«, sagte der Papst. Der Kardinal neben ihm lächelte verhalten.

Faustus nickte. »Einverstanden«, sagte er dann.

Die Männer folterten Angelina.

Sie hatten ihr die Ledermaske heruntergerissen. Während sie über die Narbenwüste ihres Gesichts lästerten und lachten, ketteten sie sie auf eine Streckbank, fetzten ihr die Kleider vom Leib und machten sich zu zweit daran, das große Rad am Fußende der Bank zu drehen. Angelinas Körper dehnte sich.

Ich tobte, schrie in den Knebel, den sie mir in den Mund gestopft hatten, und warf mich wie ein Wahnsinniger in meine Fesseln. Alles vergeblich. Ich hätte die Augen schließen können, doch eine Stimme in meinem Inneren ermahnte mich, dass ich es mir damit zu einfach gemacht hätte. Ich war es Angelina schuldig, auf jede erdenkliche Weise an ihren Qualen teilzuhaben. Und wenn es nur die Tatsache war, dass ich mich nicht von ihr abwandte, dass ich bei ihr war, egal, wie unser gemeinsamer Weg zu Ende ging.

Warum?, schrie es immer wieder in meinen Gedanken. *Warum sie?*

Ich wusste, dass es keine Antwort darauf gab. Keine Begründung. Der Borgia hatte die Entscheidung aus einer Laune heraus getroffen. Vielleicht auch, weil es ihm Freude bereitete, eines seiner eigenen Geschöpfe zu demütigen. Wahrscheinlich aber war selbst das bereits zu viel in seinen Urteilsspruch hineingedeutet. Seine Gleichgültigkeit war vollkommen, er sah der Folterung nicht einmal zu. Mit uns in der Kammer waren nur die beiden Folterknechte und sechs Bewaffnete, die uns hierher eskortiert hatten, nachdem man uns entwaffnet hatte.

Der Kampf im Innenhof war kurz und aussichtslos gewesen. Angelina hatte drei weitere Männer des Borgia niedergestreckt, ehe sie die schiere Masse der anrückenden Kämpfer überwältigte. Ich selbst tötete einen und schlug einem anderen die Hand ab. Dann war auch ich ein Gefangener.

Angelinas Körper war jetzt bis zum Zerreißen gespannt. Ihr weißer Mädchenleib schien noch schlanker zu sein als sonst, überdeutlich stachen ihre Rippen hervor. Sie hatte von den Kämpfen der vergangenen Stunden mehrere Schnittwunden zurückbehalten, zwei am linken Oberarm, eine über der Hüfte, zwei weitere an den Oberschenkeln. Ihr Blutfluss war längst versiegt, doch jetzt näherte sich ihr einer der Folterknechte mit einer kurzen, spitzen Klinge. Hilflos musste ich mit ansehen, wie er einen blutigen Kreis um ihren Bauchnabel zog, nicht tief, vielleicht nur ein kranker Spaß, den er sich mit seiner Gefangenen erlaubte.

Angelina versuchte nicht zu schreien. Sie öffnete nicht einmal den Mund, presste nur fest die Lippen aufeinander, während ihre Augen immer wieder die meinen suchten, ihr Blick sich an meinem festzuklammern schien. Ihre Lehrmeister hatten ihr nicht *jegliches* Furchtgefühl austreiben können.

Ich betete, inständiger als jemals zuvor. Und das, obwohl ich dem Herrn längst abgeschworen hatte.

Der zweite Folterknecht legte eine lange Kneifzange mit hölzernen Griffen in die Glut eines Kohlebeckens. Mit einer spitzen, fingerdicken Stange stocherte er schwitzend in der heißen Kohle.

Der andere Mann setzte die Klinge zwischen Angelinas Brüsten an, führte einen Schnitt am Brustbein herab bis zu dem Kreis, den er um ihren Bauchnabel gezogen hatte. Allmählich begriff ich, was er tat. Er markierte sie, zeichnete jene Stellen vor, an denen ein größeres Messer und die Knochensäge angesetzt werden sollten, später, wenn sie mit den delikateren Torturen fertig waren.

Ich brüllte ohne Unterlass, doch nicht mehr als ein dumpfes Dröhnen drang durch meinen Knebel. Der Stoff wurde immer feuchter und fester zwischen meinen Zähnen. Die Eisenringe an meinen Handgelenken schnitten tief in die Haut. Ich war rasend vor Zorn und Panik. Hitzewellen setzten meinen Körper in Flammen. Die Folterkammer begann, sich um mich zu drehen, ein dunkler Kreisel aus rußgeschwärztem Stein, glühenden Kohlen und scharfem, spitzem Stahl.

Schwielige Pranken griffen nach der Kneifzange.

Ihre Eisenkiefer schimmerten rötlich, öffneten sich, wollten zubeißen. Langsam näherten sie sich Angelinas Brüsten. Oben im Palazzo ertönte eine Glocke.

Als die Alarmglocke im Inneren des Borgiapalastes geläutet wurde, war der erste Teil des Kampfes bereits geschlagen, ein erster Sieg errungen.

Die Gardisten des Vatikans hatten mit einem Rammbock das Portal des Palazzo eingedrückt. Der rechte Flügel hing schief in den Angeln, der linke war gänzlich herausgebrochen. Drei Dutzend Männer stürmten darüber hinweg, wurden drinnen von den Soldaten des Borgia empfangen.

Zugleich hatte ein zweiter Trupp die Patrouillen an der Rückseite des Gebäudes niedergemacht und war durch das hintere Tor eingedrungen. Faustus kämpfte in vorderster Reihe. Im Wirbel der Schwerter, den Schleiern aus Blut und den Schreien der Gefallenen zählte es kaum, dass er kein Gardist war, sondern nur ein Gelehrter, der sich vortrefflich auf den Umgang mit der Klinge verstand. Auf dem Weg hierher hatte ihn manch misstrauischer Blick getroffen, viele unverhohlen feindselig, doch jetzt zählte nur, wie ein jeder für die Sache kämpfte. Und Faustus kämpfte voller Hingabe, focht ein Duell nach dem anderen und kam Gardisten zu Hilfe, die in Bedrängnis gerieten. Ihre Schwerter fuhren wie Sensen durch die Reihen der Verteidiger, und für jeden gefallenen vatikanischen Kämpfer ließen zwei Borgiakrieger ihr Leben.

Der Papst hatte eine Hundertschaft mobilisiert, immerhin ein Drittel der gesamten Garde, um die Attacke auf das Nest des Borgia zu führen. Zumindest ein Versprechen hatte er damit gehalten: Er beabsichtigte tatsächlich, seine Gegner mit Stumpf und Stiel auszurotten.

Schon während seiner Zeit an der Hohen Schule hatte Faustus gelernt, mit dem Schwert umzugehen, doch den wahren Feinschliff hatten seine Künste erst erhalten, als er in die

Kampfstile des Orients eingeweiht wurde. Die Soldaten des Borgia, Söldner, die über mehr Kraft als Geschick verfügten, hatten seinen exotischen Finten und Attacken kaum etwas entgegenzusetzen. Die meisten waren tumbe Kerle, die es meisterhaft verstanden, einen Zweihänder oder das Beil zu schwingen, doch die Feinheiten der Fechtkunst waren ihnen fremd. Mühelos drang Faustus' schmale Klinge zwischen ihren Abwehrhieben hindurch, durchbohrte Lederharnische, hieb durch wollene Wämser und fand ihren Weg an Halskrausen vorbei in Kehlen und Schlagadern. Bald hielten die ersten Gegner Abstand zu ihm, wandten sich lieber den päpstlichen Gardisten zu. Doch auch sie waren den Anhängern des Borgia überlegen. Was die Kampfkraft der einzelnen Männer anging, so war es ein ungleicher Kampf. Allerdings hatten die Borgiakrieger den Vorteil, dass ihnen das Terrain – die Hallen und verwinkelten Gänge des Palastes – vertraut war. Sie nutzten Ecken und verborgene Türen hinter Wandteppichen für Hinterhalte, brachen urplötzlich über einzelne Trupps der Angreifer herein und machten sie von hinten nieder. Faustus erlebte eine solche Attacke mit, und nur durch Glück gelang es ihm und zwei weiteren Gardisten, mit dem Leben davonzukommen. Fünf ihrer Gefährten fielen im Handgemenge, und erst als sich der Kampf länger hinzog, gewannen der Doktor und seine beiden Mitstreiter die Oberhand.

Schließlich gellte der Triumphruf der Päpstlichen durch die Flure: »Die beiden unteren Stockwerke sind unser. Der Rest von ihnen hat sich nach oben zurückgezogen.«

»Hat jemand den Borgia gesehen?«, fragte Faustus.

»Nein«, bekam er zur Antwort. »Er hat sich in seinen Gemächern verkrochen.«

Faustus und seine beiden Gefährten, die gerade erst gemeinsam den blutigen Hinterhalt überstanden hatten, sahen einander an und nickten.

»Ihr seid ein guter Kämpfer, Doktor Faustus«, sagte einer der beiden anerkennend, als sie sich der nächstbesten Treppe nach oben zuwandten. »Mancher von uns könnte von Euch lernen.«

Faustus schüttelte den Kopf. »Noch ehe der Tag sich dem Ende zuneigt, werde ich Euer Feind sein, nicht Euer Lehrmeister. Ihr werdet mich jagen und töten wollen.«

»Niemals«, sagte der zweite Mann im Brustton der Überzeugung.

Doch Faustus wandte nur den Blick ab und lächelte bitter.

Beim Klang der Glocke waren die sechs Bewaffneten aus der Folterkammer gestürzt und hatten Angelina und mich der Obhut der beiden Folterknechte überlassen. Der eine Mann hatte die Kneifzange einen Moment lang sinken lassen, als das Alarmläuten durch den Palazzo hallte, doch nun, da die Soldaten fort waren, hob er die Zange wieder und öffnete ihre stählernen Kiefer.

Angelinas Augen achteten nicht auf den Folterknecht, nicht einmal auf die Zange. Sie blickte nur mich an, der ich in meinen Fesseln tobte, sah mich an, als wäre ich ihre letzte Hoffnung.

Die Zange näherte sich ihrer linken Brustwarze.

Ruhig!, durchfuhr es mich. *Reiß dich zusammen! Die Leute schimpfen dich nicht umsonst einen Zauberlehrling!*

Meine Bewegungen erschlafften. Mit ungeheurer Willensanstrengung konzentrierte ich mich ganz auf den Hinterkopf des Mannes mit der Zange. Es war nicht leicht, ich musste dazu meine Furcht um Angelina aus meinen Gedanken verdrängen. Es gelang mir nicht gänzlich, und doch entsann ich mich all der Dinge, die der Meister mir beigebracht hatte auf unseren endlosen Ritten durch die einsamen Täler der Alpen. Er hatte mich die Grundzüge der geistigen Beeinflussung gelehrt, und obgleich er selbst sie nur unzulänglich beherrschte, hatte er doch ein gewisses Talent dafür in mir erkannt. Um ehrlich zu sein, ich hatte nie viel darauf gegeben. Ein-, zweimal hatte ich es versucht, um einer Schankmaid in irgendeinem Landgasthof näherzukommen – der einzige sinnvolle Zweck, den ich zu Beginn meiner Lehrzeit in derartigen Kräften sah –, doch es war mir niemals völlig gelungen. Und als meine Gefühle für Angelina stärker wurden, verlor ich gänzlich den Spaß an derlei flüchtigen Vergnügungen.

Jetzt aber versuchte ich es erneut. Die Todesangst um meine Gefährtin gab mir die Kraft, die mir früher gefehlt hatte. Ich spürte, wie meine Gedanken in den Kopf des Folterknechts eindrangen. Der Mann erstarrte mitten in der Bewegung, kurz bevor er die offenen Zangenkiefer um Angelinas Brustwarze schließen konnte. Der zweite Mann bemerkte es und fragte etwas auf Italienisch, das ich nicht verstand. Als sein Kumpan keine Antwort gab, trat er auf ihn zu und berührte ihn am Arm. Meine Gedanken formten eine Schwertklinge, schlank und geschliffen scharf, und ich stieß sie mit aller Macht vorwärts, geradewegs ins Hirn des Mannes. Er riss die Zange in einer blitzschnellen Bewegung zurück, öffnete sie zugleich so weit es ging, dann wirbelte er herum, rammte sie in die Richtung des zweiten Mannes – und schloss die Zange um seinen Kehlkopf!

Der Drang, mich abzuwenden, war übermächtig, doch damit hätte ich die Beeinflussung abgebrochen. Zudem war ich viel zu gefangen in den grausamen Gedanken des Mannes, als dass ich mich jetzt hätte zurückziehen können.

Ein grauenvolles Knirschen ertönte, wie von einer unreifen, zertretenen Frucht, dann hallten die Schreie des zweiten Folterknechts von den Kerkerwänden wider. Es dauerte nicht lange, da gingen sie in ein Röcheln über, gefolgt von einem Poltern, als der blutüberströmte Mann zu Boden taumelte. Er schlug noch lange um sich und trat mit den Füßen ins Leere. Dann, endlich, lag er still.

Ich befahl dem Mann mit der Zange, Angelinas Fesseln zu lösen. Beinahe hätte ich einen Fehler begangen. Im letzten Moment besann ich mich und gab ihm die Order, erst das Rad der Streckbank zurückzudrehen. Hätte er gleich eine von Angelinas Armfesseln durchtrennt – zum Zerreißen gespannt wie ihr Körper war –, hätte es den verbliebenen Arm aus der Gelenkpfanne gerissen. So aber verlief alles glimpflich, und bald war sie frei.

Ich spürte, dass meine Macht sich allmählich erschöpfte, doch eine Fortführung der Beeinflussung war nicht mehr nötig.

Angelina zog ein Bein an und trat dem Mann mit aller Kraft ins Gesicht. Der Tritt ließ seinen Kiefer splittern. Schreiend sank er auf die Knie. Angelina entwand ihm die Zange und hieb sie beidhändig auf seinen Schädel, so fest, dass der Knochen barst. Dann kam sie taumelnd auf die Beine, immer noch nackt und von ihrem eigenen Blut besudelt, stieg über den wimmernden Folterknecht und schleppte sich zu mir herüber. Es dauerte nicht lange, da war auch ich frei und spuckte den Knebel weit von mir. Ich nahm Angelina in die Arme, drückte sie an mich und murmelte Worte der Erleichterung, während Tränen über meine Wangen flossen und auf ihre weiße Schulter fielen.

Wir fanden ihre Kleidung auf einem Haufen neben der Streckbank und wuschen ihr das Blut vom Körper. Angelina reckte und dehnte sich, um zu prüfen, ob all ihre Gelenke und Muskeln unbeschadet waren. Schließlich richtete sie sich auf und nickte knapp. Ich bestand darauf, mich zu vergewissern, dass ihre Schnittwunden nur Kratzer waren; Angelina selbst schien sie kaum mehr zu spüren, so brennend war ihr Hass auf ihre Peiniger. Ich sah, wie sie dem sterbenden Mann am Boden einen weiteren Tritt verpasste, der ihn endgültig verstummen ließ. Dann schlüpfte sie in Beinkleid und Wams. Zuletzt zog sie sich die Ledermaske über, die unweit des Kohlenbeckens am Boden lag.

»Wir brauchen Waffen!« Ich blickte mich suchend in der Folterkammer um.

Als hätten meine Worte unsichtbare Wälle herabgerissen, drang mit einem Mal das Klirren von Schwertern an unsere Ohren, oben im Palazzo, vermischt mit den Rufen und Schreien kämpfender Männer. Stahl schlug auf Stahl. Stahl biss in Fleisch. Die Laute einer Schlacht.

Es blieb keine Zeit, überrascht zu sein. *Faustus*, dachte ich nur und verspürte einen Anflug heißen Triumphs. Der Meister war gekommen. Er war hier, um uns beizustehen.

Wir fanden einen Strauß schartiger Schwerter in einem Holzfass und wählten zwei davon aus. Dann machten wir uns auf den Weg nach oben.

Die letzten Verteidiger fielen vor einem doppelflügeligen Portal im oberen Stockwerk des Palazzo. Die Schwerter der Gardisten wüteten unter ihnen und ließen keinen von ihnen am Leben. Zuletzt blickten Faustus und seine Mitstreiter über einen Berg von Leichen, Männer aus aller Herren Länder, die ihre Schwerthand und Seele dem Borgia verschrieben hatten.

Faustus wollte vorangehen, doch einer der Obersten der Garde kam ihm zuvor. Die beiden hatten nicht Seite an Seite gekämpft, und die Miene des Mannes war immer noch voller Geringschätzung für den mysteriösen Verbündeten. Faustus ließ ihm mit einem Schulterzucken den Vortritt, als das Portal unverhofft aufschwang und ihnen eine Flut von Licht entgegenfiel.

Das Dach des Palazzo war an dieser Stelle aus Glas, und Sonnenlicht ergoss sich in die privaten Gemächer des Borgia. Die Wände des ovalen Saals waren mit Spiegeln behängt, nicht gleichförmig, sondern von vielerlei Größe, mit schmalen Rahmen. Manche waren blind und gelblich, andere von kristallener Klarheit. Jede kleine Lücke war durch einen noch kleineren Spiegel geschlossen worden. Insgesamt ergab sich ein Meer aus Licht und verzerrten Reflexionen. In der Mitte des Saals stand eine menschliche Statue mit dem Schädel eines Schakals. Sie war schwarz vom Kopf bis zur Sohle und maß mehr als die Höhe zweier Männer. Ihre Glieder waren lang und dünn. Das Schakalhaupt mit seiner spitzen langen Schnauze schien herrisch auf die Kämpfer herabzublicken, aus schmalen, sichelförmigen Augen.

Die Statue war von oben bis unten mit tiefen Kerben übersät. Jemand hatte mit einer scharfen Waffe auf sie eingeschlagen, mit einem Schwert oder Beil. Nur der Kopf war unversehrt, so als hätte er alle Schläge unbeschadet abprallen lassen.

Der schlanke blonde Junge saß im Schneidersitz am Fuß der Anubisstatue und blickte seinen Feinden entgegen. Doch obwohl immer mehr Gardisten in den Spiegelsaal strömten, ruhte sein Blick nur auf Faustus. Er ließ ihn nicht aus den Augen.

»So sehen wir uns also wieder«, sagte der Junge leise, die Worte des Satans aus dem Mund eines makellosen Jünglings. Er folgte Faustus' Blick an der Statue empor. »Ich habe ihn um die gleiche Gunst gebeten, die er dir gewährt hat. Aber er hat mich nicht erhört.« Leiser, fast ein wenig betroffen wiederholte er den letzten Satz: »Hat mich nicht erhört …«

»Auf sein Abbild mit einer Axt einzuschlagen hat Euch gewiss kein Wohlwollen eingebracht.«

»Sein Schweigen hat mich wütend gemacht«, murmelte Alexander, und fast gingen seine Worte im Schaben der Stiefel unter, als immer mehr Gardisten in den Saal drängten, um ihren Gegner mit eigenen Augen zu sehen.

Der Oberste der Männer trat neben Faustus. »Wir haben Befehl, ihn zu töten«, grollte er, ohne seine Augen von dem Jungen zu nehmen.

»So wie die letzten Elucidierii?«

Der Soldat blickte überrascht auf. »Ihr wisst über vieles Bescheid, Ketzer.«

»Nennt mich, wie Ihr wollt. Gewiss werdet Ihr nicht vergessen, dass ich unter dem Schutz des Papstes stehe.«

»Auch das ist mir bekannt. Und was die Engelsbrut auf dem Bauplatz angeht – jene, die noch übrig waren, sind tot.

Die meisten hatte Eure verbrannte Freundin ohnehin schon erschlagen.«

Faustus wurde hellhörig, wandte sich aber wieder drängenderen Dingen zu.

»Ihr seid gescheitert, Alexander«, sagte er zu dem Borgia, der immer noch am Boden vor der Statue saß. Dann trat er bis auf zwei Schritte an ihn heran. Ein Murmeln ging durch die Reihen der Gardisten. Der sonderbare weiße Junge flößte ihnen Furcht ein. Faustus beugte sich vor. »Sie werden Euch in Stücke hacken«, raunte er dem Borgia zu. »Schade, ich hätte gerne von Euch erfahren, wie Ihr Eure Wiedergeburt zustande gebracht habt.«

Er blickte hinüber zur Spiegelwand, sah sich und den Jungen dutzendfach zurückschauen.

In *einem* Spiegel aber sah er ein Gesicht, das weder ihm noch Alexander gehörte. Er unterdrückte ein überraschtes Lächeln und richtete sich auf, drehte dem Jungen den Rücken zu, um zurück zu den Gardisten zu gehen.

Hinter ihm zog der Borgia ein langes Stilett unter seinen Beinen hervor, sprang auf –

– und dann geschah alles zugleich.

Die Soldaten brüllten auf, manche vor Schreck, andere riefen Warnungen an ihre Kampfgefährten. Faustus aber drehte sich nicht um, denn im selben Moment zerbarst einer der Spiegel, und dahinter kam eine schmale Gestalt zum Vorschein, zäh und zierlich, mit einem gespannten Bogen in den Händen.

Der Bogen war der des jungen Spiritus. Die Hände aber, die ihn hielten, gehörten einer anderen. Ebenso wie das Gesicht, das Faustus hinter dem Glas gesehen hatte.

Angelina ließ den Pfeil von der Sehne schnellen, und bevor das Stilett Faustus' Rücken erreichen konnte, durchbohrten Spitze und Schaft die Kehle des Borgia. Die Kraft des Aufpralls riss ihn zurück. Der Dolch klirrte zu Boden. Der Junge sank zu Füßen Anubis zusammen, während ein Blutfächer aus seinem Hals sprühte und sich die Kerben im Stein mit Blut füllten. Seine Augen brachen, sein Brustkorb erstarrte.

»Hierher!«, brüllte eine Stimme.

Es hätte ihrer nicht bedurft. Faustus wusste auch so, was er zu tun hatte. Wie von allen Teufeln gehetzt stürzte er auf den zerbrochenen Spiegel zu. In den Geheimgang dahinter. Zu den drei Umrissen, die sich darin abzeichneten.

Angelina ließ den Bogen sinken. Faustus tauchte neben ihr ins Dunkel.

»Angelina! Wagner!«, flüsterte er dankbar. »Und Spiritus.«

Zu viert stürmten wir davon. Nur einmal noch verharrte Spiritus, um ein Fallgitter herabzulassen. Dahinter blieb der Oberste der Garde zurück und mit ihm die wenigen Soldaten, die seinem Befehl gehorcht hatten.

Viel später krochen wir durch einen Schacht der alten Kanalisation ans Tageslicht. Vor uns lag das Ufer des Tiber, und ganz in der Nähe befand sich ein Steg mit Ruderbooten. Spiritus sprach mit einem der Bootsleute, eine Münze wechselte den Besitzer, und bald befanden wir uns zu viert auf dem Wasser. Faustus und ich ruderten, während Angelina nachdenklich zur Engelsburg blickte, die sich in einiger Entfernung als Umriss vor dem dunstigen Dächermeer des Borgo Leonino abhob.

»Wie seid ihr und Spiritus euch begegnet?«, fragte Faustus,

nachdem ich ihm in Kürze berichtet hatte, was seit unserer letzten Unterredung im Gasthaus geschehen war.

Der weißblonde Junge, der dem toten Borgia so ähnlich sah, lächelte verschmitzt. »Die beiden haben reichlich dumm dreingeschaut, als sich neben ihnen plötzlich die Wand eines Flurs öffnete und ihnen jemand vor die Füße sprang.«

Prahlerisch hob ich die Stimme, trotz aller Erschöpfung gut gelaunt nach der gelungenen Flucht aus dem Palazzo. »Ich habe ihn erst für Alexander gehalten und wollte mich tollkühn auf ihn stürzen und ihn den Stahl meiner Klinge schmecken lassen, als plötzlich …«

Faustus lachte und winkte ab. »Ein tollkühner Recke warst du schon immer.«

Beleidigt legte ich die Stirn in Falten. »Habe ich Euch nicht aus dem Kerker zu Wittenberg befreit, Meister?«

»Und fraglos wirst du mich bis an mein Lebensende täglich daran erinnern.«

Spiritus schob seine Finger über Angelinas Hand auf dem Bootsrand. Ich bemerkte es mit einem eifersüchtigen Brennen in der Brust, doch Spiritus zog seine Hand rasch wieder zurück. Es war die Geste zweier Stiefgeschwister, die sich einst sehr nahe gestanden hatten, nicht mehr.

»Angelina hat mich erkannt. Sie hat Euren braven Schüler davon abgehalten, mich in Fetzen zu hacken.«

»So ist es«, grummelte ich.

Faustus lächelte noch immer. »Auf alle Fälle kamt Ihr zur rechten Zeit. Der Papst hat von mir verlangt, ihm Angelina auszuliefern. Ohne sie hätte er mich kaum laufen lassen – nun, vermutlich auch nicht *mit* ihr –, und Ihr habt mich aus einer misslichen Lage befreit.«

Düster blickte ich an ihm vorbei. »Wieder einmal.«

Lachend schlug er mir auf die Schulter. »Mach nicht so ein Gesicht, Wagner. Ich habe nie abgestritten, dass ihr beide mir mehr als einmal aus der Patsche geholfen habt.«

»Das will ich meinen.« Es sollte grimmig klingen, doch meine Laune hellte sich schon wieder auf. Als Angelina sich zu mir umwandte und mir einen aufmunternden Blick aus ihren magischen Augen schenkte, war meine gute Stimmung wieder hergestellt.

Wir gingen an Land, und der Junge führte uns über Schleichwege zu unserem Gasthaus. Während Spiritus und ich Wache hielten, suchten Angelina und Faustus unsere Sachen zusammen. In Windeseile verließen wir die Schänke durch den Hinterausgang, hinterließen dem Wirt einen Beutel mit Münzen und machten uns auf unseren Pferden davon. Bald schon würde es im Borgo nur so wimmeln von Gardisten, die die Gassen und Häuser nach uns durchkämmten.

Wir zügelten die Pferde erst wieder auf einem Hügel am Rande der Stadt. Spiritus war hinter mir aufgesessen und bat darum, hier abgesetzt zu werden.

»Rom ist meine Welt«, sagte er mit seinem starken Akzent, »und mir ist nicht wohl, wenn ich es länger als nötig verlasse. Ich will zurückkehren in meine Gassen und Tunnel.«

»Du könntest uns begleiten«, schlug ich vor, ehe mir einfiel, dass es wohl angebracht wäre, erst Faustus' Erlaubnis für solch ein Angebot einzuholen. Doch ein rascher Blick versicherte mir, dass der Meister mir zustimmte.

»Der Papst wird uns von nun an noch gnadenloser hetzen«, sagte Faustus. »Wir könnten ein weiteres Schwert an unserer Seite gut gebrauchen.«

Doch Spiritus schüttelte den Kopf. »Ich fühle mich nackt, wenn mich keine Mauern umgeben, und ich brauche den Dunst der Stadt zum Atmen. Habt Dank für Euer Angebot, doch ich bleibe. Zum Römer hat der Borgia mich gemacht, und ein Römer will ich weiterhin sein.«

»Dann ist dies die Zeit des Abschieds.« Faustus schwang sich aus dem Sattel und fasste den Jungen an den Schultern. »Ohne dich wären wir vermutlich alle tot.«

Spiritus schaute verlegen zu Boden, grinste dabei aber heimlich. »War mir eine Freude. Ehrlich.«

Auch ich reichte ihm die Hand. »Ewige Freundschaft«, sagte ich weihevoll, und er erwiderte den alten Schwur: »Ewige Freundschaft, Zauberlehrling.«

Zuletzt umarmte ihn Angelina, und diesmal spürte ich keine Eifersucht, eher Trauer. Diese beiden, die so viel durchgemacht hatten, wurden nun erneut getrennt, vielleicht für immer. Spiritus flüsterte etwas auf Lateinisch, und Angelina nickte. Für mich hatte es geklungen wie: »Pass auf die beiden auf.«

Wir stiegen wieder auf unsere Rösser und galoppierten den Hang hinunter, winkten Spiritus ein letztes Mal zu, dann lag vor uns die Weite des alten Latium. Einmal glaubte ich aus dem Augenwinkel einen schwarzen Schemen zu sehen, der uns zwischen zwei Hügeln folgte, und als ich wenig später ein fernes Heulen hörte, wusste ich, dass auch Mephisto nicht fern war und über Faustus wachte.

Erst später, als der Abend anbrach, fragte ich den Meister: »Wohin reiten wir, Herr?« Wir waren erst ein Stück nach Süden und dann über eine Brücke in westliche Richtung geritten, so schnell wie möglich fort von der Stadt und den Schergen des Papstes.

»Wohin zieht es dich?«, entgegnete er lächelnd. »Zurück in die Heimat? Oder gen Süden?«

Ich brauchte einen Moment, ehe ich verstand. »Süden, Meister? Ihr meint …?«

»Die Wüste, Wagner. Die vergessenen Tempel unter dem Sand der Jahrtausende. Die alten Städte des Orients.« Und leiser fügte er hinzu: »Das Reich des Ersten unter den Magiern.«

Ich sah Angelina an, die ihr Pferd so nah neben meines brachte, bis sich unsere Knie fast berührten. Ihre Augen lächelten.

»Gen Süden«, sagte ich und ergriff frohen Muts die Hand, die sie mir entgegenstreckte. »Gen Süden, Meister.«

Nachwort des Autors zu: Der Engelspakt

Gewiss haben Sie es sofort bemerkt: Der Doktor Faustus dieses Romans hat wenig Ähnlichkeit mit dem Faust des Dichterfürsten Goethe. Wie Dutzende andere Autoren während der vergangenen Jahrhunderte hat sich auch Goethe einer Figur bedient, die Ende des 15. bis Anfang des 16. Jahrhunderts tatsächlich gelebt hat. Goethes Interpretation der Faust-Geschichte ist zweifellos die berühmteste, gefolgt von jenen Christopher Marlowes und Thomas Manns. Aber auch zahlreiche andere Autoren haben Romane, Dramen, Dialoge und Gedichte über Faustus verfasst, manche bedeutend, andere trivial. Knapp siebzig Bearbeitungen des Themas habe ich während meiner Recherchen eingesehen. Zum Vergleich: Die Faust-Sammlung der Weimarer »Herzogin Anna Amalia Bibliothek« nennt 13 000 literarische und wissenschaftliche Werke über Faustus ihr Eigen!

Denjenigen, auf den all diese Erzählungen und Berichte, Dichtungen und Kurzgeschichten zurückgehen, hätte dieser posthume Ruhm gewiss verwirrt. Sicher ist, er hätte ihn genossen. Denn das Streben nach Berühmtheit, der Drang, sich zu verewigen, muss eines der vordringlichsten Merkmale des historischen Doktor Faustus gewesen sein.

Vieles ist aus heutiger Sicht rätselhaft und widersprüchlich im Leben dieser Persönlichkeit. Schon sein Vorname sorgt seit Jahrzehnten für einen Gelehrtenstreit: Hieß er nun Johannes,

Georg, Jörg oder Heinrich? Und überhaupt – nannte er selbst sich Faustus oder Faust? Ganz genau weiß das niemand.

Geboren wurde er zwischen 1480 und 1490; manche Historiker haben sich – wohl im Sinne der goldenen Mitte – auf 1485 geeinigt. Als mögliche Geburtsorte werden in zeitgenössischen Schriften gleich vier Städte angegeben: Knittlingen (bei Pforzheim), Simmern (bei Kreuznach), Rode (bei Weimar) und schließlich Salzwedel (in Sachsen-Anhalt). Faustus starb zwischen 1536 und 1540 – die einen sagen bei Wittenberg, die anderen in Staufen.

Auch über seinen Studienort besteht Unklarheit: Wittenberg, Heidelberg und Ingolstadt werden genannt. Andere Quellen geben an, er habe überhaupt keine Universität besucht.

Während seiner Zeit an der Hohen Schule, wo er anfangs Theologie, später aber Medizin, Astronomie und Astrologie studiert haben soll, sei Faustus über Kontakte zu Zigeunern und Tataren der Magie verfallen, heißt es. Was unter »Magie« zu verstehen ist, bleibt freilich unklar. Lange sprach man ihm tatsächliche Zauberkräfte zu, später aber zog man es vor, ihn zum schnöden Taschenspieler zu degradieren. Doch welche Talente er auch immer besessen haben mag – sie sorgten damals schon für gehörigen Wirbel. Zahllose Zeitgenossen haben ihn in ihren Schriften erwähnt, darunter Martin Luther. Bereits zu Faustus' Lebzeiten waren Legenden und Gerüchte im Umlauf, die ihn zum mächtigen Schwarzkünstler stilisierten.

Unterstützt wurde er auf seinen Reisen von seinem Schüler Christof Wagner (manchmal auch Johannes Wagner oder Wayger), der später Faustus' Vermögen geerbt haben soll. Über ihn ist weit weniger bekannt als über seinen Meister;

eine Quelle schildert ihn als einstigen Betteljungen, der es in Wittenberg zum Theologiestudenten brachte, ehe er in die Dienste des Doktors trat.

1587 schließlich, rund fünf Jahrzehnte nach Faustus' Tod, erschien das Volksbuch *Historia von D. Johann Fausten dem weitbeschreiten Zauberer und Schwarzkünstler.* Fortan setzte ein wahrer Faust-Boom ein, der sich durch viele Länder, Jahrhunderte und Erzähltraditionen bis in heutige Zeiten zieht.

Von der Weltliteratur bis zum Heftroman, der berüchtigte Doktor und seine Zaubershow haben auf mehr als einer Bühne gastiert. Und trotz aller Unbill, die Faustus zu Lebzeiten erdulden musste, eines hat ihm sein Pakt mit dem Teufel gebracht – die Unsterblichkeit. Zumindest in der Literatur.

Kai Meyer, Juli 1995

Nachwort zu:
Der Traumvater

Den Namen Mephisto kennt heutzutage jeder, spätestens Goethe hat ihn sprachgewaltig in alle Schulzimmer getragen. Die meisten wissen, dass er der teuflische »Schwager« des Faustus war, ein Dämon, dem der Doktor seine Seele verkaufte im Austausch gegen Jugend, Wunscherfüllung und eine Nacht mit der Schönen Helena (je nach Bearbeitung des Stoffes erhielt Faustus nur einen oder auch jeden dieser Preise).

Vergessen ist dagegen der mysteriöse Hund an der Seite des Doktors. Trotzdem gehörte er als wichtiges Element zur ursprünglichen Faust-Legende. So schrieb im Jahre 1548 Johannes Gast, ein Baseler Pfarrer, der als Erster die Nachricht vom Tode des Doktors verbreitete: »(Faustus) hatte einen Hund und ein Pferd bei sich, die, wie ich glaube, Teufel waren, da sie alles verrichten konnten. Einige sagten mir, der Hund habe zuweilen die Gestalt eines Dieners angenommen und ihm Speise gebracht.«

Ein ganzes Kapitel widmet Georg Rudolf Widmann dem unheimlichen Tier in seiner 1599 erschienenen Sammlung *Wahrhaftige Historien von den greulichen und abscheulichen Sünden und Lastern, auch von vielen wunderbarlichen und seltsamen Abenteuern so D. Johann Faustus hat getrieben.*

Ein Auzug: »Unter anderen aber sah er gleichwohl (an Faustus' Seite) einen großen, schönen schwarzen zottigen Hund, der ging auf und nieder (…) und als er sich wollt mitten in die Stuben legen, da redet D. Faustus ein Wort, welches er nit verstund, alsbald ging der Hund vor die Stubentür und tät sich die Tür selbst auf, er gedacht gleichwohl, es wird nichts Natürlichs sein. (…) Seine Augen waren ganz feuerrot und ganz schrecklich anzusehen, und ob er gleichwohl schwarzzottig war, doch wenn er ihm mit seiner Hand auf den Rücken strich und liebkoset, so verändert er sich in eine andere Farb, als Braun, Weiß und Rot.«

Es schien mir nahe liegend, beide Figuren – Mephisto und den Teufelshund – in einer einzigen zu vereinen.

Der Spreewald muss einst ein Paradies für Schlangen gewesen sein. Das weit verzweigte Netz der Kanäle und Flüsse, der feuchte Boden und die vielen Möglichkeiten zum Unterschlupf boten den Tieren ideale Lebensbedingungen. Wie nirgends sonst in Mitteleuropa schlängeln sie sich hier durch zahllose Märchen, Sagen und Legenden. Auch die Geschichte vom Schloss des Schlangenkönigs wird seit Jahrhunderten an den Kaminfeuern der Bauernhäuser erzählt, selbst heute noch, obgleich mittlerweile Fremdenführer in die Rolle der alten Geschichtenerzähler schlüpfen und ihre Zuhörer längst keine staunenden Kinder mehr sind, sondern Tausende Touristen.

Einst aber, als die Wälder noch idyllisch und nahezu unerschlossen waren, da soll das Schlangenschloss tatsächlich existiert haben – etwa dort, wo sich heute die Ortschaft Lübbenau befindet. Die Sage vom Förster, der sich an der Krone des Schlangenkönigs vergriff, entstammt dem Legendengut der Sorben, jenes slawischen Volksstammes, der sich im 6. bis 8. Jahrhundert im Spreewald ansiedelte. Spätere Generationen machten Teile des Waldlandes urbar und erschlossen das Netz der Wasserstraßen, immerhin 970 Kilometer lang. Eine ähnliche Landschaft gibt es kein weiteres Mal in Europa, und es wundert nicht, dass ihr bis ins 19. Jahrhundert der Hauch des Magischen, des Unheimlichen anhaftete.

Der moderne Fremdenverkehr hat diesen Zauber zerstört. Elfen schlafen längst nicht mehr zwischen den Wurzeln der Bäume, und vom Schloss des Schlangenkönigs stehen nicht einmal mehr die Ruinen. Wahrscheinlich hat selbst der Nix, einst fester Bestandteil der sorbischen Sagen, sein angestammtes Heim in den Flüssen verlassen.

Allein unter manchen Einheimischen lebt der Aberglaube weiter. Die Giebel der alten Spreewaldhöfe sind aus zwei gekreuzten Balken gezimmert – in der Form gekrönter Schlangen. Und manches Tor und mancher Zaun wird noch heute mit einer geschmiedeten Natter verziert, auf ihrem Kopf eine winzige Krone.

Kai Meyer, Mai 1996

Nachwort zu: Die Engelskrieger

Als ich vor knapp fünf Jahren die beiden ersten Bände der Faustus-Trilogie schrieb, hatte ich gerade meine feste Stelle als Journalist an den Nagel gehängt und bis dato vier Bücher veröffentlicht, zuletzt die gebundene Ausgabe von *Der Rattenzauber*. Ich war fünfundzwanzig Jahre alt und keineswegs sicher, wie gut oder schlecht ich mich als freier Schriftsteller würde durchschlagen können. Ich begann mit der Arbeit an *Der Engelspakt*, dem ersten Faustus-Band, im Juni und beendete den zweiten Roman *Der Traumvater* Anfang August desselben Jahres, rund acht Wochen später. Als Journalist habe ich gelernt, schnell und zielgerichtet zu recherchieren, und das ist mir bei vielen Büchern zugute gekommen. Vor allem jedoch bei diesen beiden, denn gerade *Der Engelspakt* steht – vielleicht ein wenig wacklig – auf einem Berg geschichtlicher Fakten: Angefangen von der realen Figur des Doktor Faustus, über die Biografie Martin Luthers, bis hin zu Schauplätzen wie dem historischen Wittenberg und der Wartburg.

Bei *Der Traumvater* hatte ich mehr Freiheiten. Ich las vor allem Hintergrundmaterial über die Mythen und Legenden des Spreewaldes und eine Biografie Hieronymus Boschs (im Buch, der alten Schreibweise entsprechend, Jheronimus genannt). Ich hatte schon früher begonnen, mich mit der Götterwelt Ägyptens zu beschäftigen, mit ihren Kulten und Priesterschaften, und war schließlich sogar – in der Hoffnung, in einigen Büchern davon zehren zu können – nach Kairo gereist, von dort aus am Nil entlang bis hinab zum Rand der Nubischen Wüste. In *Der Traumvater* hatte ich Gelegenheit, ein wenig von all dem einzubringen.

Die Bücher erschienen erstmals im April und September 1996. Ein weiteres war fest eingeplant, um die Geschichte um den Zug der Erleuchteten zum Abschluss zu bringen. Zeitgleich aber wechselte ich den Verlag, wandte mich neuen Projekten zu und schickte Doktor Faustus und seinen großmäuligen Adlatus Wagner vorerst in die Verbannung. Zu meinem Erstaunen meldeten sich bald schon die ersten Leser und forderten den letzten Teil der Geschichte, die meisten höflich, ein paar auch mit Nachdruck, doch es bot sich nie die Gelegenheit dazu – bis vor einigen Monaten.

Nachdem die beiden ersten Romane kürzlich in einem Doppelband unter dem Titel *Doktor Faustus* wieder veröffentlicht wurden, war endlich der Zeitpunkt gekommen, um die weiteren Ereignisse um Faustus, Wagner und Angelina zu erzählen. Die Geschichte stand in groben Zügen fest, doch nun gab es eine andere Hürde. Ich hatte damals, im Schreibrausch jener beiden Monate, einen ziemlich eigenwilligen Stil für den guten alten Wagner entwickelt, eine widersprüchliche Mischung aus Überheblichkeit, Naivität, abstrusen Wortfindungen und einem stellenweise bewusst überkomplizierten Satzbau. Bevor ich mit der Arbeit an *Die Engelskrieger* begann, war daher meine größte Sorge, Wagners Stimme wieder zu finden. In der Zwischenzeit hatte ich mehr als zwanzig Romane geschrieben, keiner in einem vergleichbaren Stil, und nun sollte ich, nach fünf Jahren und ein paar tausend Seiten, erneut diesem Schandmaul Wagner begegnen, dem Zauberlehrling, der sich nicht selten innerhalb eines einzigen Satzes vom Angeber in einen Angsthasen verwandelt.

Doch die Entwarnung kam nach den ersten Seiten. Ich merkte schnell, dass Wagner immer noch da war, so als hätte er die Jahre über nur darauf gewartet, mit seinen weiteren Abenteuern zu prahlen.

Seinen Bericht über jenes längst vergangene Zeitalter haben Sie gerade gelesen – vorausgesetzt, Sie besitzen nicht wie ich die schlechte Angewohnheit, sich zuerst das Nachwort eines Buches vorzunehmen.

Den Freunden von Wagner und Faustus sei hiermit also der Abschlussband der Faustus-Trilogie präsentiert – und vielleicht auch der Auftakt zu weiteren Geschichten.

Mag sein, dass es irgendwann ein Wiedersehen mit unseren Helden gibt – spätestens im Land des Ersten unter den Magiern.

Kai Meyer, Mai 2000

»Kai Meyer ist einer der größten deutschen Erzähltalente.«

DER SPIEGEL

Kai Meyer
DAS BUCH VON EDEN
Historischer Roman
832 Seiten
mit S/W-Illustrationen
ISBN-13: 978-3-404-15545-3
ISBN-10: 3-404-15545-9

Winter 1257. Zwei Reisende kämpfen sich durch Eis und Schnee bis zu einem einsamen Kloster in der Eifel. Der Novize Aelvin erkennt in einem der Fremden den berühmten Albertus Magnus, begleitet von dem todkranken Mädchen Favola. Sie trägt ein begehrtes Gut bei sich: die sagenumwobene Lumina, die letzte Pflanze aus dem Garten Eden. Während Favola das rätselhafte Gewächs zurück an seinen Ursprungsort bringen will, hat ein machtgieriger Erzbischof andere Pläne. Seine Krieger sind den Fliehenden dicht auf den Fersen. Aelvin schließt sich den beiden an – und ahnt nicht, dass damit eine Odyssee bis ans Ende der bekannten Welt beginnt.

Bastei Lübbe Taschenbuch

Was geschah mit den Kindern von Hameln?

Kai Meyer
DER RATTENZAUBER
Roman
368 Seiten
ISBN 3-404-15265-4

1284. Ein beunruhigendes Gerücht hat den Hof zu Braunschweig erreicht: In Hameln sind auf unheimliche Weise einhundertdreißig Kinder verschwunden. Der junge Robert von Thalstein soll nun Licht in die Sache bringen. Doch er stellt fest, dass seine Vaterstadt einem religiösen Wahn verfallen scheint. Vermeintliche Ketzer werden gefoltert, und die geistlichen Herren kümmern sich nur um ihre Eitelkeiten. Einzig der Italiener Dante Alighieri hilft Robert und berichtet ihm von einem Rattenzauber, der die Kinder in einen nahen Berg gelockt haben soll ...